Best Served Cold Copyright © 2009 by Joe Abercrombie
First published by Gollancz, a divison of the Orion Publishing Group, London
This edition arranged with The Orion Publishing Group
though Big Apple Agency, INC., Labuan, Malaysia.
Simplified Chinese edition Copyright © 2019 by Chongqing Publishing House Co., Ltd
All rights reserved.

版贸核渝字（2018）第 108 号

图书在版编目（CIP）数据

冷宴 /（英）乔·阿克罗比著；屈畅，赵琳译 . —重庆：重庆出版社，2019.1
ISBN 978-7-229-13713-7

Ⅰ.①冷… Ⅱ.①乔… ②屈… ③赵… Ⅲ.①长篇小说－英国－现代
Ⅳ.① I561.45

中国版本图书馆 CIP 数据核字（2018）第 258861 号

冷　宴
LENG YAN

[英]乔·阿克罗比 著　屈　畅　赵　琳 译

责任编辑：邹　禾　肖化化　唐　凌
装帧设计：不绿不蓝
联合统筹：重庆史诗图书信息咨询有限公司
责任校对：杨　婧

重庆出版集团
重庆出版社 出版

重庆市南岸区南滨路 162 号 1 幢　邮政编码：400061　http://www.cqph.com
重庆出版社艺术设计有限公司　制版
重庆市国丰印务有限责任公司　印刷
重庆出版集团图书发行有限责任公司　发行
E-mail:fxchu@cqph.com　邮购电话：023-61520646
全国新华书店经销

开本：890mm×1230mm　1/32　印张：21.75　字数：550 千
2019 年 1 月第 1 版　2019 年 1 月第 1 次印刷
ISBN 978-7-229-13713-7
定价：93.00 元

如有印装问题，请向本集团图书发行有限公司调换：023-61520678

版权所有　　侵权必究

献给格蕾丝

总有一天,你会读到这本书;
并产生一丝,小小的担忧。

本纳·蒙洛卡托救人一命
Benna Murcatto Saves a Life

污血般的朝阳躲在东方，悄然染红了黑色的天幕，还将一条条云彩照得像偷来的金子。道路蜿蜒上山，通往坚固的丰特萨莫宫。仿若鲜血涂抹的天空下，宫殿露出的几座尖塔呈现死灰焚尽的黑色。

日出就是这样，红色、黑色和金色的组合。

他们干的活计也是这三种颜色。

"你今早格外的漂亮，蒙扎。"

她叹了口气，好像她没期待过这番恭维话，没在镜子前精心打扮一小时似的。"事实就是事实，重复它们是浪费口水，只能证明你没瞎。"她在马鞍上打个哈欠，又伸个懒腰，好让他多等一会儿。"不过，我爱听。"

他夸张地清了清嗓子，抬起一只手，这是他准备宏篇大论的拙劣姿势。"你的秀发仿佛……亮闪闪的黑貂皮！"

"你这只自命不凡的公鸡，昨天是什么来着？璀璨的夜幕。我更喜欢那个，听着更有诗意。今天可够烂的。不过，继续说吧。"

"见鬼。"他瞥了瞥天上的云彩,"你的双眼,像动人的蓝宝石,无价之宝!"

"我脸上像摆了两块石头?"

"你的嘴唇仿若玫瑰花瓣。"

她啐了他一口,但他早有防备,闪身躲开。口水没击中他的马,而是溅到了路旁干燥的石头上。"你的玫瑰就是靠这玩意儿滋润的,呆瓜,就不能想点更好听的?"

"一天比一天难啊。"他嘀咕,"我买的那颗宝石很衬你。"

她抬起右手,欣赏戒指上杏仁大小的红宝石。宝石在第一缕晨光的照耀下闪烁,好似割开的伤口。"马马虎虎吧。"

"至少很衬你的火暴脾气。"

她嗤之以鼻,"也很衬我的嗜血名声。"

"见鬼的名声!白痴们瞎说!你是梦想,是愿景,你就像……"他打个响指,"战争女神!"

"女神,呃?"

"战争女神。你喜欢不?"

"不错。如果你能花一半心思去拍拍奥索公爵的马屁,我们多半能分到额外奖金。"

本纳朝她撇嘴:"没什么比一大早就去舔他老人家那张又圆又肥的屁股更棒的了。那里有……权力的味道。"

马蹄尘土飞扬,马具叮咚作响。道路转个急弯,接着又一个弯,全世界被他们甩在身下。东方的天空已从血红变成肉粉,陡峭的峡谷下方,秋风吹拂树林,河水潺潺流过,泛着粼粼波光,仿佛一支行进的军队。它将义无反顾地奔向大海,奔向塔林。

"我等着呢。"他说。

"等什么?"

"当然是你对我赞美的回应啊。"

"你那颗脑袋再膨胀一丝一毫,只怕就会炸掉。"她挽起丝绸袖口,"我可不想新衣服溅上脑浆。"

"真是给我——"本纳手捂胸口,"当胸一刀!这就是对我多年贡献的报答吗,你这黑心肠的婊子?"

"你这乡巴佬,竟然声称对我有贡献?虱子对老虎有贡献吗?"

"老虎?哈!要知道,人家都用毒蛇比喻你。"

"那也比蛆虫强。"

"荡妇。"

"懦夫。"

"杀人魔王。"

这个称呼她无从否认。沉默突然降临,路旁,一只鸟从干枯的树上惊起。

本纳驱马上前,缓步与她并骑,今天早上头一次温柔地轻声说:"你今早格外的漂亮,蒙扎。"

这话令她嘴角挂上一丝笑意。当然,是他看不到的那侧嘴角。"哎,事实就是事实。"

她策马奔上又一段陡峭斜坡,高耸的宫墙出现在眼前。狭窄的桥梁跨过幽深的山涧,连通城门楼,山涧中水流激荡、直落山腹。拱门在桥的彼端洞开,犹如墓穴。

"他们从去年开始加固城墙,"本纳嘀咕,"我可不愿攻打这种地方。"

"你也没那胆子去爬云梯啊。"

"我也不想让别人攻打这种地方。"

"你也没那胆子去下令啊。"

"我也不想看见你让别人攻打这种地方。"

"嗯。"她小心翼翼地在马鞍上俯下身,皱眉看着左侧几乎垂直的悬崖,又打量着右侧陡峭的高墙,明亮的天空勾勒出箭垛交错的黑色轮廓。"奥索似乎在担心有人想杀他。"

"他有敌人吗?"本纳故意瞪大眼睛,露出充满嘲讽的惊讶。

"不过半数斯提亚人而已。"

"那……我们也有敌人?"

"我们的敌人不止半个斯提亚。"

"可我一直在努力变得受欢迎呢……"他们的坐骑踏着小步从两名面色冷峻的士兵间穿过,士兵锃亮的长矛和铁盔闪着慑人的光芒。马蹄声回荡在漆黑狭长的甬道里,甬道逐渐向上。"你又换上了这副表情。"

"什么表情。"

"太严肃了。"

"哈。"她习惯性地皱起眉头,"你负责笑就行了,反正你擅长。"

门后是截然不同的世界,空气中弥漫着浓重的薰衣草香,山坡灰尘扑扑,这里却绿草如茵。这是一个草坪修剪齐整、树篱形状奇妙、喷泉闪闪发光的世界,但每道门前都站着面容冷酷的守卫,他们身穿带有塔林黑十字标志的白色制服,破坏了祥和氛围。

"蒙扎……"

"嗯?"

"就让这成为我们最后一个行军打仗的季节,"本纳柔声道,"最后一个在尘土中奔忙的夏天吧。趁着年轻,我们应该挑点轻松的活儿,何必总这么拼命呢?"

"那千剑团怎么办?都快上万人了,全指望着我们发财。"

"他们可以指望别人嘛。他们入团是为掠夺,而我们给的够多了。除了自身利益,这帮家伙哪有忠诚可言?"

必须承认,千剑团的成员并非善茬,甚至称不上是最好的佣兵,其中大部分人离罪犯只有一步之遥——剩下的则是彻头彻尾的歹徒。但这不是重点。"人总得有点底线。"她轻声说。

"我不懂这是为什么。"

"你的确不懂。再过一季，威斯尼亚就将陷落，洛根特则会投降，八城联盟就此烟消云散。奥索加冕为斯提亚之王，我们远走高飞、逍遥自在。"

"我们应该被人纪念。我们应该拥有自己的城邦。你应该成为高贵的蒙洛卡托女大公，掌管……随便哪座城——"

"而你是无畏的本纳公爵？"她嗤笑道，"你这蠢蛋，没有我，你连自个儿的吃喝拉撒都掌管不了。干这打打杀杀的买卖已够黑了，我决不碰政治。一旦奥索登基，我们便洗手不干。"

本纳叹气。"我还以为我们是职业佣兵。科斯卡可从没这么忠于哪位雇主。"

"我不是科斯卡，况且违抗塔林之主没好果子吃。"

"你就喜欢打仗。"

"不，我喜欢当赢家。再过一个季节，我们就去周游世界：拜访旧帝国，游览千岛群岛，乘船到阿杜瓦瞻仰锻造者大厦。把说过的地方看个遍。"本纳噘起嘴。他没能如愿时总这样，噘嘴，但不会说不。这有时让她很揪心，但她不得不做出选择。"既然咱俩只有一对儿蛋，你没觉得你需要偶尔借去用用吗？"

"它们搁你那儿挺好的，何况你还带着咱俩的脑子。最好都放一起。"

"那你想要什么？"

本纳冲她咧嘴一笑。"赢家的微笑。"

"那就看好了，在这最后一个季节。"她翻身下马，拉直剑带，将缰绳扔给马僮，大步走向内门。本纳连忙跟上，还被佩剑绊了一下。干这打打杀杀的买卖，他实在太常被武器搞得灰头土脸了。

内庭是山顶拓出的宽敞平台，种植着异国的棕榈树，这里的守卫比外面还多。一根古老的柱子矗立于院子中央，据说得自西皮罗的宅邸，它在银鱼穿梭的圆形池塘中留下波光粼粼的倒影。由玻璃、青铜和大理石筑成的巨型宫殿环住三面，仿若一只大猫，将柱子像老鼠一样收在爪中。而从春天起，北墙边新建了一串建筑，石雕花纹若隐若现地藏在脚手架后。

"他们又盖房子。"她说。

"当然了，阿里欧世子怎么会满足于只有十所房子用来装鞋？"

"没个二十屋子的鞋，他都不敢说自己走在时尚前沿。"

本纳皱眉看着自己金扣装饰的皮靴。"我才不到三十双，真是自愧不如啊。"

"谁说不是呢？"她嘀咕。建筑顶端立着一系列半成品雕像：奥索公爵扶贫济困、奥索公爵教授知识、奥索公爵保护弱小等。

"我很惊讶，他竟没做个全体斯提亚人舔他屁股的雕像。"本纳在她耳边小声说。

她指指一块只凿了几下的大理石。"那不就是？"

"本纳！"

奥索的小儿子弗斯卡伯爵像只小狗一般，撒着欢绕过池塘冲了过来。他的鞋子踩在刚刚铺好的碎石路上，雀斑脸涨得通红。他跟蒙扎上次见到时有些不同，蓄起了胡子，这可不是什么好主意，稀稀拉拉的沙色胡须让他更显孩子气——他大概继承了家族里全部的诚实，于是样貌欠奉。本纳笑着一手揽住弗斯卡的肩膀，揉乱了他的胡子。其他人这么干无异于侮辱，本纳做起来却显得亲密，他就是有让人开心的本领。蒙扎觉得那是种魔法，她自己的天赋与之迥异。

"你父亲在吗？"她问。

"在啊，我哥也在。他们和银行家在一起。"

"他心情怎样？"

"就我看好着呢，但你也知道我爸的脾气。不过他从不冲你俩发火，对吧？你俩总是带来好消息。今天也有好消息，对吧？"

"我可以说吗，蒙扎，还是要等到——"

"博洛里塔陷落。孔泰死了。"

弗斯卡没有欢呼雀跃，他不像他父亲那样喜欢尸体。"孔泰是个好人。"

就蒙扎所能理解的，这完全不是重点。"他是你父亲的敌人。"

"但仍值得尊敬，这种人如今在斯提亚已所剩无几。他真死了？"

本纳鼓鼓腮帮子。"嗯，他头被砍下，用枪插在城门上，如果你知道哪位好医生……"

他们穿过高大的拱门，门后的大厅昏昏沉沉、回音阵阵，宛如帝王陵墓。阳光斑驳地洒在大理石地上，在空中留下道道灰尘飞舞的光柱。一套套古老盔甲无声地闪耀着，铁拳紧握年代久远的武器。有一个身着黑色制服的男人快步朝他们走来，靴跟踩出的脆响在厅内刺耳地回荡。

"见鬼，"本纳在她耳边轻声说，"加恩马克这下流坯。"

"别惹事。"

"冷血的杂种，他的剑术不可能有传闻中——"

"他的剑术就有那么好。"

"如果我像他那样娘们儿，我宁可——"

"但你不像他，所以别惹事。"

加恩马克将军的脸异常柔和，小胡子软软地垂下，浅灰色眼睛总是水汪汪的，给人一种哀伤的感觉。谣传他因和同僚军官传出花边绯闻而被踢出联合王国军，不得不漂洋过海，前来投靠更有包容心的主子。奥索大公爵只看重能力，可以无限包容部下的其他方面——她和本纳就足够证明这点了。

加恩马克利落地向蒙扎点头。"蒙洛卡托将军。"他又利落地朝本纳点头，"蒙洛卡托将军。弗斯卡伯爵，您可有坚持训练？"

"每日不断。"

"那我们一定能让您成为一名合格的剑士。"

本纳嗤之以鼻。"成为剑士,或是呆子。"

"每个人都要成为某种人。"加恩马克低沉地说,偶尔夹带着联合王国口音,"但一个没有规矩的人不过是一条狗,一个没有规矩的士兵不过是一具尸体。事实上还不如尸体,因为尸体威胁不到同伴。"

本纳张嘴就要反驳,但蒙扎抢先开口,阻止他继续大言不惭。"这一季你可顺利?"

"我履行了职责,确保你的侧翼不受洛根特和他的奥斯皮亚人威胁。"

"你拖住了'迟到的公爵'?"本纳皮笑肉不笑地说,"丰功伟绩啊。"

"我不过是个配角,是伟大悲剧中的小丑,只求观众不厌弃。"

他们一起穿过又一道拱门,来到宫殿正中心宏伟的圆形大厅,脚步声回荡不已。大厅的弧形墙面饰有巨大的镶板浮雕,再现了古代传说,都是些恶魔大战魔法师之类的庸俗场景。再向上看,巨型穹顶画了七位长翅膀的女人直面风暴笼罩的天际,她们披盔戴甲、手持宝剑、面带怒容。那是命运女神,负责将命运带往人间,作为阿佩拉最伟大的作品,据说这幅画足足用了八年时间才完成。在这里,蒙扎感到自己前所未有地渺小、孱弱、毫无分量——这也正是这座厅堂想要传达的意思。

他们四人登上宽敞得足够八人并肩的台阶。"你到底如何施展你的戏剧天分呢?"她问加恩马克。

"在普兰提城下转进烧杀。"

本纳一撇嘴。"就是没场像样的战斗?"

"我为什么要进行不必要的战斗?你没读过斯多里克斯的书吗?

'动物才靠打斗来分胜负——'"

"'将军则靠行军。'"蒙扎打断他,"你的表演可有引发观众的笑声?"

"恐怕敌人笑不出来。没几个人笑得出来,但战争就是如此。"

"我可是有机会就笑。"本纳回应。

"有的人很爱笑,大家也喜欢跟这种人共进晚餐。"加恩马克水汪汪的眼睛转向蒙扎,"但我注意到你没笑。"

"我会笑的。等八城联盟分崩离析,奥索成为斯提亚之王,大家都可以将长剑束之高阁,安享荣华富贵了。"

"根据我的经验,长剑可没法在高阁里安放,它总想回到人的手里。"

"我敢说,奥索会继续任用你,"本纳说,"哪怕是擦地砖呢。"

加恩马克猛吸口气。"那么殿下将拥有全斯提亚最干净的地板。"

台阶尽头是两扇高大门板,门上的狮面木雕亮堂堂的。有个壮汉在门前来回踱步,活像一条老忠犬在主人的房门前梭巡。他是"忠臣"卡皮,千剑团服役最久的队长,那张宽阔、沧桑而忠实的脸上,上百条大小伤疤纵横交错。

"忠臣!"本纳抓住老佣兵宽厚的手掌,"这把年纪还爬这么高?不是该在窑子里找乐子才对吗?"

"我倒想那样。"卡皮耸耸肩,"殿下派人传我。"

"所以向来遵命的你只能……遵命。"

"所以我才叫'忠臣'。"

"博洛里塔的情况怎样?"蒙扎问。

"相当平静。大部分人由安迪齐与维克图领着驻守城外,我担心他们一把火烧掉宫殿。我派更靠得住的家伙看守孔泰的宫殿,由塞萨利领队,那些都是跟我一样的老伙计,在科斯卡的时代就入了伙,见多识广,不易冲动。"

本纳笑了，"你是指反应慢吗？"

"慢归慢，但是稳。总而言之，一切尽在掌握。"

"现在进去？"弗斯卡用肩膀顶开大门，加恩马克和忠臣跟着进去。蒙扎在门口停留片刻，想摆出最凶狠的表情，但她抬头看见本纳冲她微笑，便不由自主也冲他笑了起来。她俯身在他耳边轻声说："我爱你。"

"当然喽。"他穿过门廊，她紧随其后。

奥索公爵的私人书房是个市集般大小的大理石大厅，高耸的落地窗威严地排成一整面墙，此刻窗扇大开，微风徐徐涌入，令绘有生动图画的幔帐飘然舞动、窸窣作响。窗外有道细长的阳台，仿若悬空，俯瞰着整座山峰最陡峭的悬崖。

窗子侧面的墙上挂满了由斯提亚最好的艺术家绘制的若干巨幅油画，展示着历史上的著名战役。斯多里克斯、哈罗德大王、法郎斯和文图里奥的获胜场景都用鲜亮的油彩表现出来，而观众绝不会错过位于这一串高贵英雄之中的奥索大公爵，尽管其曾祖父乃是篡位上台，而且还是个罪犯，这一点众所周知。

怎么可能错过呢？奥索大公爵的油画正对大门，足有十跨高，乃是这些巨幅油画中最大的一幅。他安坐在人立的骏马上，高举闪光的宝剑，坚毅的目光锁定远方地平线，正带领部下取得恩提那之战的胜利——画家没意识到或者故意忽略的是，当年奥索离战场少说也有五十里。

但正如他常对她说的，精心修饰的谎言总会掩盖无聊的真相。

此刻的塔林大公爵严肃地坐在书桌后，手中没有握剑，反而握着笔。他旁边站着一位个子很高、脸颊消瘦的鹰钩鼻男人，其眼神透出掩饰不住的迫切，仿佛秃鹫在等待旅人渴死。离他们不远的墙影中盘踞着一个庞然大物，那是奥索的贴身护卫戈巴，脖子粗得像头豪猪。公爵的长子继承人阿里欧世子倚在一把镀金椅子里，翘着二郎腿，漫不经心地托着玻璃酒杯，潇洒俊朗的脸上挂着冷酷的笑容。

"我把这些游荡的乞丐带进门了，"弗斯卡大声说，"希望您能救济他们，父亲！"

"救济？"奥索严厉的声音回荡在空旷的书房，"我可一点都不赞成这种行为。朋友们，请随意，我马上就好。"

"这不是'卡普亚的屠夫'吗？"阿里欧嘀咕，"还有她的小本纳。"

"殿下，您气色不错。"蒙扎觉得他看起来像只懒怠的公鸡，但不敢说出来。

"你也是，一如既往。如果所有士兵都跟你一样，恐怕我也忍不住要上战场喽。新玩意儿？"阿里欧抬起珠光宝气的手，软绵无力地指了指蒙扎手指上的红宝石戒指。

"梳妆打扮时，它正好在手边。"

"真希望我当时也在。来点儿酒？"

"这才刚刚天亮。"

世子抬起沉重的眼皮，瞥向窗外。"我以为还是晚上呢。"他说这话的样子，仿佛熬夜是了不起的成就。

"我可要来点儿。"本纳已给自己倒上一杯酒，他在炫耀显摆的事上从不肯落于人后。接下来，他很可能在一小时内就喝得烂醉如泥、丢人现眼，但蒙扎厌倦了扮演老妈的角色。她漫步走过巨大的壁炉——它由尤文斯和坎迪斯的雕像托起——走向奥索的桌子。

"请在这里、这里，还有这里签字。"瘦高个正在说话，枯瘦的手指在文件上比来比去。

"你认识马修斯吧？"奥索疲惫地看了瘦高个一眼，"我的债主。"

"在下永远是您最谦逊的仆人，殿下。凡特和伯克银行同意这笔为期一年的追加贷款，遗憾的是，您必须承担利息。"

奥索嗤之以鼻。"遗憾？瘟疫会遗憾带来死亡吗？我有什么选择？"他龙飞凤舞地签下最后一个签名，扔开钢笔。"每个人都有不得不下跪的时候，呃？记得代我问候你的雇主，就说我对他们的慷慨表示无尽的感激。"

"好的，"马修斯收好文件，"我们的业务成了，殿下。在下必须立刻动身，好赶上西港的晚潮——"

"不，多留片刻。我们还有一件事要讨论。"

马修斯死人般的眼睛转向蒙扎，又转回奥索身上。"听凭殿下吩咐。"

公爵利落地起身，"先来处理些开心的事。你肯定带来了好消息，呃，蒙洛卡托？"

"是的，殿下。"

"哎，没有你我该怎么办？"跟上次见面相比，他的黑发中又多了一缕铁灰，眼角的皱纹似乎更深了，但果决气势不减当年。他身子前倾，吻了她的双颊，在她耳边低声说："加恩马克也能带兵，但他是个基佬，又没有半点幽默感。来吧，去外头给我说说你取得的胜利。"他伸出一只手环住她的双肩，带她绕过一脸不屑的阿里欧世子，穿过敞开的落地窗，来到阳台。

太阳正在升起，带给明亮的世界以缤纷色彩，血色褪去，碧空如洗，唯有头顶上方还有朵朵白云。在脚下难以看清的深壑中，河流穿过树木丛生的峡谷，谷内秋意盎然，有苍茫的绿色、炙烧的橙色、浅淡的黄色和张扬的红色，湍急的流水则泛着丝丝银光。东边的森林外是阡陌交错的田野——绿色的休耕田、黑色的沃土还有金色的稻子被整齐地分割开。再远处，河流汇入灰色的海洋，冲刷而成的辽阔三角洲中坐落有无数小岛。蒙扎只能勉强辨认出微小的塔楼、房屋、桥梁和城墙。伟大的塔林，在这里看来却不过指甲盖大小。

劲风让她觑起眼睛，不由得抬手撩开面前的几缕散发。"多少次都看不够。"

"怎么可能看得够？我正为此才修建这座该死的宫殿。在这里，我随时都能用一只眼睛看着我的人民，就像尽职的父母照看孩子，免得他们玩耍时弄伤了自己，你明白的。"

"有您这样一位无微不至、公正严明的慈父，是人民之福。"她的谎话信手拈来。

"无微不至、公正严明。"奥索若有所思地皱眉遥望大海，"你觉得历史会如此评价我吗？"

蒙扎觉得显然不可能。"巴拉维尔德在书中怎么说来着？'历史是由胜利者书写的。'"

公爵用力搂住她的肩膀。"你啊，书还读得多。阿里欧是有野心，可惜缺少洞察力，我甚至怀疑他能不能看懂一块路牌。他成天关心的都是婊子，还有鞋子。我的女儿特维丝则一天到晚哭哭啼啼，就因为我把她嫁给了一个国王。我敢保证，就算我把她许配给伟大的一如，她还是会唠唠叨叨、心存不满。"他深深地叹口气。

"我的孩子没一个懂我。你知道，我的曾祖父也是个雇佣兵，尽管这事儿我很少提起。"尽管他们每次相见，他都要提起，"他是一位终生没流一滴眼泪的好汉，从不在意脚上穿什么鞋子；他是一位出身低微的战士，却凭借智慧和勇敢夺得了塔林。"根据蒙扎经常听到的版本，不如说是凭借无情与残忍。"就像你和我。我们没有背景，全靠自己打拼。"

奥索出身在斯提亚最富庶的公国，平生没过一天苦日子，但蒙扎识相地未予反驳。"您太抬举我了，殿下。"

"你完全配得上。跟我说说博洛里塔的战况。"

"您听说了高岸之战？"

"我听说你击溃了八城联盟的大军，和苍松之战一样！加恩马克说萨利公爵的军队是你的三倍。"

"如果组织懒散、准备不足、指挥混乱，人数只是累赘，不过一帮博洛里塔农民、阿非奥鞋匠和威斯尼亚玻璃工组成的乌合之众。他们在岸边扎营，以为我们远在天边，连斥候都不安排，结果我们趁夜穿过森林，在太阳刚刚升起、他们连盔甲都来不及穿的时候，打了他们一个措手不及。"

"我能想到萨利那副慌张的样子，为了逃命，那头肥猪只怕得连滚带爬地翻下床来！"

"带领冲锋的是'忠臣'。我们很快将敌人击溃，夺取了他们的补给。"

"我听说，金黄的麦田被染红了。"

"他们没怎么抵抗，试图渡河逃走却淹死的人是战死者的十倍。我们抓获了四千多名俘虏。有些人被赎了回去，有些人没有，还有些人被吊死了。"

"没流一滴眼泪，呃，蒙扎？"

"没有。他们想活命的话，就该早点投降。"

"像在卡普亚那样？"

她径直望进奥索的黑眼睛。"像在卡普亚那样。"

"这么说，博洛里塔目前在我军包围之中？"

"它已经陷落。"

公爵像过生日的男孩一样喜笑颜开。"陷落了？孔泰投降了？"

"他的人民听说萨利大败，陷入了绝望之中。"

"绝望的人民是最危险的，即便在共和国里。"

"应该说，尤其在共和国里。暴民把孔泰拖出宫殿，吊死在最高的塔楼上，然后打开大门，寄望于千剑团的仁慈。"

"哈！他努力解放他们，他们却杀了他。这就是人民的感激，呃，蒙扎？孔泰应该收下我的钱，这对我对他都更划算。"

"人民自愿聚拢在您的羽翼之下。因此我下令，尽量减少杀伤。"

"以展现仁慈，呃？"

"仁慈等于懦弱。"她断然否认，"但杀人不是目的，您要的是地盘，不是吗？死人没法服从。"

奥索笑了。"为什么我的儿子不能像你这般得我真传？我完全赞同你的做法。吊死带头的，把孔泰的脑袋高悬于城门，用鲜活的例子来教训人民是再好不过。"

"他和他儿子们的头被一起插在城门上腐烂。"

"干得好！"塔林之主鼓起掌来，腐烂的人头似乎是他从没听过的天籁之音，"战利品呢？"

财物由本纳负责，他来到阳台，从胸前口袋里抽出一张折好的纸。"城市已洗劫一空，殿下，我们搜索了每一栋建筑，挖开了每一层地板，检查了每一个居民。根据我们签订的合约，依然按照传统分成，四分之一属于找到财产的人，四分之一属于他们的队长，四分之一属于统帅，"他弯下腰，展开那张纸，呈给公爵，"另外四分之一，则属于我们尊贵的雇主。"

奥索瞪大眼睛，扫视纸上的数字，笑容越发明显。"四分之一规则真是个好东西！足够让你俩为我多分忧一段时间了。"他走到蒙扎和本纳中间，两只手温和地搭在两人肩上，引领两人穿过敞开的落地窗，回到屋里。他们来到书房正中的黑色大理石圆桌旁，桌上铺着一幅大尺寸地图。阿里欧和忠臣已站在旁边了。戈巴还隐在阴影中，粗壮的手臂抱在胸前。

"说说我们曾经的伙伴、现在的劲敌吧，狡诈的威斯尼亚市民有何动向？"

"那座城邦的周边几乎变为焦土。"蒙扎摆动手指，示意自己曾在城外乡野大肆烧掠，"农民被赶走，牲畜被宰掉。对肥胖的萨利公爵而言，这会是一个艰苦的冬季，随后的春季将更加难熬。"

"他只能指望高贵的洛根特公爵和奥斯皮亚人，"加恩马克带着淡淡的笑意说。

阿里欧世子窃笑："奥斯皮亚人向来说得多、干得少。"

"预计到明年初，威斯尼亚就会成为您的囊中之物，殿下。"

"如此一来，我们便粉碎了八城联盟的核心。"

"斯提亚的王冠即将归您所有。"

提起王冠，奥索笑得更灿烂。"我们必须向你致谢，蒙洛卡托，我不会忘记你的功劳。"

"不只是我的功劳。"

"该死的谦虚。没错，本纳尽职尽责，我们的好将军加恩马克和忠臣也都不赖，但没人否认你才是最出色的。你的兢兢业业，你的刚毅果断，你的行动手腕！你值得一场伟大的凯旋，就像古代阿库斯的英雄们那样。你应当骑马沿塔林的街道游行，让我的人民为你撒下漫天花瓣，庆祝你接连不断的伟大胜利。"本纳咧嘴笑了，但蒙扎笑不出。她对游行没什么兴趣。"他们将为你大声欢呼，声浪势必排山倒海，远比给我儿子的热烈。不，甚至比对我——他们合法的君主，他们合当感恩戴德的主人——都更热烈，"奥索的笑容突然消逝，脸上露出有些疲惫又有些哀伤的神色，但转瞬即逝，"我觉得，他们的欢呼声实在太热烈了一些。"

她眼角隐约瞥见一道寒光，足够她下意识地抬手。

金属丝"嗖"地缠住了她的手，直勒到下巴下方，勒紧的喉咙喘不上气来。

本纳冲了过来，"蒙——"刀光闪烁，阿里欧世子的匕首刺向他的脖子，但在电光石火之际错失咽喉，只扎在耳朵下方。

地砖溅上星星点点的血，奥索小心向后退开。弗斯卡大张着嘴，酒杯掉在地上摔成了碎片。

蒙扎想要尖叫，但被勒紧的喉管只能喷出白沫，发出猪叫般的声音。她用另一只手去摸匕首，手腕却被牢牢攥住——忠臣卡皮紧靠在她左侧。

"抱歉。"他在她耳边轻声说，然后扯出她的剑，甩到了书房对面。

本纳身形晃动，口吐鲜血，一只手捂着侧脸，深红的血从白皙的指间汩汩涌出；他的另一只手胡乱摸剑，而阿里欧只在一旁冷眼旁观。本纳刚刚将剑抽出一点，加恩马克将军已大步上前，精准而熟练地刺向他——一剑，两剑，三剑。那片薄刃在本纳体内进进出出，书房里只听见他大张的口中传出轻柔的喘息声。鲜血喷涌，在地上洒下长长的血迹，接着又徐徐渗出，在他的白衬衫上留下三个黑红色圆圈。他踉跄着向前，却教自己的脚绊住，轰然倒地，始终没能抽出的剑摔在大理石地砖上，被他压在了身下。

蒙扎用尽全力挣扎，每一缕肌肉都在颤抖，但这如同苍蝇在蜂蜜里挣扎般徒劳。她耳边传来戈巴因用力发出的喘气，他粗短的胡楂摩擦着她的脸颊，巨大而温热的身躯贴在她后背。金属丝一点点切入侧颈和手掌，狠狠压迫喉咙，鲜血顺着前臂流下，渗入衬衫领子。

地上的本纳朝她伸出一只手，勉强将自己撑起了一两寸，脖子青筋暴起。加恩马克弯下腰，面无表情地一剑刺入他后心。本纳抽搐了几下，瘫倒在地，不再动弹，苍白的脸颊早已覆满血污。暗红的血水在他身下蔓延，顺着砖缝向周围流去。

"行了。"加恩马克蹲在地上用本纳的衬衫擦剑，"完事了。"

马修斯皱眉注视着眼前这一幕，有些迷惑，有些烦躁，也有些无聊，仿佛在审视一组出了纰漏的数字。

奥索冲尸体一挥手。"处理掉它，阿里欧。"

"我来干？"世子撇嘴。

"对，你。还有你，弗斯卡。这是保障我们家族不至衰落的关键,你俩好好学着。"

"不!"弗斯卡跌跌撞撞向后退去,"我拒绝参与!"他转身跑出书房,靴子清脆地敲击着大理石地板。

"这孩子柔弱得跟糖浆似的,"看着他的背影,奥索轻声道,"加恩马克,你来帮忙。"

蒙扎的双眼如欲眦血,眼睁睁看着他们将本纳的尸体拖到阳台。加恩马克严肃而小心地抬着头部,阿里欧骂骂咧咧地拎着一条脚,任凭另一条腿拖出红色血迹。他们将他抬上栏杆,推下去。他就这样消失了。

"哈啊!"阿里欧挥着一只手大叫,"该死!你碰到我了!"

加恩马克回瞪着他。"我向您致歉,殿下,谋杀可不是个轻松活计。"

世子环视四周,想找东西擦净手上的血,最后伸手去抓窗边华丽的幔帐。

"不行!"奥索训斥,"那是坎忒丝绸,五十天秤币一匹!"

"那怎么办?"

"找别的东西,不然就别擦!有时我真怀疑你是不是我亲生的,小子。"阿里欧闷闷不乐地用衬衫前襟擦手上的血,蒙扎依然瞪着双眼,缺氧的脸涨得通红。奥索皱眉扫视她,隔着她脸上凌乱的发丝和眼中的水汽,在她眼中映出一道模糊黑影。"她还活着?你在干吗,戈巴?"

"金属丝正好缠住她的手……活见鬼……"贴身护卫费力地解释。

"那就换个方式,傻瓜。"

"我来吧。"忠臣从她的剑带中抽出匕首,另一只手仍扭住她的手腕,"我真的很抱歉。"

"别废话了!"戈巴吼道。

铁刃划出一道寒芒……蒙扎用尽仅剩的力气，狠狠踩在戈巴脚上。贴身护卫吃痛大叫，握金属丝的手松动了少许，她趁机挣开，怒吼着扭身躲避卡皮刺来的匕首。

匕首大大偏离了既定目标，捅在最后一根肋骨下面。如此冰冷的金属，却又如此灼热，仿佛一条火线从肚子烧到后背。匕首将她捅了个对穿，刀尖甚至扎到了戈巴的肚子。

"啊！"这下戈巴彻底松开了金属丝，蒙扎终于呼入空气。她歇斯底里地嘶叫着，手肘向后将戈巴怼了个趔趄。忠臣见状慌了神，拔匕首时不小心让它脱手掉在地上，滚了出去。她转身踢向戈巴，虽然没踢中要害，只踢到屁股，还是让他疼得弯下腰来。她一把抽出他腰间的匕首，可惜受伤的手不听使唤，没等刺中反而被对方制住。两人就这样较上了力，龇牙咧嘴，唾沫喷在对方脸上。两人的手上黏糊糊的，全是蒙扎的血。

"快杀了她！"

她重重地挨了一下，满眼金星、仰面朝天地摔在地上。她砸到了脑袋，口吐鲜血，之前那番狂乱的嘶吼被一阵费力的干咳打断，指甲拼命抓挠着光滑的地板。

"臭婊子！"戈巴抬起硕大的靴子，一脚踩住她的右手，剧痛顿时射入整条前臂，令她嘴里泛起铁锈的味道。靴子依次踩碎了指节、指头、手腕，与此同时，忠臣一脚又一脚地踹她的肚子，让她喘息、干咳、抽搐。她的手掌已然变形，整个朝外翻转，戈巴仍不肯罢休，他再度抬起脚，狠狠地将她那只手踩平在冰冷的大理石地面上，发出骨头碎裂的闷响。她瘫软在地，呼吸困难，只觉整个房间不断旋转，墙上的英雄豪杰们阴森森地笑着俯视她。

"你刺到我了，老杂种！蠢货！你刺到我了！"

"才多大一点儿伤！猪头！是你没抓紧她！"

"我弄死你们两个废物！"奥索怒道，"还不赶紧处理？"

戈巴的大手捏住蒙扎的喉咙，将她提起。她试图用左手抓他，但身侧和脖子上的伤让她使不出分毫力气，不听使唤的指尖只在他布满胡楂的脸上抹了几道血迹，接着，她的胳膊被狠狠扭到身后。

"赫尔蒙的金子在哪儿？"戈巴粗声逼问，"呃，蒙洛卡托？你把金子藏哪儿了？"

蒙扎拼命抬起头。"舔我的屁股吧，贱狗。"这不太聪明，却够痛快。

"根本没金子！"忠臣插话，"我说过的，猪头！"

"这不就是吗？"戈巴从她的手指上一个接一个扭下变形的戒指。她的手指软塌塌的，肿胀紫青，像腐烂的香肠一样弯弯曲曲、不成形状。"好东西。"他盯着那颗红宝石。"我说，别浪费一具好身段，让我亲近亲近咋样？只一会儿就成。"

阿里欧世子吃吃笑道："速战速决可没啥好骄傲的。"

"给点儿同情心，行吗！"奥索的声音，"简直是衣冠禽兽。赶紧把她扔下去，收拾利索，我还没吃早餐呢。"

她感到自己被拖了出去，脑袋软软地垂着，夺目的阳光射在身上。随后她被抬高，无力的双腿刮擦过石地板，蓝天近在眼前。她已被推上栏杆，冰冷的空气撕扯着鼻腔，震颤着胸膛。她扭动、踢打，徒劳地寻求一线生机。

"我来让她死透。"加恩马克的声音。

"何必多此一举？"透过眼前沾满血的头发，她模模糊糊看到奥索沧桑的脸，"我希望你理解。我的曾祖父是个雇佣兵，一个出身低微的战士，却凭借机智和勇敢夺得了塔林。我决不容此事重演。"

她朝他的脸啐去，结果只有一股血水涌出，顺着下巴滴落。"你个狗——"

她飞了出去。

撕破的衣服贴着起了鸡皮疙瘩的皮肤翻腾、拍打。她转了一圈又一圈，整个世界都在翻滚。流云散布的蓝天，山顶的黑色塔楼，飞速掠过的灰色岩石，黄绿色的树木，闪光的河流，接着又是流云散布的蓝天……这一切在眼前依次流转，速度越来越快，越来越快。

冷风吹散了头发，在她耳边呼啸，与惊恐的呼吸一起挤破了齿缝。现在的她能看清每棵树木、每根树枝、每片树叶。它们一起涌向她，她张开嘴，徒劳地想要发出尖叫——

无数细弱的枝条拉扯着她、抽打着她，一根断裂的树枝止住了她的疯狂旋转。伴随周围树枝纷纷折断、破裂，她不断下坠、下坠，直到砸在山腰。强烈的冲击力顿时粉碎了双腿，坚硬的泥土撞折了肩膀，但她的脑袋没有当场开花，她只是在弟弟血肉模糊的胸口砸碎了下巴——弟弟那具残破的尸体正好嵌在一棵大树底部。

本纳·蒙洛卡托就这样救了姐姐的命。

她不受控制地从尸体上弹开，四分之三的身体已毫无知觉。她继续沿陡峭的山腰翻滚下落，一圈又一圈，四肢甩动得像个破布娃娃。石头、树根和硬土从四面八方敲打、挤压着她，犹如一百把恶意满满的战锤。

她滚过灌木丛，荆棘在她身上留下道道伤痕。她继续滚啊滚，滚下布满泥土和落叶的斜坡。她滚过一条树根，撞在一块长满青苔的岩石上，仰面朝天，终于缓缓停下。

"啊啊啊啊啊……"

碎石和树枝"哗哗啦啦"落在周围，待灰尘缓缓落定，她听到风吹枝丫，还有树叶窸窣作响——又或，那是她自己的呼吸在受伤的喉咙里嘶鸣。闪耀的阳光穿透漆黑的树林，刺痛了她的一只眼睛，她另一只眼睛什么也看不见。苍蝇在温暖的晨光中自由自在地嗡嗡飞舞，她发现自己跌进了奥索厨房的垃圾堆，无助地躺在腐烂的蔬菜、汤汁的残余，还有上个月大餐后留下的刺鼻的残羹冷炙之中。

她被当成垃圾扔下悬崖。

"啊啊啊啊啊……"

这是下意识的破碎呻吟,她几乎为此感到羞愧,却没法克制。这是出自动物本能的恐惧,产生于极度的绝望。这是死者从地狱深处发出的声音。她无助地打量自己,发现残破的右手已不成形状,仿佛戴着紫色手套,上面还开了道血淋淋的大口子。她的一根手指不停地颤抖,指尖触到手肘处撕破的皮肤,事实上,整个前臂已然对折起来,一小节折断的灰色骨头戳破了血染的丝衣。这景象看起来好不真实,活像廉价的剧场道具。

"啊啊啊啊啊……"

恐惧盘踞在心头,扼住了每一口呼吸。她没法移动脑袋,没法控制舌头,但在意识边缘,她还能感觉到疼痛。排山倒海的疼痛挤压着她,冲击着她身体的每个部位,越来越疼,越来越疼……

"啊啊啊……啊啊……"

本纳死了。一串泪水涌出她眨动的眼睛,缓缓滑下脸颊。她为什么还没死?她怎么可以不死?

快一点,拜托了。趁着疼痛还能忍受。拜托了,快点吧。

"啊……啊……啊……"

拜托了,快死吧。

第一部 塔林
Part 1

TALINS

劲敌总在友人中,因其知悉汝软肋。
——普瓦捷的戴安娜

加伯·蒙洛卡托从未说明自己打哪儿弄来这么一把好剑，但他知道怎么用好它。由于他的儿子比女儿小了五岁，且体弱多病，年岁渐长之时，他只好将本领逐步传授给女儿。蒙扎萝本是她外祖母的名字，当时那个家族还维持着贵族的体面，但她母亲浑不在意家道中衰，因生本纳难产而死后，境况更是大不如前。不过幸运的是，他们在斯提亚度过了一段金子般宝贵的安稳时光，没有战争的烦扰。耕地时，蒙扎紧跟在父亲身后帮忙，看着犁耙搅动大地，从新翻的黑土中挖出大石头，抛入树林；收割时，她同样紧跟在父亲身后帮忙，看着镰刀飞舞，割下一捆又一捆麦子。

"蒙扎，"他会笑眯眯地俯视她，"没有你我该怎么办？"

这话很公平。她帮忙打谷、播种、劈柴、挑水。她还做饭、洒扫、洗衣、搬运、挤奶。农活让她的手总是红肿着。她弟弟也尽力帮忙，但他太小了，且体弱多病，能做的实在有限。

那是段苦日子，可也过得开心。

蒙扎十四岁那年，加伯·蒙洛卡托发起高烧。她和本纳眼睁睁看着他咳嗽、流汗、日渐虚弱。某天夜里，父亲抓住她的手腕，用明亮的双眼盯着她。

"明天必须给上面的田地松土，不然麦子就长不出来了。尽可能多种些东西。"他摸了摸她的脸，"你不该挑起这副重担，但你弟弟太小。照看好他。"说完他就死了。

本纳哭得撕心裂肺，蒙扎却一滴眼泪也没流。她只想着播种的事，反复琢磨。那晚，本纳怕得不敢一个人睡，于是他俩挤在她狭小的床上，拥抱着互相慰藉。他们只剩彼此了。

第二天清晨，天还没亮，蒙扎就把父亲的遗体拖了出去，穿过屋后的树林，推进河里。她并非不爱他，只是实在没有埋葬的余暇。

太阳升起时，她正拼命给上面的田地松土。

机遇之地
Land of Opportunity

随着小船缓缓靠近码头，摆子首先注意到这里没他期待中那么暖和。他听说斯提亚四季如春，终年阳光普照，就像泡在澡盆里。但如果谁把摆子带到这么个澡盆边，恐怕他宁愿脏着身子，说不定还会骂几句娘。灰色的天空乌云涌动，下方的城市显得拥挤，微风自海上吹来，冷雨不时敲在脸上，让他想起家乡。这可不是什么值得怀念的感觉。不过，他决定凡事要看到阳光面。也许只是今天天气很糟，哪儿都可能遇到坏天气，不是吗？

水手们将小船匆匆系上码头时，他看到的景象算得上死气沉沉。灰蒙蒙的港湾边排列着砖房，全都窗户狭小，挤挤挨挨，房檐低垂，墙漆脱落，破裂的墙面布满盐渍、绿苔和黑色霉菌。面朝黏腻的鹅卵石码头的墙上糊着许多大幅告示，它们乱七八糟，一张叠一张，活像糜烂的藓疮，在风中哗哗作响。这些告示画着人脸、印着字，可能是警告吧，但摆子不怎么认字，尤其是斯提亚语。能粗通当地口语已是天大的成就了。

码头边都是人，不过没几个开心的，也没几个健康的，更没几个有钱的。这里很难闻，准确地说是散发着恶臭：腐烂的腌鱼、陈年的尸体、煤烟，还混着没人清扫的茅坑的味道。摆子不得不承认，如果这是洗心革面的他应有的归宿，那还真是大失所望。有那么一瞬，他甚至想趁下次涨潮用掉大部分积蓄，乘船直接回北方。但他将这念头赶出了脑海。他受够了战争，受够了带别人去死，受够了杀戮及杀戮引发的一切。他决心做个好人，他想干点好事，所以才来到这里。

"行了，"他开心地朝旁边的水手点点头，"我走了。"水手含混地应了一声。没关系，他哥常说，男人重在付出，而非回报。因此他像得到欢送般咧嘴笑笑，大步踏上吱嘎作响的跳板，准备展开在斯提亚的华丽新生。

他边走边打量若隐若现的建筑和摇曳的桅杆，才走了十几步，有人迎头撞上来，几乎将他撞开。

"抱歉。"摆子彬彬有礼地用斯提亚语说。

"没长眼呐，哥们儿。"那人头也没回地继续向前，多少刺伤了摆子的自尊。别的不提，他剩下的自尊还多得很呢，这点直接遗传自他爹。他挨过七年战乱，期间大小冲突无数。他睡过雪毯子、吃过非常恶心的食物、听过天底下最难听的歌，可不是来这里挨撞的。

但跟人顶牛不仅伤害了别人，也是对自己的惩罚。他哥肯定会要他住手，摆子也打算凡事要看到阳光面。于是他转了个弯，离开码头，沿宽敞的道路走进城市，路遇一群裹着毯子的乞丐，他们冲他挥舞残废或枯瘦的肢体。他穿过坐落有一尊高耸的男人雕像的广场，那雕像横眉怒目，手指远方。摆子全然不知这人是谁，只觉得其神态颇为自满。飘散的肉香令摆子的肚皮咕咕叫，他循香来到一个小摊前，火炉上排着肉串。

"来一串。"摆子指了指。少说话，少犯错。但当摊主告诉他价格后,他差点咬到舌头。这足够在北方买一整只羊,如果是小羊的话,兴许还能买一送一。肉串一半是肥肉,剩下的全是脆骨,吃起来远没有闻起来香,不过也算意料之内。总而言之,斯提亚的大部分东西似乎都名不符实。

雨越下越大,流进正吃东西的摆子眼里。这当然和他在北方经历的风暴没法比,但足以让他心情更加低落。他开始思索该找什么鬼地方过夜。雨水流过长满青苔的屋檐和破碎的排水管,将鹅卵石地染成深色,人们纷纷缩起身子、出言咒骂。他步出密集的建筑群,来到一条大河边,河两岸都有石堤。他停下脚步,犹豫该不该过河。

他目力所及,城市无边无际,河流上下都架着桥,对岸的建筑比这边更高大——塔楼、穹顶和三角顶绵延不断、若隐若现,在雨中泛着迷梦般的灰色。雨水汇成条条细流淌过鹅卵石街,微风吹拂,更多告示啪啪作响,上面的鲜艳涂料早已被打湿,有些字母甚至和人一样高。摆子看着其中一张,努力想搞懂上面说的什么。

又一个人撞在他肋下,他闷哼一声,猛转过身,发出低吼,把小小的肉串像匕首一样握在手里。但紧接着,他又长嘘一口气。不久前,摆子刚刚放过血九指。那个清晨的情景历历在目:窗外的白雪,手中的小刀,还有扔掉小刀时的清脆响声。他放过了杀死哥哥的凶手,放弃了报仇,而这一切都是为了能远离鲜血、做个好人。因此自然地,他不该纠结人群里乱撞的肩膀。

他强迫自己换上笑容,走上桥去。被人撞了这种蠢事会搞得整天郁闷不已,但他不想就此自暴自弃,错过重新开始的机会。桥两边都有雕像,沾满鸟屎的白色怪兽蹲在水上,瞪视前方。人群如另一条河流,从桥上涌过,五花八门、肤色各异的人。人实在太多了,他觉得自己渺小得很,因此被谁撞到也不那么奇怪……

什么东西擦过胳膊,他脑子还没反应过来,手已掐向对方的脖子,将那人压过桥栏杆。那人的喉咙被他钳住,犹如被拎着的鸡,下面二十跨就是翻腾的河水。"敢撞我,兔崽子?"他用北方话吼道,"信不信把你眼睛挖出来!"

那人十分瘦小,看起来吓坏了。他足足比摆子矮一头,体重大概还不到摆子的一半。暴怒褪去后,摆子意识到那可怜的傻瓜甚至没撞到他,而且再怎么说也是无意的。他莫名其妙地大发脾气,差点铸成大错。一直以来,他最大的敌人就是自己。

"抱歉,朋友。"他用斯提亚语说,一脸歉意地松手将对方放到地上,笨拙地帮忙整理弄皱的外套前襟。"实在抱歉。小小的……你们怎么说来着……小小的误会。抱歉。你想要……"摆子递过肉串,上面还剩一小块肥肉。那人瞪大了眼睛,摆子缩回手。他当然不想要这个,摆子自己都不想要。"抱歉……"那人转身冲进人群,不住惊恐地回头张望,仿佛刚从疯子手头逃过一劫。可能确实如此。摆子站在桥边,皱眉看混浊河水翻腾流过。不得不承认,这水也跟北方一个德行。

做个好人似乎比他想的要难。

偷骨贼

The Bone-Thief

她睁眼就看到了骨头。

长的短的，粗的细的，白的、黄的、棕的。一整面墙皮剥落的墙壁挂满骨头，从地面直到天花板。数百根骨头，按某种规律钉在墙上，简直是疯子的马赛克。她转了转眼珠，感觉酸涩胀痛。乌黑的壁炉里火舌翻卷，炉台上，整齐叠成三摞的骷髅冲她露出空洞的笑容。

这些都是人骨。蒙扎的肌肤渐渐变得冰凉。

她想坐起来，结果微弱的麻木感陡然变作疼痛，害她差点呕吐。昏暗的屋子在眼前东摇西晃。她被捆住了，躺在硬邦邦的东西上头。她的思绪一团乱麻，完全不记得自己怎么到这儿来的。

她的头转向一侧，看到身边有张桌子，桌上有个金属托盘，托盘上分门别类放着器具：钳子、镊子、尖针、剪子，还有一把锋利的小锯子。那儿至少有十几把刀，形状尺寸各不相同。她睁大眼睛紧盯那些明晃晃的刀刃——弯的、直的、锯齿状的，在火焰照耀下闪着残酷而饥渴的光。医生的器具？或是拷问的器具？

"本纳？"她的声音如幽灵般微弱。舌头、口腔、喉管、鼻腔，都像被剥了皮一般痛。她再次尝试移动，却连头都抬不起，而使出这一点点力气也让脖子和肩膀刺痛连连，双腿不住抽搐，随后疼痛还蔓延到右臂和肋骨。疼痛带来恐惧，两者互相交融，她的呼吸愈发急促，只能颤抖着用酸痛的鼻孔拼命喘息。

咔哒，咔哒。

她僵住了，耳畔先是一片寂静，接着听到钥匙转动锁头的刮擦声。她疯狂扭动起来，疼痛从每一处关节喷涌而出，撕扯着每一根肌腱。热血在双眼后涌动，她用肿胀的舌头死抵牙齿，不让自己叫出声。锁头"咔"一声，门开了，没铺地毯的木地板传来脚步声，虽然几不可闻，但每一下都将恐惧狠狠戳在她喉头。一道阴影缓缓接近，如同巨大而扭曲的怪物。她闭上眼去，在绝望中做了最坏的打算。

自走廊进来的是一个人，身边走过，走向耸立的橱柜。这是个中等身材的男人，而那恐怖的阴影是他肩上的帆布袋投下的。他掏出，哼着不成调的曲儿，将那些东西分门别类摆进，调整方位，好让它们全都精确地面朝屋内。

就对细节的关注来看，就算他是个怪物，也绝非不可理喻的品种。

他轻轻关上柜门，把空袋子对折再对折，放到橱柜下方，然后脱下脏兮兮的外套，挂在钩子上，一只手用力扫清上面的尘土。这时，他突然像死人一样僵住了，随即转身露出苍白、消瘦的脸。这张脸并不显老，皱纹却很深，颧骨高耸，深陷的眼窝里嵌着一双饥渴的眼球。

两人对视片刻，似乎都颇感震惊。接下来，他毫无血色的嘴唇弯出病态的微笑。

"你醒了!"

"你是谁?"她干涩的喉咙刺痛得厉害。

"名字不重要。"他带着一点联合王国口音,"不妨说我是个人体学的学生。"

"医生?"

"不止如此。如你所见,我对骨头相当狂热,所以我特别感激你……跌入我的生命。"他又笑了。骷髅般的笑容,并未触及双眼。

"我怎么会……"她挣扎着脱出字句,下巴如生锈的合页般僵硬,嘴里好像含了一坨大粪,味道实在糟糕,"我怎么会在这里?"

"我的工作需要尸体,而你正好出现在我能找到尸体的地方。我还从没在那里找到过活人,不得不说,你是个特别幸运的女人。"他停顿片刻,似乎想到了什么,"如果你没摔下来,当然就更幸运了,但……事已至此——"

"我弟弟呢?本纳呢?"

"本纳?"

刹那间,记忆如潮水涌来。弟弟紧捂的指缝间涌出的鲜血。插进弟弟胸口的长剑和她当时的无助。弟弟覆满血污、失去生气的脸……

她大叫起来,声音破碎喑哑,疼痛席卷四肢百骸,让她扭动得更加激烈。她浑身抽搐,胃部痉挛,却又动弹不得。这间屋子的主人冷眼看她挣扎,蜡白的脸犹如白纸,毫无表情。最终,她瘫了回去,剧痛越来越难以忍受,她像被巨大的老虎钳一点点夹紧,只能口吐白沫,不住呻吟。

"愤怒解决不了问题。"

她报以怒吼,急促的气息从紧咬的牙齿间喷出。

"你应该会很疼。"他拉开橱柜抽屉,拿出一根长烟管,烟管上的烟锅用得发黑。"用这个止痛。"他弯腰用夹子从壁炉里夹出块滚烫的煤。"恐怕疼痛会与你长伴。"

很有年头的烟嘴递到面前。她经常见到死人一样的瘾君子，他们摊开四肢，枯瘦如柴，百无一用，只等着抽下一管大烟。烟管就像仁慈。仁慈等于懦弱。懦夫才要仁慈。

他又露出骷髅般的微笑。"这能帮你缓缓。"

只要痛得够厉害，任何人都会变成懦夫。

灼热的大烟涌入肺腔，刺痛的胸口剧烈起伏，每下咳嗽都带起一阵直抵指尖的疼痛。她呻吟着，脸皱成一团，身体再次扭动起来，但幅度和缓多了。她又抽了一口，这才放松地躺倒。疼痛失去了锋芒，惊慌和恐惧也失去了锋芒，一切都在慢慢融化。柔和温暖，让人舒服。有人发出绵长的低吟，好像就是她自己。一滴泪水滑过脸颊。

"再来？"这次她熟练地吸入，继而喷出羽毛状的轻烟。她的呼吸越来越慢，越来越慢，脑中涌动的热血渐渐平复。

"再来？"他的声音像海浪爬上光滑的沙滩般滚过她全身。满屋子的骨头变得模糊，统统笼罩在温暖的光环中。炉子里的煤块宛如稀世珍宝，流光溢彩。再没有疼痛，一切都无所谓了。她惬意地眨着眼睛，接着怡然阖上双目。

五颜六色的图案在她眼皮底下舞蹈旋转，她漂浮在蜜糖般的温暖海洋之上……

"你醒了？"恍惚中，他的脸渐渐清晰，白得跟投降用的白旗一样，神情似乎很疲惫。"我真有点担心。你做到了，要是醒不来，那可——"

"本纳？"蒙扎的脑子还在漂浮。她呻吟着，尝试转动一边脚踝，然而钻心的疼痛立刻将她拉回现实，让她整张脸绝望地拧作一团。

"还疼？给你说点好事。"他将顾长的手掌合在一起摩擦，"线拆完了。"

"我睡了多久？"

"好几个小时。"

"在那以前呢？"

"十二个星期多一点。"她瞪大眼睛，整个人愣住了，"你睡过了整个秋天，直到冬天，眼下新年要到了，很适合重新开始。说实话，你能醒来几乎算是奇迹，你的伤……哎，你会喜欢我的工作，我相当满意。"

他从她躺着的工作台下拖出个油腻的软垫，将她的头垫高，使她脸向前倾，好看见自己的身体——他的动作十分随意，就像屠夫摆弄肉块，但她无力反抗。她身上盖着灰色的粗毛毯，只能看见起伏不平的身躯轮廓，三条皮带绑住了胸口、臀部和脚踝。

"是为保护你，以免你睡着时滚下去。"他突然轻笑，"你可不能再弄折什么了，对吧？哈……哈！不能再弄折什么了。"他解开皮带，用拇指与食指扣住毯子。蒙扎注视着他的动作，既想知道自己变成了什么样，又极度害怕结果。

他像演员展示奖杯一般掀开毯子。

她完全认不出自己。她全身赤裸，干枯瘦弱，犹如路边的乞丐，苍白的皮肤紧裹扭曲丑陋的骨节，到处是大片大片黑色、棕色、紫色或黄色的淤青。她检视着这具残躯，眼睛瞪得越来越大，仿佛要将它装进里面。她身上横贯着许多深红的伤疤，样子极为狰狞，边缘还有新长出来的粉红嫩肉，伴着星星点点的缝合痕迹。四条伤口互相交叠，铺在腹腔一侧几乎凸露出的肋骨上，还有更多伤口歪七扭八地分布在臀部、双腿、右臂和左脚掌。

她发起抖来，这堆四分五裂的渣滓不可能是她的身体。她咬紧牙关，"嘶嘶"喘气，淤青遍布、骨头毕现的胸腔也跟着上下起伏。

"噢……"她呻吟着,"噢……"

"我知道!印象深刻,呃?"他弯腰靠近,沿她胸口交叠的红色伤疤快速比画。"这里的肋骨和胸骨碎得太多,只能手术修复,是的,还要收拾你的肺。我尽量控制创口大小,不过你也看到,伤害太——"

"噢……"

"左臀我格外满意。"他指着一条从她深陷的肚子下端延伸到枯瘦的大腿内侧的深红色伤口,伤口呈Z字形,两侧布满拆线后留下的红点。"大腿骨,这里,不幸发生了嵌入性骨折。"他清了清嗓子,一只手握成空拳,另一只手伸出一根指头插进拳头里示意,"导致这条腿短了一截,但幸运的是,你另一条腿的胫骨全碎了,我可以取掉一小块,来调整差距。"他皱眉把她双膝合拢,又看着它们自动分开,双脚无力地朝向两侧。"一边膝盖略高了点,你没法站得很直,但是相当——"

"噢……"

"完整。"他咧嘴笑着轻捏她皱缩的双腿,从大腿最上端一直捏到扭曲的脚踝。她看着他像厨子料理一只拔了毛的鸡一样料理自己,却几乎没有触感。"很完整,骨头各就各位,钉子也都拔了。相信我,这绝对是个奇迹,学院里那些怀疑论者肯定不乐意见到。如果我从前的师父瞧见,只怕连他也——"

"噢……"她缓缓举起右手——与其说那是只手,不如说是挂在胳膊末端、瑟瑟发抖的破玩具。手掌弯曲、萎缩,戈巴的金属丝留下一条又长又丑的伤疤,指头犹如扭曲的树根挨在一起,小指却角度诡异地支棱开去。她喘着粗气,尝试攥拳头。大拇指外的几根手指一动不动,痛楚却沿胳膊射来,涌出的胆汁灼烧着喉咙。

"我尽力了。你瞧,都是些小骨头,伤得又太重,小指肌腱尤甚。"这间屋子的主人显得有些失落,"这的确挺难接受的,好在伤疤会变淡……多多少少吧。但说真的，考虑到你是从那么高……算了，给你。"烟嘴递了过来，她贪婪地吸吮，以至紧紧咬住了它，仿佛它是仅存的希望。

它的确是。

他从面包一角掰下一小块，差不多是喂鸟的分量。蒙扎看着他，嘴里溢满酸涩的唾沫。这是出于饥饿还是恶心？没什么区别。她木然接过面包，放到唇间，仅仅这点动作就使得左手抖个不停。她强行把它塞进嘴里，咽了下去。

好像在吞玻璃碴。

"慢点。"他念叨着，"慢慢来。你摔下来之后，只喝过牛奶和糖水。"

面包入肚，立刻产生剧烈的排斥，忠臣留下的刀伤旁的内脏抽搐起来。

"给。"他温柔而坚定地扶住她的头，再把水瓶瓶口对准她的嘴。她吞了一口，又一口，随后不由得朝他扶着她的手臂去。她感觉到，他的指头下面有几块陌生的肿块，就在她脑袋一侧。"我被迫移除了几块头骨，用金币代替。"

"金币？"

"你宁愿脑子裸在外面？金子不生锈也不腐烂，我承认，这样的治疗花费不菲，但如果你死了，我还是能收回投入。既然你没死，嗯……这钱花得也值。你的头皮会有异物感，但头发仍旧能长出来。你的头发真漂亮，就像午夜的天空。"

他轻柔地让她在工作台上躺好，手还搁在她头上。温柔的触碰，宛如爱抚。

"我通常话很少，可能因为独处太久。"他又露出那种死人的微笑，"但我找到你……唤起了心中最好的一面。我孩子他娘也是这样。某种程度上，你让我想起了她。"

蒙扎回以类似微笑的表情，但肚里翻江倒海，和时时刻刻感受到的恶心混在一起。她极度渴求……

她吞了口口水。"我能——"

"当然。"他已把烟管凑过来了。

"并拢。"

"并不拢！"她吼道。三根手指仅仅向内弯曲了几分，小指还是朝外翘出，翘得前所未有地直。她记得自己的手指以前有多么灵活，动作是如何干脆利落。挫败和恼怒比疼痛更加刺痛了她。"永远并不拢了！"

"你像个死人一样一连躺了几星期。我治好你，不是为了让你躺着抽大烟。再努力试试。"

"你他妈咋不试试？"

"很好。"他粗暴地捏住她的手，将弯曲的五指强捏成蜷缩的拳头。她的双眼快要暴出眼窝了，呼吸急促得甚至发不出声来。

"看来你并不明白我帮了你多大的忙。"他越捏越紧，"不经历痛苦就无法成长，不经历痛苦就没有进步。成大事者必须忍受痛苦。"她完好的那只手徒劳地在他手上又挖又抠。"爱是美好而舒适的坐垫，但只有恨才能让你变得优秀。瞧。"他放开手，蒙扎瘫坐在台子上，抽噎着目睹颤抖的手指渐渐散开，拳头打开了一半，露出刺眼的紫色伤疤。

她想杀了他。她想尖声骂出所有脏话。但此刻的她无比需要他，因此她管住了嘴，抽噎着、喘息着、磨着牙，恨恨地躺回工作台。

"并拢你的手。"她直视他那张毫无表情、犹如新挖坟墓般的脸，"立刻，不然我帮你。"

她用尽全力，不由自主地嘶吼，整个手臂直到肩膀都在抽搐。慢慢地，几根指头互相靠近了一些，但那根小指还是笔直朝外翘。

"瞧，你这混蛋！"她将麻木扭曲、坑坑洼洼的拳头举到他眼前，"瞧！"

"所以这很难吗？"他递来烟管，她一把抓住，"不用谢我。"

"我们来看看你能否——"

她大叫起来，膝盖一弯，若非他及时扶住，差点摔倒在地。

"还不行？"他皱起眉头，"应该可以走路，骨头都接好了。痛当然会痛，但……可能哪个关节里残留着骨片。你哪儿痛？"

"哪儿都痛！"她冲他凶巴巴地吼。

"看来这不是单靠意志力就能解决的问题。若非万不得已，我可不想再切开你腿上的伤口。"他一只手伸到她双膝后面，轻而易举将她抱回工作台。"我得出去一下。"

她抓住他。"很快回来？"

"很快。"

他的脚步声消失在走廊中。她听到前门关闭的撞击声，继而是钥匙上锁的刮擦声。

"婊子养的。"她把腿伸了下去。双脚触到地面的瞬间，她浑身一颤，站直时不禁呲开了牙。她摆脱病榻、完全靠自己站好，喉头不由得发出低吼。

痛得简直像下了地狱，但感觉很美妙。

她长吸一口气，聚起力量，摇摇晃晃地走向屋子对面。剧痛冲击着脚踝、膝盖、髋骨，直达脊柱，她展开双臂平衡身子。她走到橱柜边，扶着柜角，拉开抽屉。烟管就放在里面，旁边有一个绿色玻璃罐，里面是黑色的烟块——那是她朝思暮想的东西啊。她嘴里发干，病态的欲望使得掌心冒汗。她猛地关上抽屉，摇摇晃晃回到工作台。冷酷的痛感依然刺激着全身，但她正日益强壮。她很快会准备好的，但不是现在。

耐心是成功之母，斯多里克斯在书中写道。

穿过房间，再走回来，咬紧牙关，憋住嘶吼。穿过房间，再走回来，摇摇晃晃，脸颊扭曲。穿过房间，再走回来，脚步踉跄，低声抽泣。她终于口吐白沫，靠在台子上，稍稍平复呼吸。

然后，穿过房间，再走回来。

镜子中央被一条裂缝贯穿，但她觉得镜子还不够破。

你的秀发仿佛璀璨的夜幕。

她的左边头颅曾被剃光头发，如今长出脏兮兮的板寸。另一边没剃的头发软塌塌地垂下，纠缠在一起，油腻得像陈年海藻。

你的双眼，像动人的蓝宝石，无价之宝！

发黄、充血的眼球，睫毛粘在一起，眼眶周围都是紫黑淤青，疼痛如影随形。

你的嘴唇仿若玫瑰花瓣。

干裂、枯萎的双唇，到处翻起灰白死皮，嘴角还有黄色污物。三道浅棕色长疤穿过她蜡白、深陷的一侧脸颊，分外醒目。

你今早格外的漂亮，蒙扎……

她苍白瘦弱的脖子不堪一握，两侧都有戈巴的金属丝留下的鲜红印记。

她就像个死于瘟疫的女人，甚至不如壁炉上堆放的骷髅。

而镜子旁边，她的救命恩人露出微笑。"我说过什么？你看起来很好。"

你就像战争女神！

"我看起来像戴着狂欢庆典里的死鬼面具！"她不屑一顾地说，镜子里的毁容怪物也冲她露出不屑的神情。

"比我捡到你时好多了,凡事要看到阳光面。"他丢下镜子,起身穿外套,"我得出去一阵。继续锻炼你的手,但注意保存力气,之后我必须给你的腿开刀,解决你难以站立的问题。"

她挤出个病态的微笑。"好。我知道了。"

"行。我很快回来。"他把帆布袋搭上肩膀。脚步声回荡在走廊中,接着是锁门声。她在心里默数到十。

她翻下工作台,从旁边的托盘抓了两根针和一把刀,然后一瘸一拐走到橱柜旁,拉开抽屉,把烟管和烟罐塞进裤袋——裤子是他借给她的,松松垮垮挂在腰上。她踉跄着走向卧室,地板在赤裸的脚底咯吱作响,接着她弯腰从床下提起一双老旧的靴子——这动作让她痛得龇牙咧嘴——嘟囔着穿上。

她来到走廊,移动所付出的努力、周身的疼痛还有恐惧让她不停喘气。她跪在前门——准确地说,是随着骨节"咔哒"声一点点放低身形,直到灼痛的双膝挨到地板——用上荒废已久的开锁技能,针在锁孔里前后试探,扭曲的手轻轻摸索。

"转啊,狗杂种,转啊。"

好在这不是什么好锁。锁心被针压住,发出令人欣喜的碰撞声,她随即抓住把手,拉开门。外面是晚上,天气很糟,"哗啦啦"的冷雨落在无人打理的院子,丛丛野草反射着微弱的月光,破碎的墙壁被浇得又湿又滑,倾斜的篱笆外有几棵光秃秃的树,树下阴影幢幢。对一个要出门的残废来说,这是个残酷的夜晚,但寒风抽打在脸上,清新的空气涌入口中,令她仿若新生。身为自由人冻死也好过继续跟满屋子骨头为伴。于是她冲进雨帘,踮着脚跳过院子。蓖麻剐蹭皮肤,她钻入树丛,在泛着白光的林木间穿行,故意避开小路,且始终没有回头。

她弯下腰,靠完好的那只手扒住泥地,爬上一段很长的斜坡。每次打滑,她都会发出闷哼,每块肌肉都在抗议。黑色的雨从黑色的枝丫间滴落，打在落叶堆上，钻进头发里，使得发丝散落面前，它们还钻进她偷来的衣服，湿透了她灼痛的皮肤。

"再一步。"

她必须离开那个工作台，离开那些小刀，离开那张松弛、苍白、空虚的脸。那张脸，还有镜子里的另一张。

"再一步……再一步……再一步。"

黑色的地面摇晃着后退，她的手扒着湿滑的泥巴和树根。很久以前，父亲犁地时，她就跟在后面，手在翻过的泥土中寻找石头。

没有你我该怎么办？

她曾和科斯卡一起跪在冰冷的树林，等待伏击时机，鼻孔里都是潮湿而清新的树木味道，心脏因恐惧和兴奋跳得飞快。

你心中有个魔鬼。

她反复想着要做的事情，来让自己坚持走下去。她靠记忆驱动笨拙的双脚。

赶紧把她扔下去，收拾利索。

她停下脚步，弯腰喘气，喷出的气息在潮湿的夜里凝成白雾。她不知自己走了多远，从哪里来，到哪里去。此时此刻，她有更迫切的需求。

她靠在湿溜溜的树干上，用完好的那只手解腰带扣，另一只手的手背按住腰带。她使出吃奶的力气才撬开这该死的东西。至少她不用动手脱裤子，裤子靠自重就从她瘦骨嶙峋的屁股和伤疤遍布的腿上滑落。她呆看了片刻，思索之后该怎么穿上。

一次只打一仗，斯多里克斯如是说。

她抓过被雨水浇湿的低枝，放低身形，右手护在胸前，贴着潮湿的衬衫，赤裸的双膝不住颤抖。

"来吧。"她嘶吼着，竭力放松憋紧的膀胱，"要来就是现在。就是现在。就——"

她发出如释重负的呻吟，尿液和雨水一道溅落污泥，顺着斜坡流下。她的右腿前所未有的痛，萎缩的肌肉抽搐不已。当她战战兢兢放开树枝时，浑身打了个冷战，连忙把重心换到另一条腿上——却不料在那个刹那，脚掌打滑，整个人向后跌倒，脑海顿时一片空白，嘴里泛起强烈的恶心，以至忘了呼吸。待她慢慢清醒过来，发觉自己脑袋着地时咬到了舌头，整个人滑出去一两跨，跌进一个装满腐叶的坑。她就这样躺在淫雨之中，裤子缠在脚踝，放声大哭。

毫无疑问，这是她迄今为止的人生最低谷。

她婴儿般号啕大哭，不管不顾、无助绝望地痛哭，哭得上气不接下气，扭曲的身体颤抖不已。她不记得上次哭是什么时候了，可能她从没哭过，本纳哭完了两人的份。最近这十多个黑暗年头的痛苦、恐惧及其他各种情绪一起涌上她皱成一团的脸庞，她就这么瘫倒在泥坑里，痛彻心扉地回忆着失去的一切。

本纳死了，她生命中的美好也随之而去。他们互相取乐的方式，他们相依为命的默契，再也无法重现。他曾是她的归宿、她的家人、她的朋友，不，他就是她的一切，而这些都毁于一旦，犹如一支廉价蜡烛被轻轻吹熄。她的手也毁了。她把痛得钻心、充满嘲讽意味的残肢抱在胸口，想起自己曾用它来挥舞长剑、执笔书写、交往致意，而今已被戈巴的脚寸寸碾碎。她行走、奔跑和骑马的英姿，也全毁在奥索公爵阳台下的悬崖。她在人世间的地位，十年血汗辛苦得来的成就，恍若过眼云烟。她所追求、期冀、梦想的一切……

统统消逝了。

她提起粘满腐叶的裤子，笨拙地系好腰带，最后抽噎了几声，擤了把鼻涕，冰冷的手将剩下的液体从鼻孔下抹去。曾经的生活一去不返，原来的她也已死去，破镜永远无法重圆。

为此哭泣毫无意义。

她跪在泥巴里，于黑暗寂静中瑟瑟发抖。她所拥有的一切并非自然消逝，而是被偷走的；她的弟弟没有善终，而是遭到了谋杀，就像被屠宰的动物。她将力量灌注在扭曲的手指上，看着它们握成颤抖的拳头。

"我要杀光他们。"

她挨个回忆他们的面孔，在脑海中拼命搜寻。戈巴，盘踞在阴影里的肥猪。别浪费一具好身段。她想起他的脚踩在她手上，想起骨头碎裂的滋味，整张脸不自禁地抽搐。马修斯，银行家，冰冷地俯视着弟弟的尸体，有些烦躁也有些无聊。忠臣卡皮，这个多年以来和她同桌用餐、并肩战斗、患难与共的伙伴。我真的很抱歉。她仿佛又看到他抽回手臂，准备捅她个透心凉。身侧那道伤口依旧隐隐作痛，她隔着湿透的衬衫按住它，用力挤压，直到痛感越来越强，直到心中怒火熊熊。

"我要杀光他们。"

加恩马克，那张柔和、疲惫的脸孔浮现在眼前，而他一剑刺入本纳后心的动作令她不寒而栗。完事了。阿里欧世子倚在椅子里，漫不经心地托着玻璃酒杯。他的匕首划破了本纳的脖子，深红的血从本纳白皙的指间汩汩涌出。她让自己回忆起每个细节，记住他们说的每一句话。还有弗斯卡。我拒绝参与！但这改变不了什么。

"我要杀光他们，一个不留。"

最后是奥索，她为之付出、为之战斗、为之杀戮的奥索。那位大公爵，塔林之主，竟为区区一则谣言就下此毒手，要将他们赶尽杀绝。他杀了她弟弟，留下浑身残废的她，只因害怕他们夺取他的地位。她把牙齿咬得太紧，下巴咬得生疼。她还能感觉到他慈父般的手搭在她肩上，不由浑身起了鸡皮疙瘩。她还能看见他的笑容，听见他的声音隆隆回荡在脑海。

没有你我该怎么办？

七人。

她爬起来，咬着破嘴唇，摇摇晃晃穿过漆黑的树林。雨水顺着湿漉漉的头发流下，滑过脸庞，疼痛席卷双腿、身侧、右手和头颅，但她重重地踏出步子，逼迫自己向前。

"我要杀光他们……杀光他们……杀光他们……"

她不会再哭了。

旧日小径长满野草，几难辨认，枝丫抽打着她酸痛的身躯，荆棘戳刺着她灼烧的双腿。她爬过蔓生的篱笆中间的裂缝，皱眉打量着自己的出生地。她曾在这片硬土地上费尽心力地播种，如今这里早已长满荆棘和荨麻。上面的田地覆了一片枯死的植物，下面的田地除了荆棘还是荆棘。狭小的农舍还剩下残垣断壁，在树林边缘哀伤地注视着她，她也报以哀伤的回望。

岁月给彼此都留下了深重的痕迹。

她蹲下身，包裹在扭曲骨头上的萎缩肌肉伸展开来，疼得她咬紧牙关。她聆听夕阳中鸟儿的啁啾，注视野草和荨麻在风中摇摆。终于，她确定这地方真的像它看起来那样被所有人遗忘了，这才慢慢活动双腿，舒经活脉，一瘸一拐地走向小屋。父亲病故的那间屋子垮塌后留下一副空壳和一两根腐朽的房梁，它那么小，简直难以相信她曾在里面住过。不，不只是她，还有父亲和本纳。她别过头，冲干燥的地面吐了口唾沫。她来这里不是为了回忆甜蜜又苦涩的过去。

她要报仇。

铲子还在两年前的冬天她放置的地方，也就是没了屋顶的谷仓内、角落里的垃圾下面，铲刃依然锋利。她提起铲子，向树林里走了三十跨。难以想象，两年前的她哈哈大笑，轻而易举迈开步子，拖着铲子穿过繁茂的野草。如今的她踏进寂静的树林，每迈一步都疼得浑身抽搐。暮色将临，斑驳的阳光在落叶上翩翩起舞，绘出无数破碎图案。

三十跨。她用铲子砍开荆棘，费尽力气搬走一根腐烂的树干，开始挖掘。这工作需要用上双手双脚，以她现在这副样子，只能成为令她呻吟不止、汗流浃背、牙关紧咬的折磨。但蒙扎从不做半吊子工作，无论付出怎样的代价。你心中有个魔鬼，科斯卡曾对她说。他说得太对了，难怪他后来会因此倒霉。

夜色降临时，她终于听到金属敲击木板的空响。她铲掉最后一层土，用破碎的指甲撬起裹在土里的拉环，低吼着全力往外拉，偷来的衣服冷冷地贴住伤疤累累的皮肤。伴着金属吱嘎声，暗门开了，漆黑的洞口出现在眼前，阶梯若隐若现。她走下阶梯，尽力放缓动作，此时决不能再伤筋动骨。她在黑暗中摸索，总算找到了架子，用那只堪称讽刺的右手握住燧石，点亮油灯。昏暗的光线照亮了拱形地窖，金属物体在火光中闪烁——那些本纳留的后路，按它们当时摆放的样子，纹丝未动待在原地。

本纳总是眼光长远。

钥匙挂在一排生锈的钩子上，用于开启遍布斯提亚各地的空房子，必要时可作为藏身之处。左手墙边立着武器架，长短各异的兵器泛着寒光。她打开武器架旁的箱子，里面有折叠整齐的衣服，全是新的，但她怀疑自己这副残躯很可能穿不上。她抚摸过本纳的衬衫，回想起他为这件衣服挑选丝料的样子，然而借着灯光，她看到的却是自己的右手。于是她拿起一副手套，丢掉一只，将另一只套上这只残废的手。活动手指仍旧会痛得她倒抽冷气，小拇指也依然倔强地支棱着。

地窖尽头堆放着木箱，一共二十只。她蹒跚走到最近一只箱子旁，掀开箱盖。

赫尔蒙的金子在她眼前闪闪发光。堆成小山的金币，单这一个箱子的财富就很可观。她用指尖小心抚摸头颅一侧，勾勒皮肤下的凸痕。金子。金子能做的不止是修补颅骨。

她把手插进钱币堆，让钱币从指缝间流过。一个人和一箱钱独处时，谁都会这么做。这些就是她的武器。这些，以及……

她用戴手套的手依次抚过武器架上的武器，中途顿了顿，回到其中一把武器上。那是一把精纯灰钢打造的长剑，剑身并无多少华丽装饰，却有种摄人心魄的美感，完全适合于它的本来用途——杀人。它是斯提亚最好的铁匠打造的重型细剑，是她送给本纳的礼物，可惜他连好剑和萝卜都没法区分。他只佩戴了七八天，就换了一把价格虚高、装饰着愚蠢镀金流苏的垃圾铁片。

也就是他们杀他时，他试图抽出的那把。

她握住冰冷的剑柄，左手握剑的感觉很奇怪。她将剑抽出几寸，剑刃在油灯照耀下寒光凛凛、跃跃欲试。好剑可屈但不易折。好剑经久而锋利依然。好剑不恤他人、不抱遗憾、绝无怜悯。

她笑了。几个月来头一次笑了。自被戈巴的金属丝勒住脖子后头一次笑了。

来吧，报仇。

离水的鱼
Fish out of Water

冷风从海上来，冲塔林的码头好一通吹。见鬼，这可能称不上"好"，视乎你穿的衣服多少。摆子穿的不多。他拉紧肩上的薄外套——虽然这没什么用——眯起眼睛，凄惨地盯着大风吹来的海面。他今天成了名副其实的摆子，其实几周来都是如此。

他回忆起坐在北方乌发斯的房子里，靠着火堆，浑身暖融融的，肚内装满炖肉，脑海全是梦想，与奥苏那谈论神奇的塔林城。回忆让他备感苦涩，正是这该死的商人眨着闪亮的眼睛，大肆吹嘘家乡的美好，才终于促成他这趟噩梦般的斯提亚之旅。

奥苏那说，塔林四季如春，终年阳光普照，所以摆子启程前卖掉了暖和的外套，不想热得随时满头大汗。结果到头来，他倒像秋风中卷曲的树叶，堪堪挂在枝头，瑟瑟发抖。奥苏那真是鬼话连篇。

海浪不知疲倦地拍打海港，冰寒的水沫越过腐朽的码头旁停泊的几艘破船，缆绳吱嘎，海鸟发出不祥的鸣叫，没钉紧的木板被吹得"啪啪"作响，周围的人们不住咕哝抱怨——挤在码头的人全是为了找生计，从没有哪个地方一下聚集了这么多可怜虫。他们又脏又虚弱，衣服破烂，双颊深陷。这是一群绝望的家伙，换句话说都是摆子的同类，只是他们出生就在这里，他则是愚蠢地选择来到这里。

他像个不得不破财的守财奴一般，从贴身口袋掏出仅剩的一小块硬面包，掰下一个小角，确保每一粒碎屑都塞进了嘴里。他发现身边有个人盯着他，舌头来回舔着苍白的嘴唇，不由得暗自叹口气，又掰下一小块，递了过去。

"谢了，朋友。"那人赶紧吃下去。

"没关系。"话虽如此，可这面包是他劈了几小时柴才换来的，他觉得关系大了。其他人也都看过来，像群嗷嗷待哺的小狗一样瞪着委屈的大眼睛。摆子一摊手，"如果养得起你们，我他妈还站在这种地方？"

大家嘟嘟囔囔转过身。摆子吸进一条冰冷的鼻涕，又吐了出去。除了陈面包，今早上只有这条脏鼻涕沾过他的嘴唇。他来时带着一口袋银币，满脸笑容，怀揣美好希望，但在塔林待了十周以后，这二样都见了底。

奥苏那说塔林人像绵羊般友好，对陌生人客客气气，可他只感受到轻蔑，甚至有很多人用老套的把戏反复尝试骗取他日益减少的钱财。在塔林的街头巷尾，他没找到重新开始的机会，跟在北方没两样。

一艘小船进港，正准备停靠码头，渔民们匆匆出了船舱，有的拉扯缆绳，有的抱怨着放下船帆。摆子周围的贫民跃跃欲试，期待能有工作机会落到头上，连他自己胸中也隐约浮现出一点小希望，尽管他尽力克制，仍忍不住踮脚张望。

鱼获倒上甲板，在布满水汽的日头下闪着银光。打鱼是美好的本分活计，在大盐海上讨生活，没有尔虞我诈，所有人团结一心，对抗海风，捞出亮闪闪的战利品……大概应该是这样吧。臭虽臭了点，但这是高贵的营生，反正摆子这么告诉自己。事实上，他现在看什么都特别高贵。

一位皮肤沧桑有如老门柱的男人跳下船，颐指气使地走到他们面前。乞丐们互相推挤，指望能入他法眼，摆子推测此人就是船长。

"我要两个帮手。"他说着往上推了推破旧的帽子，扫视这片满怀希望又满心绝望的面孔，"你，还有你。"

自然，他没挑摆子。于是摆子和其他人一样，泄气地看着那两个幸运儿匆匆跟着船长走了，其中一个竟是分吃他面包的人。那杂种看都没看周围一眼，更别提替摆子说话。摆子他哥常说，男人重在付出而非回报。但回报至少能让人不挨饿。

"管他的。"他径直跟在他们后面，穿过正将跳动的鱼分拣进篮子和桶子的渔民。他挤出最和善的笑容，走到在甲板上忙活的船长面前。"你的船真棒。"他口是心非地说——他觉得这船就像个又破又黏的浴缸。

"所以？"

"带上我怎么样？"

"你？你会打鱼？"

摆子擅长斧、剑、矛和盾，作为有外号的，他率部踏遍北方，指挥过冲锋也领导过防守。他受过几次重伤，但让敌人吃的苦头比这要多得多。现在，他一心一意只想干点好事，这念头如此迫切，犹如溺水之人渴求浮木。

"我小时候经常打鱼。和我爹一起，在湖边。"他想起自己赤脚踩在鹅卵石上，湖面波光粼粼，父亲和哥哥笑意盈盈。

船长对他的美好回忆毫无兴趣。"湖边？我们是在海上打鱼，小子。"

"我承认，我没练过在海上打鱼。"

"见鬼,那你还来浪费我的时间?我能找到大把符合要求的斯提亚渔民,都是在海上干了十几年的好手。"他挥手指指甲板上一排懒鬼,这些家伙看上去像是在啤酒桶里泡了十几年,"我干吗请一个北方乞丐?"

"我会任劳任怨,听凭吩咐。我不过是眼下走背运,只求你给个机会。"

"照你这么说,谁没走背运?我凭啥非得给你机会?"

"只求给个——"

"下去下去,傻大个儿!"船长从甲板上捡起根粗棍,往前迈了一步,就像要打狗一般,"滚开,走你的背运去!"

"我不擅长打鱼,可我很擅长打人。你最好放下那根棍子,不然老子让你活吞了它。"摆子露出威慑的表情,在北方,这意味着杀戮。船长愣住了,他站在原地嘀咕了些什么,然后扔掉棍子,朝自己人吼叫起来。

摆子缩起双肩,头也不回地走了。他迈着沉重的步伐钻进巷口,两侧墙壁贴满告示,上面的字龙飞凤舞。拥挤的建筑投下浓浓阴影,码头的喧嚣渐渐消失。在这可恶的城市,无论你去恳求铁匠、面包师还是其他什么狗屁师傅,结果都一样。之前有个鞋匠远看上去人很不错,可最后他让摆子有多远滚多远。

奥苏那说,只要用心去找,斯提亚到处都是工作。显然,出于不得而知的原因,奥苏那从头到尾都在撒谎。摆子来之前问过奥苏那各种各样的问题,但当他一脚踏在滑腻的台阶上、老旧的靴子滑进排水沟、还踩到几个鱼头时,他意识到自己忘了一个最关键的问题。正是这个问题让他来这里后处处碰壁:

告诉我,奥苏那——如果斯提亚如此美好,你干吗还来北方?

"去他妈的斯提亚。"他用北方语嘶吼了一句,只觉鼻子发酸,几乎要哭了——要不是还有点自尊,他恐怕早就哭出来了。摆子考尔，叮当脖之子，久经沙场、不惧死亡，并因此赢得尊敬。他曾与最伟大的北方人并肩作战——三树鲁德、黑旋风、狗子和寡言哈丁。他曾在卡曼纳河畔带头向联合王国军冲锋。他曾在杜别克要塞周围的树林里对付上千只山卡。他曾在高地浴血搏杀整整七天。想到那些光辉岁月，他嘴角不由得扯出些微笑意。他明知过去的自己算得上为非作歹，但至少过得快活，至少不是孤身一人。

听到脚步声，他循声望去，只见四个男人沿他的来路，从码头缓步走进小巷，脸上表情完全可以说明他们的盘算。摆子缩进门廊内，祈祷对方的盘算里不包括自己。

但他们随即在他身边围了半圈，令他心里一沉。其中一人有红肿的大鼻子，显然是个酒鬼，还有一人的秃头活像大脚趾，腿上绑着根木棍，第三人留着稀稀拉拉的胡子，露出一口棕黄烂牙。看看这几个丑八怪，摆子觉得他们的盘算多半比他们的长相更丑陋。

带头的冲他笑笑，这人生了张尖尖的老鼠脸，绝非善茬。"你有啥能孝敬哥儿几个的？"

"我倒希望自己有什么东西值得抢，但我啥也没有。你们还是走吧。"

老鼠脸皱眉看向秃头同伴，对这答案颇为失望。"那就靴子。"

"这种天气？我会着凉。"

"鬼才管你着不着凉。靴子，赶紧，别逼我们动手。"

"去他妈的塔林。"摆子压低嗓门骂道，心中的怨气突然如鲠在喉、蠢蠢欲动。他竟沦落到这步田地，这口气很难再咽下去了。这些杂种根本用不到他的靴子，纯粹是为取乐，但在手无寸铁的情形下一挑四不太聪明，天气再冷，为一双破靴子送命也不值。

他弯下腰，边抱怨边脱靴子，随后突然用膝盖狠狠顶在红鼻子胯下，疼得对方倒抽着冷气弯下腰去。这些杂种吓了一跳，摆子自己也吓了一跳，大概他的自尊不容许他光着脚生活吧。他出手击中老鼠脸的下巴，抓住对方的外套前襟，将其抛向一名同伴。那两人一同摔了个四仰八叉，像暴风雨里的猫一样惨叫着。

摆子身形一晃、缩起肩膀，躲过秃头挥来的木棍。击空的秃头失去平衡，大张着嘴向前倒去，摆子一拳正中他伸出的下巴、打得他头朝后仰，然后迅速伸脚一钩，将他仰面放倒。摆子跟着俯下身去，握紧拳头，冲秃头的脸一拳、两拳、三拳——连打四拳才罢休。秃头被打得血肉模糊，飞起的血沫溅在摆子脏兮兮的袖管上。

他这才摇晃着走开，秃头躺在排水沟里，半死不活地吐出几颗牙齿。红鼻子仍缩成一团，手捂胯下。但另外两人已拔出寒光闪闪的匕首，步步逼近。摆子蹲下身，双拳紧握，呼吸粗重，在两人之间来回扫视。他的怒火已经平息了，此刻正后悔没交出靴子，杀了他之后，他们照样能从他冰冷的脚上扒下靴子。该死的、百无一用、有害无益的自尊。

老鼠脸抹着鼻孔流出的血。"哦，北方混球，你死定了！你死——"他的小腿突然与大腿分了家，他惨叫着倒地，匕首脱手飞出。

有人从老鼠脸身后的阴影中走出，个子很高，头戴兜帽，苍白的左手握着剑，既长且薄的剑刃仿佛吸收了整条小巷的光线，摄人心魄。这帮抢靴贼只剩烂牙还站着，他的眼睛瞪得像牛一样，死盯着那把让他的匕首黯然失色的剑。

"还不跑？"摆子诧异得皱眉：对方竟是个女人。无需催促，烂牙转身逃出小巷。

"我的腿！"老鼠脸哀号，血淋淋的手捂住腿弯，"我的腿啊！"

"住嘴，不然另一条腿也给你卸掉。"

秃头一言不发地躺在地上。红鼻子终于发出一声呻吟。

"想要老子的靴子？"摆子上前一步，又踢在红鼻子胯下，红鼻子被踢飞了出去，愁眉苦脸地瘫软在地，"给你，狗杂种！"他看向新来的人，脑子阵阵充血，不知怎样才能不挨上一剑就逃掉，并且怀疑自己为何还没挨上一剑。这女人看着来者不善。"你又想要什么？"他喝问。

"不必担心。"他看到她藏在兜帽阴影中的嘴角带着笑意，"我有活儿找你干。"

一大盘肉和蔬菜，泡着汤汁，加上几大块白面包。对方可能有本分活计找他，也可能是别的活儿，摆子此刻只顾大快朵颐，没空分辨。事实上，他像极了动物，而且不是什么好动物，毕竟他有半个月没打理过自己，还带着在门廊下睡觉时沾染的油污。他已不再关心外表了，就算旁边有女人看着。

进屋之后，她依然戴好兜帽，靠在阴暗的墙下，有人靠近就会低头，用乌黑的头发盖住一侧脸颊。他舍得从食物上挪开眼睛的片刻，算是稍微看清了她的样貌——他觉得她挺漂亮。

她有一张坚强而凶悍的脸，下巴线条冷硬，颈部毫无赘肉，侧面突起蓝色的血管。她是个危险人物，这点显而易见，毕竟摆子见她毫不迟疑就砍断人腿，但她眯眼瞧他的样子仍然让他意外地紧张。她的蓝眼睛平静而清冷，仿佛已将他看透，完全清楚他的想法，比他自己还清楚。她的一侧脸颊有三道长伤疤，那是还在愈合的旧伤，而她的右手戴着手套，且不怎么使用。来此的路上，他发现她还有些跛。摆子觉得自己大概要卷入什么歹毒勾当，却无从选择。此时此刻，谁给他饭吃，就能获得他的全部忠诚。

她看着他狼吞虎咽。"饿坏了？"

"算是吧。"

"背井离乡？"

"算是吧。"

"走背运？"

"太背了。也因为我做了些糟糕的决定。"

"背运加失算。"

"没错。"他把刀子和汤勺扔进空盘,"我该三思而后行。"他用最后一片面包擦净盘里的肉汁,"一直以来,我最大的敌人就是自己。"摆子嚼着面包,两人相对而坐,沉默了片刻,"你还没说你的名字。"

"是啊。"

"你总这样?"

"请客的不是我吗?既然我出了钱,想怎样就怎样。"

"你为什么请我?我的一个朋友……"他清清嗓子,思忖了一下奥苏那算不算他的朋友,"我认识的一个人说,斯提亚没有免费的午餐。"

"金玉良言。我需要你。"

摆子在嘴里搅了搅舌头,味道发酸。他现在欠这个女的,不知该用什么偿还。看她的样子,估计代价不菲。"你需要我什么?"

"当务之急,你得洗个澡。这副鬼样子,谁也不会跟你打交道。"

填饱了肚皮,驱散了寒意,摆子终于有余暇关心外表。"信不信由你,我很乐意洗掉一身味道。见鬼,我他妈总算还剩下点自尊。"

"那敢情好,你他妈早该洗洗了。"

他不安地晃了晃肩膀,仿佛就要踏入不知深浅的池塘。"然后呢?"

"没什么,你只需去一家烟馆,找到叫萨加姆的人,就说尼科莫要他到老地方见面,然后带他来见我。"

"你何不自己去?"

"因为我花钱雇了你,白痴。"她戴手套的手掏出一枚硬币。火光中,摆子一下来了精神,因为那片亮闪闪的金属印着称重用的天秤。"把萨加姆带来,这枚天秤币就是你的。如果你还想要鱼,大可买上一桶。"

摆子皱起眉。莫名其妙出现的衣着体面的女人,不但救了他的命,还要给他笔大买卖?他的运气从未这般好到难以置信,但填饱的肚皮让他欲罢不能。"行。"

"很好。或者你可以多干一件事,拿到五十块。"

"五十?"摆子话都说不连贯了,"开玩笑吗?"

"你看我笑了吗?我说五十就五十,如果你还想要鱼,大可自己买艘船,再雇些像样的水手,如何?"

摆子有些不好意思地扯着磨损的外套边角。有了这笔钱,他可以乘上下一趟回乌发斯的船,回去踢奥苏那瘦弱的屁股,从城东踢到城西。好长时间以来,这是唯一能让他开心的念头。"我做什么能拿到五十块?"

"没什么,你只需去一家烟馆,找到叫萨加姆的人,就说尼科莫要他到老地方见面,然后带他来见我。"她停顿片刻,"再帮我杀个人。"

他有一点自知之明,就不该为此惊讶。他真正擅长的工作只有一种,也只有干这事值得别人付出五十枚天秤币。他来这里是为做个好人,但就像狗子说的,手上一旦沾血,就很难再洗干净。

桌底有个东西戳他大腿,惊得他差点跳起来:一把长刀的把柄悬在他两腿间。一把战刀,钢制护手反射着橙色火光,带鞘的刀身握在女人戴手套的手中。

"带上这个。"

"我没答应杀人。"

"我知道。这是为了让萨加姆明白:你不好惹。"

必须承认,他不是很喜欢女人把一把刀伸到他大腿间。"我没答应杀人。"

"你的确没答应。"

"好吧,你明白就好。"他夺过武器,塞进怀里。

※

他走在路上，压住胸口的刀像老情人一样来回磨蹭。摆子知道这没什么好自豪的，随便哪个傻瓜都能带刀。即便如此，他还是有些喜欢它压在肋骨上的重量，仿佛自己不再那么无足轻重。

他来斯提亚是为找个本分活计，但钱包空空时，也只好违背初衷。事实上，摆子没见过比这家烟馆更不本分的地方：一面又脏又秃连窗户都没有的墙上开了一道沉重的门扇，两侧各站着个彪形大汉。从站姿看，他们都有武器，且随时准备动手。其中一个是黑肤的南方人，一头黑发垂在脸侧。

"干吗的？"南方人问，另一个大汉紧盯着他。

"我来见萨加姆。"

"武器？"摆子抽出刀，把手冲外递了出去，对方接过。"跟我来。"伴着合页的吱嘎声，门开了。

门内空气十分污浊，弥漫着甜腻的烟雾，摆子觉得喉咙发痒，只想咳嗽，眼睛也被呛得泪汪汪的。这里昏暗而宁静，感受过门外的寒冷，这种黏稠的温暖让人有些不适。彩色玻璃灯盏在斑驳的墙上投下各式各样的图案，绿色、红色和黄色的都有，简直像个迷幻的噩梦空间。

脏污的丝帘被掀开，昏暗中窸窣作响。人们瘫在垫子上，衣衫不整，意识不清。一个男的仰躺着，嘴巴大张，手里挂着烟管，烟锅还在冒烟。一个女人侧靠在他身边，脸上汗珠密布，像死人一样毫无表情。摆子很难分辨那是愉悦还是绝望的成分居多，看起来是后者。

"这边。"摆子随向导穿过烟雾缭绕的房间，走进一条昏暗走廊。一个女人靠在门廊里，死寂的眼睛看着他经过，一言未发。不知何处有人发出呻吟："噢，噢，噢。"惹人生厌。

穿过珠帘，他们来到另一间大屋子。这里的烟雾少了很多，但气氛更紧张：到处都有人，各个民族、不同肤色的都有，依外貌看都是些硬手。八人围坐一张长桌旁打牌，桌上摆满杯子、酒瓶和钱币，更多人在阴影里看不真切。摆子的目光落在桌旁某人手边丑陋的短柄斧上，心知屋里肯定不止这一把武器。墙上挂着钟，钟摆不停摆动，嘀嗒、嘀嗒、嘀嗒，清晰的声音让他愈发紧张。

一个大汉坐在桌首，在北方这是头儿的位置。这人上了年纪，脸皱得像旧皮革，皮肤黝黑发亮，剪短的发须已成铁灰色。他摆弄着一枚金币，灵巧地用指节让它在手掌和手背间来回腾挪。领摆子进来的人俯在他耳边低声说了什么，然后递上摆子的刀，所有人的视线忽然一齐看向摆子。这下子，摆子觉得一枚天秤币太不划算了。

"你是萨加姆？"他的声音比预想中要大，隔着烟雾格外刺耳。

对方笑了，满口黄牙在黝黑的脸上勾出一道黄色弧线。"我是萨加姆，这一屋子可爱的朋友都能作证。你知道，一个人携带的武器有很多言外之意。"

"是吗？"

萨加姆抽出长刀，举到面前，刀刃在烛火下闪烁。

"不是便宜货，但也不是很贵。实用且锋利，硬朗而难缠，总而言之，这代表你不好惹。我猜得可靠谱？"

"多多少少吧。"对方显然是故作高深的话痨，摆子也懒得解释这根本不是他的刀。少说话，少犯错。

"朋友尊姓大名？"朋友两个字说得没有半分说服力。

"摆子考尔。"

"啊哈哈哈。"萨加姆像着凉般缩了缩壮硕的肩膀，周围人看见都笑起来。这帮杂种挺迎合他的。"你离家十万八千里嘞。"

"我他妈才不关心有几里。我是来传信的，尼科莫要你过去。"

满屋子的笑声旋即消失，速度堪比鲜血喷出割开的喉咙。

"去哪儿？"

"老地方。"

"他'要'我过去?"萨加姆的两个手下离开墙边,在黑暗中缓缓抬起手,"真是胆大包天。不过话说回来,我的老朋友尼科莫干吗让白皮的北方大个儿带着武器来找我呢?"摆子明白自己被那女人坑了,那女人显然不是什么尼科莫。但过去几周他受够了冷眼与嘲讽,再忍不如去死。

"有种你自己去问他,老子回答不了,老头。尼科莫要你到老地方见面,就这些。在我发火以前,劳驾挪挪你黑不溜秋的肥屁股。"

屋内陷入漫长而丑陋的沉默,每个人都在掂量他的话。

"我喜欢这种方式。"萨加姆嘀咕,"你说呢?"他问一个打手。

"我觉得还行,只要不出事。"

"有时的确该换换口味。瞧这家伙,大言不惭,语气粗鲁,活脱脱莽夫一个,要是成天应付这号杂毛,谁受得了?不过偶尔来一个倒挺好玩。总之,尼科莫要我到老地方见面,对吧?"

"没错。"摆子答道。除了走一步看一步,祈祷不出岔子,他别无选择。

"好吧。"老头把牌扔在桌上,缓缓起身,"别让人说老萨加姆欠债不还,谁教是尼科莫要我去……老地方呢?"他将摆子的刀插进腰带。"不过这个由我保管,嗯嗯?就一会儿。"

他们到达女人指定的地方时,天色已晚,颓败的花园昏暗如地窖——摆子发现这里空无一人,只有黏滑的砖墙上贴的告示在夜风中啪啪作响,上面誊着些过时消息。

"然后呢?"萨加姆不耐烦地问,"科斯卡呢?"

"她应该在啊。"摆子低声道,几乎是自言自语。

"她?"萨加姆握住刀柄,"你他妈到底——"

"我在这里,老不死。"她从树干后闪出,兜帽已经摘掉,一束淡淡的月光打在脸上，让摆子头一次看清了她。她比他想象中还漂亮，但也更加冷酷。是的，非常漂亮，非常冷酷，脖子一侧有条醒目的红色伤疤，摆子只在被吊死的人的脖子上见过。她眉头深锁，嘴唇紧抿，双眼微觑，瞪视前方——这神情仿佛要一头撞开大门，浑不管后果如何。

萨加姆像浸水的衬衫一样拉长了脸。"你还活着。"

"活蹦乱跳呢，呃？"

"可我听说——"

"没那回事。"

老头没花多久就恢复了冷静。"你不该出现在塔林，蒙洛卡托，你不该出现在塔林一百里以内。最关键的是，你不应该出现在我身边一百里以内。"他用摆子听不懂的语言咒骂了一句，将脸转向黑暗的天空，"天哪，天哪，你就不能让我安心做几天诚实买卖吗？"

女人嗤之以鼻。"你根本没安那个心，又太贪财。"

"真可惜，你说对了。"他们仿佛老友叙话，但萨加姆始终握着刀柄，"你找我干吗？"

"帮我杀人。"

"卡普亚的屠夫找我帮她杀人，呃？好吧，只要不是奥索公爵身边的谁——"

"他是最后一个。"

"噢，你这疯婆娘。"萨加姆缓缓摇头，"你怎么老喜欢考验我，蒙扎萝，你怎么老喜欢考验我？你做不到。绝对做不到。除非太阳爆炸。"

"你凭什么以为我做不到？况且这些年来，你不是最想他死吗？"

"噢唷，你是指你以他的名义在斯提亚四处散播战火、肆意杀戮的这些年？你兴高采烈地拿他的钱、任他驱使、像被赏了新骨头的小狗一样舔他屁股的这些年？噢，你可从没把肩膀借我哭过。"

"他杀了本纳。"

"是吗？告示说洛根特公爵的间谍暗中行刺。"萨加姆指指她身后墙上贴的某张老旧告示，上面画着一男一女两张面孔。摆子看清后胃里一紧，那正是眼前的女人。"你死在八城联盟手下，举国哀痛。"

"我没心情开玩笑，萨加姆。"

"你什么时候有过？但这不是玩笑，人民称你为英雄，哪怕你是个杀人如麻的魔王。奥索举办盛大演讲，鼓舞市民继续奋斗，为你报仇雪恨，告慰你在天之灵，大家听了泪流不止。我为本纳感到遗憾，我一直很喜欢那孩子，但我早已洗手不干，你也应当考虑这么做。"

"死人才会原谅对手或被对手原谅，活人有更好的选择。我需要你的帮助，何况你还欠我。该还账了，混蛋。"

两人气势汹汹地对视许久，最终老头长出一口气。"我常说，我这把老骨头迟早断送在你手里。你要什么？"

"这就对了。你现在等于是个掮客，对吧？"

"我是认识些人。"

"我需要雇个头脑冷静、身手矫健、见得了大场面的家伙。"

萨加姆思索片刻，接着扭头冲身后问："你认识这样的人吗，友好？"

一片漆黑中，脚步声自摆子的来路传出。有人一路跟踪过来，却没被发现。女人迅速摆出防卫姿势，眯起眼睛，左手握住剑柄。摆子要有武器，现在也握在手上了，可惜他在乌发斯卖掉了所有家伙，那把刀也给了萨加姆，所以只能紧张地蜷起手指，虽然这不顶屁用。

新人走过来，弯着腰，垂着眼。他相对摆子矮半头多，但极壮实，脖子比脑袋还粗，一双粗厚大手从粗厚外套的袖管里垂下。

"友好。"萨加姆微笑着介绍，对其出场效果颇为满意，"这位叫蒙洛卡托，是我的老朋友，只要你不反对，就为她工作一段时间。"男人耸耸粗厚的肩膀。"你叫什么来着，再说一次？"

"摆子。"

友好眨眨眼，又垂下头，一动不动。他眼神阴郁，举止怪异，众人一时陷入沉默。

"他是把好手？"蒙洛卡托问。

"他是我手里最好的人——也是最糟的，如果你跟他做对手的话。我在安全屋结识了他。"

"他犯了什么事才会跟你这号人一起被关进去？"

"不少事呢。"

又一阵沉默。"虽然叫友好，可他话也太少了。"

"我刚见他时也这么想，"萨加姆说，"我猜大概是讽刺。"

"讽刺？在监狱里？"

"监狱收容的人五花八门，总有谁幽默感丰富。"

"随你怎么说吧。我还要大烟。"

"你？你想学你弟弟？你要大烟干吗？"

"你几时打听起客人的隐私了，老头？"

"在理。"他从口袋里掏出个东西扔给她，她当空抓住。

"需要别的东西我会找你。"

"随时效劳，我简直等不及了！哎，我这把老骨头迟早断送在你手里，蒙洛卡托，"萨加姆转身离去，"迟早断送在你手里。"

摆子上前一步拦住他。"我的刀。"他搞不清刚才听到的这些意味着什么，但多少明白自己卷入了某种黑暗血腥的勾当。这种勾当离不开上好的武器。

"乐意之至。"萨加姆把刀用力拍进摆子手里。"不过你要是跟着她，我建议你换把大家伙。"他瞥了瞥其他人，缓缓摇头，"你们三个大英雄，就要去杀奥索公爵啦？在你们送命之前，能不能也帮我个忙呢？记得死痛快点，别供出我。"他愉快地漫步融入夜色之中。

摆子转过身，发现那个名为蒙洛卡托的女子直视着他的双眼。"你怎么说？打鱼可不是轻松活计，跟种地差不多苦，还臭气熏天。"她伸出戴手套的手，银币在掌心闪烁，"我用得着人手。你是只想要这一枚天秤币，还是想再拿五十枚？"

摆子皱眉盯着那片闪亮的金属。记忆里，他曾为比这少得多的代价杀人，无论在战场上、争斗中、决斗里，在各种环境和条件之下。可他始终有个理由——通常不是什么好理由，但足以为之而战。他从不干拿钱换命的谋杀。

"你要杀的这人……干了啥？"

"干了足够让我花五十枚天秤币买他尸体的事，够了吗？"

"不够说服我。"

她皱眉打量了他好一会儿。不知为何，这种直截了当的目光让他有些心慌。"看来你是那种人，呃？"

"我是哪种人？"

"需要理由、寻求动机的人。你们这种人很危险，难以把握。"她耸耸肩，"但如果可以打动你，说又何妨？他杀了我弟弟。"

摆子眨眨眼。她这句话让他莫名联想起过去的日子，记忆远比他以为的清晰。他仿佛看到父亲听天由命的灰色脸孔，听见本应被饶恕的哥哥的惨叫。他眼含泪水，在长厅的废墟中发誓报仇，后来又打破誓言，为了能远离鲜血、做个好人。

她凭空出现在他面前，给了他另一个报仇机会。他杀了我弟弟，这句话简直无法拒绝。当然，他也可能只是需要钱罢了。

"去他奶奶的。"他说，"我要五十块。"

六和一

Six and One

　　骰子掷出六和一。

　　最高点与最低点，这符合友好的人生。从恐怖的深渊上升到荣耀的巅峰，再跌落回来。

　　六加一等于七。友好第一次犯罪就在七岁，六年后他第一次被捕，得到人生第一份判决。他们把他的名字第一次写进"大书"，于是他第一次进了安全屋。他记得是犯了抢劫罪，但不记得抢的什么，自然也不记得为什么抢。父母始终努力工作，为他提供所需，但他还是去抢。或许有些人生而为恶，法官就是这么告诉他的。

　　他抓起骰子在手中摇晃，然后再次掷在石地上，看着它们转动。这种未知感总让他心生愉悦，掷出去的骰子在停止转动前有无限可能，代表着机会与概率，代表着他和那个北方人的命运，以及塔林这座大都市里所有人的命运。

　　一切都随它们转动。

　　六和一。

友好露出一丝微笑。再次扔出六和一的概率是十八分之一。有人会觉得，如果说它们预示着未来，概率未免太小，但若他们像友好这般看待过去，就会发现定数就是定数。未来是什么？无限可能。过去是什么？已成定局，无从更改，好比做成面包的面团，绝对没法逆转。

"骰子怎么说？"

友好用掌沿拢起骰子，抬眼瞥去。这个叫摆子的家伙块头够大，但不像寻常大个子那样拖泥带水。他很强壮，却非农民或劳工那种强壮，因为他的动作并不缓慢。总而言之，他是把硬手。友好牢牢掌握住这些线索。在安全屋，你要能瞬间分辨不同人潜在的威胁，然后毫不动摇地应对。

从伤疤、表情及眼神深处蕴藏的野性来看，北方人是个久经沙场的老兵，其姿态也许说不上泰然自若，但随时蓄势待发，既不会惊慌失措，也不会猝不及防——这种能在复杂环境下保持清醒头脑的人很罕见。他粗壮的左腕有一道伤疤，从特定角度看就像数字七。七也是今天的幸运数字。

"骰子什么也没说。它们是骰子。"

"那你掷它们干吗？"

"它们是骰子，不掷还拿来干吗？"

友好闭上眼睛，握住骰子，将它们贴在脸上，感受温度，又用掌心揉搓。再掷会是什么点数？又是六和一？他感到一丝兴奋。连续三次掷出六和一的概率是三百二十四分之一。三百二十四正好是安全屋的牢房数目。一个吉兆。

"他们来了。"北方人轻声道。

他们一行四人，三个男的，一个妓女。友好隐约听见妓女的夜铃在冷空气中隐约传来，伴随其中一个男人的大笑。他们喝醉了，摇晃的人影沿昏暗的小巷走近。看来等一会儿才能掷骰子了，他叹口气，用软布仔细包好，一折、两折、三折，然后紧紧塞进贴身口袋，让它们安全地待在黑暗中。他希望自己也能紧贴墙边，安全地待在黑暗中，但世事无常，且没法逆转。于是他站起身，扫掉膝盖上的污渍。

"计划是什么？"摆子问。

友好耸耸肩。"六和一。"

他戴上兜帽向前走去，缩着肩膀，手插兜里。光线从高处某扇窗户射下来，照亮了越来越近的四个人：四张狂欢后的怪异面孔，笑容带着浓浓的醉意。正中的大块头有柔软的面孔和精光四射的小眼睛，挂着贪婪的笑容。浓妆妓女踩着高跟鞋，跟跟跄跄跟在边上。左边的男人身材瘦削，蓄着胡子，冲女人傻笑；右边的男人正在擦拭灰白脸颊上因嬉笑流出的眼泪。

"然后呢？"他打着酒嗝叫嚷，声音尖得刺耳。

"你说呢？我一直踢他，最后他尿了裤子。"又一阵大笑，妓女捏着嗓子的尖笑与大块头的男低音形成鲜明对比。"我告诉他，奥索公爵喜欢说'是'的人，你这不长眼的——"

"戈巴？"友好问。

大块头猛转过头，柔软面孔上的笑容消失了。友好停住脚步。从掷骰子的地方到这里，他共走了四十一步。六加一等于七，七乘以六等于四十二。还差一步……

"你是谁？"戈巴吼道。

"六和一。"

"啥？"右边的男人醉醺醺地伸出手，想推开友好，"闪一边儿去，你这疯——"

砍刀将他的脑袋劈开了花，一直劈到鼻梁。左边的男人嘴还没来得及张到最大，又被夺路上前的友好刺中。匕首在肚子里飞速进出了五次，接着友好后退一步，反手割开他的喉咙，抬腿将尸体扫倒在鹅卵石地上。

友好稍作停顿,长舒口气,又浅吸口气。最先丧命的人头顶有一道可怕的伤口,颅盖大开,翻开的双眼涂满了飞溅的黑色脑浆;第二个人身中五刀,鲜血还从喉咙里汩汩流出。

"很好。"友好道,"六和一。"

妓女放声尖叫,浓妆的脸颊沾了好几滴深红的血。

"你死定了!"戈巴边吼边踉跄后退了一步,伸手摸索腰带上明晃晃的匕首,"我要杀了你!"但他没冲上来。

"什么时候?"友好追问,双手分别提着砍刀和匕首,"明天?"

"我要——"

摆子一棍敲在戈巴的后脑勺。漂亮的一击,正中目标。戈巴的双膝如对折的纸片软倒下去,柔软的面孔砸在鹅卵石地,软绵绵的手掌松开匕首。他昏过去了。

"看来你明天做不到,永远也做不到。"女人叫得语无伦次,友好看向她。"你怎么还不跑?"她立刻踩着高跟鞋,摇摇晃晃跑进黑暗之中,急促的呼吸和夜铃声一起在小巷里回荡。

摆子皱眉看着路边两具血淋淋的尸体,两摊血顺着鹅卵石缝隙四处蔓延,不时汇聚成股。"死者在上。"他用北方语喃喃道。

友好耸耸肩。"欢迎来到斯提亚。"

以牙还牙
Bloody Instructions

蒙扎盯着戴手套的手,咬紧牙关,咧开嘴唇,用力活动中间三根手指——蜷起、打开、蜷起、打开,品味每次握拳时指节的"咔咔"响声。她的性命——或者说剩下的半条命——正悬于刀锋之上,她却异常平静。

文图里奥在书中写道:只有与其切身利益相关时,你才能信任对方。刺杀奥索大公爵及其亲信是个几乎不可能完成的任务,因此她对沉默的罪犯的信任程度,顶多也就达到信任萨加姆的程度。她倒觉得北方人还算诚实,但这念头让她心生警觉,因为她也曾这样看待奥索,而结局实在算不上美妙。就算他们把笑盈盈的戈巴领来,一同把她抓回丰特萨莫宫,再将她从山上扔下去一次,她也不该感到意外。

她没法信任任何人。可她也没法独自完成这件事。

外面响起急促的脚步声。门砰地开了,三个男人进来:摆子在右,友好在左,戈巴垂着头,被架在中间,靴尖蹭过洒在地上的锯末。看来她至少目前可以信任这两人。

友好把戈巴拖到砧板边,那是固定在屋子中央的一大块布满敲打痕迹的黑铁。摆子拿出两端连着镣铐的铁链,绕在铁砧基座。他干活时始终愁容满面,仿佛这让他良心不安。

有良心是好事,但往往让人饱受折磨。

乞丐与罪犯很有默契地忙活着,不浪费时间和体力,也没有杀人前的紧张。话说回来,蒙扎一向知人善任。友好用镣铐扣住戈巴的粗手腕,摆子调节灯笼旋钮,火焰在玻璃罩后跃动,光线笼罩了肮脏的铁砧。

"弄醒他。"

友好一桶水泼在戈巴脸上。戈巴咳嗽着猛吸一口气,晃了晃脑袋,水滴顺着头发落下。他想站直,但哗哗作响的锁链又把他拽向铁砧。他的小眼睛怒冲冲地环顾四周。

"你们两个蠢货!你们死定了!死定了!你们也不看看老子是谁?你们不知道老子给谁干活儿吗?"

"我知道。"蒙扎尽可能稳健地走来,努力和以前一样——但毕竟不能一样,她跛了半步才踏入光线当中,掀开兜帽。

戈巴的胖脸霎时皱成一团。"不。不可能。"他瞪大双眼,先是震惊,接着是害怕,最后是纯粹的恐慌。他向后挣扎,挣得铁链哗哗作响,"不!"

"你没看错。"腿虽然痛,她依然露出灿烂微笑,"他妈的别来无恙啊?你胖了一圈,戈巴,比我瘦下来的分量还多。有意思,真有意思。那不是你从我这儿偷走的红宝石吗?"

他左手小指戴着镶红宝石的黑铁戒指。友好扯下它,扔给蒙扎,她用左手接住。这是本纳最后的礼物,令她想起他们骑马去见奥索公爵的山路上,为这颗宝石相视而笑的情景。厚重的指环多了些擦痕,还稍有弯曲,但宝石依旧闪着血红的光芒,犹如割开的喉咙。

"你杀我的时候这玩意儿受了点磕碰,呃,戈巴?就像现在的你和我?"她费了些功夫才把它勉强套进左手中指,奋力穿过指节。"依然很衬这只手。马马虎虎吧。"

"听着!我们可以做笔交易!"戈巴脸上挂满汗珠,"我们可以想办法合作!"

"我已经想到办法了,只可惜我们不在山上。"她从架上取出锤子——粗短的柄连着沉重的钢制锤头——用戴手套的右手紧紧握住,指节"咔咔"作响,"所以我只能用这个让你粉身碎骨。帮我按住他好吗?"友好扭住戈巴的右臂,按在铁砧上,张开的指头在漆黑金属映衬下格外苍白。"你真该让我死透的。"

"奥索会发现的!他会发现的!"

"他当然会——待我把他扔下自家阳台,他肯定会发现。"

"你绝不可能成功!他会杀了你!"

"他已经杀了我,你忘了?可惜我没死透。"

戈巴用力挣扎,脖子青筋暴起,可尽管他块头很大,还是被友好按得死死的。"你干不过他!"

"也许吧,走着瞧。不过有一件事我很肯定,"她举起锤子,"你完了。"

伴着微弱的金属撞击声,锤头砸向指节——一锤、两锤、三锤。每次挥锤都让她的手掌痉挛,胳膊刺痛,但比戈巴的痛要差远了。他张大嘴巴喘息,狂乱地叫唤,浑身抖个不停,而友好松弛的脸贴着他拧紧的脸。戈巴猛地向反方向挣去,手也向旁边同时用力,然而第四锤呼啸着落下,直接砸中手腕。眼见那片乌黑,蒙扎露出笑容。

"看起来比我当时受的伤还重。"她耸耸肩,"好吧,还本付息天经地义。换另一只手。"

"不!"戈巴尖叫,吐沫乱喷,"不!我还有孩子!"

"我也有弟弟！"

锤子砸扁了他的另一只手。她每次都仔细瞄准，从容下手，不放过一丝细节。从指尖到指节，从小指到拇指，从手掌到手腕，寸寸粉碎。

"六和六。"在戈巴的哀号中，友好低声说。

蒙扎双耳充血，不太确定自己听到了什么。"呃？"

"六锤，再加六锤。"他放开奥索的贴身护卫，起身搓手。

"算这个有什么用呢？"她没好气地问，完全不明白他为何计算得如此清楚。

戈巴以双腿为支撑，在铁砧上弯腰用力拉扯镣铐，徒劳地想移动这个大家伙。他口吐白沫，淤青的双掌软塌塌地晃着。

她凑近他耳边："我让你起来了吗？"锤子响亮地砸碎了膝盖，他趔趄着仰面栽倒，锤子又砸中他的腿，令整条腿反折过来，凄厉的惨叫再度响起。

"累死了，"脱外套时肩膀的刺痛让她缩了缩身，"好在最近腿脚灵便了点。"她挽起黑色的袖管，露出前臂蜿蜒的伤疤，"你不常说就你懂得怎么让女人流汗吗，呃，戈巴？我还为此嘲笑过你。"她用手背擦擦脸，"现在让我看看你的能耐。松开他。"

"你确定？"友好问。

"你还怕他咬你的脚不成？我们来点刺激的。"罪犯耸耸肩，弯腰解开戈巴手腕上的镣铐。摆子站在光照不到的暗处，皱眉看她。"有问题吗？"她冲他吼道。

他没说话。

沾满血污的锯末中，戈巴用手肘撑着身体，拖着断腿，漫无目的地爬行。他边爬边发出下意识的破碎呻吟，跟浑身残废、奄奄一息的她在丰特萨莫宫悬崖下的呻吟几无二致。

"啊啊啊啊啊……啊啊啊啊啊……"

蒙扎发现自己远没有预期中享受，于是变得更加愤怒。这呻吟里的某些东西，让她极为烦躁，以至于连手也不自觉地颤抖起来。她勉强维持着笑容，一瘸一拐地跟在他身后，装出心满意足的样子。

"我真的好失望。奥索不老爱吹嘘自己的贴身护卫有多强悍？现在总算清楚了，你根本比不上这把锤子。我要——"

她脚下一滑，扭到了脚踝，不由惊叫着倒向旁边的砖砌熔炉。她慌忙伸出左手支撑，片刻后才发觉炉子依然烫得惊人。

"操！"她像个小丑一样踉跄后退，踢翻了水桶，脏水洒到腿上，"妈的！"

陡然燃起的愚蠢愤怒令她弯下腰，用锤子发泄般击打戈巴。"混蛋！混蛋！"铁锤一下又一下打在戈巴的肋骨上，令他发出一声又一声呻吟，但同时他拼命起身，抱住她的腿，将她拖过去。

疼痛如闪电从髋部射来，她吃痛大叫，立时换用锤柄猛捣他的头，几乎撕裂了他的耳朵。摆子上前一步来帮忙，但她已经挣脱了。哭叫不已的戈巴竟也坐了起来，背靠巨大的水桶，软绵下垂的双手肿成原来的一倍，完全变为紫色。

"求我！"她嘶吼道，"求我，肥猪！"

但戈巴只顾盯着胳膊末端的两坨烂肉，发出短促刺耳的号叫，吐沫飞溅。

"会让人听见的。"友好说，但看起来不甚在意。

"那就让他闭嘴。"

罪犯弯腰越过戈巴身后的水桶，用金属丝套住戈巴的脖子，用力上提——戈巴的号叫陡然只剩喷着口水的喘息。

蒙扎蹲在戈巴面前——这让她的膝盖火辣辣地痛——面对他的脸，看着金属丝勒紧粗脖子，跟当初他勒紧她的脖子时一样。那时留下的伤疤正在发痒。"这滋味如何？"她死盯着他的脸，想榨出一丝复仇的快感，"如何？"尽管没人比她更清楚。戈巴双眼鼓胀，下巴乱抖，脸色由白变红、由红变紫。她站起身。"我真想说'别浪费一具好身段'，可惜实在说不出口。"

她闭上双眼，仰头用鼻孔长吸一口气，左手紧握锤子，高高举起。

"阴谋背叛我，却没让我死透？"

锤子砸在戈巴的猪眼睛中间，发出石头开裂般的尖厉声响。他挺起背，嘴巴大张，却发不出一点声音。

"废了我的手，却没让我死透？"

锤子砸中鼻梁，戈巴的脸像破碎的蛋壳一样陷了下去，他的身体来回抽搐，断腿抖如筛糠。

"杀了我弟弟，却没让我死透？"

最后一击将戈巴的脑袋敲开了花，深红的血顺着发紫的脸颊流淌。友好松开金属丝，戈巴缓缓向旁倒去，动作甚至有些怪异的优雅。他在地上滚了半圈，面孔冲她，一动不动了。

他死了，谁都看得出。蒙扎强迫自己松开握锤子的手，紧绷的手指传来的刺痛让她不禁打个冷战。锤子掉在地上，锤头泛着血光，一角还沾着一缕头发。

死了一人，还剩六人。

"六和一。"她轻声自言自语。友好张大眼睛盯着她，她说不上来是为什么。

"滋味如何？"暗处的摆子问。

"什么滋味？"

"报仇的滋味。舒服吗？"

除了浑身各处的疼痛，蒙扎不确定自己有别的感受：久握锤子后左手的痛楚、残废的右手的痛楚、双腿涌上的痛楚、还有头颅内部的阵阵涨痛。本纳已死，不能复生，她也仍然是个残废。于是她皱眉站在原地，没有回答。

"要我处理掉这个?"友好冲尸体挥手,他的另一只手握着反光的沉重砍刀。

"确保没人找得到他。"

友好抓住戈巴的一边脚踝,把他拖向铁砧,锯末中留下一条血迹。"剁碎了扔进下水道,老鼠们自会解决。"

"便宜他了。"话虽如此,她仍觉得有些恶心。她需要抽一口,这是每天必备的,大烟能让她平静。她掏出个装满五十枚天秤币的小包,扔给摆子。

摆子一把抓住,钱币发出清脆响声。"就这样?"

"就这样。"

"好吧。"他顿了顿,想说些什么,却又想不出。"你弟弟的事,我很难过。"

她借灯光打量他的脸,是那种试图看透对方的认真打量。他对她与奥索的恩怨几乎一无所知——乍看上去,他对这里的一切都一无所知。但她之前就发现,他很能打,而他敢只身前往萨加姆的地盘,又说明他很有胆气。他是一个有胆气、兴许还算正直的男人。一个有自尊的男人。这意味着,只要她把握好,他也会很忠诚。忠诚可是斯提亚的稀缺商品。

况且,她几乎从未独自行动。本纳一直在她身边,至少也在她身后。"你很难过?"

"没错。我也有个兄弟。"他就要转身出门。

"你还需要工作吗?"她盯着他,欺身上前,同时完好的左手悄悄伸到背后,握住匕首。他知道她的名字、奥索的名字,还有萨加姆的名字,这些足够她再死上十次了。不论死活,他都得留下。

"这种工作?"他皱眉看着她靴底的锯末沾染的血渍。

"是的,就是杀人。"她盘算该刺他的胸口还是咽喉,或等他转身刺向后背。"你以为呢? 挤羊奶吗?"

他摇摇头,长发在空中摆荡。"说来不怕你笑话,我来这里是为做个好人。你当然有你的理由,但整件事不太对劲,说不定会越走越偏。"

"只需再杀六人。"

"不,不。我不干了。"他更像在说服自己,"不管你给我多少钱我都——"

"五千块。"

他的嘴唇张成"不"的形状,却没说出口。他瞪着她,起先是震惊,接着若有所思。他在思索这到底是多少钱,够不够出卖自己。蒙扎在估算每个人的身价上很有一套。每个人都可以被收买。

她又上前一步,近距离直视他的脸。"我知道你为人好,身手也好。我正需要这种人。"她刻意打量他的嘴,再重新望进他的眼睛,"帮帮我。我需要你的帮助,你也需要我的钱。五千枚天秤币。有了这些钱,你会更容易做个好人。这些钱够你买下半个北方,自己做国王。"

"谁说我想做国王?"

"你愿意的话做王后也成。不过,我知道你不愿做什么。"她靠拢过来,呼吸轻拂他的脖颈。"你不愿求人施舍一份工作。要我说,这是理所应当,像你这样骄傲的人不该落入那般田地。当然,"她挪开视线,"我不强迫你。"

他站在原地,掂量手里的钱袋,而她已将手从匕首上移开。她知道了他的答案。尽管金钱对不同的人意义不同,巴拉维尔德在书中写道,但它总归是好东西。

他严肃地抬起头。"我们要杀谁?"

这种时刻她总会得意地看向身边,与本纳同样得意的视线交汇。我们又赢了。但本纳已死,蒙扎满心只想送下一个人去陪他。"一个银行家。"

"一个啥?"

"一个数钱的人。"

"让钱生钱的人?"

"没错。"

"都是你们这边的奇怪风俗。他做了什么?"

"他杀了我弟弟。"

"继续报仇,呃?"

"继续报仇。"

摆子点头。"那我算被你雇下了。你需要我干吗?"

"帮友好处理现场,今晚就算完事。我们不会在塔林逗留。"

摆子看向铁砧,猛吸一口气后抽出她之前送他的刀,走过去帮友好分尸。

蒙扎垂眼看着左手,擦掉手背沾上的几滴血。她的手指还在颤抖。或许是因为之前杀了人,或许是因为刚才没杀人,或许是因为太需要抽烟。她不清楚。

或许三者皆有罢。

第二部　西港
Part 2

WESTPORT

人总会一点点习惯毒药。

——维克多·雨果

第一年他们总挨饿，蒙扎下田劳作或去林子采集时，本纳就上村里乞讨。

第二年收成好一些，他们在谷仓旁辟了片菜园。在大雪纷飞、将整个山谷变为纯白的静寂之地前，他们还从老磨坊主德斯洛那里得到一些面包。

第三年气候宜人、雨水当时，蒙扎在上面的田地种的粮食长势良好，几乎比得上父亲种的。由于边界上的战事，粮食价格很高，他们预计不仅能赚到补房顶的钱，还能给本纳买件新衬衫。蒙扎看着风吹麦浪，心里充满对双手劳动所获的自豪。这种父亲常有的自豪。

但收割前几天的夜里，她突然被吵醒。她摇醒在身旁熟睡的本纳，一手捂住他的嘴，一手拿起父亲的长剑，轻轻打开百叶窗。他们一起蹑手蹑脚地翻出窗外，跑进林子里，躲在树干后的灌木丛中。

几个黑色的人影站在屋子前，火把在夜色中摇曳。

"他们是谁？"

"嘘——"

她听见他们破门而入，冲进屋子和谷仓。

"他们想干吗？"

"嘘——"

他们在田地里散开，开始放火，火焰一点点吞噬小麦，最终变成熊熊大火。有人在欢呼，有人在大笑。

本纳瞪大了眼睛，闪烁的橙色火光照得他的瘦脸蛋忽明忽暗，两行晶莹的泪水顺着滑下。"他们为什么……为什么要……"

"嘘——"

蒙扎看着翻滚的浓烟升上澄澈的夜空。她双手劳动所获，她付出的汗水与承受的痛苦，一切都化为乌有。那伙人走后，她仍在灌木丛里待了好久，呆看田地燃烧的光景。

第二天早上又来了一批人。他们是山谷周边的农户,个个面色严峻、义愤填膺。老德斯洛走在前头,腰间挂着把剑,他的三个儿子跟在后面。

"他们打这里过的?你们没死算是走运了。他们杀了山谷那头的卡维一家,连孩子都不放过。"

"你们打算怎么做?"

"我们要跟上去,吊死他们。"

"我们一起去。"

"你们最好——"

"我们一起去。"

德斯洛以前不是磨坊主,重操旧业轻而易举。他们次日晚就追上了那伙强盗。那伙人向南折返途中在森林里生火宿营,甚至没安排像样的守卫,与其说是支军队,不如说是群流寇,其中有不少溜过边界的农民,打算趁大老爷们开战时发泄心中积压的不满,或者摆平想象中的仇怨。

"没有杀人觉悟的都留下。"德斯洛抽出长剑,其他人也举起切肉刀、斧子和自制长矛。

"等等!"本纳拉住蒙扎的胳膊,轻声说。

"不。"

她安静地矮身奔跑,手握父亲的长剑。火焰在漆黑的森林中跃动,她听到人们的呼喊、金属的碰撞、弓弦的嗡鸣。

她冲出灌木丛,只见两个男人蹲在营火旁,火上架着口冒气的锅。一个男人留着浓密的胡子,手里有把伐木斧。他还没来得及举起斧子,就被蒙扎一剑劈在眉心,惨叫着倒地。另一个男人转身逃跑,刚跑出一步便教她刺穿后心,当即殒命。胡子男不断大声哀号,双手在脸上乱摸乱抓,于是她当胸补了他一剑,他呻吟几声后彻底没气了。

周围的战斗声渐渐平息,而她一直盯着这两具尸体。本纳爬出树林,取下胡子男腰带上的钱袋。他一提袋子,一大把银币落在掌心。

"他有十七枚银币。"

他们把庄稼全卖了,也只能挣到这些钱的一半。他又检查了另一个人的钱袋,不由得张大眼睛:"这里有三十块。"

"三十块?"蒙扎看着父亲的长剑上沾的血,体会成为杀手的奇特滋味。太奇特了,竟然这样轻而易举,比在硬邦邦的土地上讨生活容易多了。容易太多了。

她等着懊悔席卷全身。她等了很久。

但那天她无怨无悔。

毒师
Poison

这是马维尔最喜欢的那种下午：凉爽，乃至有些寒冷，但平静无风，澄澈通透。明亮的阳光穿透光秃秃的果树枝丫，照亮了晦暗的铜制三脚架、杆子和螺丝，还在水雾弥漫的玻璃器皿上投下曼妙光斑。这种天气在户外工作是种享受，任何可能有害的蒸汽都容易消散。毕竟，死于自己的毒药，是马维尔的同行最常见的死法，他不想成为其中一员。即便不管其他损失，这至少会对他的名声造成无法挽回的损害。

马维尔微笑着观察微微抖动的炉火，倾听曲颈瓶和冷凝器的轻微摇晃、蒸汽平稳喷发、药剂咕嘟冒泡，边听边点头。这些声音之于马维尔而言，正如拔剑声之于剑术大师，钱币叮当声之于富贾巨商，这是代表他的工作运转正常的声音。所以，当他透过雾蒙蒙的玻璃，看到辰聚精会神地皱眉盯着锥形收集瓶时，感到心满意足。

毋庸置疑，她很漂亮，有心形脸蛋和金色卷发。但这种漂亮并不引人注目，不会让人感到威胁，而且她还散发出让人亲近的天真。

这张脸容易吸引人，但不容易让人产生非分之想，只会令人打开心扉。正因这张脸，马维尔才选择了她，他做事从来深思熟虑、谨慎为先。

冷凝器末端，一颗水珠渐渐凝聚成型。它一点点涨大，终于挣脱束缚，划出闪亮的轨迹，无声地落在收集瓶底部。

"完美。"马维尔轻声道。

更多水珠排成整齐的队列落下，直到最后一滴不情愿地挂在边缘。辰轻轻敲了敲玻璃，它便也坠落下去，和其他水珠融为一体。在其他人看来，收集瓶底部装的不过是一点清水，还不够润湿嘴唇。

"现在要小心，亲爱的，非常非常小心。你可是命悬一线。你和我的命，都是。"

她咬住下唇，极其小心地移开冷凝器，放到托盘上。接着是其他仪器，一件接一件，动作缓慢。马维尔的学徒拥有一双优美而柔软的手，这双手还具备干这行所必备的敏捷和稳健。她小心地把软木塞塞进收集瓶瓶口，迎着阳光举起瓶子，阳光在瓶内的一点液体中折射出钻石般的光芒。她露出微笑，天真无邪、美丽动人却又随意到不让人惦记的微笑。"看起来没什么特别。"

"这正是其关键所在。它无色无味，看起来就像水，但只要饮下一小滴、吸入一小口甚或沾到一丁点，都会让人在几分钟内死亡。它没有解药，无法中和，更谈不上预防。它是真正的……*毒药之王*。"

"毒药之王。"她倒吸一口气，露出恰到好处的敬畏。

"把这些知识谨记于心，亲爱的，不到万不得已不要使用。它只能用来对付最危险、最多疑、最狡猾的目标，只能用来料理精通毒药艺术的行家。"

"我懂。谨慎为先原则。"

"很好，这是我教给你的最有价值的东西。"马维尔靠回椅背，双手合十,"我把压箱底的秘密都抖出来了,你可以毕业了,不过……我希望你能继续做我的助手。"

"为您效力是我的荣幸,我要学的还多着呢。"

"我们都是如此,亲爱的。"马维尔听到远处门铃响起,猛转过头,"我们都是如此。"

两个人影沿果园里的小路向房子走来,马维尔打开望远镜瞧看。一男一女。男人很高,孔武有力,穿着破烂外套,留着长发。从外貌看是个北方人。

"原始人。"他很小声地说。这类人通常既野蛮又迷信,他对之抱有适当的蔑视。

他用望远镜观察女人,虽然她打扮得像个男人。她一瞬不瞬地注视着房子,似乎也在打量他。毫无疑问,她有张美丽的脸蛋,炭黑色长发垂在脸侧,但她的美是那样坚强刚毅、气势汹汹,再加上此刻的她心事重重,不禁让目睹者愈发不安了。这样的脸蛋意味着挑战和威胁,令他过目难忘。她当然没有马维尔的母亲漂亮,不过谁又有他母亲漂亮呢?母亲的美几乎超越凡人,她沐浴在阳光下的纯洁微笑,将永远铭刻在马维尔的记忆中,仿佛——

"访客?"辰问。

"那个叫蒙洛卡托的女人到了。"他冲桌子打个响指,"把这些都清走,记得要非常小心!然后摆上葡萄酒和蛋糕。"

"要加些什么吗?"

"只加李子和杏。我要招待客人,不是杀了他们。"至少在他们说完要说的话以前。

辰干净利落地收拾桌子,铺上桌布,把椅子在桌边摆好,马维尔则准备了些基本的预防措施。一切就绪后,他舒舒服服坐在椅子上,穿着锃亮及膝靴的双腿交叠在一起,双手抱于胸前,完全就是个享受怡人冬日空气的乡绅。毕竟,这是他辛苦工作挣得的,不是吗？

客人渐渐接近房子，他随之展露出最热情的笑容。那个叫蒙洛卡托的女人走路稍有点跛，她掩饰得很好，但马维尔常年行走江湖，早已锤炼出锋利的直觉，不会错过任何细节。她右腰挂剑，看来是把好剑，不过他并不在意。剑是丑陋低级的工具，绅士固然也佩剑，但只有脾气暴躁的粗人才会真正用到它。她右手戴着手套，想来是为隐藏什么，因为她左手没戴，指头上有颗跟他拇指甲盖差不多大小的血红宝石。如果那是真家伙，可相当值钱。

"我是——"

"您是蒙扎萝·蒙洛卡托，千剑团前团长，曾为塔林的奥索公爵工作。"马维尔伸出左手，避开了她戴手套的手，掌心向上，态度谦恭，"我们共同的朋友、坎忒绅士萨加姆将您来访的消息知会了我。"她握住他的手，简单握了握，但动作坚定、彬彬有礼。"请问这位朋友尊姓大名？"马维尔热切地上前一步，用双手握住北方人硕大的右手。

"摆子考尔。"

"果然，果然，我一直认为你们北方人的名字活泼生动。"

"那我的名字呢？"

"妙不可言。"

"哦。"

马维尔继续握了半晌才松手，"请坐，快请。"蒙洛卡托入座时脸孔转瞬即逝地抽搐了一下，马维尔见了微微一笑。"我真没想到您是这么一位大美人。"

她皱了皱眉。"我也没想到你会这么友善。"

"哦，若情势所迫，我会变得相当不友善，真的。"辰无声无息地出现，将托着一碟甜蛋糕、一瓶葡萄酒和几个杯子的托盘放在桌上，"但现在完全不需要，不是吗？来点酒？"

客人们交换了个复杂的眼神。马维尔笑着起开瓶塞,给自己倒了一杯。"您二位都是雇佣兵,但我相信你们不会见财起意、逢人就抢;同样,我也不会见人就下毒。"他夸张地喝了一口酒,为了宣告它完全无害,"否则我怎么挣钱呢?你们大可放心。"

"既然如此,我们拒绝的话你也会体谅吧。"

辰朝一块蛋糕伸出手,"我能——"

"吃吧。"他又对蒙洛卡托说,"这么看,您二位不是来跟我喝酒的。"

"当然。我们有工作委托。"

马维尔检查起自己的指甲。"我猜,您是想委托我暗杀奥索大公爵及其身边的几位亲信。"她坐着一言不发,但这比出言询问更能鼓励他说下去,"做出这个推论无需多聪明。奥索宣称您和您弟弟死在八城联盟的间谍手上,随后我从我们共同的朋友萨加姆那里得知您并未如宣称的那样死去。既然您与奥索没有热泪盈眶的重聚,奥索也没有兴高采烈地宣告您奇迹般的生还,那很显然,来自奥斯皮亚的刺客实际上是……虚构的。要知道,塔林公爵出了名的多疑,您的连战连捷想必让您的主子感到了威胁,我猜得可准?"

"够准了。"

"我衷心同情您的遭遇。显然,您弟弟已不在人世,我相信您跟他一定感情深厚。"她冰蓝的双眼变得冷若寒霜,北方人则面色阴沉地坐在一旁,没有插嘴。马维尔小心地清了清喉咙。剑或许是低级的工具,但被它插进肚子的话,不管聪明人还是蠢货一样会死。"您应该清楚,我可是业界翘楚。"

"真的。"享受甜食的辰难得停下动作,附和道,"毋庸置疑。"

"我下手的大人物比比皆是,这些人如果能来作证,会是最有力的证据。当然很可惜,他们一个都来不了了。"

辰可惜地摇摇头。"一个都来不了。"

"你想表达什么？"蒙洛卡托问。

"雇佣业界翘楚花费不菲，可能超越了失去雇主的您所能负担的程度。"

"你听说过索门恩·赫尔蒙吗？"

"久闻大名。"

"我没听过。"辰说。

马维尔径自解释："赫尔蒙原本是个穷困潦倒的坎忒移民，后来却成为墨西利亚最富有的商人。他天方夜谭般的奢华生活为世人津津乐道。"

"所以呢？"

"哎，奥索大公爵雇佣千剑团偷袭墨西利亚时，他不幸就在城里。虽然人员伤亡不大，但城市遭到洗劫，而赫尔蒙从此再无音讯，他的钱财也不见踪影。人们推测这位商人和许多富商一样，夸大了自己的财富，过分追求山珍海味、绫罗绸缎，其实……根本没钱。"马维尔呷了口葡萄酒，越过杯沿瞟向蒙洛卡托，"但有人应该比我更清楚，比如说当时的佣兵团团长……是谁来着？姐弟俩……对吧？"

她毫不躲闪地迎上他的视线。"赫尔蒙比他表现出来的还富有得多。"

"富有得多？"马维尔扭了扭椅子上的身体，"富有得多？我的天！蒙洛卡托的财宝！如此巨额的赏金令我浑身颤抖！不用说，这不仅能让我度过穷苦的余生，也许多活十几辈子也花不完！啊……过于膨胀的贪婪简直让我……"他抬起手掌，狠狠拍在桌子上，"麻痹。"

北方人缓缓向旁倒去，他滑落椅子，重重地落在果树下的一小片草地。他的双膝还维持着坐姿，整个人缓缓滚成仰面朝天的姿势，身体跟木头一样僵硬，眼睛无助地望着天空。

"啊，"马维尔越过桌子观察，"它们很快就将成为马维尔的财宝。"

蒙洛卡托的眼睛冲旁瞥了瞥,又看回来。这期间,她的一侧脸颊抽搐了几下,戴手套的手在桌上极轻微地颤了颤,然后也不动了。

"生效了。"辰轻声说。

"你竟信不过我?"没什么比被俘虏的观众更让马维尔兴奋了,他迫不及待地解释起来,"我手上预先涂了黄种油。"他举起双手,五指张开,"防止毒药影响自己,你懂的。我可不想突然变得没法动弹,那一定很不好受!"他自顾自笑了笑,辰笑得更大声,她弯腰检查北方人的脉搏,嘴里咬着第二块蛋糕,"毒药的主要成分是从蜘蛛毒液提取物,效果显著,一触即中。不过我还是多握了他的手一会儿,以防万一。他今天能动就算走运啦……当然,是我给他解毒的前提下。你中的剂量小一些,应该还能说话。"

"混蛋。"蒙洛卡托从麻木的嘴唇里挤出两个字。

"我明白你的感受,"他起身绕过桌子,俯身贴在她身边,"我深感抱歉。但我不是说了吗?我和曾经的你一样,绝对算得上业界翘楚。我们这种人拥有高超的技巧和非凡的成就,因此不得不采取特殊防范措施。限制你的行动能力后,我们才能平等对话,也就是关于……奥索大公爵。"他饮下一大口葡萄酒,看着一只小鸟在枝丫间穿梭。蒙洛卡托一言不发,但这有什么关系呢?马维尔乐得自问自答。

"我看得出,你怀着天大的委屈,不但被亏欠你很多的人背叛,挚爱的弟弟还因此而死,你现在……痛不欲生。我的人生经历过许多痛苦的转折,相信我,我完全感同身受。但世界上到处都有不平之事,我们这些渺小的个体对此……影响甚微。"他皱眉看向吃得啧啧有声的辰。

"什么?"她嘴里塞满蛋糕,含糊地问。

"你能不能安静点,我在解释呢。"她耸耸肩,将十指挨个舔过,发出夸张的吸吮声。马维尔不满地叹口气,"年轻人真是没心没肺。她会明白的,时间只会将我们带向同一个方向,呃,蒙洛卡托?"

"省省你的狗屁哲学。"前佣兵团长勉强从紧绷的唇间挤出这句话。

"好吧,我们来说点实际的。在你的鼎力协助下,奥索业已成为斯提亚第一人。虽然他尚未征服斯提亚全境,但无需斯多里克斯也能发现,由于你去年在高岸之战的大捷,八城联盟岌岌可危,等到入夏,只有奇迹才救得了威斯尼亚。奥斯皮亚人要么缔结城下之盟,要么被彻底碾碎,完全取决于奥索的心情——你对奥索最了解不过,恐怕奥斯皮亚凶多吉少。这样看来,不出意外的话,今年年底斯提亚势必有人再度称王,血之年代即将落幕。"他将杯中酒一饮而尽,夸张地挥了挥酒杯,"终战止戈,永世昌隆!缔造美好的新世界,是吧?只有雇佣兵不喜欢那样的世界。"

"毒师恐怕也不喜欢。"

"恰恰相反,在和平年代,我们的生意照样源源不断。总而言之,我想说的是杀奥索大公爵——我们先假设这个几乎不可能完成的委托可以办到——对任何人都没好处。即便对你。这换不回你的弟弟,也治不好你的手和腿。"她面不改色,当然这可能是毒药麻痹的缘故,"况且作此尝试很可能葬送你的性命,多半还搭上我的命。总而言之,你必须停止这些疯狂行径,我亲爱的蒙扎萝。你必须立刻停止,别再胡思乱想。"

她的双眼犹如两汪深不见底的毒潭。"只有死能让我停止。要么我死,要么奥索死。"

"无论代价如何?无论承受多少痛苦?无论这条道路上要杀多少人?"

"无论如何。"她低声说。

"如果你能做出这种承诺,倒可以说服我。"

"无论付出什么。"她近乎咆哮地回答。

马维尔笑了。"你有这决心,这笔买卖便可以做。哪种买卖我从不掺和,辰?"

"三心二意的买卖。"他的助手紧盯着碟子里剩下的一块蛋糕,低声说。

"没错。我们要杀多少人?"

"六人,"蒙洛卡托说,"包括奥索。"

"那我的收费标准是每个次要人物一万天秤币,确定死亡后付款,塔林大公爵本人要五万天秤币。"

她的脸微抽了一下。"你这种谈判方式可谓乘人之危、全无礼貌。"

"讨论杀人时谈礼貌实在可笑。更何况,我从不讲价。"

"成交。"

"痛快。把解药给我。"

辰起开一个玻璃罐的塞子,取出一把薄匕首,用尖刃在罐底糖浆般的液体里蘸了一下,然后把匕首的抛光把手朝外,递给马维尔。马维尔接过匕首,一动不动地盯着蒙洛卡托冰冷的蓝眼睛。

谨慎为先原则。这女人被称作塔林的毒蛇,即便马维尔没听过她的名头、没从刚才的会面中了解她的个性、没从她委托的任务中体会她的决心,这番对视也足够让他明白她有多危险。他很认真地考虑要不要结果她的性命,把她和她的北方朋友扔进河里,将整件事抛诸脑后。

但是,刺杀全斯提亚最有权势的奥索大公爵?用精妙的施毒技艺决定历史进程?让自己的事迹乃至名字流传千古?还有什么比完成不可能完成的委托更光彩夺目、更能为职业生涯锦上添花呢?这想法让他笑得愈发灿烂。

他长叹一声。"希望未来我不会后悔。"说完,他用刀尖刺在蒙洛卡托的手背上，一小滴黑色血珠慢慢在她皮肤上凝成。

解药迅速生效，她痛苦地将头缓缓扭向一边，又扭向另一边，活动着脸上肌肉。"我真惊讶。"她说。

"是吗？为什么？"

"我想雇个毒师，"她揉着手背的伤口，"谁知却找到个小丑。"

马维尔脸上的笑容消失了。但他很快恢复镇静，紧锁的眉头吓得咯咯轻笑的辰收了声。"片刻的行动不便应该没有大碍。你会原谅我的，对吗？我们要通力协作，可不能互生嫌隙啊。"

"当然。"她的肩膀恢复了活力，嘴角露出几不可见的笑意，"我需要你的技艺，你需要我的金子。生意就是生意，过去的误会都不提了。"

"好极了。太棒了。呃……我们各取所需。"马维尔说着露出最灿烂的笑容。

但他一点都不相信对方这句话。毫无疑问，这是一份最最危险的工作，来自一位最最危险的雇主。蒙扎萝·蒙洛卡托，臭名昭著的卡普亚的屠夫，可不是宽宏大量的人。她没有原谅他，甚至连原谅的边儿都谈不上。从现在起，不只谨慎为先，谨慎还得贯穿始终。

科学与魔法
Science and Magic

摆子在高地顶上勒马观望，下面便是城郊，大片大片黑黢黢的田野间散布着农场和村庄，还用一排排光秃秃的树隔开。十几里外有漆黑蜿蜒的海岸线和宽阔的海湾，白色的城市沿海而建，三座山丘耸立其中，丘上那些拥挤的塔楼直指铁灰色天空。

"西港。"友好舔了舔舌头，催马继续向前。

他们离这鬼地方越近，摆子心里越不安生，也越发焦躁、烦恼和无聊。他皱眉看向一马当先的蒙洛卡托，戴着兜帽的她在这片晦暗景色中更显阴暗。车轮辘辘滚过，马儿踏着蹄子，不时打个响鼻。几只乌鸦在旷野里嘎嘎叫唤，没人说话。

这一路上，血腥的使命缠绕心间。摆子常常揣测父亲对此会作何评论。他父亲总如藤壶依附船壳般恪守老规矩，坚持要干点好事。为了钱去谋杀素未谋面的人，无论怎么辩解，恐怕都不太符合父亲的价值观。

高亢的笑声突然入耳，来自紧挨马维尔坐在马车上、手中苹果吃了一半的辰。摆子好阵子没听人开心地笑过，这像火光吸引飞蛾一般吸引着他。

"笑什么？"他做好了为她的笑话哈哈大笑的准备。

她靠向他这边，身体随马车晃动。"我说，当时你活像个底朝天的海龟，不知有没有吓尿裤子。"

"我认为多半是尿了，"马维尔说，"不过我们确实没闻到味道。"

摆子的笑容凝固了。他当时坐在果园里，皱眉盯着桌子对面，努力摆出一副凶恶的架势。接着他突然浑身发痒，继而发麻，想抬手摸头做不到，想出声警告也做不到。随后整个世界上下颠倒，之后的发展他几乎不记得。

"你们对我做了什么？"他压低声音，"巫术？"

辰忍俊不禁，喷了几粒苹果末在他身上，"噢，越来越好玩了。"

"我还说他是个没意思的旅伴呢。"马维尔咯咯笑着应和，"巫术！我发誓，和故事书里说的一模一样。"

"那些又厚又重的蠢书！写着魔法师和恶魔的故事！"辰笑得花枝乱颤，"给孩子看的蠢故事！"

"好吧，"摆子说，"我懂了。反正我就像条裹在蜜里的鱼，反应太慢。你们用的不是巫术，那又是啥？"

辰得意地笑道："科学。"

摆子没在意她的语气。"那是啥？另一种魔法？"

"当然不是，完全不是。"马维尔不屑道，"科学是系统的理性思考，对世界进行观察和研究，通晓其运转规则。科学家依靠这些规则取得成果——而在不明所以的原始人眼中，这些成果的确看起来像魔法。"这一大段斯提亚语论述只换来摆子耸肩。就一个自作聪明的人而言，马维尔的谈话方式实在白痴，总把简单问题复杂化，"魔法正好相反，它是谎言和骗术的大杂烩，只能用来愚弄白痴。"

"照你这么说，我就是整个环世界最大的白痴，呃？莫不是连屎都憋不住。"

"我还真这么想过。"

"魔法真的存在。"摆子嘀咕,"我见过一个女人唤起大雾。"

"是吗?那跟平常的雾有何不同?有什么魔幻的色彩?绿的?橙的?"

摆子皱起眉。"就是平常的颜色。"

"一个女人发出召唤,大雾凭空出现。"马维尔朝他的学徒挑了挑眉,"难得一见的奇迹啊。"她咧嘴嬉笑,牙齿"咯吱咯吱"咬着苹果。

"我还见过一个身上画符文的男人,一半身躯刀枪不入——我亲自用矛戳过,那一下正常人早被戳死了,可他连个口子都没有。"

"噢哦哦哦!"马维尔举起双手,像小孩扮鬼一样扭动十指,"魔法符文!连个口子都没有,连个口子……都没有?我收回刚才的话!奇迹随处可见!"辰吃吃窃笑。

"我知道我看到了什么。"

"不,我糊涂的朋友,你以为自己知道。世上没有魔法。反正斯提亚是没有。"

"只有背叛,"辰朗声道,"还有战争,还有瘟疫,还有赚钱。"

"你为什么要来斯提亚?"马维尔问,"你为什么不留在北方,躲在魔法的迷雾中呢?"

摆子缓缓摸了摸脖子一侧。那个理由如今看来挺奇怪的,说出来会让自己显得更傻。"我来这里是为了做个好人。"

"跟你呱呱坠地的地方相比,来这里实现这个目标应该很简单。"

这番尖刻的取笑激起了摆子心中尚存的自尊,他有股一斧子把对方从车上掀下的冲动。但他想做个好人,于是只俯身过去,和蔼可亲地用北方语说:"我觉得你满脑子大粪——这不奇怪,因为你这张脸就像屁股。你们这帮矮冬瓜都一样,总想靠耍小聪明来证明自己。但不管你怎么嘲笑，我都是赢家，因为你永远长不了我这么高。"他冲毒师露出灿烂笑容，"想在挤满人的屋子里看清楚局面，你永远别做这样的梦。"

马维尔皱眉，"你瞎唠叨些什么啊？"

"你不是该死的科学家吗？自己琢磨吧。"

辰忍不住放声大笑，直到被马维尔冷冷一瞥止住。即便如此，她仍微微含笑，把苹果啃得只剩果仁才扔出去。摆子放慢速度，看着空旷的田野从两旁经过，开垦的土地凝着晨霜。这景色让他忆起故乡，不由得长叹一声，白色吐息在灰色天空下分外鲜明。摆子这辈子交的朋友都是战士，都是亲锐或有外号的，都曾与他并肩作战，只不过到如今大多入了土。他突然意识到，友好可能是他在斯提亚遇到的人中最接近那个类型的，于是一夹马肚，赶到罪犯身边。

"嘿。"友好没回应，甚至没晃晃头表示自己听到了。沉默蔓延开去。看着那张砖墙一样的脸，任谁也不会把他当成能一起说笑的亲密伙伴。但人总得抱有希望，对吧？"你是个士兵？"

友好摇头。

"但你上过战场？"

还是摇头。

摆子不知如何应对，只能自顾自说下去。"我倒上过几次。我曾和贝斯奥德的亲锐们一起在卡曼纳河北岸的迷雾中冲锋，我也曾在杜别克要塞下和三树鲁德并肩奋战。我和狗子在高山上坚守了七天。暗无天日的七天。"

"七天？"友好稍有兴味地挑了挑一边粗厚的眉毛。

"是啊，"摆子叹气，"七天。"对这里的人来说，那些人名地名毫无意义。他目送一队篷车迎面经过，车上的人头戴铁盔、手执十字弓，虎视眈眈。"你是打哪儿学到一身本事的呢？"他想好好交流的愿望正在飞快消散。

"安全屋。"

"呃?"

"犯了罪的人被抓住就会被送进去。"

"为什么犯了罪之后还能保证安全?"

"那里叫安全屋不是因为里面很安全,而是因为抓你进去其他人会很安全。他们计算出要关你多久,几天、几月或几年,然后把你锁进阳光照不到的深处,让你煎熬地度过这几天、几月或几年,等着数字一点点归零。最后,你必须感谢他们,他们就会放你出去。"

摆子觉得这简直太野蛮了。"在北方,你要是犯了罪,就得出真金白银来摆平。当然,有的氏族长会直接判决吊死你。如果你犯的是杀人罪,很可能还会被划个血十字。但把人关进洞里?那本身就是犯罪。"

友好耸肩。"他们有一整套讲得通的规矩,每件事都对应特定的时间,对应那座大钟上的数字。跟这儿可不一样。"

"这样啊,好吧,都是数字。"摆子真希望自己没主动搭话。

友好没在意他说什么。"这里的天空太高太宽阔,每个人想干什么就干什么,每件事都没有正确的数字。"他皱眉看向围绕冰冷的海湾、露出模糊的建筑轮廓的西港,"该死的混乱。"

他们于正午时分来到城下,前面已站了许多排队进城的人。士兵站在城门边上,出言盘问,检查背包和箱子,用矛柄潦草地掀起马车车帘。

"博洛里塔陷落后,这里的形势十分紧张,"马维尔坐在车上说,"进城就得接受检查。我来应付他们。"摆子乐得让他来,毕竟这白痴喜欢听自己说话。

"名字?"守卫百无聊赖地问。

"维尔马,"毒师大咧开笑脸,"一位谦卑的普兰提商人。这些是我的同伴——"

"来西港做什么?"

"谋杀。"一阵紧张的沉默,"我要用奥斯皮亚葡萄酒在你们城里大杀特杀、独霸一方!"马维尔被自己逗笑了,辰也在旁跟着傻笑。

"这人看着不适合进城。"另一个守卫皱眉抬头打量着摆子。

马维尔笑意不减:"哦,别担心,这人脑袋不好使,约等于三岁儿童。只是他有把力气,搬得动酒桶,我可是同情心泛滥才留下他的。辰,我是个什么样的人来着?"

"多愁善感的人。"女孩答道。

"我的心灵如此敏感,真可谓悲天悯人。我很小的时候母亲就去世了,你知道吗,她那么美——"

"赶紧过去!"后面的人喊道。

马维尔扯住马车后面盖着的帆布,"尚未接受检查——"

"半个斯提亚的人想挤进这道该死的城门,你以为我闲得慌?过去过去。"守卫疲惫地一挥手,"赶紧过去。"

缰绳甩动,马车辘辘驶进西港,蒙洛卡托和友好骑马跟在车尾,摆子拖在最后。近来的队形大抵如此。

城内挤挤挨挨犹如战场,可怕程度也不遑多让。石子路从高大的建筑间穿过,两旁栽了光秃秃的树,体型、肤色各异的人像淤塞的河水般挤在路上。这里有外表白皙、衣装干净的男人,有肤色黝黑、裹着白袍的男人,有眼睛狭长、身穿明艳丝绸的女人,还有披挂锁甲或板甲的士兵及雇佣兵。这里有佣人、劳工、商人、绅士、富翁和穷鬼,有的光鲜亮丽,有的潦倒落魄,差别好比贵族与乞丐。是的,好多好多乞丐。徒步行走或骑马出行的人潮川流不息,到处是马、货车和篷车。有些女人头发盘得老高,还戴着比头发更重的珠宝,坐在由两个汗水淋漓的仆人抬着的步辇上。

摆子一直觉得塔林怪事多多,然而西港犹有过之。有人牵着一行长脖子动物穿街走巷，它们被细链连接起来，高处的小脑袋悲伤地摇晃。摆子闭紧双眼，使劲晃了晃头，可等他睁眼时，这群怪物仍在那里，脑袋在拥挤的人群上方摇晃，甚至没引起什么注意。这地方就像一场梦，而且决不是什么好梦。

他们转入较窄的路，两旁的商摊店铺鳞次栉比，各种味道争先涌进他的鼻孔：鱼、面包、油漆、水果、油、香料及其他十数种他叫不上名字的东西。这些味道让他胃里翻腾。斜刺里忽然冒出一辆车，车上的男孩举了个柳条笼子凑到摆子面前，笼内的小猴子冲他龇牙咧嘴、狂吐口水，惊得他差点翻下马鞍。二十种不同语言汇成的嘈杂喊叫在耳边回荡，某种唱诵声在这片混乱中却显得格外清晰、愈发响亮。这唱诵声奇异而动人，听得他胳膊汗毛直竖。

他们来到广场，巨大的穹顶建筑矗立在广场彼端，其正面有六座尖塔，塔顶的金色尖刺闪闪发光。唱诵便是从那里传来，数百个高高低低的声音融合为一。

"那是座神庙。"蒙洛卡托放慢速度，与摆子并行。她仍未放下兜帽，所以只看得清她紧锁的眉头。

说实话，摆子有些怕她，毕竟她曾当他的面用锤子将一个大活人砸得脑浆迸裂，还发出十分享受的喘息。他还隐隐感觉到，她跟他谈条件时，其实是准备一刀捅死他。用那只一直戴手套的手。他之前没怕过女人，所以现在既羞愧又有些紧张。但他不能否认，如果不计较手套、锤子和危险感，这女人很对他胃口，非常对他胃口。他不确定自己对危险的追逐是否超越了正常尺度……总而言之，所有这些加起来让他更不知如何面对这个女人了。

"神庙？"

"南方人向真神祈祷的地方。"

"真神？"摆子抬头眯眼打量那些尖塔，他出生的山谷里最高的树都没它们高。他也曾听闻，南方人相信天上住着个人，那人创造了世界，无所不知且无微不至。摆子一直觉得这想法荒谬绝伦，但眼前的情景让他几乎信以为真。"真美。"

"大约一百年前，许多南方人在古尔库人征服达瓦赫时望风而逃。其中有些人漂洋过海来到这里，大建庙宇，纪念死里逃生。因此，西港既是斯提亚的一部分，又可以说是南方的一部分——当然在台面上，它现在是联合王国的一部分，参议们最终选择了资助至高王击败古尔库人。这里人称'世界的十字路口'，也有人说是骗子的老巢。这里的居民有千岛群岛人，有苏极克人和西库尔人，有索森德人和旧帝国人，甚至也有北方人。"

"蠢到家的北方人才来这里。"

"他们只是比较原始罢了，我听说有些人的头发留得跟女人一样长。无论如何，这里什么人都有。"她戴手套的手指向广场另一头的小平台边排成的长队。即便以斯提亚的标准而论，那也算得上是群怪胎：老人和年轻人，高个和矮子，大腹便便者和瘦骨嶙峋者，统统混杂在一起。有些人穿戴着奇怪的袍子或帽子，有些人半裸的身体涂满油彩，甚至脸上插着骨头，有些人身后挂满各种文字的标语，以串珠和小饰物为装饰。他们旋转跳跃、双手高举、抬头望天，然后突然跪倒在地，或哭号，或大笑，或怒吼，或唱诵，或尖叫，或乞求，用上所有摆子听得懂听不懂的语言。

"妈的，什么破玩意儿？"他嘀咕道。

"信徒，或是疯子，看你问谁。在古尔库，祈祷必须遵照先知规定的方式，而在这里，每个人可以按自己的方式祈祷。"

"他们在祈祷？"

蒙洛卡托耸肩。"更可能是想让别人相信自己的祈祷方式最正宗。"

那些"信徒"周围有不少人驻足观看。有的观众频频点头，有的观众摇头嘲讽甚至对吼回去，还有的人只是无聊地围观。一个

"信徒"——不，该说是疯子——在摆子骑马经过时冲他大叫大嚷，然而摆子一句也听不懂。那人跪在地上，张开双手，脖子上的珠子叮当作响，嘶哑的声音充满恳求意味。从这人泛红的眼眶摆子能看出，这人觉得自己做的事非常重要。

"这感觉一定很好。"摆子评论。

"什么感觉？"

"自认为知道一切答案……"他话没说完，就见一个女人用链子牵着一个男人经过。那男人皮肤黝黑，身材高大，脖子戴着闪亮的金属圈，双手各拎着一个袋子，双眼始终看着地面。"你看到那个了吗？"

"在南方，大部分人要么占有他人，要么为他人占有。"

"操蛋习俗。"摆子嘀咕，"可我记得你说这里属于联合王国啊。"

"是啊，联合王国热爱自由胜过一切，呃？所以这里废除了奴隶制。"她朝另一群奴隶点点头，那群奴隶排成一排，神态驯顺谦恭。"我敢说，即使你牵着奴隶走街串巷，也不会有人动一根指头。"

"该死的联合王国，那帮杂碎总想占领更多土地。现在北方到处都是他们的人，自打仗以来，乌发斯简直要被他们塞满了。他们要那么多土地干吗？你真该看看他们自己的城市是啥样。这里跟那儿比简直就是乡下。"

她紧盯着他。"阿杜瓦？"

"就是那儿。"

"你去过？"

"去过。我去那儿打古尔库人，留下这么道疤。"他挽起袖子，展示手腕上的伤疤。他发现她看他的眼神变得十分奇怪，几乎可称为尊敬。摆子喜欢这眼神，尤其当其他人对他只有轻蔑的时候。

"你曾站在锻造者大厦的阴影下？"她问。

"那座城市的大部分城区一天中总有一段时间位于那东西的阴

影下。"

"感觉怎样?"

"比外面黑一点。除此之外,我觉得跟普通阴影没啥区别。"

"哈。"摆子第一次在她的脸上看到类似笑容的表情。挺配她的。"我一直说要去看看呢。"

"去阿杜瓦?怎么不去呢?"

"还有六人要杀。"

摆子鼓了鼓腮帮子,"啊,这样。"他涌起一阵不安,不由得再度后悔应承了这档子事。"我最大的敌人就是自己。"他小声说。

"那样的话,你不妨一直跟着我,"她笑得更开朗了,"很快你就会见识到更可怕的敌人。我们到了。"

目的地不怎么令人兴奋。这是一条犹如昏暗傍晚的狭窄小巷,四面都是拥挤而破败的建筑,窗扇朽烂剥落,潮湿的砖墙掉下片片石膏。摆子跟随马车穿过阴沉的拱闩,蒙洛卡托在后面猛地关上吱嘎作响的对开门扇,插上生锈的门闩。他们身处点缀着野草和碎瓦的院落,摆子将马拴在腐坏的柱头上。

"这是座宫殿吗?"他看着头顶方形的灰色天空,轻声自言自语。四周的墙壁被干枯的野草覆盖,百叶窗惨兮兮地挂在合页上,"从前是吧?"

"我看中的是位置,"蒙洛卡托说,"并非装潢。"

他们进了阴森的大厅,空荡荡的走廊连接着许多空荡荡的房间。"好多房间。"摆子说。

友好点头。"二十二间。"

他们往上攀登,靴子踩着腐朽的楼梯,发出很大响声。

"你打算从哪里开始?"蒙洛卡托问马维尔。

"我已经开始工作了。介绍信送了出去。明早,我们将在凡特和伯克银行存入一笔相当可观的存款,足以让那里的最高层人士注意到我们。我、我的助手,还有你的友好将伪装成商人和商人助理进入银行,届时我们将会见到——并伺机谋杀——马修斯。"

"就这么简单?"

"关键在于随机应变,当然,如果时机迟迟没出现,那么这也算……为后面更复杂的行动打下基础。"

"其他人不去吗?"摆子问。

"显然,我们的雇主有一副让人过目不忘的外表,很可能被认出来。至于你,"楼梯上方的马维尔回头朝下方的摆子不屑道,"就像奶牛混在狼群里——当然你并没有奶牛管用——你太高大也太吓人,土里土气的打扮根本进不了银行,还有你的头发——"

"飘——逸。"辰边说边晃脑袋。

"你想表达什么?"

"我想表达的再明白不过。你就是太……"马维尔单手画了个圈,"太北方了。"

楼梯末尾耸立着一扇斑驳的门,蒙洛卡托打开门锁,推开门扇。昏暗的阳光倾泻进来,摆子跟其他人一起走了进去,被光线晃得直眨眼。

"死者在上。"参差不齐、形状各异的屋顶向四面八方延伸:红色的瓦片、灰色的石板、白色的铅顶、腐烂的茅草,还有爬满青苔的光秃房椽、沾满泥土的绿铜、打过补丁的帆布和旧皮革。歪斜的三角墙与各式阁楼、房梁混杂一团,野草在斑驳的油漆间蔓生,垂悬的水管和弯曲的水槽上绑着锁链和软塌塌的晾衣绳,且在每个转弯处纠缠在一起,感觉随时都能甩到街上去。数不清的烟囱里冒出的青烟结成一层薄雾,让太阳暧昧难明。偶有尖塔或穹顶冲出这片乱麻,甚或是一截光秃秃的木头——那是打破常规、硬生生伸出的树枝。远处的海是一大片脏污的灰水,港湾里船只的桅杆像遥不可及的森林,随着波浪不安分地东摇西摆。

城市的嘈杂震耳欲聋：工作和嬉戏的声音、人和动物的喊叫、卖货郎的叫卖声、车轮辘辘声和锤子叮当声、断断续续的歌声和乐曲……愉悦和绝望的声音乱成一锅粥。

摆子走到蒙洛卡托身边，靠着青苔包裹的栏杆向下看。

人们在下方远处的鹅卵石巷中来往，就像水在峡谷底部流淌。石巷对面有一栋怪兽般的大建筑，仿佛陡峭悬崖般的墙壁由光滑的白石砌成，每隔二十跨立着一根摆子两只手都抱不拢的柱子，柱顶装饰着人面石雕和石叶子。墙上约两人高的地方开了一排小窗，再上去同样距离又有一排小窗，再往上的第三排比之前两排要大，所有窗子都装有金属格栅。这栋建筑的屋顶是平的，几乎与摆子站的位置对齐，边缘立着一大堆犹如棘刺的黑铁刺。

马维尔看着对面的建筑大笑。"女士们、先生们，还有原始人，请允许我向你们介绍……凡特和伯克银行的……西港分行。"

摆子摇摇头。"看上去像个堡垒。"

"像个监狱。"友好小声道。

马维尔不以为然。"它就像个银行。"

全世界最安全的地方
The Safest Place in the World

凡特和伯克银行西港分行的大厅由红色斑岩和黑色大理石砌成，面积相当可观。在它犹如皇帝陵墓般阴森奢华的内部空间里，只有必需的光线从高处的小窗挤进来，窗子结实的格栅在抛光过的地板上投下十字形的影子。大厅高处，一排骄矜的巨型大理石半身像自鸣得意地盯着下方，其原型皆是斯提亚历史上有名的商人和金融家。只要功成名就，罪犯也能当英雄。马维尔很想知道这其中有没有索门恩·赫尔蒙——想到这位著名商人等于是间接付他工钱，他嘴角的微笑不由得更灿烂了。

六十多位办事员坐在样式整齐划一的桌子后，每张桌子都堆满文件，摊开一本皮革封面的巨大账册。他们有胖有瘦，肤色各异，有的戴无边便帽，有的扎头巾，还有的梳着某地坎忒人的特有发型，唯一共同点是记账速度惊人。大厅里回荡着钢笔与墨水瓶的碰撞声、笔尖滑过厚重纸张的瑟瑟声以及翻页的沙沙声。商人们三三两两围成一圈，低声交谈。这里看不到一枚钱币，这里的财富由话语、点子、谣言和谎言组成，价值却比华丽的金子和明亮的银子大得多。

尽管环境教人望而生畏，马维尔可不会被吓住，他在这里和其他地方一样游刃有余。他摆出暴发户特有的自满态度，大摇大摆地走过排成长队的衣着得体的客户。友好迈着沉重的步伐跟在后面，手里紧抱着大箱子，辰则踮着脚、端庄地走在最后。

马维尔冲最近的办事员打个响指。"我跟……"他故意扫了眼手中信函方才续道，"马修斯先生有约，特来办理一笔相当可观的存款。"

"好的，请您稍等片刻。"

"片刻可以，但别太久。时间就是金钱。"

马维尔不着痕迹地观察厅内的安保措施，毫不夸张地说，简直滴水不漏。总计有十二名守卫分布在周围，每人的装备不亚于联合王国国王的近卫骑士，而高大的双开门外还有十二人。

"这就是个堡垒。"辰压低声音说。

"比堡垒还周密。"马维尔回应。

"我们要待多久啊？"

"怎么？"

"我饿了。"

"这就饿了？你饶了我吧！你不能饿，直到——等等。"

一个高个男人从高耸的拱廊中走出，消瘦的脸长着突出的鹰钩鼻，一头灰发十分稀疏。他穿着镶厚毛领的深色袍服。

"马修斯。"根据蒙洛卡托之前的详尽描述，马维尔当即认了出来，"我们的目标。"

他跟在一个年轻人身后，那年轻人一头卷发，脸上挂着愉快的笑容，衣着并不奢华——说实话，其外貌如此普通，倒很适合做毒师。马维尔发现掌管银行的马修斯急匆匆跟在后面，双手交握，反倒像个下级，于是稍稍靠近了些，想听清他们在说什么。

"……苏法大师，希望您能转告我们的上级，一切尽在掌控之中,"马修斯的声音似乎有些微惊恐,"完完全全在——"

"当然。"叫苏法的人漫不经心地答道,"不过我觉得我们的上级无需我转告,他们一直盯着呢。如果一切尽在掌控之中,我相信他们会很满意,倘若并非如此,当然……"他朝马修斯咧开笑脸,又冲马维尔笑笑。马维尔注意到他两只眼睛颜色不同:一只蓝,一只绿。"日安。"说完他大步离开,消失在人群中。

"在下能帮您什么忙?"马修斯生硬地询问。他看起来仿佛这辈子从没笑过,并且毫无心情加以改进。

"太好了,我叫维尔马,普兰提商人。"马维尔每次使用化名,内心都窃笑不已,但他伸出手时脸上和蔼可亲。

"维尔马,我听说过您的家族。很荣幸认识您。"马修斯并未握住他伸出的手,且保持着适当距离。银行家显然是个小心谨慎的人,正符合其身份。马维尔中指戴的粗大戒指下方有根小针,里面装了溶于豹皮花溶液的蝎子毒。如若中招,银行家会愉快地度过这段会面时光,然后在一小时内暴毙。

"这是我侄女。"马维尔续道,并没因下毒失败而有丝毫动摇,"她家人委托我为她介绍一位合适的夫婿。"辰抬起眼,睫毛带着恰到好处的羞涩。"这是我同事……"他看了看旁边的友好,友好皱眉盯着他,"深得我信赖。事实上,他出任的是我的贴身护卫一职,人称魅力大师。他话不多,但我需要保护时,他……也不怎么合格。哎,谁让我应承了他的老母,要好好照顾——"

"您是来此办理业务的吗?"马修斯拖长声音追问。

马维尔鞠了个躬。"我来办理一笔相当可观的存款。"

"那恐怕您的同事必须留在这里。当然,只要您愿意随在下前去办理,我们很乐意接收您的存款,并为您开具完备的凭据。"

"可我侄女——"

"您得理解,出于安全考虑,我们不破例。您的侄女在此将会宾至如归。"

"好吧，就按你说的办。魅力大师！箱子！"友好把金属箱子递给一个戴眼镜的办事员，后者被箱子的重量压了个趔趄。"你们在这儿等，千万别捣乱！"马维尔长叹一声，随马修斯朝银行内部走去，途中装作对财产安全忧心忡忡地问道："我把钱放这儿安全吗？"

"银行墙壁最薄处也有十二尺厚，且只有一个入口，那里白天由十二名全副武装的守卫把守，晚上用三把锁头锁住。这三把锁乃由三位锁匠分别打造，钥匙也由三位雇员分别持有。从日落到黎明，银行外围有两支巡逻队不间断地巡逻，银行内部也安排有目力极佳、能力优秀的守卫。"他示意马维尔看向一个坐在走廊侧面的桌旁的男人，那人穿着镶铆钉的皮夹克，神情无聊。

"他莫非被锁在银行里？"

"整晚。"

马维尔不太开心地张了张嘴。"十分周密的安排。"

他掏出手帕，掩嘴装作干咳了几下。丝绸手帕在芥根中浸泡过，这是马维尔长期接触并产生抗体的若干种药剂之一。他只需几秒钟时间，趁四下无人用手帕包住马修斯的脸就行。吸入一丁点那种毒药，人会在顷刻间咳血而死。但双手抬箱子的办事员一直走在两人中间，丝毫没给他上前的机会，马维尔只能收起毒手帕。他突然眯起眼，因为他们转了个弯，来到另一条漫长的走廊，这里两侧挂着巨幅画作，阳光穿透高处的天花板上成百上千块菱形玻璃，照射下来。

"玻璃天顶！"马维尔仰头观看，缓缓转圈，"建筑奇迹！"

"这是一栋完全现代化的建筑。请相信，您的钱存在任何地方都不会比这里更安全。"

"或许阿库斯的废墟深处会更好？"他们经过的左侧墙壁凑巧挂着一幅描绘那座古城的夸张画作，马维尔顺势说笑。

"那里也比不上。"

"而且把钱存在那里,提款可是难上加难!哈哈哈哈。"

"的确如此。"银行家没露出一丝笑容,"我们地下金库的大门是用足足一尺厚的联合王国精钢打造。毫不夸张地说,这里是全世界最安全的地方。这边请。"

马维尔被引入巨大的办公室,室内四壁皆以深色木板装饰,奢华却压抑。房间中央有一张跟穷人的房子差不多大的桌子,阴沉的壁炉上方挂一幅色彩晦暗的油画,画中一位体格健壮的秃顶男子恶狠狠地朝下看着,仿佛认定马维尔心怀不轨。他推测这是某位古代的联合王国官僚,可能是左勒,也可能是巴拉维尔德。马修斯在坚硬的高背椅上落座,马维尔与他相对而坐,办事员则打开钱箱盖子,用特制的硬币计数器点数里面的钱,动作十分熟练。马修斯静静旁观,几乎没有眨眼,任何一个步骤中,他都不会接触箱子和钱币。真是小心谨慎,谨慎到让人恨得牙痒痒的程度。银行家的目光慢慢转到桌子对面。

"来点酒?"

马维尔挑了挑眉,看着高大的玻璃橱柜后琳琅满目的玻璃器皿。"谢谢,不用了,酒会让我过于兴奋,乃至在您面前丑态毕露。事实上我早就立志滴酒不沾,只把它卖给别人。这东西就是……毒药。"他灿烂地一笑,"但别让我扫了您的兴。"说话间,他的手不经意地滑进夹克暗兜,握住装星液的小瓶。等对方倒酒时,他或许能稍稍分散其注意力,趁机滴上两滴——

"我同样滴酒不沾。"

"噢。"马维尔松开瓶子,转而掏出一张折起的文件,动作十分自然,仿佛一开始就要这样做。他展开文件,假装仔细查验,实际却在悄悄打量办公室。"总计五千……"他注意到门上锁头的样式、结构和内部框架,"两百……"地面的瓷砖,墙上的嵌板,天花板的涂料，马修斯的皮革椅，壁炉中闷烧的煤块，"一十二枚天秤币。"无处下手。马修斯听到这个数字也无动于衷，巨款还是小钱，他都一视同仁。这位银行家打开桌上一本有厚重皮革封面的巨大账册，舔舔一根手指，伴着纸张哗哗声，迅速而稳健地翻过一页页账目。看到这一幕，马维尔胃里油然升起一股温暖的满足感，他努力控制住自己，才没发出胜利的欢呼。他摆出例行公事般的笑容："这是上次去斯皮奈赚到的。即便时局动荡，冒险从奥斯皮亚运酒出来依然有利可图。庆幸的是，并非人人都像我俩这般滴酒不沾，马修斯师傅！"

"当然。"银行家又舔了一下指头，翻到账册最后几页。

"五千两百一十一。"办事员报告。

马修斯抬头。"想占点小便宜？"

"我？"马维尔假笑两声，"都怪该死的魅力大师，他什么都数不明白！我发誓他天生不识数！"

马修斯的笔尖划过账册，办事员匆匆过来协助，记录完毕后，他的上司干净利落地准备好凭据，脸上毫无表情。最后，办事员将凭据和空箱子一起拿给马维尔。

"一张由凡特和伯克银行签发的全额凭据，"马修斯说，"斯提亚任何一家有声望的商业机构均可兑换。"

"我需要签署什么吗？"马维尔期待地问，手指钩住内袋中的笔。这根笔可化为极具杀伤力的吹针筒，针上涂了致死的——

"不需要。"

"太好了。"马维尔笑着折起凭据，揣了起来。他动作很小心，以防凭据碰到口袋里的解剖刀。"比金子好多了，也轻多了。那我就此告辞。合作愉快。"他再次伸出手，带毒针的戒指闪闪发光。多试一次总没害处。

可惜马修斯甚至没站起来。"合作愉快。"

恶友
Evil Friend

　　这是全西港本纳最喜欢的地方，当初他三天两头地把她拉来。这是一座由镜子和雕花玻璃、由抛光的木头和亮闪闪的大理石建成的神坛，敬献给专司男人装扮的神灵，大祭司——一位穿精美刺绣围裙的瘦小理发师——笔直地站在大厅中央，高昂的下巴冲着天花板，随时恭候客人到来。

　　"女士！很高兴再见到您！"他眨了下眼睛，"您丈夫没一起来？"

　　"是我弟弟。"蒙扎咽了口口水，"他……不会再来了。我有个十分艰巨的任务要你——"

　　摆子随后进门，害怕得张大了嘴，宛如一只被关进栅栏准备剃毛的羊。蒙扎还没开始解释，理发师抢先一步："看来这就是艰巨任务了。"他不顾摆子紧锁眉头投来的视线，将北方人飞快打量了一圈，"天啊，天啊。全部不留？"

　　"啥？"

　　"全部不留。"蒙扎挽住理发师的胳膊，将一块四分币塞进他手里,"动作轻点,他不太习惯,会吓住的。"她发现自己说起他就像说起一匹马,似乎有点过分。

"当然。"理发师转过身,突然猛吸一口气——门口的摆子已脱掉新衬衫,露出一身苍白健壮的肌肉,此刻正在解腰带。

"他指的是你的头发,白痴。"蒙扎道,"别脱了。"

"呃,我就说这很奇怪,哎啊,还以为是南方人的习俗……"蒙扎看着他不好意思地扣好衬衫。一道扭曲粉红的伤疤从肩头开始,向下横贯胸口。她曾觉得伤疤很丑,现在却改变了看法。她现在对很多事的看法都不同以往。

摆子坐进椅子里。"我这头发留了一辈子啊。"

"那你早该从它窒息的拥抱中解放出来了。请把头往前挪。"理发师动作夸张地掏出剪子,摆子见了一跃而起。

"你觉得我会让陌生人拿武器在我脸上比画?"

"我抗议!我只为西港最得体的绅士服务!"

"你,"蒙扎抓住往后退去的理发师的肩膀,把他推回来,"闭嘴,剪头。"她又扔了个四分币在他的围裙口袋里,然后瞪了摆子一眼,"你,闭嘴坐好。"

北方人慢慢坐回椅子,双手紧抓扶手,手背青筋暴突。"我盯着你呢。"他凶狠地说。

理发师长叹一声,闭嘴开始工作。

蒙扎在屋里闲逛,听着剪子在身后发出细碎声响。她走到架子前,心不在焉地拔开五颜六色的瓶子的瓶塞,嗅嗅里面液体的味道。她瞥见自己在镜中的身影,面容冷酷依旧,只是比以前更消瘦、更棱角分明了。深陷的眼窝令她联想到腿脚内部无时不在的酸痛,也令她想要抽烟缓解。你今早格外的漂亮,蒙扎……

抽烟的欲望像毒刺那般紧紧盘踞在她心头,且每天都在增长。她出门活动的时间越来越多,意味着她必须持续抵抗酸痛的滋味,忍受每分每秒的煎熬，直到入夜躺回床上，握住烟管，陷入温暖的虚空的包裹。对大烟的渴望让她指尖开始抽搐，舌头在干涩的口腔里饥渴地舔舐。

"我一直留长发。一直。"她转身回去，看见摆子正像上刑一样忍受着，缕缕断发落在椅子下锃亮的木地板。有些人紧张时一言不发，有些人则喋喋不休。看来摆子属于后者。"我哥是长发，所以我也留长发。我一直想学他的样。弟弟总是这样，对吧……你弟弟是什么样？"

她脸上发痒，本纳的脸浮现眼前，仿佛两人一起看着镜子咧嘴嬉笑。"他是个好人。大家都喜欢他。"

"我哥也是个好人，比我好多了……不管怎样，反正我爹这么觉得。他动不动就跟我说……总而言之，我的意思是，在我的故乡留长发没啥奇怪的，打起仗来，大伙儿哪管得了那么多。只有黑旋风总嘲笑我，他自己头发一长就会剪掉，以免打仗碍事。不过他不止嘲笑我，他谁都看不上。这个黑旋风，嘴巴毒，人也毒，能比他更毒的只有血九指了。我觉得——"

"就一个斯提亚语还讲不利索的人而言，你真挺能说的，对吧？你知道我怎么想吗？"

"怎么想？"

"人往往无话可说时废话最多。"

摆子叹气，"我只想尽力表现得好一点。我就是个……你知道那个词，对吧？"

"白痴？"

他斜瞥她一眼。"我想的不是这个。"

"乐天派？"

"对，我就是个乐天派。"

"你怎么个乐天法呢？"

"也不算多乐天，只是心怀希望。"

"哼，乐天派，一帮不长记性的兔崽子。"她看着理发师扫开油腻纠结的发丝，露出摆子的脸颊。这张脸同样轮廓硬朗，鼻梁高挺，一条疤痕穿过一边眉毛。还挺不错，虽然她本不想观察得如此细致。"你以前是个战士，对吧？在北方称为……亲锐？"

"按北方的说法，我是有外号的。"她听出他声音里掩饰不住的骄傲。

"不错。你带领他们？"

"我长得过关，外加我爹很出名，我哥也很出名。可能这些都有点帮助吧。"

"那你干吗放弃？干吗来这边混？"

剪子绕着他的脸工作，他盯着镜子里她的脸。"马维尔说你以前也是个战士。很有名的战士。"

"没多有名。"这不完全是谎话，毕竟用声名狼藉形容她更贴切一些。

"在我老家，女人当战士是件怪事。"

她耸耸肩。"总比种地轻松。"

"所以你知道打仗是怎么回事，对吧？"

"对。"

"你打过仗，也杀过人。"

"对。"

"你见过打仗会带来什么：行军，等待，压力逼得人发疯……然后无辜百姓惨遭杀掠，被砍断四肢，被轮番强暴。"

蒙扎回想起许多年前自家田地被烧毁的场景，"你想说什么就直说好了。"

"鲜血只能带来更多鲜血，了结一桩恩怨只会引发另一桩恩怨，任何头脑正常的人从中都只能捞到痛苦，并且这种痛苦会与日俱增。"她没有反驳,"所以我宁愿脱身,去培养一些正面的东西,让自己能引以为傲的东西,而非一味破坏。我想……做个好人。应该是吧。"

咔嚓,咔嚓,咔嚓。头发翻滚坠落,堆在地上。"做个好人……吗?"

"对。"

"你当然见过死人。"

"该见的都见过。"

"但你见过很多死人在一起吗?"她问,"瘟疫后堆积成山,战争后一望无际。"

"嗯,我见过。"

"有哪具尸体格外漂亮?或者散发出春日清晨的玫瑰芳香?"

摆子皱起眉。"没有。"

"所以,好人还是坏人——看来都一样,对吧?至少在我看来都一样。"这回轮到摆子沉默,"假如你是个好人,每天都在思考怎么干点好事,怎么培养让自己能引以为傲的东西,然后坏蛋突然来了,顷刻间就把一切烧个精光,你还得在他们每次肆虐之后感谢他们的友善。你这样做,死后被埋进土里,会变成金子吗?"

"啥?"

"还是他妈的跟其他人一样什么也不是?"

他缓缓点头。"什么也不是,没错。但你死后总会给别人留下些好东西。"

她冲他张开嘴,露出无声的大笑。"我们死后,除了没做的事、没说的话、没完成的工作,还留下什么?没人穿的衣服,没人住的房子,没法修复的关系?哦,加上没机会挽回的错误和化作虚无的希望?"

"或许希望可以延续,还有说过的好话,以及美好的记忆,诸如此类的吧。"

"看来我找到你时，就是那些被你收藏在心底的死人的微笑帮你取暖的喽？你饿了的时候它们尝起来又如何呢？它们在你绝望的关头也不离不弃吗？"

摆子鼓了鼓腮帮子。"那时就像地狱，而你是一道阳光。反正，它们于我总有些好处。"

"比一袋银币的好处还多？"

他看了看她，马上又移开目光。"或许没有。但只要我心里这么想就够了。"

"哈，祝你好运，好人。"她摇摇头，仿佛从没听过如此荒唐的言语。文图里奥在书中写道：请与恶人为友，因为你能理解他们。

剪子最后一次快速闪过，理发师退开一步，用袖背轻拭满头汗水。"大功告成。"

摆子盯着镜子。"我完全变了个人。"

"先生，您看上去就像个斯提亚贵族。"

蒙扎不屑道："反正不那么像北方乞丐了。"

"或许吧。"摆子看来不太开心。"的确漂亮了不少，看着也机灵。"他伸出一只手摸摸头上变短的黑发，触感让他皱起眉头，"但我不觉得自己会信任这种混蛋。"

"最后的点睛之笔……"理发师身子前倾，双手握着一个彩色水晶瓶，朝摆子的脑袋喷出一团香喷喷的雾气。

北方人像掉在通红煤块上的猫一样跳了起来。"什么东西？"他吼道，紧握两个大拳头，推开理发师。理发师跌跌撞撞地退到屋子另一头，发出一声惨叫。

蒙扎哈哈大笑。"样子是斯提亚贵族的样子。"她又掏出两枚四分币，塞进合不拢嘴的理发师的围裙口袋里。"举止还要多加练习。"

※

他们回到破旧的宅邸时，天快黑了，蒙扎拉起兜帽，换上新外套的摆子神气活现地大步跟在后面。冷雨洒在破败的院落，二楼某扇窗里灯光闪烁。她皱眉看着那点灯光，又看了看摆子，左手握住插在腰带后边的匕首。有备无患。破烂的楼梯顶，一扇斑驳脱皮的门虚掩着，明亮的光线洒在木地板上，她拾级而上，用脚将门捅开。

屋子对面煤烟熏黑的火炉里，两根燃烧的原木正用那点可怜的热量温暖整间屋子。友好站在远处的百叶窗旁观察银行，马维尔在摇摇欲坠的旧桌子上摊开几张纸，正用沾满墨迹的手作标记，辰翘着二郎腿坐在桌上，用匕首削橙子。"绝对有进步。"她瞥见摆子，不禁嘀咕了一句。

"哦，你说得太对了。"马维尔咧嘴而笑，"早上出去一个长头发的肮脏白痴，晚上回来一个短头发的干净白痴。简直是魔法！"

摆子怒冲冲地用北方话自言自语，蒙扎松开了握匕首的手。"你没急着自命不凡地吹嘘，看来活儿没干完。"

"马修斯此人极度谨慎，处处设防。银行白天的防卫也相当周密，无从下手。"

"那在他去银行的路上？"

"他离开时会乘坐一辆由十二名守卫保护的武装马车，拦截是自寻死路。"

摆子往火堆里扔了块木头，把手伸过去取暖。"去他家里？"

"呸。"马维尔不屑一顾地说，"我们跟踪到他家，他住在海湾里一个被围墙围住的小岛上，那里还住了西港的好几个参议，普通人根本不让进。即便我们能确定哪栋宅子是他家，也没法获得进入许可。而且里面有多少守卫、多少仆人、多少家小，我们全都不得而知。这种委托，我可不会凭猜测行动。辰，我从不什么？"

"冒险。"

"正解。我从不做无把握之事,蒙洛卡托,因此你才会找上我。我一旦接受委托,便会确保目标确实死亡,而非瞎子摸象以致其趁乱溜走。这里不是卡普亚——"

"我知道这是哪里,马维尔。你有何计划?"

"我已收集到必要信息,制定出可靠的方案,足以达成理想效果。我现在只需找到趁夜进入银行的方法。"

"你打算怎么找?"

"我打算怎么找,辰?"

"通过严谨的观察、逻辑推理和方法论。"

马维尔又露出洋洋自得的笑容:"完全正确。"

蒙扎下意识地向本纳瞥去,但本纳已死,站在那里的是摆子。北方人扬了扬眉毛,长叹一声,重新看向壁炉。

文图里奥的确说过"请与恶人为友",只是她的忍耐快到极限了。

二和二
Two Twos

骰子掷出二和二。

二乘二是四。二加二也是四。乘还是加，结果都一样，这让友好感到无助。无助却也能让他冷静。芸芸众生总是努力挣扎，但无论做什么，结果都一样。骰子里全是学问，只要学会解读。

他们两人一组分队。马维尔和辰组成一队。师父与学徒一起加入、一起行动、一起嘲笑别人。友好有些惊讶的是，蒙洛卡托和摆子组成了另一对。他们并肩蹲在栏杆旁、盯着黑压压阴森森的银行，昏暗的夜空勾勒出两人的黑色轮廓。人们总是天然结伴行动，友好对此司空见惯。人人如此，除了他。他总被别人抛下，独自待在阴影中。或许就像法官说的，他有些不对劲。

在安全屋，萨加姆选他作同伴，但他并没因此心存幻想——萨加姆选他是因为他有用，因为他吓人。待在阴影中的人都很吓人。好在萨加姆未加掩饰，他是友好认识的唯一一个诚实人，两人达成的也是坦诚的交易。他们的合作如此顺遂，萨加姆很快赚够了从法官手下赎身的钱，而既然他是个诚实人，重获自由后便没忘记友好，后来又回安全屋将友好也赎了出来。高墙之外没有规则，事情截然不同，萨加姆有业务要忙，友好又变回独自一人。但他并不介意，他已习以为常，何况还有骰子陪他——就像现在这样，待在西港的屋顶上的阴影中，感受深冬的寒意，陪着两对既不般配也不诚实的同伴。

守卫也是两人一排，四人一队，一共两队，整夜绕银行巡逻。现在正在下雨，还夹着点冰雹，但他们没有丝毫松懈，仍旧一圈、一圈又一圈地在黑夜中穿行。其中一队正好从下方巷道经过，只见他们全身盔甲，肩扛长戟。

"他们又来了。"摆子道。

"看见了。"马维尔不耐烦地说，"开始计数。"

辰轻柔高渺的声音回荡在夜色中。"一……二……三……四……五……"友好目瞪口呆地盯着她翕动的嘴唇，连骰子都从垂下的手里滑了出去，他的嘴无声地随她嚅动。"二十二……二十三……二十四……"

"怎么上房顶？"马维尔思索，"怎么上房顶？"

"绳子和抓钩？"蒙洛卡托建议。

"太慢，太吵，太多不确定。即便钩子能钩住，绳子也始终暴露在外。不行，我们不能容许意外发生。"

友好真希望他们闭嘴，好让他听清辰的计数声，那声音让他下身支起了帐篷。"一百一十二……一百一十三……"他闭上眼睛，头靠着墙，一根手指有节奏地前后晃动。"一百八十二……一百八十三……"

"赤手空拳爬不上去，"蒙洛卡托的声音传来，"没人能办到。那边太过光滑陡峭，顶上还有尖刺。"

"我完全赞同。"

"干脆从银行里面爬上去。"

"不可能,那可是众目睽睽之下。必须爬墙,再通过房顶的巨大天窗进入。这条巷子至少晚上没有闲人经过,这是我们的优势。"

"从其他侧面上去呢?"

"北墙下人来人往,灯火通明;东墙是正门所在,另有四名守卫整夜把守;南墙的情况跟这边差不多,还没有可资利用的屋顶。所以都不行,这面墙是我们唯一的选择。"

友好看着下方巷子里闪烁的微光。又一支巡逻队来了。二乘二,二加二,一共四人,踏着坚定的步子,绕着银行巡逻。

"他们要巡逻一整晚?"

"另外两支四人小队作为替补,日出以前毫无间断。"

"二百九十一……二百九十二……第二队到了。"辰清清嗓子,"总计约莫三百个数。"

"三百。"马维尔嘶声重复,黑暗中,友好看到他摇摇头,"时间不够。"

"那怎么办?"蒙扎急切地问。

友好一把抄起骰子,骰子边缘挤压着手心,熟悉的感觉再次传来。他不关心怎么进银行,甚至不关心能不能进去,他只希望辰能继续数数。

"一定有方法……一定有——"

"我能进去。"众人齐齐扭头,只见摆子靠着栏杆,坐在地上举起苍白的双手。

"你?"马维尔不屑道,"你怎么进去?"

黑暗中,友好只能隐约分辨出北方人嘴角的笑意。

"用魔法。"

计划和意外
Plans and Accidents

　　守卫们从巷子里经过，嘟嘟囔囔着什么。他们四个全副武装，穿胸甲戴钢盔，戟刃反射着手里摇晃的灯笼流淌出的光。他们"哗啦哗啦"走过去，却没注意到紧贴在门廊里的摆子。摆子紧张地等待片刻，接着踮脚穿过巷子，躲进一片早就看好的柱影。他开始数数，必须在大约三百个数里爬到墙头，翻上屋顶。他抬头看去。好他妈高啊。见鬼，他干吗应承下这种事？就为恶心马维尔，让那白痴笑不出，再让蒙洛卡托明白自己不是吃白饭的？

　　"我最大的敌人就是自己。"他轻声道。他的自尊心确实太强，而且完全没法招架漂亮姑娘——谁能想到呢？他掏出两跨长的绳子，一头留着绳眼，另一头连着钩子。他往上瞥了瞥墙上的窗子，它们大都紧闭以对抗冷夜，但有几扇还开着，其中两扇亮着灯。他思索会不会有人探头出来，正好看到他。无论如何，这些窗子比他预期的要高。

　　"最大的敌人。"他爬上柱子底座。

"就在这附近。"

"在哪儿啊,白痴?"

摆子陡然僵住,绳子从手中垂下。脚步声和盔甲撞击声自暗夜中传来。该死的守卫折返了,他们之前绕了五十圈,从没折返过。那个该死的毒师说起"科学"头头是道,到头来却没一点靠谱,害得摆子进退维谷。他往阴影深处缩去,背后硕大的十字弓蹭到了石头。妈的,他该怎么解释?不过是午夜闲逛嘛,你瞧,全身黑衣,背着把旧十字弓,出来散步。

如果他抢先射击,他们会发现他、追逐他,甚至可能直接捕死他。不管怎样,对方都会知道有人想摸进银行,然后整件事彻底搞砸。如果他待着不动……多少管点用,但最大可能还是会被当场格杀。

声音越来越近。"应该不远,反正他妈的在一直兜圈……"

一定是他们中有人丢了东西。摆子不禁咒骂见鬼的运气,这不是头回他走背运了。逃跑为时已晚,他只能握紧匕首。脚步声就在柱子另一端。他干吗要收她的钱呢?他就是没法招架金钱的诱惑。他咬紧牙关,等着——

"帮帮忙!"蒙洛卡托的声音。她从巷子对面走来,兜帽已然拉起,长外套簌簌作响。摆子好像第一次见她没佩剑。"抱、抱歉打扰。我只想回家,可我好像完全迷路了。"

一名守卫绕过柱子,后背正对摆子,接着另一名守卫也走了过来。他们站在摆子和蒙洛卡托之间,他伸手就能够到他们。

"你住哪儿?"

"和朋友一起住在撒贝迪勋爵街的喷泉附近,但我来这里没多久,而且……"她自嘲地笑笑,"我完全是个路痴。"

一名守卫掀起头盔。"你真够路痴的,那地方在城市另一头呢。"

"我发誓,我在城里绕了好几个小时!"她引导两名守卫一步步离开。另外两名守卫也接连出现在他的视野中,四个人全都背对着他。他屏住呼吸,心跳如擂,不禁怀疑对方怎么没听到?"先生们,行行好,指条明路吧!小女子感激不尽。哎,我真够蠢的。"

"哪里哪里,西港跟迷宫一样。"

"尤其在晚上。"

"我也不时迷路呢。"男人们笑了,蒙扎也跟着笑了,并引导他们继续移动。她的视线扫过摆子,两人对视一眼,接着她绕过下一根柱子,守卫们随她一起消失了。热烈的讨论声渐渐远去,摆子闭上眼,缓缓吐出一口气。看来他不是唯一一个没法招架姑娘的男人。

他纵身跃上柱子的方形底座,将绳子绕过柱子和自己的臀部,钩成绳圈。他不记得数到多少了,反正赶紧往上爬就好。行动吧。他用膝盖和靴子边缘夹住柱子,将绳圈向上移动几分,然后撑紧绳子,将腿向上移动,就这样周而复始。

这是小时候哥哥教他的手段,他曾以此法爬上山谷里最高的树,偷上面的鸟蛋。他还记得下树快到底时失手一路滑落,惹得哥俩一起哈哈大笑。今天,他要以此法去杀人,而滑落就是死路一条……事情很明显,他的人生完全没按他期望的方向发展。

不过他的动作仍然流畅迅捷,跟爬树一样,只是尽头没有鸟蛋——当然也不会有树皮摩擦蛋蛋。这活计很不容易,他爬到柱顶时已浑身是汗,最难搞的还在后面。他伸出一只手钩住顶端的大块石雕,另一只手解开绳子、搭在肩上。接着,他努力把身体往上拉,手指和脚趾都扣紧了石雕,呼吸急促,胳膊火烧般疼。他的一条腿搭在一尊皱眉的女人雕像上,整个人悬在巷子上空,手抓两片石叶子,心里祈祷它们虽然长得像树叶,可别像树叶那样不结实。

他所处的位置实在不算好,但凡事要看到阳光面,好长时间以来,这可是头一次有女人趴在他两腿之间。巷子对面有人低声叫唤,他依稀分辨出是蹲在屋顶的辰。她往下指了指,另一队守卫马上要经过。

"操。"他整个人立刻贴紧石雕,努力与之融为一体,双手被麻绳勒得生疼,全副心思却只盼下面的守卫不要心血来潮抬起视线。脚步声经过,摆子呼出一大口气,心跳得前所未有地快。直等他们转过拐角,他才吸了口气,开始最后的攀爬。

两侧墙上的尖刺连着杆子,可以自由转动,因此没法翻越,但柱顶的那些刺固定在石头里。摆子掏出手套——厚重的铁匠手套——戴在手上,伸手紧握两根尖刺,深吸一口气后,双脚松开石雕,身体悬空,用双手向上拉。此时此刻,他的眼睛与面前的铁刺近在咫尺,这就把头伸进树枝丛中,稍不小心就会被戳瞎。他当然想保全自己的眼睛。

他先向一个方向荡,然后晃向另一边,趁势把一只脚甩了上去。接着他扭动身体,感觉尖刺刮过厚夹克,抵住胸口。

他终于翻过去了。

"七十八……七十九……八十……"友好一边看着摆子翻过矮墙、上到银行屋顶,一边自言自语地数数。

"他做到了。"辰低声说,难以置信得声音发颤。

"时间把握也好。"马维尔轻笑,"谁能想到他爬得……跟猩猩似的。"

北方人站起身,映出比背后黑暗的夜空更黑的身影。他摘下背上硕大的十字弓,拉开弓弦。"但愿他射箭别跟猩猩一个水平。"辰轻声说。

友好听到弓弦轻响,一根弩矢随即击中胸口。他抓住矢杆,皱眉细看,发现尖头已被削去。

"好在我把尖头削去了。"马维尔边解弩矢连着的金属丝边说,"我们要尽可能避免意外发生,譬如你没头没脑地送命这种事。"

友好扔掉没用的弩矢,将绳子系在金属丝末端。

"你确定这东西承得住他的体重?"辰问。

"这是苏极克丝绳,"马维尔不无得意,"轻似鸿毛韧如钢铁。它能同时承受我们三个人的重量,下面的人抬头却看不到它。"

"你虽然这么说……"

"我从不什么,亲爱的?"

"好了,好了。"

摆子开始卷金属丝,黑色的绳子从友好手中簌簌滑过。他看着绳子滑过屋顶之间,仔细计算长度。绳子出去十五跨后,摆子接到绳头,两人合力拉紧,友好将绳头穿过他们钉在房顶的铁环,绕了三圈,然后打结。

"打得结实吗?你确定?"马维尔问,"我们的计划可容不得来一次高空降落。"

"二十八跨。"友好道。

"什么?"

"降落的高度。"

马维尔一愣。"知道这点没什么用。"

一条紧绷的黑线将两栋建筑连接起来。友好知道这条线的存在,但在黑暗中几乎看不见它。

辰朝绳子一挥手,卷发在微风中轻摆。"您先请。"

马维尔颤颤巍巍翻过栏杆,呼吸急促。不论从哪个方面说,爬过这条绳索都不是趟愉快旅程。半途寒风吹过,他的心都快跳出来了。他在声名狼藉的莫阿瓦·因·宾克手下当学徒时,尚能以猫科动物般的从容应对这种高空杂技,但如今随着头发迅速掉光,他怀疑这份从容也在飞速流逝。他花了好长时间平复心情,擦掉前额的冷汗,这才发现摆子坐在前面,笑眯眯看着他。

"有什么好笑?"马维尔没好气地问。

"那要问你啊。你们得进去多久?"

"需要多久就多久。"

"最好比你在绳子上的时间短。否则明天银行开门,你还在里面咧。"北方人笑着翻过栏杆,抓住绳子爬回对面,虽然块头很大,但动作干净利落。

"如果神存在,这些家伙一定都是他对我的诅咒。"马维尔甚至想等原始人爬到半途割断绳子,但立刻抛弃了这念头。他沿两片倾斜石板砌成的狭窄水渠向建筑中间爬去,巨大的玻璃天顶就在前方,数千个窗格透出微光。友好蹲在旁边,从腰上解下另一卷绳子。

"噢,建筑奇迹。"马维尔跪在辰身边,双手轻轻按住透明穹顶,"谁能想到呢?"

"我庆幸能活在如此精彩的时代。"

"我们都该庆幸,亲爱的,"他谨慎地往银行里瞥,"我们都该庆幸。"整条走廊只有两端各点了一盏灯,墙上巨大画作的镀金画框微微反射火光,其他地方都被阴影笼罩。"银行,"他轻声说,露出一丝晦暗的微笑,"总想节约。"

他掏出处理玻璃的工具,用镊子撬开铅条,然后伴着簌簌油灰,小心地掀起玻璃。他曾经心灵手巧,但随年龄渐长已大不如前,所以稍稍花了点功夫才处理完九块玻璃,再用钳子起开铅制窗框,留出一个足够施展的菱形洞口。

"时间正好。"他嘀咕。守卫的灯笼投出的光射入走廊墙壁,将暗沉的画布照亮了一些。他从他们下方经过,脚步声在走廊里回荡,他正准备打哈欠,拉长的影子投在大理石瓷砖上。

马维尔冲吹针筒轻轻吹了口气。

"啊!"守卫伸手捂头,马维尔赶忙从窗前躲开。下面的脚步声再次响起,却已变得拖沓,守卫嘀咕了两句后轰然倒地。从天顶可见他面孔朝天，四肢摊开，灯笼落在瘫软的手边。

"完美。"辰轻声道。

"手到擒来。"

"尽管我们一直称其为科学，但怎么看都像魔法。"

"我们又被称为现代魔法师。请把绳子给我，友好大师。"罪犯将丝绳的一头扔了过来，另一头仍系在腰上。"你确定你拉得住我?"

"嗯。"友好虽然话不多，但的确有股怪力，连马维尔都多少有些安心。于是毒师将绳子系在腰上，一只脚先探进菱形洞口，接着是另一只，然后是屁股和肩膀，终于，他整个人都进入了银行。

"放低。"他向下降，一切都像机器操作般稳健快捷。等双脚碰到瓷砖，他手腕一抖，便解开了腰上绳结。随后他悄无声息地溜进昏暗的走廊，一手握着装填好的吹针筒。他希望走廊里只有这一名守卫，但人不能被希望蒙蔽。

谨慎为先原则。

他仔细打量走廊，一想到接下来要做的事，就兴奋得皮肤瘙痒。没有动静。只有无尽的静默压迫着他兴奋的耳朵。

他抬头看到辰从洞口往下看，便轻轻示意。她随即像马戏团演员一样敏捷地落下，他们的工具都在她腰间的黑布袋子里。她脚一沾地就解开绳子，蹲在那里咧嘴嬉笑。

他差点随她笑起来，但立刻止住了。相处的三年来，她展现出的天分、判断力及个性总是深得他心，可他不想表现出来，甚至不想让她发觉他对她的重视程度。因为她一旦明白，背叛便不可免。他在孤儿院的生活、他的学徒经历、他的婚姻以及他的职业生涯——处处充斥着痛彻心扉的背叛，令他的心伤痕累累。因此，他决定一切公事公办，这对他俩都好，既能保证他不被她伤害，也能保证他不伤害她。

"没人?"她压低声音问。

"如假包换,像张没有棋子的空棋盘。"他低声回答,站到瘫倒在地的守卫旁,"一旦按计划进行。我们最鄙视的是?"

"意外?"

"还有?"

"偶然。"

"正确。这些都不是好东西。你来抬脚。"

他们费了好大力气才沿走廊把守卫抬到桌旁,让他坐在椅子上。他脑袋后仰,打起鼾来,长长的八字胡在嘴边轻柔起伏。

"啊啊啊啊哈,他睡得像个婴儿。请把道具给我。"辰递给他一个空酒瓶,马维尔小心地摆在守卫脚边的瓷砖上。她又递来一个半空的瓶子,他起开瓶塞,将里面的酒随意洒在守卫的铆钉皮夹克前襟,又小心地把瓶子塞进守卫垂在身侧的手指间。残余的酒水流淌出来,在地上积成一摊,散发出刺鼻味道。

马维尔后退几步,两手为这幅场景比框,"精彩画面……准备就绪。这位守夜人的雇主怎会不怀疑他无视禁令、在天黑后喝上一两口呢?看看这瘫软的身形、臭烘烘的酒气、轰隆隆的鼾声,等早上被人发现,他绝对百口莫辩,必将被当即辞退。当然,他会为自己申辩,但所有证据都显示——"他戴手套的手在守卫的头发里翻找,将那根用过的针拔下——"他是自作自受。一切都严丝合缝,除了事实并非如此,对吧?哦,哦,凡特和伯克银行西港分行的安静走廊……隐藏着一个致命的秘密。"他吹熄守卫的灯笼,让周围陷入黑暗。"这边来,辰,别发愣了。"

他们一起蹑手蹑脚穿过走廊,像一对安静的影子,最后停在马修斯办公室的沉重大门前。辰弯腰撬锁,手里工具反射着微光。齿轮很快发出他们期盼的咔哒声,门悄无声息地滑开。

"银行竟用这种穷酸锁。"她收起工具。

"放钱的地方才用好锁头。"

"不过我们不是来偷钱的。"

"哦,当然不是,我们和贼不同,我们会留下礼物。"他绕过马修斯大得吓人的桌子,翻开那本厚重账册,同时小心不让其移动分毫。"请把药剂给我。"

她递了个罐子过来,里面装了某种稀疏的黏液,几乎满溢出来。他接过后谨慎地拔开罐塞,用一把精美的油画刷涂抹——只有这样的工具才配得上他的艺术品位和无价的技艺。不断翻动的纸张簌簌作响,刷子轻轻扫过每张纸的每个边角。

"看见没,辰?迅速、顺畅、精确,但又十分谨慎。别忘记谨慎为先原则。我们的同行最多的死法是什么?"

"死于自己的毒药。"

"完全正确。"他十分小心地合上内页干得差不多的账册,收起刷子,盖好罐塞。

"走吧,"辰说,"我饿了。"

"走?"马维尔咧开笑脸,"哦,不,亲爱的,我们还差得远呢。为了你的晚餐,我们还有好多活儿要忙。今晚……将是一个漫长的夜晚。"

"嘿。"

摆子吓得差点从栏杆上掉下去,他猛转过身,心跳到了嗓子眼。蒙洛卡托蹲在他身后,咧嘴笑着,呼吸在晦暗的脸庞前凝成一团白气。

"死者在上,你吓到我了!"他嘶声道。

"总比那些守卫吓到你好。"她轻手轻脚走到铁环旁,拽了拽上面的绳结。"你真的爬上去了?"她的语气有点惊讶。

"你以为我做不到?"

"我以为你爬上去几跨就会掉下来,摔碎脑袋。"

他用手指点了点脑袋。"这大概是我全身上下最坚硬的地方。甩掉那些朋友了?"

"去那个劳什子撒贝迪勋爵街的半路上就甩掉了。早知他们那么容易上当,我最开始就该去勾引他们。"

摆子笑了。"行了,幸好你最后还是去了,不然我非被逮住不可。"

"那可不行,我还有很多工作需要你。"这话让摆子不安地扭了扭肩,他总忘记所谓的工作就是杀人,"挺冷的,呃?"

北方人嗤笑一声。"这在我老家简直是夏天。"他拔开瓶塞,把酒瓶递给她,"来点这个就暖和了。"

"哦,你真贴心。"她喝了一大口,摆子看着她喝酒时脖子的纤细肌腱上下蠕动。

"在一伙杀手里,我兴许算得上贴心吧。"

"杀手也能成为非常棒的人。"她又喝了一口,把瓶子还给摆子,"当然,不是我们这群。"

"奶奶的,当然不是。我们是群混蛋,男女都是。"

"这么说,他们进去了?马维尔和他的小应声虫?"

"啊,进去有一会儿了。"

"友好跟他们一起?"

"一起。"

"马维尔说了要多久?"

"你觉得他会告诉我?我还以为只有我是乐天派呢。"

寂静的冷夜里,他们紧挨彼此,蹲在栏杆旁,一起看着银行的漆黑轮廓。不知为何,他十分紧张,甚至比想到杀人更紧张。他偷瞥了她一眼,结果正撞上她看过来。

"除了冻感冒,我们在这儿似乎什么也干不了。"她说。

"确实干不了。除非你想把我的头发再剪短点。"

"我可不敢掏剪子,以防你这家伙又脱个精光。"

他忍俊不禁。"说得好哇。再来一口。"他递出瓶子。

"身为雇佣杀手的女人,我兴许算得上幽默吧。"她靠近他,接过酒瓶。此时此刻,他们靠得太近,摆子甚至觉得朝向她的那侧身体阵阵酥麻,能感受到喉咙里的每一丝呼吸。他赶忙看向别处,不想让自己在过去几周的愚蠢道路上越走越远。他听着她举起瓶子,喝了口酒。"再次感谢。"

"别在意,头儿,任何事尽管吩咐。"

他回头时,发现她定定地看着自己,嘴唇紧抿成一线,跟在塔林时一样,仿佛在估算他的身价,"我正好有件事。"

马维尔以完美无瑕的精确将最后几根铅条放回原位,收好亮闪闪的工具。

"这能行吗?"辰问。

"下暴雨的话恐怕撑不住,但明天没问题。而到下雨时,他们都有大麻烦了,哪还有空关心窗户漏水呢。"他擦掉玻璃上最后一点油灰,随助手穿过屋顶,来到栏杆前。友好已顺绳子过去了,此刻蹲在对面,与他们之间隔着虚空。马维尔站在边上向下瞥去,只见在尖刺和装饰雕塑下方,光滑的石柱一直延伸到鹅卵石地面,令人头晕目眩。守卫伴着响亮的脚步声从下方走过,手中灯笼摇曳。

"绳子怎么办?"等那群人走远,辰轻声追问,"等太阳升起,会有人——"

"我才不会忽视这种细节。"马维尔笑着从内袋掏出个小瓶,"只需几滴,等我们爬过去,绳结就会被腐蚀。我们在对面将绳子收回去就好啦。"

即便在黑暗中,他也察觉到助手变得非常不安。"如果腐蚀得太快,我们来不及——"

"不会的。"

"可这太冒险了。"

"我从不什么，亲爱的？"

"冒险，但——"

"既然如此，你先走。"

"你来计数。"辰立刻抓住绳子，双手交替，飞快地从下面爬过。她不到三十个数就了对面。

马维尔打开小小的瓶盖，在绳结上撒了几滴药水。一番思量后，他又多滴了几滴。他可不想等这该死的东西脱落等到太阳升起。他等下一队守卫经过，然后翻过栏杆——不得不承认，他的动作完全不及辰优雅，不过也不必无意义的慌张。谨慎为先原则。他戴手套的双手握住绳子，整个人在下面晃荡，然后他的一只脚也钩住绳子，接着抬起另一只——

尖锐的撕裂声传来，膝盖周围突然刮起嗖嗖冷风。

马维尔向下看去，只见裤腿钩在了一根稍稍高出的尖刺上，扯开了一条直到臀部的口子。他用力蹬腿想要挣脱，却越缠越紧。

"可恶。"这显然不是计划的一部分。栏杆绑绳子的地方开始升起淡淡的轻烟，显然，腐蚀性液体生效得比他想象中快。

"可恶。"他荡回银行屋顶，落在冒烟的绳结旁，一只手抓住绳子，另一只手从内袋抽出解剖刀。一刀，两刀，三刀，他巧妙地切割缠在尖刺上的撕裂裤腿，就像外科手术般干净利落。只差最后一刀——

"噢！"他第一反应是不耐烦，但马上化为惊恐——他划伤了脚踝。

"可恶！"刀上涂了喉酲，这东西总让他大早上头晕目眩，所以他消除了对它的抗性。它虽不致命，却足以让他掉下绳子，而他当然没强悍到能跟十分坚硬的鹅卵石地硬碰硬。这真是天大的讽刺。毕竟，死于自己的毒药，是他的同行最常见的死法。

他咬下一只手套,在众多口袋里摸索解药,叼手套的嘴不停咒骂着。他挂在寒风中晃悠,没有裤管遮盖的腿脚起了层鸡皮疙瘩。各式小瓶在手指间叮当作响,每个瓶子都刻着他一摸就能辨出内容的标记,但在这种情形下,找到特定的瓶子还是相当辛苦。他打了个嗝,感到越来越恶心,胃里翻江倒海。片刻后,他终于摸到解药,于是立刻张嘴吐出手套,颤抖的手从外套里抽出小瓶,咬开瓶塞,喝干药水。

苦味让他不住干呕,朝下方遥远的鹅卵石地连吐了几口酸水。他攥紧绳子,努力克服眩晕,黑色的巷道在周围不断转圈。他张大嘴呜咽着,双手死抱住绳子,仿佛回到了茫然无助的童年,回到了人们带走他的那一刻,感受到当时紧抱母亲尸体的绝望。

解药渐渐生效,黑暗的世界不再旋转,翻江倒海的肠胃也平息下来。巷子在下,天空在上,一切回到了正常位置。然而此时此刻,他的注意力全集中在不住冒烟的绳结上,它已开始发出微弱的咝咝声,弥漫着刺鼻味道——酸液正一点点腐蚀绳子。

"可恶!"他双腿钩绳,向对面进发,无奈中过喉酊之毒,肢体还不太听使唤。他大口喘着气,深深的恐惧扼住了喉咙。还没过去绳子就烧穿了怎么办?怎么办?他越想肚子越绞痛,不得不咬牙在绳子上停了片刻,于半空中上下晃荡。

随后他继续前进,只觉浑身无力,手摇臂颤,贴着绳索的掌心和大腿磨得生疼。他总算爬过半途了,但还不够,还要继续爬。他仰头猛吸一口气,做最后的冲刺。他看到友好伸手接他,那只大手就在几跨之外;他看到瞪大眼睛的辰,并且有些懊恼地觉得她阴影幢幢的脸上似乎有一丝笑意。

这时他听到绳子另一端传来微弱的崩裂声。

马维尔胃里一紧,整个人突然开始下坠、下坠,在绳子牵引下划出一道弧线。冷风呼啸着涌进他张大的嘴,他朝破旧的宅邸猛撞过去,只来得及发出一声歇斯底里的哀号,跟人们把他从母亲死寂冰凉的双手边扯开时一个样。猛烈的撞击挤出了他肺里的全部空气,哀号戛然而止,绳子也不知去向。木头撕裂声接连传来,他开始下坠,双手徒然抓挠着空气,脑袋里像装了一锅煮满绝望的粥,鼓胀的双眼什么也看不清。下坠,胳膊乱摆,双腿胡踢,世界旋转,劲风割脸,下坠,下坠……可实际上他只坠了一两跨,脸便重重砸在木地板上,周围木屑簌簌落下。

"呃?"他发出含混的声音。

他震惊地发现自己被抓着脖子提到空中,以足以杀人的力道狠狠地按在墙上。他花了好一番功夫才勉强喘上两口气。

"你!搞什么呢?"摆子。那个北方人。他不知为何赤身裸体,而这个肮脏的房间被他身后壁炉里的煤块微微照亮。马维尔好奇地四下扫视,只见蒙洛卡托躺在床上,用手肘撑起上半身,凌乱的衬衫敞开着,双乳裸露在外。她也看着他,却不怎么惊讶,仿佛只是打开门,见到久未谋面的客人而已。

马维尔悬着的心终于落下。虽然他心有余悸,此刻的姿势亦有几分尴尬,手掌和脸颊或许都带了擦伤,但还是忍不住笑起来。绳子提前断了,而他诡异却又万幸地划出一道完美的弧线,撞破了这栋破旧宅邸腐朽的窗扇。他真该感谢这些讽刺的巧合。

"有时意外也能成为好事儿!"他大笑起来。

床上的蒙洛卡托瞟了他一眼,眼神却很飘忽。他注意到她一侧的肋骨上有许多奇特的疤痕。

"你为何在冒烟?"她嘶哑地问。

马维尔看到床脚的烟管,终于明白她为何对自己破窗而入毫不在意。"你糊涂了,原因显而易见。是你自己在抽大烟。你要明白,这东西完全是毒药,完全——"

她伸直胳膊,无力地指向他胸口。"烟,白痴。"他低头看去,几缕刺鼻的烟雾正从衬衫上飘起。

"可恶!"他尖叫起来,摆子吓得后退了一步,并立刻松手。马维尔扯开夹克,但装酸液的瓶子已经碎裂,碎片散落在地。他胡乱抓住胸襟开始冒泡的衬衫,一把扯下。然而烟越来越浓,整个房间都弥漫着刺鼻气味,他们三人目瞪口呆地盯着烟雾的源头——地上那件毁掉的衬衫。

命运真是难以捉摸,他们三人现在都半裸着。

"我很抱歉。"马维尔清了清嗓子,"这显然不是计划的一部分。"

如数奉还
Repaid in Full

蒙扎看了看床，又看了看床上的摆子，眉头紧锁。他平躺在那里，毯子缠在腰间，一条强壮的长胳膊从床沿垂下，白皙的手背贴住地板，另一只大脚伸出了毯子，脚指甲里全是黑泥。片刻后，他朝她翻了个身，脸庞安然得像个孩子，双眼紧闭，嘴巴微张，一道长疤横穿的胸膛随呼吸微微起伏。

白日天光之下，一切看上去如此荒唐。

她朝摆子扔了几枚银币，银币落在他胸口，弹跳着滚到床上。他惊醒过来，眨着眼睛左右环顾。

"咋回事？啥？"他睡眼惺忪地看着胸口的银币。

"五枚天秤币，昨晚的报酬。比行价高多了。"

"啥？"他两根手指揉了揉眼睛。"你付我钱？"他将硬币扫到毯子上。"我像个婊子吗？"

"难道你不是吗？"

"不是，我这点自尊心还是有的。"

"所以你能收钱杀人,收钱帮我舔舔就不行?"她嗤之以鼻,"挺有自尊嘛。知道我想给你什么建议吗?拿着这五块钱,将来只干杀人的活儿就好。至少那个你还蛮擅长。"

摆子翻身坐起,用毯子将脖子以下全部裹住。"出去记得关门,呃?他妈的冷死了。"

重型细剑剑锋逼人,忽左忽右,忽上忽下。她在院子角落里不停旋身,靴子擦过破碎的地砖,左臂不断刺出,耀眼的剑尖始终保持在胸前高度。她呼吸急促,鼻孔喷出的白雾包裹着脸颊,尽管天气寒冷,衬衫后面却被汗水浸湿、贴在后背。

她的腿每天都在恢复,虽然动作快了还是很疼,早上僵硬得像两根干树枝,晚上又酸胀到难以忍受,但至少走路时不至于痛到龇牙咧嘴,咔咔作响的膝盖甚至能支撑小幅度跳跃。她的肩膀和下颚也更方便活动了,头皮下的金币按起来也几乎没了感觉。

可惜她的右手还像原来那样没用。她用胳膊夹住本纳的细剑,忍痛摘掉手套,只见这扭曲、虚弱而又苍白的残掌正在发抖,戈巴的金属丝在侧面留下的伤疤依然泛着刺眼的紫色。她使劲握起弯曲的手指,脸皱成一团,可小指依旧顽固地向外支棱着。一想到余生都要与这丑陋可恶的缺陷相伴,她便暴跳如雷。

"妈的。"她咬牙切齿地低吼着戴好手套。她回忆起父亲第一次让她握剑的情景,那时她还不满八岁,剑握在右手沉甸甸的,陌生又疏离;现在她用左手握剑也好不了多少。但除了适应,她别无选择。

如有必要,就从头开始。

她面朝一扇腐朽的百叶窗,手腕下压,剑指向前,然后连刺三剑,自下而上挑飞了三根窗叶,接着她清叱一声,手腕翻转,挥剑向下将百叶窗利落地劈作两半,碎裂的木屑四处飞散。

恢复了一点。每天都恢复了一点。

"精彩至极。"马维尔站在门廊下,一侧脸上有几道擦伤,"想必斯提亚没有任何一扇窗子敢阻挡我们。"他信步走进院子,双手背在身后。"我敢说,你的右手如果还能用,就连联合王国的窗子也会颤抖。"

"这就不劳你费心了。"

"很好,看来你已从……与我们的北方同伴大战后的疲劳中恢复了?"

"我的床铺与你无关。你呢?可从掉进我窗子的小小惊吓中恢复了?"

"不过留下几道擦伤而已。"

"遗憾。"她将重型细剑插回剑鞘,"事情了结了?"

"会了结的。"

"他死了?"

"他会死。"

"何时?"

马维尔抬头看着头顶方形的苍白天空,咧嘴一笑。"耐心是美德之首,蒙洛卡托将军。银行才刚开门,我的药剂过一阵才能生效。欲速则不达。"

"真的会生效?"

"噢,当然会生效。而且会……无与伦比。"

"我想亲眼看看。"

"当然可以。但即便有我亲自出马,死亡的科学依然无法做到准确估量时间。不过我想,一小时后正是时候。我郑重提醒你,不要触碰银行里任何东西。"他转身离去,一根手指伸过肩头左右摆动,"也不要被认出来,我们的合作才刚开始。"

※

银行大厅十分繁忙，数十位办事员在沉重的办公桌边工作，俯首于账册前，手里的笔写写停停。墙边站立的守卫百无聊赖地监视着大厅，个别人甚至神游天外。蒙扎从一群群富有男女间穿过，他们珠光宝气，涂抹香油，衣着容貌皆精心修饰。摆子跟在后面，靠肩膀挤开人群。这里的客户包括商人、店主及富婆，提着沉重的箱子或钱袋的男仆和护卫跟随着他们，怎么看都是凡特和伯克银行财源滚滚的普通一日。

这也是奥索公爵的财源。

她瞥见一个脸颊消瘦的鹰钩鼻男人和一群穿皮草衣服的商人说话，男人两侧各站着一名腋下夹账册的办事员。人群中这张秃鹫般的脸如地窖里的火花一样清晰，点燃了她心中的火焰。马修斯。她来西港就是为了杀他……可现在，他还生龙活虎。

他还生龙活虎。

大厅角落里有人叫嚷起来，但蒙扎浑不在意，眼睛直勾勾盯着前方，下巴突然绷紧。然后，她推搡着挤过人群，挤向奥索的银行家。

"你干什么？"摆子在她耳畔嘶声问，但她把他也推开，又从一个戴高帽子的男人身边挤了过去。

"让他呼吸点新鲜空气！"有人大喊。人们四处张望、窃窃私语，伸长脆子去看到底发生了什么，秩序井然的队伍因此瓦解。蒙扎继续向前，离他越来越近、越来越近，近到能被察觉的距离。但她完全不知道自己在干什么。咬他？向他问好？她离他已不到十步——正是他居高临下看着她弟弟死去时的距离。

银行家陡然色变，蒙扎不由得放慢脚步，谨慎地贴近人群。她发现马修斯像肚子被打了一拳般弯下腰去，不断咳嗽和干呕。他踉跄了一步，以手扶墙。大厅里到处人头攒动，回荡着急促的低语和迷惑的喊叫。

"让开!"

"怎么回事?"

"把他翻过来!"

马修斯已是泪水汪汪,纤细的脖子血管鼓胀。他抓住身边的办事员,膝盖不住打颤。那名办事员打了个趔趄,勉力将上司缓缓放到地板上。

"行长?行长?"

整个大厅仿佛被施了魔法,一时间鸦雀无声,犹如在悬崖边摇晃。蒙扎向前靠拢,从一个穿天鹅绒上衣的人身后向他看去,而马修斯的目光迎上来,两人正好对视。银行家拉长了脸,皮肤通红,肌肉紧绷,他举起颤抖的胳膊,一根瘦骨嶙峋的手指颤巍巍地指向她。

"蒙……"他张大嘴,"蒙……蒙……"

他眼睛一翻,手舞足蹈起来,弓起后背在大理石地上疯狂挣扎,活像一只离水的鱼。周围的人惊恐地看着这一幕,然后又有人弯腰咳嗽。这下银行大厅沸腾了。

"救命!"

"这里!"

"来人!"

"新鲜空气,我要呼吸新鲜空气!"

一名办事员双手捂住嗓子,踉跄着从桌前猛地站起,带翻了椅子。他晃荡了几步,脸憋成紫色,接着轰然倒地,脚上的鞋飞出一只。马修斯身边的一名办事员也跪倒在地,拼命喘气,旁边有个女人发出刺耳的惊叫。

"死者在上——"摆子道。

粉红血沫从银行家大张的嘴里涌出,激烈的扭动变成轻微的抽搐，随即他便一动不动了。他瘫软在地，失去焦点的眼睛向外凸出，视线越过蒙扎，定格在高处微笑的半身像上。

死了两人，还剩五人。

"瘟疫！"这声惊叫仿佛战场上将军的冲锋号令，立刻让大厅陷入空前的混乱。之前和马修斯谈话的商人转身就跑，差点把蒙扎撞翻，多亏摆子上前一步，用力推开离她最近的商人，令其四仰八叉地摔倒在银行家的尸体上。又有一个戴单片眼镜的男人死死抓住了她，通红的脸上眼睛骇人地向外鼓胀。她右手本能地握起拳头，但那些扭曲的指节击中他脸颊时引发的剧痛射过肩膀，疼得她倒吸冷气，她用左脚将这人仰面踹倒。

恐慌比任何瘟疫都传播得更快，斯多里克斯在书中写道，也更致命。

文明的外衣瞬间剥离，富有和矜持被兽性取代。挡路的人被统统扫开，跌倒在地者无人同情。胖商人给了衣着华丽的女士当面一拳，女士尖叫倒地，随即被踢到墙边，掉落的假发贴着血淋淋的脸庞；老人蜷缩在地，任由混乱的人群从身上踩过；箱子倾覆没人理会，撒出的银币被踢来踢去、到处蹦跳。银行大厅瞬间化为暴乱现场，充斥着尖叫与推搡，弥漫着怒气和恐惧，散落着躯体与垃圾。

有人推她，她立即用手肘回击，一声脆响后，几滴鲜血飞溅在她脸上。她被人流裹挟，仿佛漂在水中的树枝，只能被动地承受推挤和拉扯。她无助地大喊，身不由己地被推过门廊、来到街上，脚几乎没沾地，而周围的人们依然不肯罢休。她被人群推到旁边，从阶梯上滑落，在鹅卵石地上扭到了腿，勉勉强强靠住银行外墙。

这时摆子抓住她的胳膊，半拖半拽地带她离开。两名银行守卫站在原地，徒劳地想用长戟阻挡惊慌的人流——人们突然激动起来，被拼命拖走的蒙扎透过无数挥舞的手臂，看到一个男人正在鹅卵石地上抽搐，嘴里咳出红色血沫。其他人见状奋力远离，无数惊恐而迷乱的脸孔组成了一堵扭曲的墙。

蒙扎头晕目眩，嘴里发酸，摆子大步走在她身旁，鼻孔里发出粗重的喘息，不时回头张望。他们绕过银行拐角，朝破旧的宅邸退去，混乱的喧嚣渐渐抛在身后。她看到马维尔站在高处的窗户里，像富商在剧院的私人包厢里看戏一般朝下方微笑，还朝他们挥手。

摆子用力推开沉重的大门，用他自己的语言低吼着什么。蒙扎跟他走进院子，捡起重型细剑，径直上了楼梯，两步并做一步，毫不在意膝盖传来的刺痛。

马维尔还站在窗边，他的助手盘腿坐在桌上，旁若无人地大口吃着半条面包。"街上真是一片混乱！"毒师转过身，但等他看到蒙扎的脸色，笑容消失了，"怎么？他还活着？"

"他死了。他们都死了。"

马维尔双眉微挑，"那是当然，那些账本一定会在整栋楼内流传。我可不想赌马修斯只会看那一本。我从不什么，辰？"

"冒险。按照谨慎为先原则，"辰又咬了一大口面包，边嚼边解释，"我们给所有人都下了毒，在银行的每本账册上。"

"我们不是这么计划的。"蒙扎吼道。

"怎么不是？无论代价如何，这是你说的，无论这条道路上要杀多少人。你有这决心我才掺和这笔买卖。其他条件可以含糊，但这条不行。"马维尔看起来有些迷惑又有些兴奋，"我非常清楚，有的人见不得大开杀戒，但我全没料到，你，蒙扎萝·蒙洛卡托，塔林的毒蛇，卡普亚的屠夫，会属于这种类型。你不用担心钱的问题，按之前说好的，只付马修斯的一万就好，其他人算免费附——"

"这不是钱的问题，白痴！"

"那是什么？我受你雇佣，成功达成了委托，我何错之有？你不乐意这种做法，但从头到尾你并未动手，你又何错之有？一切责任都与你我无关，就像乞丐拉出的屎，直接掉进阴沟，永远消失了，不能再恶心任何人。你现在抱有的，难道不是毫无价值的误解吗？计划难免出现意外，就像大风吹过，大树倒下，树下的虫子不能幸免，全都要被……压死！"

"压死。"辰清脆地重复。

"如果你良心不安——"

蒙扎勃然大怒，戴手套的手狠狠抓住剑柄，扭曲的骨头咔咔作响。"良心是逃避的借口，我说的是控制局面。从现在起，我们一次只杀一人。"

"有必要吗？"

她向屋子里猛跨出一步，毒师被吓得向边上退去，紧张地看了看她的剑，又看了看她的脸。"别试探我。永远别。记住……一次……一人。"

马维尔小心清了清喉咙。"当然，你是雇主，怎么做你说了算。没必要发火。"

"哦，你可以试试我发火是什么样。"

马维尔痛苦地叹口气。"我们这行最惨的是什么，辰？"

"失业。"他的助手将最后一点面包渣塞进嘴里。

"完全正确。行了，我们去城里转转，让我们的雇主决定接下来该对付她那份小名单上的哪个名字吧。这里的空气充满伪善。"他一脸委屈地走出门外。辰看了看他，看了看蒙扎，金黄的睫毛眨巴了两下，接着她耸耸肩，起身扫掉衬衫前襟的碎屑，随师父出去了。

蒙扎转向窗口。人群几乎已经散开，几队紧张的城市守卫封锁了银行前面的巷道，同时谨慎地避开那些倒在鹅卵石地上的身躯。她突然想知道本纳会提出什么建议——很可能会劝她冷静下来，把整件事想清楚。

她双手抓住一口箱子，大叫着抄起它砸向对面的墙，一时间石膏碎屑横飞，箱盖也被震开，里面的衣服撒落在地。

摆子站在门口,全程旁观。这时他说:"我不干了。"

"不!"她哽咽道,"不。我还需要你。"

"当面干架是一回事,但这种……这种——"

"剩下的不会这样。我保证。"

"剩下的会杀得干净利落?我很怀疑。你一门心思想报仇,又怎能控制不滥杀无辜。"摆子缓缓摇头,"马维尔和他的狗屁应声虫可以微笑着看待这一切,但我不行。"

"你想怎样?"她缓缓走向他,犹如接近受惊的坐骑,随时防备它一脚踢在自己脸上,"带着五十块旅费回北方?把头发留回来,重新穿起破衣烂衫,在雪地里打打杀杀?我还以为你有自尊,我还以为你想变得更好。"

"没错,我想做个好人。"

"你可以啊。坚持下去,谁能断言呢?说不定坚持下去你还能拯救生命。"她的左手轻柔地抚在他胸口,"照看我,让我走在正确的道路上,这样一来,你也能做个有钱的好人。"

"我已经不觉得有钱和好人可以兼得了。"

"帮帮我。我必须这样做……为了我弟弟。"

"你确定?死人不需要帮忙,报仇是为了你自己。"

"那就为了我!"她吼了一句,然后强迫自己重新换上温柔的音调,"我无论如何都无法改变你的心意了吗?"

他撇撇嘴。"你还会再往我身上扔五块钱吗?"

"我不会干那种事了。"她的手向上滑去,沿他的下颚摸索,探询他的反应,以便说出正确的话语,开出合适的价码,"你的价值远远大于五块钱。我失去了弟弟,他是我的全部。我不想再失去任何人……"她让这句话停留在空中。

摆子眼里闪过奇特的情绪,混杂着愤怒、渴望和羞愧。他一声不吭地站了很久,她感觉到他脸侧的肌肉一会儿绷紧、一会儿松弛。

"一万。"他说。

"六千。"

"八千。"

"成交。"她放下手,两人四目相对,"收拾行李,我们马上离开。"

"好吧。"他灰头土脸地出门,留下她独自一人,从头至尾没再看她一眼。

这就是好人的麻烦。

价码太他妈昂贵。

第三部　斯皮奈
Part 3

SIPANI

何必寻找万恶之源，人类本是万恶之源。

——约瑟夫·康拉德

不出半月，又有人越过边界来报仇，吊死了老德斯洛和他的老婆，烧了磨坊。几天后，德斯洛的儿子们也决定去报仇，蒙扎带上父亲的长剑，和他们一起上路，本纳哭哭啼啼地跟在后面。她挺高兴的，毕竟已没了种地的兴致。

他们离开山谷，一走就是两年，期间有很多人加入，都是没了生计、没了田地、没了家人的人；也正是这些人烧毁庄稼，破门而入，见什么抢什么。没过多久，他们也开始频频吊死遇见的人。本纳迅速成长起来，变得心狠手辣。还能怎样呢？他们从报复杀人者发展到报复窃贼，接着是任何轻慢他们的人，最后稍不遂意就滥下杀手。这是战争，永远不缺少报复的理由。

在一个夏末，塔林和墨西利亚达成和平协议，除了无数尸体，双方都一无所获。一个穿金边袍子的骑者带着士兵来到山谷里，阻止报复性劫掠。

于是这支队伍——德斯洛的儿子们、蒙扎姐弟及其他很多人——解散了，大家带着战利品回归战乱前的生活，抑或寻找并投身于新的战乱。蒙扎又有了种地的兴致。

但这份兴致只维持到姐弟俩走到村庄为止。

一个冠冕堂皇的军装男子站在破败的喷泉旁，他的胸甲亮似明镜，他腰间的长剑剑柄镶着闪闪发光的宝石。半个山谷的人聚拢来听他讲话。

"我是尼科莫·科斯卡，太阳联队队长。我们这个英勇的团队，隶属于斯提亚最伟大的雇佣军团——千剑团！我刚接到年轻的奥斯皮亚公爵洛根特的正式委托书，眼下急需人手！我们需要有战争经验的汉子，勇敢的汉子，乐于冒险、渴望财富的汉子！谁愿意一辈子面朝黄土？难道你们不渴望改变命运？为了出人头地！为了荣华富贵！快来加入我们吧！"

"我们去吧。"本纳小声说。

"不。"蒙扎说,"我受够打仗了。"

"我们不怎么打仗!"科斯卡仿佛看穿了她的想法,"我保证!而且报酬是别家的三倍!每周一枚天秤币,战利品可分成!相信我,乡亲们,会有很多很多战利品!我们的委托是正义的……这点有公爵作保,并且胜利必然属于我们。"

"我们去吧!"本纳轻声催促,"你想回去挖泥巴吗?每晚累得筋疲力竭,指甲缝里全是土?我才不要过那种日子!"

蒙扎正待整理上面的田地,那可是浩大工程,而那位团长才说了几句,渴望入团的人已排成长队,多数是乞丐和农民。一个黑肤公证人将他们的名字记录在册。

蒙扎从他们中间挤过。

"我是蒙扎萝·蒙洛卡托,加伯·蒙洛卡托之女,这是我弟弟本纳,我们都是战士。我们能加入你的军团吗?"

科斯卡皱眉看着她,黑肤公证人摇摇头,"我们需要有经验的汉子,不收女人和小孩。"他伸胳膊想推开她。

她一动不动。"我们有经验。比这帮废物强得多。"

"我倒有工作给你,"一个农民说。他已登了记,胆子也大了起来。"你先让我舒服舒服,如何?"说完他哈哈大笑,随即被击倒在泥地里,蒙扎一脚踩在他脸上,让他吞下了半口牙齿。

尼科莫·科斯卡目睹她干净利落地出击,稍稍挑起了一边眉毛。"萨加姆,委托书上明确要求是男的吗?条款到底如何?"

公证人拿起文件,斜睨着读出上面的文字。"两百名骑兵和两百名步兵,每个人都必须装备齐全、训练有素。上面只说要人。"

"至于什么人它没规定。你,女孩!蒙洛卡托!你和你弟弟被我们雇下了。过来签名吧。"

她签了名,本纳也签了,他们就这样当上了佣兵。那个农民抱住蒙扎的腿。"我的牙。"

"吃屎去吧。"她骂道。

招兵买马告一段落后,尼科莫·科斯卡,这位名扬天下的雇佣军人合着欢快的笛声,带领新雇的人马离开村庄。当晚,他们于星光下扎营,在黑暗中升起篝火,畅谈发财致富的前景。

蒙扎和本纳挤在一张毯子里,科斯卡走到他们面前,他的胸甲在黑暗中反射着荧荧火光。"呐,我的小战士!我的小福星!冷吗?"他脱下猩红披风,扔给他们。"拿着,呃,别冻僵骨头。"

"你想要什么?"

"这算是我的贺礼,我还有一件。"

"为什么?"她狐疑地嘀咕。

"'为将当身先士卒',斯多里克斯在书中这么写。"

"那是谁?"本纳问。

"斯多里克斯?他啊,他是历史上最伟大的将军!"蒙扎定定地看着团长,"他是以前的皇帝。最著名的皇帝。"

"什么是皇帝?"本纳问。

科斯卡挑了挑眉毛。"类似于国王,但厉害多了。你该读读这个。"他从口袋里掏出一本书,塞进蒙扎手里。那是本小书,红色的封面磨痕累累。

"好吧。"她打开书,凝神看着第一页,等他走开。

"我俩都不识字。"本纳直接说了出来,蒙扎甚至来不及阻拦。

科斯卡皱起眉头,用食指和拇指捋了捋上好油的八字胡。蒙扎以为他肯定要把他们赶回农场,他却慢吞吞地盘腿坐在两人身旁。"还是孩子啊。"他伸手指着书页,"来,这是字母'A'。"

迷雾与流言
Fogs and Whispers

　　斯皮奈充斥着陈年盐水味、煤烟味、屎尿味，还有快速生长和缓慢腐败相结合的味道，令摆子时刻想吐——要是他能看见自己的手，也许心情还能好点。夜色正深，雾气浓重，连走在身边、触手可及的蒙扎，他也只看见若隐若现的轮廓。手中的灯笼不过亮了前方数颗鹅卵石，那些鹅卵石也结满了冰冷的露水，他好几次差点踏进河里，这种事司空见惯，运河隐藏在斯皮奈的每个角落，无处不在。

　　前方出现了许多愤怒的巨人，个个容貌扭曲，但随着他们继续向前，又接连化为油腻的建筑，接着被甩到身后。各种怪物自浓雾中蜂拥而至，宛如杜别克要塞之战中的山卡，但事实上不过是桥梁、栏杆、雕像和马车罢了。灯笼悬在街角的杆子上，火把挂在门廊里，蜡烛在窗扇内闪烁，一片昏暗中，它们好似飘忽的鬼火。摆子一门心思只管向前，努力眯眼观察，却震惊地发现前方的房子在动——他不由得眨眼摇头，感到地面也不踏实。之后他猛然醒悟，所谓的房子其实是艘小船，正沿鹅卵石路边的河道飘过，船上的灯火渐行渐远，消逝在夜色中。

他素来讨厌城镇，如今加上雾气和盐水，简直就是噩梦。

"该死的雾。"摆子嘀咕着将灯笼举得更高，仿佛这样就能照得清楚些，"啥也看不清。"

"这是斯皮奈。"蒙扎伸个懒腰，"迷雾之城，低语之城。"

是的，寒风里充满奇怪的声音。

水流拍打声，运河里的船晃动时的缆绳吱嘎声，暗处的铃铛声，以及各种各样的人声——还价、报价、警告、玩笑和威胁——还有犬吠、猫叫、老鼠吱吱与鸟儿啁啾。几段无头无尾的音乐在迷雾中徘徊。运河对岸，飘渺的笑声和闪烁的灯光一起冲破迷雾传来，那是狂欢的人们离开酒肆，踏入夜色，赶赴妓院、赌场和烟馆。摆子愈看愈恶心，从西港出来这几周就没舒坦过。

黑暗中传来脚步声，摆子靠在墙上，右手握住外套里的斧子……醉醺醺的男女来来去去，与他擦身而过，有个女人边跑边扶住高耸的云鬓上的帽子。众多带着迷之微笑的恶魔面具的人陡然出现，又陡然消失，浓雾盖住了翻卷的斗篷。

"神经病。"摆子朝他们低吼，他放开斧子，离开黏腻的墙壁，"没被我砍死算你们走运。"

"别大惊小怪，这是斯皮奈。狂欢之城，无赖之城。"

无赖随处可见。男人们游荡在台阶上、角落里、桥梁边，个个面色不善。女人黑色的身影掩映在灯笼闪烁的门廊下，天气虽冷，她们却穿得很少。"一枚天秤币！"有个女人自窗内向他呼喊，同时将一条纤细的大腿跨到窗外，"只要一枚天秤币，就让你体验人生最销魂的一夜！九个角子也行！八个角子！"

"她们在卖身。"摆子嘀咕。

"这里人人都在出卖自己，"蒙扎模糊的声音传来，"这是——"

"知道,知道,这是斯皮奈。"

蒙扎突然停步,摆子差点一头撞在她身上。她掀开兜帽,眯眼朝破败砖墙上开的一道狭窄门扇瞥去。"到了。"

"又是这种地方?你可真会挑,呃?"

"或许正事办完我可以带你去逛逛,现在给我来点气势。"

"好的,头儿,"摆子挺直身板,摆出最凶恶的表情,"跟着你咧。"

她敲了敲门,很快门板便"咿呀咿呀"开了,一个女人从昏暗的门廊里看出来。她身材细长,仿如蜘蛛,站立姿势相当特别,臀部随意翘向一边,手臂搭在门框上,一根纤细的手指轻敲木门。她摆出这副架势,仿佛外面的雾气、夜色还有他俩都属于她。摆子将灯笼提近,发现她有一张棱角分明、刚毅坚强的雀斑脸,脸上挂着意味深长的笑容,一头红色短发根根竖立。

"夏萝·维塔瑞?"蒙扎问。

"你就是蒙洛卡托。"

"是的。"

"家喻户晓的女死神。"她眯眼看向摆子,眼神虽冷,嘴角却有一丝促狭的微笑,"你男人怎么称呼?"

他自己开口:"我叫摆子考尔。我不是她男人。"

"不是?"她冲蒙扎咧嘴一笑,"那他是做什么的?"

"我代表我自己。"

她尖声大笑。她的一颦一笑都像刀子般锋利。"这是斯皮奈,朋友,每个人都为他人占有。你是北方人,呃?"

"有问题吗?"

"我曾被一个北方佬推下台阶,打那以后见到你们就不太自在。为什么叫摆子?"

这问题让摆子慌了神。"啥?"

"我听说在北方,男人的外号是靠挣的,得做下了不起的事。所以你为什么叫摆子?"

"呃……"他最不想在蒙扎面前丢份。说穿了,他还有点盼望能再上她的床。"因为我的敌人怕我,见到我就打摆子。"他撒谎道。

"这样吗?"维塔瑞往门内挪了挪,见他矮身钻过门梁,脸上露出嘲弄的笑容。"你的敌人多半是些孬种。"

女人领他们走进逼仄的客厅,室内十分昏暗,只有火炉里冒烟的煤炭发出一点微光。蒙扎道:"萨加姆说你在这里熟门熟路。"

"我什么门路都清楚。"她从火炉上取下冒蒸汽的锅,"来点汤?"

"我不要。"摆子靠在墙上,双臂环抱。经过上次与马维尔的会面,他对别人招待的食物都备加提防。

"我也不要。"蒙扎说。

"随你们。"维塔瑞给自己倒了杯汤,随意坐下,叠起两条长腿,黑色的靴尖摆来摆去。

蒙扎挑了一把椅子,坐下时眉头微蹙。"萨加姆说你很能干。"

"你们要干什么?"

蒙扎看了看摆子,后者耸耸肩。"我听说联合王国国王要来斯皮奈。"

"确实如此,他似乎满心以为自己是一代明君。"维塔瑞咧嘴大笑,露出两排干净锋利的牙齿,"他想为斯提亚带来和平。"

"真的?"

"至少传言这么说。他要组织一场弭兵大会,让奥索大公爵和八城联盟达成协议。他把八城联盟的领袖都请来了——至少是活着的那些,以洛根特和萨利为首——还说服老索多里斯当主持人,将大会设在中立的斯皮奈;另外一边,他则请来他的两个大舅子代表奥索大公爵。"

蒙扎伸直脖子,目光灼灼,仿佛见到尸体的秃鹫。"阿里欧和弗斯卡都来?"

"都来。"

"他们为和平而来?"话一出口,摆子就后悔了,因为两个女人用各自的方式嘲讽了他。

"这是斯皮奈,"维塔瑞说,"这里只生产迷雾。"

"你可以确信,这将是大会唯一的成果。"蒙扎放松身体,靠上椅背,脸色阴郁,"迷雾与流言。"

"八国联盟已然分化。博洛里塔陷落,孔泰死了,而等天气好转,便轮到威斯尼亚遭殃。这些不是谈判能改变的。"

"阿里欧会坐上会场,面带微笑,仔细倾听,频频点头。他会露出蛛丝马迹,让人以为他爹真想讲和——直到奥索的大军开拔到威斯尼亚城下。"

维塔瑞又举起杯子,眯眼看向蒙扎。"他的军队,还有千剑团。"

"萨利和洛根特等人心头透亮,他们不是白痴。这帮人固然吝啬又懦弱,但是不蠢。他们只想拖延时间,以便调兵转进。"

"转进?"摆子品味着这陌生的词汇。

"在幕后悄悄调集兵马。"维塔瑞冲他一笑,再次龇开牙。"奥索不会讲和,八国联盟也不抱奢望,所有人来这里都只为散播掩人耳目的迷雾,除了我们尊贵的联合王国至高王陛下。知情人都说,他天生就爱自欺欺人。"

"自欺欺人总与王冠相伴。"蒙扎说,"不过有他没他无所谓,阿里欧和弗斯卡才是我的目标。除了成天给国王灌迷汤,他们还有哪些日程安排?"

"大会开幕当晚,索多里斯的宫殿将举行一场假面舞会,以欢迎国王夫妇。阿里欧和弗斯卡都会到场。"

"那里肯定守卫森严。"摆子竭力跟上话题。他一直觉得某处传来了小孩的哭声。

维塔瑞嗤笑一声："一群世界上保卫最严密的要人，相互间又是死敌，如今得以共处一室，会怎样呢？我敢打赌，宫殿内外的士兵会比阿杜瓦之战还多，这恐怕不是刺杀两兄弟的好时机。"

"那还有什么机会？"蒙扎冷冷地问。

"会有的。我不是阿里欧的朋友，但我知道谁是，而且是非常亲近的朋友。"

蒙扎的黑眉毛拧成一团。"那我们和此人——"

门突然开了，摆子猛转过身，短斧抽出了一半。

一个孩子站在门口。约莫八岁的女孩，穿着长得不合身的裙服，只露出干瘦的脚踝和脚丫，顶着一头蓬乱粗硬的红发。她瞪大蓝眼睛，看了看摆子，看了看蒙扎，最后停在维塔瑞身上。"妈妈。小卡又哭了。"

维塔瑞跪下去，摸了摸小女孩的头发。"别担心，小宝贝，我听到了。你去哄哄他，我一会儿就上来，给你们唱安眠曲。"

"好吧。"她又看了摆子一眼。后者收起斧子，满脸通红地挤出个笑容。女孩转身带上门离开了。

"我儿子有点咳嗽。"维塔瑞的声音重新变得坚毅，"一个孩子病了就会传染给其他孩子，然后我也会跟着病倒。那样的话，母亲的活儿谁来干，呃？"

摆子一扬眉毛。"我恐怕干不了。"

"家务事我也不在行。"蒙扎说，"你能帮我们吗？"

维塔瑞瞟了眼摆子，接着收回目光。"你们还有其他帮手？"

"还有个叫友好的男人，很精壮。"

"不错，和他一样？"

"差不多。"摆子想起友好在塔林街上二话不说砍死两个人，"不过他有点怪。"

"干这档买卖，多的是怪人。还有谁？"

"一对毒师师徒。"

"是高手?"

"自称是。他叫马维尔。"

"哇!"维塔瑞一脸嫌弃,仿佛喝到了尿,"卡斯托·马维尔?那杂种是只不折不扣的毒蝎子。"

蒙扎面无表情地盯着她,"蝎子有蝎子的用处。我问的是,你能帮我们吗?"

维塔瑞眯起双眼,瞳仁反射着荧荧火光。"我可以帮你,但价码不菲。事成后我恐怕没法在斯皮奈待下去。"

"钱不是问题,只要能让我们接近他们。你不是知道谁能帮忙吗?"

维塔瑞一口喝干杯里的汤,将残渣"咝咝"倒在煤块上。"哦,我什么门路都清楚。"

劝说的艺术
The Arts of Persuasion

天色尚早,斯皮奈蜿蜒的街道十分安静。蒙扎缩在门廊里,外套裹紧身躯,双手缩在腋下。她少说也蹲了一小时,只觉越来越冷,吐息在弥漫的雾气中清晰可见。她的耳廓和鼻尖冻得如针扎般痛,鼻涕处于半凝结状态。但她仍在耐心等待。她必须耐心。斯多里克斯在书中写道:战争有九成是等待——她觉得他把比例说低了。

一个男人推着一车稻草经过,吹出不成调的口哨,在薄雾中渐行渐远。蒙扎眯眼看去,直到对方的身影变成模糊的轮廓、继而消失。她真希望那是本纳,她还希望那人给她拿来烟管。她搅了搅干燥的口腔,想把这念头赶出脑海,可它却像插进指甲缝的刺,不依不饶。大烟能带来难言而美妙的痛苦,啮咬她的肺,令她四肢越来越沉,令周围的世界变得模糊,令怀疑、愤怒和恐惧都渐渐消散……

潮湿的石板地响起脚步声,两个人影自一片昏暗中出现。蒙扎浑身僵硬,双拳紧握,疼痛陡然从扭曲的指节处迸出。其中一人是个穿金线刺绣滚边的鲜红大衣的女子。"快点!"她呵斥同伴,声音带着些许联合王国口音。她的同伴是个男人,肩扛沉重的箱子,步履艰难地跟在后面。"我可不想再迟到——"

维塔瑞尖锐的口哨突然响起,回荡在空旷的街道。摆子从附近另一个门廊闪到那仆人身后,扭住其双臂;友好则不知从哪里冒了出来,那仆人没来得及喊出声,肚子上就重重挨了四拳,趴到地上呕吐。

蒙扎见那女人满脸惊讶,吸了口气转身就跑,然而没跑出两步,维塔瑞的声音便从昏沉沉的前方传来:"卡萝特·唐·埃泽,你别想溜!"

红衣女退向蒙扎站立的门廊,举起一只手,"我有钱!我会补偿你!"

维塔瑞缓步走出迷雾,如同邪恶的猫在自家花园般怡然自得。"噢,你当然要补偿我们。说真的,听闻阿里欧世子最宠爱的情妇独自来到斯皮奈,我相当惊讶。不是说你一直赖在他床上么?"维塔瑞将她逼向门口,蒙扎向后退入昏暗的走廊,腿部传来的尖锐刺痛让她不禁皱眉。

"不管八城联盟给了你多少钱,我都——"

"我的雇主不是他们,你这么想我相当受伤。你不记得我啦?在达戈斯卡?你想把城市卖给古尔库人,忘了吗?然后你被抓住了,全忘了吗?"蒙扎看见她手里有东西"哗"一声掉在鹅卵石地上,蹦跳了几下——那是末端连着铁链的十字镖。

"达戈斯卡?"埃泽的声音透出一丝奇特的恐惧,"不!他要我做的我全做了!全做了!为什么他还——"

"噢,我不跟瘸子干了。"维塔瑞欺身向前,"我现在自己干。"

红衣女踉跄后退,跨过门槛,踏入走廊。她转身发现守株待兔、手按剑柄的蒙扎,不禁陡然止步,凌乱的呼吸在潮湿的墙壁间回荡。

维塔瑞跟上来关好门，门闩"咔"一声落下，像是在宣告判决。

"这边。"她推了埃泽一把，后者差点被大衣后摆绊倒。"请。"红衣女刚站稳又被推了一下，结果脸朝下摔倒在地。维塔瑞将她拎起来，蒙扎跟在后面，缓步走向里屋，一路下巴紧绷。

屋子和她的下巴一样有过好时光，但如今碎裂的墙皮霉斑点点，又被湿气泡得鼓胀，凝滞的空气充满腐物和洋葱的味道。辰靠在角落里浅笑，用袖子擦拭一颗色泽犹如青紫淤伤的李子。

她把水果递给埃泽。"吃李子吗？"

"什么？不吃！"

"随你。可好吃了。"

"坐。"维塔瑞将埃泽推进屋里唯一一把椅子，那椅子很不结实。能坐上唯一的座位通常是好事，但现在不是。"有人说历史总在不断转圈，谁能想到我们会以这种方式重逢？简直令人热泪盈眶，呃？至少你可是要掉眼泪了。"

然而事实上，卡萝特·唐·埃泽没有半点要哭的样子。她坐得笔直，双手交叠于膝，出乎意料地冷静，甚至称得上尊贵。她早已不是少女，但依然极其貌美，眉毛和睫毛经过细致打理，脸上各处也精心描画。她戴着一条红宝石项链，修长的手指上那些金戒指闪闪发光。她看上去不像情妇，更像个伯爵夫人，与这间破屋格格不入，宛如钻石被扔进了垃圾堆。

维塔瑞慢悠悠地绕过椅子，弯腰凑到她耳边："气色不错啊，你总能找地方容身。不过这回也算栽了个大跟头，是吧？从香料公会会长变成阿里欧世子的婊子？"

埃泽眼都不眨一下。"谋生而已。你想干什么？"

"随便聊聊。"维塔瑞的声音低沉沙哑，仿佛爱人的耳语，"但若你给不出满意的答案，恐怕我们会伤害你。"

"你肯定很享受。"

"谋生而已。"她突然一记老拳打在阿里欧的情妇肋下,令后者弯下腰,痛苦地大口喘息。维塔瑞再次弯腰贴近,提起拳头,"再来?"

"别!"埃泽举起手,龇着牙,双眼在整间屋子瞄了瞄,最后看回维塔瑞,"别……啊……我可以帮你们……只要……只要告诉我……你们想知道什么。"

"你为何先于情夫赶来?"

"为了安排舞会。服装、面具,这些——"

维塔瑞的拳头精确地打在同一处,力道比上一拳更重,尖锐的闷响在潮湿的墙壁间回荡。埃泽呜咽起来,她双手抱肚,颤抖着吸进一口气,接着便大口咳嗽,脸疼得变形。维塔瑞弯腰贴近她,仿佛一只黑蜘蛛折腾被蛛丝缠住的苍蝇。"我的耐心是有限的。你为何赶来?"

"阿里欧安排了……舞会后……另一场庆典。为他弟弟。为他弟弟的生日。"

"怎样的庆典?"

"斯皮奈赖以闻名的那种。"埃泽咳个不停,她扭头吐了口痰,几点唾沫黏在她漂亮大衣的肩头。

"在哪儿?"

"卡多迪的春情院。他那天晚上包场。为自己,为弗斯卡,为他们邀请的客人。他派我来提前打点。"

"派情妇来雇妓女?"蒙扎冷笑,"真不愧是阿里欧。你要打点些什么?"

"找人表演,布置场地,确认安保。他……信任我。"

"够蠢的。"维塔瑞咯咯轻笑,"我突然很好奇,如果他知道你实际上在给谁打工,他会怎么做,呢?你真正服务的对象……不就是我们在审问部那位共同的朋友?那位腿脚不灵便的审问长阁下?为联合王国盯着斯提亚的时局，呃？每天想着该背叛哪方，你也够累的。"

埃泽愤怒地瞪着她，双手依然抱着饱受殴打的肚腹。"谋生而已。"

"如果阿里欧知道真相，你这就是找死。一点蛛丝马迹足矣。"

"你要我做什么？"

蒙扎自阴影中踏步上前。"我要你帮我们接近阿里欧和弗斯卡；我要你在庆典之夜把我们安排进卡多迪的春情院；我要你雇佣我所指定的表演者，表演的时间及样式也由我指定。明白吗？"

埃泽脸色刷白。"你们要杀他们？"

没人说话，但沉默足以透漏一切。"奥索会猜到是我背叛了他！瘸子会知道是我背叛了他！这两位环世界最可怕的敌人！你们还不如把我就地处决！"

"很好。"重型细剑出鞘的柔和低吟令埃泽猛地瞪大眼睛。

"等等——"

蒙扎向前一递，闪着寒光的剑尖已刺入埃泽的锁骨之间。她手上微微用力，阿里欧的情妇上身拼命后仰，双手无助地上下摇摆。

"啊！啊！"蒙扎转动手腕，精光闪闪的细长剑刃也跟着转动，剑尖一点点钻进埃泽美丽的脖子。随着一丝深红的血液沿胸口淌下，她的叫声越来越尖锐、越来越急切、越来越战栗。"别！啊！求你！别！"

"别？"蒙扎停手，剑悬在两人之间，逼得对方死贴椅背，"你没准备好受死吧？谁能准备好呢？"她移开重型细剑，埃泽终于摆正身体，一根颤抖的手指摸向流血的脖子，拼命调整呼吸。

"你不懂。这不仅关乎奥索！不仅关乎联合王国！他们背后有银行撑腰。凡特和伯克银行。他们都是银行的傀儡。血之年代不过是一段插曲，一场小打小闹罢了。你们根本不知道自己尿在了谁的花园里——"

"够了。"蒙扎俯身靠拢，吓得埃泽拼命往后缩，"我不在乎。我和他们不同。"

"现在?"辰插话。

"现在。"

女孩的手飞快伸出，用一根闪亮的针扎了埃泽的耳朵。"啊!"

辰把这根金属针塞回内袋，懒洋洋打个呵欠。"别担心，这是慢性毒。你至少七天内不会有事。"

"然后?"

"然后会病倒。"辰咬了口李子，溅出的汁水顺着下巴流淌。"真麻烦，"她嘀咕着用手指抹去。

"病倒?"埃泽轻声问。

"很重、很重的病哦。病倒一天后，你就死得比尤文斯还透了。"

"帮助我们，你会得到解药，而且至少有机会逃命。"蒙扎用戴手套的拇指和食指抹净本纳的剑上的血迹。"但你若敢走漏风声，无论在这里还是在联合王国，无论对奥索、阿里欧还是你的瘸子朋友，那么……"她猛地收剑入鞘，发出刺耳的撞击声，"阿里欧一定会痛失情妇。"

埃泽把她们挨个看了一遍，一只手仍按着脖子。"你们这群蛇蝎恶妇。"

辰最后吮了李子核一口，恋恋不舍地扔掉。"谋生而已。"

"就这样吧。"维塔瑞托着阿里欧情妇的胳膊，将她从椅子上拉起来，朝门口推去。

蒙扎挡在她们面前。"仆人醒来后，你怎么说?"

"就说……我们被抢了?"

蒙扎伸出戴手套的手。埃泽的脸色变得更加难看，她摘下项链，扔进蒙扎掌心，接着把满手戒指也摘了下来。"够可信了吧?"

"不好说。你看起来不是那种坐以待毙的女人。"蒙扎劈面一拳，打得埃泽吃痛大叫，亏得维塔瑞及时扶住才未摔倒。她抬眼盯着蒙扎，鲜血顺着鼻子和破裂的嘴唇流下——那一瞬间，她的表情混合了伤痛和恐惧，但更多的是愤怒。也许和蒙扎被扔下阳台时的样子如出一辙。

"就这样吧。"蒙扎说。

维塔瑞拽着埃泽的胳膊，拉她回到走廊，走向前门，脏污的地板回荡着凌乱的脚步声。辰叹口气，离开墙边，伸手扫掉后背的碎石膏。"干得漂亮。"

"但你的主人什么也没干。他人呢？"

"称他为我的雇主更合适。他有事得办。"

"有事得办？"

"有问题吗？"

"我花钱雇了个毒师，而不是他的狗。"

辰咧嘴笑道："汪汪，汪汪。马维尔能做的，我都能。"

"真的？"

"他年纪大了，又特别自负。之前在西港，绳子烧断时他差点害死自己。我真心不希望这样的粗心大意干扰到这笔买卖，毕竟你花了大价钱。没什么比身边跟着粗心的毒师更糟糕了。"

"我完全赞同。"

辰耸耸肩。"干我们这行，意外随时可能发生，且年龄越大概率越高。说真的，这是年轻人的行当。"她慢悠悠步入走廊，与返回的维塔瑞擦肩而过。

维塔瑞棱角分明的脸没了刚才的笑意，她抬起黑靴子，将那把椅子踹进角落。

"这样我们就能进去了。"维塔瑞说。

"大概吧。"

"正如我保证的那样。"

"正如你保证的那样。"

"而且是同时对付阿里欧和弗斯卡。"

"有的忙了。"

两人对视片刻,维塔瑞似乎略带苦涩地舔了舔嘴。"好吧。"她耸耸瘦削的肩膀,"谋生而已。"

酒鬼的人生
The Life of the Drinker

"一杯,一杯,来一杯。哪里可以来一杯?"

尼科莫·科斯卡,名扬天下的雇佣军人,歪歪扭扭地靠在小巷墙角,颤抖的手指在钱包里掏来掏去,却始终只摸到一团灰毛。他把钱包整个翻过来,用指尖拍打,看着那团灰毛施施然飘落——这就是他的全部财产。

"什么破玩意儿!"他虚火上冲,将钱包甩进了阴沟,紧接着又想起它的好处,只好弯腰捡回来,一边像老头子那样唉声叹气。他的确是个老头子、废物、半死不活,不过在苟延残喘。他缓缓蹲下,盯着鹅卵石间的黑水洼里自己残破的倒影。

他愿付出所有换一口烈酒,但严格说来,他已身无长物,只剩这副躯壳:那双曾经翻云覆雨、抬举过也打倒过无数当权者的手;那双见证过诸多历史转折点的眼睛;那对亲吻过当世第一美人的嘴唇;还有他发痒的老二、酸胀的肚子、长满疹子的颈项……他都很乐意一股脑兜售出去,只为换得美酒。可惜他上哪儿去找买主呢?

"我就像这个……空钱包。"他恳求似的举起灌铅般的双臂,冲昏暗的夜色大吼,"谁给我一杯酒啊,妈的!"

"闭上鸟嘴,白痴!"一个粗鲁的声音没好气地回应,接着百叶窗"哗啦啦"关上,整条巷子陷入更浓重的黑暗。

他曾与公爵们同桌用餐。他曾和女爵们同床共枕。尼科莫·科斯卡的大名,曾让各大城邦战栗不已。

"我怎会落到……这步田地?"他努力爬起来,忍住呕吐的冲动,将头发捋到抽搐的太阳穴后,摸索着拉开贴住脸颊的八字胡梢。他试图装出过去那种不可一世的样子,走在影影绰绰的建筑之间,站在刺透迷雾的灯光中,任凭潮湿夜风抽打油腻的脸。然而听到有脚步声接近,他立刻踉跄着四处张望,一边猛眨眼睛。

"好先生!敝人现下手头紧,您能否通融通融,贷给一点——"

"滚开,乞丐。"男人把科斯卡往墙上一推,掠过他继续前进。

科斯卡油腻的脸陡然泛起暴怒的潮红。"和你说话的是尼科莫·科斯卡,名扬天下的雇佣军人!"这番话的效果被他沙哑的嗓门破坏了,"千剑团团长!前任团长!"

男人朝他比了个下流手势,消失在雾气中。"我曾……公爵们同……用餐!"科斯卡一阵狂咳,咳到浑身抽搐,不得不弯下腰,用颤抖的双手扶住颤抖的双膝,痛苦的胸腔起伏不定,好像吱嘎作响的风箱。这就是酒鬼的人生:四分之一的时间坐,四分之一的时间趴,四分之一的时间跪,还有四分之一的时间弯着腰。他终于咳出一大口痰,将它吐出酸肿的舌头。这就是他的遗产?吐在成千上万条阴沟里的污物?他的名字注定受人鄙视,成为背叛、贪婪和挥霍的代名词?纯粹的绝望令他发出长长的呻吟,他茫然地看着前方,但连星星都躲在斯皮奈的迷雾后,不肯见他。

"最后一次机会。只求给我最后一次机会。"他已记不清自己浪费了多少个最后一次机会。

"最后一次机会。真神！"他没信过真神。"命运女神！"他也没信过命运女神。"随便哪路神仙！"实际上除了酒精，他从没信过别的。"只求……给我……最后一次……机会。"

"好吧，我给你最后一次机会。"

科斯卡眨眼。"真神？是你……吗？"

女人的轻笑，笑声如此刻薄、充满嘲讽，绝对不像真神。"你当然可以冲我下跪，科斯卡。"

这话让他觑眼朝飘渺的雾里打量，烂醉的脑子也转动起来。突然出现个熟人可不是好事，毕竟他的敌人远多过朋友，而他的债主比敌人和朋友加起来还多。他醉醺醺地摸向镀金剑柄，陡然想起自己几个月前就在奥斯皮亚把它当掉，换了把便宜货。他又醉醺醺地去摸便宜货，接着想起自己刚到斯皮奈就把它也当掉了。他只好放下颤抖的手，心里并不十分失落——他很怀疑自己即便有剑，也不一定能挥动。

"你他妈谁啊？如果我欠你钱，准备好受死——"他突然胃里翻腾，打了个又长又臭的嗝，"——了吗？"

一道黑影从他身侧的暗处升起，他慌忙转身，结果绊倒了自己，手忙脚乱中脑袋撞墙，眼前顿时一黑。

"看来是真的，你还活着，是吧？"一个高挑消瘦的女人，棱角分明的脸大半笼罩在阴影中，粗硬的头发有些泛红……他在脑子里慢吞吞地回忆。

"夏萝·维塔瑞，世上果真有惊喜。"她也许不算是敌人，但也不能算朋友。他用一边手肘撑起身体，由于整个街道仍在旋转，他决定保持不动。"你大概不会……请男人喝一杯，是吧？"

"羊奶怎样？"

"啥？"

"听说羊奶有助于消化。"

"都说你心如铁石,没想到竟冷酷至此,居然让我喝奶,真他妈扯淡!我只想再来一杯陈年葡萄酒。"一杯,一杯,来一杯。"再来一杯足够了。"

"噢,你早就喝够了。你这次又喝了多少?"

"我记得刚开始喝的时候是夏天。现在是什么时候?"

"都跨年了。你挥霍了多少钱?"

"全副身家呗,还远远不止。全世界就没有哪枚钱币未曾经过我的钱包。但我现在一无所有,一无所有,所以你能否考虑借我几块——"

"你得洗心革面,而不是继续挥霍。"

他以颤抖的膝盖允许的程度撑起身,用一根干瘦的指头戳胸口,"你以为我想这样萎靡不振、满身尿骚、遭人嫌弃?你以为我没在心中天天哭号想过上好生活?"他无助地一耸肩,只觉浑身酸痛,便又颓然坐倒在地,"但洗心革面需要朋友拉一把,或者要求高一点,需要敌人推一推。可我的朋友早死光了,而敌人嘛,我不得不承认……他们干吗要帮我呢?他们有更好的事去做。"

"也没全死光。"另一个女人的声音响起,科斯卡的后脊油然生出熟悉的寒意。人影自迷蒙中缓缓出现,迷雾在她的大衣下摆翻卷如烟。

"不……"他呻吟道。

他还记得初遇时她的模样:一个头发蓬乱的十九岁女孩,腰间挂剑,亮晶晶的眼睛充满怒火、挑衅和一点令人着迷的蔑视。如今的她面容消瘦,嘴角隐含痛楚,剑挂在不常见的那侧腰上,戴手套的右手松松垮垮搭着剑柄。但她眼中依然有不变的敏锐,怒火更多了,挑衅更多了,蔑视则变得尤其多。这能怪她吗?科斯卡早已成为人见人厌的废物,他自己也心知肚明。

他无数次发誓再见面时要杀了她。他要杀了她,杀了她弟弟,杀了安迪齐、维克图、塞萨利、忠臣卡皮，杀了千剑团里所有背叛他的阴险小人。他们不但篡夺他的交椅，还在艾弗利之战中一举粉碎了他的名声，令他赤条条地落荒而逃。

他无数次发誓再见面时要杀了她。但他一生中打破过各种各样的誓言。如今与她重逢，科斯卡并没有太多怒火，反倒涌起诸多复杂情感，既有麻木的自怜，笨拙的喜悦，也有从她的表情中看出自己是多么堕落后产生的深深羞愧。他鼻子发酸，泪水盈满刺痛的眼眶，他头一次庆幸这双眼睛在最好的时候也红得跟伤口一样，即便哭了，也没人看得出来。

"蒙扎。"他想整理脏污的领子，但颤抖的双手根本办不到，"我听说你死了。我还想报仇来着，这肯定——"

"找我报仇还是替我报仇？"

他耸耸肩。"想不起了……我半道就去喝酒了。"

"你这身味道，喝得还真多。"她脸上一闪而过的失望比利剑更锋利，刺痛了他的心，"我听说你死在达戈斯卡。"

他努力抬起一只手挥了挥，仿佛要赶走她的话，"传闻总说我死了，其实只是我众多敌人的一厢情愿。你弟弟呢？"

"死了。"她的表情毫无变化。

"是吗？我很难过，我还挺喜欢那孩子的。"那个谎话连篇、毫无胆量但老谋深算的跟屁虫。

"他也喜欢你。"其实他俩互相憎恶，但如今这又有什么关系？

"如果他姐姐也喜欢我，就不会闹到这步田地。"

"'如果'是废话，我们各有各的……后悔。"

他们对视许久。她高高在上，他跪倒在地，这可不是他梦想的重逢。"你说后悔？萨齐林曾跟我讲，这是干咱们这行的代价。"

"也许我们该摒弃前嫌。"

"我连昨天发生的事都快记不得了，何况过去。"他违心地说。

实际上，过去像巨人的盔甲压在他身上。

"那就面向未来。我有工作给你，看你意愿。你眼下急需工作吧？"

"哪种工作？"

"战斗。"

科斯卡一皱眉头。"你总是太依赖战斗。我说过你多少次？雇佣军人不该卷入无谓的战斗。"

"剑是拿来用而不是拿来炫耀的。"

"你果然还是我的女孩。"他不假思索地说，接着又用咳嗽来掩饰羞愧，差点把肺咳出来。

"扶他起来，友好。"在他们交流期间，这个叫友好的人悄无声息地出现。他不算高但很壮实，浑身笼罩着冷峻气势，他把手伸到科斯卡腋下，毫不费力地将科斯卡架了起来。

"胳膊壮，动作稳，"科斯卡忍住突然泛起的恶心，"你叫友好？因为你与人为善？"

"我是个罪犯。"

"罪犯怎么不可以与人为善。总之我要感谢你。如果你能带我去酒馆——"

"现在恐怕不行，"维塔瑞说，"你肯定能喝垮一整座酒坊。大会几天之内就会召开，我们需要你保持清醒。"

"我才不要清醒，多遭罪哇……大会？"

蒙扎依然失望地注视着他。"我需要一条有勇有谋、经验丰富、意志坚定的好汉，他还得具备不惧奥索大公爵这等权贵的气势。"她嘴角微噙，"你是我们短时间内能找到的最接近的人选。"

科斯卡挂在友好的胳膊上，雾气弥漫的街道在眼前摇晃，"综上所述，我有的是……经验？"

"你大概只剩下急需用钱了。你的确需要钱，对吧，老头子？"

"操，那当然，但我更需要酒。"

"干成这笔买卖，不会亏待你。"

"成交。"他站直身，高昂下巴，顺着长鼻子看向蒙扎，"我们要签署一份正式委托书，跟从前一样？用花体写好，条款要写全，就是萨加姆以前操办的那种，再以红墨水签名，并且……深更半夜的，上哪儿去找公证人？"

"不必担心。我信得过你的口头承诺。"

"哈，全斯提亚大概只有你说得出这话，承蒙赏识。"他果断地朝街道远方一指，"这边走，弟兄们，千万别掉队。"他抖擞精神迈步向前，结果腿一软，惨叫一声，幸好被友好及时扶住。

"不是这边。"罪犯的声音和缓低沉，他架住科斯卡，半拖半拽地引其走向相反的方向。

"你是个绅士，先生。"科斯卡小声说。

"我是个杀手。"

"杀手怎么不可以是……"科斯卡话没说完，注意力便落在大步向前的维塔瑞身上，又看了看身旁严肃的友好。一帮东拼西凑的怪人，这肯定不是什么正常任务。他注视着蒙扎，记起很久以前，她的步伐是那样坚定果断，如今却有些变味。

她刚才提到什么来着？奥索大公爵？这说明他们要么疯了，要么别无选择。他自己又属于哪一类呢？

答案显而易见：疯子怎么不可以是别无选择。

排除在外
Left Out

友好的匕首闪着寒光,越来越锋利地亲吻磨刀石,在石头这边磨了二十下,在另一边也磨了二十下。没有什么比钝匕首更糟糕,也没有什么比好匕首更美妙。他面带微笑地检查刀刃,感受指尖传来的冰冷触感。匕首饥渴难耐。

"卡多迪的春情院是一栋古老的富商豪宅,"维塔瑞冷静地解说,"和大部分斯皮奈房屋一样采用全木结构,宅邸三面包住一个大院落,背靠第八运河。"

仓库后面的厨房摆了条长桌,六人围桌而坐。蒙洛卡托挨着摆子,辰挨着马维尔,科斯卡挨着维塔瑞。桌上放着高大的木建筑模型,从三面包围着院子。友好判断它是现实中春情院的三十六倍微缩——但没能做到精确还原,这点令他不爽。

维塔瑞依次指向建筑模型一侧的几扇窗。"一楼有厨房和办公室,还有烟厅和赌厅,可以抽大烟、打牌和赌骰子。"友好压住衬衫口袋,欣慰地感到自己的骰子硌着肋骨。"后部两个角落有两条楼梯通往二楼。二楼共有十三个房间供客人们消费——"

"见鬼，"科斯卡道，"大家都是成年人，用不着遮遮掩掩。"他充血的眼睛反复瞄向架子上的两瓶酒，友好已经发现他瞄了七次。

维塔瑞指向模型的顶部。"最上层，也就是三楼，有三个大套间供更有身份的贵客……搞女人。据说最中央的皇家套间足以招待皇帝。"

"阿里欧会挑选那间。"蒙洛卡托低声说。

他们从五人变作七人，所以友好把两条面包各切十四片。刀刃干净利落地穿透面包外皮，只洒下几粒碎屑。这样一共就是二十八片，每人四片。蒙洛卡托吃不到这么多，但辰会把剩余的全吃掉。友好讨厌剩余。

"据埃泽的情报，阿里欧和弗斯卡会邀请四五十位客人，其中有些会带着兵器，但不可能做好了战斗准备。此外他们还有六名贴身护卫。"

"她的话靠谱吗？"摆子的斯提亚语口音很重。

"难保没有意外发生，但她不会撒谎。"

"要对付那么多人……我们需要更多战士。"

"更多杀手。"科斯卡插话，"我再次纠正，名称要和实际相符。"

"可能需要二十人。"蒙洛卡托严肃地说，"加上你们三个。"

二十三。有趣的数字。他卸下老旧炉子上的钩子，"吱嘎嘎"打开炉门，任热浪亲吻脸颊。二十三无法被一和它本身以外的任何数整除。它无法分割、无法破解，它坚定不移，正如蒙洛卡托。他用布垫手，从炉子里取出大锅。数字不会撒谎。人才会。

"怎样才能让这二十个杀手混进去？"

"这是狂欢，"维塔瑞说，"得请人表演，而我们正好提供。"

"表演？"

"斯皮奈人嘛，要么是演员，要么是杀手。两者合一的也不少。"

友好被排除在讨论之外,但他并不介意。萨加姆嘱咐他为蒙洛卡托工作一段时间,仅此而已。他早就明白,如果不去管不对劲的事,生活会变得容易很多。现在他只关心锅里的浓汤。

他用木勺舀了口汤尝尝,味道很好,五十分满分的话,他给四十一分。食物的香味、蒸汽的状况、炉子里原木燃烧的嗞嗞声,都让他回想起安全屋令人舒心的厨房,那里总是用大桶做汤做粥。那是很久以前的事了,那时他头顶无法计算、令人安心的石头,日子稳定增加,一切合情合理。

"阿里欧肯定会狂饮一气,"蒙洛卡托续道,"喝完就赌,向那帮白痴跟班炫耀,最后被抬进皇家套间。"

科斯卡咧开破嘴唇笑道:"然后套间里有姑娘招待他,是吧?"

"黑发姑娘和橙发姑娘。"蒙洛卡托和维塔瑞交换了个冷酷的眼神。

"堪称皇帝级别的待遇。"科斯卡不怀好意地轻笑道。

"料理阿里欧不用多久,之后我们再去隔壁给弗斯卡同样的惊喜。"蒙洛卡托阴沉沉地看向马维尔,"虽然他俩忙着享乐,但也会带护卫上楼警戒。你和辰负责处理。"

"我们吗?"毒师总算稍稍抬起一直盯着指尖的视线,"太好了,这的确很能施展我们的才华。"

"别再毒死半个城的人。我们最好在不引起不必要注意的前提下杀死他们兄弟俩,但如果出了岔子,就需要那些艺人上场。"

老佣兵伸出一根颤抖的手指戳向模型。"首先守住院子,然后是赌厅和烟厅,再之后占领楼梯,解除宾客们的武装,将他们聚拢。当然,要尽量文明、体面,注意控制局面。"

"控制局面,"蒙洛卡托戴手套的食指戳着桌面,"我要把这点认知灌输进你们的小脑袋瓜。我们要杀的是阿里欧与弗斯卡,如果其他人出来妨碍,做你们该做的事,但务必把伤亡控制在最低限度。"

哪怕不大开杀戒,事后的麻烦也够多了。你们明白吗?"

科斯卡清了清嗓子。"兴许喝上一杯能确保我——"

"我明白。"摆子抢在他前头应承,"控制局面,尽量少流血。"

"只杀两人。"友好把锅放在桌子中间,"一加一,仅此而已。吃吧。"他开始往碗里舀汤。

他也想确保每人碗里肉一样多、胡萝卜块一样多、洋葱条一样多、连豆子的数目也分毫不差。但等他数好,食物就该凉了,况且他知道,大部分人不喜欢这种程度的精确。在安全屋,这事曾引发一场乱斗,友好最终杀了两个人,还砍下一个人的手。他现在不想杀谁,因为他饿了。他只是给每人碗里盛了相等的勺数,努力压抑内心的不安。

"好吃。"辰津津有味地喝了一大口,"太棒了。还有吗?"

"你做饭的手艺在哪学的,朋友?"科斯卡问。

"我在安全屋的厨房待了三年,教我做饭的人曾是博洛里塔公爵的大厨。"

"他怎么跑去坐牢了?"

"他杀了老婆,将她切碎,熬进汤里吃掉。"

桌边陷入沉默。科斯卡夸张地清了清嗓子。"这汤里不会熬了谁的老婆,是吧?"

"屠夫说是羔羊肉,我觉得不太可疑。"友好拿起叉子,"人肉不会这么便宜。"

大家又陷入尴尬的沉默。友好每次说话超过五个字,就容易产生这种效果。科斯卡忍不住呵呵笑道:"那得看情况。我们当年找到的那群孩子,你还记得吧,蒙扎,就穆里斯之围后?"她的脸色前所未有地阴沉,但科斯卡并未就此打住,"我们找到那群孩子,打算卖给奴隶贩子,但你觉得我们应该——"

"行了!"马维尔大叫,"行行好吧!把孤儿当奴隶贩卖很有趣吗？"

桌边再次陷入尴尬的沉默，毒师和佣兵气势汹汹地瞪着对方。在安全屋，友好经常见到这样的眼神，尤其当新人不得不和老囚徒共处一室时。有的人就是看对方不顺眼，刚见面就互相憎恶——因为彼此截然不同，又或如此相像。外面的世界自然更难预料，但在安全屋里，如果两人用这种眼神对视，迟早会以流血收场。

一杯，一杯，来一杯。科斯卡的眼神突然离开那个叫马维尔的洋洋自得的寄生虫，停在对方装满酒的杯子上，他又看了看其他人的杯子，然后不情愿地看着自己杯里寡淡的水。他的眼神最终停在桌上的酒瓶，仿佛被烧红的火钳钳住了没法移开。若是向前猛扑，他就能抓住瓶子，而在他们把他与酒瓶掰开以前，能喝下去多少呢？形势所逼时，往往会喝得非常快——

他发现友好注视着他，罪犯暗淡而忧伤的眼神里的某种东西让他犹豫了。该死，他可是尼科莫·科斯卡！至少曾经是。无数城邦为他颤抖，为他……但多年以来，他脑子里只有再来一杯这个念头。是时候打开眼界了，至少不能只想着再来一杯。遗憾的是，许多事说起来容易做起来难，他感到汗水一点点渗出皮肤，头疼欲裂，意识模糊。他抓挠发痒的脖子，脖子却更加瘙痒难耐。他知道自己笑得像个骷髅，话也说得太多，但只有继续说笑，才能抑制不断涨大的脑袋。

"……穆里斯之战救了我的命，呃，蒙扎？是在穆里斯吧？"他甚至不清楚自己沙哑的声音会导向哪个话题。"那兔崽子突然朝我扑来。扑得太猛了！"他随意一戳水杯，差点把杯子打翻，"但说时迟那时快，她给他当胸一剑！正中心窝，我敢发誓！她就这样救了我的命。在穆里斯。救了……我的命……"

他有点希望她那时别管他，让他死了算了。厨房在周围疯狂旋转、摇摆、翻腾,仿佛置身被致命的风暴拍打的船舱之中。他等着酒从杯中洒出,汤从碗里飞溅,盘子从倾斜的桌面滑下。他虽然清楚这场风暴只是他头脑中的产物,却仍在每一次突然到来的翻覆中紧紧抓住身边的桌子。

"……第二天她又救了我,真让人难为情。我肩上挨了一箭,掉进该死的护城河,敌我双方都瞧了个清楚,这让我在朋友们面前抬不起头是一回事,敌人则——"

"你记错了。"

科斯卡从桌上抬起视线,斜觑蒙扎。"是吗?"他想不起接下去要说什么了,更别提十几个醉醺醺的年头以前的攻城战。

"是我掉进护城河,你跳下去拉我上来。你为此差点送命,肩上挨了一箭。"

"难以置信,一点都不像我干的事。"他专心致志地压抑酒瘾,为此耗尽了精力,"但我的确不太记得细节了。你们谁能行个方便,帮我把酒递过来,让我——"

"够了。"她又露出那副表情。她每次把他从某家酒馆拖出来时都是那副表情,只是这次似乎更生气、更激烈,也更失望。"我还有五人要杀,没空多管闲事。尤其管不了蠢得无可救药的人。我用不着酒鬼。"桌边众人一时无语,全都注视着满头虚汗的他。

"我不是酒鬼。"科斯卡嘶哑地争辩,"我只是喜欢酒精的味道,每隔几小时沾一沾就行,不然浑身难受。"他感觉屋子在转,人们在远处窃笑,将他排除在外,于是他死死抓住叉子,拼命维持脸上笑容。尽管笑吧,尼科莫·科斯卡总是笑到最后的那个。

当然,如果比现在还难受,想笑还真是辛苦。

马维尔觉得自己又被排除在外。单独对话,他可以口若悬河、侃侃而谈,但到了多人合作,他就没那么自在了。这总让他想起在孤儿院餐厅度过的凄惨时光，大孩子朝他扔食物取乐，而这不过是令人心惊胆战的前奏曲——在宿舍的黑暗中，肆无忌惮的骚扰、殴打、浸水等各种折磨会轮番上演。

蒙洛卡托根本没问他意见——哪怕装装样子也好——就找来两个新帮手，而这两人让他十分不自在。夏萝·维塔瑞负责拷问逼供和收集信息，其手段虽高明，但特别粗暴。他和她合作过一次，那可不是什么愉快经历。马维尔认为，亲手施暴这种事想想就令人生厌。但这女人了解斯皮奈，所以他尚能忍受。至少目前如此。

相较之下，尼科莫·科斯卡就太糟糕了。此人是个臭名昭著的佣兵，满肚坏水，阴险狡诈，反复无常，行事毫无信条和顾虑，只顾自身利益。他沉迷酒色，自控力比不上一条疯狗，而尽管这样无可救药，偏又觉得自己天纵奇才，自以为是到了登峰造极的地步。他完全是马维尔的反面，让这个无法预测的危险分子加入团队，并成为整个计划的重要一环，让这笔买卖变得如履薄冰。连他的助手辰也总跟着科斯卡说话咯咯傻笑——当然，得要嘴里没塞满吃的，这种时候相当稀少。

"……一群缩在废旧仓库、围着桌子谋划的恶棍？"科斯卡饶有兴味地叫道，充血的眼睛环视桌边众人，"面具、伪装和偷带武器？真不知我这种水准的专家怎么沦落到与之为伍。不知情者还以为这是什么卑鄙无耻的任务！"

"我也这么想！"马维尔厉声打断，"良心沾上这个污点，我实在无法忍受。所以我在你们碗里加了寡妇之花，好好享受人生中最后的痛苦时光吧！"

六张眉头紧皱的脸一起看向他，屋内陡然陷入沉默。

"我开玩笑的。"他尴尬地说，立刻意识到自己的社交尝试彻底失败了。摆子长出一口气，蒙洛卡托不自在地用舌头舔着犬齿，辰则皱眉盯着碗里。

"我听过更恶劣的玩笑。"维塔瑞说。

"毒师的幽默。"科斯卡隔着桌子怒目而视，但他颤抖的右手握的叉子不断敲碗，让他的表情毫无威慑力。"我有个爱人就是被毒死的。从那时起，我对你们这行只有厌恶，对干这行的人自然也没有好感。"

"你不能指望我为每个从业人士的所作所为负责吧。"马维尔觉得有些话还是不说为妙，比如他本人的确在大约十四年前，受奥斯皮亚的斯芬妮女公爵委托来毒杀尼科莫·科斯卡。他对此一直耿耿于怀，因为他弄错了目标，死的是科斯卡的情妇。

"我看见马蜂就按死，不管它有没有叮过我。我认为，干你们这行的人——如果还能称为人的话——都不值得尊重。毒师是窝囊废里的窝囊废。"

"那也不比酒鬼窝囊！"马维尔带着得体的微笑回敬，"你们这号人渣如果不是百无一用，也许还值得怜悯。没有哪种动物比酒鬼更好预测。驯化的鸽子一定会回家，酒鬼也一定会围着酒瓶转，死性难改。你们清醒时过于悲惨，遂把喝酒当成唯一的逃避方式，毕竟酒鬼的世界挤满了过去的失败和对未来的恐惧。这才是真真正正的窝囊废。"他举起酒杯，猛灌下一大口葡萄酒，还发出满足的啜饮声。他不习惯喝这么快——事实上，他极其反胃——但脸上强行挂出示威般的笑容。

看到马维尔大口喝酒，科斯卡瘦弱的手掌抠紧桌沿，直到关节泛白。"你根本不了解我，我只要愿意，随时可以不喝。事实上我已经决定不喝了，我能证明给你看。"佣兵举起一只不断打摆子的手，"先给我半杯，消除这见鬼的麻痹！"

大家都笑了，紧张气氛随之消散，只有马维尔看到科斯卡脸上闪过杀意。老酒鬼也许看起来和乡野蠢夫一样毫无战斗力，但他曾是斯提亚最危险的男人。白痴才会忽视这种人，马维尔可不是白痴，他也不再是那个挨打时只会哭喊妈妈的孤儿了。

永远记住，谨慎为先原则。

蒙扎安静地坐着，不必要时一言不发。她吃得也很少，但始终用戴手套的手笨拙而痛苦地握着餐刀。她坐于桌首，将自己排除在众人之外。将军必须和士兵保持距离，雇主必须和雇员保持距离，被通缉的女人必须和所有人保持距离——这才明智。保持距离并不难，多年来，她一直这样不跟人亲近，只和本纳交谈、欢笑，也只有本纳喜欢她。领袖承受不起被人喜欢的代价，女性领袖尤甚。摆子不时瞥过来，但她始终不愿触及他的目光。在西港她已铸成大错，暴露了自己的柔弱。她不会再让那种事发生了。

"你们看上去很熟。"摆子看看她，又看看科斯卡。"是老朋友？"

"我们是一家人！"老佣兵猛烈挥舞叉子，周围人不禁为自己的眼球担心。"我们在环世界最著名的佣兵团——千剑团——并肩战斗，赢得荣誉！"蒙扎皱紧眉头，用眼角余光示意他住嘴。他这些浸满鲜血的老故事总让她回想起做过的事、选过的路，而她恨不得将之统统抛却。"萨齐林做团长时，我们在斯提亚来回征战，那真是雇佣军人的黄金时代！直到一切变得……复杂。"

维塔瑞不屑道："你是指变得更血腥了吧。"

"一码事。原来城里人有钱但胆儿小，城墙修得也不高，跟现在大不一样。后来萨齐林胳膊中箭，丢了胳膊，接着丢了性命，我被选中坐上团长交椅。"科斯卡用叉子戳着碗里的汤，"埋葬了那头老狼后，我意识到战争变得太残酷了，我这种高素质人才必须想办法少打仗。"他神经兮兮地冲蒙扎一笑。"于是我把佣兵团一分为二。"

"你把佣兵团一分为二？"

"我带一半，蒙扎萝和她弟弟本纳带另一半。我们散播谣言，就说是吵翻了。两拨人马总受雇于纷争的双方，哪里有活儿就去哪儿——说实话，活儿可真多啊——然后……装模作样地打。"

"装模作样地打？"摆子小声问。

科斯卡双手颤抖，刀叉不停打架。"我们先行军几个星期，把周围乡野搜刮干净，然后表演几场不痛不痒的小冲突。每个战季结束都赚到荷包鼓胀，又不会死人——啊，除开几个实在倒霉的伙计。反正这买卖很成功，回报极为可观，我们甚至像模像样地摆过几场阵势，是吧？"

"是的……"

"直到蒙扎接受塔林的奥索大公爵委托，决定不打假仗了。她真刀真枪地冲锋，非要见血不可，非要做出改变，呃，蒙扎？可惜啊可惜，你不肯提前通知我一声。我本可以警告我的孩子们，救下几条性命。"

"你的孩子们。"蒙扎不屑道，"谁不知你只在乎自己那副臭皮囊。"

"不，在我心里，有些人比其他人更重要。虽然我并不指望得到回报，那些人也从没回报过我。"科斯卡充血的眼睛一眨不眨地迎向蒙扎的目光，"你那些手下，这回是谁当了叛徒？忠臣卡皮？他到底算不上忠实，是吧？"

"他满足了我对忠实的所有期待，直到背后捅了我一刀。"

"他肯定坐上了团长交椅，是吧？"

"我听说他勉强把他的肥屁股摆了上去。"

"跟你赶走我、把你的瘦屁股摆上去一样。但没有队长们支持，他也上不了位，是吧？那几个好伙计，混球安迪齐、水蛭塞萨利、蛆虫维克图，你仍把这三个贪得无厌的家伙留在身边？"

"他们仍忙于捞钱。我当然清楚，他们既会背叛你，肯定也会背叛我。你到底想说什么？"

"到最后，没人会心怀感激。他们不会感激你带来的胜利，不会感激你创造的财富,他们只是厌烦了你,只要嗅到一丁点好处——"

蒙扎失去了耐心。领袖承受不起被人同情的代价,女性领袖尤甚。"你这么熟知人性,怎么混成了无依无靠、身无分文的酒鬼,呃,科斯卡?别装了,我给过你上千次机会,却被你统统浪费,就像你浪费了其他所有一切。我唯一感兴趣的是,这次机会你还会放走吗?你他妈能按我说的做吗?还是想继续与我为敌?"

科斯卡惨然一笑。"干我们这行,最值得骄傲的是敌人。如果说经验教会了咱俩什么,那就是永远小心朋友。感谢厨师。"他把叉子扔进碗,昂首阔步离开厨房,尽量控制着走成直线。蒙扎皱眉看向桌边剩下的人,他们个个面色阴沉。

别怕敌人,文图里奥在书中写道,但对朋友应心存恐惧。

恶棍们

A Few Bad Men

他们栖身的仓库到处漏风,冰冷的光线从百叶窗缝隙射进来,在布满灰尘的地板、角落堆积的空板条箱和屋子中央的旧木桌上留下一道道明亮线条。摆子一屁股坐进桌边摇摇晃晃的椅子,感到蒙扎送他的刀硌着小腿,这种感觉时刻提醒他:他受雇于人。现在的生活愈发比他在北方老家的更黑暗、更危险。这哪是在向好人的方向发展?反倒在加速后退。

见鬼,他为什么还待在这里?因为想要蒙扎?必须承认,他的确有这想法,而她从离开西港起就十分冷淡的态度让他的欲望更加强烈。因为缺钱?也对,钱是好东西,可令人随心所欲。因为渴望工作?不错。因为他擅长这份工作?确确实实。

因为他乐在其中?

摆子皱起眉。有的人没有干点好事的天分,他开始觉得自己是那种人了。他拼尽全力想做个好人的决心正日渐动摇。

门砰地关上,将他从思绪中拖回现实。科斯卡从他们睡觉的屋子里出来,踏着吱嘎作响的木楼梯,悠哉游哉地用手抓着脖子周围的红疹。

"早。"

老佣兵打着哈欠。"是挺早,我都快不记得上次见到晨光是几时的事了。你的衬衫挺漂亮。"

摆子扯了扯袖子。黑丝绸,打磨过的骨扣,袖口缝有金线。这比他刚受雇时穿的那身花哨多了,但蒙扎喜欢。"没怎么在意。"

"我也曾喜欢添置好衣服。"科斯卡坐进摆子身旁另一张摇摇晃晃的椅子,"顺便一提,蒙扎她弟弟很喜欢这些,我记得他有件衬衫跟你这件很像。"

摆子不清楚这老混蛋想说啥,反正他不爱听。"所以?"

"她总说起她弟弟,是吧?"科斯卡阴阳怪气地笑着,就像知道什么摆子不知道的秘密。

"她说他死了。"

"我也听说了。"

"她说这让她很伤心。"

"这是肯定的。"

"我还需要知道什么?"

"看来我把咱俩都想得太聪明了。不过嘛,有些话还是让她亲自对你说比较好。"

"她在哪儿?"摆子有些不耐烦地质问。

"蒙扎?"

"还能是谁?"

"她想见谁自然会现身。不过别担心,我雇佣过的战士遍及环世界,而我对演员的了解也不差。接下来的工作由我负责,你有意见吗?"

摆子意见大了。显而易见的是,长久以来,科斯卡唯一能负责的就是酒瓶。当血九指杀了他哥，还把他哥的脑袋砍掉插在旗杆上之后，他爹也整日与酒为伴，每每喝到烂醉如泥，然后大发脾气，浑身痉挛。他没法再做出妥善的判断，失去了人民的尊敬，将过去的功绩挥霍殆尽，然后一走了之，留给摆子零星的苦涩回忆。

"我不信任酒鬼。"他毫不掩饰地吼道，"沉迷酒精让人身体虚弱，内心空虚。"

科斯卡哀伤地摇摇头。"你搞反了。是内心先变得空虚，身体先变得虚弱，然后才会沉迷酒精。酒瓶是结果，而非原因。不过别担心，虽然我感激你的关怀，但我今天感觉好多了！"他摊开双手，放在桌上。它们看起来的确不像之前那么糟糕——原来的疯狂抽搐变成现在的轻微颤抖。"给你小子瞧瞧我的巅峰状态。"

"我迫不及待要见识见识呢。"维塔瑞双臂抱胸，施施然走出厨房。

"我们都迫不及待，夏萝！"科斯卡拍拍摆子的胳膊，"不过别光说我！你从老斯皮奈湿溜溜的后街小巷挖出了多少人渣？多少具有表演天赋的罪犯、歹徒和拦路贼？杀人不眨眼的乐师？致命的舞者？剑术一流的歌手？还有杂技演员……要能……能……"

"能杀人的？"摆子提示。

科斯卡笑得更灿烂了。"五大三粗，直达重点，真不愧是你。"

"五什么三？"

"就是说你性格鲁莽，不懂绕弯。"维塔瑞滑进最后一把椅子，在磨痕累累的桌面上摊开一张纸，"首先，我在码头边找到一个以赚小钱过活的乐队，不过呢，与其说他们是靠演奏打动路人，不如说是瞅准机会明抢。"

"街头混混？正合我们的要求。"科斯卡像要打鸣的公鸡一样伸直瘦成皮包骨的脖子。"进来！"

门"吱"一声开了，五个男人大摇大摆地进来。摆子觉得，即便以自己家乡的标准,他们也够邋遢:油腻头发,麻子脸,破衣烂衫,眯缝的眼睛目光闪烁、充满猜疑,脏兮兮的手握着脏兮兮的乐器。他们挤挤挨挨围到桌前,其中一人抓挠着裤裆,还有一人用鼓槌挖鼻孔。

"你们是?"科斯卡问。

"乐队。"离得最近的人说。

"乐队名?"

他们面面相觑。"没有。为啥要有名字?"

"好吧,请告诉我你们的姓名,以及各自擅长的乐器与兵器。"

"我叫索尔特。我耍鼓和狼牙棒。"他掀起油腻的外套,亮出暗淡的铁器,"不是我吹,我的狼牙棒耍得比鼓好。"

"我是莫克,"下一个人说,"笛子和弯刀。"

"奥平。号角和锤子。"

"我也叫奥平,"这人用拇指向身边示意,"我是这货的弟弟,擅长小提琴和双刀。"他从袖子中甩出两把长匕首,靠手指转动。

最后一人鼻子的破烂程度摆子前所未见。"古皮。乐器和武器都是鲁特琴。"

"你用鲁特琴打架?"科斯卡问。

"是啊,我用琴杀人。"这人作势向旁猛挥,然后咧嘴笑了,露出两排屎黄色的牙,"琴里藏着把大斧子。"

"噢。好吧,伙计们,请你们演奏一曲,最好欢快点!"

摆子不懂音乐,但也听得出他们的演奏烂透了。鼓不在点上,笛子跑了调,鲁特琴声音呆板——大概是因为里面放了个铁家伙——但科斯卡频频点头,双眼微闭,摆出一副陶醉的样子。"我的天呐,天才!"才听了几小节,他便大声终止乱糟糟的演奏,乐曲陆陆续续停下,"你们入伙了。全体入伙。当晚会付你们每人四十块。"

"每人……四十……块?"鼓手张大了嘴。

"完事后付款。不过这事很辛苦,打架是肯定的,很可能还需要演奏——我们的表演意味着敌人的末日。你们接受委托吗?"

"每人四十块?"他们眉开眼笑,"是的!当然准备好了,先生!这么多钱,天塌下来也有我们撑着!"

"好样的,到时候老地方去找你们。"

乐队出去时,维塔瑞靠拢过来。"一群丑八怪。"

"这就是面具狂欢的众多好处之一,"科斯卡小声说,"花里胡哨一打扮,神不知鬼不觉。"

摆子不想把性命交托给这帮人。"演奏会露馅吧?"

科斯卡不以为然。"去春情院的人不是为了听曲儿。"

"难道不该考察下他们的战斗力?"

"他们的打架水平能赶上演奏水平就够了。"

"他们的演奏烂得像屎。"

"他们演奏起来像疯子,走运的话打起架来也像疯子。"

"这可不好——"

"没想到你这么挑剔。"科斯卡高昂下巴,顺着长鼻子看向摆子,"你要学着不拘小节,朋友,鸟不展翅难高飞,人无志气枉少年!"

"鸟?少年?"

"就是说胆子要大。"维塔瑞解释。

"勇敢地向夕阳冲锋,"科斯卡强调,"抓住手中机会。"

"你真这么觉得?"摆子问维塔瑞,"鸟和人什么的。"

"如果计划顺利,我们会抓住落单的阿里欧和弗斯卡,即便——"她打个清脆的响指,"鲁特琴演奏水平不过关也影响不大。时间紧迫,斯提亚的大人物们四天后就要聚到这里开会了。理想情况下,我能找到更好的人手,但现在时不我待。"

科斯卡发出低沉的叹息。"现在当然不是理想情况,但别灰心。瞧,眨眼之间就找到了五个人!只要让我喝上一杯,定能一往——"

"没门!"维塔瑞冲他吼道。

"什么世道？都没法润润嗓子。"老佣兵凑过来，近得摆子能看清他鼻子上破碎的血管。"苦海无边啊，朋友。进来!"

接下来这位块头太大，差点进不了仓库——他比摆子高上一截，体重更有过之而不及。他的大下巴长满胡楂，顶着一头蓬乱的灰色卷发，但并不显老。他边走边紧张地搓着两只粗手，姿势有些佝偻，似乎这副身材让他有些自卑，而他迈出的每一步都让地板发出抱怨与呻吟。

科斯卡吹了声口哨。"我的天，我的天，好个大汉。"

"我在第一运河旁的酒馆找到他的。"维塔瑞说，"烂醉如泥，但周围人全怕他，不敢把他弄走。他一句斯提亚语也不会说。"

科斯卡凑在摆子耳边道："这回你来？用北方人的兄弟情套套近乎？"

摆子不觉得天寒地冻的北方有什么兄弟情，但试试也罢。他说起北方话有些别扭，因为太久没用了。"你叫什么，朋友？"

听到北方话，大个子露出惊讶表情。

"灰毛。"他指了指头发，"因为颜色。"

"你怎么跑这儿来了？"

"来找工作。"

"啥工作？"

"任何需要俺的工作。"

"打打杀杀也行？"

"应该还行。你是北方人？"

"是啊。"

"你看着像个南方人。"

摆子皱紧眉头，卷起精致的袖子，将双手放到桌子下面。"我不是南方人，我是摆子考尔。"

灰毛双眼放光。"摆子?"

"对。"这人知道他的外号,他十分欣慰。他终究保留着自尊。"你听说过我?"

"你和狗子一起打下乌发斯?"

"不假。"

"还有黑旋风,呃?俺听说活儿干得干净利落。"

"的确如此。只死了几个人,就夺下那座城。"

"只死了几个人。"大块头缓缓点头,一直盯着摆子的脸,"的确干净利落。"

"是啊,狗子是个好头儿,总是不想多见血。我觉得,他是我跟过最好的头儿。"

"好吧,既然狗子本人没在,能找着你俺也深感荣幸。"

"也是我的荣幸。很高兴你能加入。"说完,摆子用回斯提亚语,"他入伙了。"

"你确定?"科斯卡问,"他的眼神……明显不怀好意,我有点担心。"

"你要学着不拘小节,"摆子咕哝,"鸟和人都这么说。"

维塔瑞忍不住哈哈大笑,科斯卡紧捂胸口。"啊!以彼之道还之彼身!好吧,你可以带上你的小朋友。我们有两个北方人啦,能干啥呢?"他伸出一根手指,"还原历史事件!编排那场著名的北方人决斗——你们肯定知道,一方叫什么恐刹芬利斯,另一方……那个,他叫啥来着……"

"血九指。"说出这名字,摆子后脊发凉。

"你听说过?"

"我就在现场,在人群中心。我是决斗圈边的举盾人之一。"

"太棒了!你一定能给这场戏带来凤毛麟角般的历史精确性,有助于还原场面。"

"凤什么毛?"

"就是说难得一见。"维塔瑞解释。

"你他妈说话不能直接点吗?"

然而科斯卡忙于构想,根本没在意他。"少许暴力!阿里欧的客人们会欣然鼓掌!而且有什么比这个理由更能让我们光明正大地持有武器呢?"摆子对此不感兴趣,他不想扮成杀死哥哥的凶手和另一个化装的北方人——其原型差点杀死摆子本人——装模作样地打。唯一能比这惨的大概就是去玩鲁特琴了。

"他说啥?"灰毛低声问。

"咱俩要假装来场决斗。"

"假装?"

"我知道你不理解,但这里的一切都是假装。我们搞场表演。演出来,明白吧?"

"决斗圈可不能掺假。"大块头的表情不太开心。

"在这里就能。我们先假打,之后可能和另一些人真打。你肯干的话,结束后给你四十块。"

"就听你的。先假打,再真打。懂了。"他深深地看了摆子一眼,踏着沉重的步子走了。

"下一个!"科斯卡喊道。一个骨瘦如柴的男人趾高气昂地走进来,身穿橙色紧身裤和鲜红夹克,一手提着个大袋子。

"你的名字?"

"我是独一无二的——"他华丽地鞠了个躬,"神奇洛克!"

老佣兵眉毛兴奋地一挑,摆子的心猛然一沉。"好哇,在艺人和战士两方面,你分别擅长什么呢?"

"艺人就是战士,战士就是艺人,大人、先生!"他冲科斯卡和摆子点头,"女士!"他又冲维塔瑞点头,然后缓缓转身,鬼鬼祟祟地在袋子里摸索,接着陡然转回来,一手掩面,两腮鼓起——

"噗"的一声，一条赤红火舌自洛克口中喷出，直逼摆子面前，热得怕人。如果来得及反应，摆子肯定早从椅子上跳了起来，但现在他惊得一动不动，只顾眨眼、发呆、喘粗气。良久他才重新适应仓库的昏暗，桌面还残留着两团火苗，其中一团就在科斯卡颤抖的指尖边燃烧。它无声地跳跃，然后熄灭，留下让摆子想吐的难闻气味。

神奇洛克清了清嗓子："啊，有一点……超出我想要的强度了。"

"但相当引人入胜！"科斯卡吹开眼前的青烟，"观赏性超强，破坏力也超强！你入伙了，先生，当晚的表演结束后会得到四十块报酬！"

男人笑得合不拢嘴。"很高兴为大人效劳！"他又朝众人鞠了一躬，这次腰弯得更低，"先生！女士！我先……退下了！"

"你真要他？"趁洛克神气活现地走向门口，摆子问，"不安全吧？在木头建筑里玩火？"

科斯卡又开始以鼻孔冲人。"我还以为你们北方人天不怕地不怕咧。如果情况恶化，在木头建筑里放把火可助我们转危为安，正所谓祸兮福之所倚。"

"啥？"

"就是说平衡局面。"维塔瑞解释。

这可不是好词，北方的山里管死神叫大平衡者。"在屋里放火的确能平衡局面，说不定把大家全烧死。难道你没发现？那家伙玩火玩不精准。火很危险。"

"火很漂亮。他入伙了。"

"但他不能——"

"哈。"科斯卡做了个安静的手势。

"我们应该——"

"哈。"

"别告诉我——"

"我说'哈'!你们那儿没'哈'这个语气词吗?蒙洛卡托让我来挑选艺人,恕我直言,我说谁行谁就行。这又不是投票。你还是好好想想怎么演一出让阿里欧的客人开心的节目吧,我来通盘规划,如何?"

"听起来是场灾难。"摆子说。

"哈,灾难!"科斯卡笑了,"迫不及待!还有候选的家伙吗?"

维塔瑞夺拉着橙色眉毛,瞥了眼清单。"巴蒂和库默——杂耍艺人、玩刀高手和高空钢丝表演者。"

科斯卡用手肘撞了撞摆子的胸口。"你看,高空钢丝,这不是很美妙吗?"

和平缔造者
The Peacemakers

这是迷雾之城少见的晴朗日子，空气凛冽清寒，天空湛蓝通透，联合王国国王主导的弭兵大会终于拉开神圣的帷幕。参差不齐的屋顶上，藏污纳垢的窗扇后，墙皮脱落的门廊里，处处挤满围观群众，争相一睹斯提亚的大人物们的风采。许多人跳进大道两旁的排水沟，仿佛五颜六色的水流，压迫着负责维持秩序的士兵组成的冷灰色警戒线。人群的嘈杂如有重量般飘浮在空中，成千上万的低语间却也有些别样的声音不时脱颖而出，比如小贩的叫卖、士兵的警告或是群众兴奋的尖叫。

这一切仿佛两军对峙，紧张地等待鲜血飞溅。

五个小人影站在一座破旧仓库的屋顶，毫不引人注目。摆子盯着下方，两只大手搭在护墙上晃荡；科斯卡一只脚漫不经心地踩住破碎的石墙，挠着脖子上的疹子；维塔瑞背靠着墙，颀长的手臂抱在胸前；友好笔直地站在一旁，似乎沉浸在自己的世界；马维尔和他的学徒说是早上有事要办，这让蒙扎对他们的信任再次下降。她与毒师第一次见面就印象不佳,而在西港的任务后,她的不信任感可谓与日俱增。

这些就是她的军队。她有点苦涩地长吸一口气,舔了舔牙齿,将一口痰吐向下方的人群。

坎忒人的经文中说:真神要惩罚谁,就给他愚蠢的朋友和聪慧的敌人。

"好多人。"摆子眯眼抵御冰冷刺眼的阳光,他这份伟大的洞察力果不出蒙扎预料。"太多了。"

"是啊。"友好盯着人群,目光闪烁,双唇无声地翕动。蒙扎不禁担心他想点数清楚。

"这算什么?"科斯卡不以为然,仿佛半个斯皮奈的居民在他眼里都不值一提,"你应该见识见识我在群岛之战获胜后,人潮涌上奥斯皮亚大街小巷的场景!洒落的花瓣遮天蔽日!出来的人至少是这两倍,你们当时在场就好了!"

"我在场。"维塔瑞说,"当时人数有这一半就不错了。"

"搅和我的美梦能满足你的病态心理吗?"

"有点。"维塔瑞冲蒙扎得意一笑,但后者没笑。蒙扎回想起卡普亚陷落后——或按有些人的说法,卡普亚屠杀后——他们在塔林为她举行的凯旋式。她记得自己眉头紧锁,本纳却笑逐颜开,踩着马镫起身,朝阳台上抛飞吻。人群欢呼的都是她的名字,而奥索和阿里欧并肩骑马跟在她身后,若有所思,一言不发。她那时就该预料……

"他们来了!"科斯卡手搭凉棚,不顾危险将上半身从护墙上探出去好远。"伟大领袖们万岁!"

王家队列出现在视野中,人群的嘈杂陡然增强了数倍。七名骑马的旗手走在最前,长枪上的旗帜形状与大小完全一致——形式上的平等是和谈的必须要素。斯皮奈的海贝旗、奥斯皮亚的白塔旗、威斯尼亚的三蜂旗、塔林的黑十字旗，此外还有普兰提、阿非奥与那康蒂的旗帜，都在微风中慵懒地舒展开来。七名掌旗官之后跟着一位穿镀金铠甲的骑士，骑士手中的黑色长枪上，联合王国的黄金太阳旗飘然垂落。

斯皮奈首相索多里斯是最先出现在公众面前的大人物——当然，有人会说他们尽是阴险邪恶的小人——他年事已高，稀疏的须发皆已苍白，沉重的首相项链压得身体佝偻。蒙扎没出生时，他已戴上这条项链，此时他拄着拐杖，依靠年过六旬的长子搀扶——他有许多儿子，这也是他的闻名之处——顽强地蹒跚前行。斯皮奈的市民代表们排成几行跟在后面，他们穿戴的珠宝、抛光皮具、鲜艳丝绸和金缕衣衫反射着点点阳光。

"索多里斯首相，"科斯卡大声给摆子介绍，"按传统，东道主要徒步游行。这老杂毛竟还没死。"

"但看起来该去歇着了。"蒙扎嘀咕。"会有人送他进棺材的。"

"那可不一定。他虽然半瞎，却比大多数人头脑清醒。他在大陆中央苦心经营，想方设法让斯皮奈保持中立长达二十年，躲过了血之年代的战乱——自群岛之战我把他揍个头破血流后一直如此！"

维塔瑞不屑道："记得你和奥斯皮亚的斯芬妮翻脸后，毫无顾忌地收了他的钱。"

"为什么不能收？佣兵不能太挑雇主，这种事得顺势而行。雇佣军人重视忠诚相当于游泳健将套上盔甲。"蒙扎皱眉瞥去，琢磨着这是否在挤对自己，但看上去科斯卡更像是信口胡诌，并无深意。

"不过呢，我和老索多里斯还是不合拍。我们的结合是时局所迫，不幸的联姻，所以打完胜仗便好聚好散啦。爱好和平的家伙不怎么需要雇佣军人，我们这位斯皮奈的老首相要靠和平来发财。"

维塔瑞冷笑着看待下方走过的富裕市民。"看上去他还想输出和平呢。"

蒙扎摇头。"奥索绝不会买账。"

首相之后是八城联盟的领袖,他们是奥索的劲敌——蒙扎被扔下悬崖以前,也是她的劲敌——身边跟着许多随从,穿着上百种不同服饰。洛根特公爵身骑一匹高大黑马走在前面,单手稳稳把控缰绳,不时冲人群中朝他欢呼的人点头。他很受欢迎,所以脑袋点个不停,跟火鸡没两样。萨利不知为何骑着矮壮的花斑马跟在洛根特身旁,制服的金领卡住了肥厚的脖子,在两腮各挤出一坨粉红肉团,随马儿的步伐一晃一晃的。

"胖子是谁?"摆子问。

"萨利,威斯尼亚大公爵。"

维塔瑞嗤笑:"他还能当一两个月公爵,都怪去年夏天赔光了老本。"蒙扎在高岸之战发动突袭,彻底打败了这位公爵,而她派出的先锋是卡皮。"秋天又没有收成。"蒙扎高高兴兴地焚烧城外的农田,赶走农民。"而且他孤立无援。"蒙扎把孔泰公爵的脑袋挂在博洛里塔的城门上任其腐烂。"你从这儿都能看见那老杂毛不断冒汗呢。"

"可惜,"科斯卡道,"我挺喜欢他。你们真该去他宫殿的画廊看看,那是全世界最伟大的艺术收藏——反正他自己是这么声称的,他可是个很内行的鉴赏家。他风光的时候,还拥有斯提亚最好的桌子。"

"确实如此。"蒙扎说。

"我很好奇他怎么上马的。"

"大概是靠滑轮组吧。"维塔瑞干脆地答道。

蒙扎忍俊不禁:"或者挖个沟,把马放沟里,才好迈上去。"

"另一个是谁?"摆子转而问道。

"洛根特,奥斯皮亚大公爵。"

"他看上去倒像个公爵。"的确,洛根特高大威猛、面容英俊,还有一头浓密的黑色卷发。

"看上去像。"蒙扎又吐了口痰,"仅仅看上去像。"

"他姑姑斯芬妮女公爵曾是我的雇主,幸好英年早逝。"科斯卡把脖子挠出了血,"他人称'审慎的殿下''拖延的大人'和'迟到的公爵',从各方面看都是个好将军,只是不喜欢冒险。"

"你这评价实在宽容。"蒙扎道。

"很少有人像你那么苛刻。"

"他就是不愿打仗。"

"每个好将军都不愿打仗。"

"但每个好将军总会面临不得不打的时候。整个血之年代,洛根特是奥索最难缠的对手,但除了散兵游击,他从未正面迎战。他是斯提亚最擅长撤退的人。"

"撤退是最难组织的。他也许只是没等到时机。"

摆子若有所思地叹口气:"我们都在等待时机。"

"他已浪费了所有时机。"蒙扎说,"一旦威斯尼亚陷落,通往普兰提的道路洞开,奥斯皮亚就失去了屏障。奥索的王冠唾手可得,他再也不能拖延了,无论谨慎与否,沙子正不断溜走。"

洛根特和萨利从下方过去了。这两人,加上诚实、高尚、已故的孔泰公爵,乃八城联盟的奠基者,共同发愿阻止野心勃勃的奥索霸占全斯提亚——当然,也有人会说他们是为阻止奥索的正当要求,免得他妨碍他们继续尔虞我诈、争权夺利。科斯卡看着他们经过,脸上挂着似有若无的笑意。"俗话说人生无常、盛极必衰。曾经如此辉煌的卡普亚,如今只剩空壳。"

维塔瑞冲蒙扎咧嘴一笑:"那不是你的杰作吗?"

"墨西利亚最可惜,虽有坚不可摧的城墙,却也落入奥索之手。"

维塔瑞看向蒙扎的笑意更浓:"那不也是你的杰作?"

"博洛里塔陷落,"科斯卡装出哀痛脸色,"英勇的孔泰公爵以身殉国。"

"是的！"维塔瑞还没张嘴，蒙扎抢先吼道。

"不可战胜的八城联盟只剩下五城，而且很快会变成四城，这四城中还有三个对联盟并不热心。"

蒙扎刚好听见友好的低语。"八……五……四……三……"

刚才提到的那三个城邦的领袖也出现在众人视线中，身后跟着三条闪闪发光的队伍，仿佛三只鸭子留下的足迹。他们都是八城联盟的外围成员：普兰提公爵拉杰奥神态倨傲，盔甲精美，在八字胡上费了很多心思；年轻的阿非奥女伯爵科塔妲面色白皙到近乎病态，浅黄的丝绸礼服也无助于烘托精神，她担任首辅的舅舅——也有传闻说是她的首席情人——紧挨着她，与她并肩而行；走在最后的是那康蒂第一公民巴提恩，他头发凌乱，穿着粗布衣服，麻绳系在腰间权当腰带，以示与治下最低贱的农民也平等。然而事实上，据说他晚上穿丝绸内衣、睡镀金大床，且不乏俊俏伴侣。当权者的谦逊不过如此。

科斯卡已看向游街长队的下一部分。"命运女神在上，瞧那两位小神仙！"

朝这边走来的两人如此光芒四射，这点谁都无法否认。他们骑着几无二致的灰马，举手投足顾盼自如。两人分别穿戴白色和金色的服饰：女子的雪白袍服轻柔地裹住她高挑纤细的身体，又飘逸地拖在身后，上面的刺绣闪闪发光；男子的镀金胸甲明亮如镜，头上款式简朴的王冠只镶了一颗宝石，但那颗宝石大得出奇，蒙扎隔着足足一百跨都能看到上面每个切面反射着阳光。"真他妈尽显王家风范。"她嘲弄道。

"是啊，威仪随风散逸，"科斯卡评论，"我要是膝盖受得了，肯定伏地跪拜。"

"联合王国的至高王陛下，"维塔瑞的声音带着淡淡的醋意，"以及他的王后。"

"特维丝,塔林的珍珠。她真是光芒四射,不是吗?"

"奥索的女儿,"蒙扎咬牙切齿地说,"阿里欧和弗斯卡的姐妹,联合王国王后,为政治婚姻卖身的婊子。"

即便这位国王不是斯提亚人,即便联合王国的野心令诸城邦戒备重重,即便他娶了奥索的女儿,围观群众依然对这位外来客爆发出比对自己的老首相更热烈的欢呼。巴拉维尔德在书中写道:相比真正的伟人,人民更喜欢看起来伟大的领袖。

"很难想象他是最中立的调停者。"科斯卡若有所思地鼓起双颊,"他与奥索的关系那么紧密,可以说穿着连裆裤。让这个塔林的丈夫、兄弟和女婿来调停?"

"他显然认为自己超脱于庸俗的人际关系之外。"蒙扎撇嘴看着国王夫妇从下方经过。他们真像耳熟能详的故事书中的一对璧人,出于偶然才落入凡尘,驾临这单调乏味的城市,而只等坐骑长出翅膀,就可以飞回天上去了——竟然没人给马粘上一对翅膀,真是愚笨。特维丝戴着一条由硕大沉重的钻石串成的项链,那项链在阳光下熠熠生辉,刺得人眼睛生疼。

维塔瑞摇摇头:"一个女人身上能堆多少珠宝?"

"只要压不死这婊子。"蒙扎没好气地说。相形之下,本纳送她的红宝石就像儿童玩具。

"女士们,嫉妒是很可怕的情绪。"科斯卡戳了戳友好腋下,"她的确生得完美无瑕,呃,朋友?"罪犯一言未发。科斯卡又去问摆子,"呃?"

北方人瞥了蒙扎一眼,然后赶紧移开目光。"我没觉得有什么好。"

"操,你跟她还真是天生一对儿!没见过比你俩更冷血的战士。我已经不年轻了,但我还是比你们这些苦瓜脸有激情,我的心仍会被一对年轻爱侣打动。"

蒙扎有理由怀疑这对夫妇的激情,虽然两人正相视而笑。"几年前,她还不是王后的时候,本纳跟我打赌能睡到她。"

科斯卡挑起一边眉毛。"我记得你弟弟涉猎广泛。结果呢?"

"结果他不是她喜欢的类型。"结果她对蒙扎的兴趣远超过对本纳。

威严的仪仗队尾随着国王夫妇,规模大于八城联盟的队伍之和。先是不下二十名女伴,每人的裙服各具特色、珠光宝气;然后是米德兰、安格兰和斯塔兰的领主们,穿着毛皮外套,肩上挂着金链;再后面是全副武装的步兵,盔甲上沾满前方马蹄扬起的灰尘。每个人都得吃前面的人扬起的灰,这就是权力的丑陋真相。

"联合王国国王,呃?"摆子注视着国王消失在视野中,呢喃道,"那不就是整个环世界最有权力的人?"

维塔瑞嗤之以鼻:"最有权力的是他身后的人,每个人都有不得不下跪的时候。你不太了解治国之道,是吧?"

"了解啥?"

"谎言。瘸子统治着联合王国,那镀金男孩只是他的面具。"

科斯卡叹口气。"如果你是瘸子,当然也想找个面具……"

随着国王的仪仗队渐渐走开,热烈的欢呼也渐渐平息,周围陷入愠怒的肃静之中,静得当镀金马车从大道上辘辘开来时,蒙扎能听清车轮响动。

一百多名肃穆的士兵排成整齐队列,自大道两旁齐步走来。他们的武器不若联合王国的那样闪亮,但更加实用,他们身后跟着一群衣着华丽、打扮铺张的绅士。

蒙扎紧握右手,扭曲的骨头被挤得变形,疼痛从指节处阵阵袭来,爬过手掌,爬上手臂,直至在嘴角凝成一抹冷笑。

"他们来了。"科斯卡说。

阿里欧坐在右边,整个人陷在垫子里,身体随马车行驶轻微晃动,脸上挂着招牌般的慵懒与轻蔑。弗斯卡僵直地坐在他身边,周围一点动静都会引得他转头去看。真是奇特的组合,洋洋自得的公猫和懵懵懂懂的小狗。戈巴不过是小喽啰,马修斯不过是生意人,失去这两人,奥索兴许都意识不到;但阿里欧和弗斯卡是他仅有的两个儿子,是他的亲生骨肉,是他的未来。如果她杀了他们,那将是比把奥索扔下阳台更美妙的事。想着奥索听到这消息的样子,笑意在她脸上逐渐扩散。

殿下!您的儿子们……死了……

一声尖叫打破了肃静。"凶手!人渣!奥索的杂种!"下方人群里,一些人挥舞着手臂,另一些人想冲出士兵组成的警戒线。"斯提亚的灾星!"有人愤怒地抱怨,紧张气氛如涟漪扩散开去。索多里斯可以自称中立,但斯皮奈人并不欢迎奥索和他的血脉。他们知道,一旦奥索击溃八城联盟,接下来就会轮到他们。奥索这种人是永不知足的。

两个骑马的绅士抽出武器,刀光在人群边上一闪而过,随之传来一声细细的尖叫。弗斯卡盯着乌压压的人群,屁股离开了座位。阿里欧拉他坐下,自己始终陷在垫子里,漫不经心地盯着指甲。

小小的骚乱平息了,马车继续向前,两名绅士各自归位,他们后面还有殿后的穿塔林制服的士兵。终于,最后一名士兵也从仓库下方经过,消失在大道上。

"表演结束。"科斯卡叹息着离开护墙边,走向连通楼梯的门。

"我还以为它没个完呢。"维塔瑞嘲讽地说了句,也转身走了。

"一千八百一十二。"友好说。

蒙扎瞪着他。"啥?"

"人数。游行人数。"

"所以?"

"王后的项链上有一百零五颗宝石。"

"我他妈问这个了吗?"

"没有。"友好跟其他人一起下楼。

她在寒风中独自矗立,眉头紧锁地盯着大道。待下面人群散去,她仍紧攥着拳头,死死地咬着牙。

"蒙扎。"她并非独自一人……她转过头,正迎上摆子的目光。他离她好近,超过了适当的距离。他仿佛不知该从何说起,"我们似乎没有……怎么说呢……从西港以来……我只想问问你——"

"你最好别问。"她与他擦肩而过,走向楼梯。

酝酿麻烦
Cooking up Trouble

尼科莫·科斯卡闭上眼睛，舔着微笑的双唇，迫不及待地深吸一口气，举起瓶子。一杯，一杯，来一杯。玻璃杯与牙齿碰撞的熟悉触感，液体滑过舌头的冰凉甘甜，喉结吞咽的蠕动……如果这液体不是水就好了。

他从汗津津的被窝里爬出，穿着黏腻腻的睡衣来到厨房，就为找酒，或者随便什么能让人喝的陈年马尿——无论什么，只要不再让灰尘扑扑的卧室像泥地上行进的马车那样摇晃，只要不再让他身上痒得如有无数蚂蚁搔爬，只要不再头疼欲裂。去他妈的改变自己，去他妈蒙洛卡托的复仇大计。

他本以为其他人都睡了，结果发现友好坐在炉边煮早餐粥，顿时窘迫得不行，也沮丧得要命。不过喝了杯水后，他奇怪地发现，有这个罪犯在还挺好的。友好有种神奇的气场，能让人感到安稳。他安静地坐着，沉默无语，全不在意其他人的想法，这一点竟能让科斯卡也平静下来——当然，平静不代表沉默，他一直在说话，兴致勃勃、喋喋不休地说，直到第一缕晨光穿透百叶窗缝隙，天色微微发亮。

"……他妈的在这里干什么，呃，友好？都这把年纪了，还战斗？战斗！在我这门行当里，这部分我最不喜欢。还要我跟那个自鸣得意的寄生虫马维尔一起行动！跟一个毒师？鬼鬼祟祟、暗箭伤人的毒师！而且说实话，我深感困扰，因为我打破了战士的第一准则。"

"第一？"友好缓缓搅拌着粥，听到这话眉毛微挑。科斯卡有理由怀疑这罪犯清楚他加入的真实原因，不过即便清楚，他也掩饰得更好，没有表现出来。罪犯通常都很会察言观色，毕竟在监狱里，不当的言行会招致杀身之祸。

"永远不站在输家一边。我当然也恨奥索公爵恨得牙痒痒，但恨一个人和真正动手对付一个人有天壤之别，这种差别很可能是致命的。"他轻捶桌面，桌上的春情院模型微微摇晃，"更何况，雇我的还是以前背叛过我的女人……"

就像信鸽总会回到它又爱又恨的笼子里，他思绪回到了艾弗利之战后浪费的九年时光。当他在环世界各地的肮脏酒肆、廉价出租房和破败旅店里买醉时，有大把时间回想起成群战马雷鸣般奔下长坡，阳光在他们背后闪烁。他醉眼蒙眬地看着骑兵们越来越近，面带微笑，心想他们演得可真棒。他还记得发现骑兵们没有减速时，是如何心如死灰；当骑兵们冲入本方松散的阵线，他是如何惊恐万状；当他仓促上马逃跑，松松垮垮的部队连同好不容易建立的名声一同土崩瓦解时，是如何愤怒、绝望、懊恼，还带着宿醉的眩晕。这种种复杂情绪伴随他直到现在，如影随形。他注视着起泡的玻璃水瓶倒映的脸庞，如此颓唐。

"曾经的辉煌烟消云散，"他轻声说，"化为真真假假的奇闻轶事，变得和混混们的吹嘘一样狗屁不通、漏洞百出。挫折，失落，悔恨，只有这些依旧清晰。对面的女孩嫣然一笑，我们却踌躇不前，错失良机；自己一点小失误，也怪罪于人；人群中被撞了一下，亦能让我们记恨几天、几月，甚至永远。"他唇角轻挑，"这就是过去，那些糟糕透顶的瞬间塑造了我们。"

友好仍然一言不发，但这比任何安慰都让科斯卡舒心。

"然而所有这些痛苦加起来都比不上蒙扎萝·蒙洛卡托的背叛，你知道吗？我应该找她报仇，而不是帮她报仇。我应该杀了她，加上安迪齐、塞萨利、维克图，以及千剑团里所有曾跟我称兄道弟的混蛋。我他妈到底在这里干什么，呃，友好？"

"说话。"

科斯卡嗤笑："是啊，碰到女人的事我就毫无判断力。"他突然哈哈大笑，"应该说，我很多事都缺乏判断力，正因如此，人生才如此跌宕。"他用瓶子用力敲桌。

"不说这些高深莫测的哲学问题了！现实是我需要一个机会，我需要改变，最重要的是，我非常非常需要钱。"他站起身，"过去算个屁，我可是尼科莫·科斯卡，妈的！别人吓得尿裤子时我仍笑得出！"他顿了片刻，"我回去睡了。致以最诚挚的谢意，友好师傅，你是我认识的人中最健谈的。"

罪犯的目光终于从粥上离开了片刻。"我基本上什么都没说啊。"

"就是这样。"

马维尔在小卧室的小桌子边独自用早餐。他这间卧室原是废旧仓库楼上乱糟糟的储藏间，位于斯皮奈一条不干不净的街上——更要命的是，他从来不喜欢斯皮奈这座城市。

早餐包括一个用奇形怪状的碗装的冷燕麦粥、一个旧杯子装的热茶和一个带豁口的玻璃杯装的酸涩温水……外加十七个样式不同的瓶瓶罐罐。它们排成整齐的一排，分别装着不同的糊状物、液体或粉末，有的色彩鲜明，也有白色或混浊的，甚至有蝎子油这种蓝得澄澈的。

马维尔挣扎着将第一勺粥塞进嘴里，一边心不在焉地嚼，一边打开前四个容器的塞子，从口袋里掏出一根银光闪闪的针，在第一个容器中沾了沾，刺入手背。接着是第二个容器，重复同样的流程，然后是第三个、第四个，最后厌恶地将针扔掉。他皱紧眉头，看着其中一个针孔渗出的一小滴血，然后吃了第二勺粥，靠在椅子上，垂下头，等待眩晕感席卷全身。

"去他妈的喉酊！"不过，每天早上承受小剂量的毒药、忍受一点不适总好过承担被人故意下了大量毒药或自己无意间中了大量毒药后无可挽回的结果，只要他浑身的血管还撑得住，他就必须坚持下去。

他勉强喝下第三勺咸粥，然后打开接下来的铁罐头，舀出一丁点芥根，按住一边鼻孔，用另一边轻轻一吸。药粉在鼻腔里火烧火燎，他不禁打起寒战，舌头在口腔里乱转，嘴巴的其他部分则已全然麻木。他喝了一大口茶，不料茶水进嘴比预想中还烫，他差点呛了出来。

"操蛋的芥根！"他曾用它出色地完成过许多任务，但这不足以让他产生额外的感激，以至于心甘情愿将这天杀的毒药用在自己身上。他喝进一大口水，徒劳地想漱掉灼烧的滋味，却心知这味道会在鼻腔里盘踞几个小时。

他将接下来的六个器皿同时打开。他可以一样一样来，但多年的早餐经验让他充分了解到一口气全喝掉的好处。于是他每一样都往水杯里注射了一点，用勺子小心搅匀，最后鼓起勇气，颤抖着分三口喝了下去。

马维尔放下杯子，擦掉眼里渗出的泪水，打了个水嗝，喉头泛起一阵阵恶心，好在忍一忍……忍一忍就会慢慢恢复。这套流程他每天早晨都要重复一遍，已然坚持了二十年，如果不这么做——

他扑到窗边,猛地掀开百叶窗,探出头去,正好来得及把刚吃下去的三勺早餐吐在仓库旁脏污的巷子里。吐完后他跌坐在地,痛苦地呻吟一声,擤了擤刺激的鼻涕,然后摇摇晃晃走向洗脸盆。他从脸盆里掬了点水洒在脸上,任水珠从眉梢滴落,他看着镜子里的自己,心想接下来最麻烦的是得往不安分的肚子里重新灌进燕麦粥。

这些都是他为出人头地必须做出的、不为人知的牺牲。

孤儿院的孩子们不懂得欣赏他的特殊才华,他的导师、臭名昭著的莫阿瓦·因·宾克也不懂,还有他的老婆和他的众多徒弟。他现在的雇主似乎也一样,她看不到他的无私奉献和周密考虑,他——不,不,这绝非夸张——为她的事业所做出的英勇牺牲,她对那个放荡不羁的过气人物、那个酒囊饭袋尼科莫·科斯卡反倒更尊敬。

"我真是命中注定,"他凄楚地呢喃道,"注定要付出、再付出,却得不到分毫回报。"

敲门声响起,辰的声音传来:"你好了吗?"

"快了。"

"他们在楼下集合,要出发去春情院。说是提前准备……非常关键的前期准备……"从话音判断,她嘴里塞满了吃的——说实话,她要没吃东西才是怪事。

"我会追上你!"她的脚步声渐渐远去……是啊,至少有一个人懂得欣赏他的精妙技艺,会给予他应得的尊重,并满足他挑剔的期许。他意识到自己不论在事业还是精神上都越来越依赖她,这种依赖或许已超出了谨慎为先原则的界限。

即便是马维尔这样不世出的男人也无法做到完全自控。他长叹一声,从镜子前转身离开。

艺人们——或者说杀手们——分散在仓库底楼。友好数下来,如果算上自己，一共二十五人。三名古尔库舞者盘腿坐地，其中两人将华丽的猫面具推到涂过油的黑发上，还有一人拉下面具，双眼在狭长的目孔中幽幽闪烁，双手小心地擦拭着曲刃匕首；乐队五人组已换上时髦的黑夹克和灰黄相间的紧身裤，头戴音符形状的银面具，三心二意地练习着勉强掌握的曲子；摆子站在一旁，身穿肩头有毛皮装饰的老旧束腰外衣，左臂绑着大圆盾，右手握着重剑。灰毛站在摆子对面，整张脸被铁面具罩住，手握一根插满铁钉的大棒槌。摆子正用北方语飞快描述自己将如何挥剑，希望灰毛如何应对——他们在排练；杂耍艺人巴蒂和库默身穿方格图案的紧身小丑服，用通用语不断争吵，其中一人激动地挥舞着一把短刺剑；神奇洛克戴着染成鲜艳的红、橙、黄三色、仿若流动火焰的面具，而他身后有三个杂技演员在空中抛掷小刀，动作之快，在昏暗的仓库里形成了一条闪闪发光的瀑布；剩下的人或靠在板条箱边，或坐在地上，或擦拭武器，或修补演出服装。

科斯卡出现时，友好几乎认不出他。雇佣军人身穿繁复银线刺绣的天鹅绒外套，头戴高帽，手持一根带有沉重的黄金圆头的黑色长手杖。他脖子上的皮疹已用粉盖住，灰色的八字胡精致地打蜡定型，靴子擦得锃亮，面具上插满亮晶晶的玻璃碎片，而他的眼神甚至更为明亮。

他大摇大摆地走向友好，带着夸张的笑容，仿佛自己是马戏团的驯兽师。"朋友，愿你安好。再次感谢你今晨的倾听。"

友好点点头，好不容易忍住笑。科斯卡身上有种神奇的气场，让人忍俊不禁。他总是潇洒自如地讲啊讲，知道别人会听、会笑、会理解。这几乎让友好也想说话了。

科斯卡递来两颗骰子形状的面具，两颗骰子的点数都是一，目孔就开在那个"一"上。"希望您帮我个忙，今夜照管赌桌。"

友好有些颤抖地接过面具。"非常荣幸。"

※

晨雾缓缓散开，他们这帮狂人踏上蜿蜒的街巷——穿过晦暗的小巷，途经狭窄的桥梁，经由迷蒙腐朽的花园，跟随水汽弥漫的河道。迷雾中回荡着嘈杂的脚步声，然而危机四伏的水面总离得不远，运河里腾起的盐味让摆子不住皱鼻子。

半座城的人戴好面具，穿起盛装，投身庆典。即便大部分人无幸参加王公贵胄的欢迎舞会，也有自己的玩乐计划，其中许多早已开始。有些服装尚可称中规中矩——节日款的外套和裙子，眼睛周围套着简洁的面具；另一些就夸张多了——肥大裤子，高帮筒靴，描绘狰狞野兽或疯狂笑容的金银面具，让摆子联想起血九指在决斗圈里沾满鲜血的邪恶脸孔。这可没法给他壮胆，虽然他像在北方时一样披挂毛皮，手里也拿着熟悉的重剑和盾牌。一大群人从身边经过，个个穿着黄色羽衣，戴着硕大的鸟喙面具，叽叽喳喳活像吵闹的海鸥。这也没法给他壮胆。

晨雾迟迟不散，奇形怪状的轮廓出没于若隐若现的拐角和迷离朦胧的广场，木头走道中传来尖厉的脚步声和呵斥声。怪物和巨人。摆子手心发痒，想着恐刹从杜别克要塞外的迷雾中走来，死亡接踵而至，虽然那不过是些踩高跷的混账，但仍让他不安。他觉得人一旦戴上面具，怪事就会发生，他们的行为会随样子而改变，有时甚至不再像人，成了别的东西。

即便没怀着杀人的心思，摆子也不喜欢这种氛围。这让他觉得整座城市仿佛建在地狱边陲，恶魔四处出没，人们却习以为常。他时刻提醒自己，所有这些行状可疑、散发出危险气息的团体中，自己所在的这个是最可疑也最危险的；如果城里真有恶魔，他也是最歹毒的那个。而一旦冒出这个念头，他只觉更不自在。

"这边请，朋友们！"科斯卡领他们穿过广场，广场上种着四棵树，树干湿滑，叶子落光，前方有栋宏伟的木结构建筑，从三面包住院落——正是过去几天里，摆在仓库餐桌上的那栋。四名全副武装的守卫站在铁栅栏门前，横眉冷目，科斯卡脚步轻快地走上前去："早上好啊，先生们！"

"春情院今日关门，"离他最近的守卫吼道，"晚上也是。"

"但我们能进。"科斯卡用手杖一指这支芜杂的队伍，"我们是为今晚私人活动表演的艺人，由阿里欧世子的伴侣卡萝特·唐·埃泽女士亲自挑选。请立刻开门，我们还有很多准备工作。我的孩子们，快让我们进去，别磨磨蹭蹭了！大家等着我们助兴呢！"

院子大得超出摆子预料，但作为世界上最好的妓院，却又显得有些名不符实。院子铺的鹅卵石长满青苔，摆着几张摇摇晃晃、金漆斑驳的桌椅。楼上的窗口牵出几根绳，晾晒的床单软塌塌地挂在上面。一堆酒桶凌乱地堆在角落。一个驼背老翁拿着秃扫帚在打扫庭院，一个胖女人在搓衣板上抽打状似内衣的衣物，三个瘦骨嶙峋的女人百无聊赖地坐在桌旁：其中一人在翻书，另一人皱起眉头、用锉刀在修指甲，第三人瘫坐在椅子里，他们看着这帮艺人从面前走过，不时从查加小烟斗里抽烟。

科斯卡叹口气："白天的妓院最无趣、最沉闷了，是吧？"

"确实。"摆子看着杂技演员们找了个角落拆包，其中有许多亮闪闪的刀子。

"我总觉得妓女是个不错的营生，至少成功的妓女是这样。一觉睡过白天，醒来去工作时，大部分时间也躺着。"

"可这职业毫无荣誉可言。"摆子说。

"屎最起码还能养花，荣誉可啥也干不了。"

"那等你变老，没人找你了，怎么办？我觉得这职业只是得过且过，留下大堆悔恨。"

科斯卡在面具下扯出悲伤的笑容。"我们都这样啊，朋友，每个职业都这样，谁也不特殊。战士，杀手，不管称呼如何，等你变成老头子，没人想找你。"他大摇大摆越过摆子，走进院子，手杖随步伐前后摇晃。"某种程度上，人人都是婊子！"他从口袋里抽出块鲜艳的布，经过那三名女士时挥了挥，还鞠了一躬。"女士们，深感荣幸。"

摆子听到她们中抽烟的那位用北方语小声嘀咕了句："愚蠢的老色鬼。"然后躺回去继续抽烟。乐队开始调音了，他们的演奏跟出丧没两样。

院落连通两个高大门廊，左边通往赌厅，右边通往烟厅，两条楼梯分别位于两座大厅之后。春情院的墙壁是鱼骨般拼合而成的木板，但年代久远，木头已然发黑，且爬满常青藤。摆子顺着墙壁看向二楼的窄窗，那些是供客人消费的房间。三楼有更大的玻璃彩窗，一直连到屋顶，那是招待贵宾的皇家套间——也就是他们计划在数小时后招待阿里欧世子和他弟弟弗斯卡伯爵的地方。

"哎。"有人碰了下他肩膀，他疑惑地转过身。

一位高个女人站在他身后，肩上围着水亮的黑毛皮，修长的手臂戴着黑色长手套，黑发梳到一边，柔顺地从白皙的脸颊边垂下。她的面具布满水晶碎片，一双明亮的眼睛从狭窄的目孔里盯着他。

"呃……"摆子强迫自己把目光从她胸口移开，她两乳间的阴影像蜂箱吸引熊一样吸引着他的双眼。"我能为您……您知道的……"

"我不知道，为我什么？"她浓妆的唇瓣向一边翘起，半是嘲弄，半是笑意。这声音听起来有些熟悉。她裙子的开叉正好露出她大腿上粉色伤疤的一角。

"蒙扎？"他轻声问。

"除了我，哪还有漂亮姑娘跟你这种人搭话呢？"她上下打量他，"这身够还原的，你就跟咱们初遇时一样野蛮。"

"特意打扮的。你看起来，呃……"他一时词穷。

"像个婊子？"

"特别贵的那种。"

"我才不要廉价呢。我会上楼等着我们的客人,一切顺利的话,咱们仓库再见。"

"好,一切顺利。"但摆子掺和的事往往不能顺利。他皱眉看着玻璃彩窗。"你能应付吧?"

"噢,我能应付阿里欧,这是我期盼已久的日子。"

"我知道,但是,我是说……如果你需要我在身边——"

"把你那点心思放在怎么控制楼下的局面吧!让我自己操心自己。"

"我的心思足够分出一些。"

"我还以为你是个乐天派。"她扭着肩膀离开了。

"或许是你改变了我。"他看着她的背影喃喃道。他不喜欢她这样对他说话,但总比她什么都不说好多了。他转身看见灰毛瞪着他,于是怒冲冲地冲大个子一指。"别傻站着!在我们还没变成老头子以前,赶紧排练这场该死的假决斗!"

蒙扎踉踉跄跄穿过赌厅,科斯卡走在她身边。她觉得很难受:她不习惯高跟鞋,不习惯胯下生风,在她身体还好时穿束身衣都是种折磨,更别提这件束身衣撤掉了两根鱼骨,换成两把细长匕首,刀尖卡在肩膀下,刀柄藏在后腰。她的脚踝、膝盖和臀部忍受着阵阵刺痛,对大烟的渴望一如既往地在心底抓挠,只能拼命克制。过去几个月,她忍受了那么多痛苦,如今为接近阿里欧,再付出一些也不足为惜。她一定要亲手扎穿他傲慢的脸孔,想到这里,她的脚步不禁更有力了。

卡萝特·唐·埃泽在大厅尽头等他们,她仪态尊贵地站在两张盖着灰布罩的牌桌间,一袭红裙很有点绝代女王的风范。

"瞧瞧我们俩,"蒙扎走近后语带嘲讽,"将军穿得像婊子,婊子穿得像女王，今晚人人都装成别人。"

"这就是政治。"阿里欧的情妇皱眉看向科斯卡，"这是谁？"

"埃泽会长，我深感荣幸，无尽欣喜。"老佣兵鞠了一躬，夸张地摘下帽子，露出皮肤粗糙、汗珠密布的光秃脑门，"我做梦都想不到，你我会有再相见的一天。"

"是你！"埃泽冷冷地看着他，"你竟会卷进这档子事。我以为你死在达戈斯卡了！"

"我也那么以为，结果当时只是喝得太多了。"

"我看喝得还不够多，毕竟你总能想方设法背叛我。"

老佣兵耸肩，"背叛诚实人是极丢脸的事，但背叛阴险狡诈之徒嘛，总觉得有些像……宇宙的正义。"科斯卡冲埃泽笑笑，又冲蒙扎笑笑。"三个像我们这么忠诚的人站在一条战线？我真是等不及会发生什么了。"

蒙扎觉得最终不免以流血收场。"阿里欧和弗斯卡几时到？"

"等索多里斯的盛大舞会开始散场。午夜吧，也可能提前一点。"

"我们等吧。"

"解药。"埃泽不耐烦地说，"我该做的都做完了。"

"先让我砍下阿里欧的脑袋瓜，在这之前免谈。"

"要是你们出了娄子怎么办？"

"那你就陪我们一起死呗。你最好祈祷一切顺利。"

"我凭什么相信你事成之后不会出尔反尔？"

"当然是凭我赖以成名的信誉。"

埃泽竟没笑出声。"在达戈斯卡，我试图干点好事。"她用一根手指戳胸口。"干点好事！我想救人！结果把自己搞成今天这副模样！"

"那关于所谓的干点好事，你一定长了教训。"蒙扎耸肩，"我从不为这种事烦恼。"

"你尽管取笑吧!你知道每时每刻提心吊胆的日子是什么滋味吗?"

蒙扎突然上前一步,埃泽吓得向后一缩,靠在墙上。"提心吊胆?"她咆哮道,两人的面具几乎撞在一起。"这他妈就是我的日子!别哭哭啼啼了,给我露出微笑,向阿里欧还有今晚舞会上那些混蛋微笑!"她声音陡然转低,几乎在耳语,"然后把他带给我。他,还有他弟弟。按我说的办,你还能挣个皆大欢喜。"

她知道,这话没人会信。今晚这场庆典,不可能皆大欢喜。

辰最后一次转动钻头,随着尖锐的"吱吱"声,木头终于被钻透。她轻轻退出钻头,一条光线穿透阁楼的黑暗,在她脸上印下一小块明亮光斑。她冲马维尔咧嘴一笑,让马维尔想起母亲在烛光下微笑的脸庞,多么甜蜜又多么苦涩的回忆。"钻透了。"

现在可不是怀旧的时候,他抑制住心里翻腾的感情,潜行过去,谨慎地让脚落在房梁上——如果天花板里突然冒出一条黑裤腿,还胡乱踢蹬,肯定会引起奥索的儿子们及其护卫的注意。隔着层层构造,这个洞从下方是看不见的,而从上面马维尔能清楚地看到铺有华贵的古尔库挂毯的镶板走廊及两道高高的门廊。离得较近的门廊顶上的木板刻有一顶皇冠。

"定位精准,亲爱的,正是皇家套间。"从这里看去,两扇门边守卫的位置一览无余。他把手伸进夹克,立马皱起眉头又拍了拍其他几个口袋,开始紧张起来。

"可恶!我忘带备用吹针筒!要是——"

"我多带了两个,以防万一。"

马维尔一手按住胸口。"感谢命运女神。不!去他妈的命运女神,感谢你的细心周全。哎,没有你我该怎么办?"

辰露出无奈的浅笑。"该怎么办还怎么办,只是少了些精彩。我遵循您的教诲，谨慎为先原则嘛。"

"绝对真理。"他放低声音，"他们来了。"蒙洛卡托和维塔瑞出现，两人都戴着面具，盛装打扮——也可以说是衣着暴露，和这里的其他女人如出一辙。维塔瑞打开皇冠下的那扇门，走了进去，蒙洛卡托快速扫了一眼天花板，点点头，也跟着进去。"他们进去了，一切还在计划之中。"但时间长得很，完全有可能发生灾难性的意外。"院子的情况呢？"

辰趴着爬到阁楼顶和房梁的交汇处，就着他们冲中央院落钻的孔看去。"他们准备好迎客了。我们怎么办？"

马维尔爬到又小又脏的阁楼窗边，用手背蹭去上面的蜘蛛网。太阳落在远方参差不齐的房檐线后，为低语之城平添了几分晦暗的余晖。"假面舞会很快会在索多里斯的宫殿举行。"卡多迪的春情院背后的运河对面，火把已经点亮，灯光从黑洞洞的建筑中倾泻而出，撒向蓝色的夜空。马维尔一脸嫌恶地抹掉手指上的蜘蛛网。"我们只能坐在这个摇摇欲坠的阁楼里，直至阿里欧世子到来。"

性与死亡
Sex and Death

入夜后,卡多迪的春情院摇身一变,不再那么单调真实,而是格外神奇虚幻。赌厅由三百一十七根蜡烛点亮——它们被插进叮当作响的吊灯、闪烁的灯台和烛台中时,友好挨个数过。

桌布已经撤去,一个荷官在洗牌,另一个荷官呆坐着,第三个仔仔细细地堆筹码,友好无声地随他一起数。赌厅远端,一个老头在给幸运转盘上油——根据友好对概率的统计,它可没法给玩家带来多少幸运。这是赌博最奇特的一点,赢面永远和玩家作对,你可能走运一时,但不会一直走运。

空气中闪烁着阴险的光芒。那些女人盛装打扮,戴好面具,温暖的烛火让她们看来不似人类。她们颀长纤细的四肢涂抹油脂,撒满亮闪闪的妆粉,眼睛在目孔后幽幽闪烁,嘴唇和指甲涂成暗红,仿佛垂死之人流的血。

空气中弥漫着可怕的味道。安全屋没有女人,所以友好现在十分紧张。他靠不停投掷骰子、将每次的数字相加来让自己冷静。他已经数到四千两百零……一个女人走了过去,百褶长裙拖在古尔库地毯上,一条修长白皙的腿随着步伐若隐若现……两百零……二十六。他猛地移开眼睛,重新盯着骰子。

三和二。再普通不过的数字,没什么好担心的。他站直身体等待。窗外的院子里,客人们陆续到场了。

"欢迎,朋友们,欢迎来到春情院!这里满足成熟男士一切所需!骰子与扑克,技巧和机运的游戏走这边!上等大烟,母亲的怀抱,这扇门!酒水一应俱全,随点随到。尽情喝吧,朋友们!院子里还有众多艺人整晚表演!我们有舞蹈、杂技、音乐……甚至安排了稍带暴力色彩的表演,给喜欢刺激的朋友!至于女伴,当然……楼上任何……"

戴面具画浓妆的人们涌入院子,到处都是裹着造价不菲的礼服的肉体,充斥着嘈杂的谈话声。乐队在角落里拉出欢快的曲调,杂技艺人将烧火的玻璃瓶抛到空中,勾勒出一条条闪亮弧线。不时有女子张扬地穿过人群,冲某人耳语几句,然后带他进去——最终自是要上楼。科斯卡忍不住遐思……自己能否享受片刻呢?

"真迷人。"一位苗条的金发美女迤逦而过时,他轻声说,摘下帽子行礼。

"招待客人去!"她没好气地冲他吼。

"我只是在带动情绪,亲爱的,只是在帮忙。"

"你要想帮忙,就执行两个客人吧!我忙不开!"有人碰了碰她的肩膀,她转身露出甜腻的笑容,挽着那人的手臂,扭动腰肢离开了。

"这些混蛋都是谁啊?"摆子在他耳边轻声问,"之前不是说,只有四五十位客人,其中有些会带着兵器,但不可能做好了战斗准备?现在的人数起码是说好的两倍,而且人流还源源不断!"

科斯卡笑着拍拍北方人的肩膀。"我知道！聚会比预期的热闹，难道不该激动吗？说明我们大受欢迎！"

摆子面露不愉。"我不觉大受欢迎有什么好！这么多人搞得定吗？"

"我怎么知道？不过以我的经验，世事无常，顺势而为就好。"

"还有，说好只有六名贴身护卫，那些是什么？"北方人偏了偏头，示意科斯卡看向角落里那群表情严肃的家伙，他们的加垫黑夹克外罩锃亮的胸甲，头戴简朴的铁面具，腰间的长剑和长匕首让人望而生畏，且个个眉头深锁、嘴唇紧闭，始终监视着院子，随时注意隐藏的威胁。

"嗯嗯嗯，"科斯卡沉吟道，"我也很好奇。"

"好奇？"北方人的大手紧紧抓住科斯卡的胳膊，抓得他生痛，"都什么时候了你还好奇？"

"我经常好奇，"科斯卡推开摆子的手，"但有趣的是，我从不害怕。"他穿过人群，跟周围人勾肩搭背，呼喝仆人上酒，一路指指点点、手舞足蹈，到处散播自己的幽默。这荒淫、奢靡而又危险的环境让他如鱼得水。

他害怕衰老、失败、背叛以及被人看成傻瓜，但从不害怕即将来临的战斗。他最愉快的时光总是战斗开始之前：眼看数不清的古尔库人向达戈斯卡城墙进军；群岛之战前目睹斯皮奈军展开兵力；在穆里斯城下遭遇突袭时就着月光仓促上马迎击。对他而言，危险是种无上的享受，危险能净化未来的恐惧，抹除过去的失败，只有此刻的辉煌留存。他闭眼深吸一口气，任冰冷的空气凛冽而舒适地刺激胸腔。客人们兴奋的交谈回荡在耳畔，他甚至暂时忘却了再来一杯。

他猛睁开眼，只见两人进了大门，周围人忙不迭地让开。阿里欧世子身穿鲜红外套，刺绣袖子末端垂下长长的丝绸袖口，暗示这位殿下凡事无须亲自动手。他的黄金面具顶端散开一丛彩色羽毛，伴随他漫不经心地左顾右盼，仿如孔雀尾羽般摆动着。

"殿下！"科斯卡脱下帽子，深鞠一躬，"您大驾光临，我们深感荣幸。"

"你们当然应该感到荣幸，"阿里欧道，"为了我和我的兄弟。"他懒懒地向身旁的同伴一抬手。这位同伴穿着一尘不染的白衣，戴着半轮金色太阳形状的面具。科斯卡发现他神态扭捏、焦躁，仿佛不愿成为众人焦点。这毫无疑问便是弗斯卡，伯爵终于蓄起了一点般配的胡子。"以及我们共同的朋友，苏法大师。"

"哎呀，我得赶时间。"一个平凡无奇的家伙跟随两兄弟进了院子，此人一头卷发，衣着简单，脸上挂着浅笑。"满满一箩筐任务，没有片刻消停，呃？真的没有片刻消停哪。"他说着冲科斯卡咧嘴一笑，在那张简朴面具的目孔后面，两只眼睛颜色不同：一只蓝，一只绿。"我今晚就得启程去塔林见你父亲，我们不能对古尔库人放任不管。"

"当然不能。去他妈的古尔库杂种。一路顺风，苏法。"阿里欧微微点头致意。

"一路顺风。"弗斯卡也瓮声瓮气地说。苏法转身向大门外走去。

科斯卡把帽子戴回头顶。"好了，两位尊敬的贵宾将受到我们最热烈的欢迎！请尽情享受！一切听凭差遣！"他蹑手蹑脚地靠近，露出最淘气的笑容，"顶楼专门留给您和您弟弟。请放心，殿下，您会在皇家套间找到特别惊喜。"

"来吧，兄弟，让我们看看今晚能否为你排忧解烦。"阿里欧皱眉看着乐队，"天啊，那女人就不能找支像样的队伍？"

拥挤的人群向两边分开，给两兄弟让路，后面随行的又有许多趾高气昂的绅士及四名全副武装、面容严峻的护卫。一行人进了赌厅，科斯卡一直皱眉盯着护卫们锃亮的胸甲。

尼科莫·科斯卡的确从不害怕,但谨慎起见,这么一群精锐护卫还是让他感到一丝顾虑,毕竟蒙扎要求控制局面。于是他蹦蹦跳跳来到大门口,靠在门卫的胳膊上。"今晚就这些人。客满了。"不顾对方一脸诧异,他锁上大门,将钥匙塞进马甲口袋。阿里欧的朋友苏法大师有幸成为今晚最后走出这扇门的人。

他冲乐队挥手:"精神点,孩子们!来点给力的!让大家开心开心、乐呵乐呵!"

马维尔双膝跪地,蜷在黑暗的阁楼中,顺着屋檐窥视下方远处的庭院。衣着华丽的人们犹如无数绳结,不断缠紧又不断解开,变换着交谈对象,并在通向楼里的两扇门中进进出出。灯火照亮了他们身上的丝绸珠宝,下流的呼喊和亲切的交谈,难听的音乐与悦耳的笑声,全都混杂在一起,升上夜空,但马维尔无心庆祝。

"怎么这么多人?"他轻声说,"比预料的多出一倍有余。情况……不对。"

一团炽烈的火焰划破寒冷的夜空,人群掌声雷动。那个低能儿洛克,他不仅不顾自身安危,还要拉全院子的人陪葬。马维尔边看边摇头,居然连这种白痴也带,该说是——

辰轻唤了一声,他连忙小心翼翼地爬过吱嘎作响的木头房梁,从天花板上的小孔向下看。

"有人来了。"

一行八人上了楼梯,全戴着面具。其中四人显然是护卫,身穿锃亮的胸甲,另外两人是春情院的女人,剩下的两个男人才是马维尔感兴趣的目标。

"阿里欧和弗斯卡。"辰轻声说。

"毫无疑问。"四名护卫站到两扇门的两边,奥索的两个儿子则简单说了几句。阿里欧深鞠一躬,他吃吃的笑声轻轻回荡在阁楼里,然后他一手挽一个女人,大摇大摆地沿走廊走向第二扇门,留下他弟弟独自一人进入皇家套间。

马维尔皱起眉。"情况完全不对。"

皇家套间很蠢,所有东西都过度装饰,带有华而不实的金银花纹。庞大的四脚床垂着层层叠叠的红色丝帐,宽得离谱的壁橱塞满五颜六色的酒瓶,天花板上的陈年雕饰已经有些脱落,一支多层巨型吊灯低低垂下,火炉则是两个绿色大理石裸女举一盘水果的形状。

墙上挂着闪闪发光的巨型画框,框里的油画描绘了一个胸脯大得离谱的女人在溪水中沐浴,脸上摆出夸张的享受表情。蒙扎始终不明白,露乳怎能成为名画的标准?但画师显然是这么认为的,所以这幅画里两个乳头都露了出来。

"破曲子听得我头疼。"维塔瑞边嘀咕边把手指伸进紧身衣,挠了挠侧腰。

蒙扎偏了偏头。"这张破床才看得我头疼,尤其还贴着这种墙纸。"墙纸的配色很诡异,天蓝和青绿相间的条纹,散布着镀金的星星。

"实在受不了就抽两口。"维塔瑞指指床边大理石桌上放的象牙烟管,烟管旁有个雕花玻璃烟罐。其实蒙扎根本不需她提醒,过去这一小时,她始终盯着它。

"专心工作。"她厉声道,将目光转向门口。

"好吧。"维塔瑞提了提裙子,"穿这种衣服可真要命,怎么会有人——"

"嘘——"脚步声从外面的走廊传来。

"我们的客人来了。准备好了?"

蒙扎扭了扭臀,两把匕首的把手顶住了后腰。"现在改主意不也来不及了?"

"除非你想先上了他们。"

"直接动手杀人比较好。"蒙扎右手搭住窗框,摆出个自认为诱惑的姿势。她的心脏"怦怦"狂跳,充血的耳朵什么也听不见。

门缓缓开了,一个男人走进屋里。他很高,一袭白衣,戴着半轮金色太阳形状的面具,蓄着精心修剪的胡子,但难掩下巴上的伤疤。蒙扎惊愕地看着他——他不是阿里欧,更不是弗斯卡。

"见鬼。"她听到维塔瑞低声惊呼。

突然间,犹如被人当面唾了一口,她认出了此人的身份:他不是奥索的儿子,而是奥索的女婿。他便是伟大的和平缔造者,联合王国的至高王陛下。

"准备好了?"科斯卡问。

摆子再次清了清嗓子。从踏进这鬼地方开始,他就觉得嗓子里卡着东西。"现在改主意不也来不及了?"

老佣兵笑得愈发放肆。"除非你想先上了他们。先生们!女士们!请大家看过来啊!"乐队停止了演奏,小提琴手拉出一个犹如锯木头的长音符,摆子更紧张了。

科斯卡用手杖戳戳点点,将客人赶出院子正中画下的决斗圈。"往后站,朋友们,站进来可是会死的!你们即将欣赏到令人震惊的表演,一个伟大历史时刻的重演!"

"我什么时候能去睡妞儿啊?"有人笑问,周围人跟着嬉笑。

科斯卡向前一跃,手杖末端差点戳进那人的眼珠。"等有人没命之后!"鼓声随即响起。轰,轰,轰。大家紧紧围拢决斗圈,摇曳的火把照在那些面具上——飞禽和走兽,士兵与小丑,虎视眈眈的骷髅和咧嘴大笑的恶魔——戴面具的人有的烂醉、有的无聊、有的生气、有的好奇。巴蒂和库默在圈子外围晃晃悠悠地靠在一起,跟随鼓点起劲地鼓掌。

"本着增长见地、启迪大众的宗旨……"摆子完全听不懂他在说什么,"卡多迪的春情院为诸位献上……"摆子喘了口气,举起剑和盾,推开人群,踏进决斗圈。"名扬四海的决斗。由恐刹芬利斯对决……"科斯卡用手杖一划,示意踏着沉重的步子从另一边进圈的灰毛,"九指罗根!"

"可这人有十根手指!"有人大喊,周围人爆发出醉醺醺的哄笑。

摆子没笑。灰毛的骇人程度远不及真正的恐刹,但与他敌对仍令人不舒服。他就像栋房子,头戴黑铁面具,剃了发的左边脑袋和粗壮的左臂都涂成蓝色,硕大的双手握着的棒槌此刻看来沉重难挡、杀气腾腾。摆子只能一遍又一遍安慰自己,他们是一伙的,他们只是假装决斗。只是假装决斗。

"诸位,让开点!"科斯卡叫嚷,三名古尔库舞者跳了出来,绕着决斗圈舞蹈,他们的黑脸戴着黑色的猫面具,边跳边将宾客往外赶。"决斗可能会见血!"

"最好能见血!"又一阵哄笑,"我可不想看两个白痴跳舞!"

观众们欢呼的欢呼,吹口哨的吹口哨,喝倒彩的喝倒彩——大部分人在喝倒彩,摆子有些担心自己策划的表演能否赢得这帮兔崽子们的掌声。他打算在圈子里蹦跳一会儿,在空中乱劈乱砍,然后刺中大个子的腋下,同时大个子挤爆一大囊猪血。他回想起卡莱恩城外那场决定北方命运的真正的决斗,那是个呼吸成霜的寒冷早晨,鲜血在决斗圈中肆意挥洒,亲锐们紧紧围住圈子,一边摇晃盾牌,一面大声咆哮。不知家乡人会如何看待这场拙劣的假戏,生活将他带到了奇怪的道路上。

"开始!"科斯卡大喊,随即向后跳进人群。

灰毛大吼一声,猛扑过来,手里棒槌虎虎生风。摆子吃了一惊,匆忙举盾格挡,但刚猛的冲击力仍将他掀翻在地,四脚朝天滑出一段距离。他左臂发麻,右手的剑更是在懵懂中歪歪斜斜地划到眉毛,差点把自己弄瞎。棒槌再次袭来,他向旁一滚,木棒带起碎石横飞。灰毛不待他起身又冲了过来,简直是要拼命,逼得他不得不像狼爪下的猫一样东逃西窜。这跟商量好的不一样啊,大个子似乎想给围观的兔崽子们留下深刻印象。

"杀了他!"有人哈哈大笑。

"你们两个白痴,让我们见点血!"

摆子握紧了剑。他突然有种不好的预感,比之前更糟糕的预感。

掷骰子通常会让友好平静下来,但今晚不一样。他有种不好的预感,比之前更糟糕的预感。他看着骰子翻滚、碰撞、旋转,每个微小动作仿佛都扎在他黏腻的皮肤上,且久久不肯散去。

"二和四。"他说。

"看到了!"一个戴新月面具的男人没好气地说,"该死的骰子就跟老子作对!"他愤怒地扫开骰子,骰子蹦跳着落在油亮的木地板上。友好皱起眉头,把它们流利地捡起来、扔回桌上。"五和三。庄家赢。"

"老是庄家赢。"一个戴船面具的男人喊道,他的朋友们不高兴地嘀咕着。他们都喝醉了。又醉又蠢。老是庄家赢,正因如此,赌场才成立——当然,友好没工夫就这点开导他们。赌厅彼端,有人发出兴奋的尖叫,因为转盘转到了他选的数字。几个牌友鼓起掌来,尽管神情带着些微不屑。

"破骰子。"新月面具大口喝着杯里的酒,而友好小心聚拢筹码,放到自己不断增加的收获中。他快喘不过气了,空气中充满奇怪的味道——香水味、汗味、酒味、烟味——他意识到自己大张着嘴巴,于是赶紧闭上。

联合王国国王看了看蒙扎,又看了看维塔瑞,接着又看向蒙扎。

他英俊又尊贵,这两个女人却一副不理不睬的态度。蒙扎意识到自己大张着嘴巴,于是赶紧闭上。

"无意冒犯,但我只要一个就可以。我……我更钟情黑发。"他指了指门口,"请便吧,希望你不要觉得我失礼。当然,钱会照付。"

"好大方。"维塔瑞瞥了眼蒙扎,后者几不可见地耸了耸肩——其实她心里正急得像热锅上的蚂蚁,拼命思索怎样逃离这个自己设下的陷阱。维塔瑞离开墙边,大摇大摆地走向门口,从国王面前经过时,她用手背轻拂他的外套前襟。"都怪我老妈生了头红发。"她酸溜溜地说,然后门"咔"地关上。

"这房间真……"国王清了清嗓子,"不错。"

"您还真好打发。"

他忍不住笑了。"我妻子肯定不会这么说。"

"妻子通常都不会说丈夫的好话,所以他们才来找我们。"

"你误会了,是她让我来的。我妻子正怀着我们的第三个孩子……算了,你不会感兴趣。"

"您说什么我都感兴趣,毕竟我收钱就是做这个的嘛。"

"是啊。"国王有些紧张地搓了搓手,"我想来一杯。"

她冲壁橱一点头:"都在那儿。"

"你呢?"

"不要。"

"好吧,好吧,你凭什么要喝呢?"液体从瓶中汩汩流出,"我猜,你对这种状况已经见惯不惊了。"

"是啊。"尽管她从未假扮妓女,与国王共处一室。从现实角度出发,她有两个选择:跟他上床或是杀了他。她哪个都不想选。杀阿里欧已会捅出天大的娄子,而杀死一位国王——这位国王还是奥索的女婿——后果不堪设想。

斯多里克斯在书中写道:面对两条黑暗的道路,明智的将军会选择较为明亮的那条路。虽然她很怀疑他是否设想到现在这种状况,但话中道理并没过时。于是她一只手握住最近的床柱,笨拙地坐到过于奢华的床罩上……

烟管再次闯进视野。

法郎斯却写道:面对两条黑暗的道路,明智的将军会选择第三条路。

"您看起来很紧张。"她轻声说。

国王有些迟疑地走到床边。"必须承认,我已经很久没造访过……这种地方了。"

"那么,来点东西让您冷静一下。"他没来得及拒绝,她已转身拿起烟管,往里填满大烟。她很快就准备好了,毕竟每晚都要做同样的事。

"抽烟?我不确定我——"

"难道这也要妻子许可吗?"她将烟管递给他。

"当然不要。"

她站起身,举起灯烛,一动不动地凝视着他的眼睛,同时点燃烟锅。第一口,他全咳出来了。第二口也没好多少。第三口时他屏住呼吸,吐出一片薄薄的白烟。"该你了。"他嘶哑地说,将烟管推给她,自己一头栽进床上。烟锅里的大烟仍在燃烧,诱人的气息飘进她的鼻孔。

"我……"噢,她当然想要,她太想要了,全身都在发抖。"我……"它近在眼前,就在手上,但现在不是放纵欲望的时候,她需要保持清醒。

他翘起嘴角,傻笑着问:"你也要谁许可吗?"他咳嗽了一下,"放心,我肯定不会告诉……噢。"

她重新点燃烟锅里的棕灰色烟叶,用力吸了一口,贪婪地感受着烟雾在肺叶里灼烧。

"这破靴子。"国王一边脱着锃亮的靴子,一边抱怨,"妈的,根本不合脚。花了……整整一百马克……的靴子……总该合——"一只靴子拖着闪亮的尾迹飞了出去,撞在墙上。蒙扎觉得自己站不起来了。

"再来。"她把烟管递给他。

"行啊……能有什么坏处?"蒙扎盯着闪耀的灯火,那么璀璨、明亮,就像无价的珠宝。烟屑从可爱的橙色到甜腻的棕色再变成灼眼的红色,最后化为燃尽的烟灰。国王将一长串香甜的烟雾吐在她脸上,她闭上眼睛品尝,脑子再没别的东西,完全沉浸其中,把持不住。

"噢。"

"呃?"

他环视周围。"这太……太……"

"是啊,是的。"房间变得暖融融的,腿上的疼痛化为舒服的刺痒,裸露的肌肤兴奋而敏感。她倒在床上,臀部压扁了床垫。这里只有她和联合王国国王,躺在妓院里丑陋的大床上。有什么能比这更惬意?

国王慵懒地舔了舔嘴唇。"我妻子。王后。我说过没?就是王后。她不常——"

"你老婆喜欢女人。"蒙扎不由自主地说,然后忍俊不禁地大笑起来,伸手抹掉喷在唇上的鼻涕,"她喜欢女人。"

国王面具下的双眼一下就红了,目光呆滞地从她脸上扫过。"女人?我们说的不就是女人?"他靠过来,"我现在……一点都不……紧张。"他一只手笨拙地沿她的大腿往上探。"我觉得……"他声音含混,舌头打结,"我……觉得……"他眼睛一翻,倒在床上,摊开双臂,头缓缓歪向一边,面具从脸上滑落。他就这样一动不动了,轻柔的鼾声回荡在蒙扎耳边。

他睡得真安详。她也想躺下。她一直殚精竭虑、绞尽脑汁,现在需要歇歇了,也该歇歇了。但她总觉得有什么事困扰着她,有什么事必须先完成。什么事呢?她摇摇晃晃地起身,茫然四顾。

阿里欧。

"啊,是了。"她抛下四仰八叉躺在床上的国王陛下,走向门口。皇家套间左摇右晃,使劲想把她掀翻。狡猾的混蛋。她弯腰扯下一只高跟鞋,结果整个人差点歪倒在地。她又扔掉了另一只鞋,那鞋缓缓从空中飘过,就像船锚沉入水中。她必须瞪大眼睛才能看清房门,因为眼前像是蒙了一层淡蓝色马赛克玻璃,玻璃后的烛火化作一条条拖长的炫目光带。

马维尔冲辰点点头,辰也点点头回应。她蹲在昏暗的阁楼,形成一片漆黑阴影,只有小孔透出的一缕幽蓝的光照亮了她脸上的笑意。她身后是几不可见的房梁、木板和托梁。"我对付皇家套间门口那两个,"他轻声说,"你……对付剩下的两个。"

"好,何时动手?"

时机至关重要。他眼贴小孔,一手拿吹针筒,另一只手紧张地摩挲着拇指。皇家套间的门开了,维塔瑞从两名护卫间出现,眉头紧锁地沿走廊离去。没有蒙洛卡托,没有弗斯卡,没有其他任何迹象。马维尔断定,事情发展跟计划好的不一样。他当然还是得杀了护卫,因为他收了钱,且向来遵守合约——正是这一点及其他许多类似品质将他与尼科莫·科斯卡那种卑鄙小人区分开来。但是何时动手?何时……

马维尔皱起眉头,他明确地听到了微弱的咀嚼声。"你在吃东西?"

"一个小圆面包。"

"别吃了!我的天啊,我们在干活,我还要思考!你能不能稍微专业一点?"

伴着院子里蹩脚乐手演奏的乐曲,时间缓缓流逝,那些护卫除了不时轻轻变换身体重心,并无其他动作。马维尔缓缓摇头,看来这次任务和其他许多任务一样,选择时机的权利并不在自己手里。他深吸一口气,将吹针筒举到嘴边,瞄准两个目标中离得较远的那个——

阿里欧房间的门突然开了,两个女人走了出来,其中一个边走边整理裙子。马维尔屏住呼吸,鼓起两腮。女人们关上房门,沿走廊离开,这边套间的一个护卫朝另一个护卫说了句什么,然后自己大笑起来。这是动手的最佳时机,马维尔轻轻一吹,笑声戛然而止。

"啊!"靠近马维尔的护卫摸了摸脑袋。

"怎么?"

"有什么……叮了我一下。"

"叮了你?能叮——"他话没说完,也抬手摸了摸脑袋,"见鬼!"

先中招的人从头发里找出一根针,举到有亮光的地方。"针。"他僵硬的手摸向长剑,接着整个人向后靠到墙上,随即滑倒在地,"我完全……"

第二名守卫朝走廊歪歪扭扭地迈出一步,伸手抓挠空气,然后脸朝下摔倒。马维尔容许自己满意地微微点头,然后爬到拿着吹针筒、蹲在另外两个小孔上方的辰身边。

"成了?"他问。

"当然。"她另一只手还拿着圆面包,现在又咬了一口。就着小孔,马维尔看到阿里欧房间外的两个护卫也一动不动瘫倒在地。

"干得好,亲爱的。只是,哎,居然只让我们干这种活儿。"他开始收拾工具。

"我们要不要留下来看看?"

"没必要。不过是死多少人的问题,我见得多了,没什么新鲜的。你带了绳子?"

"带了。"

"永远记得提前确保撤退路线。"

"谨慎为先原则。"

"完全正确。"

辰展开包里的绳子,将其一端系在一根粗托梁上,接着抬脚踢碎一扇玻璃小窗。马维尔听到玻璃落进建筑后面的运河激起的水声。

"干净利落。哎,没有你我该怎么办?"

"死吧!"灰毛将巨大的棒槌高举过顶,从决斗圈另一端冲了过来。摆子跟观众们一起倒吸一口冷气,手忙脚乱地勉强躲开,棒槌带起的劲风刮得他脸颊生疼。他看准时机抱住大块头,两人纠缠在圈子外围。

"你想干吗?"摆子在他耳边嘶吼。

"报仇!"灰毛的膝盖顶向摆子的腰,将他甩开。

摆子踉跄了两步,稳住身形,觉得对方愈发不可理喻。"报仇?报哪门子仇?你是不是疯了?"

"为了乌发斯!"他重重踏出一步,佯装进攻,摆子忙不迭地往后跳,一边从举起的盾牌边上朝外瞥看。

"呃?那里夺得干净利落!"

"你确定?"

"除了在码头边杀了几个,再——"

"我弟弟!他还不到十四岁!"

"不是我干的,你这白痴!杀他们的是黑旋风!"

"但黑旋风不在这里,而我跟我娘发誓必须有人付出代价。你出的力也不少,总之纳命来,狗杂种!"摆子向后弯腰躲开他扫来的棒槌,发出一声女人般的尖叫。他听到周围人欢呼雀跃,这些人和真正决斗的观众一样渴望见血。

报仇，好吧。报仇若是把剑，也必是两面开刃，你永远不知道它何时会伤到自己。摆子重新站好，之前的一击擦破了脸颊，鲜血缓缓淌下，但他心里想的全是这世界真他妈不公平。他试图遵循哥哥的教导，试图干点好事、做个好人。难道他没有努力吗？真是岂有此理！

"我只是……尽本分！"他用北方语吼道。

灰毛从面具后唾了一口。"我弟弟也是！"他向前逼近，呼啸的棒槌舞成一片。摆子左右躲闪，看准机会举盾迎击，盾牌和棒槌结结实实撞在一起，而他顺势用盾沿击向大块头的下巴，撞得对手踉跄后退，口吐鲜血。

摆子还保留着自尊，那是他内心的坚守之物，如果这个好坏不分的大个杂种就这样让他入了土，他才真是没法原谅自己。怒火在喉头翻涌，在北方时，每逢两军对阵，这种熟悉的感觉都会席卷全身。

"报仇？"他大吼，"我他妈让你见识见识什么叫报仇！"

眼见摆子的盾牌狠狠挨了一槌、整个人踉跄着向旁边胡乱踏出几步，科斯卡不禁打了个冷战。摆子极其愤怒地用北方语喊了什么，接着挥出长剑，灰毛将将躲开，长剑从离他不到一指远的地方划过，收剑时差点砍伤旁边的观众，吓得他们紧张地退开。

"打得漂亮！"有人唾沫横飞地大喊，"简直跟真的一样！等我女儿结婚也要雇他们来表演……"

两个北方人确实带来了一场精彩表演，精彩得有点过头了。他们充满警觉地兜圈，四目相对，不时探出武器或腿脚来试探——只有明白露出一丁点破绽便足以致命的人，才会这样紧张与专注。不断涌出的血令摆子脸侧的头发纠结成一团，而灰毛胸前的皮衣留了一道长口子，下巴也被盾沿砸破了一块。

观众已不再呼喝嘲笑，取而代之的是窃窃私语、屏息凝神，饥渴地盯着两位战士，身体不由自主前倾，好看得更清楚，又在武器挥来时连忙往后躲。庭院里的空气忽然有了重量，仿佛暴风雨降临前压迫地面的天空。

真实而危险的怒火充斥其间。

乐队似乎相当擅长为战斗配乐，每当摆子的长剑挥出，小提琴就高亢地奏响，每当灰毛的棒槌砸下，鼓手便敲起阵阵轰鸣，给难以忍受的紧张气氛火上浇油。

这两人显然想置对方于死地，科斯卡对此束手无措。棒槌再次砸上盾牌，冲击力让摆子站立不稳，此情此景让科斯卡不禁又打了个冷战。他担忧地看向楼上的玻璃彩窗。

他觉得，今晚的尸体恐怕远远不止两具。

两具护卫的尸体瘫在门边。一具保持坐姿，双眼盯着天花板，另一具趴在地上。他们一点也不像死人，仿佛只是睡着了。蒙扎拍打脸颊，努力驱赶大烟带来的眩晕。那扇门摇摇晃晃地来到她面前，一只戴黑手套的手抓住了门把手。该死，她必须做到。她歪歪斜斜地站住，等待那只手旋动门把手。

"噢。"那是她自己的手。她旋动把手，门陡然将她送进屋里，差点摔个狗吃屎。房间像水一般将她包裹，墙壁犹如瀑布变幻难测，壁炉中的火焰好似闪烁的水晶明明灭灭。一扇窗开着，楼下的音乐声和嘈杂的人声传了进来，欢快的音符打着旋儿飘进玻璃窗，穿过游动的房间，钻进她耳中。

阿里欧世子一丝不挂地躺在床上，皱巴巴的被子盖住白皙的身体，四肢摊开在外。他扭头看向蒙扎，面具上的羽毛在他身后如波浪翻涌的墙上投下一条条长影。"再来一场？"他嘀咕着，慵懒地拿起葡萄酒瓶啜了一口。

"但愿……我们还没让您……尽兴。"蒙扎觉得自己的声音像是从很远的水桶中传出,她踩着柔软的红地毯走向床边,又像是航行于血海的惊涛骇浪之中。

"你们尽管放马过来。"阿里欧说着伸手摆弄自己那话儿。"你似乎更对我胃口,"他伸出一根手指,在她面前摇摆,"但衣服太多。"

"啊。"她扭动香肩,毛皮披肩从肩头滑落。

"手套摘掉,"他一挥手,"我不喜欢。"

"我也不喜欢。"她脱掉手套,挠了挠前臂。阿里欧睁大眼睛看着她的右手,她便将右手举到眼前,眨眼瞧看:侧面有一条很长的粉红伤疤,手掌像布满疤痕的爪子,掌心向内收缩,指头个个扭曲,小指还顽固地向外支棱着。

"啊。"她忘了这回事。

"一只残废手。"阿里欧急切地扭身靠拢,他的老二和头上的羽毛随着臀部的动作晃来晃去,"真是太……刺激了。"

"是吗?"戈巴靴子重重踩下的记忆闪现脑海,让她陡然清醒。她露出微笑,"这个不要。"她握住他头上的羽毛,一把扯下面具,扔进角落。阿里欧仍冲她咧嘴笑着,他的眼眶被面具压出了粉红色印痕。她盯着他的脸,感到大烟带来的醉意一点点褪去,她仿佛又看见他扎中弟弟的脖子,还将之扔下阳台,嘴里不住抱怨。

阿里欧就在这里,就在她面前。奥索的继承人。

"真粗鲁。"他从床上爬起来,"我要给你上一课。"

"也许是我给你上一课。"

他靠向蒙扎,近得她能闻到他身上的汗味。"大胆,竟敢这么放肆,真是大胆。"他伸出手,一根手指滑过她的手臂。"很少见到你这样的女人。"他靠得更近了,另一只手滑进她裙子的开衩,顺着大腿向上,揉捏她的臀部。"我总觉得在哪儿见过你。"

蒙扎任阿里欧将她拉近,用残废的右手握住面具一角。"见过我?"她左手轻轻移到后背,握住一把匕首,"你当然见过我。"

她一把扯掉面具。阿里欧盯着她的脸,依然面带微笑,随即双眼猛地睁大。

"来人——!"

"这把押一百天秤币!"新月面具大吼着高高举起骰子,其他人都看了过来,屋子突然变得很安静。

"一百天秤币。"友好并不在意。钱不是他的,况且他只对数字变动感兴趣,赢输都没差。

新月面具晃着手里的骰子。"来啊,杂碎!"那人一把将骰子扔过桌面,骰子不安分地跳跃、碰撞着。

"五和六。"

"哈哈!"新月面具的朋友们又是欢呼又是大笑,使劲拍打他的后背,就像他已经赢了一样。

船面具高举双臂。"这回搞定了!"

狐狸面具冲友好比了个下流手势。

蜡烛越来越亮,亮得让人不舒服,亮得让人没法数数。厅内如此闷热、闭塞、拥挤。友好的衬衫贴紧了身体,他抓起骰子,轻轻一掷,桌边响起惊讶的吸气声。"五和六。庄家赢。"人们总忘记骰子每次投掷的结果之间没有任何联系,上次投出多少,不代表下次不会是同样的数字。新月面具一下子失去了气定神闲的架势。

"你出千,混账!"

友好皱起眉头。在安全屋,如果有人敢这么说他,他早就动手了——他必须这么做,方能以儆效尤——他会一刀一刀地砍,直至砍死对方。但他不在安全屋,这里是外面的世界,人们告诉他要控制局面,于是他只好强迫自己忘记紧贴身侧的、温暖的砍刀把手。控制。他耸耸肩:"五和六。骰子不会骗人。"

新月面具抓住友好收取筹码的手,身子前倾,醉醺醺地用一根手指戳着友好的胸口。"你的骰子有问题。"

友好脸色一沉,喉咙猛地缩紧,几乎无法呼吸。他能感觉到前额、后背和头皮上的每滴汗珠,而一股平缓冰冷、但完全无法控制的怒气正在浑身游走。"我的骰子有什么问题?"他不由自主抬高声调。

新月面具又连戳几下。"你的骰子做了手脚。"

"我的骰子……有什么问题?"友好突然一刀将新月面具劈成两半,那颗脑袋像甜瓜一样爆开了,随后他的匕首刺入船面具大张的嘴里,刀尖穿出后脑。友好抽出匕首,噗呲、噗呲,又连捅两刀,匕首柄霎时变得黏腻湿滑。一个女人发出长长的刺耳尖叫。

友好模模糊糊意识到厅内所有人都目瞪口呆看着他,人数大概是四乘三再乘四,左右不离。他用力掀翻赌桌,一时间玻璃杯、筹码和钱币漫天飞散。狐狸面具死盯着眼前发生的一切,目孔里的眼睛一眨不眨,苍白的脸颊沾着几滴深深红色的脑髓。

友好身体前倾,跟他脸对脸。

"道歉!"他声嘶力竭地大喊,"快他妈对我的骰子道歉!"

"来人——!"

阿里欧的喊声突然化作无力的哀号。他低下头,她也低下头,只见她的匕首插进了他大腿根部,只剩把柄在外,紧挨着他垂下的老二,鲜血顺着她的左手不断流出。顷刻间,他又爆发出气势惊人的可怕尖叫,但蒙扎将另一支匕首猛扎进他耳朵下方,贯穿了脖子。阿里欧的尖叫停止了,他双眼鼓胀,一只手虚弱地拽住她赤裸的肩膀,另一只手颤抖着抬起来摸索匕首柄。深红浓稠的鲜血从他指缝间喷涌而出,沿胸口流下双腿,在白皙的皮肤上留下一道道红色条纹,溅起无数红点。他张大嘴巴,但已叫不出声,只能微微吐气,插在喉咙里的潮湿金属让他每一口呼吸都发出尖锐的刮擦声。他蹒跚后退，之前拽住蒙扎肩膀的手在空中乱挥，蒙扎出神地看着他，直到那张苍白的面孔向后倾倒，在她眼中留下一条明亮轨迹。

"死了三人。"她轻声说，"还剩四人。"

他血淋淋的大腿砸在窗台，脑袋撞开了玻璃彩窗。他就这样跌落下去，消逝在夜色中。

棒槌挥来，这一击足以像敲碎鸡蛋一样敲碎摆子的脑袋。但灰毛累了，动作变得拖沓，还露出身侧的破绽。摆子矮身躲过，挥起重剑，大吼着旋身便砍。他的剑深深砍进大块头涂成蓝色的前臂，伴着潮湿的血肉声，将之完全斩断，还顺势切入侧腹。断臂喷出的鲜血洒了观众们一头一脸，棒槌连同被砍断的手一起掉在鹅卵石地上。有人虚弱地尖叫，有人哈哈大笑。

"这怎么演出来的？"

灰毛终于开始惨叫，活像脚被门夹住一样："操！好疼！噢！噢！我的……死者在——"他伸出剩下那只手，摸向身侧的伤口，暗红的内脏流了出来。他单膝跪下，仰头哀号，摆子举起长剑，劈开面具，斩断了他的号叫，在他两眼之间开了一道宽阔的口子。大块头轰然倒下，双腿被带得高高抬起、重重落下。

今晚的表演到此为止。

乐队奏出最后几个颤巍巍的音符，再无声息。院内四下哑然，只有远处的赌厅传来模糊的喊叫。摆子俯视着灰毛的尸体，鲜血从劈开的面具下不断涌出，他的怒火突然烟消云散，只觉手臂酸疼，满头冷汗，强烈的厌恶感涌上心头。

"为什么我总碰到这种事？"

"因为你本来就是个恶棍。"科斯卡边说边向后瞟。

一道阴影笼罩在摆子头顶，他刚抬头，就看到一具裸尸头朝下摔在决斗圈里，如雨的鲜血又洒了周围目瞪口呆的观众们一头一脸。

好戏连台
That's entertainment

转瞬之间,一片混乱。

"国王!"这声惊叫莫名地打破了沉默,人们像没头苍蝇般冲进鲜血四溅的决斗圈,所有人都在大喊大叫、放声哭号,却又不明所以。男男女女的声音混在一起,简直能把死人吵醒。有人推了摆子的盾牌,摆子下意识地反推回去,将一群人推倒在灰毛的尸体上。

"阿里欧!"

"杀人了!"一位客人抽出佩剑,而一名乐队成员冷静地上前,用钉头锤敲烂了那人的脑袋。

这引发了更多尖叫,武器出鞘声和碰撞声此起彼伏。摆子看到一个古尔库舞者用曲刃匕首划开一个男人的肚皮,那人口吐鲜血,哆嗦着抽出武器,结果刺中了身后另一人的腿。赌厅那边传来玻璃破碎声,一具四肢乱挥的身躯从窗户里飞出。这下子,狂乱和恐慌的情绪如野火燎原般迅速蔓延开去。

杂技演员手中的飞刀突然四下乱射,有的扎进木头,有的扎进肉体，简直敌我不分。有人抓住摆子持剑的胳膊，摆子抬肘击中来人的脸，挥剑便砍，然后突然意识到砍的是吹笛子的莫克，但迟了。这时又传来巨大的爆炸声，拥挤的人群另一头亮起橙光，尖叫声化作刺透耳膜的疯狂合唱。

"火！"

"水！"

"让开！"

"演杂技的！抓住他们——"

"救命！救命！"

"近卫骑士跟我来！跟我来！"

"世子殿下呢？阿里欧殿下呢？"

"谁来救救我！"

"后退！"科斯卡大喊。

"呃？"摆子完全搞不清状况。一把飞刀从黑暗中飞来，穿过混乱的人群，落在地上。

"后退！"科斯卡侧身躲开刺来的剑，甩动手杖，一支细长的剑从中滑出，轻巧地刺中一个男人的脖子——但他接下来却刺了个空，还差点扎到连忙闪开的摆子。阿里欧手下一位戴方格棋盘面具的绅士攻向科斯卡，很快占据上风，幸亏古皮绕到那人身后，举起鲁特琴照脑袋砸去。木制琴身四分五裂，藏在里面的斧子砍在那人肩头，直劈到胸口，残破的尸体沉重地倒在鹅卵石地上。

又一股火浪涌起，人们踉跄退避，疯狂推挤，密密匝匝的人群泛起阵阵涟漪。须臾，人群又突然分开，神奇洛克径直冲向摆子，周身绕着白亮的火焰，宛如冲出地狱的魔鬼。摆子措不及防地后退，一边用盾推开洛克，结果洛克没头没脑地冲向一堵墙，撞了个结实，接着又撞向另一堵墙，一路泼洒着火的液体。人们慌忙逃窜，武器胡乱挥舞，火星点燃了干枯的藤蔓，小火苗变作咆哮的烈焰，吞噬了木墙，拥挤的庭院顿时沐浴在疯狂的火光之中。一扇窗户碎了。尖叫着想逃出去的人们将锁住的大门晃得"哗哗"直响。摆子在墙上灭掉盾牌的火，而洛克满地打滚，周身的火还在烧，他发出尖细的呻吟，像个沸腾的水壶。火光将客人和艺人们不断晃动的面具照得万分可怖，摆子目之所及，到处是怪物般的面孔。

没时间搞清状况了，重要的是谁活着、谁死了，并保证自己不加入死人的行列。他退离人群，始终贴着墙壁，用烧焦的盾牌推开抓向自己的人。

两名胸甲护卫奋力从人群中挤出条路，其中一人砍翻了不知是巴蒂还是库默，收剑时却不慎削掉了阿里欧带来的某位绅士的半个脑袋。那位绅士茫然无措地转起圈来，发出凄惨的号叫，一只手捂住头，鲜血从指缝间汩汩流出，漫过黄金面具，留下暗红的血痕。巴蒂和库默中剩下的那个用匕首刺向那名护卫的头部，直没至柄，接着自己也大叫一声，前胸冒出不知从哪儿刺来的剑尖。

又一名胸甲护卫挤开众人朝摆子走来，高举长剑，大喊着什么，似乎是通用语。不管这人什么来头，显然来者不善，摆子不能让他抢占先机。他咆哮着挥剑，下了死手，然而守卫及时向后躲开，摆子的剑重重地砍在其他人身上，发出沉闷响声——他砍中的是一个碰巧经过的女人的胸口，女人挨了这一剑后倒在墙上，靠着满墙藤蔓慢慢滑倒，尖叫声迅速化作微弱的呻吟。她的面具歪歪斜斜，一只眼睛瞪着摆子，鲜血从口鼻中涌出，玷污了白皙的脖颈。

院子秩序全无，被越烧越旺的火焰照亮，犹如爆发了夜战。这里没有敌我之分，没有战斗目标，也没有赢家输家，惊慌失措的人群将活人连同鲜血淋漓、四分五裂的尸体一同踩在脚下。古皮拼命招架，他没法把斧子从断裂的琴弦和木头中抽出来，摆子眼睁睁看着护卫将他砍死，火光映照下，鲜血如黑雨喷洒。

"去烟厅！"科斯卡嘶吼，顺手将挡路者砍翻——摆子觉得那其实是科斯卡雇的某个杂耍艺人,但无暇顾及。他随老佣兵冲进敞开的大门,合力推上门扇。一只手从门缝里伸出,死死抓住门板,摆子用剑柄狠怼那只手,直到它颤抖着缩了回去。科斯卡关好门,放下门闩,锁上门锁,将钥匙远远甩开。

"现在咋办?"

老佣兵没好气地瞪着摆子,"我他妈怎么知道?"

烟厅长且低矮,四下都是软垫,影影绰绰的帘幕将空间分割开来,帘幕内灯火闪烁,充斥着大烟的甜香。外面的打斗在这里听来微弱而不真切。有人打鼾,有人轻笑,一个男人靠墙坐在他们对面,头戴鸟嘴面具,笑容灿烂,懒散地握着烟管。

"其他人呢?"摆子就着昏暗光线努力瞭看,一边嘶声问。

"我觉得事情已发展到各顾各的地步了,不是吗?"科斯卡忙着把一个古旧的箱子拽到门前,抵住被撞得瑟瑟发抖的门扇。

"蒙扎呢?"

"她们不是从赌厅进去的吗?这么看来她们肯定——"话没说完,不知什么东西砸碎了玻璃窗,亮闪闪的玻璃碴儿撒了一地。摆子慌忙往暗处躲去,只觉心脏怦怦直跳,就像有把锤子在脑子里乱敲。"科斯卡?"没人回应,唯有烟雾和黑暗,微光射入破窗,桌上的灯笼火光摇曳。他被帘幕缠住了,转身时将它从天花板的滑轨上扯了下来。烟雾刺激着嗓子,有的来自厅内的大烟,有的来自外面的大火,而且越来越浓,连空气都变得迷蒙。

幸好他还听得清声音。左边传来冲撞声和尖叫声,像是一头公牛在烧着的房子里发疯。"我的骰子!我的骰子!你们这群畜牲!"

"救命!"

"来人啊……来人!"

"楼上!国王在楼上!"

有人用重物撞击着不知哪里的门,门板被撞得吱嘎响。有个大汉突然出现在他面前,"抱歉,你能——"摆子举盾照那人脸上就是一下,把对方击飞出去。他踉跄前行,模糊地意识到自己正往楼梯走。蒙扎在楼上。在顶楼。身后的门被撞开了,摇曳的光、棕色的烟和飘渺的人影一起涌进烟厅,锋利的武器在昏暗中格外显眼。有人指着他:"那儿!他在那儿!"

摆子用绑盾牌的手抓起一盏灯扔了出去,却没砸中指他的人,灯盏撞在墙上四分五裂,燃烧的灯油洒上帘幕。厅内众人炸了锅,有人胳膊着火,不住大叫。摆子趁势朝里面跑,一片漆黑中几次差点被软垫和桌子绊倒。一只手抓住他的脚踝,他直接挥剑斩断。他踉踉跄跄穿过这片呛人的黑暗,来到门廊前,里面有微光渗出。他用肩顶开门,心知这样犯傻,到头来怕是免不了要挨几剑。

但他没有犹豫,两步并做一步爬上螺旋楼梯,由于太用力,腿酸得要命。二楼是供客人们消费的房间——或者换种说法,是他们搞女人的地方。楼梯连通镶板走廊,摆子踏进走廊时,一个男人急匆匆迎面跑来,差点跟他撞个满怀。两人一起停下脚步,打量着对方的面具。跑来的是胸甲护卫的一员,他一只手抓住摆子的肩膀,龇牙露出凶相,另一只手抽剑欲刺,手肘却撞上身后的墙壁。

摆子本能地用前额照那人的脸撞去,撞断了那人的鼻梁。这里挥不开剑,摆子便用盾沿砸向那人腰间,膝盖狠狠顶其要害,那人痛得喊出了声。摆子趁势将其拽到身后,用力推下楼梯,眼看对方一路滚了下去,长剑脱手掉落。摆子忍住咳嗽继续上楼,连停下来喘口气都顾不得。

身后传来更多声音:呐喊声,惨叫声,冲撞声。"国王!保护国王!"他奋力向上,一次只迈得上一级,只觉手里的剑越来越沉,盾牌无力地挂在胳膊上。他不禁怀疑楼上到底还有没有活人,而那个在院子里被他误杀的女人,连同那门缝里被他怼回去的手一起在他脑海中盘旋。他晃晃悠悠来到楼梯尽头的走廊,在面前挥盾驱赶烟霾。

这里有尸体,黑色的形体瘫倒在宽敞的窗户下。她可能死了。谁都会死。谁都会。他听到咳嗽声。烟雾在天花板上翻卷,从门缝中涌入走廊。他眯眼打量,只见一个女人弯着腰,赤裸的双臂茫然伸向前方,黑发披散。

蒙扎。

他屏息弯腰奔了过去,尽量避免吸入烟雾。他拦腰抱住她,她钩住他的脖子,大吼大叫。她脸上全是血点,鼻子和嘴蹭了许多烟灰。

"着火了。"她咳嗽着对他说。

"快走。"他转身准备折返,却陡然停下脚步。

走廊尽头,两名胸甲护卫就要登上楼梯,其中一人指着他。

"见鬼。"他回想起建筑模型。

春情院背靠第八运河。他抬脚踹开窗户,只见下方烟雾缭绕,河水湍急,火光映在水面上,变幻莫测。

"我最大的敌人就是自己。"他咬牙切齿地说。

"阿里欧死了。"蒙扎在他耳边拖长声音道。

摆子扔下剑,抱紧了她。

"你干——"他把她扔出窗户,听到她坠落时发出的惊叫,然后他扯下胳膊上的盾牌。两名护卫沿走廊跑向他,他把盾牌扔到他们脸上,接着翻身爬上窗台,自己也跳了下去。

烟雾在周围翻腾咆哮,呼啸的风撕扯着头发,刺痛了眼睛,拨开了嘴巴。他脚先碰到水面,接着整个身体沉入河中。无数水泡自黑暗中腾起,冰冷的寒意攫住了他,让他差点呛到。他分不清上下左右,只顾胡乱挥手蹬脚,脑袋撞到了什么。

一只手抓住他的下巴,将他的脸提到了水面上。他大口呼吸着夜幕下冰冷的空气,随之也吸进了不少河水。有人拽着他,之前吸入的烟雾和现今涌进肺里的臭水,让他咳个不停。

"别动,白痴!"

阴影罩在他脸上,他的肩膀刮到了石头。他挥手乱摸,抓住一只旧铁环,终于能把头保持在水面上,吐出一大口河水。蒙扎紧靠着他,双脚踩水,双手从后背抱着他。抱得很紧。她急促、惊恐而又绝望的呼吸和他的呼吸混在一起,夹杂着河水的拍打声,在拱桥桥洞中回荡。

越过拱桥的弧形桥拱,他看到卡多迪的春情院的背影,其周围的建筑均已火光冲天,火舌跃动咆哮,火星迸跳嘶鸣,灰烬和碎片漫天飞舞,黑烟袅袅升起,棕黑的云团笼罩上空。火光映在运河上,不断变化,将蒙扎苍白的半边脸照成红、橙和黄色。火的颜色。

"天啊。"他低吼一声,不禁发起抖来,水里太冷,高强度的战斗让他浑身酸疼,见证的种种疯狂更让他后怕。泪水不由得涌出,他难以自持地哭了,身体抖得更加厉害,低沉的呜咽中,只记得手还握住了那只铁环。"天啊……天啊……天啊……"

"嘘……"蒙扎捂住他的嘴。头顶桥上传来脚步声,四下也有人呼喝叫喊。两人挤在一起,紧贴滑腻的石板。"嘘……"几小时前,如果能挨她这么近,他肯定乐开了花。可现在,他不觉得有丝毫浪漫可言。

"这到底是……怎么回事?"她轻声问。

他甚至没法看清她的脸。"我他妈怎么知道。"

怎么回事
What Happened

尼科莫·科斯卡，声名狼藉的雇佣军人，此刻潜伏在阴影中监视那座仓库。表面上一切都很平静，腐朽窗框中的百叶窗又黑又脏。没有愤怒的人群，没有喧嚷的守卫。他的本能告诉他应该连夜溜走，忘掉蒙扎萝·蒙洛卡托和她疯狂的报仇计划，可他需要她的钱，而他的本能连一坨稀屎都换不来。他突然躲进门廊，看着一个戴面具的女人沿巷子跑来，裙子高高掀起，嘴里咯咯直笑，后面追着个男人。

"回来！吻我，你这小蹄子！"他们渐渐跑远。

科斯卡大摇大摆过街，好像走在自家领地。他来到仓库后的小巷，紧贴墙壁摸到后门边。伴着微弱的金属鸣响，他抽出手杖中的细剑，剑刃在漆黑夜色中反射着寒光，然后他转动门把手，门悄无声息地打开，他悄悄踏进黑暗——

"别动。"金属贴着他的脖子。科斯卡一松手，细剑落地。

"我投降。"

"科斯卡，是你？"武器移开，维塔瑞从门后的阴影中走出。

"夏萝，你换衣服了？我更喜欢你在春情院那身，那更……淑女一些。"

"呵呵。"她从他身边走过，走进漆黑的仓库，"那内衣穿在身上如同受刑。"

"看来我只能在梦里回味了。"

"春情院那边到底怎么回事？"

"怎么回事？"科斯卡笨拙地弯下腰，用两根手指钩起细剑。"我觉得'血洗'比较能形容，还有火灾。我得忏悔……我一看情况不对就跑了。"说真的，他挺厌恶自己凡事溜之大吉、对这具臭皮囊无比稀罕的德行，但它注定会伴随他一生，如此颓唐的一生，实在改变不了。"我还想让你跟我说说是怎么回事。"

"联合王国国王在那里。"

"什么？"科斯卡回想起那个一身白衣、头戴黄金太阳面具的人。说起来，他跟弗斯卡其实并不像。"啊——难怪有那么多护卫。"

"你那些艺人呢？"

"伤亡惨重。他们没人回来？"

维塔瑞摇头。"目前还没。"

"所以咯，我推测他们大部分——也可能是全部——挂了。雇佣兵就这样，轻而易举就能雇到，轻而易举就能摆脱，死了也没人在意。"

昏暗的厨房里，友好弯腰驼背坐在桌旁，借着唯一一盏油灯的微弱光芒，轻轻掷骰子，木桌上插着一把让人心惊胆战的沉重砍刀。

科斯卡靠了过去，指着骰子。"三和四，呃？"

"三和四。"

"七。很普通的数。"

"不大不小。"

"我能试试吗?"

友好眼神锐利地抬头盯着他。"好。"

科斯卡笼起骰子,轻轻扔回桌上。"六。你赢了。"

"这就是我的问题。"

"真的?输的可是我。怎么回事?赌厅里没麻烦吧?"

"有一点。"

罪犯脖子上挂着很长一道半干的血迹,在灯光下红得发黑。"你这里有……东西。"科斯卡说。

友好抹了一把,看着指尖沾染的棕红色,脸上毫无表情。"血。"

"是啊,今晚流的血还真多。"科斯卡总算稍微安心了,令人眩晕的危机感慢慢消退,种种悔恨重新涌上心头。他的双手又发起抖来。一杯,一杯,来一杯。他穿过门廊,走进仓库。

"啊!大屠杀的总指导!"马维尔扶着楼梯扶手,嘲弄地说,辰站在他后面不远处,优哉游哉地剥橙子。

"伟大的毒师师徒!真遗憾,你们竟能全身而退。到底怎么回事?"

马维尔的嘲讽更露骨了,"分配给我们的任务是干掉顶楼守卫,而我们干净利落、悄无声息地搞定了,此后没理由继续留在那栋建筑里。事实上,我们的雇主命令我们事成后赶紧离开。她并不完全信任我们,担心我们……嘿,滥杀无辜。"

科斯卡耸耸肩,"滥杀,从定义上来讲,其对象不存在无辜与否。"

"无论如何,你的使命完成了,现在把这个给你,没人反对吧?"马维尔一甩手,黑暗中有东西一闪而过,科斯卡本能地伸手抓住。金属酒壶,里面有水声。这和他常用的那个一样,和他卖掉的那个一样……它现在在哪里呢?他忆起冰冷金属和浓烈酒精的甜美组合,干涩的嘴唇涌出唾液。一杯,一杯,来一杯——

他伸手去起壶盖,半途却停住了。"有一句至理名言:永远别吞下毒师给你的东西。"

"壶里只有你经年累月习惯的那种毒药。那种你永远戒不掉的毒药。"

科斯卡举起酒壶,"干杯。"然后翻转酒壶,将里面的液体洒在地上,把酒壶"叮叮当当"扔进角落——但他记住了酒壶的位置,心里盘算说不定还剩下几滴,回头可以救急。"我们的雇主还没信儿?"他冲马维尔喊道,"还有她那个北方宠物?"

"都没露面。我们得做好他们回不来的打算。"

"他说得没错。"维塔瑞站在厨房门口,灯光勾勒出她黑色的轮廓。"他们很可能都死了。我们接下来怎么办?"

辰盯着指甲。"我大概会泪流成河。"

马维尔另有打算。"我们想一想怎么分蒙洛卡托留下的钱——"

"不。"科斯卡反对。不知何故,他受不了毒师的设想,"我们等。"

"这里不安全。那些艺人只要有一个被抓,立马会泄露这里的位置。"

"很刺激不是吗?我们等。"

"你爱等就等,我才——"

科斯卡利落地甩出飞刀。刀子在黑暗中划出一道闪亮弧线,插在离马维尔的脸不到两尺的木头里,尾端微微颤动。"这回轮到我送你礼物。"

毒师挑起一边眉毛。"我不喜欢酒鬼朝我扔刀子,你要是扔偏怎么办?"

科斯卡咧嘴笑道:"我已经扔偏了。我们等。"

"一个以三心二意出名的男人,竟对背叛过他的女人如此执着……实在令人不解。"

"我也不解,但我向来不按常理出牌。这或许是因为我想改变自己,或许是因为我郑重起誓,今后要在参与的事务中戒除酒精,保持清醒、勤勉和忠诚。"

维塔瑞嗤之以鼻:"我很期待。"

"你想让我们等多久?"马维尔追问。

"等到我让你走的时候。"

"假如……我想……提前离开呢?"

"你虽没你自以为的聪明,"科斯卡没有移开视线,"但不至于蠢到那种地步。"

"你们都冷静点。"维塔瑞用最不冷静的声音叱喝道。

"我没义务听你的命令,酒渣子!"

"看来我该教你——"

仓库门砰地开了,两个人冲了进来。科斯卡抽出手杖中的剑,维塔瑞的锁链哗哗作响,辰不知从哪儿掏出一把纤巧的十字弓,对准门廊。但来者并非城里的守卫,而是摆子和蒙扎。两人浑身湿透,沾满淤泥和烟灰,大口喘着粗气,似乎跑过了半个斯皮奈——也许真跑了那么远。

科斯卡咧嘴笑道:"说到就到!马维尔大师正打算分行李咧,可惜你没跟春情院一起烧成灰。"

"让你失望了。"她嘶哑地说。

马维尔愤恨地瞪了科斯卡一眼。"请你相信,我没有半点失望。我非常期盼你能全身而退,好让这笔利润可观的买卖能继续下去。我只在考虑……意外发生的可能性。"

"谨慎为先原则,"辰说着放下十字弓,继续吸吮橙子,"永远做好准备。"

蒙扎快步走进仓库,一只没穿鞋的脚拖在身后。她显然疼得厉害,下巴紧绷,之前就没多少的衣服,如今几乎全扯掉了。科斯卡看到她细瘦的大腿有一条鲜红的长疤,肩膀和前臂上的疤更多,在惨白的皮肤上十分显眼。她的右手像用破布拼成的瘦骨嶙峋的爪子，被她死死贴在腰上，不让别人见。

这些残酷的伤害让他突然心如刀绞，就像看到一幅饱受赞赏的名画被人随意践踏。或许他隐隐有过占有这幅画的心思？有过吗？他脱掉外套，递给从面前经过的她，但她没接。

"你是否对今晚的行动不满？"马维尔问。

"我们杀了阿里欧，不算特别糟糕。等我换上干净衣服，我们立刻离开斯皮奈。"她一瘸一拐爬上楼梯，和马维尔擦肩而过，破烂的裙子拖在身后。摆子猛地关上仓库门，仰头靠着门板。

"她可真是个铁石心肠的婊子。"看着她上楼，维塔瑞轻声道。

科斯卡抿了抿嘴。"我总说她心中有个魔鬼。但说起来，她弟弟才称得上铁石心肠。"

"哈，"维塔瑞转回视线，"能让你说出这话的人绝不简单。"

蒙扎奋力关上房门，刚进去就感觉五脏六腑一片翻腾，像肚子遭人狠揍过。她拼命狂呕，连喘气都顾不上，一长条胆汁在唇边晃荡，不断滴落。她嫌恶地发着抖，扭身摆脱妓女衣服，破烂衣料的摩擦让她浑身起了鸡皮疙瘩，运河腐烂的臭水更令她反胃。她驱动麻木的手指摸索钩孔、纽扣和搭扣，伴随喘息和呻吟，终于扯下这些潮湿的碎布，扔到一边。

借助油灯的微光，她看到自己在镜中的倒影。瑟缩的乞丐，颤抖的烟鬼，无数红色疤痕在苍白的皮肤上格外显眼，杂乱的黑发无力地下垂。她是一具行尸走肉。你是梦想，是愿景，你就像战争女神！

突如其来的心痛令她弯下腰，头垂在胸前，下意识地用颤抖的双手搜寻干净衣服。本纳的衬衫。有那么一瞬，她觉得本纳抱住了她，就像从前那样紧紧抱住了她。

她坐到床上，双臂抱住自己，赤裸的双脚也交叠在一起，前后晃动，希望这股暖意能扩散到全身。但席卷全身的却是又一阵恶心，逼她再次吐出苦涩的胆汁，直等恶心感稍稍褪去，她才用腰带扎住本纳的衬衫，弯腰套上靴子，而这个动作带来的冰冷刺痛让她脸都变了形。

她从脸盆里撩了些冷水泼在脸上，开始洗净残留的妆容和鲜血烟灰混成的污迹，用手指清理耳朵、头发和鼻孔。

"蒙扎！"科斯卡的声音从门外传来，"来了个不速之客。"

她给那只不能称其为手的手套上手套，不顾扭曲的手指拼命抗议，套好后颤抖着长出一口气，从床垫下抽出重型细剑，挂在腰带的钩子上。这让她安心多了。她推开门。

卡萝特·唐·埃泽站在仓库中央，鲜红大衣上的金线刺绣闪闪发光。蒙扎在她的注视中走下楼，努力不显出跛脚，科斯卡跟在后面。

"见鬼，这是怎么回事？春情院的大火还没扑灭！全城都乱了套！"

"怎么回事？"蒙扎吼道，"我倒要问你是怎么回事！为什么弗斯卡的房间来的却是该死的国王陛下！"

埃泽吞了口口水，脖子上暗红的伤疤跟着蠕动。"弗斯卡不肯去，他推说头疼，于是阿里欧带他的连襟去了。"

"还碰巧带来十多个近卫骑士，"科斯卡接道，"国王驾前的精英卫士。来的客人也比预计的多得多。结果大家都没讨到好处。"

"阿里欧呢？"埃泽脸色苍白地问。

蒙扎直视她的双眼。"死透了。"

"国王呢？"她的声音变得很轻很轻。

"活着。至少我跟他分开时还活着。但之后整栋房子起火，也许他们能救出他。"

埃泽盯着地板，用戴手套的手揉搓太阳穴，"我本来指望你们失败。"

"不好意思，让你失望了。"

"现在麻烦来了，你这一下捅了马蜂窝。有些后果你能想到，有些……更可怕。"她伸出手，"解药。"

"没有。"

"你让我做的我全做了！"

"我们没有下毒，只用普通的针扎了你一下。你自由了。"

听了这话，埃泽忍不住发出绝望的长笑，"自由？奥索不把我拿去喂狗决不罢休！就算我能躲过他，也没法躲过瘸子。我辜负了他，让他的宝贝国王身陷险境，他不会善罢甘休。他从来不会。你现在开心？"

"说得好像我有选择一样。要么奥索这帮人死，要么我死，哪有开心与否的余地？"蒙扎转身时耸耸肩，"你赶紧逃命吧。"

"我寄了封信。"

蒙扎停下脚步，转身看着埃泽。"信？"

"今天早些时候寄给奥索大公爵的。我一时兴起，所以记不得细节了，但我提到夏萝·维塔瑞，也提到尼科莫·科斯卡。"

科斯卡无所谓地挥挥手。"我的敌人向来大有来头，我视之为骄傲，列举他们是我的晚宴谈资。"

埃泽不屑地看了看老佣兵，又重新看着蒙扎。"除了这两个名字，我还提到蒙洛卡托。"

蒙扎皱起眉。"蒙洛卡托。"

"你当我白痴？我当然知道你是谁，现在奥索也会知道。他会知道你还活着，你杀了他儿子，还有人帮你。算是我为自己小小的报仇吧，也只能如此。"

"报仇？"蒙扎迟疑地点头。"看来，人人都想报仇。你没这么干就好了。"她的手搭在重型细剑的柄上,剑身轻轻颤动。

"怎么,你为这个就要杀我?哈!反正我跟死人没区别!"

"那我何必多此一举?你不在我的名单上。你走吧。"埃泽盯着她看了好一阵,双唇微启,欲言又止,但最后她闭上嘴,转身走向门口。

"你不祝我好运吗?"

"什么?"

"要我说,你最好祈祷我杀得了奥索。"

阿里欧曾经的情妇在门口停下脚步。"见鬼,那完全不可能!"说完她便逃了。

第四部　威斯尼亚

Part 4

VISSERINE

没有火焰的战争就像没加芥末的香肠一样索然无味。

——亨利五世

千剑团帮奥斯皮亚攻打穆里斯，帮穆里斯攻打斯皮奈，再帮斯皮奈攻打穆里斯，然后又帮奥斯皮亚。委托与委托之间，他们一时兴起洗劫了奥普亚，一个月后不过瘾，又再次洗劫了那里，将其化为冒烟废墟。他们帮每个人对付子虚乌有的敌人，回头又帮这凭空制造出的敌人对付原本的雇主，但说到底，他们不怎么打仗。

他们烧杀抢掠、无恶不作。这才是他们的本色。

尼科莫·科斯卡喜欢带着有新鲜感的人，给自己笼上一层奇异而浪漫的光环。与弟弟形影不离的十九岁女剑客非常合适，因此他总带着他俩。一开始，他发现他俩很有趣；后来，他发现他俩很有用；再往后，他发现他俩简直不可或缺。

他和蒙扎会在寒冷的清晨一起练剑，武器碰撞出的火星、急促的呼吸和结雾的吐息伴随着一场场较量。他强壮，她敏捷，两人旗鼓相当。他们互相嘲讽，对吐口水，然后哈哈大笑。团员们会聚过来看他们比试，乐于目睹联队长被年龄只他一半的女孩打败——这种情形随着时间推移越来越多。大家都笑了，除了本纳。

本纳不是剑客，但对数字很精到。他起初负责保管军团账册，后来担起购买补给的责任，再往后连人事管理、战利品出售和红利分配也一同包办。他让大家赚到了钱，人也好相处，因此广受爱戴。

蒙扎是个有天分的学生。科斯卡教他识字后，她很快看懂了斯多里克斯的书，接着是文图里奥、巴拉维尔德和法郎斯的作品。总而言之，尼科莫·科斯卡能教的，她都学到了。她学会了战略和战术、行军与后勤，学会了如何阅读地形及刺探敌情。她先从观察、接着从实践中学习，最终习得一名优秀士兵所需的技巧和科学。

"你心中有个魔鬼。"科斯卡酒后对她说，他可没少喝醉。她在穆里斯救了他的命，他也救了她的命。大家看见都笑了，可本纳又没笑。他没救过别人的命。

老萨齐林因箭伤感染而死后，千剑团的队长们投票推选尼科莫·科斯卡为团长，蒙扎和本纳继续追随他。她起初替科斯卡传令，然后她告诉科斯卡该下哪些命令，再然后当他醉酒时她亲自下令，并假装是他的意思。到最后她不再假装，也没人反对，因为她的命令更有效率，哪怕他没喝酒。

几月过去，然后是几年，他清醒的时间越来越少，逐渐只会在酒馆里发号施令，只会跟酒瓶切磋武艺。每当千剑团吃空某地、准备开拔时，蒙扎就得挨着去酒馆、烟馆和妓院里寻他，把他拖回去。她讨厌做这种事，本纳也讨厌看她做这种事，但科斯卡毕竟给了他们一个家，他们欠他，所以她还是做了。

两人每每在暮色中一起回营，酒精总令他脚步踉跄，他的体重也令蒙扎脚步踉跄。这时，他会悄悄在她耳边说：

"蒙扎啊蒙扎，没有你我该怎么办？"

报仇

Vengeance, Then

加恩马克将军锃亮的骑兵靴"咔哒咔哒"踩在锃亮的地板上,宫务大臣的皮鞋"吱嘎吱嘎"跟在后面,这些声音被锃亮的墙壁清脆地反射,回荡在广阔空间里,急促的脚步搅动了光柱中翩翩起舞的尘埃。与之相对,申卡特柔软的工靴虽由于长期穿着有些磨损,但没发出半点声音。

"我们即将面见殿下。"宫务大臣吐沫横飞地说,"你要主动走向他,但速度别太快,别左顾右盼,眼睛始终盯着地面,不能和殿下视线相交。你得停在地毯的白线上,不到白线就不能停,但也不准超过白线,必须正好停在上面。然后你下跪——"

"我不下跪。"申卡特道。

宫务大臣像被冒犯的猫头鹰一样转过头来,"外国元首方能免礼!其他人——"

"我不下跪。"

宫务大臣气得张大了嘴,却被加恩马克打断,"够了!奥索公爵的长子继承人遇害！若有人能为殿下报仇，殿下不会在乎他下不下跪。你随意。"两个穿白制服的卫士抬起交叉的长戟，让他们通过，加恩马克推开双开大门。

门后的厅堂极尽恢弘壮丽，正适合做斯提亚头号人物的王座厅，但申卡特曾在许多更宏伟的地方拜见过许多更伟大的人物，因此心中并无敬畏。马赛克地板上铺着一条细长的地毯，地毯尽头孤零零地画着一条白线，白线后伫立着一座高台，台前站了十二名全副武装的卫士。高台上放着把金椅，塔林的奥索大公爵坐在椅子上，全身黑衣，脸上表情比黑衣更黑。

在奥索和他的卫士们前方，跪了一圈气势汹汹的怪人，至少六十多个，种族不同，身材各异。他们此刻虽空着手，但申卡特知道他们平常携带的武器五花八门。他一眼就认出了其中一些家伙，都是杀手、刺客和赏金猎人，算是他的同行——如果粉刷匠和艺术大师可以算同行的话。

他走向高台，动作不疾不徐，也不左顾右盼。他径直从那一圈杀人犯中走过，将将停在白线前。他看着加恩马克将军大步穿过卫士，登上高台，来到王座边对奥索俯身耳语，同时宫务大臣站到奥索另一边，冲申卡特摆出嫌恶的姿势。

大公爵打量了申卡特许久，申卡特也回望着他，整座大厅沉浸在广阔空间特有的压抑和安静中。

"你说的就是这个人？他为何不下跪？"

"显然，他从不下跪。"加恩马克道。

"每个人都有不得不下跪的时候，你凭什么例外？"

"不凭什么。"申卡特说。

"但你就是不跪？"

"我很久以前就不再下跪，仅此而已。"

奥索眯起双眼。"如果有人强迫你下跪呢？"

"确实有人试过。"

"结果?"

"我坚持不跪。"

"那就站着吧。我儿子死了。"

"我很遗憾。"

"你听起来不怎么遗憾。"

"死的又不是我儿子。"

宫务大臣差点呛住,但奥索阴沉的双眼一眨不眨。"我懂了,你喜欢直来直去。很好,不兜圈子的人对上位者来说相当珍贵。将军极力举荐你。"

申卡特什么也没说。

"听说基伦的事是你的杰作,而且是你独自完成。据传现场的残骸已没法称作尸体。"

申卡特继续沉默。

"你不承认。"

申卡特盯着奥索的脸,沉默不语。

"但也不否认。"

还是沉默。

"我喜欢口风紧的人。对朋友都不肯多说,对敌人更无可奉告。"

沉默。

"我儿子死了,被人像扔垃圾一样从妓院窗户扔了出去,死的还有他的众多友人,他们全是我的子民。我的女婿、联合王国的至高王陛下,竟落得从着火的房子里仓皇逃命的下场,而招待他们的索多里斯,那个行将就木的斯皮奈首相,扭扭捏捏地告诉我他无能为力。这是背叛,不仅让我失去至亲,还……羞辱我。羞辱我!"他陡然提高音量,整个大厅嗡嗡作响,所有人都打了个寒战——

除了申卡特。"报仇雪恨吧。"

"报仇！"奥索的拳头重重地捶在椅子扶手上，"立刻报仇！残酷地报复！"

"立刻我没法保证，但残酷——没问题。"

"慢慢来也好，替我好好折磨对手，毫不留情。"

"这恐怕会殃及您另外一些子民及其财产。"

"不惜一切代价，我只要人头。每个参与者，无论男女老少，有牵连的统统干掉。不惜一切代价。"

"您只要人头，好的。"

"我得预付你多少？"

"分文不取。"

"即便——"

"事成后，主谋的人头我收十万天秤币，从犯每人二万，但总数不超过二十五万。这是我的要价。"

"骇人听闻！"宫务大臣失声嚷了起来，"敢问你要这么多钱做什么？"

"我会笑着点数，而有钱人无需回答白痴的问题。我的每位雇主都对我十分满意，殿下。"申卡特回头缓缓扫视身后这群小喽啰，"当然，您乐意的话，也可以花小钱请一帮庸人。"

"我还是会付钱给他们，"奥索说，"只要他们先干掉那些凶手。"

"也无不可，殿下。"

"很好。"公爵低吼，"行了，去吧，都去吧！夫——为——我——报——仇！"

"都退下！"宫务大臣宣布。杀人犯们"窸窸窣窣"起身离开，申卡特也转身沿红毯走向大门，动作不疾不徐，也不左顾右盼。

一个杀手堵在他身前，此人皮肤黝黑，寻常身高，但身材像扇门板，一团团肌肉在鲜艳的衬衫下若隐若现。他撇起厚嘴唇："你就是申卡特？我看有点名不符实。"

"那就向你信仰的神祈祷,别看见更多了。"

"不好意思,我不祈祷。"

申卡特身体前倾,在他耳边轻声说:"你最好从现在开始。"

加恩马克将军的书房很大,却显得十分拥挤。一个超大号尤文斯胸像在壁炉上阴沉地瞪着他们,其石制秃头正好映在对面硕大的威斯尼亚玻璃彩镜中。书桌两侧摆着两个齐肩高的大花瓶,墙上挂满镶金画框的油画,其中有两幅的尺寸匪夷所思。这些东西都是精品,挤在这里堪称暴殄天物。

"您的藏品实在惊人。"申卡特道。

"那是科利雷的作品,是我从着火的房子里抢救出来的。那是纳苏林的作品。这是奥胡的,"加恩马克的食指精确地指向每幅画的位置,"虽是早期画作,但是真迹。这两个花瓶原本为献给第一位古尔库皇帝的贡品,有好几百年历史,我在卡普亚郊外一家富户中找到的。"

"然后带到这里。"

"尽我所能拯救它们。"加恩马克说,"这样等血之年代结束,斯提亚兴许还能保留点文化遗产。"

"或者说流落到你手中。"

"流落到我手中总比被烧掉好。开战的季节到了,明早我就要兵进威斯尼亚,一举拿下那座城邦。想必先是前锋交手和烧杀抢掠,然后是大军进逼和对方反扑,接着或许轮到饥荒和瘟疫,最后不免归于无谓的屠杀。一切都像是上天不经意间降下的惩罚,对所有人的惩罚,无人幸免,也毫无意义。但这就是战争,申卡特,这就是战争。要知道我曾梦想做个好人,干点好事。"

"我们都有过这样的梦想。"

将军挑起一边眉毛。"连你也是?"

"连我也是。"申卡特抽出小刀——古尔库屠夫用的小曲刃,个头不大,但极锋利。

"希望你还留着梦想,我的作为都只能让灾难变得更……更可观。"

"这毕竟是个多灾多难的时代。"申卡特从口袋里掏出一截木头,上面已草草刻出狗头形状。

"哪个时代不是呢?来点酒?孔泰的地窖搞到的。"

"不用。"

申卡特仔细雕刻,将军则满上自己的酒杯。木屑散落脚下,狗臀慢慢成型。这当然和满屋子艺术珍品没法相提并论,但他就是喜欢,因为在曲刃规律的运动和轻轻飘落的木屑中,有种让人平静的东西。

加恩马克靠向壁炉,抽出拨火棍刻意拨了拨炉火。"你知道蒙扎萝·蒙洛卡托吗?"

"千剑团团长,斯提亚最成功的战士。我听说她死了。"

"你能保守秘密吗,申卡特?"

"我保守过无数秘密。"

"也是。也是。"他深吸一口气,"奥索公爵下令处决她,连她弟弟一起。接连不断的胜利令她在塔林大出风头。太出风头了,殿下怕她觊觎公爵之位,毕竟她是个佣兵。你不惊讶?"

"我见过各种各样的死法,也见过各种各样的动机。"

"也是。"加恩马克皱眉看着炉火,"但那不是个好死法。"

"死没有好的。"

"那种死法真的算不上好。两月前,奥索公爵的贴身护卫消失了。这本没什么好大惊小怪,他是个蠢东西,从不注意安全,交了帮狐朋狗友,到处为非作歹,树敌甚多。当时我没在意。"

"然后?"

"一月后,公爵的银行家在西港被人毒死,连带银行的半数职员也送了命。这就很蹊跷了。他非常谨慎,下毒可谓难上加难,需要极为专业的手段和冷酷无情的决心。考虑到这位银行家在斯提亚政坛的活跃程度,而斯提亚的政治就是一小撮残酷玩家的危险游戏……"

"没错。"

"凡特和伯克银行怀疑是与他们长期敌对的古尔库方面所为。"

"凡特和伯克这么认为。"

"你跟这个组织很熟?"

申卡特停顿片刻。"可以说他们雇过我。继续吧。"

"现在阿里欧世子遇害。"将军用指尖点了点耳朵下方,"伤口位置和他当初对付本纳·蒙洛卡托的一模一样,然后还从楼上的窗户扔了出去?"

"你觉得蒙扎萝·蒙洛卡托还活着?"

"丧子数日后,奥索公爵收到世子的情妇卡萝特·唐·埃泽的信。我们一直怀疑她是联合王国间谍,但奥索没有揭穿。"

"难以置信。"

加恩马克耸肩。"联合王国是我们坚定的盟友,他们跟古尔库人没完没了地打仗,而我们帮他们赢得了上一次大战。我们双方都仰赖凡特和伯克银行的资助,联合王国国王还是奥索的女婿。当然,出于邻国间必要的警戒措施,我们互相都派了间谍——既然必须接受间谍,我们当然希望是个迷人的间谍,而埃泽?她非常迷人,这点毋庸置疑。她随阿里欧世子去了斯皮奈,世子死后就不见了,接着就是那封信。"

"信上内容?"

"说她被下了毒,被迫协助一伙人对阿里欧世子下手。那伙人包括佣兵尼科莫·科斯卡,拷问者夏萝·维塔瑞,其头目正是蒙洛卡托。如假包换。"

"你相信?"

"埃泽没必要说谎。如果被捕,无论写过什么信也没法让震怒的殿下饶恕她,她对此心知肚明。此外,蒙洛卡托被扔下阳台前还没死,这点我很确定,我亲眼所见。"

"所以她要报仇。"

加恩马克干笑一声。"这是血之年代,人人都想报仇,何况有塔林的毒蛇、卡普亚屠夫之称的她?那个只爱弟弟一人的她?若她没死,当然会燃起滔天怒火,一个人活十辈子也难得惹上如此难缠的对手。"

"我要找的就是那个叫维塔瑞的女人,那个叫科斯卡的男人,还有那条叫蒙洛卡托的毒蛇。"

"别让其他人知道她还活着。如果塔林人得知奥索暗害她……就难得太平了,甚至可能发生暴乱。她很受人民爱戴,是他们崇拜的偶像——要知道她来自他们当中,凭赫赫战功才拥有今天的地位。战争延续多年,赋税逐年增加,殿下……无法获得应得的爱戴。你不会泄密吧?"

申卡特什么也没说。

"很好。蒙洛卡托有些熟人还在塔林,他们中或许有人知道她在哪里。"将军抬起头,火焰在他疲惫的脸上投下半片橙红。"怎么说呢?找人是你的工作。找到正确的人,然后……"他又拨了拨煤块,激起火花纷飞,"这不需要我教你,对吧?"

申卡特收起没刻完的雕像和小刀,转身出门。"不需要。"

堕落
Downwards

太阳落到树梢之下,他们终于到达威斯尼亚。大地渐渐陷入黑暗,但数里外的塔群仍清晰可见。好几十座纤细的高塔,宛如淑女的手指直入乌云笼罩的灰蓝天空,些许光点遥遥可见,那是塔上高窗的灯火。

"好多塔啊。"摆子小声自言自语。

"威斯尼亚的风尚嘛,"科斯卡冲他咧嘴一笑,"有的塔能追溯到新帝国时期,那可是几百年前啦。这里的大家族铆着劲建高塔,竞相攀比。记得我小时候有座塔没完工就塌了,离我住的地方还不到三个街区,压垮了十多户穷人家。富人争名夺利,受苦的总是穷人,而穷人又很少抱怨,因为……显然……"

"他们梦想拥有自己的塔?"

科斯卡轻笑一声。"为什么不呢?他们当然做着这种梦。但他们不懂,爬得越高,跌得越狠。"

"人都是不跌下去不后悔的。"

"对极了。而今，威斯尼亚的富人们恐怕很快就要跌落凡尘……"

友好点亮一支火把，维塔瑞和辰也各点亮一支，放在马车前面，照清道路。周围也都有火把燃起，道路化作黑暗中火光汇成的溪流，自漆黑荒野注入前方光的海洋。在和平年代这堪称美景，但战争即将来临，众人无心欣赏。

越接近城市，道路越拥堵，两旁的垃圾也越来越多。这座城邦的半数人拼命想躲到城墙后，躲避战火，而另一半人拼命想从城里逃出来，躲进乡下。战争到来时，最难抉择的就是农民：守着土地，就得做好遭遇烧杀抢掠的准备，很可能还有强暴；冒险进城，就算能找到落脚之地，也多半会被保护者趁火打劫，而若城市沦陷，更是赔了夫人又折兵，没法躲过接下来的洗劫；跑进山里躲起来？可能被抓，或者饿死，又或者冻死在寒夜。

战争确实会造成士兵的伤亡，但活下来的有钱拿、有歌唱、有火烤；战争会杀死比士兵多得多的农民，而活下来的除了灰烬别无所有。

仿佛为了增添萧瑟气氛，雨水从乌黑的天穹落下，溅在摇曳的火把上，咝咝作响。缕缕白烟盘旋升起，道路也变得泥泞不堪。摆子的头发全湿了，但他满腹思绪，浑不在意。过去几周，他的思绪一直会飘向同一个地方，飘回春情院，回想起他在那里干的黑暗勾当。

他哥跟他说过很多次，男人最不齿的就是杀女人。尊重女人和孩子，遵循老规矩，信守承诺，这是人与动物的区别，是亲锐与杀手的区别。他当时并非有意下手，但既然在人群里拔了剑，就得承担后果。他梦想成为的好人，如果做了这种事，怕是悔恨得指甲都要咬掉；但每当他回想起从女人胸前砍下血淋淋的一团肉，回想起那沉闷的响声，回想起她一脸震惊地靠着墙慢慢滑倒，他却没什么罪恶感。凭什么在妓院里失手杀死女人就是罪恶，在战场上蓄意杀死男人却是高贵？却值得称颂和歌唱？当他坐在寒冷北方的篝火旁时，一切都简单分明，但现在他看待事物不那么非黑即白了。这并非由于头脑混乱，正相反，他看得更清楚：一旦开始杀戮，就没法收手。

"你看起来没想什么好事，朋友。"科斯卡道。

"我没心情开玩笑。"

老佣兵笑了。"我的老师萨齐林曾跟我说，活着就得笑，死后笑不了。"

"是吗？他现在怎样？"

"肩膀溃烂死掉啦。"

"无聊的玩笑。"

"是啊，如果人生是玩笑，"科斯卡说，"也是种黑色幽默。"

"最好还是别笑，免得这黑色幽默找上门。"

"或者训练下你的幽默感，好跟它硬碰硬。"

"现在的状况，只有心理扭曲的人才笑得出。"

科斯卡挠着脖子，看着漆黑雨夜中浮现的威斯尼亚城墙。"必须承认，现在的状况我也找不出好笑的地方。"

火光中，城门口密密匝匝不知堵了多少人，离得越近越是触目惊心。城内不时有人流涌出——老人、年轻人、抱孩子的女人，有人用骡子驮行李，有人自己背行李，车轮辘辘滚过泥泞。出城的人流让城外愤怒的群众更为紧张，但不论出来了多少人，放进城的却少之又少。空气中弥漫着恐惧，人越多的地方，恐惧越浓重。摆子翻身下马，抻了抻腿，松了松鞘里的剑。

"好吧。"蒙扎戴好兜帽，头发贴在阴沉的脸颊旁，"我会想办法让我们进去。"

"你绝对确定我们要进去？"马维尔质问。

她长久地瞪着他。"奥索的军队不出两天就会兵临城下，也就是说加恩马克会来，很可能还有率领千剑团的忠臣卡皮。他们去哪里，我们就去哪里，就是这样。"

"当然，你是雇主，但我有义务提醒你不要过于想当然。难道不该选择更安全的办法，而非贸然陷入敌人的包围之中吗？"

"在这里等他们不会有结果。"

"大家全死了更不会有结果。撞大运的计划是最——"他话没说完，她已转身走向城门，从挤挤挨挨的人群中挤过。"女人。"马维尔咬牙切齿地说。

"女人怎么了？"维塔瑞吼道。

"女人——除了咱们这里的几位——都喜欢凭心情行事而不是用脑子思考。"

"就她出的钱来看，她用屁股思考都没关系。"

"钱再多对死人也没用。"

"总比穷死强。"摆子插嘴。

没多久，六名守卫挤进人群，用长矛分开众人，清出一条泥泞的路。一名军官走过来，皱眉打量他们，蒙扎跟在他身后。她显然撒了些钱，并见到了成果。"你们六个，加上这辆车。"军官用戴手套的手指指摆子等人。"你们进来。就你们六个，其他人别动。"

挤在门口的人群爆发出愤怒的咒骂，有人趁马车经过时踢了它一脚。"滚犊子！这他妈不公平！我一辈子给萨利上税，结果事到临头被关在外面？"有人抓住摆子牵马的胳膊，就着摇曳的火光和飞洒的雨滴，他发现那是个情绪格外激动的农夫。"凭什么这些狗日的能进去？我的家人——"

摆子照农夫的脸就是一拳，趁其倒下时抓住衣服，提起来又一记老拳。农夫被打得仰面朝天摔在道旁水沟里，几番挣扎起不了身，暗红的鲜血从脸上汩汩而下。一旦惹出麻烦，最好即刻处理，一点过激的暴力可省却之后一箩筐破事——这是黑旋风的哲学。摆子上前一步，一脚踹在那人胸口，将他踹回泥巴里，"谁也别动！"农夫身后还站着几个人，昏暗中只看得清轮廓——一个女人将两个孩子护在腿边，其中一个孩子虎视眈眈地盯着他，原本弯腰想一头撞来。他大概是农夫的儿子。"小子，老子就是干这个的，你也想往地上躺躺？"

孩子摇摇头。摆子重新抓住马缰，咂了咂嘴，朝城门走去。他速度不快，随时准备对付敢再挑衅的人，但他刚迈步，人们便不约而同朝后退开，只是嘴里大喊自己如何特殊，有多少要进城的理由，或者为什么该把其他人留在外面喂狼，再没人关心那个门牙被打掉的农夫。这帮没见过世界末日的人觉得世界末日马上就到了，一心只想不落在最后面。摆子吹吹破皮的指节，进了城门，隐入漆黑的甬道。

摆子努力回想狗子在阿杜瓦跟他说了什么，那仿佛是一百年前的事了。鲜血只能带来更多鲜血。你还来得及做出更好的选择。你还来得及做个好人。三树鲁德是个好人，这无可争议。他一辈子遵循老规矩，正如老话所说"歧途虽近而不踏足，义战虽艰从不退后"。能和他并肩战斗，称他为头儿，摆子深感自豪，但归根结底，三树的荣誉感给他带来了什么呢？不过是篝火旁提起他时几双迷蒙的泪眼，仅此而已，艰苦奋斗的一生最终化为泥土。与之相对，黑旋风是摆子认识的人里最冷酷无情的混蛋，只要能背后下手从不正面迎战，他会随意烧毁村庄，随意打破誓言，说话毫无信用。总而言之，黑旋风和瘟疫一样无情，良心对他来说像个笑话，可这人却坐上了斯凯林之椅，半个北方臣服于他，另外半个也不敢提起他的名字。

他们走出甬道，进入城市，雨水从残破的排水沟中溅出，洒在陈旧的鹅卵石上，被雨水淋得湿透的男人、女人、骡子和马车排成长队，踏着沉重的步子出城逃难。从某座塔下经过时，摆子不禁仰头，看着高塔升入漆黑的夜空。雨水让他眯起了眼睛，但这塔的确比卡莱恩最高的建筑还要高两倍，而它决非这里最高的建筑。

他朝她瞥去，这个动作他已驾轻就熟。一如既往，蒙扎皱眉目视前方，路边的火把将光线打在她硬朗的脸上。她只会想一件事，并愿为这件事做任何事。不管良心，不问代价，报仇第一，其他靠后。

他搅了搅舌头，啐了口唾沫。他见得越多，越发觉得她是对的：仁慈等于懦弱，善行没有奖赏。在这儿没有，在北方没有，在哪里都没有。想要什么就得动手去抢，所谓伟人就是抢得最多的那些人。

生活要是不这样就好了。

可现实不会因愿望而改变。

一如既往，蒙扎浑身僵硬酸痛。她又生气又疲累，想抽上一口的渴望比任何时候都更强烈。雨持续不停，把她越淋越湿，长途跋涉更是雪上加霜。

她心目中的威斯尼亚阳光明媚，到处是闪亮的玻璃和优雅的建筑，充满欢声笑语和美味食物，还能呼吸到自由的空气。她上次拜访这里，曾留下少有的美好回忆——那是个温暖的夏日而非清寒的春天，陪伴她的是本纳而非这支古怪的队伍，更不用时刻想着还需再杀四人。

即便抛去心情因素，这座城市也和她记忆中那个光鲜亮丽的花园相去甚远。

凡有灯火的地方，窗户都紧闭着，只从缝隙中泻出一点光，照在门上壁龛里的玻璃雕塑上，令它们微微发亮。雕塑是家族守护神，这是很久以前留下的传统，早在新帝国成立前就有了。它们可以兴旺家室，驱赶恶灵。不知等奥索的军队打进城里，这些玻璃块能发挥什么作用？街上弥漫着浓烈的恐惧情绪，压迫感如此沉重，仿佛刺痛了蒙扎湿黏的皮肤，让她脖子上汗毛倒竖。

威斯尼亚从未如此拥挤。许多人忙着赶往码头或城门，男男女女背着能背走的一切东西，手牵孩子，老人则蹒跚在后。货车辘辘驶过大街小巷，车上塞满包裹、箱子、床垫、抽屉及其他各种完全没用、注定会被扔掉的垃圾。这是白费时间也白费力气，危急关头不赶紧逃命，竟舍不得各种累赘家什。

想跑就得跑快一点。

更多人选择进城避难，结果发现这也是死路一条。他们占据在了街道两旁，缩在门廊下，靠裹紧毯子来抵抗大雨。空空如也的市场里，许多人挤在早已撤走的商铺的拱廊中。一队盔甲挂满水珠的士兵经过，火光照亮了武器，难民们缩成一团，阴暗处随即传来各种声音：玻璃碎裂、木头折断、愤怒的叫喊、恐惧的哭号，还有一两声刺耳的尖叫。

蒙扎猜测某些市民可能早就动起了歪脑筋，趁上位者只求自保、无暇他顾的关头来了结私怨，或是对眼红已久的东西下手。这是千载难逢的打劫机会，随着奥索的军队开始围城，这样的机会还会越来越多。所谓的"文明"开始土崩瓦解了。

蒙扎等人从街上缓缓走过，许多目光追随着这支古怪的队伍，其中有畏惧、有狐疑，还有盘算——盘算他们是否软弱可欺，或携带的财物值不值得动手。蒙扎用右手牵缰绳，这样虽然很疼，但左手可以空出来搭在剑柄上。如今的威斯尼亚，剑才是法律，而她真正的敌人还没到。

我见过地狱，斯多里克斯在书中写道，那就是被围困的大城市。

他们沿街道继续向前，经过一道大理石拱门，细长的水流沿高耸的拱门石梁滴下。石梁上绘有画风明快的壁画，萨利大公爵坐在宝座上，身材并不显胖，只是富态华贵。他单手举起，摆出祝福的姿态，一束天光照在他慈父般的笑脸上，而他下方有许多威斯尼亚市民，出身高低贵贱不一，正恭敬地享受他赐予的好处——面包、美酒与财富。在这些人像下方、紧贴石拱的地方，是一人高的金色字符拼出的仁慈、公正、勇敢三个词。但不知哪个好事者爬到上面，用鲜艳的红色把它们涂成：贪婪、拷打、懦弱。

"自大的死胖子萨利。"维塔瑞笑着瞥了瞥蒙扎，一头橙发被雨水打成了棕黑色。"我猜他这会儿还在宫殿里夸口，是吧？"

蒙扎含混应了一声，她看着维塔瑞瘦削的脸庞，心里想的全是自己能信任她到什么程度。他们即将卷入战争，最大的威胁却非来自外部，而是在这支小队伍里。维塔瑞？这人为的是钱——如果更有钱的金主找上门，很可能叛变。科斯卡？她怎么信得过一个她背叛过的、声名狼藉、阴险狡诈的酒鬼？友好？鬼才知道这人心里到底在想什么。

但不管怎么说，他们目前就像家人——除了马维尔。她偷偷回头，看见毒师坐在马车上，怒容满面地瞪着她。这人本身就是毒药，只要时机恰当，他会像折断树枝一样轻而易举地谋害她。他业已质疑进入威斯尼亚的决定，她却不想公开非进入不可的理由：奥索现在应该收到了埃泽的信，凭借凡特和伯克银行的资金支持，他能开出足以赎回国王的赏金，恐怕半个环世界的杀手都在斯提亚到处搜寻，要提她的人头——以及这帮帮凶的人头——去领赏。

他们待在战场上比在外面游荡安全得多。

摆子是她唯一能稍微相信的人。他缩在马上，走在她身边，健壮又安静。在西港，他喋喋不休的废话让她厌烦，但现在他一言不发，蒙扎好不习惯，仿佛突然出现了个窟窿。在迷雾之城斯皮奈，他救了她，她的生命或许不似当初那样完整，但救命恩人在她心里的地位还是会高一些。

"你突然不爱说话了。"

黑暗中，她难以看清他的脸，只依稀分辨出硬朗的轮廓，还有投在眼窝和深陷的双颊中的阴影。"只是无话可说。"

"之前都拦不住你。"

"怎么说呢，我开始从不同的角度来看待问题了。"

"仅此而已？"

"也许你觉得容易，但对我来说，始终心怀希望其实挺难的。始终得不到回报的希望就更难了。"

"我还以为你只求做个好人。"

"我觉得对于我的付出来说，这点奖赏太少了。你注意到了吗？我们踏进了战场。"

"相信我，我非常清楚战争是什么样，我这辈子大部分时间都在打仗。"

"好吧，没什么奇怪的，我也是。但总之，就我上过的那么多战场来看，它绝不是一个好人能待的地方。所以我想，也许从现在起应该照你的方式来行事。"

"谢天谢地！欢迎回到真实世界！"她咧嘴大笑，却不确定其中是否有几分失落。很久以前，她就放弃做个正人君子了，但她暗暗希望能认识一个这样的人。她猛地一提缰绳，坐骑人立而起，马车也跟着停下。"我们到了。"

这是她和本纳在威斯尼亚买下的一栋老宅，它建造时城墙还不牢固，有钱人必须加强自身保卫。宅子是五层石塔，一楼有箭孔，楼顶有墙垛，旁边连通大厅和马厩。它在夜空下显得黝黑庞大，跟周围挤挤挨挨的砖木建筑相比简直像个怪物。她用钥匙去开镶钉大门，却眉头一皱——门自己开了条小缝，光线从缝隙中涌出，照在门外粗糙的石头上。蒙扎手指竖在唇前，朝里面指了指。

摆子一脚踹开门，门板"砰"地将挡在后面的东西撞飞了。蒙扎冲进屋，左手握住剑柄。厨房里的家具不翼而飞，反倒挤满了人，他们又惊又怕地盯着蒙扎。借助一支蜡烛的微光，她发现他们浑身脏污、满脸疲惫。离得最近的是个矮壮男人，一条胳膊打着绷带，他摇摇晃晃地从空桶上起身，完好的那只手握着一截木头。

"退后！"他冲蒙扎大叫。另一个农夫打扮的肮脏男人向前迈出一大步，挥舞着伐木斧。

摆子矮身进门，与蒙扎并肩而立，火光在墙上投下他硕大的身影。他业已抽出沉重的长剑，气势汹汹地提在脚边。"退后。"

农夫照做了，只顾惊恐地盯着摆子的武器。"见鬼，你们是谁？"

"我们是谁？"蒙扎厉声说，"这是我的房子，混账。"

"一共十一人。"友好来到蒙扎另一边。

厨房除了农夫和绷带男，还有两个上年纪的女人及一个年纪更大、腰都快弯到地上的老头，耷拉着皮包骨头的双手。另有个跟蒙扎年纪相仿的女人，怀抱婴儿，身边坐着两个眼睛瞪得老大的小女孩，看起来很像双胞胎。一个约莫十六岁的女孩站在没生火的壁炉边，一只手举着把刚刚用来清理鱼的粗糙小刀，另一只手将个十岁左右的男孩护在身后。

保护弟弟的姐姐。

"收剑。"蒙扎吩咐。

"呃？"

"今晚不杀人。"

摆子一挑粗厚的眉毛。"谁才是乐天派呢？"

"你该庆幸我买了栋大房子，"绷带男像是一家之主，所以蒙扎朝他看去，"能装下所有人。"

那人扔掉木头。"我们是山谷里的农民，只想找个避难场所。我们进来时就是这样了，我们什么都没偷。我们不会添麻烦——"

"最好不会。你们一共就这些人？"

"我叫弗利。这是我老婆——"

"我不想知道你们的名字。你们就待在这里,别妨事。我们住楼上,你们不能上去,明白吗?这样大家相安无事。"

他点点头,眼中的恐惧掺入了一丝欣慰。"明白了。"

"友好,把马牵进马厩,车别停在街上。"这些农民穷困潦倒,面带菜色,无助又虚弱,蒙扎见了有些难受。她走上楼梯,踢开挡路的破椅子,隐入黑暗中。骑了一天马,她只觉双腿僵硬,但走到四楼时,马维尔追了上来,后面还跟着科斯卡和维塔瑞,最后是抱着个箱子的辰。马维尔提了盏灯笼,灯光映出他郁郁不乐的下半边脸。

"这些乡巴佬肯定会威胁到我们。"他念叨着,"不过麻烦很好解决,又不是需要动用毒药之王的难题,只要慷慨赠送他们一条沾了豹皮花的面包,自然就——"

"不。"

他眨眨眼。"如果你打算让他们在楼下自由活动,恐怕我必须提出强烈反对——"

"你尽管反对,我才不关心。你和辰住那屋。"趁他转头朝暗处张望,蒙扎抢过他的灯笼,"科斯卡,你和友好住三楼。维塔瑞,你只能在他们隔壁自己睡了。"

"自己睡。"她踢开地上粉碎的石膏,"我的生活。"

"我先去车上,把装备拿进卡普亚的屠夫为无家可归的乡巴佬开的饭店。"马维尔没好气地摇着头,下楼去了。

"去吧。"蒙扎在他身后厉声道。她逡巡片刻,直等他的脚步声渐渐远去,除了楼下科斯卡没完没了地跟友好嘀咕废话外,再没有其他声音。然后她随辰进了房间,轻轻掩上门。"我们谈谈。"

女孩打开箱子,拿出一大块面包。"谈什么?"

"还是在斯皮奈谈过的事。关于你的雇主。"

"他让你心烦意乱,是吧?"

"别说你没觉得。"

"三年来我天天忍。"

"他不是个好相处的雇主。"蒙扎朝屋里迈进一步,盯着女孩的眼睛,"学生总有一天得走出老师的阴影,如果她想自立门户的话。"

"所以你背叛了科斯卡?"

这话让蒙扎一愣。"算是吧。人有时必须冒一点险,迎难而上。何况你的理由比我充分。"她不经意地说,仿佛那理由显而易见。

辰沉默片刻。"什么理由?"

蒙扎装作惊讶。"你不知道吗……马维尔迟早会背叛我,转投奥索。"这点她当然不确定,但她早已学会要杜绝一切可能性。

"会吗?"辰脸上的笑容消失了。

"他不喜欢我的做事方式。"

"谁说我喜欢你的做事方式?"

"你还不明白?"辰眯起眼睛,破天荒地顾不得手里的食物,"如果他转投奥索,就得为阿里欧之死找个替罪羊。"

她懂了。"不可能,"她断然否认,"他需要我。"

"你跟了他多久?你说三年?他之前不也好好的吗?你认为他有过多少助手?可你见过其中任何一个吗?"

辰眨巴眼睛,张大嘴巴,又若有所思地闭上。

"也许他不会背叛我,我们始终是快乐的一家人,离别还是朋友。我相信你只要深入了解,就会发现毒师们都是好人。"蒙扎弯下腰,贴在她耳边低语,"但等他转投奥索那天,别怪我没提醒过你。"

她不再管皱眉盯着面包的辰,悄然出去,再用指尖带上门。她朝楼梯井看了看,并无马维尔的踪影,只有螺旋楼梯向下延伸到黑暗之中。她暗自点头。种子已经播下,只等发芽。她拖着疲惫的双腿爬上狭窄的楼梯,到达顶楼,推开吱嘎作响的门。她的房间又高又宽敞,上面就是屋顶,隐隐听得见雨点敲打。

在那些黑暗的年月，她和本纳曾在此度过快乐的一个月。远离战争，尽情欢笑、谈天说地，从宽大的窗子打量下面的世界。他们假装过上另一种生活，假装不是通过战争而是靠其他方式发财致富。想到这里，她不由得笑了。那个小小的玻璃人还留在门上的壁龛，那是他们的守护神。她仿佛看到本纳用指尖将它推进壁龛时，扭头对她粲然一笑。

你睡觉时它可以守护你，正如我睡觉时你守护我。

笑容渐渐退去，她走到窗边，拉开一扇有些脱落的百叶窗。大雨给城市夜景裹上了灰色的面纱，雨滴哗哗溅在窗棱上，远方的闪电照亮了层层叠叠的潮湿屋顶，也勾勒出黑暗中其他高塔的灰色轮廓。过了一会儿，阴沉的雷声方才传来。

"我睡哪儿？"摆子站在门口，一只胳膊抵着门框，肩膀搭着几条毯子。

"你吗？"她看了看他头上那个小小的玻璃雕塑，又看了看他的脸。她从前的标准大概很高，但那时她有本纳，还有一双完好的手和跟随她的军队；如今她只有六个拿钱办事的怪胎，以及一把细剑和一大堆钱。将军必须和士兵保持距离，被通缉的女人必须和所有人保持距离，但蒙扎不再是将军了。本纳已死，她需要填补空缺。她可以为自己的不幸痛哭流涕，也可以重新开始、尽力而为，哪怕环境大不如昔。于是她用手肘关上百叶窗，忍痛坐上床，将灯笼放到地上。"你睡这儿，跟我一起。"

他扬起眉毛。"我吗？"

"没错，乐天派，这是你的幸运之夜。"她双肘撑床，身体后仰，压得老旧的床架吱嘎作响，然后朝他伸出一只脚，"快关上门，帮我把这该死的破靴子脱了。"

袋中鼠
Rats in a Sack

　　科斯卡踏进塔顶时不由得眯起了眼睛。阳光照得人苦不堪言，但风景绝对值得。威斯尼亚向四面八方铺展开去，砖木建筑乱糟糟挤作一团，奶白色石头搭建的别墅则井井有条，翠绿的树冠在林荫道和公园上方蔚然成荫。到处都有玻璃窗反射阳光，彩色玻璃雕像排列在那些最宏伟的高塔顶上，晨曦中如宝石熠熠生辉。其他塔楼零星分布在城内，共有数十座，有的比他站的这座高得多，每座都在下方的城市投下影子。

　　城市南方是灰蓝色大海，工厂的烟雾冉冉升起，因为离岸不远的岛屿是这里闻名于世的玻璃制造区，那些盘旋滑翔的小点想必都是海鸟。威斯河如盘亘的黑蛇，自东方的建筑物间穿过，上面有四座桥连接两岸，而萨利大公爵的宫殿令人羡慕地坐落在城市正中的小岛上。科斯卡曾有幸接受这位伟大鉴赏家的邀请，在那里度过好些个愉快的夜晚。那时人人爱他、怕他、敬他，但那是很久以前的事了，仿佛另一段人生。

蒙扎面无表情地站在墙垛边，湛蓝的天空勾勒出她的身形，她健美的左臂和长剑完美地连成一线。剑刃寒光闪烁，她中指的红宝石鲜艳如血，而被汗水浸透的衬衫贴在身上。她放下长剑，注视着他边走边举起酒壶，长饮一大口。

"真不知你还要这样多久。"

"可惜只是水。我不是郑重起誓戒酒了吗？"

她不屑一顾："我听你发过多少誓了，每次都没结果。"

"我正在改变自己，这是个缓慢而痛苦的过程。"

"这话我也听过无数次了，更没见到结果。"

科斯卡叹口气："一个男人要怎么做才能被人正眼看待？"

"一辈子至少说话算话一次？"

"我脆弱的心灵已是满目疮痍！你怎能如此残忍？"他一只脚踩在她身边的雉堞上，"你记得吧，我是在威斯尼亚出生的，离这里没几个街区。我小时候挺开心，就是没人管教，为非作歹，最后犯了事儿，只能逃出城市，当个佣兵来谋生。"

"你一辈子都在为非作歹。"

"没错。"他一辈子都没有什么美好回忆——而为数不多的美好回忆里，都有她的影子。科斯卡边想边偷瞄蒙扎，他生命中最美好和最糟糕的经历，大部分与她有关。他猛吸一口气，手搭凉棚朝西边看去，越过灰色的城墙，看向斑驳的田野。"我们的塔林朋友还没到啊？"

"快了，加恩马克将军从不迟到。"她停顿片刻，然后一如既往地皱眉道，"你打算什么时候说'我早告诉过你'？"

"告诉过你什么？"

"关于奥索。"

"你当然记得我告诉过你什么。"

"永远不要相信雇主。"这是他付出很大代价从奥斯皮亚的斯芬妮女公爵那里学到的。"现在成了我雇你。"

科斯卡努力扯起笑容，扯疼了干裂的嘴唇。"所以咱们不是从头到尾都防微杜渐的吗？"

"没错。你帮我把屎倒进小溪我都信不过。"

"真伤心，你的屎肯定是玫瑰味儿。"他靠在墙垛上，觑眼盯着太阳，"你还记得咱们清晨比试的事吗？在你剑术变好以前。"

"不是我剑术变好，是你越喝越多了。"

"算是吧，反正那之后我也不怎么比试了，呃？人不能总在早餐前找羞辱。你手里是把重型细剑？"

她举起剑，剑刃在太阳下寒光闪闪。"我买来送本纳的。"

"送本纳？他能拿来干什么？煎苹果吗？"

"怎么可能，他连那个也做不来。"

"我以前也有一把，你还记得吧？这种剑棒极了，可惜打牌时输掉了。喝吗？"他递过酒壶。

她伸手接过。"我——"

"哈！"他扬手将水泼在她脸上，她惊呼一声，踉跄后退，水花四溅。他趁势抽出武器，酒壶落地时，他已挥剑攻了上去。她勉强挡开第一剑，吃力地矮身躲过第二剑，接着脚下一滑，仰面倒地，迅即向旁滚开，科斯卡的剑正好刺在她刚才的位置。她站起身，弓着腰，举起细剑。

"你变弱了，蒙洛卡托。"他笑着一步步走向塔顶中央，"十年前的你可不会泼了点陈水就招架不住。"

"我现在也不会，白痴。"她用戴手套的手缓缓揩净挂在眉毛和发梢的水珠，目光始终没离开科斯卡。"你只会泼水了吗？你的剑术只剩下这点水平？"

说实话，他的剑术委实没剩下多少。"不妨试试看。"

她纵身一跃，两把剑撞在一起，金属发出剧烈的刮擦声。她裸露的右肩有一道长伤疤，前臂也有一道蜿蜒的伤疤延伸进入黑手套下。

他用剑指了指它们。"用左手打，呃？你不是可怜我这老头子吧？"

"可怜？你知道我不会可怜谁。"他躲开她刺来的剑，但接下来一招太快，他只来得及挪开身体，长剑划开衬衣，戳了个参差不齐的洞。

他扬扬眉毛。"幸好我之前酗酒的时候瘦了点。"

"要我说，你还不够瘦。"她绕着他游走，舌尖露出齿缝。

"想背对太阳？"

"你真不该教我这些不入流的把戏。你要不要也用左手打啊，这样公平一点。"

"放弃优势？你知道我不是那种人！"他佯攻右边，但中途改变方向，让她刺了个空。她动作虽快，但远没有原来用右手那么快，两人擦身而过时，他踩了她的靴子，令她重心不稳，而他的剑干脆地划过她肩上的伤疤，在上面加了小小一道。

她低头看了眼伤口，血滴渗了出来。"老杂种。"

"给你留点小纪念。"他转动手腕，舞了个华丽的剑花。她挺剑再刺，两把武器再度撞在一起。劈，劈，刺，闪，两人的动作都有些生疏，就像戴着手套做针线活。他们从前的比试能引来无数围观者，但时间似乎对他们并不客气。

"我问你……"他死盯着她，轻声问，"为什么背叛我？"

"因为我听够了你那些烂笑话。"

"背叛并不奇怪，佣兵的结局要么当头一刀、要么背后一刀。但为何是你？"他挺剑又刺，中途变作劈砍，她急忙向后闪躲，疼得浑身一颤。"我教会你那么多！我给了你那么多！我给了你保护、金钱，甚至给了你归宿！我待你犹如亲生女儿！"

"也许跟你妈待你差不多！你大概忘了自己喝多了拉裤子里的

事。没错，我的确欠你，但那是有限度的。"她绕着他兜圈，寻找破绽，两人的剑尖相距不足一指，"我可以随你下地狱，但我不能拖累我弟弟。"

"为什么不行？那才是他该待的地方。"

"你去死！"她也发起佯攻，旋即剑锋陡转，招招无情，逼得他慌忙后跳，狼狈得像只垂死的青蛙。他忘了比剑要耗费多大体力，现在只觉肺里火烧火燎，肩膀、手腕和手掌都酸得不行。"就算不是我，其他队长也会干。塞萨利！维克图！安迪齐！"她每念一个名字就狠狠刺出一剑，撞在他的剑上。"在艾弗利村，他们一致同意摆脱你！"

"能不能别提那鬼地方！"他挡住她的攻击，突然利落地由守转攻，颇有几分当年风采。他将她逼向角落，心知必须在自己精疲力尽以前结束比试。他向前冲去，两把武器第三度撞到一起，她被撞得失去平衡，靠在墙垛上，上半身伸出了墙外。科斯卡继续进逼，剑与剑相抵，直至两人的脸不过几寸之遥，蒙扎的脑后便是令人头晕的虚空和下方远处的街道。她急促的呼吸喷在他脸上。刹那间，他差点吻她，又差点将她推下塔顶。也许正因拿不准该选哪个，所以他哪个都没选。

"你还是用右手强些。"他哑着嗓子说。

"你还是十年前强些。"她突然从他剑下抽身而出，戴手套的右手小指闪电般袭来，戳中了他的眼睛。

"啊——！"他大叫着，左手捂脸，她趁机抬腿顶他要害处，剧痛犹如一杆长枪从肚子直捅到脖颈。"喔……"他踉跄了几步，哆嗦的手指松开了武器，身体摇晃着弯下腰，气都喘不上了。

"我也给你留点小纪念。"蒙扎用闪烁的剑尖在他脸上划了一道刺痛的伤痕。

"啊！"他缓缓跪倒在塔顶的排水渠里。的确是一报还一报……

剧痛中，有人在楼梯边慢悠悠地鼓掌。"维塔瑞。"他眯眼瞟见踱步走进阳光下的拷问者，艰难地说，"为什么……你总在……我最难堪的时刻出现？"

"因为这让我很爽。"

"别说风凉话了……蛋痛你们……永远体会不到……"

"试试生孩子。"

"有趣的提议……若非相关部位正好受伤……我肯定想跟你试试……"然而他的俏皮话白说了，维塔瑞的目光已转向墙垛之外，蒙扎也是。科斯卡蹲着起身，从邻近的两座高塔间看去，发现长长一队骑兵正爬上城市西方的丘陵，马蹄扬起遮天蔽日的灰尘，给蓝天抹上一道棕色污痕。

"他们到了。"维塔瑞说。塔楼后方有一口钟敲响，紧接着，全城各处都传来钟声。

"那里也有。"蒙扎道。又一队人马出现在北方的丘顶，带起另一股烟柱。

科斯卡伫立观看，太阳缓缓爬上蔚蓝的天空，毒辣的日头打在他日益扩大的光秃头皮上。奥索公爵的军队有条不紊地排兵布阵，一个团接一个团找准位置，远远驻扎在城市弓箭手的射程以外。另有大队人马在城北渡河，完成了对城市的包围。骑兵在步兵列阵时散开在前方掩护，等一切妥当后迅速后撤，无疑要接过去年夏天蒙扎的担子，继续在周边大肆烧掠。

帐篷搭建起来，补给马车停在阵线后方的泥泞田地，而城墙上这点可怜的守卫无能为力，只能眼睁睁看着塔林人在城外挖沟——他们就像一台按部就班的大钟，而这完全不合科斯卡的风格，他没喝多的年头也不会这样布置。这是工程师而非艺术家的方式，但无论如何，纪律性值得钦佩。

他摊开双臂。"欢迎！欢迎大家来到威斯尼亚包围圈！"

其他人也都聚到塔顶，看着加恩马克将城市牢牢抓在掌心。蒙扎左手叉腰，戴手套的右手搭着剑柄，黑发下愁眉不展；摆子站在科斯卡身边，阴郁地盯着远方；友好坐在楼梯边的台阶上，在盘起的双腿间掷骰子；辰和维塔瑞在稍远处的墙垛边窃窃私语；马维尔的脸色比往常更臭——这算是个成就吧。

"没人有点幽默感？小小的包围圈就让你们发愁？放宽心，伙伴们！"科斯卡神气活现地拍了拍摆子宽厚的背，"可不是每天都能看到这场面！大军压境，秩序井然！我们应该祝贺蒙扎的朋友——加恩马克将军出众的耐心与一丝不苟的纪律性，或许我们该给他写封表扬信。"

"致亲爱的加恩马克大将军。"蒙扎鼓起腮帮，舌头一卷，将一口痰吐到塔下。"您永远的朋友，蒙扎萝·蒙洛卡托。"

"言简意赅。"马维尔指出，"但他一定会珍而重之。"

"好多兵啊。"摆子嘀咕。

友好的声音幽幽传来："一万三千四百，左右。"

"大部分是塔林军。"科斯卡朝那些人挥舞望远镜，"还有几个团出自奥索一直以来的忠实盟友——右翼有厄崔尼的旗帜，中间，在水边，有色西莱的旗帜。可惜来的都是正规军，没有我们的老战友千剑团。要能叙叙旧就好了，友情多么可贵啊，是吧，蒙扎？塞萨利，维克图，安迪齐，还有忠臣卡皮？"叙旧……及报仇。

"佣兵团恐怕去东方了，"蒙扎朝河对面摆摆头，"去拖住洛根特公爵的奥斯皮亚军。"

"都来的话当然更有意思，不过至少我们来了。"科斯卡朝城外蚂蚁般的士兵挥手，"加恩马克将军应该也来了。怎样才能上演感人的重逢呢？你有计划吗？"

"加恩马克是个文化人，他对艺术品很感兴趣。"

"所以？"马维尔问。

"论艺术品收藏,萨利大公爵自认第二,没人敢认第一。"

"他的收藏的确可观。"科斯卡曾多次当面称赞——至少是在称赞公爵的美酒时顺带装个样子。

"都说是斯提亚最好的。"蒙扎大步走向塔顶另一侧,看向河中小岛萨利的宫殿,"城市一旦陷落,加恩马克必会直奔宫殿,以期拯救那些无价之宝于水火。"

"不如说是偷偷据为己有。"维塔瑞接道。

蒙扎的下巴绷得更紧了。"奥索想速战速决,好腾出更多时间对付洛根特,彻底瓦解八城联盟,争取在入冬前戴上王冠。这意味着敌人会强行攻城,不惜展开巷战。"

"漂亮!"科斯卡拍手,"街道旁有秀美的树木和堂皇的建筑,但总觉得少了点什么,也许是作为点缀的尸体,是吧?"

"我们尽快从敌人的尸体上搞到盔甲、制服和武器,然后设法进宫。等城市陷落——这不用多久——我们便伪装成塔林人。加恩马克一心想抢救萨利的藏品,待他防备松懈……"

"我们就趁机宰了那兔崽子?"摆子接道。

一时间众人沉默。"我注意到计划中一个小小的漏洞。"马维尔的抱怨犹如指甲挠过科斯卡的头盖骨,"现今,萨利大公爵的宫殿恐怕是全斯提亚守卫最森严的地方,我们进不去,也没可能收到邀请。"

"真不巧,我肯定能收到邀请。"科斯卡十分满意自己成了众人瞩目的焦点,"多年前,萨利雇我替他解决与普兰提的边界争议,我俩过从甚密,每周都要共进晚餐。他那时保证,他的城邦将永远欢迎我。"

毒师一脸讽刺。"这种事就算有,也是你变成酒渣子之前吧?"

科斯卡漫不经心地挥挥手,但在心底默默记下了这份轻蔑。"我处在漫长而美好的蜕变期,就像毛虫将要变成美丽的蝴蝶。不管怎么说,邀请依然有效。"

维塔瑞眯眼盯着他。"你打算怎么做？"

"我可以走到宫殿大门前，老老实实通知守卫们：'在下尼科莫·科斯卡，名扬天下的雇佣军人，特来与公爵共进晚餐。'"

尴尬的沉默。在众人眼中，这无异于痴人说梦。

"恕我直言，"蒙扎嘀咕，"我觉得现在你的名字没法敲开任何宫殿的大门了。"

"连茅房门也无能为力。"马维尔嘲讽地晃了晃头，辰轻声笑了，连摆子都似乎微微翘起嘴角。

"那么，维塔瑞和马维尔，"蒙扎厉声说，"你们负责监视宫殿，找到进去的法子。"维塔瑞和马维尔交换了个不太乐观的眼神。"科斯卡，你对制服相当了解。"

他叹口气："谁也比不过我，毕竟每位雇主都送我漂亮制服。西港参议给过我一件金缕衣，穿上那东西就像套上了铅管——"

"我们不需要那么打眼的制服。"

科斯卡脚跟一碰，行了个完美的军礼。"好的！蒙洛卡托将军，我将尽力不辱使命！"

"别太勉强，都这把年纪了，别出什么岔子。战斗打响后，带上友好一起行动。"罪犯耸耸肩，继续玩骰子。

"我们会高尚地对待尸体，保证扒得一丝不挂！"科斯卡转身走向楼梯，又突然看向海湾。"啊！奥索的舰队也来凑热闹了。"船只在海天相接处移动，白帆上绘有塔林的黑十字。

"萨利公爵的客人越来越多了。"维塔瑞说道。

"他一直是位可敬的主人，但不知这回能否应付这么多客人。现在，城市与外界的联系彻底被切断了。"科斯卡迎风咧嘴笑道。

"监牢。"友好似乎也露出一丝微笑。

"我们跟麻袋中的老鼠一样无助！"马维尔没好气地说，"你却说得喜气洋洋。"

"我曾五度陷入重围,每次都很享受。这是很棒的体验,没有选择时,头脑才会轻松。"科斯卡用鼻子深吸一口气,享受地呼出,"既然生活就是监牢,没有什么比困兽更觉自由。"

孤注一掷

The Forlorn Hope

大火熊熊。

夜晚的威斯尼亚充斥着火焰与暗影，成了残垣断壁组成的无尽迷宫。非人的叫喊和鬼魅般的影子如噩梦降临暗夜，建筑化为空壳，窗户仿佛没了眼珠的眼眶，大门像惊叫的嘴，火焰从中喷出，朝漆黑的天空翻卷。烧焦的横梁跌入火场，火舌顺着它们蜿蜒而上。白亮的火星如雨水喷溅，黑色的灰烬则像飘雪四处下落。城里出现了无数全新的高塔，那是浓烟凝成的烟柱，它们被赋予它们生命的烈焰照亮，将漫天星辰遮蔽。

"上次我们搞到多少？"科斯卡的瞳仁被广场上的烈焰映成黄色，"三套？"

"三套。"友好答道，它们安然躺在他屋内的箱子里：两套塔林普通士兵的盔甲——其中一套有个十字弓穿的洞——另有一套年轻中尉的制服，此人倒霉到被坍塌的烟囱砸死，但友好很快想起，火就是塔林人引起的。他们在城墙外架起投石机，河西五台，河东三台，港口里的二十二艘白帆船上也有。第一晚，友好整夜没睡看着它们。它们一共将一百一十八枚燃烧弹扔过城墙，点燃了好多地方，火焰跃动着越烧越旺，逐渐汇聚拢来，友好也数不清了。没了数字，他觉得孤单又可怕，只过了短短六天，三乘二个夜晚，祥和的威斯尼亚就变成这副模样。

全城唯一没被波及的是萨利公爵的宫殿所在的小岛。蒙洛卡托说宫殿里有很多画，还有其他漂亮玩意。奥索军队的首脑加恩马克——他们要杀的人——想抢救它们。他烧了数不清的房子，杀了数不清的居民，他命令手下没日没夜地杀戮，就是为保护这些死东西。友好觉得这种人才该关进安全屋，这样外面的世界会更安全。但现实中这种人却号令千军、受人敬仰，其他人倒非得陷入水深火热。一切都颠倒了，都搞错了。不过法官说过，友好是没法分辨对错的。

"准备好了？"

"好了。"友好违心地说。

科斯卡张狂地笑道："我们再去突破口一次，亲爱的朋友！"说着他大摇大摆走上街，一只手搭着剑柄，另一只手扶住头上的帽子。友好吞口唾沫，跟了上去，嘴唇无声地翕动，数着走了多少步——他必须数点什么，才能控制自己不去计算有多少种可能的死法。

越往城西情况越糟，火势大得吓人，火花四溅，火舌翻卷，火光如高耸的恶魔。扑面而来的热浪熏得友好眼泪直流，也可能他是为眼前的浪费备感痛苦：若是想得到什么，为何要烧毁它？若是不想要的东西，又为何向拥有它的人宣战？安全屋里会死人，那里总会死人，但不像这样枉送性命。安全屋里不会糟蹋东西，每样东西都有价值。

"可恶的古尔库火！"科斯卡骂骂咧咧地看着远处又一阵爆炸，"十年前，人们做梦也想不到拿爆破药来当武器，直到古尔库人用这玩意将达戈斯卡烧成了灰,在阿金堡城墙上开了几个口子。看看现在,一开始围城,每个人都急着往对面扔火球。以前我打仗也会烧一两栋房子,但只为增添气氛,可不是专搞破坏。战争一直是赚钱的买卖,有些连带损失在所难免,结果现在变成了大烧特烧,烧得越彻底越好。科学,我的朋友,科学本该为人类造福。"

一队队浑身烟尘的士兵奔过,火焰将他们的盔甲染成橙色;一队队浑身烟尘的市民传递水桶,火焰也照亮了他们绝望的面庞。狰狞的烈焰和黑影在炙热的夜里舞动,一堵残墙绘有巨幅壁画——全副武装的萨利公爵坚定地指引着胜利的方向。友好觉得他手里应该还有面旗,但墙的上半部塌了,高举的手臂也一同消失。好歹跃动的火焰让他的脸活了过来,他彩色的嘴唇仿佛在翕动,他周围的壁画士兵也仿佛在响应他的召唤,向缺口发起冲锋。

友好年轻时,有个住在同一条走廊的第十二间牢房的老头,喜欢讲很久以前的故事。老头讲到旧时代以前,上界下界还没分开,恶魔横行人世。牢友们嘲笑这老头,友好也嘲笑他,因为在安全屋里最聪明的做法就是随大流、不出头。但没人在时,他会跑去询问大门关闭了多少年,一如将恶魔逐出世界到底是什么时候,可惜老头不清楚数字。现在,两界间的大门仿佛又打开了,下界之物涌入威斯尼亚,将这里搅得一团糟。

他们匆匆经过一栋燃烧的塔楼,那塔楼仿如巨人的火把,火舌冲出窗户和破碎的塔顶。友好不住流汗、咳嗽,自觉口干舌燥、喉咙生疼,指甲缝里塞满烟尘。终于,在堆满瓦砾的街道尽头,他看到城墙参差不齐的轮廓。

"快到了!跟紧我!"

"我……我……"漫天烟尘让友好说不出话。他们侧身钻进一条两端都被火光映红的小巷,他听到一阵巨响,接着是崩塌、碎裂声,还有愤怒的吼叫。这让他想起安全屋发生的暴乱,后来是包括他在内六名最可怕的罪犯达成一致,才结束那场骚动。谁能结束这里的骚动呢?回答他的是又一阵地动山摇的爆炸,红宝石般的火焰点亮了夜空。科斯卡猫腰摸到烧焦的树干旁蹲下,友好跟在后边。周围的喧哗越来越大,越来越吓人,而他的心跳在脑海中回响,几乎盖过了其他一切声音。

缺口不到一百跨远了,从这里看去,城墙像被撕开了一道黑色的口子,缺口处挤满塔林军队,他们像蚂蚁一样爬过滚落的碎石和折断的木梁堆成的怪异斜坡,进入城市边缘烧焦的广场。当他们发动第一波进攻时,这里应该有条不紊地组织过抵抗,但现在,战斗变成无序的混战。守城士兵以烧成空壳的建筑物前临时搭建的路障为掩护,进攻方则拼命向前推进,源源不断地将生力军投入缺口,尸体堆积成山。

剑光闪烁,战斧挥击,长枪捅刺,长矛相撞,残破的旗帜无精打采地垂在人群头上。箭矢如雨落下,有的来自外面黑压压的塔林军队,有的来自城内路障后的士兵,还有的来自缺口旁摇摇欲坠的塔楼。就在友好看得入神时,一大块石头滚落城墙,砸进下方混战的人群,砸出好大一个坑。一时间,在燃烧的火把、燃烧的石弹和燃烧的房屋形成的地狱之火映衬下,数百人同声哭号呼救。友好简直不敢相信自己的眼睛,这场面如此魔幻,就像为骇人的画作刻意摆设的造型。

"威斯尼亚的突破口。"他轻声为这幅画命名,以双手当画框,想象它挂在富人的豪宅里。

两人捉对厮杀不乏规律可循,多人互殴也有套路,哪怕十几个人打架也一样。这些情况友好游刃有余,只要出手更快、更准、更狠,就能活下去。可现在不一样,士兵们疯狂推挤,谁能保证不被莫名其妙地推到枪尖上呢?一切全凭运气,谁能预测箭矢或飞石的轨迹?谁能发现死亡的威胁、并提前躲避?这是场用生命作筹码的豪赌，而就像在春情院玩的那种游戏，从长远看，玩家只会是输家。

"打得火热啊！"科斯卡在他耳边高声说。

"火热？"

"我去过更火热的战场。我们拿下穆里斯城的缺口时，那里简直就像屠场！"

友好说不出话，他头晕得厉害。"你去过……这种地方？"

科斯卡漫不经心地挥手。"去过几次吧。但除非你是疯了，不然很快就会厌倦。看上去挺热闹，但不是绅士该待的地方。"

"他们怎么分得清谁跟谁一伙？"友好嘶吼着问。

科斯卡沾满烟灰的脸露出笑容。"基本上靠蒙，首先确保站对方向，然后祈祷……啊。"

一支小队突然冲破战团，向前挺进，士兵们统统举着武器。友好从外表根本看不出这些人是哪方的，或者说他们看上去根本不像人。他转身发现另有一堵长矛组成的墙沿反方向上前迎击，阴森森的矛尖精光闪烁，照亮了持矛人冷峻的面庞。他们不是单独的个体，而是一台杀戮机器。

"这边！"科斯卡抓住他的胳膊，将他推过破碎的门廊，藏到摇摇欲坠的残墙后。但他脚下不稳，鞋底打滑，结果朝侧面一歪，半跑半滑地下到瓦砾堆底端，摔了个狗吃屎，激起一片呛人灰烬。科斯卡跟着蹲到他身边，继续关注上方街道的战斗。两队士兵迎头相撞，杀声震天，宛如一锅沸腾的稀粥。在尖叫、嘶吼和武器撞击声之外，友好还听见另一种声音。他四下张望，只见科斯卡笑弯了腰，笑得浑身发抖。

"你在笑？"

老佣兵用黑乎乎的手抹了抹眼。"不然呢？"

他们身处瓦砾堆间的昏暗峡谷，到处都是碎石。这里原本是街道？干涸的运河？排水沟？衣衫褴褛的人在翻寻垃圾。不远处有个面朝下的死人，一个女人手握匕首蹲在尸体旁忙着割指头，好取下上面的戒指。

"离它远点！"科斯卡突然起身抽出佩剑。

"它是我们的！"一个头发纠结、骨瘦如柴的男人挥舞着木棍说。

"不，"科斯卡一挥长剑，"它是我们的。"他上前一步，拾荒者连忙后退，绊到了身后烧焦的灌木丛。女人总算割断了骨头，扯下戒指，塞进口袋，然后指着科斯卡咒骂了一番，也匆匆消失在黑暗中。

老佣兵看着他们离开，手里还拎着长剑。"他是塔林人。扒下他的行头！"

友好木然地爬来解死人的盔甲，首先脱的是后板甲，塞进麻袋。

"快点，我的朋友，那帮阴沟鼠会回来的。"

友好不想拖延，但双手止不住发抖。他也不明白为什么，因为这非常罕见。他终于扒掉士兵的护腿和胸甲，统统塞进麻袋。第四套，三加一，再找三套就好。等杀了加恩马克，他想回塔林看看，回到萨加姆的地盘，继续在牌桌边数钱币。现在看来，那是多么美好的时光啊，他伸手拔掉尸体脖子上的箭矢。

"救命。"求救声几不可闻，友好以为出现了幻听，然后他才发现那具"尸体"睁开了眼睛，嘴唇翕动着。"救命。"

"怎么救？"友好轻声问。他尽量轻柔地解开加垫夹克的钩扣，小心翼翼地从血淋淋的断指处拽出。他把夹克塞进麻袋，接着温柔地帮士兵翻了个身，帮其恢复面朝下的姿势。

"很好！"科斯卡指着一座烧焦的高塔，那塔摇摇欲坠，几乎就要倒在旁边破碎的屋顶上。"去那边看看？"

"为什么去那边？"

"为什么不去那边？"

友好没法动弹，双膝瑟瑟发抖。"我不想去。"

"我理解,但我们最好一起行动。"老佣兵刚转身,友好就抓住他的手臂,连珠炮般说了起来。

"我数不清!我没法……没法思考。我们找到多少套了?多少……多少……我疯了吗?"

"你?你当然没疯,我的朋友。"科斯卡微笑着拍拍友好的肩膀。"你完全正常。这些人,所有这些人!"他摘下帽子,朝周围胡乱画了个圈,"他们才疯了!"

仁慈与懦弱
Mercy and Cowardice

摆子站在窗边，两面窗扇一开一关，窗框像是给他镶上了画框。他就这样看着燃烧的威斯尼亚，城墙附近的火烧得那么旺，以至于给他黑色的身影勾上了橙边，描画出他侧脸的胡楂，宽厚的肩膀，颀长的胳膊，腰上的肌肉……还有赤裸的臀部。

如果本纳在场，肯定会警告她最近的所作所为太冒险了——不，他会先问清这赤条条的北方大汉是谁，然后再警告她。置身围城之中，让死亡贴在脖颈上，毫无防备地与受雇的男人相处，并对楼下那群农民仁慈。她确实在冒险，浑身充满赌徒特有的恐惧与兴奋混合的情绪。本纳不喜欢这样。不过本纳在世时，她也没在意过他的警告。一旦时运不济，你必须冒险，而蒙扎总能做出正确选择。

至少在本纳被杀、她被扔下山崖以前是如此。

摆子的声音从黑暗中传来。"你怎么搞到这房子的？"

"我弟弟买的。很久以前。"她忆起他同样站在窗前，眯眼看向太阳，随后转身冲她一笑。她嘴角不自觉地上翘，旋即忍住了。

摆子没有转身，也没有笑。"你们很亲，呃？你和你弟弟。"

"我们确实很亲。"

"我和我哥也蛮亲。认识他的人都亲近他，他就有那种本事。他后来死在一个叫血九指的人手上。本来得到过仁慈的允诺，结果还是被砍了头，插在旗杆上。"

蒙扎不在乎他的往事，一方面她觉得很无聊，另一方面这让她想起本纳被扔下阳台时那张松弛的脸。"谁能想到我们有这么多共同点？你报仇了？"

"我渴望报仇。好多年里，我满心渴望着这件事。而且我有不止一次机会，找血九指报仇的机会——很多人梦寐以求的机会。"

"结果？"

她看到摆子头侧的肌肉蠕动。"第一次，我救了他。第二次，我放了他，因为我想做个好人。"

"然后你就像个卖玩具的小贩，满世界推销你的仁慈？谢了，我不会买账。"

"我没有推销，我一直想按好人的方式行事，说些正确的话，做出正确的选择，打破冤冤相报的循环。但实际上我做不到。正如你说的，仁慈等于懦弱，无论我怎么努力，那个循环依然存在。报仇……确实不能解决问题，它既不会让世界更公平，也不会让阳光更温暖，但它好过不去报仇。妈的，好过太多了。"

"我还以为你一心想当全世界最后一个好人。"

"我曾在力所能及的范围试图干点好事，但在北方，不干点坏勾当根本混不着外号，我当然也干过。我曾与黑旋风、克鲁默克—埃—费尔及血九指本人一起闯荡。"他哼了一声，"你以为这里这帮人够冷血？你没见过我家乡的冬天。"他脸上浮现出某种她未曾见识也料想不到的情绪。"我想做个好人，这是真的，但如果你需要另一种人，我也知道该怎么做。"

两人沉默片刻，盯着彼此。他靠着窗框，她一手撑在脑后，摊开在床上。"如果你真是个冷血混蛋，那在春情院为什么要回去找我？"

"因为你欠我钱。"

她不太确定他是开玩笑还是说真的。"不管怎么说，这让我挺温暖的。"

"还因为你是我在这个操蛋的疯子国家里最好的朋友。"

"我甚至不喜欢你。"

"我还指望你也能温暖我一回咧。"

"你知道吗？我正想这样做。"

借着窗外的火光，她看到他笑了。"你让我上了你的床，还让弗利那群人待在你的屋子里，若非我对你够了解，多半会以为自己真把仁慈卖给你了。"

她伸个懒腰。"也许在这副冷酷而美丽的躯壳下，我还保留着农夫之女的柔软心肠，只想做个好人。你觉得呢？"

"我可不这么想。"

"不然我能怎么办？把他们赶到街上，他们肯定要乱传闲话。他们待在这里更安全，让他们亏欠着我们也更好。"

"送他们入土才最安全。"

"既然如此，我的杀手，你干吗不下楼帮我们解决这些心腹大患呢？对一位替黑先锋提过行李的大英雄来说，这点小事不费吹灰之力。"

"黑旋风。"

"管他咧。不过下楼之前，记得先穿上裤子，呃？"

"我不想争论该不该杀他们，我只想指出一个事实：某人说过，仁慈等于懦弱。"

"该做什么我会去做，这你不用担心。我一直如此。但我不是马维尔，我不能为了方便就谋杀十一个农民。"

"听起来不错。可你似乎对银行里死的那些人并不在意，只要有马修斯在内。"

她皱起眉。"计划本不是那样。"

"还有春情院的那些人。"

"麻烦你注意一下，春情院的事态早已超出我的预想。"

"我当然注意到了。别人管你叫卡普亚的屠夫，是吧？你做了什么？"

"做了必须做的事。"她回想起清晨骑着马，看到城市升腾的烟柱时泛起的阵阵不适，"做了什么和喜不喜欢是两码事。"

"但结果一样，不是吗？"

"见鬼，你知道什么？我可不记得你在场。"她摇摇头，从脑海中赶走回忆，然后下了床。窗外的浓烟带来若有若无的暖意，她一丝不挂地走向窗口，浑身上下只有右手戴着手套。在他的注视下，她竟有些不自在，布满伤疤的皮肤起了鸡皮疙瘩。城区连同无数高塔，还有不断蔓延的大火，都影影绰绰地映在没打开的那片窗扇上。"我让你来这儿，不是为了帮我回顾那些犯下的错误。我知道自己干了太多混账事。"

"谁没干过呢？那你为什么让我来这儿？"

"因为我无法抗拒小心眼的大个子，你觉得呢？"

"噢，我可不敢胡思乱想，免得自己的小心眼受伤。但我开始感觉到，你并不像你表现出的那么坚强。"

"谁会和表现出的完全一样？"她伸手抚摸他胸口的伤疤，指尖探进体毛，掠过粗糙褶皱的皮肤。

"我们都受过伤。"他的手落在她臀部的长伤疤上，令她的胃猛然收紧。那种赌徒特有的恐惧与兴奋混合的情绪仍未褪去，只是平添了一丝厌恶。

"有些伤比其他的更糟。"她语气不善。

"不过是些印记。"他的拇指一一拂过她两肋的伤疤。"我不在乎。"

她脱掉手套,将扭曲的右手举到他面前。"这也没关系?"

"没关系。"他的一双巨掌轻轻握住她残废的手掌,温暖而有力。她浑身僵硬,呼吸急促,几乎抽回手,仿佛是在目睹他爱抚一具尸体。他的拇指磨蹭着她变形的掌面、酸痛的拇指关节及其他几根弯曲的手指,从指根直至指尖。难以置信的温柔。难以置信的舒服。她闭上眼睛,张开嘴巴,手指尽可能舒展开去,尽情喘息着。

他贴得更近了,呼吸混合着体温,扑在她脸上。他最近没机会洗澡,身上味道极重,那是汗水、皮革与肉体混合的味道。很刺鼻,但并不十分难闻。她知道自己的味道也没好到哪去。他的脸擦过她的脸,面颊粗糙,下颚刚硬。他抵住她的鼻子,蹭过她的脖项。她嘴角微微上翘,似笑非笑,窗外吹来的热风令她汗毛直竖,也送来了熟悉的建筑燃烧气味。

他一只手仍握着她的右手,缓缓放到旁边,另一只手搭在她身侧,抚过她凸起的髋骨,游走到胸脯下方,拇指来回摩挲她的乳尖,动作有点放肆,又有点笨拙。她伸出左手上下套弄他已蓄势待发的那话儿,掌心感受着那份潮湿与黏腻,然后她抬起一条腿,脚跟蹭着墙上松脱的石膏,搭到了窗台上,好让两腿分得更开。

他的手指在她两腿间磨蹭,发出轻柔的吧唧声。她的右手托住他的下巴,扭曲的手指钩着他的耳朵,将他的头转向一边,又靠拇指掰开他的嘴,好把舌头伸进去。她尝到了廉价酒的味道,不过她自己嘴里大抵也是这股味道,所以管他的呢。她将他拽得更近,紧靠在他身上,肌肤相贴。不再想死去的弟弟,不再想残废的手掌,不再想外面的战争,不再渴望大烟,不再考虑那些要杀的人,她只在乎他和她的手指,他和她的下体。这份慰藉或许并不美好,却依然被她迫切需要。

"来啊。"她在他耳边轻声说。

"来了。"他嘶哑地回应，钩住她的一边膝盖窝，将她仰面放到床上。床架吱嘎作响，她扭动身体腾出位置，让他跪在她大张开的两腿中间，开始挺进。他低头看她，脸上挂着迷乱的笑容，她也笑着迎合上去。她感到他迷失了位置，那话儿在她大腿根乱转，来回碰壁。"在哪儿……"

"愚蠢的北方佬，屁股找不准椅子。"

"我要找的洞又不在我屁股上。"

"这里。"她在指尖抹了点吐沫，用一边手肘撑起身，伸手握住他的老二，摸索着对准了位置。

"噢。"

"噢，"她也跟着呻吟一声，"这就对了。"

"嗯。"他臀部画圈，越来越深入，"这……就……对……了。"他的双手滑到她两腿中央，手指探入短短的毛发，用拇指摩挲。

"轻点！"她挥开他的手，把自己的手放进去，中指慢慢画圈。"又不是要捏碎坚果，白痴。"

"好吧，你的果子你说了算。"他身体前移，胳膊撑在她头顶上，这让他那话儿滑了出来，但她很轻松地又把它塞了回去。他们开始找到节奏了，慢虽然慢，但感觉一点点出来了。

她始终睁大双眼，直视他的脸，直视黑暗中他回视的目光。两人都咧牙露齿，呼吸粗浊。他张嘴去吻她，但等她抬头回吻又把头撤开，总让她差一点够不着，最后她只好躺回去，长吐一口气，身体舒服地打了个冷战。

她右手搭在他一侧的臀瓣，伴随节奏时紧时松地抓抠。他的动作越来越快，两人潮湿的皮肤不停撞击，她扭曲的右手顺势下滑，挤进臀缝当中。随后她拼命抬头，咬住他的嘴唇和牙齿，他也轻咬着她，两人喉咙里都发出含混不清的低吼。他用一边手肘撑住自己，另一只手顺着她的肋骨，用力揉捏一边乳房，接着是另一边，力道让她有些疼。

吱嘎，吱嘎，吱嘎，她的双脚离开床板，伸到了空中，而他的手探入她的头发，抚摸着头皮下的金币，拽得她头向后仰。两人脸颊相贴，她用力将他的舌头吸入口腔，一边轻咬，一边吸吮。他们交换着如此深入而饥渴的吻，以至口水四溢，不时发出嘶吼——事实上，这很难被称作吻。她的手指插入他的后穴，直埋到第一个指节……

"怎么回事？"他突然放开她，仿佛被她扇了一巴掌，身体也不动了，整个人绷得紧紧的。她抽回右手，左手仍在自己的双腿间揉搓。

"好吧，"她嘶声说，"不能打击你的男子气概。你的屁股你处理，我就不——"

"不是。你听见什么声音没有？"

除了自己急促的呼吸和手指揉搓湿润下体的微弱声响，蒙扎什么也听不见。她挺起髋部顶向他。"来啊。哪有什么声音——"

门被轰然撞开，扯断的门锁带起木屑飞溅。摆子急忙从床上爬起，却被毯子缠住手脚。蒙扎教灯火晃得眼花，只看见明晃晃的盔甲和武器，她听到一声大喊，然后长剑挥出。

伴着金属与血肉的闷响，摆子大喊着重重摔在地板上，几滴血溅到蒙扎脸上。她摸到重型细剑的剑柄，却旧习难改，愚蠢地用上了右手，只来得及将剑拔出几寸。

"别动。"一个女人穿过破碎的房门，举着装填好的十字弓出现在蒙扎面前。她有张看起来很亲切的圆脸，头发往后梳拢。摆子身旁站着的男人现在也转向蒙扎，手中还握着剑，蒙扎看不清他的模样，只能辨出盔甲和头盔的轮廓。第三名士兵重重地踏步进门，一手提着灯笼,一手握着斧头,弧形斧刃闪闪发光。蒙扎只能松开扭曲的手指,听任抽出一半的重型细剑掉在床边地上。

"很好。"女人道。

摆子呻吟着想爬起来,他被灯光刺得睁不开眼,鲜血沿头发下砍开的口子流过脸颊。持斧的兵上前一步,一脚踢在他肋下,接着又一脚,再一脚。他吃痛大喊,后背贴墙,赤裸的身体蜷成一团。第四名士兵也进了屋,一条胳膊抱着些黑色衣物。

"兰格利上尉。"

"你找到了什么?"女人一边把十字弓递给他,一边问。

"这个,那边还有。"

"看上去是塔林人的制服。"她抓起那件夹克,让蒙扎看清,"你有什么话说?"

冰凉的震惊渐渐褪去,残酷的恐怖接踵而来。这些人是萨利的士兵,她一直专注于如何杀死加恩马克,如何对付奥索的军队,忘了考虑萨利这边。麻烦现在不请自来。她突然感到烟瘾上头,来势汹汹,几欲作呕。"不是你想的那样。"她嘶哑地辩解,突然意识到自己不但没穿衣服,而且散发着浓烈的交媾味道。

"我想的是怎样?"

又一名留着长长的八字胡的士兵出现在门口。"有间屋里有一大堆瓶瓶罐罐,我不敢碰,看起来像毒药。"

"毒药,佩罗军士?"兰格利把头歪向一边,揉了揉脖子,"好吧,那还真可疑。"

"我能解释。"蒙扎口干舌燥,心知根本没法解释。她说什么这帮混蛋都不会信。

"留到宫殿里解释吧。给我锁了。"

持斧的兵抓住摆子的手腕,扭到身后,用镣铐拷住,然后拽他起来;另一个士兵抓住蒙扎的胳膊,同样粗暴地扭到身后,戴上手铐。

"啊！小心我的手！"士兵拖她下床，把她跟跟跄跄推向门口，她差点摔倒，凭借不那么体面的姿势才恢复平衡。当然，整件事本无丝毫体面可言。本纳的小玻璃人在壁龛里旁观，所谓的守护神不过如此。"至少让我穿件衣服吧？"

"有必要吗？"他们把她推向楼梯间，那里有人举着另一盏灯笼。"等等。"兰格利蹲下打量蒙扎臀部和大腿上曲折的伤疤，缝合伤口时留下的粉色针脚已快消失了。她用拇指戳了戳，就像在检查屠夫案板上的肉新不新鲜。"佩罗，你见过这样的？"

"没见过。"

她抬头看蒙扎。"怎么弄的？"

"我剃毛时手滑。"

女人哈哈大笑。"这解释好。有趣。"

佩罗也笑了。"确实有趣。"

"你挺有幽默感，很不错，"兰格利起身扫掉膝上尘土，"待会儿你会需要它。"她抬手狠狠扇在蒙扎脸上，扇得蒙扎滚下楼梯，肩膀触地牵起刺骨的疼痛，台阶硌着后背、擦破了膝盖，双脚腾空而起。她含混不清地大叫，被木楼梯撞得喘不过气，接着鼻子狠狠砸上墙壁，整个人四仰八叉地停下，一只腿在墙壁的石膏中留下了粗粗一笔。她像个醉汉一样晃晃悠悠抬起头，只觉楼梯仍在旋转，嘴里全是血，她张口吐出去之后，血水很快又涌了上来。

"操。"她嘀咕道。

"没话可说了？你要再这么幽默，我们还有的是招呢。"

她没回答，只是勉强起身，撞伤的肩膀疼得她不住叫唤。

"这是什么？"她感觉到中指的戒指被粗鲁地摘掉，兰格利戴上戒指，笑着将手举到火光下，红宝石闪闪发光。

"很衬你。"佩罗说。蒙扎保持沉默，如果失去本纳的戒指就能了事，那简直是天大的幸运。

楼下士兵更多，他们在塔里进进出出，翻箱倒柜。马维尔的箱子被他们翻倒在地，玻璃容器叮叮当当掉了出来。辰坐在旁边的床上，浅黄头发覆盖了脸颊，双手被绑在身后。蒙扎与她对视片刻，但现在没心情去同情别人。辰已经够幸运了，至少被抓时穿着睡衣。

他们把蒙扎推进厨房，蒙扎靠在墙上，呼吸急促，赤身裸体，什么也顾不了。弗利及其兄弟也在厨房，兰格利走向他们，从身后口袋里掏出个钱包。

"你的情报看来很有价值。"她数了十几枚硬币放进农夫伸出的手掌，"抓住一个五块钱，萨利公爵感激你们的警觉，市民。你说他们还有人？"

"还有四个。"

"我们会保持戒备，等他们自投罗网。你最好给家人另找个地方栖身。"

蒙扎看着弗利接过钱，自己则尝到鼻孔流出的鲜血。这就是仁慈的回报。为五个天秤币就出卖她，本纳或许会为此数目痛心不已，但她无暇感慨。她被士兵们拖出大门时，农夫看了她最后一眼，眼神毫无内疚。或许他自认在战乱中为家庭干了件大好事，或许他为自己的勇敢感到骄傲，或许他做得没错。

她真该牢记文图里奥的话：仁慈等于懦弱。

奇特的组合
The Odd Couple

马维尔认为最近花在阁楼里的时间太多了，这次还特别难受——废弃的房子缺了一大块屋顶，漏进的冷风直吹在脸上。这让他想起很久以前那个可恶的干冷春夜，孤儿中两个最漂亮最受欢迎的女孩把他骗到孤儿院的屋顶，再锁上门，让只穿睡衣的他在外冻了一个晚上。大家次日早上找到冻得嘴唇发青、浑身颤抖、快要死掉的他，哄堂大笑。

他这次的同伴也完全没法让他感到温暖。夏萝·维塔瑞蹲在暗处，尖脑袋在夜空下分外清晰。她闭着一只眼，另一只眼在看望远镜，而他们身后的城市大火熊熊。战争也许对毒师的生意来说是好事，但马维尔总想敬而远之，保持距离。陷入包围的城市不属于文明人，他想念他的果园和鹅绒床垫。一念及此，他不由得把外套领子又提了一些，盖住耳朵，然后再次看向屹立在长条形小岛上萨利大公爵的宫殿，威斯河从两侧湍急流过。

"为什么我这样有才华的人会被派来干这事？我又不是将军，根本不该来勘探地形。"

"哦,你当然不是将军,你不过是个微不足道的杀手。"

马维尔皱眉看向身边的同伴。"彼此彼此。"

"确实如此,但我可没抱怨。"

"我讨厌卷入战争。"

"这是斯提亚,开春了当然会打仗。咱们还是赶紧想出个计划,赶在天亮前回去。"

"哈,你是指回到蒙洛卡托为无家可归的乡巴佬开的饭店?那股自我陶醉的虚伪让我反胃。"

维塔瑞双手掬在嘴边,朝里面哈气。"那也比这儿强。"

"是吗?楼下农民的野孩子整晚哭闹,楼上我们的雇主和她的野蛮人朋友搞些尽人皆知的风流韵事,弄得地板咚咚响。我问你,有什么比听别人……胡搞……更让人烦躁的?"

维塔瑞笑道:"算你说对了,我就担心他们哪天把地板搞穿。"

"怕是没等到那天,我的耳朵先罢工了!我问你,他们出来办事就不能稍微专业一点,这个要求真的很高吗?"

"只要她按时给钱,谁关心这个?"

"我关心,她如此漫不经心可能把我带到万劫不复的下场。不光我,还包括我们所有人。"

"那就少抱怨,多干活,找到进去的路。"

"进去的路有那么不好找吗?斯提亚诸城邦的高贵领袖们总是乐于与人民打成一片,也总是欢迎世界各地不请自来的飞贼前往他们的宫殿做客……"

马维尔举起望远镜仔细观察。宫殿前方为陡峭悬崖,崖下浪花翻飞。作为远近闻名的收藏家的宅邸,它实在算不上优秀,各种不搭调的风格挤在一起,乱七八糟的屋顶互相毗邻,有平顶、尖顶、圆顶、拱顶,还有玻璃顶,而唯一一座高塔伫立其间,直冲天际。

宫殿门楼十分坚固，布满箭孔、瞭望台和垛口，通往城市的桥头拉起一道镀金闸门，十五名全副武装的士兵守在那里。

"大门把守太紧，从正面攀爬又太显眼，无论爬窗子还是房顶都不行。"

"同意。我们唯一的机会是偷偷摸摸从北墙上去。"

马维尔用望远镜示意宫殿狭窄的北面，那里有一面青苔密布的灰色石墙，墙上有些布满污点的发黑玻璃窗，顶部的垛墙放置着许多石像鬼。可若把整座宫殿比作逆流而上的船，那边即是船头，激流裹挟白沫，格外卖力地冲刷着"船头"底部。"偷偷摸摸兴许不难，难的是怎么上去。"

"害怕了？"

马维尔发觉维塔瑞笑眯眯地看着自己，不由得恼怒地放下望远镜。"准确地说，是我对成功没有把握。虽然你从绳子上掉进波涛汹涌的河里会令我心头暗喜，但我不希望自己步你的后尘。"

"说穿了你就是害怕。"

马维尔决定不回击这种拙劣的嘲弄。不予理会是在孤儿院时的信条，现在亦是如此。"无论如何，我们需要船。"

"在上游不难找到。"

马维尔抿紧嘴唇，权衡利弊。"如此倒方便脱身——这重中之重蒙洛卡托根本没费神考虑。击杀加恩马克后，我们第一时间上到屋顶，保持伪装，顺着绳子返回船上，然后泛舟出海，希望能瞒过——"

"看。"维塔瑞指着下方街道快速经过的一队人，马维尔调整望远镜看去：大概十二名穿盔甲的士兵排成两行前进，中间夹着全身赤裸、蹒跚而行、手被绑在身后的两个家伙。一个女人和一个大个子男人。"好像抓了几个间谍。"维塔瑞道，"倒霉鬼。"

有个兵用矛柄怼那个男人，男的被怼弯了腰，光屁股冲天。马维尔忍俊不禁。"确实很倒霉,即便以斯提亚的标准,萨利宫殿下的地牢也算是恶名昭彰了。"他突然皱起眉,"等等,等等,那女人看起来像——"

"蒙洛卡托。妈的!那是他们!"

"就没有一件事能顺顺当当吗?"马维尔心中突然升起一股前所未有的恐慌,因为队伍后面还跟着一个身披睡衣、歪歪扭扭、手被绑在身后的女人:辰。"天啊!我的助手也被抓了!"

"去你的助手吧。我们的雇主在他们手里!这意味着我们的钱也在他们手里!"

马维尔无能为力,只能咬牙切齿地看着三个犯人被驱赶过桥、进入宫殿,然后沉重的双开大门在他们身后紧紧关闭。

"妈的!那座塔楼不安全!我们回不去了!"

"一小时前你还根本不想回那个伪善的饭店忍受他们的风流韵事呢。"

"可我的东西都在那儿!"

"我估计,"维塔瑞的尖脑袋朝宫殿扬了扬,"他们搬的就是我们的箱子。"

马维尔懊恼得头撞房梁,一根木刺崩到食指上,令他哆嗦了一下,只好把指头放到嘴里吸吮。"活见鬼!"

"冷静,马维尔,冷静。"

"我很冷静!"最明智的做法是搞条船,悄无声息地驶过萨利公爵的宫殿,航向大海,将损失一笔勾销,回果园重新培养一个助手。至于蒙洛卡托和她那个白痴北方佬,他们是自作自受。永远记住谨慎为先原则,可是……

"我不能扔下我的助手,"他大喊,"就是不能!"

"为什么?"

"这个,因为……"他也不知道为什么,"重新培养一个太麻烦!"

维塔瑞脸上恼人的笑意更浓了。"好吧,你要找回你的女孩,我要抢救我的钱。你是继续哭天抢地,还是想办法进去?我的想法依旧是找条船顺流而下到北墙,用绳子和抓钩爬上屋顶。"

马维尔绝望地打量着那道陡峭的石墙。"你确定能在那上面固定抓钩?"

"我的抓钩能钩住苍蝇屁股。我倒担心你能不能把船停稳。"

马维尔不甘示弱。"你找不到比我更好的桨手!比这急一倍的水我都停得稳!当然,无需那么麻烦,我可以在石墙上挂个锚,让船在礁石堆里泊一宿。"

"不错。"

"不错。很棒。"他心跳加速,恨不得吵上一架。他不喜欢这个女人,但她的能力众所周知,照现在的情形,他找不到更合适的同伴了。她也算漂亮,一种与众不同的漂亮,当然,她非常严苛,跟孤儿院最严苛的护士不相上下……

她眯起眼睛。"希望你不是要提出上次合作时同样的建议。"

马维尔被惹毛了。"我跟你保证,不会再发生同样的事了!"

"很好。说实话,我宁肯跟刺猬上床。"

"关于这点,你表达得够清楚了!"他尖刻地反驳,接着立刻转移话题,"事不宜迟,我们去找合适的船吧。"退回阁楼之前,他朝下看了最后一眼,蓦然停住了,"这又是谁?"一个人影大摇大摆地走向宫殿大门,马维尔的心沉得更低——天底下再没有人走路如此浮夸。"科斯卡。老醉鬼想干吗?"

"谁知道他长满疹子的脑袋想些什么?"

老佣兵闲庭信步般走向卫兵,一边挥手打招呼,仿佛那不是萨利公爵的宫殿,而是他的。马维尔听见呼啸的风声中夹杂着话音,但听不清说了什么。"他们说啥?"

"你不会读唇?"维塔瑞嘟囔。

"不会。"

"真不容易,竟找得到一个你无法独占鳌头的领域。那些卫兵在盘问他。"

"这谁都知道!"从他们抵在科斯卡胸口的长戟就能看出。老佣兵摘下帽子,深鞠一躬。

"他回应道……在下尼科莫·科斯卡……名扬天下的雇佣军人……特来……"她放下望远镜,皱起眉头。

"特来什么?"

维塔瑞看向他。"特来与公爵共进晚餐。"

黑暗
Darkness

彻底的黑暗。蒙扎睁大眼睛四处张望，但除了让人头晕目眩、喘不过气来的黑暗，什么也看不见。她甚至觉得就算自己的手放在眼前也看不见——她的手当然没法伸到眼前，没法伸到任何地方。

他们把她的手腕吊向天花板，把她的脚踝锁在地板上。如果她伸长胳膊，脚掌刚刚碰到冰冷的石地，如果她伸直大脚趾，便能缓解手臂、双肋和身侧的酸痛，多么仁慈的设计。很快，她的小腿变得火辣辣的，越来越难受，她不得不咬紧牙关，扭动磨破皮的手腕。这样的设计就是为了让她难受、屈辱和恐惧，而她心知还远没到最糟糕的时候。

她不知辰被关在哪里，或许女孩正眨巴着那对大眼睛，流下圆滚滚的泪珠，痛陈自己一无所知，借此博取信任——她那张脸很容易让人上当，蒙扎就没有那样的脸。当然，她也配不上那样的脸。一片漆黑中，摆子不知在哪里挣扎，弄得锁链哗哗响。他先用北方语骂，接着又用斯提亚语骂。"该死的斯提亚。该死的奥苏那。见鬼。见鬼。"

"别骂了！"她冲他吼，"有力气不如……不如……总之省省力气吧。"

"省下力气有用？"

她吞了口口水。"至少比白费力气强。"当然没用。什么都没用。

"死者在上，我想撒尿啊。"

"那就尿吧。"她冲黑暗没好气地说，"害什么臊？"

摆子嘀咕了一句，接着液体溅在石头上的声音传来。若非她的膀胱恐慌得打结，她也想跟着一起尿。她再次踮起脚，忍住双腿的酸痛，然而手腕、胳膊和身侧也没好过多少。

"你有计划吗？"摆子的话在污浊的空气中回荡。

"我他妈能有什么计划？他们觉得我们是间谍，在为他们的敌人卖命。他们对此确信无疑，所以会想方设法让我们开口！一旦我们说出的东西不符合他们的设想，他们就会宰了我们！"一阵野兽般的吼叫响起，伴随着更加剧烈的锁链撞击声。"你以为他们不知道我们会拼命挣扎？"

"那怎么办？"他声音颤抖，惊慌失措，甚至带着哭腔，"吊在这儿坐以待毙？"

"我……"她勉力忍耐，并不熟悉的泪水倒流进咽喉。她对如何脱身毫无头绪，有什么比现在这副样子——赤身裸体被锁在地下深处——更无助的呢？"我不知道，"她轻声说，"我不知道。"

锁头转动声突然传来，蒙扎猛地抬头，浑身汗毛倒竖。门"吱"一声开了，亮光刺痛了她的眼睛。有人沿石台阶走下来，靴子踩石头的声音格外分明。他握着支火把，身后还跟了一人。

"让我们看看接下来怎么办？"是女人。兰格利。是那个抓住他们的女人，那个把蒙扎打下楼梯、夺走她戒指的女人。拿火把的则是留八字胡的佩罗。他们两人穿得像屠夫，围着沾满污渍的皮革围裙，戴着厚手套。佩罗绕屋子走了一圈，点燃墙上的火把——这里其实有更合适的灯笼，不过火把看起来更阴森，也更能让囚犯害怕。火光映出潮湿粗糙、点缀着绿苔的石墙，墙边摆着两张桌子，桌上都是沉甸甸的铸铁工具。相当笨重的工具。

蒙扎觉得还是黑暗比较好。

兰格利俯身点燃一个火盆，耐心地将炭火吹旺，随着她吹气，橙色火光慢慢笼罩了她柔和的脸庞。

佩罗皱了皱鼻子。"你们谁撒尿了？"

"他。"兰格利说，"不过有区别吗？"蒙扎看着上尉将几根铁条塞进火盆，只觉喉咙发紧。她侧头看了看摆子，他也正好看着她，两人相对无语。确实无话可说。"反正用不了多久他俩都得尿出来。"

"你说得轻巧，又不用你打扫。"

"我打扫过更糟的地方。"她看向蒙扎，目光里只有倦怠，没有憎恨，没有其他任何情绪。"给他们点水喝，佩罗。"

佩罗递来水袋。蒙扎很想啐在他脸上，大声叫骂，但她很渴，现在也不是置气的时候。于是她张开嘴，容他拔掉塞子灌她水喝，浑不顾呛嗓子。水顺着脖子往下流，滴落在她赤裸的脚底冰冷的条石上。

眼见她慢慢缓过气来，兰格利开口："你也看到了，我们都是人，但我跟你交个底，如果你不配合我们，这恐怕是你能得到的最后一丝仁慈。"

"这是战争，小子。"佩罗把水袋递向摆子，"战争，而你们是敌人。我们没时间讲道理。"

"只要给我们点有用的东西，"兰格利说，"一点能让我对上校交差的东西，我就放你们一马，大家皆大欢喜。"

蒙扎直视她的眼睛，一眨不眨，尽力取得对方的信任。"我们不是奥索的人。正相反，我们来这儿是为了——"

"但从你们那里搜到了他的制服,不是吗?"

"这样我们才能在城破时混进他们军中。我们来这儿是为了刺杀加恩马克。"

"奥索请来的联合王国将军?"佩罗扬起眉毛看着兰格利,后者耸肩回应。

"要么她说的是真的,要么他们是塔林人的间谍,来这儿说不定是为了刺杀公爵。哪个更可信呢?"

佩罗叹口气:"这游戏我们玩了太多次,答案显而易见,十有八九是后者。"

"十有八九。"兰格利抱歉地摊开手,"所以你恐怕要再想一想。"

"我他妈想不出了,"蒙扎咬牙吼道,"我真的——"

兰格利戴手套的拳头突然砸在她腹部。"我要听真话!"上尉的另一个拳头捶在她身体另一侧。"真话!"又一拳打在她肚子正中。"真话!真话!真话!"上尉尖叫着,吐沫喷了蒙扎一脸,拳头打得蒙扎前后摇晃,尖锐的击打声和蒙扎伴着喘息的呻吟在潮湿的墙壁间阴郁地回荡。

蒙扎的身体迫切的本能反应全都无法做到——抱住双臂或者蜷成一团或者干脆倒地,事实上,连呼吸都很困难。她就像钩子上挂的肉一样无助。兰格利打累之后,蒙扎无声地发了好一阵抖,双眼突出,每条肌肉都绷得紧紧的,随着手腕挪动袭来阵阵痛楚。她把一团混合物咳到了腋下,胸口无力地起伏着吸进一口气,又吐了一回。她四肢下垂,活像挂在晾衣绳上的湿床单,头发凌乱地贴在脸上,嘴里发出被痛揍的狗才能发出的呜咽,伴随着浅浅的呼吸,没法压抑,也无暇压抑。她听到兰格利的脚步朝摆子那边走去。"现在看来,她是个该死的白痴。给你个机会吧,大个子。先问你点简单问题。你叫什么?"

"摆子考尔。"他声音高亢,充满恐惧。

"摆子。"佩罗忍俊不禁。

"北方人,除了他们还有谁能想出这些滑稽名字?她呢?"

"她说她叫蒙洛卡托。蒙扎萝·蒙洛卡托。"

蒙扎缓缓摇头。并非责备他说出她的名字,而是心知坦白也白搭。

"你听见没?卡普亚的屠夫竟然大驾光临咱们这间小小的牢房!蒙洛卡托死了,白痴,几个月前就死了。我受够了,你们是不是觉得只要这么拖下去,谁都不会死?"

"你觉得他们是太蠢,"佩罗问,"还是太勇敢?"

"有区别吗?"

"你想从他开始?"

"你介意帮个忙?"兰格利皱眉活动了下手肘,"该死的肩膀今天特别疼,一到潮湿天气就这样。"

"你和你该死的肩膀。"佩罗边说边操作滑轮,把摆子头上的锁链松了一跨多,将其双手放到大致与脑袋平齐——但这点放松绝非仁慈,佩罗随即走到北方人身后,照腿弯就是一脚,踢得摆子跪倒在地,胳膊又重新打直。军士死死踩住北方人的小腿,让后者只能这么跪着。

"听着!"牢房很冷,摆子脸上却全是汗珠,"我们不是奥索一伙的!我对他的军队一无所知!我真的……真的什么都不知道!"

"他说的是真话。"蒙扎挣扎着附和,但她声音太小,没人听得见,并且这一点声音还再度引起咳嗽,胸口每次起伏都牵引着饱受殴击的肋骨,带来剧痛。

佩罗伸出一条胳膊抱住摆子的头,手肘卡着下巴,另一只手将他的脸向后掰。"不!"摆子大叫起来,蒙扎看到他鼓出的眼睛朝她瞟来。"是她!蒙洛卡托!她雇了我!要杀七人!报仇,为她弟弟报仇!还有……还有——"

"你抓好他了？"兰格利问。

"抓好了。"

摆子的叫声更大了。"是她！她要杀奥索公爵！"他浑身颤抖，牙齿打战，"我们杀了戈巴，还有银行家！银行家叫……叫马修斯！我们毒死了他，还有……还有……阿里欧世子，在斯皮奈！在春情院！现在我们——"

兰格利将一根坑坑洼洼的木头塞进他嘴里，打断他没用的废话。"免得你咬断舌头，回头还指望你说点有用的东西。"

"我有钱！"蒙扎艰难地说，她总算能发出点声音了。

"什么？"

"我有钱！金子！成箱黄金！尽管不在身边，不过……赫尔蒙的金子！只要——"

兰格利哼笑一声。"你肯定没想到，每个被关到这里的人都说自己埋了笔财宝，然而基本都是鬼话。"

佩罗也咧嘴笑了。"来过这屋子的人，要有十分之一像他们形容的那么有钱，老子早发财了。实际上老子没几个钱，假如你不清楚的话。"

"况且就算你真有几箱黄金，这会儿上哪里花去？这时候才贿赂我们未免晚了几周，整座城市被塔林人团团围住，钱没用了。"兰格利皱紧眉头揉了揉肩膀，又伸直胳膊抡了一圈，接着从火盆里抽出一根铁条。金属刮擦的刺耳声音充斥牢房，铁条溅起大片橙色火星，蒙扎业已搅成一团的肚腹又涌上一股强烈的恶心。

"真的，"她轻声说，"我们说的是真的。"她的力气全部消失了。

"那当然。"兰格利上前几步，将烧成明黄色的金属插进摆子的脸。那就像一片培根落在烧热的锅里，也许要更响一些，伴随着摆子失去控制、震耳欲聋的哀号。他弓起后背，不住扭动、抽搐，活像一条咬钩的鱼，但佩罗始终紧紧抓着他，脸上表情毫无变化。

油腻的热气从摆子脸上喷出，一小股火苗冒了起来，但兰格利熟练地一撅嘴就吹灭了。她不断扭动铁条，让它继续往眼睛里插。她做这些跟擦桌子没什么区别，这是不幸的她必须完成的家务，冗长而乏味。

咝咝声渐渐变小，摆子的哀号也变成低哑的呻吟。他已完全虚脱，被木条撑开的嘴冒着白沫，口水顺着牙齿沿嘴唇滴下。兰格利退开几步，抽出铁条。它已冷却成暗橙色，尽头沾着冒烟的黑灰，她有些厌恶地把它扔回火盆。

佩罗松开手，摆子垂下头，有气无力地喘息。蒙扎不知他还有没有意识和知觉，只能祈祷他昏过去了。屋里弥漫着烤糊的肉味，她不想看他的脸，不敢看他的脸，却又忍不住去看——她瞥见一长条黑色伤口跨过脸颊，横贯眼睛，周围是鲜红的嫩肉，还起了几层泡，混合着脂肪，弄得他脸上油汪汪的。她猛地转开目光，双眼大张盯着地面，只觉被掐紧了喉咙，浑身凉得像从河里打捞出的尸体。

"来吧，现在想好没？还是想把你的秘密再保守几分钟？就算你不说，那个黄发小婊子待会儿也会说的。"上尉伸出一只手在面前扇了扇。"操，臭死了。佩罗，放她下来。"

随着锁链碰撞声，她也被放了下来。她根本站不住，又惊又怕，浑身酸痛，跪在石板上的双膝没有一丝气力。摆子断断续续的呼吸声传来。兰格利揉着肩膀。佩罗一边轻声哼曲儿一边把锁链系好，然后踩在蒙扎的小腿上。

"求求你。"她轻声说，浑身禁不住颤抖，牙齿禁不住打战。蒙扎萝·蒙洛卡托，让人闻风丧胆的卡普亚的屠夫和塔林的毒蛇，血之年代诞生的怪物，此刻已成遥远的记忆。"求求你。"

"你以为我们想干这个？你以为我们不想大家和和气气？我巴不得那样呢，对不，佩罗？"

"没错。"

"所以行行好,给我点有用的东西。只要告诉我……"兰格利闭上眼,用手背揉了揉,"先告诉我你听命于谁,这也算个好开端。"

"好的,好的!"蒙扎眼里噙满泪水,"我说!"眼泪不可抑制地顺着脸颊滚落。"我全说!"她并不知道自己在说什么,"加恩马克!奥索!塔林!"胡言乱语。什么都没说,什么都能说。"我……我为加恩马克效力!"只要可以暂时阻止火盆里的铁条,什么都能说,"我听命于他!"

"直接听命于他?"兰格利皱眉看了眼无聊地拨弄手掌死皮的佩罗,后者也皱眉回视。"当然喽,萨利大公爵殿下也常来这里视察工作呢。你他妈当我是白痴?"

她捏住蒙扎的脸,先扭向一边,又扭向另一边。蒙扎嘴里血水直流,双颊火烧般疼,整个牢房天旋地转。"少给我胡编乱造!"

蒙扎摇摇头,极力想清醒一些。"你还要我说什么?"她肿胀的嘴吐出含糊不清的句子。

"有用的东西!"

蒙扎血淋淋的嘴唇上下翕动,然而除了一股血水,什么都没吐出来。谎言没用。真相也没用。佩罗的胳膊从后伸来,钩住她的头,犹如绞索拽着她的脸朝向天花板。

"不!"她大叫,"不!不——"那根木条塞进她嘴里,上面还沾着摆子的唾沫。

蒙扎恍恍惚惚地看到兰格利走到她面前,揉着一侧肩膀。"该死的肩膀!我敢说我才是这里最疼的人,可没人对我开恩,是吧?"她干脆地从火盆里拽出炙热的铁条,高高举起,明黄色金属为她的脸笼上一层淡淡的暖光,映得她额头的汗珠闪闪发亮。"没什么比别人的疼痛更无聊了。"她伸出铁条,蒙扎惊恐地瞪大了泪汪汪的双眼,全神贯注地看着铁条白炽的尖端慢慢接近,伴着微弱的嗞嗞声。她屏住呼吸,泣不成声,似乎能感受到热浪迎面袭来,甚至已经开始觉得疼了。兰格利俯身——

"住手!"蒙扎的眼角余光瞥见门口有个模糊的人影。她眨了眨眼睛,眼睑跳个不停。那是个高大臃肿的男人,身穿白色礼服,站在台阶底部。

"殿下!"兰格利像被烫到似的慌忙把铁条塞回火盆,箍着蒙扎脖子的手也陡然松开,踩住她小腿的脚也抬了起来。

萨利大公爵的眼睛在他那张面积相当可观的白脸上溜溜转,看看蒙扎,看看摆子,接着又看向蒙扎。"是他们吗?"

"正是。"尼科莫·科斯卡从公爵身后探出头来,朝牢房内张望。蒙扎一生中从未这么高兴见到某个人。老佣兵打个激灵。"晚了一步,北方人的眼睛毁了。"

"至少他的命保住了。不过兰格利上尉,你们对她的身子做了什么?"

"殿下,那些伤疤本就有的。"

"是吗?真遭罪。"萨利缓缓摇头,"这真是天大的误会。从现在起,两位就是我的贵客。给他们穿好衣服,尽力医治他的伤势。"

"遵命。"兰格利抽出蒙扎嘴里的木条,深深低下头。"我为我的失误感到万分惭愧,殿下。"

"你也是履行职责。如今正当战时,人人如临大敌。"公爵长叹一声,"蒙洛卡托将军,您是否愿意在我的宫殿稍事休息,明早共进早餐?"

锁链叮叮当当地松开,瘫软的双臂落在膝上。她模模糊糊应了句"好",便失声痛哭,再也说不出什么,一任泪水肆意滑落。

哭泣中混合了恐惧、痛苦和无尽的解脱。

鉴赏家

The Connoisseur

纷飞战火中，萨利公爵的餐厅又迎来一个平平无奇而又安宁充实的早晨。餐厅十分华丽，公爵殿下显然在此度过了许多好时光。四名乐师在远处的角落演奏出优美乐曲，个个笑容满面，仿佛是完全自愿前来这座被敌人包围的宫殿献艺。长桌堆满珍馐美味：肥鱼鲜贝、面包点心、水果奶酪，还有甜点、肉食和蜜饯。它们整齐堆放在镀金盘子里，那盘子和将军胸口的奖牌一样闪亮。这些食物二十人都吃不完，而今桌旁只有三人用餐，其中两人完全不饿。

蒙扎的状况不太好。她双唇裂了口子，脸庞中央的部分白得吓人，两颊却高高肿起、红得发亮，一只眼睛的眼白爬满红丝，手指不断颤抖。科斯卡看着她就心疼，暗暗庆幸自己出现得还算及时——但对他们的北方朋友，他也无能为力。他发誓整晚都能听到穿墙而来的呻吟声。

他伸出叉子叉向一根烤肠。烤肠香喷喷的，烤网在肠身印出整齐的黑色网格，这让他想起摆子那张留下黑道道、被烫熟了的脸，不禁清了清嗓子，转而叉起一枚煮透的鸡蛋。鸡蛋就要放进餐盘时，他又发觉这东西很像眼珠，慌忙甩了回去，恶心得手都有点发抖。他喝了口茶，假装里面兑了白兰地。

萨利公爵忙着回忆往昔的峥嵘岁月。人一旦风光不再，往往就会沉迷于此。科斯卡对此也很热衷，但没想到当观众有这么无聊，他决定改掉这习惯。"……啊，这里举办过那么多盛宴！我就在这张桌旁盛情款待那些伟大的男男女女！洛根特，孔泰，索多里斯，当然，还有奥索。我当时就不信任那个尖嘴猴腮的骗子。"

"在斯提亚的宫廷舞蹈里，"科斯卡说，"没有永远的舞伴。"

"这就是政治，"萨利耸耸肩，双下巴跟着轻抖，"风水轮流转。英雄转眼便成恶棍，成就转眼便……"他皱眉盯着自己吃空的餐盘，"恕我直言，你两位恐怕是我最后的贵客，好在你们见惯了大场面，不至于太过失落。无论如何，来者是客！我一定让你们宾至如归！"科斯卡倦怠地笑笑，蒙扎则笑都懒得笑。"没心情找乐子？看看你们拉长的脸，别人会以为我的城市已尽成火海！不管外面状况如何，我们在餐桌边也帮不上忙。瞧啊，我敢说，我吃的比你两位加起来还要多一倍。"科斯卡认定公爵的体重至少比他俩加起来还要多一倍。萨利将装白色液体的酒杯举到唇边。

"你喝的什么？"

"羊奶。有点酸，但有助于消化。好吧，朋友们——当然也可以说是敌人，对强者而言，没什么比好对手更值得珍重——既然没有食欲，我们就去转转。"他费力地从椅子上起身，嘴里嘟嘟囔囔，随意扔下酒杯，一只馒头似的手随音乐打着拍子，带他们走过瓷砖地板。"你们的北方伙伴怎样了？"

"疼得不行。"蒙扎垂眼嘀咕。

"是啊……哎……真可怕。这就是战争，这就是战争。兰格利上尉说你们共有七人。那个娃娃脸的金发女人在这里，还有你的手下、那个带来塔林人制服的家伙。他天刚亮就在我的食品贮藏室里不停点数,但我不需要他那种神秘的数字天赋也能看出,你们还有两人……没归队。"

"我们的毒师和我们的拷问者。"科斯卡说,"可惜,那么棒的可不好找。"

"你们有一支很棒的团队。"

"艰难的任务需要强硬的团队。但我估计他们已逃出了威斯尼亚。"如果他们脑子清醒,现在恐怕都快逃出斯提亚了。科斯卡并不觉得这是他们的错。

"所以你们被抛弃了,呃?"萨利哼了一声,"我理解你们的感受,我的盟友也抛弃了我,还有我背信弃义的士兵和人民。我简直要崩溃了,唯一剩下的慰藉是这些收藏品。"他胖胖的手指指向幽深的大门,沉重的双开门业已打开,明亮的阳光倾泻而入。

科斯卡敏锐的双眼注意到石壁上有道深深的凹槽,天花板的一道宽缝中许多根铁刺精光闪烁。若他没看错,这是道铁闸。"你的藏品保护得很周密。"

"这是自然。这里收藏着全斯提亚最有价值的东西,历经无数年月才有今日规模。从我曾祖父时就开始收藏了。"萨利引他们转入长廊,一条金色刺绣镶边地毯铺在长廊中央,阳光从高窗里照射进来,照得五颜六色的大理石闪闪发光。高窗对面挂满了大幅油画,它们排成长列,衬着镀金画框。

"本厅展示的是诸位米德兰大师的作品,"萨利介绍。这里有秃头左勒的狰狞面容,还有许多联合王国国君——哈罗德、阿诺特、克什米等,看他们洋洋得意的表情,别人会以为他们拉的屎都是黄金。萨利在一幅大型油画前驻足片刻,它展现了尤文斯之死,一个流血的小小身影躺在广袤的森林前,闪电从乌云笼罩的低空划过。"这笔触。这色彩,呃,科斯卡?"

"出神入化。"虽然他觉得这就是一通乱涂。

"凝神研究它们是我最快乐的时光,探求大师的寓意,每次都有收获。"科斯卡挑眉看向蒙扎。如果他能多花些时间研究地图而非这些古旧画作,斯提亚大概不会变成今天这副样子。

"这些是旧帝国的雕塑,"伴随公爵的低声介绍,他们穿过宽敞门廊,来到第二条通风的长廊,两边皆伫立着古老的雕塑,"把它们从加基斯海运到此的费用你们绝对无法想象。"英雄、皇帝、神祇,有的缺鼻子,有的掉胳膊,身上坑坑洼洼,模样十分诡异。一千年前的风云人物如今化作一个个困惑的残废,成天想着:我在哪儿?还有,天啊,我的胳膊呢?

"我一直不知该如何是好。"萨利突然转变话题,"我想听听你的意见,蒙洛卡托将军。你的冷酷无情、独断专行及执着用心闻名斯提亚全境,甚至传及域外,而果断从不是我的长项。我总喜欢思考行为会带来的损失,宁愿绝望地看着所有可能关闭的通道,也不想去打开机遇的大门。"

"对战士来说这是个弱点。"蒙扎说。

"我明白。或许我天性懦弱,是一名不合格的战士。我一直相信善意、公平和正义,如今我和我的人民却要为此付出代价。"或许如此,更或许是因为他的贪婪、背叛和好战。萨利审视着肌肉健硕的船夫的雕像,那大概是将亡魂渡到地狱的死神。"我可以乘小船趁天黑逃离城市,顺流而下,逃之夭夭,去投奔盟友洛根特大公爵。"

"那也只能暂避一时,"蒙扎沉声说,"接下来就轮到洛根特。"

"没错。何况我这等身份的人,逃跑?实在有失体面。或许我该向你的好朋友加恩马克将军投降?"

"你知道结局如何。"

萨利突然收起和颜悦色,面色一凛。"或许加恩马克不像奥索的其他走狗那样无情?"接着他的情绪又低落下去,卷起了双下巴。

"你说得对。"他凝重地看向旁边又一座雕像,它的脑袋早已遗失了几个世纪。"我能得到的最好结局就是胖脑袋被插在枪上,就像好心的孔泰公爵和他儿子那样,呃,蒙洛卡托将军?"她平静地看着他。"就像孔泰和他儿子那样。"科斯卡则暗想:头插在枪上还是一如既往地流行。

他们转过拐角,来到第三条长廊,这里比第一条廊还要长,同样挂满油画。萨利拍掌道:"这是我们斯提亚的作品!来自我国最杰出的天才!即便我们逝去后被世人遗忘,他们的遗产仍将流芳百世。"他在一幅描绘繁荣市集的作品前停步,"或许我该和奥索做笔交易?献出他的死敌以求仁慈?那个杀了他长子继承人的女人?"

蒙扎不为所动。她不会被这种话吓到。"想撞大运的话你尽可一试。"

"哎,可惜好运不会眷顾威斯尼亚。奥索从不妥协,即便我能让他儿子死而复生。你说得没错,这样看来,只剩自杀一条路了。"他示意贵客们看向一幅黑画框装裱的巨幅画作,内容是一位半裸的士兵将佩剑递给败阵的将军,大概将军是要光荣赴死,以求保留男人最后的尊严。"像无数陨落的英雄豪杰那般,将锋利的剑刃插进赤裸的胸膛!"旁边另一幅画上,一位傻笑的酒商靠在酒桶上,朝光亮处举杯。噢,一杯,一杯,来一杯。"或者服毒?在酒中下点致命的药粉?在床单里放只蝎子?塞条毒蛇进内衣?"萨利笑看着两人,"都不行?还是上吊算了?我知道上吊时人通常会失禁。"他特意拍了拍腹股沟,生怕他们没听懂。"听起来比服毒有趣。"公爵长叹一声,郁郁地盯着一幅描绘吃惊的出浴少女的画作。"算了,我哪有做这番壮举的勇气。我指的是自杀,不是失禁,我那话儿每天可都在好好发挥作用,虽然这个体格了。你呢,科斯卡,还中用吗?"

"跟喷泉一样猛啊。"他拖长声音迎合。这种话题他从不甘示弱。

"该怎么办?"萨利若有所思地说,"该怎么——"

蒙扎拦在他面前。"帮我杀了加恩马克。"

科斯卡眉毛一跳。即便饱受摧残、浑身是伤、强敌环伺，她仍急不可耐地渴望出击，正如萨利形容的那样：冷酷无情、独断专行及执着用心。

"这对我有何意义呢？"

"他会抢走你的藏品。"她总能轻而易举击中别人的软肋，科斯卡见识过太多次——有时是对付他，有时是对付别人。"他会把你所有的画作、雕像和花瓶打包装箱，用船运到丰特萨莫宫，去装饰奥索的厕所。"漂亮的一击。厕所。"加恩马克也是个鉴赏家，跟您一样。"

"那个联合王国基佬跟我才不一样！"萨利一下子气得脸红脖子粗，"他不过是个小贼，喜欢自吹自擂，还偏好男色。正是他让丰饶的斯提亚浸满鲜血，好像他的双脚不习惯这里的健康土壤一般！他可以夺走我的生命，但绝不会得到我的画！我发誓！"

"我能帮你。"蒙扎靠得更近，压低嗓音提议，"城市一旦陷落，他就会十万火急地赶来这里，想抢走您的藏品。我们只需穿上他军队的制服，等……等他进来，"她打个响指，"放下闸门，瓮中捉鳖！你就抓住他了！帮帮我吧。"

但时机已经过去，萨利又恢复了那副双眼低垂、漫不经心的神情。"这两幅画是我的最爱，"他波澜不惊地指向两幅相映成趣的画作。"帕特里奥·加瓦拉对女人的探究，它们总被放在一起。这画的是他的母亲和他最宠爱的妓女。"

"母亲和妓女，"蒙扎冷冷地说，"去他妈的艺术家吧。我们在讨论加恩马克。帮帮我！"

萨利疲惫地叹口气，"哎，蒙扎萝啊蒙扎萝，如果你五年前来求助，如果在苍松之战以前，在卡普亚的惨案以前，甚至哪怕在去年春天、你还没把孔泰的头挂上他的城门以前，我都会帮你。到那时为止，我们还能好好共事，一起为自由而战。哪怕——"

"恕我直言，殿下，反正我像袋烂肉一样，整晚经受折磨。"蒙扎说到"烂肉"这个词时稍有动摇，"你想听听我的意见，依我看来，你之所以失败是因为你的软弱、温吞和迟缓，仅此而已。利益均沾时，你很乐意与奥索并肩作战，笑着享受他的手段。只要能带来更多领地，只要有利可图，你同样会放纵部下四处烧杀、奸淫掳掠，那时可不管什么对自由的热爱。试问普兰提的农民从你这里得到了什么？多少人的家园被你夷为平地？萨利，你尽可扮演殉道者的角色，但别拉上我，我恶心坏了。"

科斯卡不禁打个激灵。这番话过于刺耳，尤其在当权者耳中。

公爵眯起双眼。"你说直言？若你敢这么对奥索说话，也难怪他会把你扔下山，我甚至恨不得眼前就有堵山崖。你这么喜欢直言不讳，就请告诉我，你到底怎么惹恼了奥索？我还以为他把你当女儿一样宠，甚至比对自己的亲骨肉还好——当然，那三个孩子是不怎么讨人喜欢，狐狸、泼妇和老鼠。"

她淤青的脸抽搐了两下。"我太受他的人民爱戴了。"

"没错。所以？"

"他怕我窃取他的宝座。"

"真的？你从未觊觎那个位置？"

"我只想帮他保住地位。"

"真的？"萨利冲科斯卡咧嘴而笑，"这可不是你第一次把忠诚的爪子伸向主子的位置了，是吧？"

"我什么都没做！"她吼道，"除了帮他打胜仗，让他成为斯提亚最有权势的人，我没做任何事！"

威斯尼亚公爵叹息："我虽然身子胖了，蒙扎萝，但脑子没坏。算了，你想怎样就怎样吧，你是无辜的，正如你在卡普亚慷慨施舍而非大肆屠杀。保密固然有必要，但瞧瞧又给你带来了多少好处呢？"

他们踏入开阔的门廊,强烈的阳光让科斯卡眯起眼睛,之后又经过清爽的柱廊,来到整栋建筑中央青翠整洁的花园。清水汇入角落里的池塘,怡人微风吹得初绽的鲜花频频点头、修剪整齐的灌木瑟瑟舞动,吹下了苏极克樱桃树上盛放的花瓣。这些树背井离乡,漂洋过海,成了威斯尼亚公爵的玩物。

花园正中辟出一块鹅卵石地,其间伫立着一座巍峨雕像,比真人大出一倍多,用料是洁白到几近透明的大理石。雕像是一位裸男,他如舞者般身形潇洒,又如摔跤手般肌肉结实。他伸出一只手,紧握一把被岁月染黑、布满铜锈的青铜剑,仿佛统领大军正要攻向餐厅,而掀起的头盔下紧锁的眉头更衬托出他完美的面庞。

"战神。"科斯卡轻声道。巨大的青铜剑投出的阴影落在他的眼睑,剑刃在阳光下闪烁。

"没错,这是斯提亚最伟大的雕塑家波那廷的作品,或许是他最伟大的作品,创作于新帝国全盛时期。它原本安放在博洛里塔的元老院的阶梯上,我父亲在夏日之战后将它收为己有,作为战争赔偿。"

"他为这个……"蒙扎撇撇开裂的嘴唇,"发动了一场战争?"

"一场规模不大的战争,但很值得。它很美,不是吗?"

"很美。"科斯卡撒谎。对快饿死的人而言,面包很美;对无家可归的人而言,屋顶很美;对不可救药的酒鬼而言,什么酒都美——只有那些予取予求的人才会觉得一块石头很美。

"据我所知,其原型来自指挥达米姆之战那场著名冲锋的斯多里克斯。"

蒙扎一挑眉毛。"指挥冲锋,呃?如果是这样,他至少该穿条裤子。"

"这叫艺术创作。"萨利没好气地回应,"借助创造力,作者可以发挥想象。"

科斯卡皱眉。"是吗?我一直觉得一个人做的事要有价值,就不能远离真相……"

急促的脚步声打断了他,一个神色慌张的军官冲进花园,脸上大汗淋漓,夹克左襟沾了一长串黑泥点。他单膝跪在鹅卵石地,低下头。

"殿下。"

萨利看都没看他。"说吧。"

"又一拨进攻开始了。"

"早餐没多久就开始?"公爵摸着肚子,打了个哆嗦,"这加恩马克真是个典型的联合王国人,蒙洛卡托,跟你一样完全不重视餐点。结果如何?"

"塔林人在城墙上打开了又一个缺口,就在港口附近。我军奋力将他们逼退,但伤亡惨重。敌我人数上的差距——"

"我知道人数悬殊。让你的人尽可能坚守。"

上校舔舔嘴唇,"然后……"

"就这样。"萨利始终盯着高大的雕像。

"遵命,殿下。"军官退向门廊。他即将在下一个或再下一个缺口处迎来英勇而无谓的死亡。科斯卡早就发现,大部分英勇的死亡都是无谓的。

"威斯尼亚即将陷落。"萨利看着那座以斯多里克斯为原型的巨大雕像,舔了舔舌头,"多么令人……痛心。我要能像他一样该多好。"

"你是指腰像他那么细?"科斯卡嘀咕。

"我是指像他那样勇武——当然,既然是发挥想象,能有那么细的腰也不错。我必须感谢你……诚实得让人近乎难堪的意见,蒙洛卡托将军。我可能还要几天来定夺。"明知避无可避,还要拖延时间,白白耗费几百条人命,"在此期间,我希望你们待在我这里。你们两人,还有另外三位朋友。"

"是客人,"蒙扎问,"还是囚犯?"

"你已经见识过我们如何对待囚犯了。你想选哪个呢?"

科斯卡深深吸了口气,缓缓抓挠脖子。这无需选择。

烂肉
Vile Jelly

摆子的脸就快愈合了，淡粉色伤口从前额向下，穿过眉毛，穿过脸颊。再过几天，它们肯定会变得更淡，只有眼睛还在痛，但他尽力不表现出来。蒙扎躺在床上，被单缠在腰间，瘦削的背冲着他。他就那么站在那里，咧嘴笑笑，瞥见她的肋骨随呼吸轻轻起伏，肋骨间的阴影也跟着变幻。过了一会儿，他轻手轻脚离开镜子，来到敞开的窗边，朝外看去。整座城市都在燃烧，火焰点亮了夜空。奇怪的是，他不太确定这是哪座城市，他又为什么来到这里。他现在脑子转得很慢。他打个寒战，伸手搓了搓脸。

"痛啊，"他嘀咕，"死者在上，真痛。"

"噢，真痛？"他猛转过身，踉跄着靠在墙上。恐刹芬利斯笼罩在面前，秃头直顶到天花板，一半身躯被细小的字符覆盖，另一半穿着黑铁板甲，狰狞的脸色活像一碗煮开的粥。

"你……你他妈死了！"

巨人大笑。"我他妈是死了。"他的身体被长剑贯穿，剑柄插在下腹，剑尖从另一侧腋下穿出。他用硕大的拇指沾了沾顺着剑柄往下滴的鲜血，甩到地毯上，"这才叫真痛。你剪了头发？我更喜欢你以前的样子。"

贝斯奥德指着自己被砸烂的脑袋，它已看不出形状，鲜血、脑浆、头发和颅骨混在一起。他的嘴完全变了形，没法好好说话，"这才叫真痛！"他不知所谓地推了恐刹芬利斯一把，"你为什么没赢，你个半人半鬼的杂种？"

"我在做梦，"摆子自言自语，努力想摆脱眼前所见的一切，却感到脸颊皱得越来越紧，"我一定在做梦。"

有人在唱歌。"我是……死神的……化身！"锤子砸钉子的声音，"我是大平衡者！"乓！乓！乓！每一锤都让摆子的脸针扎般痛。"我是高山上的风暴！"血九指一边切割摆子哥哥的尸体，一边喃喃自语。他上身赤裸，道道伤疤和虬结肌肉染满鲜血。"你是个好人，呃？"他冲摆子挥舞鲜血淋漓的匕首，咧嘴一笑，"你他妈就应该强硬点，小子，你应该杀了我。现在过来帮我脱他的盔甲，乐天派。"

"死者知道我痛恨这狗杂种，但他说的有理。"哥哥的人头插在贝斯奥德的旗杆上，俯瞰着他。"你应该强硬点。仁慈等于懦弱。你以为钉上去的人头还能活过来？"

"你真让我丢脸！"父亲老泪纵横地挥舞着酒杯，"你怎么没替你哥哥去死？你这没用的小混蛋！你就是一坨屎，一无是处、胆小懦弱，辜负了我们！"

"通通都是废话。"摆子盘腿坐到火边，咬牙切齿地吼道，热血上头令脑门阵阵悸动。"通通都是……废话。"

"废话？"巴图鲁含混地说，鲜血从他喉咙上的大口子往外喷涌。

"通通都是。你们这些过去的面孔，非得说些似是而非的话，不他妈都是摆明的事实吗？碰上这堆烂事，你能做得更好？"

"嗯。"寡言回答。

黑旋风看起来有点无聊,"别怪我们,孩子。这不是你的梦吗?你把头发剪了?"看见狗子耸肩,他又道,"如果你更聪明,大概会做个更聪明的梦。"

有人从后面抓住他,他赶忙转头,发现血九指就在身边,头发被血粘得紧贴头皮,伤痕累累的脸也沾满血污。"如果你更聪明,大概不会让眼睛被融掉。"说着,他的拇指插进摆子的眼睛,力道越来越狠。摆子挣扎扭动,拼命尖叫,但没有用。

他还是瞎了。

他尖叫着醒来,最近总是如此。他的声音甚至不配称作尖叫,肿胀的嗓子艰难进出的只是几个刺耳的残破音节。

黑暗笼罩。疼痛撕扯着他的脸,仿佛恶狼在撕咬猎物。他掀开毯子,毫无头绪地向旁滚去,那滚烫的铁条仿佛还扎在眼睛里。他撞到墙壁,跪倒在地,弯下腰用双手按紧脑袋,仿佛是要控制住不让它炸裂。他颤抖着,每根肌肉都绷得紧紧的。他呻吟哀鸣,呜咽咆哮,口吐白沫,胡言乱语。他的眼睛让他发疯,让他无法思考,他只能狠狠抱着头,把还颤抖的手指伸进绷带里。

"嘘——"一只手伸了过来。蒙扎。她抚摸着他的脸,帮他拢好头发。

空洞的眼窝里,疼痛像斧子劈柴般一下下劈开了他的脑袋,折磨着他的意识,粉碎了他的理智,只留下疯狂的残渣。"死者在上……停下……操,操。"他抓住她的手,她浑身一颤,倒抽一口冷气,但他不在乎。"杀了我!杀了我。只要让它停下。"他甚至不知说的是哪国语言。"杀了我。死者在……"他哭了出来,泪水刺痛了完好的那只眼睛。她抽回手,他的身体又开始颤抖,而且颤抖得越来越厉害,撕扯脸颊的疼痛犹如锯子锯着树桩。他只想做个好人,不是吗?

"我试过,我真他妈试过。让它停下……求求你,求求你,求求你,求求——"

"给。"他抓住烟管,像酒鬼抓住酒瓶一般贪婪地吸吮。他不在乎大烟的辛辣,只一个劲儿地吸,把它们全吸进肺里。在他抽烟时,她一直抱着他,双臂将他环紧,前后摇晃。黑暗突然变得五彩缤纷,布满闪耀的光点,疼痛也退开一步,不再那么咄咄逼人。他的呼吸变得轻柔,宛如动物的哀鸣,备受煎熬的躯体终于放松下来。

她扶他起来,烟管从他瘫软的手上叮当滑落。摇晃的窗扇外是另一个世界——大概是地狱吧,红黄火苗仿如笔刷,在夜空中绘出长长的条纹。床迎面扑来,拥抱了他。他的脸仍在抽搐,传来阵阵麻木的痛感。他想起来了。他想起这一切是为什么了。

"死者……"他轻声说,泪水从完好的那只眼睛中涌出,"我的眼睛。他们烫瞎了我的眼睛。"

"嘘——"她小声回应,轻抚他完好的那侧脸颊,"别说了,考尔,别说了。"

黑暗袭来,再度将他包裹。但在彻底昏睡之前,他僵硬的手指笨拙地探进她的发际,将她的脸拉到自己的脸旁。他们挨得好近,她几乎要吻到他的绷带。

"本该是你。"他低声告诉她,"本该是你。"

帮人报仇
Other People's Scores

"那边就是他的地盘，"一个脸上生疮的孩子告诉他，"萨加姆的地盘。"

脏兮兮的门两旁是脏兮兮的墙，墙上贴的旧告示被风吹得哗哗响，它们厉声谴责八城联盟是歹徒、篡位者和罪犯的联合。告示上有两幅讽刺画，一幅画着圆滚滚的萨利公爵，另一幅画着阴险的洛根特公爵。两个活生生的罪犯站在门边：一个黑肤，另一个一条胳膊满是文身，两人摆出一模一样的凶相，吓得整条街上没人敢靠近。

"谢谢，孩子们，去买吃的吧。"申卡特朝每只脏兮兮的小手各塞了一枚天秤币，十二张脏兮兮的小脸上，十二双小眼睛睁得大大的，他们从没见过这么多钱。其实他心知肚明，这些钱他们几天之内就会花个精光，将来仍旧会沦为乞丐、小偷和妓女，得过且过，苟且偷生。但申卡特一生中干过太多坏事了，所以他总想尽可能表达善意。他知道一块钱固然微薄，但还是可能让命运的天平稍稍偏转，拯救其中某个人。即便能拯救一个，也不失为美事一桩。

他无声地走过街道，门边的两人一直阴沉地瞪视他。"我来见萨加姆。"

"武器？"

"我随身携带。"他和黑肤守卫对视片刻，"我的聪明才智随叫随到。"

他们都没笑。申卡特没指望他们笑，他也不打算让步。

"你找萨加姆干吗？"

"'你是萨加姆？'这是我的开场。"

"小子，你耍我们？"守卫握住腰带上的狼牙棒，无疑是想吓唬他。

"不敢。我来这里是为了放松心情，花销花销，就这样。"

"你算来对地方了。跟我来。"他引申卡特穿过一间炙热阴沉、弥漫着甜腻烟雾且到处都是影子的屋子。彩色玻璃灯盏发出蓝、绿、红和黄色的幽光，烟民们躺在灯盏周围，苍白的脸要么挂着扭曲的笑容，要么展现出茫然的空虚。申卡特发现自己开始自言自语，赶紧停止。

守卫掀开油腻的帘子，来到一间更宽敞的黑屋子，里面充斥着没洗澡的肉体、大烟、呕吐物、腐烂食物和腐朽生命混合的味道。一个通体文身的男人盘腿坐在汗渍斑驳的垫子上，墙边立着把战斧；另一人坐在对面，正拿匕首戳盘子里一块看上去相当倒胃口的肉，盘子旁放着上好弩矢的十字弓。他头上挂着面旧钟，垂下的钟摆像尸体肚内流出的肠子，左摇右摆：嘀嗒，嘀嗒，嘀嗒。

屋子正中的长桌有牌局，摆满钱币、筹码、酒瓶、杯子、烟管和蜡烛。一共六人坐在桌旁，申卡特的右手边是个胖子，左手边的人骨瘦如柴，正结结巴巴跟邻座开玩笑。

"他上、上、上了她！"

刺耳的笑声，冷峻的面孔，廉价的生命挥霍着廉价的大烟、廉价的酒水和廉价的暴力。领申卡特进来的人绕过他们，来到桌首俯在一位肩膀宽阔、皮肤黝黑、满头白发的大汉耳边说话。此人沧桑的脸挂着主人特有的怡然笑容，他娴熟把玩着一枚金币，让它在指节间来回腾挪。

"你是萨加姆？"申卡特问。

对方自在地点点头。"我认识你吗？"

"不。"

"那你是个陌生人咯？我们这里不常招待陌生人，是吧，朋友们？"有两个人心不在焉地笑了笑，"我们对大部分顾客知根知底。说吧，陌生人，萨加姆能为你做什么？"

"蒙扎萝·蒙洛卡托在哪里？"

整间屋子如坠冰窟，陡然陷入可怕的寂静。这是暴风雨前的寂静，它在不断酝酿，势不可挡地膨胀着。

"塔林的毒蛇死了。"萨加姆轻声说，眯起眼睛。

申卡特察觉到周围的人在慢慢移动，他们脸上的微笑消失了，他们站稳脚步、摆好姿势，他们的手伸向武器。

"她活着，并且你知道她在哪里。我只想跟她谈谈。"

"这杂、杂种以为自、自己算老几？"那个结巴的瘦牌手说，其他人哈哈大笑，但笑得很假，只为掩饰紧张。

"告诉我她在哪里就好，拜托，这样今天没有谁的良心会过意不去。"申卡特并不在意恳求，他老早就放下了虚荣。他与每个人对视，给每个人一次机会——每个他注意到的人，他都给了机会。他多希望他们能把握住啊。

但他们只冲他笑笑，又互相笑笑。萨加姆笑得最灿烂，"我的良心挺过得去的。"

申卡特从前的师父就会这么回答。"好吧，有些人的良心天生比别人少。"

"我来想个办法，猜硬币。"萨加姆托起手上的硬币，金子在灯光下闪烁。"正面，我杀你。背面，我告诉你蒙洛卡托在哪里……"他微笑的嘴越咧越大，雪白的牙齿衬着黝黑的脸，"再杀了你。"他轻轻弹起硬币，发出柔和的撞击声。

申卡特用鼻子缓缓、缓缓地吸了一口气。

金币飞到空中，翻转，翻转。

挂钟一下一下摆动，缓慢而凝重，仿佛大船的桨手在努力划桨。

咚……咚……咚……

申卡特的拳头打在右手边的胖子肥硕的肚皮上，直陷到胳膊肘。胖子没来得及惨叫，只是双眼鼓胀，发出一声短促的叹息，申卡特的手掌随即盖住了他震惊的脸庞，用力一扯，便将骨头像纸一样撕开，把半个脑袋扯了下来。鲜血喷溅在桌上，凝成无数黑色斑点。其他人的表情刚从暴怒转为惊骇，申卡特又将一人从椅子上提了起来，甩上天花板。这人快撞到屋顶时才来得及大叫，他撞断了两根房梁，木屑横飞，随后扭曲的身体伴着飞洒的灰尘和破碎的石膏瘫软地摔向地面。但早在他落地之前，申卡特已抓住另一个牌手的头，按向桌面，砸出个大窟窿，然后脑袋在地上像水果一样碎裂，混合着纸牌、破杯子和破烂木片。申卡特抽出此人手中的短柄斧，反手一掷，那个坐在垫子上的文身男正待起身，张嘴发出战吼，却被飞过整间屋子的斧子正中胸口。斧柄先击中他，但没关系，这一掷的力道足以让斧子在他身上像孩子的陀螺般转圈，直至割出好大一条口子，鲜血朝四面八方喷洒。

十字弓发射声深沉而不协调，绷紧的弓弦微颤着将弩矢射向他，但在申卡特看来，它就像游过糖浆一般穿过灰尘弥漫的空气，矢杆还在不自信地轻摆。他伸手捉住弩矢，将它利落地插进附近一个人的脑袋，那人的脸向颅内凹陷，血肉从破碎的皮肤中喷出。申卡特抓住下颚，轻轻一挥手，便将尸体扔向屋子另一头的十字弓手。他们狠狠撞在一起，四肢交缠，又把木板墙撞出个参差不齐的大洞，最后落在墙外的巷子里。

领申卡特进来的守卫高举狼牙棒，嘴巴大张，吸进的空气意味着咆哮声即将响起。申卡特跳过被自己砸烂的桌子，捶向他的胸口，打碎了全部肋骨。那守卫在冲击力作用下不停转圈，扭得像个螺丝锥，狼牙棒从无力的手中落下。申卡特上前两步，抓住萨加姆还没落下的硬币，握在掌心。

这时他才呼出那口气，让时间概念恢复正常。

两具尸体重重落地，石膏撒得到处都是。文身男瘫倒在地，左腿不断抽搐，靴子撞得地板梆梆响。还有一个人在呻吟，但也没持续多久。最后几滴血掉下来，轻洒在他们身上，在破碎的玻璃、折断的木头和残缺的躯体上形成一片血雾，而垫子里冒出的白色羽毛像云朵一般在空中飘荡，迟迟不肯落下。

申卡特的拳头在萨加姆震惊的面孔前微微颤抖，蒸汽从中冒出，接着融化的黄金顺着指缝蜿蜒流下前臂，形成一道道金光闪闪的痕迹。他张开手，掌心朝前，上面只有脏污的黑血和一摊金水。"不是正面，也不是背面。"

"我、我、我……"口吃男还坐在原位，抓牌的手打着摆子，浑身上下溅满鲜血，没一处干净。

"你，"申卡特道，"结巴。你可以活。"

"我、我……"

"我只放过你。滚吧，趁我没改主意。"

神志失常的混混扔下牌，抽噎着跑向门口，跟跟跄跄逃了出去。申卡特看着他离开。即便只放过一个，也是件好事。

他转回身，刚好撞见萨加姆把椅子高举过顶，发起攻击。椅子砸在申卡特肩上，四分五裂，碎片横飞。毫无意义的挣扎，甚至没引起申卡特的警觉。他的手刀砍向萨加姆粗壮的胳膊，将其像枯枝一般折断,这力道同时将大汉击倒在地,滚了好多圈。

申卡特紧跟上前,老旧柔软的工靴准确地踩中地上的空隙,没发出半点声音。萨加姆咳嗽着摇晃脑袋,背靠地面向一旁蠕动。他牙关紧咬,发出含混的呻吟,折断的胳膊角度奇怪地拖在身后,脚上的古尔库绣花拖鞋也拖着鞋跟,在满地灰尘、血迹、羽毛和木屑中留下断断续续的轨迹。屋里现在铺满了零碎杂物,宛如秋天满地落叶的森林。

"人类生命中的大部分时间都在沉睡,即便醒着时也一样。你们的时间如此之少,却毫不在意地挥霍。愤怒、沮丧……热衷于毫无意义的事:这个抽屉跟我的桌子不搭;我的对手有什么牌,我能从他那里赢多少钱;我再长高一点就好了;晚餐吃什么,我可不想再吃萝卜。"申卡特用脚尖掀翻一具挡在前面的歪扭尸体,"所以这样的瞬间才显得尤为珍贵,它能让我们迅速恢复理智,让我们不再盯着脚下的泥巴,让我们好好关注当下。现在你该意识到了,这每个瞬间都是我赐予你的礼物。"

萨加姆移到后墙边,靠墙撑着,慢慢站了起来,只有折断的胳膊依旧低垂。

"我讨厌暴力,那是懦弱的心灵才倚靠的武器。"申卡特停在一跨开外,"所以我们别做毫无意义的事了。蒙扎萝·蒙洛卡托在哪里?"

萨加姆拔出腰上匕首,以示决心。

申卡特的指尖插进萨加姆的锁骨下方,胸口和肩膀连接的凹陷处,一路穿透衬衫、皮肤和血肉,然后手掌顺势按住胸口,将他按在墙上。申卡特的指甲从体内刮过萨加姆的肩胛骨,直没到指节,并继续往血肉里探。萨加姆厉声惨叫,匕首从无力的手指间滑落。

"我再重复一遍,别做毫无意义的事。蒙洛卡托在哪里?"

"我最近一次收到消息说在威斯尼亚!"他嘶哑的声音满是痛苦,

"威斯尼亚！"

"在包围圈中？"萨加姆点点头，沾满鲜血的牙紧咬着。就算威斯尼亚还没陷落，等申卡特赶到也为时已晚。然而他从不做半吊子工作，他必须假定她还活着，继续追踪。"跟她在一起的有谁？"

"一个自称摆子的北方乞丐！还有我的手下，友好！他是个罪犯！从安全屋出来的罪犯！"

"就这些？"申卡特扭动插在他体内的手指，鲜血从伤口喷出，顺着申卡特的前臂汩汩流下，与凝固的道道黄金条纹混在一起。啪嗒、啪嗒、啪嗒，滴落在地。

"啊！啊！我帮她牵线了一个叫马维尔的毒师！在西港！在斯皮奈又加入了一个叫维塔瑞的女人！"申卡特皱起眉头，"一个神通广大的女人！"

"蒙洛卡托，摆子，友好，马维尔……维塔瑞。"

萨加姆绝望地点着头，每次胸口起伏，每次痛苦呼吸，都有口水溅出咬紧的牙关。

"这支勇敢的团队接下来会去哪里？"

"我不确定！嘎啊！她说要杀七人！杀她弟弟的七个人！嘎啊！可能是普兰提！赶在奥索进军之前！若她杀得了加恩马克，下一个目标或许是忠臣，忠臣卡皮！"

"或许。"伴着微弱的血水声，申卡特抽出手指，萨加姆顿时浑身脱力，重重坐倒在地。他抖如筛糠，因痛苦而扭曲的脸上汗珠密布。

"求你。"他低声说，"我可以帮你。我可以帮你找到她。"

申卡特蹲在他面前，沾满血污的手搭在沾满血污的膝盖边，"可你已经帮了。剩下的交给我。"

"我有钱！我有钱。"

申卡特一言未发。

"我一直想把她的行踪告诉奥索,只是早晚和价码的问题。"

还是一言未发。

"这没什么区别,是吗?"

仍旧沉默。

"我就说我这把老骨头迟早断送在那婊子手里。"

"你说对了。但愿这能让你好受点。"

"没多好受。我当时真该宰了她。"

"你当时觉得有利可图。你还有什么话要说吗?"

萨加姆盯着他。"我该说什么?"

"有的人临死前会说点什么。你呢?"

"你是谁?"他轻声问。

"我有过许多身份。我当过门徒、做过使者、干过窃贼。我是古老战争的战士,伟大力量的仆从,宏图霸业的参与者。至于今天?"申卡特环视周围横七竖八的尸体,不开心地吐出一口气,"我算是个帮人报仇的人。"

剑术大师
The Fencing Master

蒙扎的手又开始发抖，她对此并不意外。危险，恐惧，朝不保夕，这些感觉支配着她。弟弟遇害，她自己残破不堪，一切努力付之东流。接着是疼痛，对大烟的渴求，对所有人的怀疑，日复一日涌上心头。最后，还有在西港，在斯皮奈，所有因她而死的冤魂，统统压在肩上。

过去数月的经历足以让任何人的手发抖，但一切也可能只因她眼睁睁看着摆子的眼睛被烫瞎，同时意识到接下来就轮到自己。

她局促地看了看连接两个房间的门。他很快就会醒来，再次放声尖叫——这已够让人伤脑筋了——或是一声不吭，那样情况更糟。他会跪在那里，用仅剩的一只眼睛看着她，用那种谴责的眼神。她知道自己应该心存感激，应该像以前照顾弟弟那样照顾他，但她却越来越想踹他，不停地踹。或许本纳死后，她身上那些温柔、美好或者说人性都随他的尸体一起在山脚下腐烂了。

她摘下手套，看着那只残废手。碎骨拼凑的地方留下细小的粉色疤痕，还有一条深红长疤，那是戈巴的金属丝的功劳。她试着握拢手指，攥成拳头——至少接近拳头的形状，只是小指仍然支棱开去，像个不知所谓的路标。这不像以往那么疼了，但仍会让她的脸皱成一团，好在疼痛也能切断恐惧、粉碎怀疑。

"报仇。"她轻声说。杀加恩马克才是重点。他那张柔和哀伤的脸，他那双总是水汪汪的软弱眼睛。他冷静地刺穿本纳的肚子，将本纳的尸体翻下阳台。杀了他。她把手攥得更紧，疼得牙都龇了出来。

"报仇。"为本纳，为自己。她是卡普亚的屠夫，残忍而无畏。她是塔林的毒蛇，出手致命，从不后悔。杀了加恩马克，然后……

"然后再杀。"她的手终于不再发抖。

走廊里传来急促的奔跑声，经过她的房间，然后远去。有人在远处大喊，她听不清，但能辨出声音里的恐惧。她走过去推开窗扇——她的房间，抑或她的牢房，位于宫殿北面的石墙之上——只见一座石桥横跨威斯河上游，上面有许多快速移动的小点，从这么远的距离她都能看出那是逃命的人群。

优秀的将军随时随地能嗅出惊慌的味道。看来奥索的人终于拿下城墙，开始了对威斯尼亚的洗劫，加恩马克想必正赶往宫殿，前来接收萨利公爵享誉盛名的藏品。门"吱"一声开了，蒙扎猛地转身，发现兰格利上尉穿着一身塔林人的制服站在门口，手里提着个鼓鼓囊囊的袋子。上尉腰上一边挂着佩剑，一边挂着长匕首，蒙扎却手无寸铁，顿时备感警惕。她站立不动，双手搭腰，试图掩饰全身上下绷紧的神经——依现在情形，若是开打十有八九难逃一死。

兰格利慢慢走进屋。"看来你真的是蒙洛卡托，呃？"

"我是蒙洛卡托。"

"苍松之战？墨西利亚之战？高岸之战？这些都是你打赢的？"

"没错。"

"你在卡普亚下令屠城?"

"你到底想干吗?"

"萨利公爵答应采纳你的提议。"兰格利把袋子扔到地上,敞开的袋口闪着金属光芒。那是友好在缺口附近偷到的塔林盔甲,"穿上这个,你的朋友加恩马克也许马上就到。"

看来暂时逃过一劫。蒙扎从袋子里拽出一件中尉的夹克,套在衬衣外扣好。兰格利盯着她看了一会儿。"我只想说……既然现在有机会,所以我想说,好吧,我一直很佩服你。"

蒙扎回瞪着她。"什么?"

"你是一个女人,也是一名战士。你得到那么多赞誉,干下那么多伟业,你虽是我们的敌人,却也一直是我心目中的英雄——"

"你觉得我还关心这些吗?"蒙扎不知哪样更让她恶心——是被称作英雄,还是被这种人称赞?

"你不能怪我不相信你。像你这么厉害的女人,我还以为在那种情况下会更坚强——"

"你亲身体会过吗?看着同伴眼睛被烫瞎,心里清楚下面就轮到自己?"

兰格利抿了抿嘴。"我没机会。"

"你应该试试,看看到最后你能有多坚强。"蒙扎蹬上偷来的靴子,还算合脚。

"给。"兰格利将本纳的戒指递给她,硕大的宝石闪着鲜血般的红光。"终究不衬我。"

蒙扎一把抓过戒指,套上手指。"这算什么?归还赃物就算扯平了?"

"听着,我对你男人的眼睛和其他一切感到抱歉,但此事无关私人感情,懂吗?有人威胁到我的城市,我必须找出来。我不喜欢这么做，可我不得不做。更坏的事你也干过，别装得那么无辜。我并不期望我们能从此谈笑风生，但至少在执行任务期间要齐心协力。"

蒙扎一言不发地继续换装。没错，她确实干过更坏的事，不说主动参与，至少是听任它们发生。她扣好胸甲，这件肯定是从纤瘦的年轻军官身上扒的，很合体。她扎紧最后一条系带。"我需要能杀加恩马克的武器。"

"你的剑在花园里——"蒙扎看到一只手握住兰格利的匕首，兰格利惊讶地想转身。"怎么——"匕首飞快滑出刀鞘，架在她脖子前。摆子苍白、颓唐的脸从她身后出现，半边面孔紧裹绷带，眼睛的位置沾了淡淡的血迹。他的左臂从后勒住兰格利的胸口，将她紧紧抱住，宛如情人。

"此事无关私人感情，懂吗？"他贴在她耳边说，几乎要吻上她。刀尖扎破脖子，涌出的鲜血形成一条浓稠的黑色洪流。"你夺走我的眼睛，我夺走你的性命。"她张开嘴，却说不出话，连嘴角也开始冒血，热血顺着下巴滴落，"我不喜欢这么做。"她的脸憋得发紫，翻着白眼，"可我不得不做。"她被他提起来，两腿乱蹬，鞋跟踢得地板"砰砰"响。"我对你的脖子感到抱歉。"他手上加力，刀刃把喉咙整个割开，黑红的血如雨洒向床单，还在墙上画了一条颇为写意的大弧线。

摆子这才松手，任她脸朝下瘫倒在地，好像全身骨头成了泥巴，而鲜血继续从她身侧喷出。她的脚还在踢蹬，脚尖蹭向地面，指甲抓挠地板。摆子用鼻子深吸口气，长吁出来，接着看向蒙扎，微微一笑。那是老友间的笑容，好像两人讲了什么兰格利听不明白的笑话。

"死者在上，这真让我舒坦。她说加恩马克进城了，是吧？"

"嗯。"蒙扎说不出话，只觉气血上涌，肌肤灼痛。

"我们有的忙了。"摆子丝毫不在意脚下迅速扩散的血迹，从脚尖一直浸住了他整个赤脚。他提起麻袋往里瞅。"盔甲？我穿，呃，头儿？参加聚会可得先打扮啊。"

萨利的画廊中央的花园没飘进一丝战争的阴霾。细水长流，树叶扑簌，一两只蜜蜂慵懒地在花丛间穿梭，偶有白色的花朵从樱桃树上飘落，掉在修剪整齐的草坪上。

科斯卡盘腿坐地，用磨石打磨剑刃，轻柔的摩擦声在花园内回荡。马维尔的酒壶就绑在大腿上，但此时他对之并不渴望。死神当道之际，他气定神闲。风暴来临前总是他最享受的时刻，他仰头闭眼，任阳光温暖脸庞。他不明白为何只有当全世界陷入火海，才能感受到这般美好。

清风吹过影影绰绰的柱廊，又从门廊飘进挂满画作的长廊。透过敞开的窗户，他看见身着塔林卫兵盔甲的友好站在纳苏林描绘第二次奥普亚之战的巨幅画作前，仔细清点画中士兵的人数。科斯卡笑了。他总会原谅别人的怪癖，毕竟他自己的怪癖极多。

萨利的护卫还剩六个没逃，此刻全伪装成奥索的士兵。这些人极度忠诚，以至自愿追随主人去死。科斯卡冷哼一声，磨石在剑刃上又擦了个来回。忠诚和荣誉、纪律及自我约束一样，都是让他费解的美德。

"为何这么高兴？"辰挨着他坐在草坪上，咬着嘴唇，一把十字弓放在膝头。她身上的制服肯定是从某个鼓手小子身上扒的，很合身。非常合身。科斯卡觉得自己太奇怪了，竟会觉得漂亮女孩穿着男人的制服有种特别的吸引力。他进而想到，是否能让她提供一些"鼓励"……让他更精神抖擞地面对之后的战斗？他清了清嗓子。这当然不可能，但男人可以幻想。

"大概我脑子哪里不对。"他用拇指擦掉剑刃上的小污点，"起床。"摩擦声响，"工作。"磨石擦过，"平和。正常。清醒。"他将剑刃举到阳光下，观察金属反射阳光。"这些让我烦恼。与之相对，危险却让我放松。吃点东西吧，一会儿需要力气。"

"我没胃口，"她郁郁地说，"我从没身陷必死无疑的绝境。"

"哦，别这样，别这样，别说这种话。"他起身扫掉袖子上的花瓣。他的塔林制服绣有上尉袖标。"若说我这辈子从无数次最后一战中学到了什么，那就是没有必死无疑的绝境，顶多只是……无限接近。"

"这话还真是振奋人心啊。"

"把它当作对你的鼓励吧。"科斯卡还剑入鞘，又捡起蒙扎的重型细剑，大摇大摆走向战神雕像。萨利公爵殿下站在雕像投下的巍峨阴影中，为迎接高贵的死亡，他换上一尘不染、金色穗带装饰的洁白官服。

"为何会变成这样？"公爵若有所思地问。科斯卡也经常这样自问——在一次又一次喝干酒瓶里最后一滴廉价酒水时，或是一次又一次在某个全然陌生的门廊里醒来时，或是一次又一次干出那些可憎可鄙、又没能得到相应酬劳的暴虐行径时。"为何会变成……这样？"

"你低估了奥索的勃勃野心和蒙洛卡托的无情手腕。但别太难受，我们都犯过同样的错。"

萨利转开视线。"这问题只是一种修辞。不过你说得对，我曾经傲慢自负，而惩罚即将到来，结果恐怕要失去一切。谁能想到一个年轻女子会不可思议地将我们接连击溃？科斯卡，你任命她为副手时我何等不屑，而奥索交给她指挥权时大伙儿更嗤之以鼻。当时八城联盟仿佛胜券在握，准备好瓜分奥索的领地了，而今窃笑已统统化为呜咽，呃？"

"窃笑往往会落得如此下场。"

"也许她是一名伟大的战士，我完全无法与之相比。但我从不想成为战士，只要好好当个大公爵就心满意足了。"

"结果现在你什么都不是，我也如此。这就是生活。"

"但我还有时间做最后一搏。"

"彼此彼此。"

公爵咧嘴笑道："一对垂死的天鹅，呃，科斯卡？"

"不如说是两只老火鸡。你为什么不逃，殿下？"

"我也问过自己。大概是骄傲吧。我打出生起就是威斯尼亚大公爵，死亦当如此。我才不肯做'胖子'萨利师傅，从前的名人，现在的难民。"

"骄傲，呃？我好像没那种东西。"

"那你为什么不逃，科斯卡？"

"因为……"他为什么不逃？他是不肯做"老迈的"科斯卡师傅，从前的名人，永远保命第一？还是因为愚蠢的爱恋？疯狂的勇气？曾经的亏欠？抑或只是不想再苟延残喘，决心寻求死亡的解脱？"看！"他指着大门，"说谁谁就到。"

她穿着塔林制服，头发收在头盔里，下颚绷得紧紧的——活脱脱一个板着脸的年轻军官，早上刚刮了胡子，雄赳赳气昂昂准备奔赴战场。若非科斯卡事先知情，肯定猜不到这是女扮男装。或许能从她走路的姿势看出一丝端倪？她臀部的形状，还有她修长的颈子？啊，好一个女扮男装的尤物。她要不要这么折磨他？

"蒙扎！"他喊道，"我还担心你逃了呢！"

"留下你光荣赴死？"摆子跟在她身后，套着胸甲和胫甲，戴着头盔，这一身是在缺口附近某个大块头尸体上脱下来的。他绑绷带的眼窝满含谴责地盯着其他人。"听说他们到了宫殿大门。"

"这么快？"萨利丰满的嘴唇冲口而出，"兰格利上尉何在？"

"她逃了。看来她的荣誉感仅止于此。"

"难道斯提亚就没有忠诚了吗？"

"以前也没有。"科斯卡将带鞘的重型细剑扔给蒙扎,蒙扎轻巧地接住,"除非你把每个人对自己的忠诚算上。除了在这儿等候加恩马克大驾光临,还有其他安排吗?"

"辰!"她指指楼上的窄窗,"你去上面。等我们接近加恩马克,或是加恩马克接近我们,就放下闸门。"

女孩看起来如释重负,至少暂时不会受伤了——科斯卡觉得这个"暂时"恐怕会很短。"等猎物咬钩。好的。"她匆匆跑向门廊。

"我们在这儿等候。加恩马克赶到时,我们就说抓住了萨利大公爵,然后带着殿下接近他,再之后……你们应该都明白今日恐怕有死无生?"

公爵虚弱地笑笑,下巴发起抖来。"我不是战士,蒙洛卡托将军,但我也不是懦夫。我就是死,也要从坟墓里吐口痰。"

"好极了。"蒙扎赞同。

"哦,我可不会。"科斯卡插嘴,"吐痰有什么用,坟墓还是坟墓。你确定他会来?"

"他会来。"

"之后呢?"

"杀。"摆子低声说。有人递给他盾牌和钉满铆钉的重斧,斧背还带有一根长刺——他正练习挥舞这把武器,看得人胆战心惊。

蒙扎转了转脖子,吞了吞口水。"我们只能见机行事。"

"噢,见机行事。"科斯卡笑了,"有我的风格。"

撞击声从宫殿里传来,接着是遥远的呐喊,然后又响起微弱的撞击声和金属碰撞声。蒙扎的左手紧张地摩挲着垂在身侧的重型细剑的剑柄。

"你们听到没?"萨利站在她身边,白白胖胖的脸好似黄油。他的护卫散布在花园各处,拿着不属于自己的武器,看起来不怎么兴奋。就像本纳常说的，面对死亡就是如此。随着时机越来越近，蒙扎越发觉得这不是个好主意。不过摆子看起来没有丝毫疑虑，炙热的铁条大概将那些情绪都烧没了。科斯卡也没有，他的笑容反倒越来越灿烂。友好盘腿坐着，在鹅卵石地上扔骰子。

他抬头看看蒙扎，一如既往面无表情。"五和四。"

"这是好事？"

他耸肩，"相加等于九。"蒙扎一挑眉毛。她真是找了群怪人，但疯狂的计划需要疯子来实行。

理智的人大概会想出更好的计划吧。

又一下撞击，接着是微弱的惨叫。声音近了。加恩马克的士兵无疑正穿过宫殿，朝中央的花园进发。友好又扔了一次骰子，然后将它们收好，抽剑起身。蒙扎努力保持镇静，紧盯前方敞开的门廊，门后是挂满画作的长廊，再往外连通宫殿其他部分。这是唯一的通路。

一个戴头盔的脑袋探了进来，接着穿盔甲的身体也跟了进来。是个塔林士官，高举佩剑和盾牌，保持警惕。蒙扎眼看他小心翼翼从闸门下经过，踩在大理石瓷砖地上，接着谨慎地步入阳光下，皱眉打量他们。

"士官。"科斯卡兴高采烈地打招呼。

"上尉。"那人站直身，将剑尖放低少许。更多人跟了过来，都是全副武装的塔林士兵，相当警觉，其中一些蓄胡子的老兵提起武器开始检查画廊。看到花园中有自己人他们颇感惊讶，却不太高兴。"就是他？"士官指着萨利问。

"就是他。"科斯卡笑着回答。

"哇噢，哇噢，好个死胖子，是吧？"

"确实如此。"

更多士兵涌入，后面跟来一群参谋，个个身着古典制服，佩戴装饰用剑，但没穿盔甲。走在最前面的人有一股不容挑衅的气场，柔和的脸庞带着哀伤，眼睛水汪汪的。

加恩马克。

蒙扎理应感到一丝阴狠的满足，他的行动竟如此轻易地被她预测到了，但在看到他的那一刻，汹涌的恨意让她无暇他想。他左腰挂着把长剑，右边挂着把短剑，一长一短，正是联合王国的风格。

"保护画廊！"他边往花园里走，边口齿清晰地下令，"最重要的是别伤到那些画作！"

"遵命，长官！"脚步声骤响，人们四散执行命令。好多人啊。蒙扎看着他们，下巴绷得都酸了。对方人数太多，但不必为此哭泣。只要能杀加恩马克。杀加恩马克。

"将军！"科斯卡弹簧般敬了个军礼，"我们抓住了萨利公爵。"

"我看到了。干得好，上尉，你们雷厉风行的行动理应得到奖赏。"他嘲讽般鞠了一躬，"殿下，很荣幸见到您。谨代表奥索大公爵，向您致以亲切问候。"

"让他的问候吃屎去吧。"萨利斥道。

"他对不能亲眼见证您的一败涂地感到非常遗憾。"

"如果他来了，我也会让他吃我的屎。"

"毫无疑问。他一个人？"

科斯卡点头。"他就等在这里，长官，他看着这个。"老佣兵朝花园中央的巨大雕像偏了偏头。

"波那廷的战神。"加恩马克缓步走去，欣赏这尊斯多里克斯雕像，笑容绽放。"它比报告里描述的美多了。"只有五跨远。蒙扎尽力放缓呼吸，却止不住心跳如擂。"殿下，我必须赞美您的绝世收藏。"

"让你的赞美吃屎去吧。"萨利不屑道。

"您的屎还真不少。不过您这等体格，肯定能产出那么多。把这胖子带过来。"

就是现在。蒙扎握紧重型细剑，迈步上前，戴手套的右手抓住萨利的手肘，科斯卡上前走在萨利另一边。加恩马克的军官和士兵已然散开，有的在观察雕像，有的在打量花园，有的盯着萨利，有的透过窗户朝走廊张望。只有两人仍紧随将军，其中也仅有一人长剑在手。他们都很放松，都把蒙扎一行当成了战友。

友好站在原地，雕像般一动不动，手里握剑。摆子的盾牌垂在身侧，但她发现他握斧子的手指握得泛白，完好的那只眼睛来回扫视每个敌人，判断其危险性。

看到萨利被领了过来，加恩马克笑得愈发灿烂。"哎呀，哎呀，殿下，我还背得出您那场振奋人心的演讲，就是您组建八城联盟的那场。您说什么来着？宁死也不向狗贼奥索下跪？现在我可是非常想看您下跪。"他咧嘴笑看蒙扎走近，两人相距已不过两跨。"中尉，你帮我——"他浅灰色的眼睛突然收缩。他认出她了。她立刻猛扑过去，将离他最近的那名护卫撞开，挺剑刺他心口。

熟悉的金属刮擦声。在那千钧一发之际，加恩马克的剑只来得及抽出一半，却足以将她这一刺格开毫厘。他的头猛地扭向一侧，重型细剑的剑尖在他脸上留了一道长长的口子，随后他抽出长剑。

花园陷入混战。

蒙扎那一刺在加恩马克脸上留了一道长口子。离他们最近的军官迷惑地看了友好一眼，"可是——"接着就被友好的剑砍破了头。剑卡在他头上，跟他一起倒下，友好只能放手。反正这武器也不顺手，友好喜欢短的，他抽出砍刀和别在腰上的匕首，熟悉的触感让他心安，让他觉得一切变简单了，如释重负。趁对方没反应过来，尽可能多杀几个，以平衡差距。十一对二十六可不是好数。

他刺中一个红发军官的肚子，军官连剑都没来得及拔出，便被他推向另一个敌人，撞得后者双臂大张。友好随即欺身上前，砍刀狠狠剁在那人肩上，锋利的刀刃割开衣服和血肉。一根长矛斜刺里捅来，友好向旁闪避，持矛士兵收势不住，踉跄着扑过了头，友好顺势将匕首扎入他腋下，刀尖刮过胸甲边缘。

闸门伴着"吱呀吱呀"的尖锐响声落下，两名士兵站在门旁，铁闸正好落在两人中间，其中一个跟其他人一起被关在了画廊里，另一个身体后倾，想躲开落下的铁闸，却被尖刺扎中肚腹，势不可挡地钉向地面。铁刺越刺越深，他一只腿跪在身体下面支撑，另一只脚用力踢蹬，嘴里大叫呼救，但不管用。所有人都在大叫。

花园陷入混战，四周漂亮的拱廊也在厮杀。科斯卡砍中一人的大腿后侧，将其放倒在地。摆子在战斗刚开始就将身边一人几乎劈成两半，现正以一敌三，边打边朝摆满雕塑的长廊退去。他出手凶狠，嘴里发出奇怪的叫声，像是大笑，又像怒吼。

被友好刺中的红发军官呻吟着踉跄退开，穿过门廊退向第一条画廊，在光滑地面上留下长串血迹。友好纵身追上，红发军官惊慌地挥剑横扫，友好矮身自下面滚过，用砍刀从后面砍掉了他的脑袋。被钉在闸门下的士兵还在胡乱喊叫，徒劳地拉扯铁条，其同伴刚意识到发生了什么，此刻放低长戟对准友好。另有一个脸带胎记、表情迷茫的军官从画廊里的七十八幅画中回过神来，抽出佩剑。

两个人。一和一。友好想笑。这是他理解的方式。

蒙扎再度挥剑砍向加恩马克，但一个士兵迎上来，举盾向前一推。她立足不稳，连忙着地翻滚，等慌张地爬起来时，周围已打成一团。

她听见萨利大吼一声，从后背抽出把细长小剑，劈面砍倒一名满脸震惊的军官，接着攻向加恩马克，动作意外地灵活——可惜这远远不够。将军向旁闪躲，随后冷静地将威斯尼亚大公爵的大肚子刺了个对穿。蒙扎看到一尺长的染血剑刃从洁白官服的背后穿出，跟它穿出本纳的白衬衫一模一样。

"哦。"萨利呻吟一声。加恩马克抬脚将他踹开，看着他踉跄倒退，靠在战神的大理石底座上，慢慢滑坐在地。公爵用肉嘟嘟的手捂住伤口，血迹在柔软的白色布料上迅速扩散。

"杀光他们！"加恩马克大喊，"别伤到那些画作！"

两名士兵冲向蒙扎，她瞅准时机跳向一旁，让这两人扑了个空。随后她轻松躲过其中一人马虎的过顶劈砍，向前欺身，细剑扎进对方胸甲下的缝隙。那名士兵大叫着跪倒在地，但蒙扎还没来得及稳住身形，另一名士兵的剑已朝她挥来。她堪堪架住这一击，重型细剑差点被震脱了手，进攻者又用盾牌狠撞她胸口，胸甲下端猛怼在肚子上，疼得她一时喘不上气、使不出力。士兵再次举剑，长啸一声，身子却朝一边歪去——他单膝跪地，紧接着摔了个狗吃屎，露出插在后颈的弩矢。蒙扎看到辰靠在上方的窗户里，手握一把十字弓。

加恩马克指向辰。"杀了那个金发婆娘！"辰立刻消失在窗内，剩下的几个塔林士兵受命追了上去。

萨利看着鲜血从胖乎乎的双手下渗出，双眼有些失神。"谁能想到……我最终会战死沙场？"说完他头一歪，躺靠在雕像底座上。

"这世界果真不缺惊喜，是吧？"加恩马克解开夹克的第一颗纽扣，从里面抽出手帕，蘸干脸上伤口流出的血水，又仔细揩掉萨利在剑上留下的血迹。"看来传言是真的。你还活着。"

蒙扎总算喘匀了气，举起弟弟的细剑。"是真的，基佬。"

"我一直很佩服你的游说能力。"被蒙扎刺伤腹部的士兵呻吟着爬向入口。加恩马克谨慎地跨过他，朝她逼近，同时用空出的那只手将染血的手帕塞回内袋，再把第一颗纽扣重新扣好。画廊内正展开激烈搏杀，兵器刮擦声和喊杀尖叫声不绝于耳，而花园内只剩下他们两个——除非把周围横七竖八的尸体也算上。"只剩我俩了?我很久没认真使剑了,但我会尽力不让你失望。"

"别担心,只要能杀你,不管怎样我都满意。"

他微微一笑,那双水汪汪的眼睛看向她的剑。"用左手?"

"总要给你点盼头。"

"那我只能以此来报答你的美意。"他优雅地将长剑换到左手,挽了个剑花,剑尖指向她。"我们开——"

蒙扎可不会浪费时间等他说开始。她突然出手,但加恩马克早已严阵以待,他侧身躲过,同时飞快地上、下各刺出一击。两人的武器时而相撞,时而堪堪擦过,飘忽游走的剑尖映衬着头顶的枝丫透出的点点阳光。加恩马克擦得一尘不染的骑兵靴如舞者般轻巧地踏在鹅卵石地上。他一直在进攻,快如闪电。她挡开一次、两次,但第三次差点被击中,只是勉强扭身躲开。她急忙后退几步,重新调整呼吸。

逃跑固然丢脸,法郎斯在书中写道,但好过被打败。

她眼看加恩马克步步进逼,闪烁的剑尖轻轻画着小圈。"看来你的防守大不如前。你固然满腔怒火,但没有规矩的怒火不过是小孩子发脾气。"

"你就不能闭上嘴,好好打?"

"哦,我可以边说话边把你砍成碎片。"他的攻势更加猛烈,逼得她从花园这头退到另一头。她只能被动防守、拼命格挡,偶尔虚弱地刺出一两剑,却都毫无威胁。

她听说他是世上最厉害的剑士之一,现在看来他连左手剑都配得上这赞誉。他的水平比她全盛时期还好上不少,而她的全盛时期毁在了戈巴的脚下和丰特萨莫宫的谷底。加恩马克更敏捷、更壮实、更凶悍,她能依仗的只有更聪明、更狡猾、更下作。

还有,更愤怒。

她大吼一声，突然发难，佯左实右地攻来。他向后一跃，她顺势扯下头盔，朝他劈面扔去。他赶忙矮身躲闪，却还是被砸到头顶，发出一声闷哼。她迅速进击，但他及时扭身闪躲，她只刺中他制服肩上的金色饰带。她挺剑再刺，却被他好整以暇地挡下。

"这点小花招。"

"那也能爆你菊花。"

"你别说，等我宰了你，还真有点闲情雅致。"他挥剑劈来，但这回她没后退，却靠拢过去抵挡。趁两把剑剑茎相抵，她伸腿绊他，但他的脚在她脚边来回移动，巧妙地保持平衡。她转而踢他的膝盖，眼见他稍稍弯腿，便突然发力下劈，然而加恩马克早有准备，他轻松滑向一旁，她只砍到一丛树篱，带起几片绿叶。

"修剪篱笆用不着这么大阵仗吧。"她还没反应过来，他的剑已如雨点袭来，逼得她在鹅卵石地上步步后退。她跳过一具血淋淋的尸体——那是他的卫兵——矮身躲到雕像巨大的双腿后，一边跟他兜圈，一边苦思破敌之策。她解开身侧的胸甲带子，掀开胸甲，扔到地上。对付他这种水平的剑士，胸甲聊胜于无，其重量反倒会拖累她。

"没别的花招了，蒙洛卡托？"

"我会想出来的，畜牲！"

"那就快点想。"加恩马克的长剑从雕像的两腿间刺来，离她只差分毫，"你赢不了，这点你我都清楚。你愤愤不平、自以为受了委屈、自以为代表正义，但赢得胜利的将是最好的剑客，而非最愤怒的剑客。"

他作势绕开战神巨大的右腿，实则向反方向移动，跳过瘫倒在底座上的萨利的尸体。她看穿了他的佯攻，格开长剑后，浑不顾姿势地用蛮力猛砍他的脑袋。他连忙矮身躲避，重型细剑势不可挡地砍在斯多里克斯肌肉发达的小腿上，大理石屑四下横飞。她震得发麻的左手好不容易才没松开剑柄，只觉手腕阵阵刺痛。

加恩马克皱起眉头，右手温柔地摸了摸雕像腿上的剑痕。"暴殄天物。"他朝她扑来，两人长剑相撞，她又被逼退。这回他没给她喘息之机，迅即再次发难，逼得她继续后退，从鹅卵石地退入草坪。她用尽办法，虚张声势、声东击西、诱敌深入……但加恩马克来者不惧，凭高超的剑术——化解，甚至连大气都没喘一口。他们打得越久，他对她的手段就愈了解，她的机会也越来越少。

"你应该纠正一下反手的剑姿。"他说，"太高了，那会限制招式变化，而且会留下破绽。"她挥剑砍他，接着又刺出一剑，但全被他轻松拨开。"你伸长手臂时，剑总喜欢向右偏。"她挺剑突刺，他架住这一击，伴着金属刮擦声，两把剑纠缠在一起，接着他轻松一转手腕，便将重型细剑从蒙扎手中挑飞出去，掠过鹅卵石地。"我刚才说什么来着？"

她惊得退了一步，眼看加恩马克的剑闪着寒光刺来，剑尖干净利落地刺透她的左手掌心，穿过骨头，扎在肩上。她的胳膊被迫向内弯折，就像古尔库肉串上穿在一起的烤肉和洋葱，而痛感迟了片刻方才传来。加恩马克转动长剑，她吃痛大叫，无力地跪倒在地，身子向后倾斜。

"若你觉得我不配让你这么痛苦，你可以告诉自己，这是卡普亚市民的礼物。"他又朝反方向转动长剑，剑尖一点点往她的肩膀里钻，剑刃摩擦着掌心的骨头，鲜血顺着前臂流进夹克。

"操你！"她冲他拼命吐口水，要不是这样，她就只能厉声哀号了。

他露出一丝哀伤的笑容。"不错的提议，但我更喜欢你弟弟的类型。"他猛地拔出剑，她四肢地趴在地上，胸膛剧烈起伏。她闭上双眼，等待长剑扎入肩胛骨当中，刺穿后心。正如本纳的下场。

她不知道这有多痛，会痛多久。应该很痛吧，但不会太久。

她听到靴跟敲打鹅卵石的声音,却是往反方向而去,于是慢慢抬起头,只见加恩马克用脚挑起重型细剑,伸手接住。"第一回合我赢。"他把剑扔过来,重重插进她身旁的草皮,剑柄不住颤动。"怎样?三局两胜?"

萨利公爵收藏诸位斯提亚大师杰作的长廊增加了五具尸体。对任何宫殿而言,这恐怕都是必不可免的终极装饰,而那些品位高雅的统治者往往还要求更高。此时此刻,两名经过乔装的萨利护卫和一名加恩马克的军官浑身是血、四仰八叉地瘫倒在地,姿势毫不雅观;一名将军的卫兵选了个较舒适的死法,蜷在一张摆着大花瓶的小桌子底下;另一名卫兵死于爬向大门的路上,锃亮的地板留下一长串湿腻血迹——他被科斯卡砍中暴露在胸甲下的腹部,边爬边想拢住肠子可不容易。

长廊里除了科斯卡,还剩两名手握明亮佩剑的参谋。他们都很年轻,眼里闪着完全合乎情理的愤恨。理想情况下,这两名军官可谓前途无量,也许他们的母亲爱着他们,他们也爱着自己的母亲。他们不该白白死在这座为贪欲兴建的奢华庙宇,只因当兵服役,但对科斯卡来说,除了要尽花招送他们去死还能如何?活下来的总是最低贱、最卑鄙、最下作的蚊蝇。而他,名扬天下的雇佣军人,当然会遵行这人间的法则。

两名军官分开行动,一人贴着高窗,一人贴着画作,逼得科斯卡一点点朝长廊尽头退,那里很可能也将是他生命的尽头。他的塔林制服下大汗淋漓,每次呼吸都让肺部灼痛难耐。拼杀至死无疑是年轻人的游戏。"好了,好了,孩子们,"他嘀咕着晃动手里的剑,"你们怎么能二打一呢?你们没有荣誉吗?"

"没有荣誉?"其中一人不屑道,"我们?"

"你们乔装打扮,对将军发动卑鄙的偷袭!"另一人嘶吼道,满脸涨得通红。

"没错,没错。"科斯卡垂下剑尖,"我对此羞愧难当。我投降。"

左边那名军官一时没反应过来,右边的军官则一脸迷惑地稍稍放低长剑——那一瞬间,科斯卡的飞刀毫不犹豫地飞向了他。

飞刀破空而至,插入年轻人身侧,他顿时弯下了腰。说时迟那时快,科斯卡冲了上去,长剑直取胸膛。但许是男孩腰弯得太厉害,又许是科斯卡没能瞄准,长剑扎进了脖子,而且势头很猛,居然将头整个切了下来。头颅在空中甩出无数血点,然后撞在一幅油画上,发出"咚"一声脆响,撕破了画布。无头尸向前跪倒在地,好几道鲜血从脖子上喷出,在地上积起好大一摊。

出乎意料的成功把科斯卡都吓了一跳。另一名军官随即扑了过来,像拍打地毯一样挥着剑。科斯卡狼狈不堪地往后躲过这猛烈攻势,却被无头尸绊了一跤,四仰八叉地倒在血泊里。军官大叫一声,跳上来结果他的性命。科斯卡随手抓了个东西扔去。人头。年轻人被人头砸中脸庞,打个趔趄,科斯卡趁机摸索着捡起佩剑,一个打挺,重新站好。现在他的手上、剑上、脸上还有衣服上全被染红了,对他这种人竟意外地合适。

军官举剑再次杀来,愤怒地发起疾风暴雨般的攻击。科斯卡放低长剑,匆匆闪躲后退,假装筋疲力尽——他确实快筋疲力尽了。他撞到桌子,差点摔倒,忙伸左手在身后摸索,抓到大花瓶的瓶口。军官欺身逼近,高举长剑,发出胜利的呐喊,紧接着花瓶便朝他飞去,呐喊化作惊呼。军官勉强用剑柄扫开花瓶,陶瓷碎片一阵乱飞,但他的剑也歪了,阻挡不住对手的绝地反击。剑刃穿透军官的面颊时,科斯卡感受到一点点阻力,随后剑尖便以教科书般精准的角度从脑后穿出。

"噢,"科斯卡拔出长剑,跳到一边,军官轻轻晃了晃,"怎么……"他满脸错愕,就像从宿醉中醒来,发现自己被赤身裸体地绑在柱子上。科斯卡在厄崔尼还是西港有过这么一回经历，他记不清了，这些年发生的事早已混作一团。"花生惹什么？"军官口齿不清地问，以慢得夸张的动作向地上倒去。科斯卡给他让开路，看着他晃了好大一圈，最后侧身落地。他吃力地翻过身，又爬了起来，鲜血从鼻孔旁醒目的伤口汩汩往外涌。他眨眨伤口上面那只眼睛，那一侧脸的皮肤已变得像旧皮革一样松垮。

"啥杀沙傻莎。"他含混地喊。

"你说什么？"科斯卡问。

"刹杀痧！"他颤颤巍巍地举起佩剑，冲杀过来，结果侧身撞墙，刚好撞到那幅描绘吃惊的出浴少女的画作，乱挥的剑在画布上划出好大一道口子。他再次栽倒在地，油画也掉下来盖在他身上，镀金画框下只露出一条腿。

他一动不动了。

"走运的小子。"科斯卡轻声说。死在美娇娘身下，可是他一直以来的梦想。

蒙扎肩上的伤口火烧般疼，左手的伤口更甚，手掌、手指沾满了血，连拳头都握不住，别说持剑。别无选择，她只好用牙拽掉右手手套，转用右手握持细剑剑柄。她扭曲的手指一点点并拢，歪歪扭扭的骨头互相摩擦，只是小指依旧直愣愣地支棱开去。

"啊，换右手了？"加恩马克将佩剑往空中一抛，像马戏团的魔术师般轻松用右手接住。"虽然你的目标我往往不认同，但你的决心我始终很欣赏。这次是报仇，呃？"

"报仇。"她嘶吼。

"报仇。即便成功，你又能得到什么好处？你付出这么多汗水、痛苦、财富与鲜血，为了什么？谁能从中获益？"他哀伤地注视着她缓缓站直身体，"不会是死人，他们早已腐烂，与世无争；不会是仇家,他们将统统变成尸体。那么复仇者本人呢?你觉得以血还血之后,他们会睡得安稳吗?在撒下成百个他人寻仇的血腥种子以后?"她绕着他移动,思索杀得了他的花招。"西港银行死去的那些人,全赖你正义的报仇大计,是吧?春情院那场屠杀想必也一样?"

"我不得不做!"

"啊,好个不得不做,真是古往今来所有恶人最方便的借口,难怪你那张扭曲的嘴会喷出它来。"他舞蹈般优雅地靠近,两人长剑相交,一下、两下,他挺剑前刺,她出剑格开,旋即发起反击。然而每次武器相撞,胳膊都传来一阵刺痛,她紧咬牙关,维持脸上的怒容,但无法掩饰痛楚——以及痛楚带来的笨拙。如果说她左手还有一丁点机会,右手则毫无希望,而他对此心知肚明。

"我不明白命运之神为何会饶你一命,但你真该感恩戴德,珍而重之。不要以为我们让你和你弟弟受了天大的冤屈,你们这是罪有应得。"

"见你的鬼!我不该受到这种对待!"但她说这话时没什么底气,"我弟弟也不该!"

加恩马克嗤之以鼻:"没人比我对英俊的男人更宽容,但你弟弟着实是阴险的懦夫。一条外貌光鲜,内心却贪婪残忍、毫无骨气的寄生虫。一个我能想象的最最下作的丑角。唯一能让他的存在稍有价值和意义的,是你。"他以致命的速度发起猛攻,她连忙向旁闪躲,却撞在樱桃树上,闷哼一声。白色花瓣簌簌落下,她在花雨中踉跄后退。他本可乘胜追击,却像雕像一样站定,挺起长剑,微笑着看她扫开面前的落花。

"蒙洛卡托将军,让我们面对现实吧。你,纵然天赋异禀,但实在称不上美德的楷模。怎么说呢,肯定有成千上万的人有理由把你这具备受憎恶的躯体从那个阳台上扔下去!"

"但不是奥索!他凭什么!"她放低身形,毫无章法地刺他臀部。

这一剑被他轻描淡写地化解，剑身震颤传到变形的手掌上，疼得她打了个激灵。

"这是玩笑吗？这可一点都不好笑。显而易见的罪行，由谁判决又有何妨？"他每一步都带着画家绘画特有的细致，逼得蒙扎只能后退，重新退回鹅卵石地，"你手上有多少条人命？你毁了多少城镇村庄？你就是一个不折不扣的强盗！一名涂脂抹粉的奸商！一只靠斯提亚的腐尸堆养肥自己的苍蝇！"又是三剑，带着雕刻家雕凿特有的力道，撞得她的长剑歪向一边，手掌更酸了。"你说你不该受到这种对待，真的不该吗？所有罪行你只付出了一只右手作为代价！你没有廉耻吗？"

她强忍疼痛，疲惫而笨拙地向前冲去。他轻蔑地荡开这一剑，顺势逼到她身侧，任她收势不住扑了过去。她以为他会给她后背一剑，然而他只用脚狠狠踹她臀部，让她整个人趴在地上，本纳的剑再次脱手飞出，手指一片麻木。她趴了一阵，喘着粗气，接着缓缓翻身，跪了起来——她不想再站起来打了，这已成为一边倒的调戏，并且她的右手实在太痛，抖个不停，偷来的制服的肩部已被染成深红，左手指尖也不断滴血。加恩马克手腕轻转，一朵花落入他摊开的手掌，他把它捧到鼻孔边，深吸一口气。"多么美好的一天，这里也是个不错的葬身之地。你本该在丰特萨莫宫和你弟弟死在一起，不过现在死也不迟。"

她实在想不出什么针锋相对的话，只好仰头朝他狠狠吐了口唾沫。唾沫溅落在他的脖子、领子还有制服前襟。这带来不了多少报仇的快感，但聊胜于无。加恩马克扫了一眼她的唾沫，"真了不起，到死都是个完美的淑女。"

他突然瞥向别处，接着猛地跳开。什么东西和他擦肩而过，掉在后面的花圃里。飞刀。伴着一声怒吼，科斯卡冲向加恩马克，他像疯狗一样乱嚷着，逼得将军连连后退。

"科斯卡!"蒙扎摸索着捡起细剑,"一如既往来得晚。"

"我在隔壁被缠住了。"老佣兵喊道,同时停下进攻,平复呼吸。

"尼科莫·科斯卡?"加恩马克皱眉看他,"我以为你死了。"

"传闻总说我死了,其实只是我众多敌人的——"

"一厢情愿。"蒙扎站起身,用力伸展四肢,扫除之前的疲弱。"你真想杀我,就立刻下手,不要喋喋不休。"

加恩马克缓缓后撤,左手抽出剑鞘中的短剑,指向蒙扎,右手长剑则指向科斯卡。他来回扫视两人。"噢,时间多的是嘛。"

摆子已不是原来那个摆子,或者说,他终于变回了摆子。或许是痛苦让他疯狂,或许是他们留给他的那只眼睛没法正常看待事物,再或许是他还沉溺于过去几天吸入的大烟。不管什么原因,他已身处地狱。

并且乐在其中。

长廊像泛起一片涟漪的水塘,在他眼前有规律地流转、跃动。炙热的阳光穿透成千上万块玻璃拼成的窗子,投射在他身上。那些雕像也被照得发亮,它们满身汗水,面带微笑,为他欢呼喝彩。他比以前少了只眼睛,但他看得更清楚。疼痛扫清了踌躇、恐惧、疑问和选择,这些鬼东西曾重重地压在他肩上,但它们代表着软弱与谎言,毫无价值。世界明明如此美好清晰,他却偏要想得极其复杂。

斧子就是答案。

斧刃反射阳光,映出一片明晃晃的白色光晕,然后砍在胳膊上,拉出无数深红细线。布片翻飞,肉体撕裂,骨头破碎,金属弯折。一柄长矛扎中摆子的盾牌,摆子嘴里尝到怒吼的味道,而他举起战斧时,更涌上阵阵甘甜。斧子劈中胸甲,砸出一个大坑,胸甲后的身体瘫软地跌进一只坑坑洼洼的缸里,将之撞成几瓣,然后在地上碎裂的瓷片中抽搐。

全世界都被掏空，犹如他片刻前砍中的军官，肚内流出闪着血光的肠子。以前的战斗他总觉得累，但现在不一样，现在他越战越勇。愤怒让他沸腾热血自周身散发，点燃了皮肤。他每挥一斧，怒火便随之越烧越旺，直至每一束肌肉都在灼烧，直至他忍不住大喊大叫、又哭又笑、手舞足蹈、放声长啸。

他用盾牌挡开长剑，然后徒手把剑夺了过来，拿它亲吻原本握剑的士兵的面颊和身躯。他狂吼着奔跑，踏着重重的脚步，撞在一尊雕像上。雕像向后倒去，撞上另一尊雕像，另一尊又撞向后面的一尊，直到它们纷纷倒下，砸在地上四分五裂，扬起大片粉尘。

有个士兵呻吟着，在瓦砾堆中挣扎翻身。摆子的斧子伴着一声空响砸中他的头盔，砸出一个大坑，面甲陷进眼睛里，压平了鼻子，鲜血汩汩而出。

"他奶奶的！快死！"摆子又照头盔侧面来了一下，士兵的脑袋被打得朝一侧歪去，"死！"反方向又一下，脑袋歪向另一侧，脖子像装满碎石的袜子般吱嘎作响。"死！死！"哗！哗！这就像饭后在河里洗锅子。一尊雕像面带不悦地注视着他。

"瞅什么瞅？"摆子一斧抢掉它的脑袋。接着他又骑在了某人身上，甚至不清楚怎么做到的，只管用盾沿猛砸那张脸，直至砸成一团红色肉泥。他听到有人就在他耳边低语，声音疯狂而低哑。

"我是死神的化身。我是大平衡者。我是高山上的风暴。"这是血九指的声音，却发自他的喉咙。长廊里遍布倒下的躯体和雕像，还有它们的碎渣。

"你。"摆子抬起血淋淋的战斧，指向畏缩在烟尘弥漫的长廊远端、不住流泪的最后一具尸体，"我看到你了，混蛋，还想跑？"他意识到自己说的是北方话，那具尸体根本听不懂。不过没关系。

意思传达到了。

蒙扎强迫自己沿柱廊前进，从酸疼的双腿榨取出最后一丝力气，一边咆哮，一边笨拙地戳刺、劈砍，不敢有丝毫松懈。加恩马克且战且退，全神贯注，身体在阴影和阳光间不断变换，但双眼一直注视着两人的剑尖。他先格开蒙扎的剑，接着挡住科斯卡从她右边的廊柱中刺出的剑。他们粗重的呼吸、散乱的脚步及武器撞击声回荡在拱顶之间。

蒙扎挥剑切下，接着迅速反向挑起，不顾手上火辣辣的痛，将加恩马克的短剑挑飞出去，"叮叮当当"落在阴影中。将军向旁一闪，刚好来得及用长剑荡开科斯卡的攻击，但毫无防备的侧身正送到蒙扎面前。蒙扎大喜，手臂蓄力，正待团身扑出，左侧的窗子却被撞碎，玻璃碎片劈面飞来。她认为自己听到了摆子的声音，他正在长廊内用北方话咆哮。在她踌躇的刹那，加恩马克趁机躲过科斯卡的剑，从两根柱子间闪进草坪，回到花园中间。

"你还有劲儿宰这杂种吗？"科斯卡气喘吁吁地问。

"我尽力。你攻左。"

"我攻左。"他们从两侧分进合击，把加恩马克逼向战神雕像。将军应该也累了，他喘着粗气，柔和的脸颊泛起红晕，汗珠闪烁。蒙扎虚晃两招，面露微笑，感到胜利近在眼前，然而他突然跳到她面前，将她的笑意一扫而空。她躲开他的第一剑，同时砍向他的脖子，但被他架住、格开——不，他没她想象中那么疲惫，她却比自己预计的要疲惫得多。她的脚狠崴了一下，人歪向一边，加恩马克的剑飞速刺来，在她大腿留下一道长口子。她想转身，受伤的腿却一软，火烧火燎般的疼痛令她着地打滚，细剑也从无力的手中滑落。

科斯卡嘶吼着跳过她的身体，疯狂地挥剑劈向加恩马克。加恩马克矮身躲过这一击，趁势从下向上斜刺，干净利落地刺中对手的肚子。科斯卡的剑猛砸在战神雕像的小腿上，脱手飞出，石屑也跟着飞溅。加恩马克抽出长剑，科斯卡双膝跪倒，哀号一声，软绵绵地向旁倒下。

"结束了。"加恩马克转向蒙扎,身后波那廷的杰作巍然伫立,只是大理石脚踝边不断有碎片脱落,那是之前蒙扎的剑劈出的伤痕。"我承认,你让我好好运动了一番。你是个很有决心的女人——至少活着的时候是这样。"科斯卡在鹅卵石地上拖拽身体,留下一长串血迹。"但一味向前让你目光狭隘,于是你忽略了这场伟大战争的本质,正如你忽略了你最亲近的人的本质。"加恩马克又抽出手帕,擦净前额汗水,小心揩拭剑上血迹。"如果说奥索公爵及塔林是凡特和伯克银行手中的长剑,你不过是长剑锋利的剑尖罢了。"他用食指一弹长剑剑尖,"总是咄咄逼人、杀人饮血,但从不思考原因。"微弱的碎裂声传来,在他头顶,战神雕像的巨剑轻轻晃了晃,"当然,这些已不重要,你的战斗结束了。"加恩马克依然挂着哀伤的笑容,站在离她一跨远处,"有没有遗言?"

"小心身后。"蒙扎从牙缝里挤出这几个字。他身后的战神雕像正慢慢向前倾斜。

"你以为我——"随着一声巨响,雕像的腿断成两半,巨大的石头身躯势不可挡地向前栽倒。

加恩马克刚扭头,斯多里克斯的巨剑就刺中了他肩胛骨中间,压迫他跪倒在地。巨剑毫不停顿地继续向下,穿透他的肚子,直至插进鹅卵石地。鲜血和石片洒向蒙扎刺痛的脸颊。雕像的腿四分五裂,变成带有肌肉纹理的碎块,掀起一大团白色烟云,只有那只高贵的脚掌还留在底座上。这位有史以来最伟大的战士,臀部以上依旧完好无损,它凶狠地俯视着被它的剑钉在身下的奥索的将军。

加恩马克的吸气声好像水从破碎的浴盆里流出,他在制服前襟咳出一大口血,接着头向前一垂,长剑滑落在地。

一时间,花园悄无声息。

"这就叫,"科斯卡嘶哑地总结,"美丽的意外。"

死了四人，还剩三人。有人从柱廊里溜出，看到蒙扎往后缩了缩。蒙扎第三次摸起细剑，却不知用的哪只手，两只手都伤得很重。结果那是端着十字弓的辰。友好踏着重重的步伐跟在后面，双手分别握着匕首和砍刀。

"你杀了他？"女孩问。

蒙扎看着加恩马克被青铜巨剑钉跪在地上的尸体。"斯多里克斯杀了他。"

科斯卡脚步轻飘地走到樱桃树下，靠着树干坐倒。他就像度假那么悠闲，只是染满鲜血的手还捂着流血的肚子。蒙扎一瘸一拐地过去，把细剑插在草地上，在他身边跪了下来。

"我看看。"她摸索着解开科斯卡的夹克扣子，刚解到第二颗，他就抬起手，温柔地握住她染满鲜血的左手和变形的右手。

"那几年，我一直等你来解我的衣服，但这次恐怕只能礼貌拒绝了。我不行了。"

"你？你不会的。"

他的手握得紧了些。"穿肠破肚，蒙扎，我完了。"他看向大门，她听到模糊的刮擦声传来，那是闸门另一侧的士兵在设法抬起它。"你得马上处理其他麻烦。七人才死了四个，姑娘。"他笑了，"我绝没想到七人里你竟能杀了四个。"

"七分之四。"友好在她身后嘀咕。

"总有一天我要杀了奥索。"

"这，"科斯卡挑了挑眉毛，"真是宏愿。可别想着把全世界的人都杀光哟。"

摆子缓缓走出门廊，看都没看被钉在地上的加恩马克，径直走过来。"完事了？"

"这里完事了。"友好朝大门点点头，"那边还有。"

"这样啊。"北方人停在不远处，他手里的斧子、凹痕累累的盾牌、苍白的脸庞还有眼睛上的绷带都沾满了各种形状的深红血渍。

"你还好吗?"蒙扎问。

"我说不上来。"

"我是指你受伤没?"

摆子摸了摸绷带。"反正不比这严重……用山民的话说,我今天大概是月亮的宠儿。"他的目光落在她流血的肩膀,又落在她流血的手掌,"你在流血。"

"我在剑术课上被老师羞辱。"

"要绷带吗?"

她朝门口扬扬头,门那边的塔林士兵弄出的声音越来越大。"若能流血到死,我们还算幸运。"

"那怎么办?"

她张了张嘴,但什么也说不出。即便还有力气,迎战也是无用功,宫殿铁定被奥索的士兵包围了;投降更是白搭——哪怕她愿意——奥索只怕都等不及把她运回丰特萨莫宫,便要就地报仇。本纳总说眼光不够长远是她的缺点,他的话很有道理——

"我有办法。"辰突然绽出出人意料的笑容。蒙扎顺着她手指的方向,望向花园旁的屋顶,眼睛被阳光晃得眯了起来。一个黑色人影蹲在明亮的天空下。

"下午好!"蒙扎从没想过自己会觉得卡斯特·马维尔喋喋不休的嗓音动听,"我本想欣赏威斯尼亚公爵举世闻名的藏品,却失之交臂!你们这帮好人儿不会碰巧知道该去哪里找吧?我听说他收藏了波那廷最伟大的作品!"

蒙扎用沾满血的拇指示意倒塌的雕像。"它还没彻底报废!"

维塔瑞出现在毒师身旁,麻利地放下一条绳子。"我们得救了。"友好嘀咕,他说这话的语气跟"我们死定了"没什么区别。

蒙扎连高兴的力气都没有,她也根本不知道自己高不高兴。

"辰，摆子，你们先上。"

"好嘞。"辰扔掉十字弓，奔向绳子。北方人皱眉看了蒙扎一会儿，也跟过去。

友好看着科斯卡。"他怎么办？"

老佣兵似乎已开始神志不清，眼皮不停打架。

"我们拉他上去。搭把手。"

罪犯一条胳膊架住科斯卡，把他抬起。突然的颠簸惊醒了老佣兵，他打个激灵。"啊！不，不，不，不。"友好又小心地把他放回地上，科斯卡摇晃着长满疹子的颈项，喘着粗气。"我才不要像只待宰的猪一样惨叫着被拉上去，最终死在屋顶。这里是个不错的葬身之地，现在也很是时候。多年来我一直喊着要这样的地方、这样的时候，现在终于能如愿以偿。"

蒙扎蹲在他身边。"可我更想继续管你叫骗子，继续让你帮我看着后背。"

"我帮你看着后背……是因为我喜欢看你的屁股。"他龇牙咧嘴地打个冷战，大叫了一声。门口的撞击声更响了。

友好递给科斯卡一把剑。"他们要来了。你要这个吗？"

"我要它干吗？就因为打一开始要了这个，如今才落到这步田地。"他想换个姿势，结果痛得又打了个激灵，瘫软在地。他的皮肤开始泛起尸体上那种打蜡般的光泽。

维塔瑞和马维尔帮摆子翻过水槽，爬上屋顶。蒙扎冲友好摆头。"你先。"

他蹲了一会儿没动，随后看向科斯卡。"你要我留下吗？"

老佣兵拉住友好粗厚的大手挤了挤，笑着说："你这么说我很感动，无以言表。但你走吧，我的朋友，此事我想独自面对。你为我扔一次骰子就好。"

"好。"友好起身，头也不回地大步走向绳子。蒙扎看着他离去，她的双手、双肩和双腿火烧般痛,整个残缺的身体都很痛。她扫过花园里横七竖八的尸体。大获全胜。大仇得报。活人变成死肉。

"别这样。"科斯卡悲伤地一笑,仿佛猜透了她的想法。

"你是为我赶来的,不是吗?我也可以。"

"原谅我。"

她哼了一声,听起来半是嘲讽,半是作呕。"不是我背叛了你吗?"

"现在还有什么关系?背叛司空见惯,原谅却很珍稀。我宁愿不带亏欠的走,当然,最好带上我在奥斯皮亚、阿杜瓦和达戈斯卡挣的那些钱。"他虚弱地晃了晃一只沾满鲜血的手,"算了,反正不亏欠你就行,其他的不提也罢。"

"这不是问题。我们扯平了。"

"好啊。我这辈子过得稀烂,但总算死得其所。你走吧。"

她心里的一部分想留下来陪他,直到奥索的人破门而入,这样她就真的不欠他什么了。但这种想法并不太强烈。她一直都不是感情用事的人。奥索必须死,如果她死在这里,谁去继续报仇?她取回细剑,收入鞘中,一句话没多说,转身便走。这种时候,任何话语都苍白无力。她一瘸一拐走向绳子,在臀部下方尽可能紧地打了个结,又在手腕上绕了一圈。

"走吧!"

屋顶能俯瞰全城,蜿蜒的威斯河和河上优雅的桥梁历历在目,无数指向苍穹的高塔与城中各处大火腾起的烟柱相比相形见绌。辰不知从哪里搞到一只梨子,正无忧无虑地啃着,汁水顺下巴滴落,金黄的发丝随风飘荡。

马维尔看着恶战后的花园,挑了挑眉毛。"看到您在我缺席的情形下,仍能如此周密地完成屠杀,我算是松了一口气。"

"真是狗改不了吃屎。"蒙扎没好气地说。

"科斯卡呢?"维塔瑞问。

"不会上来了。"

马维尔露出一丝令人厌恶的微笑。"他这次没能救下自己?看来酒鬼还是能改变的嘛。"

若非蒙扎双手都伤得很重,她极有可能不顾救命之恩,当场戳死这家伙。从维塔瑞的表情看,她应该也这么想,但只朝河边扬了扬头。"上了船再发表动人的重逢感言吧。城里到处是奥索的军队,我们得马上乘船入海。"

蒙扎最后回头看了一眼。花园是那样静谧。萨利从雕像底座上滑下,躺在地上,双臂张开,仿佛要迎接亲爱的老友。加恩马克垂着脑袋,双膝下跪,被战神的青铜巨剑牢牢钉在地上,面前是一大摊血泊。科斯卡闭着双眼,双手抚膝,仰起的面孔依然带着一丝微笑。樱桃花盘旋飘下,落在他偷来的制服上。

"科斯卡啊科斯卡。"她轻声说,"没有你我该怎么办?"

第五部　普兰提
Part 5

PURANTI

雇佣军涣散、有野心、无纪律、不忠诚，在朋友面前耀武扬威，在敌人面前懦弱无能。他们既不敬畏上帝，待人亦不讲信义，他们靠避免战斗的方式来避免失败。你在和平时期受这些雇佣军的掠夺，而在战争中又受敌人的掠夺。

——尼科洛·马基雅维利

那两年间,千剑团一分为二,两边假装打仗。科斯卡——当他清醒到能说话时——吹嘘说历史上没人能像他这样毫不费力就大赚特赚。他们把那康蒂和阿非奥敲骨吸髓,然后在和平突然降临、赚钱无望后跑到北方,寻找新的战争来发财——如果没有的话,就寻找有野心的雇主来发动新的战争。

没人比奥索更野心勃勃。这位新晋的塔林大公爵,他的兄长被自己的爱驹踢死后,爵位落入他掌中。他急不可耐地和鼎鼎大名的雇佣军人蒙扎萝·蒙洛卡托签订协议,尤其当他得知对手恩提那人雇了臭名昭彰的尼科莫·科斯卡。

事实证明要让双方来场决战比想象中困难。两支军队就像两个只动口不动手的文弱书生,整整一个季节不断迂回行军,花销如流水,并把周边农民祸害得够呛,相互间却损失轻微。最后,只因同时看上艾弗利村附近成熟的稻田,两军才终于碰面,战斗似乎一触即发——或者说,类似战斗的场面。

当晚,蒙扎的营帐迎来一位不速之客:奥索公爵。

"殿下,我没想到——"

"无需寒暄。我知道明天尼科莫·科斯卡打的什么主意。"

蒙扎皱眉。"我想他打定主意一战。跟我一样。"

"他打的可不是这主意,你也不是。过去两年,你俩一直把雇主当傻子耍。我不介意被当作傻子,但花点小钱就能在剧院里看假仗,何必跑到荒郊野外来看呢?所以我把你的佣金翻倍,只要你认真对付他。"

这番话出乎蒙扎意料。"我……"

"我知道,你忠于他。我很敬重这点,人总得有点底线。但科斯卡是过时人物,我认为你才是未来。你弟弟也赞同我的话。"

这更让蒙扎大吃一惊。她看向本纳,本纳哈哈大笑。"这是最好的法子,你应该当领袖。"

"我不行……队长们不会——"

"我跟他们谈过了,"本纳说,"除了忠臣,而那条老狗最后也会见风使舵。他们受够了科斯卡,受够了他的醉生梦死、愚不可及。他们想签个长期合约,也想有个能引以为傲的领袖。他们会拥戴你。"

塔林公爵在冷眼旁观,她不能退缩。"那么我接受。两倍佣金,我就是你的人。"她撒谎道。

奥索笑了。"我有预感,你我会很有默契,蒙洛卡托将军。我期待你明日得胜的消息。"说完他就走了。

帐帘落下后,蒙扎狠狠甩了弟弟一耳光,把他打倒在地。"你干了什么,本纳?你干了什么?"

他郁闷地抬头看她,一只手捂住被打出血的嘴。"我以为你会高兴。"

"见鬼,我怎么会高兴?你自己才会高兴。但愿如此吧。"

然而她最终也只能原谅他,顺势而为。他是她弟弟,唯一真正了解她的人,况且塞萨利、维克图、安迪齐等大部分队长都已入伙。他们受够了尼科莫·科斯卡,一切无法挽回。第二天早晨太阳从东方升起时,众人均已做好准备,蒙扎命令他们发起真正的冲锋——她还能怎么做呢?

等到晚上,她已坐上科斯卡的交椅,本纳在她身边兴高采烈,队长们个个赚得盆满钵满,同声庆贺她的第一场胜利。人人都在笑,除了她自己。她想着科斯卡,想着他给她的一切,想着她亏欠他的所有以及她报答他的方式。她没心情庆祝。

此外,身为千剑团团长,她必须不苟言笑。

一对六
Sixes

骰子掷出一对六。

在联合王国,这叫一对太阳,就像他们旗帜上的太阳;在保利,这叫双赢,因为庄家得赔双倍;在古尔库,这叫先知或皇帝,取决玩家忠于哪边;在索森德,这叫金十二;在千岛群岛,这叫十二风;在安全屋,这叫狱卒,因为狱卒总赢。总之,环世界的人都喜欢这个数,但友好并不觉得它比其他数好,因为它不会给他带来什么。他的注意力又转回普兰提的大桥和桥上穿行的人流。

立在高耸桥柱上的雕像被岁月侵蚀得看不清面目,桥面现出许多裂缝,两边的栏杆也纷纷断了,但六座桥拱依然优雅地高耸于幽深的河流上方,硕大的石桥墩有六乘六跨高,坚挺地抵御着流水冲刷。帝国大桥有六百年以上的历史,至今仍是每年这个时节通过深邃的普兰河谷的唯一道路,也是从陆路前往奥斯皮亚的唯一方式。

洛根特大公爵的军队井然有序地过桥,六人一排,排列整齐,步伐如强有力的心跳,伴着武器和挽具的碰撞声、军官偶尔的呵斥声、围观群众不绝于耳的嗡嗡声以及下方远处湍急的流水声。军队以连、营、团为单位,已走了一个早晨。林立的枪尖、闪耀的金属和镶钉的皮甲不断从他眼前经过,除此之外就是灰尘、泥巴和坚毅的面庞。空气沉闷,骄傲的旗帜纷纷低垂,迄今过去了六百排,也就是近四千人,但至少还有同样数量的士兵跟在后面。六人,六人,又六人,他们不断前进。

"挺有秩序。就撤退来说。"经过威斯尼亚的事,摆子的声音一直是这样低沉嘶哑。

维塔瑞不屑道:"要说洛根特擅长什么,那就是撤退。他可是经验丰富。"

"整件事包含着令人击节的讽刺。"马维尔看着走过的士兵,带着淡淡的嘲讽宣布,"今日骄傲的军团经过昨日陨落的帝国的最后遗迹。所谓军威显赫不过如此,代表了人类的虚妄。"

"相当深刻的见解,"蒙洛卡托翘起嘴角,"和伟大的马维尔一同旅行真是既愉快又长见识。"

"怎么说呢,我既是毒师又是哲学家。但无需担心,费用不会增加——佣金换取我取之不尽的学识,毒药免费赠送。"

"你有完没完?"蒙扎咬牙切齿地回应。

"谁说不是呢?"维塔瑞喃喃道。

队伍缩为六人,人们的情绪比往常更急躁。蒙洛卡托拉起兜帽,除了垂下的黑发,只露出高挺的鼻梁、下巴和严厉的嘴角;摆子的半边脸还包着绷带,另一半跟牛奶一样白,完好的那只眼睛围着重重的黑眼圈;维塔瑞伸开双腿坐在栏杆上,肩靠断裂的桥柱,雀斑脸迎向明亮的阳光;马维尔皱眉看向湍急河水,他的学徒站在旁边。然后就是友好自己。六人。科斯卡死了。友好虽然叫友好,可他很少交到长久的朋友。

"说到费用,"马维尔喋喋不休,"我们应赶往最近的银行,签下票据再说。我不喜欢和雇主发生债务关系，这会玷污我们蜂蜜般甜美的关系。"

"甜美。"满嘴食物的辰附和，很难说她指的是蛋糕还是关系。

"加恩马克将军之死理应算我一份酬劳。我虽不在场，但扮演的角色至关重要，是我保证你没断送性命。我还得重新添置在威斯尼亚被如此粗心大意损失的装备。我必须再次指出，如果你按我说的那样除掉那些麻烦的农民，决不会——"

"闭嘴。"蒙扎吼道，"我不是付钱来让你数落我的。"

"我想他这项服务也是免费。"维塔瑞滑下栏杆。辰也吞下最后一口蛋糕，舔着手指。他们都准备出发了，除了友好。他还待在原地，看着桥下流水。

"该走了。"蒙洛卡托说。

"是的。我该回塔林了。"

"什么？"

"萨加姆会在这里送信给我，可我并没收到信。"

"这里离塔林很远。现在在打仗——"

"这是斯提亚。永远在打仗。"

她看着他，一时无话可说，双眼几乎全被兜帽遮住。其他人在旁边围观，但对他的离开没表现出任何特别的情绪。他走与不走，人们通常无所谓。"你真要走？"她问。

"是的。"他已走过半个斯提亚：西港、斯皮奈、威斯尼亚及它们之间的大片土地，他哪里都不喜欢。坐在萨加姆的烟馆，他总觉得不安、恐惧，梦想回安全屋；然而经过这么些日子，大烟的味道、无休止的牌局和喧哗、每日例行公事般收取保护费外加偶尔参与结局早已注定的斗殴，却变得像美梦一样吸引着他。这里不属于他，每天都是不一样的天空。蒙洛卡托是混乱之源，他不想再跟随她了。

"那收下这个。"她从外套里掏出个钱袋。

"我不是为你的钱。"

"拿着。以你的付出来说,这份酬劳很少,但或许能让你的归途方便些。"他任她把钱袋塞进手里。

"幸运与你同在。"摆子说。

友好点头。"今天的世界是六。"

"那么,六与你同在。"

"一定如此,不论我愿不愿意。"友好用掌沿抄起骰子,小心用布包好,塞进夹克,然后头也不回地钻进桥边人群,与士兵们相对而行,跨过奔涌不息的河流。很快,军队和河流都被抛在身后,他走回更狭小、穷困的河西城区。他打算靠计点走回塔林的步数来打发时间,从离开到现在,他已走了三百六十六——

"友好师傅!"他猛转过头,皱起眉毛,正待摸向匕首和砍刀……只见一个人懒洋洋地靠在街边门廊里,双腿交叉,胳膊抱在胸前,脸笼罩在阴影中。"在这儿碰到你有多大概率?"这声音听起来熟悉得吓人,"好吧,你对概率的了解比我多得多,不管怎么说,这是让人开心的偶遇。你也这么认为吧?"

"没错。"友好猜到是谁了,不禁露出笑容。

"怎么说呢,这就像扔出了一对六……"

眼睛匠
The Eye-Maker

摆子推门时碰响了一个铃铛，他走进店里，蒙扎跟在他身边。店里相当昏暗，阳光透过窗子射进来，投下一束尘土飞舞的光柱，落在大理石柜台上。几个阴影笼罩的架子靠墙摆好，屋子后面一盏吊灯下摆着把宽敞的椅子，椅子顶上安放了皮垫枕——这椅子看来挺舒服，如果不算那些用来捆人的皮带的话。椅子旁的桌上整齐摆放着一排工具：刀、针、夹子和镊子。医生的工具。

刚进店里，摆子确实打了个摆子，但仅此而已。他的眼睛被烫瞎了，他接受了足够多的教训，现在他眼中没剩下什么值得畏惧的东西。想到之前活得如此战战兢兢、循规蹈矩，他不禁笑了。有什么好怕的？笑容牵动他绷带下的伤口，让脸颊火辣辣地痛，于是他收起笑容。

听到铃声响起，一个男人从侧门慢悠悠走了出来，双手紧张地搓着。他身材瘦小，皮肤黝黑，一脸担忧，似乎担心他们是来打劫的匪徒——奥索的大军就要到了，普兰提人都很担忧，害怕失去拥有的一切。但摆子不在内,他已经失去一切了。

"先生,女士,我能帮到你们吗?"

"你是斯科波尔?"蒙扎问,"眼睛匠?"

"我是斯科波尔,"他紧张地鞠了一躬,"科学家,外科和内科医生,特别擅长与视力有关的领域。"

摆子解开脑袋后的绷带扣。"那好,"他打开绷带,"我失去了一只眼睛。"

这话让医生猛地精神了。"哦,别说失去,朋友!"他上前几步,踏入从窗子照进的光线,"我还没看到伤口,别用失去来形容。我的手段会让你震惊!科技如今日新月异,一日千里!"

"听起来真他妈会爆炸啊。"

斯科波尔迟疑地笑笑。"是啊……爆炸啊。知道吗,我曾帮几个自以为会终生失明的人恢复了一定程度的视力,他们管我叫魔法师!想想看!他们管我叫……魔……"

摆子解开最后一层绷带,清冷的空气拂过他汗毛竖起的皮肤,他往前走了几步,将左脸转向医生。"怎样?这个?爆炸后的科技能治愈吗?"

医生礼貌地点点头。"抱歉。不过在安装假体方面我也有重大突破,别害怕!"

摆子又前进半步,居高临下看着对方。"你觉得我怕吗?"

"一点也不,一点也不,我只是说……算了……"斯科波尔清清嗓子,轻手轻脚地走到架子边上,"我目前对视觉假体的研究——"

"鸡体?"

"是假眼。"蒙扎纠正。

"哦,不止如此,远不止如此。"斯科波尔抽出木抽屉,上面摆着六颗泛着银光的金属球。"用最舒适的米德兰钢打造的完美球体,可植入眼眶,且永不损坏。"他又拿起个圆形木盘,志得意满地端到他们面前，上面全是眼睛：蓝的，绿的，棕的，个个跟真眼睛颜色相同，还闪着光，有些眼白上甚至带一两条红血丝——当然，跟真眼睛比，它们像极了煎蛋。

斯科波尔洋洋得意地冲货品挥手。"用珐琅烧制，完全根据你的另一只眼睛定做，放在眼睑和金属球之间。这个部分很容易磨损，必须定期更换，但相信我，最终效果完美无瑕。"

那些假眼一眨不眨地瞪着摆子。"看上去像死人的眼睛。"

一阵尴尬的沉默。"黏在木板上当然像，但放在大活人脸上就——"

"死人也不错。死人从不说谎，呃？我们已听了太多谎话。"摆子大步走到店铺后面，一屁股坐到椅子上，双臂摊开，两腿交叉。"动手吧。"

"现在动手？"

"不行吗？"

"钢珠需要一两小时来调整形状，而准备一套珐琅眼睛通常得至少半月——"蒙扎将一把银币扔上柜台，它们"叮叮当当"散开，斯科波尔谦恭地低下头。"我立刻找出最合适的球体，明晚之前做好准备。"他点亮灯笼，灯光晃得摆子不得不用手挡住完好的那只眼睛。"安装会造成一些创口。"

"一些啥？"

"需要动刀。"蒙扎解释。

"挺合理。不动刀子多没意思，呃？"

斯科波尔摆弄着小桌子上的工具。"我要沿针脚移除一些死肉——"

"挖掉死木头？我完全赞成，这才能重新开始。"

"需要来口大烟吗？"

"太他妈需要了。"他听到蒙扎轻声说。

"赶紧来吧。"摆子说,"过去几周一直疼着,我受够了。"

眼睛匠低下头,有些瑟缩地填装大烟。

"记得带你理发那次,"良久,蒙扎开口,"你紧张得像第一次剃毛的绵羊。"

"嘿,对啊。"

"现在你迫不及待等着安装新眼睛。"

"有个明白人曾告诉我:你必须现实一点。瞧我们适应得多快啊,呃?"

她皱眉看着他。"也别太快。我该走了。"

"眼睛匠的手艺看了反胃?"

"我要去见个熟人。"

"老朋友?"

"老对手。"

摆子笑了。"那更好。留神别被杀,呃?"他躺回椅子,拿皮带紧紧缚住前额,"我们的活儿还没干完咧。"他闭上那只完好的眼睛,透过眼睑的灯光泛着粉红色。

迟到的公爵
Prince of Prudence

洛根特大公爵把总部设在当年皇帝的浴宫，那里迄今仍是普兰提最宏伟的建筑之一，投下的阴影将一半的河东桥头广场笼罩。和城市其他部分一样，它也历经了数百年风雨，宏伟的三角楣墙有一半早在几代人以前就坍塌了，伴随着支撑它的六根巍峨立柱中的两根，散落的石材被拿去修建寒酸的新房屋，看起来很不搭调。浴宫的石墙斑斑驳驳，生满野草，攀附着死去的常青藤，甚至长出两株坚韧的小树。沐浴或许曾是它的主要功用，那时斯提亚人还没杀来杀去，在那个美好的时代，人们担心的只是怎么保证汤水滚烫。这座坍塌的建筑作为过往辉煌的一隅，有力地展示了斯提亚长久以来的堕落。

蒙扎对此毫不关心。

她只关心一件事……趁上一个步兵连撤退后的间隙，她挺直身体，大步走过广场，踏上浴宫碎裂的台阶，努力拿出曾经的气势。奈何变形的胯骨来回摩擦，阵阵刺痛从臀部扩散到全身，她只能尽量镇静地摘下兜帽,死盯着一名守卫。那是个头发斑白的老兵,身材跟门板一样壮硕,灰暗的脸上有道疤。

"我要见洛根特公爵。"她说。

"这边请。"

"我是蒙……什么?"她正待自我介绍,准备好被嘲笑一番,说不定还要被挂在哪根柱子上——她完全没想过会有接受邀请的可能。

"您是蒙洛卡托将军。"男人灰色的嘴角动了动,做出算是微笑的表情,"我们知道您会来。不过您还是得交出佩剑。"蒙扎眉头紧锁地交出佩剑,这感觉并不比被一脚踢开舒服。

门内的大理石大厅有一个宽敞的池子,周围环绕着高耸石柱,池内的浑水散发出浓烈的腐臭。她的老对手洛根特大公爵凝神看着折叠桌上的地图。他身穿肃穆的灰色制服,嘴唇紧抿,十二名军官围在他身旁,他们身上的金穗加起来足够装饰一艘帆船。当她绕过腐臭的池塘走来时,有两人抬头看向她。

"她来了。"其中一人撇撇嘴。

"蒙……洛……卡……托。"另一人一字一顿,好像她的名字是毒药。对他们来说确实如此。过去几年,她把这群人耍得够呛,也难怪他们有如此愚鲁的反应。斯多里克斯说,兵少的将军应当永远保持进取。所以她不紧不慢地前进,用裹绷带的左手拇指漫不经心地勾住腰带,仿佛这是她的浴室,所有人都是她的手下。

"这不是迟到的洛根特公爵吗?很高兴见到您,审慎的殿下,您的参谋团看起来也很精神。虽然撤退了七年,不过您今天至少没有撤退。"她停顿片刻,"哦,等等,您正准备撤退。"

这话让几个军官倨傲地抬起下巴,不屑的哼声跟着响起,但洛根特本人从地图上平静地抬起黑眼睛,他似乎带上了些许疲惫,却依然风度翩翩、英俊潇洒。"蒙洛卡托将军,幸会!我多希望是在大战后见到成为阶下囚、垂头丧气的你,然而我最近取得的胜利太少了。"

"好比夏日飘雪。"

"你则百战百胜。与你光照四海的荣耀相比,我简直无地自容。"他朝厅里看了看,"不过你战无不胜的千剑团现在何处?"

蒙扎吮了吮牙齿。"忠臣卡皮从我手中借走了。"

"不问自取?真是……粗鲁。恐怕你勇武有余而权谋不足,我则恰好相反。尤文斯说,言辞比刀剑更锋利,但我花了不少代价才明白,有时刀剑无法替代。"

"现在是血之年代。"

"的确。我们都是被时局困住的囚徒,时局让我除了一次又一次撤退别无选择。高贵的普兰提公爵拉杰奥——这个漂亮浴池的所有者——在奥索公爵越不过墨西利亚坚不可摧的城墙时,曾是联盟中最坚定的主战分子。你真该看看他那副咬牙切齿的模样,他说他的长剑从未如此跃跃欲试、渴望鲜血。"

"男人喜欢谈论战争。"蒙扎依次扫过洛根特那群阴沉的幕僚,"也喜欢扮成战士。真正上战场是另一码事。"

那群光鲜的孔雀里有两人愤然摇头,但洛根特只笑笑。"一个不幸的事实。拜你所赐,墨西利亚坚不可摧的城墙被攻破了;拜你所赐,博洛里塔沦陷,如今连威斯尼亚也被烧毁。塔林的大军在你从前的队伍千剑团的鼎力协助下,大肆洗劫乡野,一路杀到拉杰奥的家门口。我们这位勇敢的公爵立刻没了对战鼓和军号的兴趣,当权者总像流水一样善变。我该选择没有那么大权力的盟友。"

"现在才想到迟了点。"

公爵鼓了鼓两腮,"迟了,太迟了,这话可以当我的墓志铭。在苍松之战,我晚到两日,结果鲁莽的萨利独自出击,大败亏输,卡普亚只能孤立无援地面对你那次举世闻名的怒火。"这完全是胡扯,但蒙扎没戳破,"在墨西利亚,我倾力赴援,打算坚守高墙,在厄崔峡口迎击你,结果你在我赶到的前一天偷袭夺得城市,并将它彻底肃清，让它变成阻挡我的壁垒。"这段话更荒唐，蒙扎仍没戳破，"后来在高岸之战，我被已故的加恩马克将军拖住，鞭长莫及，而已故的萨利公爵一心不想被你再次耍弄，结果又被你耍了一次。他的军队像大风里的谷糠一样溃散，于是博洛里塔……"他伸了伸舌头，拇指下压，嘴里发出放屁般的响亮声音。"英勇的孔泰公爵……"他用一根手指比画喉咙，又发出放屁般的声音，"迟了，太迟了。蒙洛卡托将军，请告诉我，你为何总能抢占先机？"

"我起得早，天没亮就去拉屎，确保行军方向正确，不让琐事拖住脚步。此外最重要的，我真的是在拼命赶路。"

"你什么意思？"洛根特身旁一位年轻人质问，他的脸色比其他人更难看。

"我什么意思？"她鹦鹉学舌，像个白痴一样瞪大眼睛，转向公爵，"您难道不是明明能准时抵达苍松镇，却故意拖延？因为您知道自负的胖萨利等不及脱裤子放屁，无论胜算几何都会浪掷兵力。他果真输了，输得灰头土脸，而您成了那个聪明的同伴，正如您期望的那样。"这次换洛根特一声不吭了，"两年后，您也完全能准时抵达峡口，届时哪怕全世界的军队涌来也无济于事。但您觉得最好晚来两天，让我先替您教训教训骄傲的墨西利亚人，让他们知道在您这位审慎的殿下面前要保持谦恭。"

整个浴厅只有她的声音在回荡。"您何时才意识到时间不够的呢？意识到自己迟到了太多回，盟友被削弱得太厉害，而奥索变得过于强大？诚然，高岸之战您的确想准时抵达，无奈加恩马克太难缠。其实，真想履行盟友的职责，那时已……"她身体前倾，轻声说出结论，"太迟了。您的所有政策都是为确保八城联盟获胜后，您能成为最强者，凌驾于一干盟友之上。的确是雄心壮志，计划也算周密，只不过，如果奥索获胜，八城联盟便会……"她也伸出舌头，朝周围的孔雀们发出放屁般的响亮声音。"不复存在。这就是屡屡迟到的下场，傻瓜们。"

最激动的年轻人握紧拳头冲向她。"我不想再听你废话了，你这个……魔鬼！我父亲死在苍松之战！"

看来每个人都有仇要报，不过蒙扎早已遍体鳞伤，无动于衷。"谢谢。"她说。

"什么？"

"既然你父亲是我的敌人，而战争的目的就是杀死敌人，他的死便是我的成就。这还用解释吗？"

他的脸一阵红一阵白。"如果你是个男人，我现在就杀了你。"

"如果你是个男人，就不会说出这种话。好吧，既然我夺走了你的父亲，我该还你点东西才算公平。"她卷起舌头，冲他脸上吐了口唾沫。

他伸出双手，不太灵巧地扑了过来，正如她所料。如此轻易便能激怒的人，通常没什么好怕的。她早准备好了，闪身躲过攻击，抓住他镀金胸甲的上沿和下沿，用惯性将他甩出，同时一脚踩中他的脚尖。他摇摇晃晃地向前，腰几乎对折过来，蒙扎乘机握住他的佩剑、一把抽出。他大叫着摔进水池，溅起高高的闪亮水花，而蒙扎业已转身，举起长剑。

洛根特翻个白眼。"哦，看在——"他的手下纷纷抽出佩剑，骂骂咧咧地涌上前，差点撞翻桌子，"别动刀动枪，先生们，拜托，别动刀动枪！"掉进水里的军官浮上来了，至少露出了头，他拼命拍打手脚，激起阵阵水花，努力对抗一身仪式盔甲的重量。洛根特的另两名参谋赶紧过去把他拽出水池，其他人围拢了蒙扎，争先恐后想第一个刺中她。

"你们还不撤退吗？"她退过几根柱子，吼道。

离她最近的军官挺剑刺来。"去死吧，你这可恶的——"

"住手！"洛根特吼道，"住手！我叫你们住手！"他的手下像被训斥的淘气小孩一样,个个满脸不服,"看在老天的分上,别在浴室里动武!我的脸还没丢够吗?"他长叹一声,挥挥手,"下去,全下去!"

离他最近的参谋吓得八字胡都支棱起来。"可是殿下,你要和这个……魔鬼待在一起?"

"怕什么?我死不了。"他冲他们挑起一边眉毛,"我会游泳。在你们弄伤自己之前,赶紧下去。嘘!快走!"

他们不情不愿地收起剑,小声抱怨着走出浴厅,掉进水池、浑身湿透的年轻人边走边发出潮湿的水声,留下一串不满的水痕。蒙扎大笑着把他的镀金长剑扔进池子,那剑"扑通"沉了下去。这大概算是一点小小的胜利,这些日子她必须学会欣赏这样的胜利。

洛根特静静地等待众人离开,随后长叹一声。"你说她会来,伊丝黎。"

"幸好我对正确从不厌倦。"蒙扎一惊,只见一个黑肤女人仰躺在高处的窗台,比洛根特的脑袋大约高出一两跨。她交叠的双腿搭在墙上,一条胳膊和脑袋从狭窄的窗台边垂下,从地上看去几乎是头下脚上。"正确的总是我。"她一点点向下滑,在最后一刻才翻了个筋斗,四肢着地,如蜥蜴一样敏捷无声。

蒙扎不太清楚为何一开始没注意到她。这很不妙。"你是什么人?杂技演员?"

"哦,我没那么浪漫。我是东风,你可以把我当成真神右手众多手指中的一根。"

"原来你是个祭司。"

"哦,祭司,干巴巴又无趣的祭司。"她双眼看向天花板,"我算是个虔诚信徒,以我自己的方式。只有男人能穿上祭司袍子,感谢真神。"

蒙扎皱起眉头,"你是古尔库皇帝的间谍?"

"间谍听起来……不太光彩。皇帝,先知,教会,国家,我自认是南方势力谦恭的代表。"

"斯提亚在他们心目中算什么呢?"

"战场。"她笑得更灿烂,"古尔库和联合王国暂时相安无事,但……"

"斗争仍在继续。"

"且将永无休止。奥索的盟友就是我们的敌人,奥索的敌人就是我们的盟友,你我有共同的目标。"

"搞垮塔林的奥索大公爵,"洛根特喃喃道,"以荣耀真神。"

蒙扎冲他撇嘴。"哈,洛根特,你几时信神了?"

"只要能回应我,我便致以最诚挚的祈祷。"

古尔库女人站起身,伸了个懒腰,从脚尖到纤长的指尖都绷得笔直。"你呢,蒙洛卡托?你会是这位孤注一掷的可怜公爵通过最诚挚的祈祷换来的答案吗?"

"也许吧。"

"他或许也是你的答案?"

"当权者辜负过我,但我可以抱有期待。"

"我辜负过许多朋友。"洛根特朝地图点点头,"他们叫我审慎的殿下、拖延的大人和迟到的公爵。你愿意真心和我结盟?"

"看看我,洛根特,我曾跟你一样万念俱灰。但法郎斯说'大风大浪总会带来奇怪的伙伴'。"

"他是一位智者。那我如何才能帮助我奇怪的伙伴?更重要的是,她会如何帮助我呢?"

"我要杀忠臣卡皮。"

"叛徒卡皮不值得操心。"伊丝黎大摇大摆走来,头慵懒地歪向一边,接着又继续朝外歪了一点。蒙扎看着就很难受,更别提摆出这个姿势了。"千剑团不是还有其他队长吗?塞萨利,维克图,安迪齐?"她的瞳孔黑如沥青,跟眼睛匠那些假眼一样毫无生气。"就算他死了,那帮臭名昭著的秃鹫还不是会坐上你的老交椅,继续饱餐斯提亚的血肉?"

洛根特扮个鬼脸。"然后我这笨拙的舞蹈还得继续跳下去,只换了个舞伴。我得到的不过是转瞬即逝的缓刑。"

"那三个人并不忠于奥索,在乎的是自己的钱袋。只要出价够高,他们轻而易举就能背叛科斯卡拥戴我,后来又背叛我拥戴忠臣——也就是说,杀了忠臣以后,我可以把他们拉拢回来,从奥索麾下转投你们这边。"

漫长的沉默。伊丝黎扬起那对精致的黑眉毛,洛根特若有所思地点点头,两人交换了个意味深长的眼神。"这对改变局势大有帮助。"

"你确定能买通他们?"古尔库女人问。

"确定。"蒙扎毫不犹豫地撒谎,"我从不赌博。"更离谱的谎言,所以她用更强烈的自信说出来。跟千剑团有关的事就没有确定性可言,更别说与带领它的那些毫无信誉可言的秃鹫打交道。但只要能杀了忠臣,此事并非毫无机会,而且现在她必须赢得洛根特的帮助。

"要出多高的价?"

"让他们背叛赢家?我肯定给不起。"即便她花去赫尔蒙的所有金子——其中大部分还埋在她父亲留下的破败谷仓深三十跨的地下。"但您身为奥斯皮亚公爵——"

洛根特抱歉地笑出了声,"噢,奥斯皮亚无底的钱袋。可惜我早已负债累累,自身难保,要能多换点铜币,我宁愿去卖屁股。恐怕你从我这儿揩不到油水。"

"你们南方势力呢?"蒙扎问,"我听说古尔库的山是金子堆的。"

伊丝黎扭身靠上柱子。"古尔库的山和其他山一样是泥巴堆的,但如果知道从哪里挖,确实能挖出很多金子。你打算怎么干掉忠臣？"

"奥索的大军一到，拉杰奥就会投降。"

"毫无疑问，"洛根特开口，"他对投降跟我对撤退一样擅长。"

"千剑团会南下直取奥斯皮亚，沿途践踏乡村，塔林军队跟在后面。"

"这些事无需您这位军事天才给我讲解。"

"我将在他们的行军路线上设计引出卡皮。给我四十人就能干掉他，这对您对她都没风险。"

洛根特清了清嗓子："如果你能把那条老忠犬引出狗窝，派再多人手我也在所不惜。"

伊丝黎看着蒙扎，那眼神就和蒙扎看蚂蚁一样。"如果你在他呜呼哀哉后能买通千剑团，我会提供资金。"

如果，如果……但现在蒙扎也只能争取到这些。说实话，就算对方翻脸不认人，也没什么好奇怪的。"那就一言为定，我奇怪的伙伴们，呢？"

"一言为定。真神的确在保佑你。"伊丝黎夸张地打个哈欠，"你为寻求一位朋友而来，离开时却得到两个。"

"我很走运。"蒙扎嘴上这么说，心里却不以为然。她转向大门，靴跟剐蹭着破败的大理石，暗暗祈祷出门前不要发抖。

"还有件事，蒙洛卡托！"她回头看到洛根特独站在地图前，伊丝黎消失得无影无踪，和出现时一样突然。"你现在落魄，不得不低声下气，对此我很理解。但你依旧是你，勇往直前，不计后果，我希望你能保持本色。同样的，我就是我，愿你我未来能更看重彼此，这样我们因绝望而结成的联盟方能长久。"

蒙扎夸张地施了一礼。"审慎的殿下，我现在不只落魄，还万分后悔。"

洛根特缓缓摇头。"我那位军官真该把你刺个对穿。"

"您想完成这件事吗?"

"哦,可惜,并不。"他转身看着地图,"我想让你多吐我几口唾沫。"

死人发不了财
Neither Rich nor Poor

申卡特走过破败的走廊，边走边哼，但没发出半点脚步声。想要的音调他早已记忆模糊——那是他小时候姐姐唱的一段曲儿。他仿佛还能看到静止的阳光穿过她的发丝，窗户就在她身后，她的脸庞则隐在阴影中。那是很久以前的事，画面已然褪色，就像被阳光曝晒过的廉价油画。他向来不太会唱歌，但喜欢哼这段曲儿，想象姐姐就在身边，以平添一丝慰藉。

他收起小刀和鸟雕像。雕像几近完成，只是鸟嘴有些麻烦，他又不想因急躁毁了作品。耐心。无论对手艺人还是杀手，耐心都是关键。他停在门口，松软的白松木门有好多瘤节，接合得不严密，光线从一道裂缝中透出。他有时真希望能在环境稍好的地方办事，但想归想，他还是一脚踹开了锁着的门。

门锁粉碎的瞬间，八双手同时抓向武器，八张凶狠的脸齐齐转向他。七男一女，其中大部分人申卡特认识。他们曾在奥索的王座厅里跪成个半圆，然后被派去为阿里欧报仇，某种程度上算是他在这场追猎中的同伴——如果贵为百兽之王的狮子和尸体上的苍蝇可称为同伴的话。他不认为这些人会比他先找到猎物，但必须防止意外，这是他早已学到的一课。此时此刻，他好比蓄势待发的毒蛇。

"我来得不是时候？"他问。

"是他。"

"不肯下跪的人。"

"申卡特。"说最后这句话的，正是当初在奥索的王座厅出头拦他、最后被他建议去作祈祷的人。申卡特希望对方听从了那个建议，但看来不太可能。认出申卡特后，有两个杀手放松下来，收回半出鞘的剑，认为他是同伙。

"好了，好了。"一个留黑色长发的麻脸男似乎是领头的，他用一根手指轻轻将旁边女人的十字弓拨向地面。"我叫马尔特。你来得正好，我们刚巧要对付他们。"

"他们？"

"奥索公爵殿下委托的目标，还能是谁？他们就在那边，那所烟馆里。"

"都在？"

"反正首领在。"

"你们怎么知道没找错人？"

"佩罗知道，是吧，佩罗？"

佩罗留着两撇粗糙的八字胡，一副汗涔涔的亡命徒长相。"是的，那女人就是蒙洛卡托，苍松之战中奥索军队的主将。她不到一月前还在威斯尼亚，我亲自把她抓住，拷问过她。北方人在那里失去了一只眼睛。"萨加姆管那个北方人叫摆子。"就在萨利的宫殿里。几天后，她又在那里杀了加恩马克，奥索现在的将军。"

"好个塔林的毒蛇，"马尔特不无敬佩地说，"真活跃。你有什么想法？"

"我十分震惊。"申卡特缓缓走到窗边,看向街道对面。对于声名赫赫的将军而言,那所烟馆实在寒酸,但这就是人生。"有人跟着她吗?"

"只有那个北方人,没什么大不了。幸运宁姆和她的两个小子把守着背街的巷子,等大钟下一次报时,我们便从正面攻进去。他们跑不了。"

申卡特缓缓扫视对他面带怀疑的众人,在每张脸上停留片刻。"你们都打定主意这么做?所有人?"

"他妈的当然,我的朋友,这里没有三心二意的人。"马尔特眯眼看他,"你想加入我们?"

"加入你们?"申卡特深吸口气,叹了一声。"大风大浪总会带来奇怪的伙伴。"

"就是说你同意了。"

"我们不需要这白痴。"说话的又是挑衅过申卡特的人,他卖弄地挥了挥曲刃匕首。这家伙显然缺乏耐心。"要我说,我们该割开他的喉咙,少个人分钱。"

马尔特轻轻按下他的匕首。"行了,别这么贪心。尔虞我诈的事我从前也干过,每个人只关注钱,不专心工作,时刻提防着背后被人捅刀子,这样对身体、对前途都没好处。我们要么按文明人的方式干,要么就别干。你说呢?"

"当然是按文明人的方式干。"申卡特说,"看在老天爷的分上,让我们拿出杀手的专业素质吧。"

"正该如此。事成之后,奥索的佣金足够满足所有人。大家均分,一起发财。"

"发财?"申卡特摇摇头,露出哀伤的笑容,"死人发不了财。"他的指尖几乎将马尔特的脸劈成两半时,后者刚来得及露出一丝惊讶神情。

※

摆子坐在油腻的床上，背靠脏兮兮的墙，蒙扎摊开四肢，趴在他身上，头枕着他的膝盖，发出微弱的呼吸声。她缠绷带的左手握住烟管，一缕棕色的烟从余烬中袅袅升起。他皱眉看着这缕烟穿过几道光线，慢慢稀释，向四周扩散，让整个房间充满香甜的薄雾。

大烟是止痛良药，摆子甚至觉得是神药。它如此美妙，所以你总想要更多；它如此美妙，只要吸上一会儿，撞到脚趾都感觉不到。这香甜的薄雾会让你失去浑身知觉，让你变得软弱。或许蒙扎不想有那么多知觉，但摆子终究放不下。此时此刻，烟雾不断挑拨着鼻孔，让他既恶心又跃跃欲试。绷带下的伤口很痒，来一口会缓解很多。能有什么坏处……？

他突然感到一阵要被活埋似的恐慌，赶忙从她身下挣脱。蒙扎不开心地抱怨两声，又重新倒下，眼睑颤动着，头发黏在汗涔涔的脸上。摆子拔开窗户插销，拉起松松垮垮的百叶窗，屋后污水横流的小巷映入眼帘，充斥着尿骚味的冰冷空气扑面而来，但这味道至少是诚实的。

两个男人守在后门旁，还有个女人举起一只手。钟声自邻街高高的钟塔上传来，女人听了点点头，两个男人便抽出一把雪亮的长剑和一根沉重的狼牙棒。女人打开门，他们冲了进来。

"糟了。"摆子暗叫不妙，一时间不知所措。对方有三个人，而且一直等在后门，说明会有更多人从前面攻来。逃跑是来不及了，反正摆子也受够了逃跑。他还保留着自尊，不是吗？逃出北方，逃到斯提亚这鬼地方，正因如此才他妈失去一只眼睛。

他伸手去推蒙扎，半途却停住了，以她这种状态，叫醒也只会碍事。他不再管她，转而抽出当初第一次见面时她给他的长刀。他紧握坚实的刀柄，敌人的武器或许更胜一筹，但在狭小的屋内，大武器并不适用。他的优势是出其不意，这样最好。他藏到门后阴暗处，心跳如擂鼓，呼吸灼烧着喉咙。但这不是恐惧，不是疑虑，只是怒火释放前的等待。

他听到他们轻手轻脚踏上阶梯，不由得强忍放声大笑的冲动。但他终究还是发出了压抑的笑声，他也不清楚为什么，眼下情况明明并不好笑。他又听到一声"吱嘎"，随后是低声咒骂。他们可不是环世界最好的杀手。他紧咬嘴唇，胸腔乐得发抖。蒙扎翻了个身，伸开四肢，在油腻的毯子里露出笑容。

"本纳……"她低声说。门突然开了，持剑男人先跳进来。蒙扎迷迷糊糊睁开眼，"怎么——"

第二个男人像白痴一样把打头阵的人撞了个趔趄，他的狼牙棒举过头顶，从低矮的天花板上刮下一小股石膏碎屑。送上门的大礼不收才怪。摆子顺手夺过他的武器，同时长刀刺向第一个人的后背。

刀子连扎几下，又快又轻，直至刀身全没入血肉。摆子咬紧的牙关发出低吼——更像是憋住的大笑。他握刀的手臂动作飞快，而每挨一刀，持剑男人都发出一声低低的惊呼。那人还没搞清状况，只是猛转过身，带掉了摆子手里的刀。

他的同伴也转过身，瞪大双眼，不知所措。"怎么——"

摆子用狼牙棒柄杵他的鼻子，他伴着一声闷响摇摇晃晃栽进空壁炉。挨了几刀的持剑男人跪倒在地，他的剑扎进了蒙扎上方的墙壁，剑身斜横在蒙扎头上。眼见此人命不久矣，摆子放心地上前一小步——摆子注意弯下了膝盖，以免狼牙棒撞到天花板——大吼一声，舞动这根铁疙瘩，狠狠砸在它前主人的前额。头骨随着沉闷的血肉声凹陷下去，飞溅的血花喷得天花板到处都是。

尖叫声从身后传来，他立刻转身，只见那女人跳进门内，双手各执一把短刀。蒙扎挣扎着想从垂死的持剑男人身下爬出，她乱踢的腿正好绊倒冲进来的女人。大好机会。女人朝摆子怀里摔去，愤怒的尖叫顿时变成惊恐的哀号，慌乱中一把短刀也掉了。在她把他撞翻之前，他抓住了她还拿着刀的那只手，而他身下垫着被狼牙棒砸死的男人的尸体，他的头撞到壁炉边缘，一时头昏眼花。

他死攥住她的手腕，感觉到她另一只手的指甲撕扯着他的绷带。两人像疯子一样对吼，她垂下的头发扫在他脸上。她舌头抵牙，用尽全力想把短刀架上他的脖子，呼吸里带着股柠檬味儿。他突然向旁一滚，闪电般出拳打中她下巴，她被打得脑袋上扬，牙齿狠狠咬到舌头。

与此同时，一把剑歪歪斜斜地砍中那女人的胳膊，剑尖差点划破摆子的肩膀，摆子不由得往后缩了缩。蒙扎苍白无神的脸出现在那女人身后，那女人号叫着拼命挣扎。接下来又是歪歪斜斜的一剑，但这回只是剑脊敲中脑袋，打得她倒向一边。刺出这一剑后，蒙扎摇摇晃晃靠到墙上，接着又倒回床上，脱手的长剑差点伤到自己。摆子赶紧夺过那女人手里的短刀，照她下颚就是深深一刀，直没至柄，喷出的鲜血洒在蒙扎的衬衣和墙壁上。

他踢开那女人的尸体，摸索着捡起狼牙棒，又从持剑男人背后拔出刀子，插回腰带，然后摇摇晃晃走向门口。外面的走廊空无一人。他抓住蒙扎的手腕，拖她起来，她难以置信地低头盯着血染的衬衣。

"怎么……怎么……"

他把她瘫软的胳膊搭在肩上，架着她出门，又抱她下阶梯，她的双脚无力地敲打着梯级。穿过敞开的后门，他们来到阳光下，她晃悠着刚迈出一步，便在墙根吐了起来。接连吐了两次。摆子把狼牙棒柄藏进衣袖，沾满血的棒头贴在掌心，以便随时使用。做这件事时，他又在偷笑。他仍不清楚原因，眼下情况也依然不好笑——情况无疑十分紧急——但他就是笑个不停。

蒙扎像醉鬼一样走了两步，几乎折起了腰。"我要戒烟。"她小声说，胆汁都吐出来了。

"好啊，我也要长出眼睛。"他拽着她的手肘，拉她走向小巷尽头。小巷外，阳光普照的大街人来人往，他停在巷口，朝街道两边张望片刻，然后才再次把她的胳膊搭在肩上，架着她离开。

屋里只有三具尸体。申卡特小心绕过地上血迹，悄无声息地走到窗边，朝外张望。没有蒙洛卡托和独眼北方人的踪迹。但他们逃了远比被其他人先找到要好，他绝不允许那种事发生，他也从不做半吊子工作。

他蹲下身，前臂搭在膝盖上，垂下双手，仔细审视。蒙洛卡托和她的北方人干掉三个杀手的现场，比他处理马尔特及其七个伙伴的场面更惨烈。墙壁、地板、天花板、床铺，到处都是血点和血渍。一个男人倒在壁炉里，脑袋被砸成了肉泥。另一个男人面朝下趴着，衬衫后背有许多破洞，整件衣服全染红了。还有个女人脖子上开了道大口子。

他推测这便是幸运宁姆。看来她的运气业已用光。

"哎，只有宁姆能作材料。"

墙角有闪光，他弯腰捡起发光物，拿到亮处观察。一枚镶着一大块血红宝石的金戒指，完全不是这三个垃圾会戴的东西。莫非是蒙洛卡托的戒指？还有手指的温度。他把它戴在自己的手指上，接着抓住宁姆的脚踝，把她拖上床。然后他一边哼着曲儿，一边剥她的衣服。

他随身携带一味用四种苏极克香辛料混合而成的调味品，很合自己口味，而普兰提本地产的橄榄油富含坚果气息，再加上盐和碎胡椒，就这样把上好的肉仔细腌制，煎到外焦里嫩，但不能有血水——申卡特始终不理解为何有人喜欢吃带血的肉，想想都恶心——配上滋滋作响的洋葱，或许还可以把小腿切块炖了，搭配萝卜和蘑菇，加入腿骨煮成高汤，再加一些穆里斯的老陈醋提味……

"完美。"

他满意地点点头,小心擦净小曲刃,袋子甩到肩上,走向门口,然后……停住了。

他先前路过一家面包店,觉得橱窗里新出炉的面包又香又脆。新鲜面包的味道,散发着真诚纯良而简单的美好。他很想当个面包师,假如他没……变成现在这样,假如他没被带到从前的师父面前,假如他没有遵循师父为他铺设的路、最终才决意反抗。那样的话,面包该多么美味……切成薄片,涂上厚厚的肉酱,也可以是橘子酱或其他果酱,再配上一杯好酒。他忍不住又抽出小刀。

宽广的胸怀与崭新的起点
Heroic Efforts, New Beginnings

雨停了,阳光洒满农田,淡淡的彩虹横跨灰色的天空。此情此景,令蒙扎不禁想起父亲讲过的故事,彩虹连接地面的地方,真的有精灵沼泽吗?抑或和其他地方一样只有狗屎?她从马鞍上稍稍侧身,朝稻田里吐了口唾沫。

顶多有精灵屎。

她摘下打湿的兜帽,皱眉看向西方,看着阵雨一路袭向普兰提。如果世间有一丝一毫正义可言,就该给忠臣卡皮和千剑团下场大暴雨,因为他们的斥候就跟在后面,还不到一日骑程;但世间没有正义,蒙扎心里清楚,天上的云都是随心所欲地排泄。

湿透的冬小麦田间点缀着几片红色花朵,像是褐色粗布染上了几摊血。收获季快到了,然而没人会来割麦子,因为洛根特干了最擅长的事:撤退。农民们带上一切能带的东西,随他撤往奥斯皮亚。他们知道千剑团要来,知道千剑团来了会发生什么,全世界就数蒙扎带领过的这帮臭名昭著的匪徒最擅长"征粮"。

法郎斯在书中写道：征粮就是从犯罪领域升华、作为政治手段的大规模抢劫。

她丢了本纳的戒指，而今她不时用拇指摩挲中指，失望地发现那里空空如也。那块漂亮的石头改变不了本纳已死的事实，但她依然觉得那是本纳残留世间的最后一小部分，她不肯放手的一小部分，也是最后一件值得她守护的东西。

但在普兰提只丢了戒指已是万幸，她是如此粗心大意，以至于差点枉送性命。她必须戒烟，重新开始，她必须。可她抽得比以往更凶。每次从美妙的放纵中醒来，她都告诫自己这是最后一次，然而短短几小时后，每个毛孔都流出极度渴望的汗水，汹涌而病态的欲求如潮水般涌来，一浪高过一浪。这需要超凡的意志才能抵抗，蒙扎只是个凡人，尽管塔林人曾称她为英雄。她扔掉了烟管，又在徘徊不散的恐慌中买了个新的。她已记不清自己多少次把不断缩小的大烟块藏在这个或那个袋子的最里面，但自己藏东西总有个缺点：永远知道它藏在哪儿。

"我不喜欢这片田野。"马维尔从摇摇晃晃的座位上站起来，扫视这块平地，"这里防不胜防。"

"所以我们才来这里。"蒙扎没好气地回应。

灌木篱墙，稀疏的树木，棕色的房屋和谷仓或单独一间，或三两成群，散布在田间——太多可供躲藏的地方。这里几乎没有动静，除了乌鸦叫、风吹马车帆布及车轮偶尔滚过水坑，也几乎没有声音。

"如此信赖洛根特，你认为够谨慎吗？"

"打胜仗不靠谨慎。"

"不错，但刺杀需要谨慎。哪怕在大公爵之中，洛根特也出了名的不值得信任，他还是你的老对手。"

"事关自身利益，我信得过他。"她颇不耐烦，离开普兰提之后，她也在不断拿同样的问题拷问自己，"对他来说，杀死忠臣卡皮无需冒太大风险，而我若能带回千剑团，自是喜从天降。"

"但你不是第一次失算了。如果援兵不来，我们怎么对付一支军队？你付钱让我一次杀一人，不是让我一人打一场战争——"

"我付钱让你在西港杀一人，结果你一下杀了五十人。用不着你来教我何为谨慎。"

"严格说顶多四十人，况且那正是出于谨慎，为了确保杀死你的目标！你在卡多迪的春情院杀的人比我少吗？在萨利公爵的宫殿呢？或者在卡普亚？抱歉，我对你控制暴力的能力实在没什么信心。"

"闭嘴！"她朝他大吼，"你就像只咩咩叫个不停的山羊！拿了钱干活就好，别废话了！"

马维尔突然一拽缰绳，停住车子，辰惊叫一声，手里苹果差点掉了。"这就是你对我在威斯尼亚的及时救援的感谢？更何况那完全是由于你忽视我明智的建议？"

维塔瑞躺在车后的补给品中，这时举起一条颀长的胳膊。"那次救援我出的力不比他少。可没人谢过我。"

马维尔没理她。"或许我该找个更感恩的雇主！"

"或许我该找个更听话的毒师！"

"或许……！稍等。"马维尔伸出一根手指，用力闭上双眼，"稍等。"他噘起嘴，深深吸了口气，屏住呼吸，然后缓缓吐出，接着又重复了一次。摆子驱马上前，挑眉看向蒙扎。第三次深呼吸。马维尔这才睁开眼睛，虚伪的浅笑让人恶心。"或许……我该向你致以最诚挚的歉意。"

"什么？"

"我知道自己……有时不好相处。"维塔瑞忍不住大笑，马维尔皱了皱眉，但仍续道，"如果我总是显得在唱反调，那是因为我时刻为你和你的任务着想，在这条追求卓越的道路上，我寸步不让。但另一方面，身为你谦逊的仆从，能屈能伸也是必备的特质。我能寄望你……宽广的胸怀吗？将这些不愉快抛到脑后？"他甩动缰绳，驾驶马车向前，还继续回头浅笑，"我感觉到了！崭新的起点！"

辰从蒙扎身旁经过时，两人对视一眼。金发女孩的身体随车子行进轻轻晃动，她挑了挑眉，咬掉最后一口果肉，将苹果核扔进田野。维塔瑞还躺在车后面，她脱了外套，就着盖补给品的帆布晒太阳。"太阳出来啦。崭新的起点。"她一只手指向原野对面，另一只手捂住胸口，"哇噢喔喔喔，彩虹耶！你们知道吗，据说彩虹连接地面的地方是精灵沼泽！"

蒙扎阴沉地跟在后面。她宁可相信能撞见精灵沼泽，也不相信马维尔会有崭新的起点。他这突如其来的顺从比无穷无尽的唠叨还让人生疑。

"或许他只是希望大家喜欢他。"所有人都动身后，摆子轻声说。

蒙扎在他面前打个响指。"那也不可能这么一下就改变。"

"有什么不可能？只要环境所迫。"他完好的那只眼睛盯着她，"我觉得人很脆弱，他们不会弯成新的形状，他们只会碎成新的形状，挤进新的形状。"

或是融成新的形状。"你的脸感觉怎样？"她轻声问。

"痒。"

"在眼睛匠那里的时候，痛吗？"

"若以撞到脚趾为下限、烫毁眼睛为上限，那点痛更接近前者。"

"大部分伤痛都接近前者。"

"从山上摔下来也是？"

"躺着不动也不觉得多痛，但想起身就有点痛了。"他听了不禁露出一丝苦笑。他笑得比以前少多了，不过联想到他的遭遇，这或许没什么好奇怪的。她带给他的遭遇。"对了……我该谢谢你又救了我一命。你救我快成家常便饭了。"

"你付我钱不就是干这个的吗,头儿?事情办得好,本身就是奖赏,我爹以前常这么跟我说。现在这活儿我正好擅长,作为战士,我可值得尊敬。我是个打了十多年仗的有勇无谋的大呆子,除了见鬼的白日梦什么也没捞到,还丢了只眼睛。不过我留着我的自尊,现在看来,人必须接受自己的本性,不然岂不得一直伪装?谁又愿意把所有时间耗在扮演格格不入的另一种人上头呢?"

好问题。他们正巧登上小丘,她不用去费力思考答案。帝国大道继续延伸,如一条棕色直线,笔直地穿过田野。这条路已有八百年历史,迄今仍是斯提亚最好的道路,对这期间的无数统治者来说真是个悲哀的注脚。不远处有个农场,一栋三层楼的石房子伫立其中。它窗户紧闭,红瓦屋顶有些年月了,布满棕色苔藓,旁边有座小马厩,而爬满地衣的齐腰高的石墙围着泥泞的院子,两只干瘦的鸟在其中翻找。房子对面是一所木制谷仓,仓顶中央有些下陷,歪斜的角楼上,裁成长翅膀的蛇形状的风向标无力地垂下。

"就这儿了!"她喊道,维塔瑞举手示意听到了。

一条小溪从几栋建筑间蜿蜒穿过,流向一两里外的磨坊。起风了,灌木篱墙沙沙作响,麦田涌起轻柔的麦浪,参差的云层在空中游走,阴影笼罩了他们。

这儿让蒙扎想起自己出生的农场,想起本纳——小男孩跑过丰收的田地,成熟的麦子那么高,她只看得见他的脑门,却始终能听见他嘹亮的笑声。那是很久以前,父亲还没死的时候。蒙扎晃了晃头,脸色阴郁。这些陈芝麻烂谷子的怀旧于事无补,她早恨透了那个农场。翻土,耕地,指甲缝里全是土。为了什么?很少有工作像种田那样付出如此之多,收获却如此之少。

唯一能与之媲美的,只怕就是报仇了。

自打记事起,马维尔就对找茬有种奇怪的天分。他想出力,结果往往变成抱怨；他想表现热心，结果往往变成侮辱别人；他想真诚提议，结果往往被看作拆台。他真的只想大家看重他、尊敬他、包容他，然而他的每一次社交尝试都会把事情搞得更糟。

经过整整三十年的社交失败——母亲离他而去，老婆离他而去，学徒们也都离他而去，其中有的想打劫他，有的想杀了他（他们通常是下毒，不过有一个令他印象特别深刻的家伙用的是斧头）——他几乎已经相信自己就是不擅长与人交往。酒渣子尼科莫·科斯卡死了，他本该感到振奋和解脱，可惜好景不长，阴云很快又笼罩心头，他又摆出平时那种刻薄的态度，又和麻烦的雇主就工作的每个细节争吵不休。

也许他真该退休，找个深山老林独居当隐士，这样便不会伤害任何人的感情。遗憾的是，稀薄的空气不适合他纤弱的体质。于是他再次下定决心，必须拿出宽广的胸怀来与同伴相处，态度要更驯顺，为人要更得体，更要对他人的缺点加以包容。他为此迈出的第一步，便是在其他人去搜索千剑团的踪迹时假装头痛留下，按母亲的食谱熬了一锅蘑菇汤，试图给大家一份惊喜。母亲给她唯一的儿子就留下了这点遗产。

他切菜时割伤了手指，烧火时烫到了手肘，两次都引燃心中汹涌的无名火，差点令他放弃这崭新的起点。但等马儿们回到农场，夕阳西下，院里的影子越拉越长时，他终究布置好了餐桌，点燃两根半截蜡烛，让温暖的光线洒满屋子。他又将两条面包切片，锅里的汤也好了，散发出诱人香气。

"完美。"他对自己这次洗心革面的社交尝试很满意。

可他的积极性没等晚餐开始就遭遇打击。其他人进屋当然没想着脱靴子，于是他擦亮的地板立刻被抹上道道泥印。他们看着他精心收拾的厨房、着意布置的餐桌和殷勤准备的浓汤，脸上挂出参观断头台的罪犯才有的疑神疑鬼。

"这是什么?"蒙洛卡托撇起嘴,眉头皱得前所未有的紧。

马维尔尽可能不在意她的神情。"这是道歉。既然我们那位沉迷数数的厨子回塔林了,我认为自己有义务填补空缺,准备晚餐。这是根据我母亲的食谱做的。坐,坐吧,快坐下!"他赶忙把椅子都拉开,其他人虽然不安地左看右看,但都找椅子坐下了。

"来点汤?"马维尔将锅端到摆子旁边,准备给他舀汤。

"我不要。你之前让我,那个词儿叫啥来着……"

"麻痹。"蒙洛卡托说。

"对。你之前让我全身麻痹。"

"你信不过我?"他不太高兴地说。

"他就这意思。"维塔瑞姜黄色眉毛下的一双眸子打量着马维尔,"你可是毒师。"

"可我们一起经历了这么多啊?你竟为以前的一丁点儿麻痹就信不过我?"他以宽广的胸怀想要修复和这些人之间即将倾覆的友谊小船,却没人为此心怀感激。"如果我想下毒,只需在你枕头上撒一些黑色薰衣草,你就会永远睡去;或者在你靴子里放上亚美利得荆刺;或者在你斧子的把手上涂抹喉酊;或者在你水壶里加点芥根。"他弯腰贴近北方人,紧握勺子的手握得指节发白。"我有一百万种方式可以悄无声息地结果你——你根本不会有丝毫察觉!——干吗要费尽功夫给你做晚餐?"

摆子用那只独眼瞪了他很长时间。最终,北方人伸出手,有那么一刻,马维尔觉得自己脸上要挨上多年来的第一拳了。但摆子只是很小心地用大手握住马维尔的手,引导他将锅微微倾斜,把汤倒进碗里,接着拿起勺子,舀起汤来郑重地吹了吹,很大声地喝了一口。"好喝。蘑菇汤,是吧?"

"呃……对,蘑菇汤。"

"好喝。"摆子又定定地看了马维尔的眼睛一会儿,这才松手。

"谢谢。"马维尔举起汤勺,"那么,还有谁不想喝汤?"

"我!"不知哪里传来的声音犹如沸水泼在马维尔头上。他陡然转身,手里的锅子掉了,热汤洒在桌上,顺势流向维塔瑞的膝盖。维塔瑞尖叫着跳起来,扫飞了面前的餐具。蒙洛卡托也呼地一下起身,碰翻了身后的椅子,手已摸向佩剑。辰吓得朝门口退了一步,丢下吃了一半的面包。马维尔依然紧握着滴下汤汁的汤勺——

一个古尔库女人笑着站在他身边,双臂环抱。她的皮肤像婴孩一样光滑,如黑琉璃一样无瑕,双眼同午夜一样漆黑。

"住手!"蒙扎举起一只手喊道,"住手!她是朋友。"

"她可不是我的朋友!"马维尔仍在纠结对方是怎么凭空出现的。她旁边没有门,窗子关得很紧,还上了闩,地板和天花板也都完好无损。

"你没有朋友,毒师。"古尔库女人愉快地表示。她的棕色长外套掀开一角,里面的身躯似乎完全被白色绷带裹住。

"你是谁?"辰质问,"你从哪里冒出来的?"

"他们曾称我为东风。"女人露出两排完美无瑕的洁白牙齿,一根手指优雅地画着圈,"不过现在,他们管我叫伊丝黎。我来自阳光充沛的南方。"

"她是怎么——"马维尔想问个明白。

"魔法。"摆子轻声说,屋内只有他还坐在椅子上。他冷静地举起勺子,又喝了一口汤。"帮我递下面包,呃?"

"去你的面包!"马维尔吼回去,"去你的魔法!你是怎么进来的?"

"她是那些东西的一员。"维塔瑞握着把餐刀,双眼恶狠狠地眯成两道细缝,锅里剩下的汤流过桌边,有节奏地滴落在地。"食尸徒。"

古尔库女人用一只手指沾了沾洒出的汤汁,放在嘴边舔了舔。

"我们都得吃东西呀，是吧？"

"我可不想被搬上餐桌。"

"你不用担心，我对食材很挑剔。"

"在达戈斯卡，我对付过你们这种东西。"马维尔不太理解他们在说什么，这滋味他很不喜欢。可维塔瑞看起来的确很紧张，这也让他紧张，因为维塔瑞绝非轻易能被吓住的女人。"蒙洛卡托，你到底做了什么交易？"

"必须做的交易。她为洛根特干活。"

伊丝黎将头偏向一侧，几乎与地板呈水平。"或许是他为我干活。"

"我不在乎你们谁主谁仆。"蒙洛卡托不为所动，"只要你们把人送来。"

"他正把人送来。四十个最好的手下。"

"能准时赶到吗？"

"除非千剑团提前进发。不过这不可能，他们的大部队扎营在六里开外，忙于肃清一座村庄，然后还要费神烧它。真是一撮热衷于搞破坏的人渣。"她的目光落在马维尔身上，那双黑色的眼睛让他莫名地紧张。他不喜欢她这副被绷带包裹的样子，因为这让他好奇，让他忍不住追问——

"它们让我凉爽。"她回答道。他眨眨眼，不清楚自己是否无意中问出了口，"你没问。"他只觉浑身汗毛倒竖，这和孤儿院护士发现他那些秘密材料并推测出用途时他的感受一模一样。他被迫得出一个看上去非常荒谬的结论：这古尔库恶魔能通过某种方式刺探他的思想。她知道他做过什么，知道他自以为没人知道的过去……

"我去谷仓了！"他的声音难以抑制地高亢，不得不费力压低声线，"既然客人明天就到，我必须做好准备。我们走，辰！"

"等我吃完这个。"她的学徒倒很快适应了古尔库访客，继续大吃特吃，同时给三片面包蘸黄油。

"啊……好吧……我知道了。"他踟蹰片刻，心知站在这里除了更尴尬没有任何好处，只好朝门口走去。

"你不拿外套？"辰问。

"我够暖和了！"

当他穿过农舍门、踏入黑夜中时，冷风自麦田呼啸而过，吹透了他的衬衣，他这才意识到外面压根没有一丝暖意。但现在回去只会被人看成傻瓜，他绝不肯照办。

"我绝不回去。"他一边愤愤地咒骂，一边走过黑漆漆的院子，双臂抱在胸前取暖，身体冷得打颤。他竟然让个古尔库骗子用奇技淫巧给唬住了。"绑绷带的贱人。"好吧，她会得到报应的。"哦，没错。"在孤儿院，挨了那么多鞭子的他最终战胜了护士们。"这次看看谁抽谁。"他回头瞥了一眼，确认没人跟着。"魔法！"他冷哼一声，"我要让你见识见识我的——"

"哎呀！"靴子"吧唧"一声在泥地上打滑，他整个人摔了个四仰八叉，"呸！见鬼去吧！统统见鬼去吧！"若想拥有崭新的起点，实在需要过于宽广的胸怀。

叛徒
The Traitor

依摆子所见,离天亮还有一两个小时,雨势虽小了很多,雨水还是不断从新叶滴落到泥土中,黏腻的空气潮湿得紧。涨水的溪流在小径旁呜咽,淹没了坐骑踩踏泥土的声音。他知道快到了,已能看见微红的营火在光滑的树干边缘闪烁。

黑旋风总说,黑活儿就该在黑暗中完成。如今他深觉有理。

摆子驱马慢慢穿过潮湿雨夜,希望不会让醉醺醺的哨兵太过紧张,以至放箭——箭伤也许没有眼睛烧融那么痛,但不值当。幸好,他抢在第一名守卫看见他之前发现了对方。那守卫靠在树上,长矛倚肩,油布盖头,这样放哨即便没睡着,也什么都看不见。

"嘿!"守卫猛地站直,长矛掉进了泥里。摆子大笑着看他在黑暗中慌慌张张摸索长矛,自己交叉双手、放松地按住鞍桥。"你想打架,还是让我过去、放你一马?"

"谁?"他大吼着,终于从湿漉漉的草丛中捡起武器。

"我是摆子考尔,我要跟忠臣卡皮谈谈。"

千剑团的营地和其他军营一样,到处是人、帐篷、武器和泥巴,尤其是泥巴,帐篷则五花八门。马匹拴在树上,黑夜中喷出白气,长矛并排摆放。有的营火还在燃烧,其他的则已变成带火花的余烬,散发出刺鼻烟雾。少数佣兵还醒着,他们裹着毯子放哨或是继续喝酒,皱眉旁观摆子经过。

这场景让摆子想起过去在北方,他同样在营地里度过了许多湿冷的夜晚。他挤在营火旁,向死者祈祷雨别再下大;他用无主的长矛在火上烤肉;他把所有毯子裹在身上,缩成一团抵御降雪,却还是抖个不停;他为第二天的黑活儿彻夜磨刀。他眼前浮现出那些早已入土的死人的面孔,那些曾与他一起畅饮和欢笑的人:哥哥,父亲,霹雳头巴图鲁,乌发斯的磐石三树,比夜色更沉默的寡言哈丁。回忆出乎意料地唤起了他的自尊,紧接着想到如今的处境他又感到一阵羞愧。失去眼睛后,他不曾有过如此强烈的悸动,也不曾料到会有这样的悸动。

他抽了抽鼻子,绷带下的脸阵阵刺痛,于是那些软弱的情绪一扫而空,只留下一片寒意。他们停在一顶房子般大小的帐篷前,灯光从帐帘边缘倾泻而出。

"老实点,北方垃圾。"守卫用斧子指了指摆子,"不然我——"

"滚犊子,白痴。"摆子伸手将这人赶开,掀帘进帐。帐内弥漫着陈酒、发霉布料和没洗澡的男人的味道,就着几盏摇曳的灯笼,可见周围挂了一圈破破烂烂的旗帜,应该是从前的战役缴获的战利品。

一把象牙装饰的乌木椅用两只板条箱垫高,摆在帐门对面,椅上布满久经使用的磕碰和污痕。摆子推测那就是团长交椅,曾经属于科斯卡,后来属于蒙扎,现在属于忠臣卡皮。他觉得它跟富贵人家的旧餐椅也没什么太大区别,丝毫不值得为它自相残杀,但世事如此。

帐篷中间摆了张长桌,桌子两旁坐着人。他们想必都是千剑团的队长,个个面露凶相,跟那把椅子一样坑坑洼洼、满是疤痕,而且装备着五花八门的武器。不过摆子曾在更凶险的环境中面带微笑,如今也依旧面带微笑——神奇的是,这么多个月以来,只有这里让他有回家的感觉,也许是因为他清楚这里的规则,比跟蒙扎去的那些地方要清楚得多。桌上摊开几张地图,似乎他们原本正制订计划,说到半途便将谋略都用在了骰子上。如今地图上散放着硬币、半满的酒瓶、老旧的陶瓷酒杯和廉价的玻璃杯,有一张大地图被洒出的酒染红了。

有个壮汉站在桌首,他满脸伤疤,灰色短发已经半秃,唇上蓄着厚厚的小胡子,宽阔的下巴则布满白色胡楂。按蒙扎的描述,这便是忠臣卡皮,他正把骰子笼在宽厚的拳头里晃动。"见鬼,这破骰子,给我出个九!"骰子掷出一和三,有人叹气,其他人则哈哈大笑。"妈的!"他把几枚钱币扔给桌子下手一个满脸痘坑的高个子,那人生有鹰钩鼻,顶着一头蓬乱的黑色长发,头皮中央还有块斑秃。"安迪齐,我迟早会拆穿你的把戏。"

"哪来什么把戏,我是幸运之星。"安迪齐皱眉打量摆子,露出狐狸看到鸡的殷勤,"这个绑绷带的杂碎是谁?"

守卫也进了帐篷,他推开摆子,恶狠狠地瞪了摆子一眼。"卡皮团长,这个北方人说要跟您谈谈。"

"是吗?"卡皮飞快地瞥了摆子一眼,继续清理钱币。"我为什么要跟这种人谈?维克图,快扔骰子,我还没完事咧。"

"做了大当家就是这点不好。"维克图脑袋秃得像个蛋,人跟饿死鬼一样憔悴,但满手戴满戒指,脖子挂满项链。"不知何时收手。"他把骰子扔回桌面,几个队长跟着窃笑。

守卫吞口口水。"他说他知道谁杀了阿里欧世子!"

"哦,你知道喽?谁杀的?"

"蒙扎萝·蒙洛卡托。"

帐篷里那些冷硬的脸突然一起转向摆子。卡皮轻轻放下骰子，眯起眼睛。"看来你听过这个名字。"

"我们是把他当小丑招进团，还是当骗子吊死？"维克图咬牙切齿地说。

"蒙洛卡托死了。"还有人说。

"是吗？那我就纳闷了，过去几个月跟我上床的又是谁？"

"你要是真跟蒙洛卡托上了床，我建议你还是回去找她。"安迪齐冲他一笑，"她弟弟说她的口话儿无人可比。"

佣兵队长的话引起一片笑声。摆子并不清楚她弟弟是怎么回事，也不关心这些人的胡话，他早先已解开绷带，现在将其一把拽掉，将脸迎向灯光。笑声几乎一下全停了，他如今的面孔就有这种让欢乐戛然而止的能力。"这是她让我付出的代价。我换来了什么？一把银币！真操蛋，我才不像她以为的那么好摆布，我有我的自尊。我跟那婊子闹掰了。"

忠臣卡皮皱眉看着他。"说说她长什么样。"

"又高又瘦，黑头发，蓝眼睛，总是皱着眉，嗓音很尖锐。"

维克图戴满珠宝的手朝他一挥。"这人人都知道！"

"她右手残废，浑身伤疤。她说是因为摔下了山。"摆子用一根手指按着肚子，双眼直视忠臣，"这里有道疤，后面也有一块相对应。她说是朋友留的，用的是她自己的匕首，将她捅个对穿。"

卡皮的脸变得像掘墓者一样阴郁。"你知道她在哪儿？"

"等等。"维克图看起来比他的头儿还郁闷，"蒙洛卡托还活着？"

"有这种谣言。"忠臣答道。

一个满头绳索般的铁灰色长发的黑肤大汉呼地从桌旁起身。"我听过各种谣言，"他的声音如沉闷的海潮，"但谣言和真相是两码事。你他妈打算几时跟我们说实话？"

"我他妈需要你们知道的时候,塞萨利。她在哪儿?"

"在一座农场里。"摆子说,"拼命赶路的话,大概一小时就能到。"

"她带了多少人?"

"四个人。一个不停抱怨的毒师及其学徒——只是个小女孩——一个叫维塔瑞的橙发女,还有个棕肤臭娘们。"

"具体位置?"

摆子笑了。"哎呀,所以我才来这里,对吧?跟你做交易。"

"我不喜欢这狗屁交易,"维克图吼道,"要我说——"

"不要你说。"忠臣看都没看他,"你想要什么?"

"奥索公爵捉拿杀死阿里欧世子的凶手的赏金,我只要十分之一。"

"只要十分之一?"

"十分之一也比我从她那儿拿到的多得多,还不会让你对我起意。我只要能活着带走的钱。"

"聪明人。"忠臣说,"这里贪婪最招恨,是吧,伙计们?"几个队长都笑了,尽管他们仍因突然得知前团长死而复生而面色不善,"好吧,就这样,十分之一很合理。成交。"忠臣上前两步,拍拍摆子的肩膀,与他对视,"如果能抓到蒙洛卡托的话。"

"你要死要活?"

"虽然有些难以启齿,但我想要死的。"

"很好,彼此彼此。我可不想跟那疯婊子埋下恩怨。她从不遗忘。"

忠臣点头。"的确如此。那就动手吧,你我同行。斯沃?"

"团长?"一个大胡子男人走过来。

"立刻点上六十名骑兵,挑坐骑最快的——"

"人数最好少一点。"摆子说。

"是吗？为什么呢？"

"从她说话的口气看，她在这里有朋友。"摆子刻意扫视帐篷里这群凶神恶煞的队长，"从她说话的口气看，这里有很多人对她重掌大权翘首以待。从她说话的口气看，那些人觉得在她领导下能够屡屡沾光，而在你领导下只能干些边角余料的杂事，把胜利果实拱手让给奥索的人。"忠臣眼神凌厉地扫了周围一眼，又迅速收回目光——这一眼足以让摆子明白他被戳中痛处了。世界上没有一个头儿自信到无所畏惧，至少人类的头儿做不到。"人数最好少一点，挑信得过的。要我对蒙洛卡托背后捅刀完全没问题，这是她应得的报应，但咱们被你手下的人暗算可划不来。"

"不是说一共才五个，其中四个还是女的？"斯沃笑道，"十来个人搞得定。"

忠臣长久地注视着摆子。"不，还按我说的带六十人，以防有意料之外的对手。我不能吃人手不够的亏。"

"遵命。"斯沃掀开帐帘出去了。

摆子耸肩。"尽可以按你的方式。"

"当然要按我的方式，你放心。"忠臣转向面色不愉的一众队长，"你们这帮老骨头想一起狩猎吗？"

塞萨利摇摇大脑袋，甩得头发乱晃。"这是你的恩怨，忠臣，你自己处理。"

"我今晚玩够啦。"安迪齐掀帘准备离开，另有几个队长嘟嘟囔囔跟在后面，有的面带狐疑，有的神情谨慎，有的醉意醺醺。

"我也得走了，卡皮团长。"在这群满脸伤疤、浑身脏污、言行粗俗的佣兵当中，说话者反因太过普通而显得特别。他一头卷发，没有佩带武器，脸上既无伤疤也无挑衅之色，可以说不具备一丝战士的威严，忠臣却对他毕恭毕敬。

"苏法大师！"忠臣伸出宽厚的双手握住那人的手，用力挤了挤，

"感谢您大驾光临。这里永远欢迎您。"

"噢,我走到哪里都很受欢迎,送钱的人总是招人喜欢。"

"请转告奥索公爵和您的银行家朋友,他们只需静候佳音。我一定按约定把事情都办妥,只需先处理这点小麻烦。"

"哎呀,人生总是没有片刻消停,呃?"苏法冲摆子微微一笑,他两只眼睛颜色不同:一只蓝,一只绿。"祝狩猎愉快。"说完,他大步流星地踏入外面的晨光中。

忠臣重新看向摆子。"你说骑马要一小时?"

"如果你这把年纪能骑得快的话。"

"呵呵,你怎么确定她不会偷偷溜了?"

"她睡着了,抽完大烟陷入昏睡。她每天要抽好多那鬼玩意儿,一半时间流着口水抽大烟,另一半时间流着口水想大烟。"

"最好速战速决,那女人总能搞些烦人的意外。"

"确实如此。她有援军,洛根特给了她四十人,明天下午就到。他们打算跟踪你,在你挥师南下时进行伏击。"

"咱们以其人之道还治其人之身,呃?"忠臣笑了,"不过,你得骑马冲在最前面。"

"只要有十分之一的赏金,你让我像女人一样侧坐马鞍都行。"

"冲在最前面就好。你我同行,你帮我指明地点。我们这些实诚人总得团结一心。"

"没错。"摆子说,"非常合理。"

"好了。"忠臣大手一拍,搓了搓掌心,"我尿个尿,然后就穿盔甲。"

毒药之王

King of Poisons

"老大？"辰清脆的声音传来，"你醒了？"

马维尔颤抖着发出叹息。"仁慈的沉睡的确已把我从她温柔的胸口推开……使我重归这冷漠世界的冰冷怀抱。"

"啥？"

他无奈地挥挥手。"没什么。我的修辞总像……落在石头上的种子。"

"您让我黎明时分叫醒您啊。"

"黎明？哦，多么严苛的女主人！"他掀开薄毯，挣扎着从刺人的稻草上起身。对拥有无价才华的他来说，这地方真寒酸。他舒展着酸疼的背，僵硬地沿梯子爬回谷仓地面——他不得不承认，以他的年纪和品位，实在是睡不来稻草棚了。

辰已摸黑组装好仪器，如今伴着从窄窗射进的第一缕苍白晨光，炉火烧得正旺，药剂欢快地翻腾着，蒸汽顺利凝成水珠，再愉悦地坠入收集瓶。马维尔在充当临时实验台的桌边绕行审视，用指节敲打木桌，弄得玻璃器皿叮当作响。一切看来井井有条，毕竟名师出高徒，辰的手艺传承于整个环世界最伟大的毒师——谁能否认这一点呢？——但工作的顺利进行也没法让马维尔摆脱自怨自艾的心态。

他鼓了鼓腮帮子，疲惫地叹口气。"我注定被人误解，注定孑然一身。"

"您是个复杂的人。"辰说。

"没错！完全没错！你说对了！"或许只有她能看透他貌似刻薄自负的外表，欣赏他如山间湖泊一样深沉的感情。

"我泡了茶。"她递给他一只破旧金属杯，杯里的蒸汽盘旋升起。他的胃不舒服地呻吟着。

"不用。我很感谢你的好意，但算了。我今早肚子不舒服，很不舒服。"

"那个古尔库访客让您紧张？"

"当然没有，完全没有。"他撒谎道。想起那双午夜般的眼睛，他就浑身打颤，只能强行按捺。"是我和我们的雇主之间持续不断的意见分歧搞得我消化不良。那个挑三拣四的蒙洛卡托，臭名昭著的卡普亚屠夫！我就是没法和她好好相处！无论我的行为如何诚恳，无论我的意图如何真挚，她都会曲解！"

"她的确有些挑剔。"

"依我看，她不止是挑剔，简直算得上……难缠。"他有些迟疑地说。

"她经历过背叛、被扔到山下、失去弟弟这一连串——"

"这些都不是借口！谁没经历过生离死别！你知道吗，我甚至有点想离开她，去找个新雇主，免得陪她送死。"他突然想到了什么，哈哈大笑起来，"比如去找奥索公爵！"

辰猛然抬头。"您在开玩笑。"

这当然是玩笑话，卡斯托·马维尔从未背叛签下合同的雇主，他行事比同行要有原则得多。但他觉得继续探究这个念头很有趣，于是掰开手指历数起好处来。"公爵殿下肯定付得起雇我的钱，也肯定需要我的服务，并且肯定不会受那些微不足道的道德假说困扰而束手束脚。"

"他曾把雇员扔到山下。"

马维尔不以为意。"蠢到家的毒师才会信任雇佣他的人，奥索并不比我们的其他雇主更歹毒。哇，真奇怪，我怎么没早点想到这点子呢！"

"可是……我们杀了他儿子。"

"哎呀！当我跟他彼此需要时，这种问题很好解决。"他在空中挥了挥手，"随便推脱一下就好，总能找到可怜的替罪羊来背锅。"

她缓缓点头，嘴唇紧抿。"替罪羊。是啊。"

"可怜的家伙。"世上少一个残废北方人对子孙后代算不上损失，少一个脑子不正常的罪犯或张扬跋扈的拷问者也无关痛痒。这念头几乎让他兴奋起来。"但我们恐怕暂且还得跟蒙洛卡托及她徒劳的报仇大业绑在一起。报仇。世上没有比报仇更无意义、更具破坏性、更难以获得满足的动机了吧？"

"我以为我们这行并不关心动机。"辰冷冷地说，"只在乎工作和报酬。"

"没错，甜心，完全没错，所有动机都能给我们带来工作。你看问题总是一针见血，一目了然。没有你我该怎么办？"他微笑着查看仪器。"准备工作进行得如何？"

"噢，我知道该做什么。"

"好的，很好。你当然知道。你可是大师的学徒。"

她低下头。"我将您的教诲谨记于心。"

"你的记忆力非常棒。"他弯腰敲敲冷凝器，看着喉酊精华缓缓滴入曲颈瓶。"不厌其烦地为每种可能性做好准备，这点至关重要。

任何时候都要牢记谨慎为先原——啊！"他皱眉看着前臂，上面出现了一个小小的红点，接着流出一滴血。"怎么……"辰缓缓退开，表情十分紧张，她手里握着一根吹针筒。

"找人背锅？"她冲他吼道，"要我当替罪羊？去死吧！垃圾！"

"来啊，来啊，来啊。"忠臣又在尿尿。他站在马旁，背对摆子，双膝微摆。"来啊，来啊。看来我真是上年纪喽，妈的。"

"也可能是坏事干多喽。"斯沃说。

"说真的，我干的坏事可没多到要遭这罪。人这辈子，总认为到了谷底，直至掏出老二，迎风半天尿不……啊……啊……总算来了！"他身子后仰，其他人正好看到他硕大的秃顶。他尿了一点，停下片刻又尿出一点，尿了第三下之后晃晃肩膀，抖掉残余，提上裤子。

"完事了？"斯沃问。

"你还想咋样？"团长没好气地说，"用瓶子装起来证明？不过是上了点年纪。"他弯腰爬上斜坡，提起厚重的红披风，以防沾上泥巴，接着蹲在摆子身边。"完事了。完事了。就是那儿？"

"就是那儿。"农舍位于一片开放牧场的尽头，周围是灰色的麦田，顶上是灰色的天空。在这个潮湿的黎明，云朵挤挤挨挨，谷仓的窄窗透出微弱的光线，此外没有任何生命迹象。摆子的手指在掌心缓缓摩挲。他没背叛过谁，至少没给谁捅上这么狠的一刀，他觉得倍感煎熬。

"看起来挺平静。"忠臣一只手缓缓抚摸下巴的白色胡楂，"斯沃，你带十来个人绕到边上，别让人看见。去那边林子里，包围侧翼。如果他们发现了我们，打算逃跑，你正好包抄。"

"很有道理，团长。这法子简洁有效，呢？"

"没什么比复杂的计划更糟糕，记的东西越多越容易出乱子。不用我特地提醒你不能出乱子吧，斯沃？"

"提醒我？不用，长官。去林子里，碰到逃跑的便追上去，跟高岸之战一样。"

"只是这次蒙洛卡托是我们的敌人，对吧？"

"对，干死那蛇蝎恶妇。"

"看看，看看，"忠臣道，"放尊重点。她带你打胜仗时，你可没少为她鼓掌。你现在还是该为她鼓掌。事已至此很可惜，我们别无选择，但还是应该尊重她。"

"你说得对。抱歉。"斯沃沉默片刻，"我们是不是徒步潜伏下去更好？你看，骑马冲进农舍不对吧？"

忠臣深深地看了他一眼。"难道我离开期间，他们选你当团长？"

"不，当然不是，我只说——"

"潜伏不是我的风格，斯沃。看看你多久没洗澡了，搞不好蒙洛卡托他妈的百跨外就能闻到味道。不，我们骑马冲下去，也好让我的腿歇一歇，等确认没危险再下马。如果她给我们准备了什么惊喜，好吧，我宁愿待在马背上。"他皱眉看向摆子。"你有意见，小子？"

"没有。"摆子认为忠臣是很好的副手，也是糟糕的头儿。他太过刚愎自用，又缺乏想象力，多半只会按同一种方式行事，无论是否适合现状。但摆子没工夫纠正他，得力的领袖也许乐于接纳建言，不够得力的人可从来听不进去。"斧子还我，呃？"

忠臣咧嘴笑道："当然可以，但要等我看到蒙洛卡托的尸体。走吧。"他重新上马时差点被披风绊倒，没好气地扯起它甩到肩后。"破玩意，早知弄条短的。"

摆子最后看了农场一眼，摇头跟上。没什么比复杂的计划更糟糕，这点没错，但过于简单的计划也好不到哪里去。

※

马维尔眨眨眼。"可……"他缓缓向辰迈出一步，突然脚踝发软，整个人斜靠在桌上，撞翻了一个烧瓶，让里面嘶嘶作响的液体漫过木桌面。他单手捂住脖子，感觉皮肤通红灸热。他知道她做了什么，对其后果了然于胸。冰冷的认知冲刷过全身。"毒药……"他喘息着，"之王？"

"不然呢？谨慎为先原则。"

手臂小小的伤口传来的微弱痛感令他脸颊抽搐，这彻底的背叛更让他痛彻心扉。他咳嗽着，身子前倾，跪倒在地，一只手颤抖着伸向前方。"可是——"

辰用鞋尖踢开他的手。"注定被人误解？"她扭曲的面孔饱含轻蔑，甚至带有恨意。写满驯顺、崇敬和天真的漂亮面具终于脱落。"眼高于顶的寄生虫，谁想理解你？你比草纸更浅薄！"这是致命的一击。他给了她知识、金钱，还有……父爱，她竟然忘恩负义！"明明是个双手沾满鲜血的杀手，却比婴儿还幼稚！目空一切又胆小懦弱，卡斯托·马维尔，史上最伟大的毒师？史上最嚣张的讨厌鬼还差不多——"

他突然身手敏捷地向前一跃，和她擦身而过时用解剖刀划破了她的脚踝，接着他从桌子下面滚过，在另一边站起身，冲她咧嘴一笑。师徒俩现在隔着一堆复杂的仪器、火苗飘摇的炉子、七扭八拐的管子，还有闪着莹莹微光的玻璃和金属。

"哈哈！"他激动地大喊，丝毫没有即将毙命的迹象，"凭你还想毒我？伟大的卡斯托·马维尔被助手干掉？不可能！"她低头看着流血的脚踝，又抬头看向他。"没有什么毒药之王，傻瓜！"他咯咯笑道，"我怎么教你的来着？它无色无味，看起来就像水？哈哈，它就是水！无毒无害！我给你下的毒可不一样，剂量够杀十二匹马！"他把手伸进衬衫，指尖灵巧地挑出想要的试管，举到明亮处，澄净的液体闪闪发光。"解药。"她看到它不禁浑身一颤，绕过桌子扑来，但她脚下无力，被他轻易躲开。"真不体面，亲爱的！在斯提亚乡村的谷仓里绕着仪器互相追逐！太不体面了！"

"求你。"她嘶哑地说，"求你，我要……我要——"

"别让大家为难！你已暴露本性，你这个……你这个忘恩负义的女妖！你装不下去了，阴险的布谷鸟！"

"我只是不想被泼脏水！蒙洛卡托说你迟早要投奔奥索！那时你会拿我当替罪羊！蒙洛卡托说——"

"蒙洛卡托？你居然信她不信我？那个恶贯满盈、声名狼藉、卑鄙下作、烟瘾缠身的屠夫！噢，真是一招好棋！我真是昏了头，竟会相信你们两人！不过你至少有一点说得对，我就像个婴儿，带着未经世事的幼稚！对不值得的人大发慈悲！"他把试管抛给辰。"以后记得，"他看着她在稻草堆里摸索瓶子，"我才是整个环世界里，"她抓起瓶子，拔掉瓶塞，"最慷慨、最仁慈、最不计前嫌的，"她急不可耐地喝干瓶中液体，"伟大毒师。"

她擦净嘴巴，放松地呼了口气。"我们得……谈谈。"

"谈当然可以，但不会太久。"她眨眨眼，脸上闪过奇特的抽搐——正如他所料。他皱起鼻子，把解剖刀"咣当"扔到桌上。"刀刃没毒，但你刚喝下一整瓶未经稀释的豹皮花。"她摔倒在地，翻着白眼，皮肤变成粉红色，接着在稻草上抽搐起来，嘴里不断涌出白沫。马维尔上前几步，在她身边弯下腰，龇牙露齿地大叫，并用一根弯曲的手指叩着胸口。"你不是要杀我吗？对我下毒？对卡斯托·马维尔？"她的鞋跟在硬邦邦的地上敲出了节律，激得稻草上的灰尘四处飞舞。"我就是毒药之王，你……你这娃娃脸的废物！"她颤抖的身体逐渐固定下来，后背弯曲到不可思议的角度。"如此傲慢无礼！如此狂妄自大！如此目中无人！如此，如此……"他上气不接下气地寻找合适的形容，突然意识到她已死了。一时间谷仓悄无声息，只见她扭曲的尸体缓缓瘫软。

"妈的！"他大吼，"他妈的！"那一丝胜利的满足感像夏日不合时宜的飞雪，很快消散，随之而来的是汹涌的失落、被背叛的伤痛以及落入既没有助手也没有雇主的尴尬境况的烦恼。辰的遗言说明此事的幕后主使是蒙洛卡托。在他不求回报的无私奉献之后，她竟然设计要害死他。他怎么就没料到呢？他一生中经历了那么多的以怨报德，这次怎么就没做好准备？都怪他太温柔、太软弱，难以适应这片冷漠的大陆和这个残酷的时代。他的善良和友爱让他对其他人从不怀疑、不生嫌隙，他心中的仁慈为他眼中的世界套上了玫瑰色的光晕，总把别人往好处想。

"比草纸更浅薄？妈的！操你……妈的！"他赌气地一脚踢在辰的尸体上，接着又狠狠一脚，一脚接一脚，踢得尸体又开始不住抖动。"眼高于顶？"他声音拔得很高，"我？我可是……他妈的……谦逊的……化身！"他突然意识到，像他这样多愁善感的人，反复踢打别人的遗体，这实在不体面，何况对方在他心目中几乎算是女儿。他突然泛起一阵强烈的后悔。

"抱歉！真的很抱歉。"他跪在她身边，温柔地拨开她的额发，用颤抖的手指触碰她的脸。这张天真无邪的脸再也不会微笑、再也不会讲话了。"抱歉，可是……可是为什么？我会永远怀念你，可是——噢……呕！"刺鼻的尿骚味涌来，尸体失禁了，这是大量豹皮花的必然结果，他这种大师早该料到。尿液渗进稻草，正向四周蔓延，沾到了他的裤子上。他慌忙起身，一脸嫌恶。"操！操！"他随手抓起一只瓶子，愤怒地甩到墙上，闪光的玻璃碎片四下横飞。"目空一切又胆小懦弱？"他不解气地又猛踢了辰的尸体一脚，结果崴到脚趾头，一瘸一拐地在谷仓里飞快转圈。

"蒙洛卡托！"这邪恶的女巫煽动他的学徒背叛。自他在奥斯滕霍姆被迫先发制人毒死阿维奥·克雷后训练过那么多学徒，这是他最喜欢也是最优秀的一个。他早该在果园毒死蒙洛卡托，可是巨额报酬，还有她提出的那个显然不可能完成却又十分重大的委托满足了他的虚荣。"该死的虚荣！我个性里唯一的缺点！"

但他不想报仇。"不。"这种冲动太原始、太野蛮，不符合马维尔的作风。他可不是野蛮人，也不是塔林的毒蛇那种动物，而是拥有良好教养并以最高标准来要求自己的体面绅士。他只是尽职尽责地完成工作后，发现自己做了次亏本买卖，所以得重新签个合适的合同。一个好雇主加上心无旁骛、正当合理的杀人动机，才能带来诚实靠谱的收益。

谁会雇他刺杀卡普亚的屠夫和她那群野蛮人朋友呢？答案显而易见。

他面向窗子，谄媚到夸张地鞠了一躬，脸几乎贴到脚上，手指挽了个大花。"奥索大公爵，这是在下……无上的荣耀。"他忽然皱眉直起身——远处的高地和灰色的天空掩映下，出现了几十个骑手的身影。

"为了荣誉，为了荣耀，以及最重要的，为了那份理所当然的犒赏！"伴着稀稀拉拉的笑声，忠臣高举佩剑，"冲啊！"一长排骑马的佣兵跑动起来，队形松散地冲过麦田，冲向小农场，速度逐渐加快。

摆子跟他们一起冲锋。忠臣坚持要他同行，他只能如此，没法拖在后面。他想拿回斧子，但理想与现实往往相反。此外，由于速度不断加快，他的双手也不得不握紧缰绳。

他们冲出大概一百跨了，周围还那么平静。摆子皱眉看向农舍、矮墙和谷仓，集中精力，做好准备。他现在觉得这计划不怎么样，不，他当时就觉得这计划不怎么样，而今投身其中感觉更糟。地面在马蹄下飞掠，马鞍撞击着酸痛的屁股，风刺痛了眯起的眼睛，拨弄起他另一边脸上敏感的伤口。拆了绷带，他觉得好冷。他右边就是忠臣，这位佣兵团长坐得笔直，披风肆意飞舞，手中高举长剑，嘴里大喊："稳住！稳住！"那些骑马的佣兵露出迫不及待的表情，连成一条参差不齐的长线，胡乱挥舞着长矛。摆子的双脚离开了马镫。

只听"砰"一声响，农舍的百叶窗突然一齐打开。摆子看到里面的奥斯皮亚人，他们的铁盔反射着清晨的阳光，然后又有一排人从矮墙后端着十字弓同时站起来。这一刻只能依靠本能，管不了结果。于是他深吸口气，屏住呼吸，朝旁边跃起，整个人脱离了马鞍。在马蹄敲打声、武器碰撞声和呼啸的风声之上，他听见了蒙扎的高喊。

紧接着他撞上泥地，上下牙咬在一起。他不停地翻滚、呻吟，吃进一嘴泥巴。全世界都在旋转，昏暗的天空、飞溅的泥土，还有奔腾的马和坠落的人，全混在一起。马蹄踏在周围，泥巴飞进眼睛，尖叫在耳边回荡。他奋力跪了起来，但一具滚落马鞍的尸体又将他撞倒在地。

马维尔奔向谷仓的对开门，推开一道能探出脑袋的缝，正好看见奥斯皮亚士兵从农院的矮墙后起身，整齐地射出一拨致命的弩矢。

牧场上，许多人应声跌落马鞍，也有的马儿被射中，倒下时压住了骑手。人和马一头砸进潮湿的泥地，四肢胡乱舞动着，震惊与愤怒、痛苦和恐惧让他们一起发出咆哮与哀号。这一波射击干掉了十多个佣兵，其他人开始全速冲锋，毫不迟疑地高举闪光的武器冲上来，他们的战吼和倒下的同僚发出的垂死惨叫交织在一起。

马维尔呜咽一声，赶紧关门，背靠在上面。血腥的战场，暴虐又难以预料。利器飞速劈砍，鲜血泼洒，脑浆四溅，柔软的身体被蛮力撕扯，内脏恶心地裸露在外——这显然是最不文明的行径，绝非他擅长的领域。此时此刻，他的内脏明明还好端端待在肚子里，但已出于原始的恐惧和反胃开始抽搐了，紧接着一个更可怕的念头涌上心头，令他肠胃打结：如果蒙洛卡托赢了，她无需再隐藏杀意，毕竟她毫不犹豫就设局陷害了他纯真无辜的学徒；如果千剑团赢了，嘿，他可是杀害阿里欧世子的同谋。无论哪种情况，他恐怕都性命难保。

"见鬼！"

门外的院子变成了屠宰场，而窗子太窄，他挤不出去。藏进干草堆？不行不行，他不是三岁婴儿！躺在可怜的辰身边装死人？什么，一代宗师躺在尿液里？决不！他慌忙冲向谷仓后面，疯狂拍打木墙寻找出路。他找到一条松动的木板，赶紧用脚去踹。

"快断，你这婊子养的木头！断啊！断啊！断啊！"从声音判断，他身后的院子厮杀得更激烈了。什么东西撞在谷仓边上，震得房梁上灰尘簌簌下落，吓了他一大跳。他转头紧盯那块木板，又怕又气地抽泣起来，急得满脸是汗。猛踹之下，木板终于断裂，惨白阳光透过参差不齐的狭窄裂缝。他跪下去，歪着身子，强行把头挤进缝里，任凭木刺刮擦头皮。外面是平坦的农田、棕黄的小麦，大约两百跨外有一排树。很安全。他的一条胳膊也穿了过来，他勉强用它撑住谷仓风化的外壁，接着是肩膀，半边胸口，然后……他卡住了。

他太乐观，竟认为还能以舞者的优雅钻出这个口子——换做十年前，他的确苗条得像棵柳树，能优雅地钻出比这还窄一半的地方，然而这十年来他吃了太多点心，没法再进行这种操作，现在更可能因此送命。他拼命扭动、挣扎，尖锐的木刺深深刺进了肚子。他会以这副丑态被人发现吗？任凭后人嘲笑？这就是他的遗产？伟大的卡斯托·马维尔，无面死神，古往今来最厉害的毒师，最终完蛋的原因是逃跑时卡在谷仓后的裂缝里？

"该死的点心！"他大叫，用尽最后一点力气挣了出去，一根裸露的钉子划破衬衫，在肋下留下一道长口子，疼得他咬紧牙关。"该死！妈的！"他拽出酸痛的双腿，终于挣脱劣质木板的纠缠，身上留下了许多木刺。他向安全的树林发足狂奔，齐腰高的麦秆缠住他的脚，抽打他，刮蹭他，结果他摇摇摆摆没跑出五步就一头栽倒，尖叫着扑在潮湿的农作物上。他骂骂咧咧地爬起，一只鞋子被满心妒忌的麦子卷掉了。"可恶的麦子！"他正待找鞋，突然听到巨大的轰鸣声，抬头看去吓得魂飞魄散——十多名骑兵端平长矛，从他想取道逃跑的树林全速向他冲来。马维尔气喘吁吁地尖叫一声，转身就逃，打着赤脚深一脚浅一脚地跑回之前将他折磨得苦不堪言的裂缝。他迅速将一只腿塞进去，钻过木板时裆部被狠戳了一下，疼得他差点哭出声。马蹄声越来越近，令他后背汗毛倒竖，那些骑兵离他已不到五十跨，马和人都瞪大了眼睛、咬紧了牙关，清冷的晨光照亮了雪亮的武器，翻飞的马蹄扬得谷壳四处翻飞。他绝无机会及时将这具流血的身躯塞进那道缝了。他会被踹死吗？可怜又谦逊的卡斯托·马维尔，这辈子只想当个——

谷仓一角迸发出耀眼火光，一时间只听见木头碎裂，空中都是翻滚的碎片：一根打着旋的冒火房梁、碎裂的木板、弯曲的钉子，还有无数木屑和火星。强烈的冲击波让大片小麦倒伏在地，扬起漫天灰尘、麦秆、麦粒和灰烬。两个并不打眼的桶子突然骄傲地立在倒伏的庄稼地中，正挡在冲锋的骑兵们面前。桶子顶上跃动着火苗，桶身沾满了黑色污迹。

右边的桶子爆发出炫目的强光，接着左边的也是如此。两道泥土喷泉直冲天际，当先的马正好冲到桶子中间，顿时愣住不动了，接着转身想逃，随即跟背上的骑手一起四分五裂。大部分骑兵都随泥土被掀上了天，成了馅饼里的肉馅。

狂风把马维尔吹倒在谷仓旁，撕扯着他裂开的衬衫和他的头发，蜇痛了他的双眼，两声爆炸的巨响震得他牙齿打颤。他看见骑兵们的整条阵线只在两端各剩下一匹还看得清形状的马，而它们也被软塌塌地抛向空中，犹如愤怒的小男孩对待自己的玩具，其中一匹马大部分内脏翻到了外面。它们很快落回地上，在一开始露头的树林附近的庄稼地里留下许多血淋淋的污渍。

土块接连撞在木板墙上，灰尘弥漫开来。爆炸点周围，几块潮湿的麦田不情不愿地燃烧起来，生起一股股刺鼻浓烟。烧焦的木头和谷壳，冒烟的人或动物的肉团也不断从天上掉下，灰烬随风飘散。

马维尔又惊又怕，整个人呆了，一只腿还插在谷仓墙上。这就是古尔库火？或是什么更黑暗的东西，什么……魔法？他从裂缝中挣脱，冲进麦田，透过麦秆间的缝隙，瞥见一个人影出现在谷仓冒烟的角落。

古尔库女人。伊丝黎。她一条手臂和棕色外套的边沿都被火焰包裹，但直到火舌舔过脸庞，她仿佛才意识到这一点。她耸耸肩，不慌不忙地脱掉着火的外套，只见她整个身体从脚趾到脖子都裹着绷带，却干干净净，没有一丝灼烧痕迹。她这副装扮活像是古代进行了防腐处理、等待下葬的沙漠女王。

她盯着树林看了很久，微笑着缓缓摇头，并开心地用坎忒语说了句什么。马维尔在语言方面算不上大师，但马马虎虎能听出是："你还能做到，伊丝黎。"她黑色的双眼扫视麦田，躲在里面的马维尔尽全力伏低，直到她转身消失在她出现的那片残破的谷仓角落。他听到她再次笑着轻声自语：

"你还能做到。"

马维尔只剩下一个念头——一个绝对合理的念头——逃命，再也别回头。他爬过粘满血迹和肉酱的麦田，痛苦地一寸寸接近树林，任凭呼吸灼烧胸膛，恐惧如有实质般戳刺着屁股……

不比你坏
No Worse

蒙扎猛地抽回重型细剑，对方发出虚弱的呻吟，脸震惊地皱成一团，手捂胸前细小的伤口。他踉跄地向前一步，费力地提起短剑，好像那是铁砧，而她左撤一步，又在肋下将他刺了个对穿，一截满是划痕的剑刃从镶钉皮夹克下穿出。他转头看向她，脸色通红，浑身颤抖，强行伸长的脖子上血管都鼓了起来，等她再次抽回剑，他便如没了支撑般倒地不起。

"告诉我的……"他勉力翻起眼睛看她，声音很轻。

"什么？"

"告诉……她——"他挣扎着在地板上撑起自己，一边脸上满是泥巴，接着咳出一口黑色呕吐物，就此不动了。

蒙扎突然认出了他。巴罗或帕罗，总之末尾是"罗"。他是老斯沃的表亲，墨西利亚围城后的洗劫他也在，本纳的笑话逗乐过他。她之所以记得是因为当时根本不是说笑话的时候，他们刚刚杀掉赫尔蒙，偷了这位富商的金子，她完全没有玩笑的心情。

"瓦罗？"她轻声猜测，边想那个笑话到底是什么，这时她听见木板破碎，看到有东西飞来，只来得及整个人扑倒在地。这一下让她扭到了脑袋，脸砸在地上，迅速起身时只觉天旋地转，整个人踉跄着靠住墙，一条胳膊伸出窗户，差点翻了出去。窗外传来阵阵咆哮和金铁交击声，她虽然摔得眼冒金星，但还是看见又有什么东西冲向自己，赶紧手忙脚乱地闪开。那东西撞中石膏墙，碎片飞到她脸上。她大叫一声，在身体失去平衡的情况下想用重型细剑劈砍那道黑影，却发现手中空空如也。剑掉了。窗边有张男人的面孔。

"本纳？"鲜血从嘴边流出，而这无疑是个冷笑话。有东西撞到后背，挤出了她肺里的空气。她终于发现那是一柄钉头锤，钝化的金属锤头闪着寒光。她又看到男人狰狞的面目——然而锁链缠住他的脖子，将他提起。旋转的房间终于稳定下来，但她脑中热血翻腾，想站起来却仰面倒地。

维塔瑞勒住那人的喉咙，两人一起滚进昏暗的屋内。他用手肘怼她，另一只手拉扯锁链，但她死死拽住链条，双眼眯成两道愤怒的细缝。蒙扎挣扎起身，摇摇晃晃走向他们。他摸向腰带上的匕首，但蒙扎抢先一步用左手扭住他那条胳膊，右手抢过匕首，在他身上连扎几下。

"啊，啊，啊。"潮湿的血肉声、恶狠狠地互吐口水、她断断续续的呻吟、他吃痛的闷哼、还有维塔瑞的低吼混成一团野兽般的杂音。他们不像在杀戮，更像在交媾。她不停地扎下去。"啊，嘎，啊。"

"行了！"维塔瑞嘶叫道，"他死了！"

"噢。"她扔下匕首，外套内从手背到手肘都湿透了，戴手套的右手卷曲成丑陋的爪子形状，火烧般痛。她转向门口，强光让她觑起眼睛。她木然跨过一个奥斯皮亚士兵的尸体，踩着破碎的木门出去。

一个满脸是血的男人抓住她，接着自己倒了下去，在她外套上留下一长道血迹，差点把她拽倒。一个佣兵跟跄着想逃出院子，结果身后被捅了一枪，痛苦地俯身倒地，捅死他的奥斯皮亚士兵随即又被马踢中脑袋，钢盔飞旋而出，整个人如被砍伐的树一样栽倒。周围的人和马都拼尽全力，农舍院子犹如被一团死亡风暴笼罩，令人眼花缭乱的靴子、马蹄、盔甲、武器和飞溅的泥土都被裹挟其中。

离她不到十跨远的地方，隔着混战的人群，忠臣卡皮骑在高大战马上，像疯子一样大喊大叫。他没怎么变啊，那张宽阔、沧桑而忠实的脸上，上百条大小伤疤仍旧纵横交错，他也仍旧保持秃顶，唇上蓄着厚厚的白色小胡子，周围有些白色胡楂。但他给自己打了件闪闪发光的胸甲，弄了条长长的红披风，这些可不适合雇佣兵，而是公爵的装扮。他现在肩上挨了一箭，右臂垂下没法用，左手提着重剑指向房子。

奇特的是，她第一眼看到他竟涌上一股暖意，就是那种在人群中看到朋友面孔的开心悸动。忠臣卡皮替她带领过五次冲锋，每次出征都为她而战，且从未让她失望。她全身心地信任他，所以他才能如此轻易地把她的命——还有她弟弟的命——给卖了，换得科斯卡的老交椅。

暖意没能持续，眩晕跟着消退，只剩下愤怒搅动肚腹，用来填补颅骨缺口的硬币也传来阵阵刺痛。

别无选择时，佣兵也能顽强作战，但他们毕竟习惯搜刮而不喜战斗。第一波齐射不仅造成了严重损失，更让他们惊骇莫名。前方有端起长矛、严阵以待的敌人，建筑物里有敌人，窗户内和平坦的马厩顶上还有好整以暇的十字弓手。一个骑手惊叫着被人从马鞍上拽下，手里的矛甩飞出去，落在蒙扎脚下。他的两个同伙拨转马头就跑，其中一个逃回了牧场。另一个则被剑砍中，哀号着翻下马鞍，一只脚却还缠在马镫上，受惊的战马带着他胡乱蹦跳。忠臣卡皮不是懦夫，但如果他不知何时该突围，便根本不可能干三十年佣兵。

此时他也拨转马头,挥剑劈开一个奥斯皮亚士兵的脑袋,尸体倒在泥巴地的同时,他绕开农舍逃走。

蒙扎用戴手套的手捡起长矛,另一只手抓住无主的战马的缰绳,拼力跳上马鞍,突然涌起的杀意让她灌了铅似的双腿恢复了些许活力。她拉动缰绳,让战马转向院子的矮墙,双脚一夹马腹,驱马跃墙而过。一个奥斯皮亚士兵见状大叫着扔下手里的十字弓,闪到一旁,而她重重地落在墙对面,马鞍狠狠撞在身上,手中武器差点扎穿自己的脸。她驱策偷来的马奔过麦田,跑上漫长的斜坡,麦秆一路抽打马腿,途中她摸索着将矛换到左手,右手操控马缰,伏低身子用脚跟催促马儿快跑。卡皮在丘顶停了片刻,东方明亮的天空勾勒出他黑色的轮廓,接着他调头继续逃亡。

她冲出麦田,穿过散落着带刺灌木的原野,现在是下坡,松软的泥土被全速飞驰的马蹄踩得四下翻飞。卡皮就在前方不远处,驱赶坐骑擦着绿色的篱墙跳过,但着陆很糟,拼命挥动手臂才维持住平衡。蒙扎选了个更好的地方越过篱墙,也趁机缩短了距离。她看着前方,一直看着前方,不考虑速度,不考虑危险,不考虑手上的疼痛,一心只想追上忠臣卡皮和他的马,一心只想将他捅个透心凉。

两人轰隆隆奔过尚未播种的田地,马蹄捶打着浓稠的淤泥,前方是一条小溪,小溪旁有栋刷成白色的房子在清晨的阳光下闪耀。疾驰的坐骑让周遭世界摇摇晃晃、颠来倒去,但她认出那栋房子便是早先看到的磨坊。她身体前倾,甚至越过了马脖子,手掌紧握夹在腋下的长矛,听任疾风涌进眯起的眼睛,只盼离忠臣再近一分,只盼离报仇再近一分。他的马似乎在越过篱墙时受了点小伤,现在她离他越来越近,就快追上了。

他们只剩三匹马的距离,接着是两匹马的距离,卡皮的战马掀起的泥巴溅到了她脸上。她从马鞍上起身,举起长矛,阳光照得矛尖闪闪发光。忠臣回头张望,她又看到了那张熟悉的面孔,一条灰眉毛已被染红，前额的伤口流出的血顺着布满胡楂的脸颊蜿蜒而下。他发出怒吼，脚上马刺猛扎马腹，但他的坐骑是个大家伙，适合冲锋却不擅逃跑。她的马摇晃着头，离卡皮那匹坐骑甩动的尾巴越来越近，两者之间的地面模糊成一道飞速缩小的棕色沟壑。

她尖叫着将长矛狠狠刺入前马的马臀，那马猛地一顿，扭动身子，甩着脑袋，一只眼睛疯狂转动，龇牙露齿的嘴吐出白沫。马鞍上的忠臣被突然刹住的力道猛撞了一下，一只脚甩脱了马镫。战马昏头昏脑地继续跑了几步，接着受伤的腿一弯，便向前倒下，出于惯性还压住了自己的脑袋，只落得蹄子乱甩，泥巴乱飞。伴着卡皮的惨叫，她从跌倒的战马旁疾驰而过，跑远后还听见那匹马在泥地中不断打滚。

她用右手拽住缰绳，停了下来，她的马边喷鼻息边甩头，被这番疾驰累得四条腿不住打颤。她看见卡皮像醉鬼一样想爬起来，却被长长的红披风缠住，那披风到处沾满了泥点。他还活着，这让她有点惊讶，也有点开心。戈巴、马修斯、阿里欧和加恩马克都参与了奥索针对她和她弟弟的图谋，并为此付出代价。但这几个人不是她的朋友，而忠臣曾与她并肩作战，同桌吃饭，同壶共饮。他总是对她微笑，总是，最终却在合适的时候捅了她一刀，偷了她的交椅。

她一直想问个明白。

他昏头转向地迈出一步，脸上全是血，嘴巴大张，眼神茫然。这时他看见了她，她笑着举起长矛，欢呼一声，活像猎人在空旷的原野上看见狐狸。他一瘸一拐地逃窜，受伤的胳膊蜷在胸口，插在肩上的箭杆已经断了，只剩下一半。

她脸上的笑容越来越残忍，她驱马小跑着逼近，近到能听见他粗重的呼吸。他挣扎着跑向小溪，尽管这毫无意义。这阴险小人连滚带爬挣扎求生的景象让她心情大好，这可不是常事。他用左手抽出长剑，以它做拐杖，继续徒劳地逃命。

"适应不常用的手需要时间！"她冲他喊，"这点我最清楚！你他妈没时间了，卡皮！"他接近小溪了，但她在他到达之前就能追上，这点他也清楚。

他转身笨拙地举起长剑，但她一拉缰绳，让胯下坐骑闪开，他的剑就劈了个空。她踩着马镫起身，挺矛向下一刺，正中他的肩膀，撕破了铠甲和披风。他被这一击扎得跪倒在地，长剑也插进了泥里，尽管他咬着牙，还是不由自主传出呻吟，鲜血顺着胸甲流下。眼见他还想起身，她从一边马镫里抽出脚，驱马过去猛踢在他脸上，他仰天栽倒，从岸边滚进了小溪。

她将长矛插进泥地，翻身下马，一边欣赏卡皮在水中挣扎，一边舒活僵硬的双腿。接着她重新抓起长矛，长吸一口气，向水边走去。

下游不远处是那座磨坊，水车"哗啦啦"缓缓转动，小溪对岸用粗石垒了道堤坝，堤上长满青苔。卡皮嘴里乱骂着想爬上去，但铠甲和浸水的长披风都太沉，而且他一边肩上有箭伤，另一边被长矛刺伤，根本没可能成功。他只能顽强地蹚着齐腰深的溪水继续走，她则在对岸尾随，端平长矛，狰狞地笑着。

"逃啊，卡皮，我不拦你。没人会说你是懦夫，他们只会把你当傻瓜。傻瓜卡皮。"她逼自己哈哈大笑，"没想到你会落到这步田地。跟了我这么多年，你还不了解我？你以为我会无所事事地躺在床上，为自己的不幸痛哭流涕？"

他蹚着水缓缓走回来，眼睛盯着她的矛尖，气喘吁吁。"该死的北方人骗了我。"

"这世道谁能信，呃？你真该一刀扎我心口，而不是肚子，忠臣。"

"心？"他嗤笑，"你哪来的心？"他握住匕首，在水中艰难地走向她，溅起一片亮闪闪的水花。她举矛刺去，灼痛的右手感到矛杆一颤,他臀部中招,身子一歪,向后倒下。但他挣扎着再次起身,咬紧的牙齿间发出咆哮:"至少我比你强,你这条心怀叵测的毒蛇!"

"你比我强,那为何站在溪中的是你,拿矛的却是我,呃,混球?"她用湿润闪亮的矛尖在他面前慢慢画圈,"再来啊,卡皮。我承认,你不是懦夫,只是个该死的骗子。叛徒卡皮。"

"我是叛徒?"他拖着身子朝缓缓转动的水车逃去,"我?我跟了你多少年?可我原本效忠的是科斯卡!我忠于他!大家都叫我忠臣!"他用血淋淋的手拍打湿漉漉的胸甲,"那才是我。本来的我。被你偷走的我!你和你挨千刀的弟弟!"

"我可没把科斯卡扔到山下,狗杂种!"

"你以为我想那么做?你以为这一堆破事有哪件是我自愿?"老佣兵费力地想从她身边逃开,双眼流出泪水,"从头到尾我都被蒙在鼓里!阿里欧来找我,说奥索认定你不可信任!必须除掉你!他说你是过时人物,而我才是未来,并且其他队长都同意了。我只能选择好走的路。我有的选吗?"

蒙扎起了鸡皮疙瘩,她想起奥索笑着站在她的帐篷里。科斯卡是过时人物,我认为你才是未来。本纳哈哈大笑着附和公爵的话。这是最好的法子,你应该当领袖。她自己也选择了好走的路。她有的选吗?"你应该警告我,给我个机——"

"你警告过科斯卡吗?警告过我吗?见鬼去吧,蒙洛卡托!你领路,我跟随,仅此而已!你播下血淋淋的种子,就会收获血淋淋的果实,你在全斯提亚都播下了这样的种子!你是自作自受!你是自——啊!"他往后一仰,虚弱地摸向脖子,拖在后背的漂亮披风卷进了水车的木齿轮里。那块红布缠得越来越紧,将他一步步拽了过去。"我操……"他抬起还能动的半条胳膊,摸向巨大水车上长满苔藓的木条和生锈的螺丝,但没法阻止它。蒙扎看着他,微张的嘴什么也说不出,手中的长矛也垂下了。他就这样被拖到水车下面,向下,向下,卷进黑水。他的胸口翻起一阵水花,接着是肩膀,再然后是脖子。

他凸出的双眼看向她。"我不比你坏,蒙洛卡托!我只做了不得不做的事!"他用尽全力想让嘴留在泛着泡沫的水面之上,"我……不比……你坏——"

他的脸沉入水中。

忠臣卡皮替她带领过五次冲锋,每次出征都为她而战,且从未让她失望。她全身心地信任他。

蒙扎跳进溪中,任冰冷的溪水冲刷双腿。她抓住忠臣拼命抓挠的手,感到他的手指也钩住了她的手。她一边咬牙用力,大吼着向外拉扯,一边举起长矛,奋力扎向齿轮,将矛杆卡在了里面。她戴手套的手伸到他腋下,整个人头部以下都泡进水里,想把他抱出来,为此用尽了力气,浑身每根肌腱都火烧般痛。他慢慢浮了上来,胳膊、手肘,然后肩膀也从浮沫中冒出,她忙用戴手套的手摸索披风扣,但无论如何也解不开。她的手指太冷、太僵、太残废。矛杆"咔"一声断裂,水车又开始转动,动作不疾不徐,伴着金属的吱嘎和齿轮的摩擦,将忠臣拽回水中。

溪水继续流淌,只有他的手指松开了。一切都结束了。

死了五人,还剩两人。

她松开手,大口喘气,眼见他惨白的手指滑入水底,自己转身费力地回到岸上。她湿透的身躯没剩下一丝力气,双腿痛入骨髓,右手从小臂到肩膀也一颤一颤地痛,头上的伤口如同被针扎,血液在脑袋里翻腾,仿佛有根棒槌在眼睛后面敲击。她勉强将一只脚套进马镫,把自己拖上马背。

她回头看去,只觉肚子抽搐,不禁疯狂呕吐。水车拽着忠臣穿过水底,将他从另一边提了起来。他四肢瘫软,脑袋低垂,双目大张,舌头伸出,脖子缠了些水草。水车将他缓缓吊到空中,像是被公开处决示众的叛徒。

她抬起胳膊擦了擦嘴，舌头舔着牙齿，试图漱掉嘴里的苦味。她头疼欲裂，心想或许该把从他从水车上拖下来，给他最后一点尊严。他曾是她的朋友，不是吗？也许他算不上英雄好汉，那又怎样？他是一个身处阴险狡诈的世界、从事阴险狡诈的行当，却仍想要坚守忠诚的人；他是一个想要坚守忠诚，却发现自己被时代抛弃的人。她至少该把他拖上岸，让他好好长眠，但她却拨转马头，径直返回农场。

尊严对生者无用，对死者亦无用。她来这里就是为了猎杀忠臣，最终得偿所愿。

为此哭泣毫无意义。

收获
Harvest Time

摆子坐在农舍台阶上,边抚平前臂一大片因擦伤翘起的皮肤,边旁观一个男人对着一具尸体哭泣。大概是朋友或兄弟吧,那人没有强忍哀伤,而是瘫坐在地,眼泪顺着下巴滴落。此情此景,很容易打动多愁善感的人。

摆子正是这样的人。他小时候被哥哥称作小胖猪,就因为多愁善感。后来他在哥哥和父亲的坟前哭过;在朋友多班终于入土时——多班被长矛刺中后强撑了两天——哭过;在杜别克要塞之战后的晚上,人们将三树和摆子的半数手下埋葬时哭过;甚至在高山上的战役之后,他独自找了个地方,大洒泪水。当然,那泪水寄托的更多是战斗结束的解脱,而非对诸多死者的哀悼。

他知道自己以前总哭,他也知道那都是为什么,唯独想不起当时的感觉了;他不清楚现在世上还有没有值得自己去哭的人,并且怀疑问题的答案自己不会喜欢。

他举起水壶喝了一大口陈水,发现两名奥斯皮亚士兵在尸体中挑拣。其中一人将一具尸体翻过来，血淋淋的内脏顺势从尸体身侧的裂口流出，那士兵拽下死人的靴子，但发现靴底有个洞，便扔掉了。摆子又发现另一对士兵卷起了衬衫袖子，肩扛铲子，争执哪里更容易挖坑。苍蝇飘浮在郁积的空气中，聚集在张开的嘴巴、眼睛和伤口旁，到处都是残暴的伤口、折断的骨头、断裂的肢体和凌乱的脏器，地上布满一道道浓稠血迹，血点随处可见，石头院子里更有好多摊黑红色血泊。看到这些，他没有一丝胜利的喜悦，但也没有厌恶、内疚和悲伤。他只真切地感受到擦伤带来的刺痛，闷热带来的恶心，青肿的四肢带来的疲惫，还有一丝不易察觉的饥饿，因为他没吃早饭。

农舍内传来男人的尖叫，那是在处理伤口的伤员。那人不断尖叫哀号，嗓子都快哭哑了，但马厩屋檐下也有一只鸟儿在欢快地啁啾，摆子发现自己不怎么费力就可以忽视尖叫，专心倾听鸟鸣。他笑着冲小鸟点头，仰靠在门框上，伸直腿脚。看来只要时间足够，人总能习惯一切，他要是为几声尖叫就从门口台阶这么好的地方挪开才该死呢。

他听到马蹄声，循声望去发现了蒙扎，她正驱马小跑下斜坡，乃是浅蓝色天空下一个黑色轮廓。不久后，她拉着筋疲力尽的马进了院子，皱眉看着满地尸体。她的衣服湿透了，多半是在小溪里泡过，她的头发有一边被血黏作一团，苍白的脸颊也有血。

"哎呀，哎呀，头儿，见到你真不错。"这话本该说得真诚，听起来却像假话，他感觉一片麻木。"忠臣死了？"

"死了。"她僵硬地跳下马，"引他过来麻烦吗？"

"不算麻烦，但他比我们计划中带了更多人手，我没法阻止。你知道有的人就喜欢凑热闹，可怜的家伙们。杀他麻烦吗？"

她摇摇头。"他淹死了。"

"哎呀？我还以为你会捅死他。"他拿起她的剑，递给她。

"我捅了他。"她看着剑愣了一下,之后才接过插入鞘中。"然后他淹死了。"

摆子耸耸肩。"随你。我觉得淹死也不错。"

"确实不错。"

"那么就完成七分之五了。"

"七分之五。"但她看上去一点都不开心,甚至跟那个为死去的朋友哭泣的男人一样情绪低落。即便胜利者也很少开怀,这就是报仇。"谁在叫?"

"谁知道呢?不重要。"摆子耸肩,"听听鸟儿歌唱吧。"

"啊?"

"蒙洛卡托!"维塔瑞双手环抱胸前,站在敞开的谷仓门口喊道,"你来看。"

谷仓阴冷,阳光从角落一个参差不齐的洞口和窄窗中透进来,在幽暗的稻草堆上印下明亮的条纹。一束阳光照在辰的尸体上,只见黄发纠缠在脸庞周围,身体扭曲成丑陋的姿势,但没有血迹,也没有撕打痕迹。

"毒药。"蒙扎低声说。

维塔瑞点头。"嗯,真讽刺。"

尸体旁的桌上放着一大堆黄铜支架、玻璃试管和奇怪形状的瓶子,两盏灯在支架下方闪着黄蓝相间的火焰,瓶内液体冒着气泡,缓缓流淌,最后滴落下来。这幅场景看着就怕人,摆子觉得见到毒师的装备比见到毒师的尸体更恶心——毕竟他对尸体很熟悉,对科学却一无所知。

"见鬼的科学,"他嘀咕,"比魔法更可怕。"

"马维尔呢?"蒙扎问。

"没影了。"三个人面色阴郁地互看了一阵。

"没在死人里?"

摆子缓缓摇头。"很可惜，没有。"

蒙扎忧心忡忡地退了一步。"最好什么都别碰。"

"你觉得呢？"维塔瑞气急败坏，"发生了什么？"

"看来是师徒之间发生了意见分歧。"

"很严重的分歧。"摆子低声说。

维塔瑞摇着尖脑袋。"好吧，我不干了。"

"你说什么？"蒙扎质问。

"我退出，这种买卖必须知道适可而止。现在已算开战了，我不要卷入战争当中，结果太难控制。"她冲阳光下的院子点头，人们正在那里堆积尸体，"威斯尼亚的事已经越过了我的底线，这次更甚。此外，我不想与马维尔为敌，免得以后每天都提心吊胆地过日子。"

"你还是得每天提心吊胆地提防奥索。"蒙扎提醒她。

"这个我接受委托时就知道。手头紧没办法。"维塔瑞摊开手掌，"说到这……"

蒙扎皱眉看着她的手，又看向她的脸。"你半途而废，我只能给一半报酬。"

"合情合理。与其为贪图全部报酬而送命，我宁愿留着小命花这一半。"

"我还是希望你留下。我用得上你，而且只要奥索活着，你不会真正安——"

"那你最好继续报仇，杀了那混球，好吧？但我就算了。"

"随便你。"蒙扎把手伸进外套，掏出一只沾了点水的扁平皮袋。她展开袋子，抽出一张湿了一角的纸，纸上写满华丽的文字。"比我们约好的一半要多，五千二百一十一枚天秤币。"摆子皱眉看着那张纸，还是没法理解怎样才能把那么多银子变作这样。

"该死的银行。"他嘀咕，"比科学更讨厌。"

维塔瑞从蒙扎戴手套的手中拿过凭据，快速检查了一遍。"凡特和伯克?"她眼睛比平时眯得更细,这也算一大成就了。"它最好能兑现。不然的话,无论你跑到环世界哪个角落——"

"它能兑现。我现在没必要多树敌。"

"那我们还算朋友。"维塔瑞折起凭据,塞进衬衣,"说不定将来还能一起干。"

蒙扎盯着她的脸,两人四目相对。"我快等不及了。"

维塔瑞后退几步,转身走向洒满阳光的门廊。

"我掉进了河里!"摆子在她身后喊道。

"什么?"

"我年轻时第一次参加掠袭,喝多了酒,跑出去撒尿,结果跌进河里。水不但冲掉了我的裤子,还将我卷走了半里多。我回到营地时几乎冻得全身青紫,不由自主地猛打摆子,差点把手指头都甩脱。"

"所以?"

"所以他们叫我摆子。你以前问过,在斯皮奈。"说着他就笑了。这些天来,他似乎总能看到事物有趣的一面。维塔瑞在原地站了会儿,阳光勾勒出她苗条的黑色身影,随后她迈步走向门外。"好吧,头儿,看来只剩下你我——"

"还有我!"摆子猛地转头,伸手去摸斧子,他身旁的蒙扎也伏下身,剑已抽出一半。两人紧张地看向暗处,只见伊丝黎的笑脸挂在稻草棚下。"两位大英雄,下午好。"她脸朝下地爬下梯子,动作流畅,仿佛绷带包裹的身躯没有骨头。她最终双脚着地,没穿外套的她瘦得不可思议,然后她慢悠悠地踩着稻草来到辰的尸体旁。"你的手下很厉害嘛,一个杀了另一个。"她炭黑的双眼看向摆子,摆子握紧斧头。

"操蛋的魔法,"他嘀咕,"比银行更混账。"

她咧嘴露出饥渴的笑容,两排牙齿白得惊人。她伸出一根手指点在他的斧背上,将它轻轻推向地面。"我可否认为,你如愿杀掉了你的老朋友忠臣卡皮?"

蒙扎收剑回鞘。"忠臣死了,如果你他妈想问这个。"

"我只觉得你的庆祝方式很奇怪。"她朝天花板举起颀长的双臂,"大仇得报!赞美真神!"

"奥索还活着。"

"嗯,是啊。"伊丝黎的眼睛瞪得好大,摆子觉得它们快掉出来了。"奥索死了你才会笑。"

"你干吗关心我笑不笑?"

"我?关心你?我没有丝毫兴趣。我只觉得你们斯提亚人喜欢夸夸其谈,牛皮吹尽,却鲜少坚持到底。我很高兴能找到一个决心善始善终的人,只要活儿干得好,你尽管皱眉也无妨。"她的手指划过桌面,漫不经心地用掌心盖灭炉子上的火焰,"说到这里,我记得你告诉我们共同的朋友洛根特公爵,你能拉拢千剑团转投他,对吗?"

"如果皇帝的资金到位——"

"在你衬衫口袋里。"

蒙扎皱眉掏出口袋里的东西,举到亮处。那是一枚硕大的红金硬币,闪着不同寻常的温暖金光,让人有紧握不放的冲动。"不错,但一枚可不够。"

"哦,当然不止一枚,古尔库的山是金子堆的。"她看着谷仓角落烧焦的破洞,开心地舔舔舌头,"你还能做到。"说完她扭动身体像狐狸一样穿过洞口,消失不见。

摆子等了片刻,这才倾身靠近蒙扎:"我不该多管闲事,但我总觉得她有点怪。"

"你还真敏锐啊,是吧?"她板着脸,转身出了谷仓。

摆子又站了一会儿,若有所思地看着辰的尸体,晃了晃脑袋,感到左脸的伤疤延伸、挪动,带来些许刺痛。科斯卡死了,辰死了,维塔瑞走了,友好走了,马维尔逃了——看样子很可能会与他们为敌。这个欢乐的团队就此烟消云散。他不禁怀念起以前那些真正的好友，还有他加入的那些亲如兄弟的队伍。大家为共同目标团结一心，尽管那目标只是活下去。狗子、寡言哈丁、巴图鲁，甚至可算上黑旋风，个个都讲规矩。然而这些人消失在过去，只留下他独处斯提亚，周围没人在乎任何规矩。

他的左眼几乎要像右眼一样泪流不止。

他挠了挠脸上伤疤，动作很轻，只用指尖触碰，但仍旧打了个激灵。随后他下手重了一些，接着更重了一些，直到不得不停止，咬着牙倒吸冷气。他的脸现在更痒了，而且还很痛，他找不到既能止痒又不会把伤口弄痛的方法。

这就像报仇。

新任老团长
The Old New Captain General

蒙扎见过数不清的伤口，各种各样的伤口，说到底，她是专门制造它们的人；蒙扎也见过五花八门的尸体，敲死的、砍死的、捅死的、烧死的、吊死的、剥皮的、内脏流出的、血肉模糊的……但在她看来，什么也比不上摆子考尔脸上的伤可怕。

他嘴角附近有个浅红色小疤，到颧骨下方变成手指粗细的不平整的凹痕，接着越来越宽，这条深浅不一、烫伤的痕迹一路延伸至眼底。他脸颊和鼻翼散落着其他条状或点状的鲜红疤痕，另有一条细疤斜过前额，割裂了一半眉毛。他的左眼当然是其中最可怕的，它比右眼要大一些，睫毛全无，上眼皮萎缩，下眼皮耷拉。他眨右眼时，那只左眼只会抽搐一下，始终大睁着。他打个喷嚏，那只眼睛里的珠子便像喉结吞咽一样滚动，毫无生气的珐琅眼球从粉红的洞里盯着她。她拼命强迫自己不吐出来，同时又被某种可怖的魔力吸引，反复瞟向他，想看看他会不会再打喷嚏——而且她知道他从这边看不见她，这种心情更难抑制。

她应该感到内疚，毕竟这是她造成的，不是吗？她应该同情他，毕竟她自己身上也有无数丑陋的伤疤。但她只感到厌恶。她真希望骑在他另一边，然而现在为时已晚；她真希望他永不摘下绷带，然而现在也没法再让他缠上了。她告诉自己，伤口总会痊愈、总会变好的，也许真的会。

但也好不了多少，她心里清楚。

他突然转头，她明白之前为什么觉得他一直盯着马鞍了。他右眼的目光落在她身上，而伤疤包围的左眼仍旧冲着下面——珐琅假眼歪了，两只朝向不一的眼睛让他看起来怪异又扭曲。

"咋了？"

"你，呃……"她指指自己的脸，"它有点……歪。"

"又歪了？破玩意儿。"他大拇指按进眼睛里，将它摆正。"好了吗？"现在假眼直勾勾盯着正前方，真眼则看着她，比之前更奇怪。

"好多了。"她努力挤出微笑。

摆子用北方话骂了句什么。"说什么来着，最终效果完美无瑕？回普兰提的话，我非得再拜访这做眼睛的家伙……"

小路拐了个弯，他们发现佣兵团的第一道岗哨。几个面色不善的家伙穿着不合身的盔甲，蒙扎一眼就认出了头目——她向来把记忆千剑团所有老兵及其特长视为职责。他叫赛科，是头残暴的老狼，已在佣兵团当了六年军士。

蒙扎和摆子放慢马速，赛科用长矛指着她，其他人也纷纷举起十字弓、长剑和斧子。"来者何——"

她摘掉兜帽。"你觉得是谁，赛科？"

他哑口无言，站直身，放低矛，看着她骑马经过。营地里的人们正进行清晨的例行公事，譬如享用早餐、准备行装等。少数人在她和摆子沿路经过或是穿过帐篷间较宽的泥地时抬头看了看，不由得瞪大双眼。很快更多人加入进来，远远跟着他们，在路边聚集成群。

"是她。"

"蒙洛卡托。"

"她还活着?"

她以惯常的方式从他们中间骑过，挺起胸脯，高扬下巴，唇带嘲弄，显得对周围不屑一顾，好像他们全都不值一提，而她是高等物种。但她心里一直在祈祷他们不要发觉她的脆弱，尽管他们从未发觉，她也仍像从前那样时刻恐惧着。

她不明白自己在做什么，这里任谁都能一刀结果她。

但没人跟她说话，更没人敢拦她。佣兵都是懦夫，无一例外，甚至比普通人更懦弱。他们杀人，只因这是最容易的谋生方式，忠诚于他们而言绝对稀有——无论对领袖，还是对雇主。

她依仗的就是这一点。

团长帐篷扎在丘顶的大块平地，红色三角旗悬于最高的旗杆，挺立于周围乱糟糟的帆布帐篷之上。蒙扎脚踢马肚，加快速度，吓得旁边两个人赶紧闪开。她想借此来平复喉头涌上的紧张感。这是一场豪赌，只要流露出一丝恐惧便满盘皆输。

她翻身下马，把缰绳漫不经心地挂在一棵小树上。不知谁在此拴了头山羊，她往旁让了让，接着大步朝帐门走去。被放逐的古尔库人奈楚守在门口，白天都是他守门，这还是萨齐林时代留下的传统。他张口结舌地看着她，没拔出那柄大弯刀。

"可以闭嘴啦，奈楚。"她弯腰靠近，戴手套的手指点向古尔库人的下巴，"哒"一声将他的嘴合上，"你不会想要鸟儿在里面筑巢吧，呃?"说完她掀帘进帐。

桌子还是那张桌子，只是摊开的地图不同。帐篷周围也还挂着同样的旗帜，其中许多正是她亲手赢得，来自苍松之战、高岸之战、墨西利亚奇袭和卡普亚的屠杀。此外还有那把交椅，据说那是萨齐林组建千剑团当天从色西莱公爵的餐厅偷来的，它摆在两只板条箱上，等着迎接新任团长的屁股——如果命运女神垂青，它等的就是她的屁股。

但她必须承认，她们通常没那么好心。

军团里三位资历最老的队长站在板条箱旁，窃窃私语。塞萨利、维克图、安迪齐，正是当年被本纳说动拥戴她上台的三个人，也是不久前被阿里欧说动支持忠臣卡皮取代她的三个人，更是现在她必须说动助她重新坐上团长交椅的三个人。他们抬头看到她，便不再交头接耳。

"哎呦，哎呦。"塞萨利闷声闷气地说。

"哎呦，哎呦，哎呦。"安迪齐嘀咕，"这不是塔林的毒蛇吗？"

"卡普亚的屠夫大驾光临啊。"维克图感慨，"忠臣呢？"

她直视他的眼睛。"他回不来了。你们需要找个新团长。"

三个人交换了下眼神，安迪齐大声吸了吸泛黄的牙齿。蒙扎一直觉得他这个习惯有些恶心——这个头发软塌的鼠脸男有很多让她恶心的习惯。"巧啊，我们也这么想。"

"忠臣是个好伙计。"塞萨利闷声闷气地说。

"就是人太好。"维克图评价。

"合适的团长应当坏得像坨屎。"

蒙扎咧开牙齿。"我觉得你们仨随便哪个都坏透了，全斯提亚找不出更大的三坨屎。"这不是说笑，她觉得这三个人比忠臣更该死。"但只怕你们谁也不服谁。"

"确实如此。"维克图不怀好意地说。

塞萨利仰起头，顺着塌鼻子看她。"我们需要找个新团长。"

"或者迎回老团长。"蒙扎说。

安迪齐看了看另外两人，眉开眼笑。"巧啊，我们也这么想。"他重复了一遍。

"很好。"比她想的容易。她领导千剑团八年，知道该如何应付这帮人：直截了当地利用他们的贪婪。"我不是会让一点嫌隙挡住财路的人，你们更不是。"她将伊丝黎的硬币举到亮处，这枚古尔库双面硬币一面印着皇帝、一面印着先知。她将硬币弹给安迪齐。"支持洛根特的话，有的是这个可拿。"

塞萨利厚厚的灰眉毛下的眼睛打量着她，"支持洛根特对付奥索？"

"穿过整个斯提亚一路打回去？"维克图晃着脑袋，脖子上无数项链哗哗作响，"把过去八年走过的路重走一遍？"

安迪齐的目光从硬币上转向她，鼓起布满痘疤的腮帮子，"听起来要打好多仗。"

"在我领导下，我们屡战屡胜。"

"噢，确实如此。"塞萨利指了指那圈破烂旗帜，"你当团长时，我们赢得了各式各样的荣誉、各式各样的骄傲。"

"可惜婊子们不认这个啊。"维克图笑了。这只老狐狸可不常笑。他们的笑容有古怪，仿佛带着嘲讽。

"你看。"安迪齐一只手慵懒地搭住团长交椅的扶手，另一只手拂拭椅子上面的灰尘，"我们毫不怀疑，论及打仗，你是我们能指望的最优秀的统帅。"

"那你们还犹豫什么？"

维克图的脸突然变得狰狞："但我们不想打仗！我们只……想……赚……钱！"

"谁比我带你们赚的钱还多？"

"嗯哼。"一个声音传入耳中，蒙扎猛地转身，手正要伸向剑柄，接着却整个人僵住了。站在她身后、脸上带着些微尴尬笑意的……乃是尼科莫·科斯卡。

他刮了小胡子，还有全部头发，凹凸不平的头骨和尖锐的下巴上只剩黑灰相间的短楂。他脖子两侧的皮疹褪成淡粉色，眼中的醉意也少了，脸颊不再抽搐、不再布满汗珠，但笑容一如既往：淡淡的微笑，漆黑的双眼里闪着嬉闹的光。那是她与他第一次相遇时就在他脸上见到的表情。

"很高兴你俩都安好。"

"嗯。"摆子含糊地答道。蒙扎则发出窒息的咳嗽声，一个字也说不出。

"我非常健康，但还是对你的关心深表感谢。"科斯卡优哉游哉地走过她身边，拍了拍困惑的摆子的背。千剑团的其他队长随他进帐，沿帐篷边站成一圈。这些人的名字、样貌、品行乃至缺点，蒙扎都了如指掌。一个体格壮实的男人弯腰走进来，他身穿老旧的外套，从后面几乎看不到脖子。走近后，他冲蒙扎扬了扬粗厚的眉毛。

"友好？"她没好气地问，"我以为你回塔林了！"

他无所谓地耸耸肩。"没回去。"

"这我当然看出来了！"

科斯卡踏上箱子，志得意满地转身面对众人。他不知从哪里搞到一副金色涡旋装饰的华丽黑胸甲、一把手柄镀金的长剑和一对扣子亮闪闪的漂亮黑筒靴。他动作浮夸地坐上团长交椅，好像皇帝登基，而友好站在箱子旁扫视众人，双臂抱胸。科斯卡的屁股挨上椅子时，帐篷里爆发出礼貌的掌声，各位队长像剧院的贵妇一样矜持地用手指拍打掌心。此情此景，与蒙扎篡夺这把交椅时别无二致。她突然感到一阵恶寒，又巴不得哈哈大笑。

科斯卡欲拒还迎地挥手平复掌声。"好了，好了，我真受之有愧，但能回来还是不错的。"

"你他妈怎么——"

"活下来的？结果证明，伤口没以为的严重。塔林人看到我的制服，以为我是自己人，便直接把我送去擅长止血的军医那儿精心医治。我在床上躺了半个月,随后翻窗逃跑。我在普兰提联系上老朋友安迪齐,他正急盼更换指挥官。他和他所有高贵的同伴都这么想。"他朝帐篷里的队长们一挥手,然后指向自己,"我便来了。"

蒙扎猛地闭上嘴,她没想过会遇到这种情况。尼科莫·科斯卡,这人是如此难以捉摸,但无论如何,她不能就此缴械投降。"那么恭喜你,科斯卡团长。"她强迫自己说出这些话,"但我的提议仍然有效。古尔库的黄金换取你们为洛根特公爵效力——"

"噢。"科斯卡打个激灵,从牙缝中吸了口气。"不幸的是,这里有一点小问题。我已与奥索大公爵签订一份新合约——准确地说,是和他的继承人弗斯卡世子,一位前途无量的年轻人。我们将遵照忠臣卡皮不幸过世前制订的计划,进军奥斯皮亚。"他用食指在空中戳点,"让八城联盟付出代价!打进迟到的公爵的老家!奥斯皮亚有的是东西抢,这计划不赖。"队长们低声附和,"为什么要另生枝节?"

"可你痛恨奥索!"

"噢,众所周知,我非常鄙视他,但我没道理不收他的钱。别人的钱是钱,他的钱也是钱,这点你不能否认。他可给过你不少钱。"

"你这老混蛋。"她说。

"你不该这么跟我说话。"科斯卡朝她努努嘴,"我是个四十八岁的老前辈,还为你献出过生命!"

"你他妈又没死!"她怒吼。

"确实如此。传闻总说我死了,其实只是我众多敌人的一厢情愿。"

"我算明白他们的感受了。"

"噢,行啦,行啦,不然你以为会怎样?高贵地陨落?我吗?这显然不是我的风格。我真要死,也该脱掉靴子,手握酒瓶,还找个美娇娘。"他眉毛一挑,"你不是来当这美娇娘的,对吧?"

蒙扎咬牙切齿地说:"如果是钱的问题——"

"奥索有凡特和伯克银行的全力资助，世上再找不到那么深的钱袋。他出价慷慨，超乎想象的慷慨。不过也不全是钱的问题，毕竟我签了合约，许下郑重的承诺。"

她瞪着他。"你几时在乎承诺了？"

"我想改变自己。"科斯卡从身后口袋里掏出个酒壶，拧开壶盖，痛饮一口，双眼一直玩味地盯着她的脸，"必须承认，这都是你的功劳，让我能放下过去，找到自己的底线。"他冲队长们笑，队长们也冲他笑。"它们确实被我荒废已久，但拿出来擦擦还是明亮如新。你代表本团和奥索建立了良好的合作关系，体现了足够的稳定性，我怎能让你的努力付诸东流？况且我也不能打破战士的第一准则嘛，是不是啊，弟兄们？"

跟蒙扎坐上团长交椅之前一样，维克图和安迪齐异口同声地回答："永远不站在输家一边。"

科斯卡笑得更灿烂："王牌都握在奥索手上，哪天你们时来运转，我会有兴趣听取报价的。不过现在嘛，我们必须支持奥索。"

"全听您的，团长。"安迪齐说。

"全听您的。"维克图附和，"您回来真好。"

塞萨利弯腰贴在科斯卡耳边说了什么，这位新任老团长猛地往椅背一靠，活像被吓了一跳。"把他们交给奥索公爵？当然不行！今天是开心的日子！大家好好庆祝！今天不能杀人，不能！"他朝她挥挥手，好像赶走厨房里的猫。"你可以走了。最好明天别再来，届时恐怕相见无欢了。"

蒙扎朝他逼近一步，脏话就要脱口而出，但耳畔旋即传来各位队长亮武器的声音。友好挡在前面，双手垂下放到身侧，波澜不惊的脸面对她。她停住脚步。"我必须杀了奥索！"

"就算你杀了他，你弟弟能复活吗？"科斯卡歪着脑袋看她，"你的手能复原吗？能吗？"

她浑身冰冷，汗毛倒竖。"他罪该万死！"

"噢，可我们大部分人都有罪，并且迟早会死。与此同时，你又想把多少人卷入杀戮的旋涡中呢？"

"为了本纳——"

"错，是为了你。别忘了，我对你知根知底。我也经历过你现在经历的一切，被伤害、背叛和侮辱，从天上掉到地下。当有人可杀时，你还是蒙扎萝·蒙洛卡托，强大而可怕的蒙扎！杀完人之后，你又是什么？"科斯卡撇撇嘴，"一个过往不堪回首的孤独瘸子。"

她强撑着恳求："求你，科斯卡，你必须——"

"你无权要我做任何事。我们扯平了，你忘了？要我说，我们可不止扯平。滚出我的视线，毒蛇，不然我把你装进罐子送给奥索公爵。北方人，你要不要工作？"

摆子那只完好的眼睛瞥了蒙扎好一阵，她几乎认定他会接受，但最终他缓缓摇头。"我要跟随我选定的头儿。"

"忠诚，呃？"科斯卡嗤笑一声，"当心那没用的玩意，它会要你的命！"稀稀拉拉的笑声响起。"千剑团不需要忠诚，对吧，伙计们？我们不是小孩子！"大家笑得更欢，十几个队长纷纷冷眼瞧着蒙扎。

她头晕目眩，觉得帐内既亮又暗，还闻到各种味道——汗湿的肉体、浓烈的酒水和酸臭的食物，抑或是茅坑离主帐太近。她胃里翻江倒海，胆汁上涌。抽一口，噢，行行好，就一口。她摇摇晃晃转过身，推开两个吃吃窃笑的队长，来到帐外明亮的晨光中。

她感觉更糟了。阳光如利刃扎在身上，无数脸庞模糊成一大团眼睛组成的怪物，而所有眼睛都盯着她。看热闹的杂碎们。她努力目视前方，始终看着前方，眼皮却不由自主地跳动。她想摆出之前的姿势，高扬下巴，可她双膝颤抖，周围人恐怕都能听见它们拍打裤腿的声音。从前她收起了所有的恐惧、脆弱和伤痛。收起它们，储藏起来，而今它们倾泻而出、排山倒海般将她压倒，她毫无还手之力。她浑身冷汗,疼痛从手掌一直蔓延到脖子。他们看穿了她的本质,知道她是一条丧家之犬,是的,正如科斯卡所说,她是一个过往不堪回首的孤独瘸子。想到这里,她肚子痉挛,喘不上气,酸液堵在喉头,眼前天旋地转。

恨意再也无法支撑她了。

"不。"她轻声说,"不。"她不在乎会发生什么,只想停下。她腿一弯,整个人差点跌倒,幸好摆子抓住胳膊,拽她起来。

"走啊。"他冲她低吼。

"不——"

他狠狠一拳打在她腋下,疼痛令她暂时清醒。"他妈的快给我走,不然我们就此分手。"

她还有些力气,凭借摆子的帮助,勉强走到坐骑旁,呻吟着踏上马镫,调转马头,沿来路返回。但他们骑马离开营地时,她几乎难以视物。这位千剑团成立以来最强悍的团长,悬在奥索公爵头顶的复仇之剑,如今像一团死肉瘫在马鞍上。

过于刚强,也意味着过于脆弱。一处受损,满盘皆伤。

第六部　奥斯皮亚
Part 6

OSPRIA

我喜欢痛苦的表情，因为我知道它真实。

——艾米莉·迪金森

一点黄金就能免去许多鲜血。

人人皆知，不经长期围攻，做梦也别想拿下墨西利亚。这里曾是新帝国的宏伟堡垒，这里的居民对古老的城墙引以为傲——或许他们对城墙太过信赖，给守墙人的钱却太少，结果本纳花去微不足道的一笔小费用，就赚开了一道侧门。

早在忠臣带手下占领城墙之前、更早在千剑团的大队人马涌进城里洗劫之前，本纳便领着蒙扎穿过黑暗的街道。他领着她，这本就不同寻常。

"干吗先进来？"

"一会儿你就知道。"

"我们去哪儿？"

"去连本带利拿回我们的钱。"

蒙扎疑惑地匆匆跟着他，弟弟的惊喜每每在两人之间制造分歧。他们通过一条狭窄街道上的狭窄门廊，进入两支火炬照亮的鹅卵石院子。一个朴素旅人打扮的坎忒男人站在一辆帆布马车旁，马已套好，随时可以出发。蒙扎不认识这人，但这人认识本纳。他走上前，张开双臂，笑容在黑暗中闪烁。

"本纳，本纳，真高兴见到你！"他们像老友一样拥抱。

"我也是，我的朋友。这是我姐姐，蒙扎萝。"

这人朝她鞠了一躬。"威名远扬的将军，很荣幸见到您。"

"索门恩·赫尔蒙，"本纳笑着介绍，"墨西利亚最富有的商人。"

"和其他人一样，我只是个谦卑的贩子，如今剩下最后一点……东西……待运。我的妻子和孩子已经离开了。"

"很好。那一切就容易多了。"

蒙扎皱眉看着弟弟。"这是——"

本纳从她腰间抽出匕首，照赫尔蒙的脸刺去。一切发生得太快，商人倒地时脸上还残留着笑容。

蒙扎本能地抽出长剑,望向院子周围的暗处,又朝街道里看了看。到处都没动静。

"你干了什么?"她朝他怒吼,他却爬上马车,掀开帆布,露出疯狂又急切的表情。他颤抖着打开帆布下的一个箱子,双手伸进去,让钱币从指缝间流过,听着钱币互相撞击的叮当声。

金子。

她跳到他身边。她从没一次见过这么多金子,眼睛不由瞪得像鸡蛋那么大,接着她意识到车上不止一个箱子。她颤抖的双手将帆布往后推,全是箱子。

"我们发财了!"本纳尖叫,"我们发财了!"

"我们已经很有钱了。"她看着插在赫尔蒙眼睛上的匕首,火光将鲜血照得漆黑。"有必要杀他吗?"

他不可思议地看着她。"打劫他之后还放他走?他会告诉别人我们拿到了钱,只有这样我们才安全。"

"安全?这么多黄金不可能安全,本纳!"

他郁闷地皱起眉头,好像被她的话伤到了。"我以为你会高兴。从前你和其他人一样忙着挖泥巴,最后却一无所获。"他好像对她感到失望,"这是为了我们。为了我们,你明白吗?"他好像对她感到嫌恶,"仁慈等于懦弱,蒙扎!我以为你了解这点!"

她又能怎样?让赫尔蒙死而复生?

看来,一点黄金也要付出许多鲜血。

作战计划
His Plan of Attack

乌瓦尔山脉最南端被称为斯提亚之脊,夕阳的金色余晖照亮了这里阴影重重的洼地和高耸云天的山峰。山脉径直向南延伸,奥斯皮亚便依靠它尽头的巨岩建立,而在城市与千剑团驻扎的丘陵之间,隔着一条幽深青翠、百花掩映的峡谷,苏尔瓦河从中穿过,永不停息地奔向远方的大海。河水波光粼粼,发出金子般的光芒。

鸟儿在古老果园的橄榄树上啁啾,蚱蜢在起伏的长草间低鸣,清风吹在科斯卡脸上、也吹动了他帽子上的羽毛——它们被吹得迎风招展,他用一只手潇洒地轻轻按住。

他知道,城市北坡种满了葡萄,此时此刻,灰尘扑扑的山腰上可见一排排绿色藤蔓,令他口舌生津,生出痛苦的渴望。整个环世界最好的葡萄酒产地……

"能喝一口是天大的恩赐。"他吞了口口水。

"真美啊。"弗斯卡世子深吸一口气。

"殿下,您没见过美丽的奥斯皮亚?"

"我听过故事，但……"

"她美得惊心动魄，对吧？"城市建在从乳白色峭壁上开凿出的四片山体中，每一部分都环绕着光滑的高墙，其中的参天建筑鳞次栉比，不同形状的屋顶挤挤挨挨，包括平顶、圆顶和尖顶。古老帝国的水渠优雅地从山上盘旋而下，直至城市最外围的堡垒，其间有五十多个桥拱，最高可达成人身高的二十倍。城市主堡不可思议地挂在峭岩最高处，四座巍峨的塔楼直冲逐渐变暗的靛青色天空。城内居民正纷纷点起灯火，隔着窗户照射出的星星点点的光勾勒出全城轮廓。"她独一无二。"

短暂沉默。"用火与剑扰乱这种地方，简直是罪过。"弗斯卡道。

"确实如此，殿下。但这就是战争，火与剑是我们的工具。"

科斯卡听闻这位弗斯卡伯爵——他哥哥不幸死于斯皮奈最著名的妓院后成了奥索的继承人，现在是弗斯卡世子——是个乳臭未干的年轻人，软弱、幼稚而天真。但就目前的观察来看，那些说法恐怕很有问题。他的确满脸稚气，但谁没年轻过呢？科斯卡在他身上看到的更多是深思而非软弱，是冷静而非幼稚，是礼貌而非天真。他跟同龄的科斯卡很像——当然，跟现在的科斯卡就大相径庭了。"城防看上去非常坚固……"世子轻声说，举起望远镜眺望高耸的城墙。

"噢，确实如此，奥斯皮亚乃新帝国边陲的前哨站，建立它是为阻止保利部落民众无休止的骚扰。那边的城墙有的是当初专用来抵御野蛮人的，历史超过五百年。"

"洛根特公爵退到城墙里面不就行了？他似乎一有可能就避免交战……"

"他会迎战的，殿下。"安迪齐道。

"他必须迎战，"塞萨利闷声闷气地说，"不然我们就在他漂亮的峡谷里扎营，饿死他。"

"我们的军队是他的三倍多。"维克图嘀咕。

科斯卡完全赞同。"城墙只有在等待援军时才有用,现在八城联盟已无外援。他必须迎战。他一定会迎战。他已身陷绝境。"这也是科斯卡最能理解的状况。

"不得不说,我多少有些……担忧。"弗斯卡紧张地清了清喉咙,"我知道你从感情上一直很讨厌我父亲。"

"感情。哈。"科斯卡不赞同地挥挥手,"年轻时我是会感情用事,但我付出好多惨痛的代价,早已学会保持头脑冷静。我和你父亲是有过纠葛,然而我首先是一名雇佣军人,让个人感情影响职业操守,这完全是犯罪行为。"

"听听,听听。"维克图极力做出谄媚表情,比平常更让人厌恶。

"我最亲信的三位队长。"科斯卡装腔作势地用帽子扫过三人,"当初可是彻底背叛我,拥戴蒙洛卡托上台。按斯皮奈人的说法,他们把我操得太狠了。太狠了啊,殿下。如果我想报仇,就该先拿这三坨臭气熏天的大便开刀。"说完科斯卡轻笑起来,接着那三人也笑了,若有若无的尴尬气氛瞬间烟消云散。"但我们需要彼此,所以我既往不咎,更不会对您父亲耿耿于怀。要知道,报仇带不来美好的明天,人生的天平不应当只有……一种砝码。所以您无需担心那些宿怨,弗斯卡世子,我再次声明自己是个雇佣军人。我签下合约,收了钱,完完全全是您的人。"

"您真是宽宏大量,科斯卡将军。"

"应该说我很贪婪,不过这两者虽然形式不同,效果是一样的。好啦,让我们享用晚餐吧。先生们,谁想来一杯?昨天在上游的庄园里搞到一箱极品葡萄酒,并且——"

"我们最好在喝酒前先讨论战略。"里加特上校尖锐的声音像一把锉刀锉在科斯卡敏感的后槽牙上。上校脸尖、嗓子尖、为人更尖刻。他年近四十,穿着服帖的制服,原是加恩马克将军的副手,如今成了弗斯卡的副手,大抵可算作塔林军方的智囊。"就是现在,趁大家脑子还在。"

"相信我,年轻人。"尽管他并不年轻,但科斯卡甚至不把他当男人看待,"我的脑子一直都在。你有计划了?"

"是的!"里加特浮夸地取出指挥棒,友好同时踏出最近的橄榄树下,双手摸向武器。科斯卡微笑着摇摇头,让他退回阴影中。其他人毫无察觉。

科斯卡当了一辈子雇佣军人,仍不明白发明指挥棒的真义。它不能杀人,可以说毫无威胁性。你没法拿它钉帐篷,没法拿它煎肉,没法拿它串烧,或许能用来挠背上够不到的犄角旮旯?用来爆菊?又或许只为了让傻瓜看起来更像傻瓜?如果是这样,他觉得当里加特自鸣得意地用指挥棒指指点点时,这根细棒很好地完成了任务。

"苏尔瓦河有两处浅滩!分别在上游……及下游!下游浅滩更宽阔,便于通行。"上校指向尘埃弥漫的帝国大道与河流交汇处,在那里,波光粼粼的河水从和缓倾斜的峡谷底部流出。"上游浅滩距此约一里,每年这个时节也能通行。"

"你说有两处浅滩?"谁都知道这里有两处浅滩。科斯卡本人曾风光无限地从其中一处经过,接受斯芬妮女公爵及其臣民的祝贺,当晚那个婊子想毒死他时又从另一处逃跑。科斯卡从夹克口袋里掏出坑坑洼洼的酒壶——便是马维尔在斯皮奈扔给他的那个——起开壶盖。

里加特尖锐地瞪了他一眼:"我认为大家都认同,喝酒要等讨论完战略以后。"

"是你认同,我可没答应。"科斯卡闭上眼,深深吸了口气,举起酒壶痛饮一口,接着又一口。冰凉的液体充斥口腔,滋润着干渴的喉咙。一杯,一杯,来一杯。他叹口气。"夏夜里要能来一杯是最舒服的。"

"我可以继续了吗?"里加特强忍着不耐烦问。

"当然,孩子,慢慢讲。"

"后天黎明时分,你带领千剑团渡过下游浅滩——"

"带领?你要我在前线领队?"

"不然指挥官要在哪里?"

科斯卡和安迪齐交换了个"此人不可理喻"的眼神。"除了前线的任何地方。你打过头阵吗?那个位置的死亡率可是很高。"

"相当高。"维克图确认。

里加特咬着牙。"随便你从哪里带领,总之千剑团自下游浅滩渡河,我军还将分拨厄崔尼和色西莱的盟军支援你。洛根特公爵别无选择,必将全力迎战,以求趁你渡河时抓住战机。你与他交战后,我们塔林正规军杀出藏身地,迅速渡过上游浅滩,猛攻其侧翼,就这样——"他用指挥棒一敲掌心,发出一声脆响。

"拿这根棍子戳他们?"

里加特没笑。科斯卡不禁怀疑他有没有笑过。"我们用武器,先生,用武器!我们会让他们溃不成军,落荒而逃,彻底终结这可恶的八城联盟!"

长久的沉默。科斯卡皱眉看着安迪齐,安迪齐也皱眉看着他,塞萨利和维克图摇头看着彼此。里加特不耐烦地用指挥棒敲打大腿。弗斯卡世子又清了清喉咙,紧张地扬了扬下巴。"科斯卡将军,你意下如何?"

"嗯。"科斯卡阴郁地摇头,望向远处波光粼粼的河水,眉毛拧成一团,"嗯。嗯……"

"嗯……"维克图用一根手指轻点紧闭的嘴唇。

"哼……"安迪齐鼓起两腮。

"呼……"塞萨利的反对声很低。

科斯卡摘下帽子,挠了挠头,又重新戴好,轻轻捋了捋上面的羽毛。"嗯……"

"这是不赞同的意思?"弗斯卡问。

"竟被您看出顾虑了吗?我真是不擅掩饰。可……本着一位军人的良心,我不认为千剑团适合您指派的任务。"

"他不认为。"安迪齐说。

"很不适合。"维克图道。

塞萨利则像座沉默的大山一样表达反对。

"给你们那么多钱,不就是让你们参战的吗?"里加特质问。

科斯卡笑道:"千剑团当然会参战,你大可放心!"

"他们会战斗,每个人都会!"安迪齐宣称。

"像魔鬼一样战斗!"维克图补充。

"但作为团长,我关心的是怎样让团员更好地发挥作用。考虑到他们在短时间内接连失去两位领袖……"他垂下头,深表遗憾,活像他自己不是最大受益者。

"蒙洛卡托和忠臣。"塞萨利叹口气,活像他自己不是他们倒台的最大推手。

"他们现在只适合执行支援任务。"

"还有侦察任务。"安迪齐哀恸地说。

"以及清扫侧翼。"维克图低声道。

"他们的士气尚处于相当低的水准。他们确实收了钱,但钱并非驱使人拿命冒险的最佳动力。"尤其对雇佣兵。"让他们投身混战,和身陷绝境的顽强敌人正面对决……我当然不是说他们坚持不住,但……哎……"科斯卡打个冷战,慢慢抓挠脖子,"谁说得准呢?"

"我早听说你喜欢避战,这次不会又要如此吧?"里加特语气不善。

"什么……避战?你随便找人问问,我可是猛虎下山!"维克图笑得喷了条鼻涕,科斯卡权当没看见,"我说的是用正确的工具完成正确的任务。砍树不能用细剑，要用斧头，这点白痴都清楚。"上校张嘴想反驳，但科斯卡顺水推舟说了下去，"说句心里话，你这计划本质上很不赖，如果要我以军人对军人的方式表态，毫无疑问，我表示支持。"里加特愣住了，不知自己是否被科斯卡耍了——当然，确实如此。

"但更明智的做法，是你们塔林正规军在厄崔尼和色西莱的盟军支援下渡过下游浅滩，迎战奥斯皮亚军。你们刚经受威斯尼亚和普兰提的考验，可谓屡战屡胜、士气高涨、状态极佳。"他朝河的方向一挥酒壶——他觉得这东西比指挥棒强多了，后者又不能喝，"千剑团更适合藏身高处，等待战机！届时一举渡过上游浅滩，以迅雷不及掩耳之势从后包抄敌人！"

"攻打敌人的最佳位置。"安迪齐低声道。维克图偷笑。

科斯卡耀武扬威地一挥酒壶。"这样安排，你们一往无前的勇气和我们汹涌澎湃的激情都将各得其所。歌谣属于大家，荣誉属于大家，历史属于大家，奥索必将登基为王……"他优雅地朝弗斯卡鞠了一躬，"而您，殿下，将成为货真价实的继承人。"

弗斯卡皱眉看向浅滩。"嗯嗯，是的，我明白。只不过——"

"那我们说定了！"科斯卡伸手搂住世子的肩膀，拉他往帐篷走。"斯多里克斯不是写过吗，伟人总是同向而行？我相信这个道理！让我们一起向晚餐前行吧，朋友们！"他伸出一根手指指点幽暗的群山和夕阳下闪光的奥斯皮亚，"我敢说，我饿得能把这座城吃下去！"

回去的路上，一行人沉浸在欢声笑语中。

政治
Politics

摆子坐着喝闷酒。

洛根特公爵的餐厅极为宽敞,他从没在这么大的地方喝过酒。之前奥苏那对他夸耀斯提亚到处是高楼大厦时,他想的就是这样的建筑,而非塔林那些腐朽的码头。这餐厅足有贝斯奥德在卡莱恩的大厅的四倍大、三倍多高,墙壁由白色大理石砌成,以蓝黑条石分隔,其间装饰着褪色的金色条纹和雕刻出的叶子与藤蔓,而常春藤攀着石墙蜿蜒而上,真实的植物和雕刻的植物混在一起,影影绰绰中真假难辨。城门般大的窗子敞开着,温暖夜风习习吹来,上千盏橙黄的灯笼被吹得摇曳生姿,给这里的一切都罩上一层朦朦胧胧的微光。

这是充满威严与魔力的场所,应当是由神灵建造,巨人居住。

然而这里的居民与那两者相去甚远。女人们穿着华而不实的衣装,精心打扮,满身珠翠,涂脂抹粉,为的是看上去比实际更年轻、更纤弱、更富有;男人们穿着颜色鲜亮、领口有蕾丝装点的夹克,腰挂小小的镀金匕首。刚看见摆子时，他们粉饰装扮的脸带着淡淡的嫌恶，只当他是块腐肉，而后他把左脸朝向他们，他们纷纷露出惊恐表情——这让他感到七分邪性的满足和三分对自己的嫌恶。

每场宴会，似乎总有个愚蠢、丑陋、刻薄的讨厌鬼，仿佛跟每个人都有深仇大恨，只顾放纵狂饮，搅得大家不得安宁。今晚这个人就是他，他也的确入戏。此时他咳出口痰，大声吐在光亮的地板上。

邻桌一个穿明黄色燕尾服的男人看了过来，撅起的嘴唇微带轻蔑。摆子朝他倾身，手里刀子的刀尖在抛光桌面上划动。"这位穿尿黄衣服的小兄弟，对我有意见？"那人脸色发白，一言不发地转回身，重新面对自己的朋友。"一帮胆小鬼。"摆子大口喝干杯里的酒，响亮地沉声吼道。他说得很清楚，三桌以外都能听见。"妈的，没一个有骨气！"不知狗子会如何看待这帮只会傻笑的花蝴蝶，三树鲁德或黑旋风又会怎么看。想到这里，他不禁冷笑一声，随即又想到自己何尝不是个笑话。毕竟他也在这群人中间，吃着他们施舍的食物，身边没一个朋友。至少看上去没有。

他阴沉地盯着餐厅尽头台子上的高桌。洛根特坐在贵客们中间，喜气洋洋，仿佛他是夜空中闪耀的明星。蒙扎坐在他身旁，从摆子的位置看不真切，尤其考虑到他心情过于不爽，也喝了太多酒。但无论如何，他觉得蒙扎在笑，并且笑得很开心，多半是因为终于摆脱了他这个独眼的跑腿小弟。

这位审慎的殿下确实长得俊，再怎么说，两只眼睛健全。摆子很想把那张光滑又得意的脸揍得开花。最好用锤子，好比蒙扎敲碎戈巴的脑袋，直接用拳头也行，打烂他的头颅，捣成鲜红的肉酱。他紧握刀子，力道大得整条胳膊都在抖，脑海里幻想出那些疯狂的计划，每个血腥的细节都浮现出来。他要让这帮人好看，他要让洛根特痛哭流涕地哀求，最后，当他想到要让蒙扎重新回到身边时，手里的刀柄快被捏变了形。他一直用那只皱紧的眼睛,恶狠狠地瞪着他俩。

他心头涌起无尽的愤恨,觉得他俩在嘲笑他,但又清楚这是自作多情。他哪里值得嘲笑?这念头让他更加生气。毕竟,他还有他的自尊,他死死抓着这份自尊,就像要溺死的人死死抓着最后一根稻草。他救了她这么多次,她就把他当成累赘的残废?他多少次为她甘冒奇险?他还累死累活爬了这么多台阶,爬到这劳什子山上,最后落得被众人奚落的下场。

他从桌面划出的裂缝中拔出刀子。这刀是蒙扎和他初遇时送他的。那时他还有健全的双眼,双手也比现在干净得多。那时他还想彻底放下杀戮,做个好人。

那时的自己,如今看来已经太陌生了。

蒙扎坐着喝闷酒。

她最近没心情品尝食物,没心情庆祝,更没心情虚言应酬,所以洛根特举办的这场最后的晚宴对她来说简直是噩梦。本纳很擅长应付这些宴会和典礼,他要在场肯定能兴高采烈地踏脚跳舞,欢声笑语,和最差劲的人也勾肩搭背。若他能寻到片刻余暇没沉醉在鄙视他的人们对他的恭维声中,他会靠过来,安抚地摸摸她的手臂,在她耳边笑着低语,轻咬她的耳朵。而她只能做出凶狠的咧牙表情,却无法阻止。

她头疼欲裂,用硬币修补过的地方阵阵抽搐,而餐具发出的文雅碰撞声像敲钉子一样直往脑子里钻。自把忠臣留在磨坊开始,她的肚子就犯恶心,此刻强忍着才没吐到洛根特身上,玷污了那件金线刺绣的洁白外套。

他带着得体的关心靠了过来。"蒙洛卡托将军,你为何如此忧心忡忡?"

"忧心忡忡？"她压住上涌的胃酸，"奥索的军队就要到了。"

洛根特轻轻转动高脚杯杯脚。"我听说了，对方还有你曾经的导师尼科莫·科斯卡倾力相助。千剑团的斥候已抵达孟席斯山丘，正观察浅滩的状况。"

"这回你没法再拖延。"

"看来是这样。我的宏伟蓝图貌似将归于尘土，人类的野心大抵如此。"

"你确定灭亡的前夜值得庆祝？"

"等灭亡之后恐怕就没机会了。"

"呵呵。"说得真对，"说不定你在指望神迹显现呢。"

"我从不相信神会管人间的闲事。"

"不相信？那他们为什么在这儿？"蒙扎扬了扬头，示意紧挨高桌落座的一群戴祭司圆帽的白袍古尔库人。

公爵瞥了瞥他们。"噢，他们可不是我的精神支柱，而是先知卡布尔的密使。奥索公爵拥有背后由银行撑腰的联合王国作盟友，我也得有自己的盟友。要知道，古尔库皇帝都得在先知面前屈膝。"

"每个人都有不得不下跪的时候，呃？等这些祭司把你的头颅插在枪尖上的消息带回南方，皇帝和先知多半要互相安慰一番。"

"他们很快就会释怀，因为斯提亚对他们来说不过是细枝末节。我敢说他们已在准备下个战场了。"

"我听说了，斗争永无休止。"她干了杯中酒，把酒杯"哐当"扔到木桌上。这或许是全奥斯皮亚乃至全世界最好的葡萄酒，但她只觉得恶心。这里的一切都让她恶心。她的人生就是一坨屎，一坨立不住、刮不净、臭气熏天的屎。美酒在她舌尖只留下锯木屑般的味道，口腔和牙齿都很不适应，更令她清晰地感到屁股的酸痛。一个戴着香喷喷的假发的马脸侍者优雅地走到她身后，从很高的位置将酒倒进她的空杯子，他们仿佛认为酒液在空中划出的轨迹越长，酒就会越好喝。倒完之后,他从容地后退——后退的确是奥斯皮亚人的特质。

她端起杯子。由于抽过大烟,所以手不会抖,但大烟的效果仅此而已。她只祈祷醉意赶紧到来,那种失去理智、丢人现眼、头昏眼花的大醉能让她摆脱痛苦。

她边喝酒边缓缓扫视席间这帮奥斯皮亚最富有也最没用的市民。一旦认真观察,你会发现这场宴会只是暴风雨前的平静,大家都处在歇斯底里的边缘。他们喝得太多,说得太快,笑得太夸张,没什么比大难临头更让人无所顾忌。对蒙扎而言,洛根特即将迎来的溃败带给她的唯一安慰,就是一大帮蠢货也会跟着他失去所有。

"我非得坐在这儿吗?"她咕哝着问。

"总得有人坐在这儿。"洛根特懒洋洋地看了看一旁少女模样的阿非奥女伯爵科塔妲。"瞧啊,高贵的八城联盟几乎成了二城联盟。"他靠近了些,"说句心里话,我的确考虑过现在退出算不算迟。一个可悲的事实是,今晚的座上贵宾着实有点零落。"

"所以我成了你拉拢人气的展品,以挽回日益凋零的威望?"

"你的确是个非常迷人的展品,但我向你保证,诋毁我威望的都是无耻谰言。"这话并没让蒙扎心情振奋,反而让她觉得好笑,但最终她只倦怠地嗤了一声。

"你该吃点东西。"他用叉子指了指她几乎没动的盘子,"你太瘦了。"

"我犯恶心。"她不仅恶心,而且残废的右手几乎握不住刀。"一直恶心。"

"真的?你吃坏了肚子?"洛根特叉了块肉送进嘴,放松得像个周末度假的旅客,"还是干了什么?"

"或许是因为陪我的人。"

"这也不奇怪。我姑姑斯芬妮总说我让她犯恶心。她是个老犯恶心的女人，你这样子让我联想到她：心肠狠，能力强，意志坚定如铁，肠胃却不够健康。"

"抱歉，让你失望了。"死者知道她对自己有多失望。

"我？你放心，我毫无失望。毕竟我们都不是石头做的，呃？"

石头做的该多好。蒙扎又灌下一口酒，阴沉地盯着杯子。仅仅一年前，她对洛根特只有鄙视，她还记得自己、本纳还有忠臣一起嘲笑他是多么懦弱的一个人，多么阴险的盟友。现今本纳死了，她为报仇杀了忠臣，然后像个任性的孩子投奔富有的叔叔一般躲到洛根特帐下。虽是个自身难保的叔叔，但也聊胜于无。

她勉强抬头看向长桌尽头的右侧，看向独坐在那里的摆子。

残酷的真相是，他最让她恶心，哪怕站在他身边都需要下定决心，更别说碰他了。这不只是因为他毁容的脸——她已习惯了他吓人的面孔，也能几无破绽地装作不以为意——真正让她难受的是他的沉默，而从前她简直无法让他住嘴。他的沉默饱含着她亏欠他的东西，她仿佛总能看见那只令人直视的瞎眼，听见他在她耳边低语"本该是你"，并且她心知他说得对。他偶尔开口时，不再提及干点好事，不再想做个好人。她难道不该为赢得彼此的争论而开心吗？从前她总想说服他，但如今她觉得自己把一个还算正直的男人变成了一个尚未成型的魔鬼。她不仅腐化了自身，还腐化了触碰的一切。

她本该感激摆子。所以当她意识到是摆子让她恶心时，她更冷更恶心了。

"我在浪费时间。"她嘶声道，似乎在冲酒杯说话。

洛根特叹口气："我们都在浪费时间，人类统统在寻找以不那么悲惨的方式，来度过可悲的死亡前的凄凉时光。"

"我应该离开这里。"她试图握紧戴手套的右手，却痛得钻心，"另找法子……杀奥索。"她太累，连说出这番话的力气都快没了。

"为了报仇？你真这么想？"

"为了报仇。"

"我可不能让你就此离开。"

她没精神斟酌字句:"你究竟留我下来干吗?"

"我留你干吗?"洛根特的笑容消失了片刻,"我不能再拖延,蒙扎萝。很快,兴许就在明天,大战在所难免,那将是一场决定斯提亚命运的决战。此时此刻,有什么比斯提亚最伟大的战士的建议更有价值呢?"

"有建议我会告诉你。"她嘀咕。

"况且你还有许多朋友。"

"朋友?"她想不起哪个朋友还活着。

"塔林人仍旧爱戴你。"他扬起眉毛,看着下首的宾客,其中一些人看向蒙扎时仍带着淡淡的敌意,"当然,你在这里不太受欢迎,但这正好印证我的观点。毕竟,一群人心目中的英雄,就是另一群人心目中的魔头。"

"他们以为我死了,他们不关心细节。"她口无遮拦地说。

"正相反,我的间谍正在市民中制造舆论,宣传你奇迹般的生还。十字路口贴满了质疑奥索的告示,指控他对你的谋杀,并宣称你即将胜利归来。相信我,人们对自己从没见过的伟人总是怀着无尽的热情。不出意外,这种热情会让他们对奥索越来越不满,终至变乱发生。"

"这就是政治,呃?"她将杯中酒一饮而尽,"可当敌人兵临城下,这些微不足道的小动作又能如何呢?"

"该做的总要做嘛。在战争和政治两方面,你都是有价值的棋子。"他恢复了笑容,而且笑得更灿烂,"何况,一个男人想要一个聪慧而美丽的女人留在身边,需要其他理由吗?"

她不高兴地看了他一眼。"操你自己去。"

"不得已的话也会如此。"他径直盯着她,"但我更希望有人帮我。"

※

"你看上去很痛苦。"

"呃？"摆子的视线从那对恩爱的狗男女身上移开，"啊。"有个女人在跟他说话，"哦。"她看上去挺顺眼，堪称光彩夺目……紧接着，他发现周围的一切都光彩夺目，原因自然是他喝得烂醉。

但她还是和别人不同。颀长的脖颈戴着红宝石项链，白色长裙随意搭在身上——在西港他见过不少黑人女性穿成这样，但她却很白。她站立的姿势很放松，浑身上下没一处显得拘谨，而她的笑容很开放，他几乎要跟着笑起来。这可是好久以来的第一次。

"这儿有空位吗？"她用带联合王国口音的斯提亚语问。她跟他一样是外国人。

"你想坐……我旁边？"

"不行吗？你有传染病？"

"我走背运，真得了也不奇怪。"他特意将左脸朝向她，"不过光这点就足以让大家远离我了。"

她朝他的脸庞看了一眼，收回目光时笑容丝毫不减。"每个人都有伤疤。只不过有些人的伤疤在外面，有些人——"

"但心里的伤疤不会造成毁容，呃？"

"人们往往高估了容貌。"

摆子缓缓地上下打量她，暗自赞叹。"你说得轻松，因为你容貌出众。"

"过奖。"她鼓了鼓两腮，环视大厅，"这帮人没一个夸过我。我发誓，你是这里唯一诚实的人。"

"别当真。"但他咧嘴笑了。被漂亮女人恭维，无论如何不算坏事，毕竟，他还有他的自尊。她朝他伸出一只手，他愣了愣。"你要我吻它，是吧？"

"你乐意的话。它又不会化掉。"

它又软又滑,完全不像蒙扎的手——疤痕累累,硬若皮革,还跟有外号的人的手掌一样长满老茧,更别提她另一只被手套包裹的手,好比扭曲的蓖麻根。摆子的唇印上女人的指节,嗅到一丝让人神魂颠倒的幽香。像是花香,个中气息令他呼吸急促。

"我是,呃……摆子考尔。"

"我知道。"

"你知道?"

"我们见过,虽然很匆忙。我是卡萝特·唐·埃泽。"

"埃泽?"他想了一会儿,方才想起一张迷雾中若隐若现的面孔。她是斯皮奈那个穿鲜红大衣的女人。阿里欧世子的情妇。"你是被蒙扎——"

"殴打、威胁、摧毁、抛弃等死的女人?那就是我。"她蹙眉看向高桌,"你叫她蒙扎?不只叫名字,而且还是昵称。你们一定相当亲密。"

"很亲密。"但早就没有在威斯尼亚那么亲密了,没他失去眼睛以前那么亲密了。

"可她高高在上,旁边是洛根特大公爵,你却坐在这里,旁边是乞丐和人渣。"

她正说中他的念头,不由得再次引燃他心头的火气。他强压怒火,试图转移话题。"你怎么来这儿了?"

"斯皮奈那场屠杀后,我走投无路。奥索大公爵出高价悬赏我项上人头,过去三个月,我每天都心惊胆战。"

"哈,这感觉我懂。"

"那么请接受我的同情。"

"死者知道我有多缺乏同情。"

"你大可将我的同情统统拿去,如果管用的话。你跟我一样,不过是这场龌龊的小游戏中微不足道的角色,是吧?而你失去的比我还多。你的眼睛，你的容貌。"

她没动，却仿佛离他更近了。摆子耸起肩膀。"差不多吧。"

"我是洛根特公爵的老相识。他是个不太可靠却相当英俊的男人。"

"差不多吧。"他咬牙切齿地说。

"眼下我只能托身于他，尽管这让人难堪，但也算能换得安全。可他现在似乎有了新消遣。"

"蒙扎？"整晚的心理斗争让他脱口而出，"她不会做那种事。"

卡萝特·唐·埃泽难以置信地嗤笑道："是吗？一个阴险狡诈、血债累累的骗子不会为达目的不择手段？难道不是她背叛了尼科莫·科斯卡，窃取他的地位？你以为奥索公爵为何要杀她？她接下来必然窃取公爵之位。"酗酒让他神志不清，他无言以对。"她为何不能利用洛根特？难道她还会爱上什么人不成？"

"不。"他嚷道，"不对……我怎么会知道——妈的，不对！你在胡搅蛮缠！"

她一只手按住白皙的胸脯。"我胡搅蛮缠？人们称她为塔林的毒蛇是有原因的！蛇只爱自己！"

"随你怎么说。她在斯皮奈利用了你。你恨她！"

"我的确不会为她的尸体洒一滴眼泪，而谁能干掉她我都会心存感激，甚至以身相许。但我不会为此撒谎。"她放低声音，几乎凑到他耳畔，"你知道蒙扎萝·蒙洛卡托为何被称为卡普亚的屠夫？他们杀了那里的孩子。"他几乎感到她的呼吸喷在他身上，她靠得这么近，令他浑身起了鸡皮疙瘩，怒火和欲望纠缠，愈演愈烈。"那是谋害！在大街上公然谋害！据我所知，她甚至背着她弟弟偷人——"

"呃？"摆子真希望之前少喝点，现在他觉得整座大厅都在旋转。

"你不知道？"

"知道什么？"一股奇怪的感觉涌上心头，混合着好奇、恐惧和厌恶。

埃泽一只手抚在他胳膊上,身体靠了过来,他又闻到那种气息——香甜、迷幻,还有些恶心。"她是她弟弟的情人。"最后两个字她压低嗓门,刻意拖长声调。

"什么?"他伤疤累累的那边脸烧得厉害,像被猛扇了一巴掌。

"他们是情人,同床共枕,堪比夫妻。他们经常做爱。这些都不是秘密,随便问谁都知道。要不你直接问她。"

摆子只觉呼吸困难。他早该知道,原本的诸多困惑终于有了答案……不,或许他早就清楚,只是到头来仍然觉得被戏弄、背叛和嘲讽,活像一条从溪里钓起的鱼,只能干张着嘴。他为她牺牲那么多,他为她失去那么多……怒火在他心中熊熊燃烧,他几乎难以自持。

"闭上臭嘴!"他甩开埃泽的手,"你以为我不知道你是故意刺激我?"不知不觉间,他已从长椅上起身,居高临下看着她。大厅摇摇晃晃,模糊的光线和脸庞围着他转圈。"你当我是傻子吗,臭女人?你当我什么都不懂?"

她没退缩,反而上前一步,几乎贴住他,眼睛睁得像餐盘那么大。"我当你是傻子?你又没为我牺牲!是我刺激你的吗?是我当你什么都不懂吗?"

摆子的脸烧得滚烫,血液在脑袋里涌动,几乎要挤出残废的眼睛。他发出窒息的叫喊,只因怒火勒紧了喉咙。他向后退去——要不然就得当场掐死她了——撞在侍者身上,打翻了银托盘,酒杯酒瓶摔碎在地,葡萄酒洒得到处都是。

"先生,我十分——"

摆子左手握拳,狠狠打在侍者肋下,那人还没倒地,脸上又挨了摆子右手一拳。这家伙撞到墙壁,然后仰面朝天滑倒在满地玻璃碎片中。摆子手上沾了血。不仅有血,指缝间还夹着一颗白色牙齿,而他心里最想做的，无过于跪在这家伙旁边，拎起脑袋掼向装饰精美的墙壁，直到脑浆迸裂。他差点就这么干了。

但最终他转身离去，深一脚浅一脚地走了。

时间如此难熬。

蒙扎背对摆子，侧身紧贴床沿躺着，在不滚到地上的前提下，尽量离他远些。第一缕晨光爬进窗帘缝隙，给屋里染上脏兮兮的灰色，酒劲已过，剩下更严重的恶心、疲惫和绝望。海浪拍打肮脏的海滩，但海滩并未被冲洗干净，浪涛只是毫无作为地退去，还留下一大摊臭鱼烂虾。

她想象本纳会说些什么、做些什么，好让她舒服。但无论她怎么用力，也想不起他的声音，他就这样渐渐褪色，还带走了她最好的部分。很久以前，她觉得他只是个瘦小、病弱又无助的孩子，需要她照料；后来她视他为成熟的男人，与他说笑着骑马前往丰特萨莫宫，但他还是需要她照料。她还记得他眼睛的颜色和嘴角的笑纹，只是他的笑容已一片模糊。

相反，清晰浮现在她眼前的，是她杀的那五个人血淋淋的面孔。戈巴，用肿胀破碎的手掌笨拙地够向友好的金属丝；马修斯，犹如仰面倒地、疯狂挣扎的木偶，嘴里吐出粉红血沫；阿里欧，手捂黑血喷涌的脖子；加恩马克，挂着哀伤的笑容，被斯多里克斯的巨剑自后背刺个对穿；忠臣，不比她坏的他浑身滴水，被水车吊到空中。

不，不仅有她杀的那五个人，还有她没杀的两个人：生气蓬勃的小弗斯卡，刚刚长大成人；奥索，把她当女儿一样宠爱的奥索大公爵。

蒙扎啊蒙扎，没有你我该怎么办……

她掀开毯子，抬起汗淋淋的腿，套上裤子。天气这么热，她却在颤抖，宿醉带来的头痛阵阵涌来。

"你干吗?"摆子沙哑的声音传来。

"去抽烟。"她的手指抖得好厉害,连灯都快点不着了。

"少抽点,你说呢?"

"怎么想是一回事。"她摸索着找到大烟,残废的手指每个动作都那样痛,"怎么做是另一回事。"

"现在还没天亮。"

"那就睡你的。"

"操蛋的恶习。"他在床的另一边坐了起来,宽阔的后背朝外,偏着头好用完好的那只眼睛的眼角打量她。

"你说得对,或许我该换种恶习,比如打掉侍者的牙齿。"她抽出匕首,将大烟块一片片削进烟斗,碎屑到处飞散,"洛根特对你印象不好,你知道吗?"

"我记得不久前,你对他也没什么好印象。看来你对别人的印象真是像风一样忽大忽小、忽左忽右啊,是吧?"

她头痛欲裂,不想和他说话,更不想争吵。但有时人就是非要互相伤害。"你有什么不满?"她没好气地回嘴,尽管她心里十分清楚他的不满所在,且丝毫不想听他回答。

"你在想些什么?"

"你知道我有自己的麻烦。"

"你把我扔下了!"

她立刻针锋相对。"什么意思?"

"昨晚!我和那些流氓杂碎坐在一起,你却志得意满地和迟到的公爵坐在一起!"

"你以为我他妈乐意坐那里?"她嗤笑一声,"他把我放在旁边作为装点,仅此而已。"

一阵沉默。他转开头,缩起肩膀。"算了。想来我连当装点也不配了。"

她身体一颤,动作笨拙,心烦意乱。"洛根特能帮我报仇,仅此而已。弗斯卡带着奥索的大军就在城外。弗斯卡就在城外……"他必须死,无论付出什么代价。

"报仇,呃?"

"他们杀了我弟弟。不用我解释,你清楚我的感受。"

"不,我不清楚。"

她皱起眉。"你哥哥呢?你不是说血九指杀了他?我以为——"

"我恨我该死的哥哥。他们说他是斯凯林再世,其实他是个混蛋。他的确教过我怎么爬树、怎么钓鱼,还把下巴抵在我头上,冲我嘻嘻哈哈,但这是我爹在场的时候;我爹走后,他会一下下踢我,踢得我喘不上气,然后指责我害死了我娘,因为我的出生。"他声音平板,不带一丝怒气,"当我听说他死了,恨不得哈哈大笑,但我还是哭了,因为其他人都在哭。我发誓替他报仇,因为这是规矩,不是吗?我不能不合规矩。说真的,得知血九指把我那混账哥哥的人头插在旗杆上时,我心中五味杂陈。我是该恨血九指这么做,还是该恨他夺走了我这么做的机会?或者为他帮了我而亲吻他,就像你亲吻……那样吧……"

她有点想起身回到他身旁,将手搭在他肩上。但没等她行动,他眯起那只独眼冰冷地看向她。"你肯定清楚那份感受。亲吻弟弟的感受。"

鲜血霎时上涌,她脑子一片混乱。"我跟我弟弟关你屁事!"她清醒过来时,发现自己握着匕首正要捅他,赶紧把武器扔到桌子对面,"我从不为自己辩白,更不会为一个雇来的杀手而改变!"

"这就是你心目中的我,是吧?"

"还能怎样?"

"在我为你做了那么多以后?在我为你失去了那么多以后?"

她打个寒战,手抖得前所未有的凶。"我给你的钱可不少,不是吗?"

"给我的钱?"他身体前倾,指着脸庞,"我的眼睛值多少,你这残忍的贱货?"

她发出扭曲的咆哮,腾地从椅子上跳起,抓住灯笼,转身背对他走向阳台。

"你去哪儿?"他的声调突然软下来,似乎知道自己说得太过了。

"你这蠢货,在我翻脸前收起你的自怨自艾吧!"她猛推开门,踏进冰冷夜色。

"蒙扎——"他瘫坐床上,表情悲伤至极——至少能露出表情的那侧脸是这样:破碎、绝望、凄凉,假眼却看着其他方向。他看上去就快哭了,几近崩溃的他正乞求她的原谅。

然而她狠狠摔上门,抓住了他给她提供的借口。比起面对他时泛起的无尽内疚,她情愿承受背对他带来的一时惭愧。这要轻松得多。轻松得多得多。

阳台上的风景令人屏息凝神,堪称绝美。奥斯皮亚在脚下远处,蜿蜒相接的铜屋顶连成疯子的迷宫。城市的四个部分均有坚固的城墙和塔楼保护,高墙之后,白石砌成的古老建筑高耸入云、鳞次栉比。这些建筑有狭长的窗户,装饰着黑色大理条石,陡峭的台阶紧贴墙壁,建筑之间是曲折回环的千步小巷,幽深昏暗宛如山间溪谷。几盏灯笼从窗后透出零星的微光,哨兵摇曳的火把在城墙上缓缓移动,除了这些,便只有苏尔瓦河流出群山的暗影时泛起的粼粼波光。在对面丘陵高处、黑天鹅绒般的夜幕下闪烁的那些光点,或许便是千剑团的营火。

这里不适合恐高的人。

但蒙扎没空关心这个,她只想逃离所有麻烦。她缩进阳台深处的角落,贪婪地抱紧灯笼与烟管,好像快冻死的人攫住最后一丝火种。她咬紧烟嘴,颤抖的双手瑟缩着戴上兜帽,倾身向前——

一股邪风吹过阳台，将她油腻的头发卷进眼里，灯笼的火苗跟着忽闪两下，灭了。她呆愣在原地，难以置信地看着熄灭的灯笼，浑身冷汗直流。当麻木的大脑逐渐恢复意识后，她完全不知所措。

没有火就抽不了烟，抽不了烟就无法逃避。

她跳起来，往栏杆边走了一步，用尽全身力气将灯笼扔向下面的城市。并不解气的她又仰头深吸了口气，抓住栏杆，倾身大叫，直到用尽最后一点力气。她要控诉那只翻滚下落的灯笼，控诉吹灭它的风，控诉脚下的城市，控诉对面的峡谷，控诉全世界和世界上所有人类。

远处，气势汹汹的太阳从群山后升起，将黑暗山脉上的天空染上血色。

不再拖延
No More Delays

科斯卡站在镜子前,最后一次检查蕾丝领口,调整五枚戒指,好让珠宝精准朝外,再将每一缕胡须都摆到满意的位置。据友好统计,他总共花了一个半小时用于准备,剃刀在磨刀皮带上磨了十二下,剪子修剪胡楂三十一次,下巴下面留了一道小口子,镊子拔鼻毛十三根,扣好了四十五颗扣子,挂上了四对钩眼,系紧了十八条皮带。"准备就绪,友好师傅。对了,我希望你出任本团首席军士。"

"我对战争一无所知。"只知它一片混乱,让他毫无方向。

"你无需知道任何事,就这样一声不吭、处处跟随我就好,必要时站出来支持并执行我的决定,其他时间看住你我的后背。要知道,这个世界充满背叛,我的朋友!当然,偶尔你要干些比较血腥的活儿,外加计算收支,清点人数、武器、杂费……"

这些正是友好在萨加姆手下的工作,在安全屋就开始干,出来了继续。"我能干这个。"

"你再适合不过,我毫不怀疑!不过能先帮我把这条皮带系好吗？该死的盔甲匠，我指天发誓，他就是为了让我不舒服。"他用拇指示意镀金胸甲侧面的皮带，一边挺直脊背、屏住呼吸、收紧肚子。"谢谢，我的朋友，你真是我的倚靠！我的港湾！我疯狂旋转时冷静的轴心！没有你我该怎么办？"

友好不懂这是个反问句。"该怎么办还怎么办。"

"不，不，不一样。虽然相识不久，但我总觉得……你我一见如故，彼此有种纽带。你跟我相像。"

友好时常恐惧每个不得不说出的字眼，恐惧所有新人物和新地点，只能靠不停数数，从早到晚的数方能缓解；科斯卡与此相反，他像随风吹落的花瓣，在人生旅途上轻松惬意，总是滔滔不绝、笑容常在，更神奇的是他能让周围人变得跟他一样，这种神奇的魔法堪比那个古尔库女人伊丝黎的凭空现身。"我们没一处相像。"

"你真是一针见血！我们是对立面，好比泥土与空气。我们都……缺了点什么……缺了其他人觉得理所应当的东西，那种能让人融入社会的齿轮。怎么说呢，这些缺陷让你我仿佛都只是半个正常人。"

"两个二分之一可以组成一整个。"

"完整得不能再完整！我从不是个靠得住的人——不，不，别急着否认。"友好没想否认，"但你，我的朋友，却是一成不变、心思单纯、表里如一。你……非常诚实……这让我也变得诚实了。"

"我一生中大部分时间在监狱度过。"

"你在那里，比法官更能将诚实散播到全斯提亚最危险的罪犯们心中，我深以为然！"科斯卡拍了拍友好的肩膀，"诚实人非常稀少，他们通常被当成罪犯、叛徒或疯子。归根结底，你的罪过不过是与众不同，是吧？"

"第一次是抢劫罪，关了七年。他们再次抓到我时，说我有八十四项罪名，包括十四桩谋杀。"

科斯卡扬起一边眉毛。"你确实犯了那些罪?"

"是的。"

他踌躇片刻,接着挥挥手,不再多想。"世上无完人,让我们忘记过去。"他最后捋了捋帽子上的羽毛,将帽子摆成喜欢的浮夸角度。"我看起来怎样?"

他脚踏尖头及膝黑皮靴,靴跟装饰着牛头形状的巨大金马刺;他的黑钢胸甲有繁复的涡旋;他上衣的黑天鹅绒袖管装点着明黄色丝带,斯皮奈蕾丝围成的袖口盖住手腕;他腰间的长剑带有华丽的金色穗带,另有匕首与之配套,只是悬挂位置相当低;他还戴着超大的帽子,黄色的羽毛几乎碰到天花板。"你像个被迫从军的皮条客。"

科斯卡展颜而笑:"正合我意!我们干活去吧,友好军士!"他大步走到门口,掀开帐帘,踏入明亮的阳光下。

友好紧跟在后。这已成为他的工作。

从他踏上大酒桶开始,掌声就响个不停。他之前要求千剑团全体军官来听他演讲,他们照做了,还毫不吝惜地给出掌声、叫喊、欢呼和口哨。联队长们在前,大队长们在后,小队长们挤在末尾。在大部分军队中,军官都是能力最强、形象最耀眼的那批人,个个风华正茂、出身高贵、英勇伟岸、胸怀大志,但雇佣军正相反。这里聚集的人在军团中待得最久,心肠最歹毒,最擅长背后捅刀,挖坟刨墓轻车熟路,逃跑技术更是一流。他们脑子里的志向少之又少,对拆台背叛却百无顾忌。换言之,他们都是小一号的科斯卡。

塞萨利、维克图和安迪齐在桶子前站成一排,轻轻鼓掌,他们三个无疑又是这群人中最黑、最狠的——当然,这要再次刨除科斯卡。友好站在后面不远处,双臂紧抱胸前,来回扫视人群。科斯卡琢磨他是不是在数人头。这几乎是能肯定的事。

"好了好了！好了！孩子们，我真受之有愧！你们的热情让我感动不已！"他挥手平息众人的奉承，周围陷入期待的沉默。各种各样的丑脸——带疤的、长满麻子的、晒黑的、病恹恹的——齐齐望向他，等他开口。这些脸上的表情都一样，带着土匪见到财物的饥渴。

"千剑团的英雄豪杰们！"他的声音回荡在温暖的清晨，"好吧，有点夸张，但我们至少可以说，千剑团的好汉们。哎，再简明扼要点，就好汉了！"零星的笑声响起，还有人吹起口哨，"孩子们，你们知道我的风格！许多人曾与我并肩作战……也就是没上过前线。"更多笑声响起。"没一起打过仗的也知道我……无可挑剔的名声。"大家笑得更欢，"总之，你们都清楚，我来自你们中间，我也曾是一名士兵！没错！一名战士，对极了！只是我喜欢和平，"他轻轻咳嗽几声，挠了挠胯下，"胜过动刀动枪！"他玩笑般拍了拍剑柄。"但这不代表我们不精通十八般武器、不擅长光荣地战斗！不代表我们是贵族脚边的哈巴狗！我们大家！我们都是身强体健的好汉！"他拍了拍塞萨利粗壮的胳膊，"智慧过人的好汉！"他指了指安迪齐油腻的脑袋，"渴望荣誉的好汉！"他又用拇指示意维克图。"这也不代表我们不会为赏金甘冒奇险！但风险总是越小越好，赏金当然越多越棒！"一时间欢声雷动。

"你们的雇主，年轻的弗斯卡世子，希望你们负责下游浅滩，在狭窄的战场上和敌人正面对决……"紧张的沉默。"但我断然拒绝！我告诉他，虽然他雇你们战斗，可你们对金钱的渴望远超对战斗的向往！"热烈的欢呼。"我们将在上游浅滩渡河，难度也会小得多！无论今天发生什么，无论战况如何演变，你们一定要记住……我和你们一样有一颗战士的心，我心里时刻记挂着大家的利益！"他边说边用拇指和食指做出数钱的手势，众人的欢呼越来越响。"我不会奢谈什么勇气、坚定、忠诚和荣誉，那是对你们的侮辱！我知道，你们在这些方面无可挑剔！"军官们哈哈大笑。"千剑团的长官们，出发吧！请你们召集各部，等待我的号令！愿幸运女神永远站在你我身边，毕竟她总是眷顾那些最不值得眷顾的人！愿黑暗带领我们走向胜利！愿我们毫发无伤！最重要的是——发财致富！"

欢呼声惊天动地。盾牌和兵器、锁甲或板甲包裹的胳膊、戴铁手套的拳头，全在空中挥舞。

"科斯卡！"

"尼科莫·科斯卡！"

"团长大人！"

他微笑着跳下桶子。军官们散了，塞萨利和维克图也随他们去布置军队——就是那些投机分子、罪犯和恶棍——准备行动。科斯卡大步流星地走到丘顶边缘，风景优美的峡谷呈现眼前，空中只有几缕薄雾。远方的奥斯皮亚骄傲地伫立于群山之畔，在晨光下更显华美，奶油色石建筑装饰着蓝黑条石，许多铜屋顶由于经年累月成了浅绿色，但也有一些近来经过翻修，耀眼地反射着阳光。

"讲得不错，"安迪齐说，"就战前动员而论。"

"谢了。所谓演讲就该这样。"

"如假包换。"

"啊，我的朋友，你见证了这么多团长来来去去。你该知道，一个人被推选上台后会有一段蜜月期，这期间他做什么说什么，在手下眼里都是对的，好比新婚妻子眼里的丈夫。唉，只是这不会长久。萨齐林、我、蒙洛卡托、倒霉的忠臣卡皮，新鲜感会迅速褪去，结局要么被背叛、要么被谋害。这次恐怕还是在所难免，所以我得努力工作，为未来积攒些人望。"

安迪齐咧嘴露出缺牙的笑容。"你可以为大家寻找个远大目标。"

"哈！"科斯卡坐进橄榄树树荫下的团长交椅，看着波光粼粼的浅滩，"去他妈的目标！都是借口。在所谓正义的驱动下，人会变得前所未有的愚蠢、残忍、恶毒和自私。"他眯眼盯着爬上浅蓝色天空、金光万丈的太阳。"正如我们在未来数小时将要见证的……"

洛根特抽出长剑，剑身发出一声轻吟。
"奥斯皮亚的自由民们！八城联盟的自由民们！同胞们！"
蒙扎扭头吐了口唾沫。演讲。与其浪费时间滔滔不绝，不如迅速出兵、猛烈进攻。若她有时间作战前动员，只能说明错失了战机，多半得准备撤退、寻找新的机会。人要有多自信，才会觉得一番话便能改变一切。

所以这对洛根特不足为奇。
"你们追随我，很久了！你们等待证明自己勇气的这一天，很久了！我必须感谢你们的耐心！感谢你们的勇气！感谢你们的信赖！"他从马镫上站起来，长剑高举过头。"今天，让我们奔赴战场！"

不可否认，这番场景看起来很壮观。他高大威武、面容英俊，黑色卷发在微风中轻舞。他的盔甲装饰着闪烁的宝石，武器打磨得非常光亮，让人难以直视。他的手下也毫不逊色：阵线中央是披盔戴甲的重步兵，铁护手握着密如森林的长枪和阔剑，所有人的盾牌和蓝外套上都绘有奥斯皮亚的白塔；两翼是穿镶钉皮甲的轻步兵，他们站得和手里的长矛一样笔直；后面则是戴钢盔的十字弓手和拉起兜帽的长弓手。右翼末端的阿非奥盟军多少破坏了大军完美的形象，他们的武器不称手，队列也不很整齐，但仍比蒙扎以前率领的雇佣军强得多。

等她转身看向后面的骑兵队，感觉又是一变：一条闪闪发光的队列站在奥斯皮亚外墙的阴影下，队列里的人都有好出身，个个精神抖擞。战马身披磨亮的马甲，骑士们的头盔样式各异，长枪绘有条纹，闪耀的枪尖随时准备建功立业。就跟无聊的故事书里描绘的一模一样。

她鼻孔里发出轻蔑的哼声，又吐了口唾沫。以她丰富的战斗经验看，光鲜干净的人总是最急于奔赴战场，但战场上最先逃跑的也是他们。

洛根特扯起嗓门，将华丽辞藻运用到新高潮。"我们脚下就是战场！多年以后，人们会说这是英雄奋战的场所！人们会说这是决定斯提亚命运的地方！这里，朋友们，这里是我们的土地！家园就在我们身后！伟大的奥斯皮亚的古老城墙！"热烈的欢呼从离他最近的军队中传来。蒙扎怀疑大部分人根本看不到他，即便能瞥见远处一个小小的剪影，对士气能有多少帮助？

"你们的命运掌握在自己手中！"他们的命运一直掌握在洛根特手中，却被他统统挥霍，如今主宰战局的是科斯卡和弗斯卡，他们大难临头。

"为了自由！"不如说是为了暴政。

"为了荣誉！"去河底的淤泥里寻找荣誉吧。

洛根特猛地一提缰绳，棕色战马人立而起，两条前蹄在空中踢蹬。然而那马却不理解这激动人心的时刻，趁机拉出几大坨屎。洛根特打马从步兵队列前跑过，他经过的每个连队都一起举枪向他致敬，同时高声呐喊。真是动人的场面，但蒙扎早已见惯不惊，并不因此看好他们的前景。毕竟，再优秀的演讲也不能弥补人数上一比三的劣势。

迟到的公爵放缓速度，走向她及自己的参谋团，也就是她在普兰提浴宫中戏耍过的那群衣着华丽的愣头青。他们终于要上战场，而非迎接检阅了。她不觉得他们对她有了善意，她也不在乎。

"讲得不错，"她说，"就战前动员而论。"

"谢了。"洛根特拨转马头，和她并肩而立，"所谓演讲就该这样。"

"如假包换。你的盔甲也不错。"

"年轻的科塔妲女伯爵送我的。"一群女士聚集在城墙阴影下的坡顶朝这边观望，她们穿着鲜亮的裙子，浑身珠光宝气，横坐在马上，似要参加婚礼，而非围观杀戮。科塔妲本人白如牛奶，身穿浅黄色丝绸礼服，她羞涩地挥了挥手，洛根特心不在焉地回礼。"她舅舅认定我们该结婚。当然，前提是我活得到婚礼那天。"

"一对年轻的爱人，我的心犹如小鹿乱撞。"

"尽可放下你的少女心，她完全不是我喜欢的类型。我喜欢……带刺的女性。不过这身盔甲的确是好盔甲，任何不带个人偏见的旁观者，都可能把我当成英雄。"

"哈，正如法郎斯写的，'绝望能将腐烂的面粉捏成英雄'。"

洛根特重重叹了口气："但我们没时间让我这团面粉发酵啦。"

"我还以为诋毁你发酵能力的都是无耻谰言……"她忽然在科塔妲女伯爵身旁的女士群中看见了熟悉的身影。那人穿得比其他人朴素，脖子颀长，举止高雅——她也看见了他们，便拨转马头，沿长满青草的斜坡走来。蒙扎感觉像当头挨了一棒。"她在这里干什么？"

"卡萝特·唐·埃泽？你认识她？"

"我认识她。"如果在斯皮奈的胁迫和殴打算认识的话。

"她是我的……老朋友。"他说得遮遮掩掩，"她在生死关头投奔我，乞求我的庇护。我哪有理由拒绝？"

"如果她长得丑呢？"

洛根特耸耸肩，带起微弱的金属撞击声。"我并不羞于承认，我和普通男人一样浅薄。"

"您可比他们浅薄多啦，殿下。"埃泽已驱马来到他们身边，她优雅地低了低头。"瞧瞧这是谁？卡普亚的屠夫！我原以为你不过是坑蒙拐骗、敲诈勒索、滥杀无辜的实践者！万没想到你还能上战场。"

"卡萝特·唐·埃泽，太巧了！我原以为这里是战场，没想到闻起来却像个妓院。谁说不是呢？"

埃泽挑起一边眉毛,看着乌压压的军队。"就这些武器看,大概是……前者吧?但你肯定清楚其中分别。我在卡多迪的春情院见过你,在这里又见到你,无论你穿战士的盔甲还是妓女的服装,都那么合适。"

"世界真奇妙,呃?我穿过妓女的衣服,你干着妓女的营生。"

"或许我该转行去屠杀儿童?"

"够了,看在老天爷分上!"洛根特喝止她们,"我到死都无法摆脱女人们的争风吃醋吗?你俩都不知道我还有场仗要输吗?现在只差那个来无踪去无影的女魔鬼伊丝黎从我马屁股后面跳出来,告诉我我死定了,完成这场三重奏!我姑姑斯芬妮也是这副德行,总想证明自己是屋里叫得最响的鸡!你们要学泼妇骂街,大可回城去慢慢吵,留我独自在这儿享受这场溃败。"

埃泽低头。"殿下,我并不想打扰您。我来这里是想献上最诚挚的祝愿。"

"看来你是没打算上战场咯?"蒙扎气势汹汹地追问。

"噢,战斗不止有在泥巴地里流血那一种,蒙洛卡托。"她身体前倾,嘶声道,"你会发现的!"

"殿下!"尖厉的报告声响起,很快其他人也叫嚷起来,兴奋的情绪在军官们中间迅速蔓延。一名军官指着河对面峡谷彼端的山脊,湛蓝色天空下,那里有东西在动。蒙扎策马向前,掏出借来的望远镜,仔细审视。

率先出现的是零星的骑兵——斥候、军官和掌旗官——高举的白旗绣着塔林的黑十字,旗帜边缘还用红线和银线缝着参加过的战役的名称。其中许多正是她打的胜仗,然而现在想这些于事无补。大队步兵随后现身,长矛鳞次栉比,踏着稳健步伐,走在棕色缎带般的帝国大道上,向下游浅滩进发。接近河边时,最前方的一个团率先停下,沿岸散开成半里长的阵线,后面的部队也纷纷离开道路,摆出战斗阵型。她没发现对方有什么特别的战术。

他们有人数优势，无需特别的战术。

"塔林人到了。"洛根特下意识地喃喃道。

奥索的军队。去年此时，她还跟这支军队配合，赢得高岸之战。这支军队之前由加恩马克率领，但他已死在斯多里克斯的剑下，此时领军的是弗斯卡，那个朝气蓬勃、留着稀稀拉拉的沙色胡须的年轻人，那个曾和本纳一起在丰特萨莫宫的花园里欢笑的年轻人。他也在她的报仇名单上。她咬紧嘴唇，越过尘土飞扬的前线，用望远镜看向后方，只见敌人从山丘上不断涌来。

"厄崔尼和色西莱的军队在右翼，保利人在左翼。"一群穿毛皮和沉重链甲的人乱糟糟地行军，他们是来自斯提亚远东的山地和丘陵间的野蛮战士。

"奥索公爵的队伍基本上都来了。可是啊，可是，你千剑团的同伴们在哪里？"

蒙扎朝孟席斯山丘扬了扬头，那是上游浅滩旁一座绿色山丘，丘上有好几片橄榄树林。"我敢拿性命担保他们躲在那道山脊后。弗斯卡会强渡下游浅滩，你只能正面迎击，而一旦你投入战斗，千剑团就会毫无阻碍地渡过上游浅滩，攻击你的侧翼。"

"很可能。你有什么建议？"

"你应当及时抵达苍松镇，或者墨西利亚，再不济也要赶赴高岸之战。"

"唉，那些战役我当年就来迟了，现在更是为时晚矣。"

"你应当早些发动进攻，早在他们从普兰提沿帝国大道进发时。"蒙扎皱眉看着峡谷，河流两边都站满了数量可观的士兵。"你的兵力弱得多。"

"我有地理优势。"

"但你为这点优势放弃了主动权，失去了奇袭的机会，作茧自缚。兵少的将军应当永远保持进取。"

"斯多里克斯说的？我可不是让你来掉书袋。"

"我很了解自己的行当，洛根特，无论书本还是实践。"

"十万分地感谢你和你的朋友斯多里克斯指出我的失误之处，你俩能否再点拨我一份制胜方略呢？"

蒙扎仔细观察远处地形，考量山坡的角度，计算孟席斯山丘到上游浅滩的距离、上游浅滩到下游浅滩的距离以及条石装饰的城墙到河边的距离。她发现地理优势没有洛根特想象中那么大，需要防守的地方太多，人手又太少。

"你能做的很明显：趁塔林军渡河时命弓箭手全力射击，当他们登岸时下令步兵出动，骑兵则留在原地，静候千剑团出现。我们只能期待尽快击溃弗斯卡，最好趁他渡河就结束正面战场，然后将兵力转用于对付雇佣兵。雇佣兵发现局面不利是不会苦战的，问题在于如何击溃弗斯卡……"弗斯卡的大军已将浅滩前的河岸挤得满满当当，后继部队还从帝国大道上源源不断地开来。"如果奥索认为你有一搏之力，他肯定会派个更有经验、战死也不会多心疼的指挥官来。弗斯卡的军队大概是你的两倍，他只需拖住你。"她回头朝斜坡上看去，古尔库祭司们在离那帮斯提亚女士不远的地方注视着战场，他们的白袍在阳光下白得刺眼，他们的黑脸庞则阴云密布。"若先知曾对你显现神迹，现在该拿出来了。"

"可惜他只给了我金钱与鼓励。"

蒙扎冷笑一声："鼓励可没法帮你赢得今天的战斗。"

"是帮'我们'，"他纠正，"你今天与我并肩作战。顺便问一下，你为什么肯与我并肩作战？"

因为她单打独斗得太久，既累又厌倦。"因为我无法抵挡陷入麻烦的俊男。你一手好牌时我却为奥索而战，现在看看我。"

"应该是看看我们。"他长吸一口气，然后满足地叹了口气。

"见鬼,你为何这么高兴?"

"难道你乐意见我痛不欲生?"洛根特冲她露出潇洒而忧伤的笑容,两种情绪混在一起,"结局即将揭晓,无论我们要面对什么,都意味着等待的终结。你我这种肩负重担之人必须懂得耐心,但我从不喜欢耐心。"

"这可不符合你的名声。"

"人的本性比名声复杂多了,蒙洛卡托将军,这点你应该深有体会。今天,就在这里,一切会有个了断。不再拖延。"他拨转马头,去找参谋们商议。蒙扎留在原地,胳膊软软地垂于身侧,眉头紧锁地看着孟席斯山丘。

她怀疑尼科莫·科斯卡就在山丘上,正举着望远镜观察这里。

科斯卡举着望远镜,观察河对岸乌压压的士兵。那些都是敌人,虽然他跟他们无怨无仇,但战场可不是讲仇怨的地方。奥斯皮亚的蓝底白塔旗在他们头顶飘扬,其中有一面特别大,还镶有金边,想来便是迟到的公爵本人的旗帜。那面旗帜周围不仅散布着若干骑手,还有一群女士,看上去是来观战的,个个打扮得花枝招展。科斯卡发现旁边更有一群古尔库祭司,但看不真切。他百无聊赖地揣摩哪个是蒙扎萝·蒙洛卡托,一想到她可能侧坐在马鞍上,穿着加冕礼才穿的彩绸裙服,他一时乐不可支。战场无疑是很有趣的地方,他放下望远镜,举起酒壶喝了一口,心满意足地闭上双眼,感受着从老橄榄树的枝丫间射来的阳光。

"喂?"安迪齐粗粝的声音传来。

"怎么?噢,抱歉,躺得太舒服了。"

"里加特派人传话,塔林军准备进攻了。"

"啊!这样啊!"科斯卡坐直身体,举起望远镜顺着山脊看向右边。弗斯卡的步兵的前排快踏入河流了,他们秩序井然地在鲜花点缓的草地上摆开阵型，硬土铺成的帝国大道被乌压压的人群遮住，几乎不见踪影。他在这里都能隐约听到进军时的踏步声、军官们没有实际意义的呼喊声，还有规律的鼓声——咚、咚、咚——回荡在温暖的空气里。他轻轻地前后摆了摆手。"好壮观的队伍！"

他将望远镜从大道上移开，越过缓缓流淌、波光粼粼的河水，看向对岸的斜坡。奥斯皮亚军也在排兵布阵，准备迎敌，其列阵位置离河岸约百跨左右，弓箭手在更高的位置排成一长排，跪在地上，搭好箭支。"知道吗，安迪齐……我有种预感，我们要见证一场短暂的屠杀。下令让我们的人上来，就站在我们后面，离我们五十跨左右吧，刚刚翻过山脊。"

"可是……这样会暴露，我们没法出其不意——"

"去他妈的出其不意。让他们看看战场，让战场也看看他们。让他们好好感受一番。"

"可是团长——"

"去下令，小子，别大惊小怪。"

安迪齐满脸困惑地转身示意一名军士，科斯卡满足地叹口气，躺回椅子，抻了抻脚，然后翘起二郎腿。漂亮的靴子。他上次穿这么漂亮的靴子是多久以前了？弗斯卡大军的前排业已涉入河中，士兵们无疑抱着必死的决心，浸在及膝深的冰冷河水里，凝重地看着对岸高地上严阵以待的大批对手，等着箭雨落下，等着敌人发动冲锋。强渡下游浅滩绝不是什么简单任务，他为自己要耍嘴皮子便能从中脱身而暗爽不已。

他举起马维尔的酒壶，喝下一点点，润了润嘴唇。

摆子听到远处传来下令声，接着几百根弓弦一起颤抖。洛根特的弓箭手射出第一轮齐射，黑色的箭杆颤抖着，雨点般落在横渡浅滩的塔林士兵当中。

摆子在马鞍上扭了扭身，轻揉发痒的伤疤。他看到塔林军的阵线开始混乱，出现了几个缺口，几面旗帜倒下。有些人放缓速度想后退，另一些人则走得更快，一心只想登岸。恐惧和愤怒犹如硬币的两面，没人乐意在劣势地形顶着敌人的箭雨前进，还要踏过尸体——说不定那些就是你的朋友，要知道一阵微风就能决定箭支是落在你身旁、脚边还是脸上，结果天差地别。

这场面摆子见多了。他打了一辈子仗，每每看着战斗在眼前展开，或是听着远处的战斗声，一边等待命令，最后自己也冲锋上阵。他害怕中招，但又不得不将这份恐惧掩藏，不让他率领的人和率领他的人发现。他想起黑井村那次在迷雾中奔跑，心如擂鼓，杯弓蛇影；卡曼纳河之战他与五千名战士一起狂吼着杀下长长的斜坡；杜别克要塞之战他跟随三树鲁德朝恐刹冲锋，差点交待了性命；高山之战他和血九指背靠背一起战斗，抵抗从峡谷里源源不断涌上护墙的山卡和疯狂的东方野人，守不住就完蛋。记忆如此鲜明，他不禁沉浸其中：战斗的气味、声音、触觉，殊死一搏的绝望，还有无尽的愤怒。

第二轮齐射落下，他看着塔林军继续渡河，心中毫无波澜，只有一丝好奇。他对战斗双方没有偏爱，既不为死者哀伤，也不为生者恐惧。眼见士兵们倒在冰雹般的箭矢下，他打了个嗝，胃里的食物涌上来，刺得喉咙微疼，这让他突然想到若河水上涨，岂不是将这群白痴全冲进海里？是了，最好把这个操蛋的地方全淹没，他才不关心，这也不是他的战争。

正因如此，他迷茫自己为何会参战，还是加入很可能会输的一方？

他从渐趋激烈的战局上移开目光，看向蒙扎。蒙扎正好拍了拍洛根特的肩膀，摆子像被陡然扇了一巴掌，满脸通红。这两人的每次交谈都让他受伤。风吹开她的黑发，露出她的侧脸和强硬的下巴。

他不清楚自己是爱她还是想占有她，或仅仅只是怨恨她不再需要他。她像是他总忍不住去戳的伤口，总忍不住去咬的撕裂的嘴唇，总忍不住去拽的衣服上的线头，直到把整件衣服都扯烂。

峡谷里，伤亡惨重的塔林军前排总算渡过河流，爬上对岸，顶着几番齐射横渡浅滩令他们队形散乱。蒙扎向洛根特喊了什么，洛根特招来个手下，呐喊声随即从斜坡下传来。冲锋的命令。奥斯皮亚步兵端平长枪，矛尖整齐一致，仿佛一道闪光的海浪。他们动了，起先很慢，但速度逐渐提升，直至开始慢跑，离后面仍在搭箭射击的弓箭手越来越远。他们冲下斜坡，冲向波光粼粼的河水，冲击忙于布阵的塔林军。

摆子看着两军相撞，融合为一。片刻后，微弱的战斗声随风传来，金属碰撞的各种刺耳声音犹如冰雹打上铅制屋顶，而人类的咆哮、哀号与尖叫纷呈迭至，分不清来源。又一波齐射洒向仍在跋涉渡河的几排士兵头顶，摆子一眨不眨地看着，又打了个嗝。

洛根特的指挥部一片死寂，所有人都盯着浅滩，瞪大了眼睛，张大了嘴巴，紧张得脸色惨白，双手捏紧缰绳。塔林人的十字弓手也就位了，他们自浅滩射出一拨弩矢，呼啸着飞向奥斯皮亚弓箭手。许多人应声倒下，有人开始惨叫。一支流矢插进洛根特手下一位军官身边的草地里，那军官的坐骑受惊，差点把人甩下。蒙扎驱马往前两步，踩着马镫站起来，好看得更清楚。她那身借来的盔甲在上午的阳光下闪着昏沉的光，摆子不禁皱起眉头。

不管怎么说，他来这里是为了她。为她而战，保护她，尽力弥合两人的关系；抑或是伤害她，就像她伤害他那样。他握紧拳头，指甲扎进掌心，之前把侍者揍得满地找牙时指节留下的瘀伤此时隐隐作痛。

他只清楚这个：他俩的事还没完。

都是买卖
All Business

    上游浅滩是一片流速缓慢的水域，这里吃水较浅，上午的阳光照耀着河水。一条不太明显的小径从对岸岸边出发，蜿蜒经过零星几栋建筑，穿过一片果园，爬上漫长的斜坡，最后连通奥斯皮亚外墙上一道边门。对面如此荒凉，看来洛根特果然将绝大部分步兵投入下游浅滩的激战了，另有少数部队留在后方保护弓箭手。那些弓箭手正拼命加快动作，搭箭、拉弓、放弦，将箭矢射向河流当中黑压压的敌人。

    奥斯皮亚的骑兵则候在城墙阴影下，作为最后的预备队。但他们人数太少，离这里也太远，千剑团的胜利之路看来一片坦途。科斯卡轻轻挠了挠脖子，以他判断，当下就是进攻的最佳时机。

    安迪齐显然也这么想。"下面很胶着了。要大家上马吗？"

    "用不着啊。现在还早。"

    "你确定？"

    科斯卡坦荡荡地看向他。"我看起来像不确定吗？"安迪齐鼓起布满痘坑的双颊,踩着重重的步子去向手下军官下令。科斯卡伸个懒腰,双手枕在脑后,旁观战局缓慢发展。"我刚才说到哪儿了?"

"你有机会不再参与这一切。"友好道。

"啊,对!我有机会不再参与这一切,但我还是回来了。改变可不是简单的事,呃,军士?我当然明白这一切毫无意义,简直是白费力气,但我还是得做。与那些为了正义行事、自认为更崇高的人相比,我这样就更好或更坏吗?与那些做事只考虑自身、丝毫不操心对错的人相比呢?还是说所有人都一样?"

友好只耸耸肩。

"人会死,会残废,鲜活的生命会被毁掉。"他语中不带感情,仿佛背诵菜单,"我一半的生命耗在毁人不倦的买卖上头,另一半则顽固地用于自我毁灭。我没创造任何东西,除了寡妇、孤儿、废墟及悲伤,兴许还有一两个私生子吧,外加大堆呕吐物。荣誉?敬意?我的尿都比我配得上它们,它至少可以给野草当肥料。"若他这番话是为了唤醒良知,那显然在做无用功,"我参加过许多战役,友好军士。"

"有多少?"

"十几场?二十场?更多?战役和冲突的界限相当模糊。有时围城会拖很久,中间发生好多次交火。那样算一场仗呢,还是几场?"

"你是个战士。"

"可我还是分不清这些。我刚才说到哪儿了?"

"你参加过许多战役。"

"啊,对!许多战役!纵然我总是极力避免上战场,却屡屡失败。我对短兵相接的场面非常熟悉,无非是刀光闪烁、盾牌碎裂、长矛折断,冲撞、炙热、汗水和无处不在的死亡让你浑身汗毛倒竖。战场上只有微乎其微的英勇行为和少之又少的卑劣行径,剩下的全是残忍。骄傲的旗帜和高尚的人们被踩在脚下,断掉的手脚横七竖八，鲜血如雨洒下，还有开裂的头骨跟流出的肠子，啊，诸如此类。"他一扬眉毛。"眼下这情况，还要加上淹死。"

"你觉得会淹死多少人？"

"这很难精确计算。"科斯卡想起在达戈斯卡的地峡淹死的古尔库人，想起那些勇士的尸体每每被海潮冲刷到岸边，不禁长叹一声。"我可以毫无感情地看待这一切，这叫不叫残忍？是不是领袖必须付出的代价？又是不是我与生俱来的天赋？面对死亡和危险，我总能非常乐观，甚至比其他时刻更开心。我在明明应该害怕、惊慌的时候，却感到欢欣鼓舞。我确实是个谜团，连我自己都搞不清自己。我是个跟别人完全相反的人，友好军士！"他哈哈大笑，笑声渐渐淡去，随即变成长叹，最后归于沉寂。"一个上下颠倒、里外相反的人。"

"团长。"安迪齐又靠到他身边，软塌塌的长发垂了下来。

"我的天，又怎么了？我正在思考人生！"

"奥斯皮亚军完全被拖住了，他们已派出全部步兵迎击弗斯卡的军队，只剩一点骑兵作为后援。"

科斯卡眯眼瞅着下方峡谷。"这点我知道，安迪齐队长，我们看得清清楚楚，没必要陈述如此明显的军情。"

"呃……我军可以一举干翻对面那帮垃圾。下令吧，剩下就看我的。现在是最佳时机。"

"谢谢你的好意，但下面看上去真是酷热难当。我觉得还是这里舒服，待会儿再说吧。"

"可为什么不——"

"我真惊讶，你打了那么多仗，竟还搞不清指挥流程！如果你只是乖乖等我下令，而非替我操心，就会少掉几根头发的。这是最简单的军事准则。"

安迪齐挠了挠油腻腻的脑袋。"我明白指挥流程。"

"那就照做。找个阴凉地儿歇歇脚吧,兄弟,别没头苍蝇一样地乱跑了。学学我的山羊,你看它大惊小怪了吗?"

山羊从橄榄树下的草地抬起头,咩咩叫了两声。

安迪齐叉着腰,一脸不情愿地看了看峡谷,看了看科斯卡,又看了看山羊,然后转身晃着脑袋走开了。

"每个人都急吼吼的,友好军士,我们就不能有片刻安生吗?想在太阳下享受片刻宁静有这么难?我刚才说到哪儿了?"

"他为什么不进攻?"

蒙扎看到千剑团聚集在山脊上,湛蓝的天空衬托出人、马和武器的剪影。她知道他们做好了冲锋准备,正如她预测的那样,将要兴高采烈地渡过上游浅滩,攻击洛根特的侧翼。她带兵就会如此,而这一击会给整场战役、八城联盟及她所有的希望画上一个血腥的句点。要论抢夺手到擒来的胜利,没人比尼科莫·科斯卡更擅长;要论瓜分胜利果实,也没有哪支队伍比这支她带领过的队伍更迅速。

但千剑团就待在那里,大大方方地逗留在孟席斯山丘上,等待。不知在等什么。

与此同时,弗斯卡的塔林军在下游浅滩岸边苦战,洛根特的奥斯皮亚步兵举着长枪不断发起冲击,水流、地面还有坡度都对他们不利,如雨的箭矢周而复始、冷酷无情地撒向后排士兵。尸体被河水冲走,有些被冲到岸上,有些在浅滩下方的水域沉沉浮浮。

千剑团仍纹丝不动。

"如果他不想出击,干吗暴露位置?"蒙扎咬着嘴唇,满心疑惑,"科斯卡绝不是傻瓜,为何要放弃出其不意的机会?"

洛根特公爵耸耸肩。"抱怨这个做什么?他等得越久,对我们越有利不是吗?弗斯卡就够我们操心了。"

"他在想什么?"蒙扎看着大队骑兵翻过山脊,在橄榄树林旁整队,"那老混蛋在想什么?"

里加特胯下的战马洗刷得非常干净,他骑着它在帐篷间狂奔,吓得懒散的佣兵们慌忙躲闪。最后,他粗暴地一扯缰绳,停在橄榄树林外不远处,翻身下马时差点摔个狗吃屎。他气势汹汹地一把扯掉手套,汗津津的脸气得通红。

"科斯卡!尼科莫·科斯卡,你这老混蛋!"

"里加特上校!早上好啊,年轻的朋友!进展还顺利吧?"

"顺利?你怎么不进攻?"他伸手指向下面的河流,显然匆忙中落下了指挥棒。"我军正在峡谷里交战!激烈交战!"

"是啊,你们确实在交战。"科斯卡晃了晃身体,优哉游哉地从团长交椅上起身,"军情还是私下商议比较好,大呼小叫并非理想的沟通方式。另外,你吓到我的山羊了。"

"什么?"

科斯卡从山羊身边经过时轻轻拍了拍它的背。"她是唯一一个真正懂我的家伙。来我的帐篷吧,我这里有水果!安迪齐!一起来!"

他大步流星,里加特大声嚷嚷着跟在后面,安迪齐也犹犹豫豫地跟上。奈楚依然守在门边,手握那柄大弯刀,他们三人从旁经过,进到凉爽昏暗的帐内。帐内四周装饰着过往胜利的战利品,科斯卡挥挥手,亲切示意大家看向一块破破烂烂、边缘还被火燎黑的布。"那是穆里斯城墙上的旗帜,那次围城该是……十几年前了吧?"他转身看到友好也从门外进来,不显眼地站在入口处,"知道吗?它是我亲手从最高的护墙上扯下来的。"

"你是从第一个登顶却惨死在那里的英雄手中拽下来的。"安迪齐评论。

"死掉的英雄的意义,不就是把夺来之物留给后面更谨慎的队友吗?"他从桌上拿起装水果的碗,递到里加特面前,"你脸色真难看,上校，吃颗葡萄吧。"

里加特颤抖的脸已气得跟葡萄一个颜色。"葡萄？葡萄？"他在空中激动地挥手，"我要你立刻进攻！我命令你！"

"进攻？"科斯卡皱眉，"渡过上游浅滩？"

"没错！"

"按你昨晚给我布置的那个完美计划？"

"没错，妈的！没错！"

"实话实说，我再乐意不过。我喜欢精彩的进攻，不信你随便找人问问，但问题在于……你看……"他摊开双手，一时间帐内陷入暗流涌动的沉默，"我收了洛根特公爵的古尔库朋友一笔巨款。"

伊丝黎不知从哪里冒了出来，她在帐篷角落的阴影中慢慢凝成实体，穿过那些古老的旗帜，大摇大摆来到众人面前。"你们好。"她开口道。里加特和安迪齐瞪大眼睛看着她，吓得呆了。

科斯卡抬眼看向被风吹得起伏不定的帐顶，一根手指轻敲紧抿的嘴唇。"真难以抉择，堪称道德困境。我太想太想进攻了，但我却不能攻击洛根特。我当然也不能攻击弗斯卡，毕竟他爹给我的报酬也十分丰厚。我年轻时那真才叫风吹墙头草、有奶就是娘，但我非常想改变自己，上校，正如我说过的那样。于是乎为免良心不安，我唯一能做的便是坐在这儿，"他扔了颗葡萄进嘴里，"什么都不做。"

里加特破口大骂，伸手摸向长剑，但友好的大手已抢先捏住他的剑柄，另一只手上的匕首闪着寒光，"别，别，别。"上校一动也不敢动，任由友好小心翼翼地抽出他的长剑，扔了过去。

科斯卡当空接住长剑，像模像样地挥舞了几下。"好剑，上校，你挑选武器的眼光优于你排兵布阵的手腕。"

"你两边收钱？然后哪边都不打？"安迪齐笑得合不拢嘴，一条胳膊环住了科斯卡的肩膀，"我的老朋友！你怎不早说！他妈的，你能回来真是太好了！"

"你确定？"科斯卡不动声色地将里加特的长剑刺入安迪齐的胸口，直没至抛光的剑柄。安迪齐目瞪口呆地长吸一口气，痘坑密布的脸完全变了形。他想呼叫，却只发出一声低柔的干咳。

科斯卡凑到他身边："你以为出卖我、背叛我、为几个臭钱就把我的交椅拱手让人之后，还能笑着和我做朋友？你错了，安迪齐，大错特错。我是能让大家发笑，但我不是小丑。"

安迪齐的外套被黑血浸得发亮，抖个不停的脸成了鲜红色，脖子上青筋暴突。他虚弱地抓向科斯卡的胸甲，鲜血自嘴里不断涌出。科斯卡松开剑柄，用安迪齐的袖子擦了擦手，然后将他推开。他侧翻在地，边吐血边发出微弱的呻吟，须臾不再动弹。

"有趣，"伊丝黎蹲在尸体旁，"我很少吃惊。不是蒙洛卡托偷了你的宝座吗？你干吗放过她？"

"毕竟我也从她手里拿了好处嘛。无论如何，男人总能原谅美女的过错，对丑男的态度则完全相反，而且只有一件事我绝对无法容忍，那便是不忠。人总得有点底线。"

"不忠？"里加特总算回过神，大叫起来，"你会为此付出代价，科斯卡，你这阴险狡诈——"

友好的匕首扎进他的脖子，拔出时血雨喷洒在地，连带弄脏了萨齐林成立千剑团那天抢来的墨西利亚的旗帜。

里加特跪在地上，一手捂着喉咙，鲜血顺着外衣袖管流下。接着他扑面倒下，浑身抖了抖不动了，只在地上铺的防潮布留下一摊黑色血泊，和安迪齐身下那摊迅速汇聚。

"啊。"科斯卡感叹。他计划索要里加特的家属一笔高额赎金，看来没戏了，"友好，你太……欠考虑了。"

"噢。"罪犯皱眉看着血淋淋的匕首，"我以为……你知道，你不是让我做首席军士、凡事都跟随你吗？"

"当然，当然。这次全怪我。我该指示得更明确。我总倒霉在……不明确上？有这种形容吗？"

友好耸耸肩。伊丝黎也是如此。

"好吧。"科斯卡轻轻挠了挠脖子，看着里加特的尸体。"以我之见，这家伙烦人又自负，喜欢夸夸其谈，其实不名一文，不过这些缺点是死罪的话，恐怕全世界一半人要被吊死，我自己首当其冲。兴许他还有许多我没发现的优点呢，我敢肯定他母亲能说出个大概。但这是打仗，尸体无法避免，真可惜。"他走向帐篷门口，花了点时间冷静，然后绝望地掀开帐帘。"来人啊！我的天啊，快来人！"

他跑进帐篷，蹲在安迪齐的尸体旁，先是单膝跪下，然后迅速改成双膝，恰好在塞萨利冲进来以前找到最富戏剧效果的姿势。

"苍天啊！"维克图也跟在后面匆匆进来，瞪大眼睛惊呼一声。

"安迪齐！"科斯卡指了指被自己留在安迪齐胸口的里加特的长剑。"被刺了个对穿！"他知道人在悲伤时会重复一些显而易见的事实。

"快找医生！"维克图吼道。

"还是祭司比较有用。"伊丝黎迤迤然穿过帐篷，走到他们面前，"他死了。"

"怎么回事？"

"里加特上校攻击他。"

"你他妈又是谁？"

"伊丝黎。"

"他讲义气！"科斯卡温柔地抚过安迪齐死不瞑目的眼睛、没能合拢的嘴巴和沾满血点的脸庞，"他是个真正的朋友。他替我挡剑。"

"安迪齐？"塞萨利似乎不太相信。

"他为救我而……献身。"科斯卡泣不成声，从眼角拼命挤出几点泪花。"命运女神在上，幸好友好军士动作够快，不然我仍难逃此劫，辜负了他的一片心。"他反复捶打安迪齐的胸口，拳头砸在被热血浸得温暖的外套上。"我的错！我的错！都怪我！"

"为什么？"维克图看着里加特的尸体，突然发问，"我想问，这混蛋为什么要攻击你？"

"我的错！"科斯卡悲戚地说，"我收了洛根特的钱，不参战！"

塞萨利和维克图交换了个眼神。"你收了钱……不参战？"

"一笔巨款！当然，按入团年份分。"科斯卡挥挥手，好像这事并不重要，"古尔库的黄金，大家毁约的酬劳。"

"黄金？"塞萨利无意识地重复，他扬起双眉，好像科斯卡说了什么带魔力的字眼。

"我宁愿把这些黄金全沉进大海，换得老朋友在身边多留片刻！换得他的音容笑貌！可是不可能了，他永远……"科斯卡摘掉帽子，轻轻盖住安迪齐的脸，低头致敬，"离我们而去了。"

维克图清清嗓子。"你说的黄金到底有多少？"

"很……很……很大一笔。"科斯卡打个哆嗦，吸了吸鼻子，"大概是奥索雇我们参战的酬劳的两倍。"

"安迪齐死了，这是很大的损失。"塞萨利的神情与他说的话完全相反。

"太大的损失，难以弥补的损失。"科斯卡缓缓起身，"朋友们……你们能否暂且忍住悲伤，替我安排葬礼？我现在得去观察战场。为了他的牺牲，我们必须挺住。好在有一件事值得欣慰。"

"钱？"维克图问。

科斯卡的双手分别搭在两个队长肩上。"多亏我达成的协议，我们不用打仗，今天千剑团只会牺牲安迪齐一个。可以说，他是为大家而死的。友好军士！"科斯卡转身离开，来到阳光灿烂的帐外，伊丝黎安静地跟在他旁边。

"完美表现。"她低声说，"你不该当团长，应该当演员。"

"这两个职业比你想的更相似。"科斯卡走回团长交椅，躺坐在上，突然感到疲惫和烦躁。多年以来，他做梦都想为艾弗利之战报仇雪恨，如今计划虽然奏效，却并无欢欣。他口干得不行，摸索到马维尔的酒壶，里面却是空的。他皱眉看向峡谷，只见塔林人在下游浅滩不到半里长的前线上陷入苦战，迫切期待千剑团永远不会到来的支援。他们占有人数优势，但奥斯皮亚人坚守地利，不让他们展开阵型，把他们死死堵在河岸。短兵相接的激战一刻不停地进行着，武器挥舞，身躯起伏，到处是艰难爬行的伤兵，到处有浮浮沉沉的尸体。

科斯卡长叹一声："你们古尔库人觉得这一切都有意义，是吧？真神有自己的计划之类的？"

"也许。"伊丝黎的黑眼睛从峡谷上移开，转向他，"你觉得真神的计划会是什么，科斯卡将军？"

"我有理由怀疑那计划会让我不满。"

她笑了。或者说，她卷起嘴唇，露出尖利的白牙。"你这一句话里，我听出了怒气、偏执以及相当程度的自我中心主义。"

"全是伟大的指挥官必须具备的品质……"他手搭凉棚，眯眼看向西方，看向塔林军阵线后的山脊。"他们来了。真准时。"第一面旗帜出现在视野内，然后是亮闪闪的长矛，那支大军终于现身。

斯提亚的命运
The Fate of Styria

"在那儿。"蒙扎戴手套的食指指向山脊,不听使唤的小指也跟着指去。

士兵源源不断涌上山顶,大约在塔林军最初出现地以南一两里处,总人数相当可观。看来奥索还准备了些出其不意的后手,这可能是他的联合王国盟军。蒙扎酸涩的舌头在酸涩的嘴里搅了搅,吐了口唾沫,如此一来,希望渺茫已变作毫无希望,平衡完全被打破。风吹开这支军队的旗帜,她用望远镜观察,不由得皱眉揉眼,又看了一次。斯皮奈的海贝旗。

"斯皮奈人。"她轻声道。他们此前可一直是世界上最中立的人啊。"他们为什么会帮奥索?"

"谁说他们帮奥索?"她转头看向洛根特,洛根特露出得意的笑容,活像小偷偷到了这辈子最大的钱包。他张开双臂。"欢呼吧,蒙洛卡托!这就是你要的神迹!"

她眨眨眼。"他们来帮我们?"

"不会错,他们会直扑弗斯卡的后方!最讽刺的是,他们能来全因为你。"

"因为我?"

"当然是你!你记得斯皮奈的弭兵大会吗?就那个自以为是、没精打采的联合国国王主导的那次?"

她想起威严的队列穿过两旁挤满人的街道,洛根特和萨利经过时人们大声欢呼,阿里欧和弗斯卡经过时则全是嘲弄。"那怎么了?"

"我无意与阿里欧和弗斯卡讲和,他们也是如此。我唯一在意的是说服老索多里斯首相加入,我拼命让他相信若八城联盟失败,以奥索公爵的贪婪一定不会放过斯皮奈,不管他们多么严守中立。一旦我这颗年轻的脑袋落地,马上轮到他那颗老朽的脑袋。"

这话很中肯,跟奥索谈中立无异于跟瘟疫谈良心,他的野心无穷无尽——正因如此,在他想杀她以前,她觉得他是最好的雇主。

"但老东西死抱着他的宝贝中立,像船长握住沉船的舵轮不肯松手,我费尽九牛二虎之力也说不动。我必须惭愧地承认,当时我彻底绝望了,很认真地考虑过要不要逃出斯提亚,找个气候宜人的地方养老。"洛根特闭上眼睛,迎向阳光,"结果,噢,那是多么愉快的一天,多么幸运的一天……"他睁眼盯着她,"你杀了阿里欧。"

鲜血从白皙的脖子涌出,蹒跚后退的身躯撞开了窗子,整栋建筑都在燃烧,弥漫着烟火。洛根特带着魔术师解说最新的魔术原理时的那种矜持的笑意续道:"索多里斯是东道主,阿里欧受他保护,老东西知道这下奥索绝不会原谅他了。他认定斯皮奈难逃一劫,除非能阻止奥索。我们在当晚达成一致时,卡多迪的春情院还在燃烧,索多里斯首相带领斯皮奈秘密加入我方,组成九城联盟。"

"九城联盟。"蒙扎轻声重复。斯皮奈军正沿缓坡朝浅滩稳步推进,扑向弗斯卡几无防备的后方。

"你认为我从普兰提长途回撤是采纳了糟糕的建议,其实我是要给他时间准备。我主动退回这个小陷阱，放长线钓大鱼。"

"你比看起来聪明多了。"

"是的，我姑姑也常说我看起来像个呆子。"

她皱眉看向峡谷对面孟席斯山丘上一动不动的佣兵团。"那科斯卡呢？"

"有些事永远不会改变。他从我的古尔库靠山那里收到一笔巨款，不会参战。"

她突然觉得自己并不像想象中那样理解这个世界。"我提过给钱，但他不肯收。"

"我猜到了，可你得承认，谈判并非你的长项。伊丝黎的方式比你委婉得多。'上兵伐谋，浪战为下，是故多助者为善，非此不能全身'，这是尤文斯在《高等技艺的原理》中的话。那套书的大部分内容十分荒唐，尽是迷信，但关于力量使用的章节相当有趣。你应该涉猎更广泛一些，蒙洛卡托将军，你的书本知识过于狭隘。"

"我很晚才识字。"她嘀咕。

"等我消灭塔林人、征服斯提亚之后，你尽可研究我的藏书。"他微笑着看向峡谷底部即将陷入灭顶之灾的弗斯卡的军队。"当然，若替奥索带兵的是经验更丰富的指挥官，而非年轻的弗斯卡世子，一切会大不相同。若在加恩马克那样有才的将军领导下，他们不至于如此彻底地步入我的陷阱，哪怕是身经百战的忠臣卡皮呢。"他身体前倾，自鸣得意地凑在她脸前笑道。"不幸的是，奥索手下有领导才能的人近来欠奉。"

她哼了一声，转头吐了口唾沫。"我很高兴能帮上忙。"

"噢，没有你我无法成功。现在我们只需守住下游浅滩，等候英勇的斯皮奈盟军抵达对岸，两面夹击，将奥索公爵的野心葬送在这条河里。"

"有这么轻松？"蒙扎皱眉示意河岸边整条战线的最右端，那里由队列不甚整齐的阿非奥盟军把守，从此处看去是红棕色的一团。阿非奥人被塔林人从岸边缓缓逼退，虽然只让出二十跨不到的泥巴地，却足以让对方站稳脚跟。而一些保利人正从上游强行渡过较深的水域，绕向他们的侧翼。

"是的，之后我们就将踏上……噢。"洛根特也发现那边的情况了。"噢。"有人开始逃跑，连滚带爬地往山上跑，逃向城市。

"看来英勇的阿非奥盟军厌倦了你的招待。"

洛根特的参谋团里洋溢着的自以为稳操胜券的喜悦被一扫而光，他们目睹阿非奥人的防线后方有越来越多的黑点自行脱逃溃散，眼看就要撑不住了。原本整齐的箭雨也变得凌乱起来，弓箭手们纷纷紧张地回头看着城市，无疑是不想跟那些被他们整整射了一小时的人照面。

"如果那帮保利杂碎突破前线，将威胁到你的侧翼，他们会从右边席卷而来，导致全线溃败。"

洛根特咬着嘴唇，"斯皮奈人离这里不到半小时了。"

"真棒，刚好帮我们收尸，然后就轮到他们自己。"

他紧张地回头看了眼城市。"或许我们该退回城里——"

"没时间让军队从混战中脱身了，即便是如此擅长撤退的你。"

公爵面无血色。"那怎么办？"

蒙扎似乎又重新理解了这个世界，伴着一声轻柔的剑吟，她抽出长剑。这是她从洛根特的武器库里借来的骑兵剑，样式朴素、分量不轻且极为锋利。洛根特看着它，"啊。原来如此。"

"没错，就是如此。"

"看来到了男人真正抛弃谨慎的时刻了。"洛根特绷紧下巴，蠕动肌腱。"骑兵队，随我……"他嘶哑的声音逐渐难以分辨。

法郎斯在书中写道：将军的大嗓门价值连城。

蒙扎踩着马镫站起身来，用尽全力大喊："骑兵队！预备！"

公爵的参谋团跟随她喊叫着挥舞长剑，指示骑兵们排成长长几排。挽具、盔甲和长枪的碰撞声响成一片，马儿打着响鼻、刨着地面，人们站好位置，安慰焦躁的坐骑。有人咒骂，有人大吼，但更多人只是静静地戴好头盔，放下面罩。

保利人来势汹汹，业已达成突破，他们猛烈冲击洛根特岌岌可危的右翼，犹如海浪扑打沙墙，将缺口冲得越来越大。随后他们杀上斜坡，发出震天战吼，破烂的旗帜随风翻飞，明晃晃的武器在空中挥舞。上方的弓箭手队列立刻土崩瓦解，士兵们扔下弓箭，连同逃跑的阿非奥人及少数看清形势的奥斯皮亚步兵一起，跑向城市。只要惊慌开始蔓延，军队瓦解的速度总让她震惊，这就像抽掉桥梁的基石，原本坚固有序的整体，瞬间轰然崩塌。他们就在崩塌边缘，她感觉得到。

有人骑马来到她身边。摆子。他与她对视，一只手握着斧头，另一只绑盾牌的手牵着缰绳，身上没穿盔甲，只穿了袖口缝有金线的衬衫。她给他挑的那件，跟本纳穿过的同款。这件衣服现在一点也不适合他，好像一只斗犬戴着水晶项圈。

"我还以为你回北方了。"

"你欠我的钱没拿就回？"他的独眼看向山谷，"何况我不会临阵脱逃。"

"不错。有你真好。"此时此刻，这句话发自肺腑。无论他如何丑陋、如何暴躁，总能救她的命……但他再看向她时，她刚把视线转向别处，接着他们便该出发了，再没有说话的时间。

洛根特高举长剑，中午的太阳照在明镜般的剑刃上，精光闪烁，简直和故事书里一模一样。

"前进！"

众人齐声应和，脚夹马腹，甩动缰绳，整队骑兵像一只动物，同时开始移动。一开始队伍动得很慢，马儿骚动、打着响鼻、不耐烦地左右甩头，偶有过于兴奋的人和马冲出队列，军官们会大喊着将他们驱赶回去。随着移动速度越来越快，盔甲和挽具愈发频繁地碰撞，蒙扎的心跳也随之加速。恐惧与兴奋混合，令她心痒难耐，现在不用再思考，只剩放手一搏。保利人发现了他们，慌慌张张地结阵。整个世界突然静止了，蒙扎看到他们狰狞的面孔、狂乱的头发，还有身上的生锈链甲与破烂毛皮。

她周围的骑兵放平长枪，枪尖闪着寒光，然后他们开始奔跑。冰冷的空气涌进蒙扎的鼻子，划过她干涸的喉咙，在她胸膛里灼烧。她不再在意身体的疼痛和对大烟的渴望，不再在意做过的事和没做到的事，不再在意死去的弟弟和杀他的那些人，只想握紧缰绳和长剑，目光锁定前方斜坡下尚未排好阵型、已然开始动摇的保利人。这些人显然累坏了，峡谷和河岸上的苦战令他们损失惨重，而看到几百名骑兵杀气腾腾地冲来，即便精力充沛的士兵也会双脚发软。

他们凌乱的阵型出现了未战先溃的迹象。

"冲锋！"洛根特吼道，蒙扎随他一起大叫，摆子也在她身旁怒吼，所有人都发出或高或低的叫声。她用力一踢马腹，马儿微微一跳，随即以令人骨头散架的冲击力朝坡下狂奔。蹄声如雷，泥土和草皮被踩散，她脑子里回荡着牙齿撞击声，整个山谷在周围颠簸、摇晃，波光粼粼的河水迎面扑来。风吹进眼睛，吹得她眼泪直流，于是整个世界变得模糊，变成一团闪亮的混沌，接下来又陡然清晰起来：她看到保利人四散奔逃，边跑边丢下武器，但骑兵们转眼就杀到了他们身边。

当先的一匹马撞在一根长矛上，矛杆弯曲、碎裂，持矛士兵和骑手一起跌倒，沿斜坡一路滚了下去，断裂的皮带和缰绳在空中甩荡。

一支长枪从后刺进一个逃兵，从屁股一直划开到肩头，接着将尸体挑飞出去。

此时此刻，狼狈逃窜的保利人纷纷被骑兵们刺中、砍倒、践踏和追杀。

有人被蒙扎前面的马撞得原地转圈，接着后背挨了一剑，他尖叫着从蒙扎腿边擦过，然后被洛根特的坐骑踩得四分五裂。

有人扔掉长矛，转身想跑。这人惨白的脸写满恐惧，她挥剑砍下，骑兵剑深深地劈开头盔，伴着一声闷响，胳膊感到强烈的冲击力。

疾风灌耳，蹄声隆隆。她大叫着、大笑着，又砍中一个想逃跑的兵，几乎将其胳膊齐肩卸下，掀起一团深红血雾。她挥舞血淋淋的长剑再次猛劈，这一剑却劈空了，反因用力过猛差点被带到马下。她连忙稳住身形，用刺痛的手握紧缰绳。

他们完全突破了保利人的阵型，将对手冲得七零八落、尸横遍野，到处都是折断的长枪。但他们并未就此罢休，而是继续向前，冲向河边。斜坡渐缓，地上点缀着阿非奥人的尸体，前方犹如屠场，之前在山坡上看不清的细节如今一一呈现：黑压压的塔林人涌过浅滩，不顾一切朝岸边冲击。长柄武器在空中摆动，近处则刀光剑影，人人拼尽全力。金属撞击声和人们的喊叫汇成风暴，盖过了风声和蒙扎自己的呼吸声。军官们骑着马在阵线后方徒劳地喊叫指挥，竭力想给混乱的战线维持一点秩序。

一个刚投入战场的塔林步兵团试图利用保利人在右翼撕开的缺口。这是一支全副盔甲的重步兵，他们势不可挡地前进，压迫奥斯皮亚军阵线的末端。蓝衣士兵拼命阻挡，无奈人数差距太大，塔林人源源不断涌上河岸，缺口变得越来越宽。

洛根特亮闪闪的盔甲如今沾满血迹，他拨转马头，用长剑指向那支塔林部队，喊了句谁也听不清的话——这倒没关系，因为大家都明白麻烦大了。

塔林人围着一面白色战旗排成楔形阵，战旗上的黑十字在风中扭动,旗下有一名敌军军官发了疯似的戳戳点点,好让军队站好阵型,准备迎接骑兵的反冲锋。蒙扎突然觉得似乎见过此人。经过军官的努力,楔形阵尖端那群穿锃亮盔甲的士兵纷纷跪在地上,伸出寒光闪闪的长柄武器,晃动着组成一片寒光闪闪的森林,但塔林部队的后方仍被奥斯皮亚军纠缠着,乱成一团。

一阵箭雨从浅滩的人群中射来。箭矢飞向她时,她忍不住打个冷战,毫无理由地屏住呼吸。屏住呼吸不会让箭消失。它们依旧呼啸着落下,钉进草皮、撞中厚重的盔甲或是射入马身。

有匹马颈部中箭,尥着蹶子侧身倒下,后面的马撞在它身上,将背上的骑兵甩飞出去,脱手的长枪滑下斜坡,铲起几块黑土。蒙扎驱马绕行,随即感到有东西击中胸甲,又向上扎在脸上。她喘不过气来,在马上晃了两下,疼痛顺着脸颊蔓延开去。一支箭。好在她不过是被尾羽擦到。她睁开眼睛,正看到一名全副武装的骑兵抓住插在肩上的箭,扯了一下、两下,突然往旁一歪,被狂奔的马拖着跑,脚还套在马镫上。但后面的人毫不停顿,有的从他身边绕开,有的直接踩过他前进。

她不知怎地咬破了舌头。她吐出口血,再度夹紧马腹,驱马加速,同时狠狠闭紧嘴唇,任冷风吹打。"我们就该一直挖泥巴。"她轻声说。

她冲到了塔林人面前。

摆子一直不理解,为什么每场战斗都有那么多头脑发热、不顾后果的白痴?他们骑马径直扑向对方的黑十字旗,哪怕阵列前端长矛森然林立。当先的马儿没冲到目的地便陡然收蹄,人立而起,原地尥着蹶子,骑兵只能死死趴在它背上。后面的同伴收势不及,撞了上去,将先头的骑兵连人带马砸在敌人的枪尖上,鲜血和碎片霎时铺天盖地。

又一匹马突然停下，把主人甩过头顶，摔进泥巴地，前排的敌人刚好一枪结果他。

那些脑子还算正常的骑兵绕开了楔形阵尖端，像溪流绕开石头一样朝两边分开，攻打尚未举起长枪的敌军侧翼。在骑兵的压迫下，步兵尖叫着互相倾轧，奋力挣扎逃命，完全顾不得抵抗，手中武器也七歪八扭。

摆子跟随蒙扎拐向左边，那只独眼一直盯着她。前面有两个骑兵跳过摔倒在地的敌人，冲入敌阵中央，一路挥舞长剑和钉头锤。其他人赶紧跟进，杀向被搅乱的敌阵，又是劈砍又是践踏，打得对手晕头转向、哭爹叫娘，朝河边抱头鼠窜。蒙扎挥动长剑左劈右砍，轻松干掉几个逃命的杂碎。就在这时，一个矛兵挺矛刺来，正中她的背甲，几乎将她掀下马鞍。

摆子突然想起黑旋风的话——没有比战场更好的杀人地点，尤其是杀自己人。摆子一夹马腹，冲到蒙扎身边，踩着马镫站直身体，斧子举过她头顶……然后他撇撇嘴，怒吼着砍向那个矛兵的脸，人头顿时一分为二，尸体滚落在地。他顺势挥斧横扫，砍中一面盾牌，留下一个深坑，盾后的人被带倒在地，随即遭到马蹄轮番践踏。那人可能是洛根特的手下，但他没时间也没兴趣分辨，只想杀了所有不骑马的人，杀了所有骑马但挡住他的人。

杀了所有人。

他发出北方人的战吼——在阿杜瓦城外，他以此吓退了古尔库人。这是来自冰天雪地的北方的诡异嚎啕，只如今他的声音却变得沙哑破碎。他朝四周挥斧，也不看击中的是什么，只管横劈竖砍，斧刃眼花缭乱，惊呼、尖叫与哀号混成一团。

沙哑破碎的声音用北方话喊道："死吧！死吧！全入土吧，你们这些爬虫！"他耳中充斥着含义不明的嘶吼与喧哗，戳刺的长矛、碰撞的盾牌、闪亮的剑刃、碎裂的骨头、飞溅的鲜血、愤怒而又恐惧的脸庞像一波又一波海潮在身边冲刷、拍击。他一刻不停地挥斧，誓要将浪涛全部斩断。此情此景，更像是疯狂的屠夫在屠场作业。

他的肌肉如有火烤，浑身上下从指尖到脚趾的皮肤炙热难耐，在骄阳下大汗淋漓。他只顾向前，一直向前，跟随几名骑兵冲向水边，开出一条铺满鲜血与人马残躯的道路。他就这样杀出了战团，敌人在他面前纷纷逃开，他打马追向两个敌人，从河岸直冲进浅滩。其中一人被他一斧砍中后心，他拔斧子时又顺势砍开了另一人的脖子，那人翻倒在水里，向下游滚去。

他周围都是骑兵，马蹄掀起明亮的水花。他发现蒙扎还在前头，胯下战马在深水中挣扎，手里长剑上下翻飞，寒光闪闪。冲锋已然势尽，疲惫的战马勉强站在浅滩里，骑兵叫嚷着从马上俯身挥动武器，攻击下面的步兵，士兵则用长矛戳刺反击，甚至挥舞长剑砍向人腿和马腿。一个骑兵无助地落水，撞歪了头盔的装饰，几个敌人立刻扑来，钉头锤起起落落，在那身铠甲上留下无数大坑。

摆子闷哼一声，有人抓向他的肚子，扯破了衬衫。他整个人向后仰倒，拼命挥舞胳膊也没法找回平衡。又一只手抓住他的头，深深抠进他布满伤疤的那边脸，指甲陷入残废的眼睛。他大叫着、踢蹬着、挣扎着，刚想用左手来帮忙，不料左手也被死死拽住。他只能甩开盾牌，整个人被拖下了马，在浅滩里狼狈地滚了两圈才跪起来。

他发现面前有一个穿镶钉皮夹克的小子，湿漉漉的头发贴在脸上。那小子吃惊地盯着手中一个平滑而反光的东西，看上去是眼睛。是刚刚还在摆子脸上的珐琅假眼。那小子抬头迎上摆子的目光，摆子突然感觉身旁有异，赶忙下蹲，盾牌几乎是同时擦着他头皮飞过，带起的劲风吹得浸湿的头发来回摆动。他霍地转身，斧子画出一道宽阔弧线，狠狠砸在不知是谁的腋下。鲜血如雨，他自己也被这一下带乱了脚步，大叫着倒在一两跨外的水中。

等他再起身，那小子正握着小刀冲来。摆子扭身躲开，同时奋力抓住那小子的前臂。两人扭作一团，滚进河里，被冰冷的河水包裹。小刀刺中摆子的肩膀，但他比对手块头大得多，也强壮得多，很快将其压在身下。两人推推搡搡，相互角力，呼吸喷在彼此脸上。摆子稍稍松开握斧的手，让斧柄下滑，直到握住斧刃，那小子用空出的手抓住摆子的手腕，却没力气阻止。河水冲刷着男孩的脑袋，摆子咬牙使劲，直至沉重的斧刃抵住其颈项。

"不。"男孩轻声说。

"不"应该上战场前说。摆子用尽全力，伴着含混的嘶吼推动斧刃，目睹它一点点割进男孩的喉咙，越割越深，越割越深，直至男孩双眼鼓出，红色的伤口喷出浓稠的鲜血。这些血溅在摆子的胳膊和衬衫上，也有许多洒在附近，被河水无情地冲走。那小子抽搐片刻后整个瘫软不动了，血红的嘴大张着，双眼瞪视天空。

摆子费力地起身。被血和水浸透的破衬衫很不方便，他一把扯掉，却不料冲杀时握盾的手有些不利索，连带扯掉了好多胸毛。他环顾四周，被炽烈的阳光晃得眯起眼睛，只见无数人和马还在亮闪闪的河里扑腾，浑身沾满泥污。他弯腰拔出插在男孩割开的脖子上的斧头，斧柄立时像有生命般贴紧掌心，犹如钥匙插进锁孔。

他蹚过河水，寻找下一个对手。

寻找蒙洛卡托。

冲锋带来的让人晕眩的能量很快退去，蒙扎喊得嗓子生疼，腿也因一直夹马酸疼不已。她握缰绳的右手疼得伸不直，握长剑的左手从指尖烧到肩膀，热血在眼睛后面一下下涌动。她环顾四周，分不清东南西北。不过这也正常。

文图里奥在书中写道：战争中没有笔直的前线。

这片浅滩干脆没有前线，骑兵和步兵混在一起，进行着上百场或大或小、各自为阵的群殴。分不清盟友和敌人,也没人费心分辨,反正两者没什么区别。不论敌人还是盟友,都可能杀你。

她看到长矛扎来,但不及躲避,矛尖擦过小腿肚,扎进战马侧腹。马儿浑身颤抖,甩了甩头,一只眼睛骨碌碌乱转,齿间喷出白沫。随后长矛刺得更深,战马哀号着向旁倒下,蒙扎只能紧抓鞍桥,任灼热的马血喷在腿上。她倒地时不禁惊慌地大叫,脚还缠在马镫里,剑也掉了,双手在空中乱抓。河水拍中侧身,马鞍狠狠撞进肚子,挤出了她肺里所有的空气。

她被河水淹没,脑子一片空白,一串串气泡贴着脸颊漂向水面。寒意袭遍全身,还有冰冷的恐惧。她赶紧扑腾着爬起来,挣脱水下的黑暗,刺眼的阳光和战斗的声音霎时重新涌入耳中。她张大嘴吸气,连带呛了些水,咳嗽连连,但还是忍不住继续吸气。她用左手抓住马鞍,拼命挣扎,腿却被仍在扑腾的战马压住了。

什么东西撞到额头,她整个人又浸入水中,头晕目眩,四肢瘫软,肺里火辣辣地烧,胳膊像是两截软泥。她挣扎着再次浮出水面,但这次身体只抬起了一点,只够喘口气。流云散布的蓝天在头顶流转,和她从丰特萨莫宫跌落时一模一样。

灼目阳光照在她大口喘气的脸上,河水随即哗哗漫过她,化为一片模糊晶莹的水帘。她没力气再起来了,这滋味大概和忠臣在水车下淹死时是一样的吧?

这就是报应。

一个黑影挡住了太阳。摆了。他笼罩在她面前,仿如十尺巨人,有什么在他的瞎眼留下的坑里闪烁。他缓缓从河中抬起一只脚,眉头紧皱,河水顺着靴底落在她脸上。有那么一刻,她真以为他会踩向她的脖子,把她踩进水底。但接下来,那只脚落在旁边,她听到他低吼着推马尸,压在她腿上的重量轻了一些,又轻了一些。她扭动身体,边呻吟边呛水,总算把腿拽出,重获自由。

她四肢着地，浑身哆嗦。河水及肘，在她面前泛着白沫、反射着粼粼波光，也从她湿透的头发上不住往下滴。"操。"她小声咒骂，每口呼吸都伴着两肋间灼烧般的疼痛。"操。"她真想抽上一口。

"他们来了。"摆子的声音。他把手伸到她腋下，拽她起来，"找把武器。"

湿透的衣服和铠甲让她步履蹒跚、晃晃悠悠。她走向一具被石头夹住、流水反复冲刷的尸体，一把沉重的金属柄钉头锤挂在尸体的手腕上，她用僵硬的手指扯下来，又从那人的皮带上抽出把长匕首。

时机刚好。一个全副铠甲的士兵正好攻来，他步伐谨慎，一对凶狠的小眼睛从举起的盾牌上沿盯着她，不停滴水的长剑提在身侧。她退了一两步，装作无力抵抗——并不完全是装的——但见他逼近一步，便冲了上去。她本想一跃而起，无奈整个人只是疲惫地向前一扑，双脚几乎没法从水里拔出来，跟上身子。

她胡乱挥舞钉头锤，结果砸中盾牌，震得胳膊和肩膀一阵剧痛。她马上低吼着扭住对方，用匕首戳刺，却只戳中胸甲侧面，留下一道毫无威胁的划痕。那士兵用盾牌怼了她一个踉跄，随后长剑猛地砍来，她将将矮身躲过。她再次挥舞钉头锤，却扫了个空，还让自己失去平衡。这时的她已没了力气，只顾大口喘粗气，眼看对手又举起了剑。

摆子在士兵身后露出疯狂的笑容，血红的斧刃在阳光下泛着阴森森的光。它闪电般劈下，伴着湿润的切肉声，劈开盔甲保护的肩膀，直砍到后心，鲜血喷了蒙扎一头一脸。她连滚带爬地往后躲避，耳边全是士兵含混的惨叫，鼻孔里全是他的血，她只能用手背蹭掉糊住眼睛的那些。

等她终于能看清，首先浮现的是另一名士兵，他敞开的头盔里有张胡子拉碴的脸，手中挺矛刺来。她想躲开，但长矛狠狠击中胸口，矛尖刺耳地扎在胸甲上。她被撞得迷迷糊糊，脑袋猛地一扎，仰面倒在浅滩里。那士兵也步伐不稳，却是踏进了河床的小裂缝中，溅起的大片水花落进她眼里。她挣扎着单膝跪起，血淋淋的头发纠结在脸上。他转身挺矛再刺，这回她扭身躲过，顺势将匕首送进两块板甲间的缝隙，从侧面穿透了他的膝盖。

他弯下腰，双眼鼓胀，张大嘴巴尖叫。她咆哮着甩起钉头锤，自下而上打碎了他的下巴。他头朝后折，鲜血、牙齿和牙齿的碎片飞洒空中。他保持这姿势待了一会儿，双手瘫软下垂，直至她甩锤打向他无遮无挡的脖子，这才仰天倒下。她在河中滚了一圈站起来，吐掉呛到的水。

她周围还有好多人，但大家都不打了。他们在马鞍上或站或坐，观察周围。摆子站在附近看着她，手里战斧低垂。他不知怎地撕掉了上半身的衣服，白皙的皮肤上遍布各种形状的血渍。他的珐琅假眼不见了，眼窝里只剩下那颗布满水珠的光滑金属球反射着正午的阳光。

"胜利！"有人大喊。她眼里全是水，浑身还在颤抖，一片模糊中，只见一个骑棕色战马的男人停在河中央，踩着马镫起身，高举闪亮的宝剑。"胜利！"

她晃悠悠地朝摆子迈出一步，然后倒了过去，他赶紧扔下斧子接她。她死死抱住他，右臂搭在他肩上，左臂依然垂着，抓住钉头锤不放，因为手指已僵硬得无法松开。

"我们赢了。"她在他耳边轻声说，恍惚中露出了微笑。

"我们赢了。"他紧紧抱住她，几乎将她从水里提起来。

"我们赢了。"

科斯卡放下望远镜，揉了揉眼。他两只眼睛都快瞎了，一只是因为紧闭了大半个小时，另一只是因为在镜片后挤了同样长的时间。

"好吧，收工。"他在团长交椅上不舒服地扭了扭身体，裤子勒进汗津津的屁股缝，怎么也拽不出。"你们古尔库人怎么形容来着，神只为结果微笑？"

沉默。伊丝黎已然消失，真是来无影去无踪。科斯卡只好转向另一边，冲友好说："看了场好戏，呃，军士？"

罪犯从骰子上抬头，皱眉看向山谷，一言未发。洛根特公爵及时的冲锋不仅填补了阵线的缺口，冲散保利人后还继续冲向塔林军侧翼，彻底打乱了对手的阵型。这可不是"迟到的公爵"的作风，事实上，科斯卡觉得这无畏的一手——或者说一拳——是蒙扎萝·蒙洛卡托的手笔，并奇怪地为此备感欣慰。

右翼的威胁消除后，奥斯皮亚步兵完全封住了下游浅滩东岸；新加入的斯皮奈盟军及时参战，给弗斯卡的后卫来了个出其不意，经过短暂交手，即将把西岸收入囊中。奥索的大军有一半多被夹在中间——他们的同伴或陈尸于山坡和河岸，或死在河里、被冲向大海——绝望地困于浅滩，只能放下武器；剩下不到一半的官兵则四散奔逃，峡谷西面青葱的斜坡上到处是他们的黑色身影，短短数小时前，他们正是从那里雄赳赳气昂昂信心满满地走下来。斯皮奈骑兵分成小队围捕幸存者，骑兵们的盔甲在正午的艳阳下闪耀。

"看来尘埃落定了，呃，维克图？"

"看来您说得很对。"

"接下来是一场战役中最可爱的部分：溃逃。"科斯卡看着从浅滩逃向四面八方、跑过饱经践踏的草地的小小人影，想起了艾弗利之战，不禁额头出汗，打个冷战，但脸上还是挂着漫不经心的笑容："没什么比大溃败更精彩，呃，塞萨利？"

"谁能想到呢？"大块头缓缓摇头，"洛根特赢了。"

"事实证明，洛根特大公爵是个难以预测且人脉广泛的绅士。"科斯卡打个哈欠，伸个懒腰，用手捂嘴，"很合我心意。我想让他做我们的雇主,这回就先帮他打扫战场喽。"搜刮死者,不无小补。"抓些囚犯,换取赎金。"或者杀死他们,抢劫细软,取决于对方是谁。"奥索大军的辎重也不该浪费,我们就勉为其难接收了吧。"以免被人抢先,或是白白烧毁。

维克图咧嘴一笑,露出一口烂牙。"我去安排大家立刻出击,免得都冻僵了。"

"去吧,勇敢的维克图队长,快去吧。太阳眼瞅就要落山,大伙儿不该在外面闲晃。要知道,如果多年以后的诗人们说起千剑团在奥斯皮亚之战中无所作为……我会深感惭愧。"科斯卡开怀地展露笑颜,这次是真心的,"是不是该吃午饭了?"

胜利者的滋味
To the Victors

黑旋风常说,唯一比打仗爽的是打仗之后来一发。摆子觉得他说得很对。她似乎也很赞同,毕竟,当他走进黑漆漆的屋子时,她正等着他。她像个婴儿般赤条条躺在床上,摊开身子,双手枕在脑后,一只颀长光滑的腿伸向他。

"你怎么才来?"她边问边挑逗地摇臀。

他一直觉得自己脑子反应挺快,然而现在根本没法用脑子。他的怒火犹如罐子打碎后的啤酒,流失殆尽。"我……上次……"他踢上门,缓缓走向她。"都过去了,是吗?"

"是的。"她滑下床,开始脱他借来的衬衣,动作自如得仿佛这是两人商量好的。

"我没想到……你会来。"他伸出手,小心翼翼地摸向她,生怕自己在做梦。他的指尖滑过她赤裸的双臂,不由得起了鸡皮疙瘩。"考虑到上次我们……"

她的手指插进他的头发,将他的脑袋拽向她,把呼吸吐在他脸上，然后依次吻过他的脖子、下巴和嘴唇。"也就是说，你想赶我走喽？"她轻柔地吸吮他的双唇。

"妈的，当然不。"他声音低得几乎难以听清。

她解开他的腰带。他的裤子慢慢滑下，直至卡在膝盖那儿，只有腰带扣掉落在地。

她在他的胸口和肚子印下冰冷的吻。她的舌头滑过他的肚皮，又凉又痒，他不由得扭了扭身，发出一声女人般的呻吟。她用沉默的吸吮回应他，他呆呆地站着，身体微倾，双膝虚弱得发抖，嘴巴大张。她的头开始慢慢前后摆动，他也不假思索地跟着摆臀，喉头不时发出猪吃泔水的呼噜声。

蒙扎用手背抹抹嘴，退回床上，顺便把他也拉了过来。他吻着她的脖子、胸脯，喉头不时发出狗啃骨头的呜呜声。

她抬起膝盖，小腿钩住他的后背。他皱起眉头，左脸隐在黑暗中，右脸布满摇曳的灯光投下的斑驳暗影。他的指尖温柔地抚过她肋上的伤疤，她拍掉他的手。"都跟你说过，我从山上掉下去弄的。快脱裤子。"

他急吼吼地往下脱，裤腿却卡在膝盖那儿。"操，见鬼，该死——啊！"他总算甩掉裤子，她随即将他仰面推倒在床上，自己爬上了去。她就趴在他身上，在贴近他脸的地方低低呻吟，感受他急促的呼吸，一边迎合着他——

"啊，等等！"他从她身下挣脱，坐起身，一边摆弄，一边龇牙咧嘴地说。

"到时候了我会告诉你。"

她跪着往前挪，找准位置，再一点点向下坐。

"噢。"他用手肘支撑身体扭动，徒劳地想全进去。

"啊。"她弯腰贴住他，发丝拂过他的脸，他笑着张嘴去咬。

"哦——呃。"她把拇指伸进他嘴里,将他的脸扯向一边,他吸吮她的拇指,轻咬她的拇指,又抓住她的手腕,舔舐她的手,随后舔向她的下巴和舌头。

"啊。"她终于放低整个身体,面露微笑,喉头发出饥渴的呻吟。他亦是如此。

"噢。"

她用手指搔他下巴,拇指尖极轻柔地滑过他烧毁的脸颊,他只觉酥酥麻麻、瘙痒难耐。但他心头突然涌起一股无名火,不由得逮住她的手腕,狠狠扯开,将她从身上掀了下去。她双膝跪在床上,他将她的手臂扭到身后,将她的脸按在床单上,疼得她大声呻吟。

他用北方话嘟囔了句什么,连自己也不清楚内容。难以遏制的急迫感占据了他,他想伤害她,想伤害自己。于是他用另一只手抓住她的头发,将她的头狠撞在墙上。她呻吟、喘息,嘴巴大张,头发覆脸,又被喘出的气息吹散,而他在她身后吼叫、呜咽。她的胳膊仍旧被他扭在后面,她把手翻转过来,猛地扣住他的手腕,将他拽到她身上。

啊,啊,他们发出无意识的呻吟。吱嘎,吱嘎,床也跟着他们呻吟。

每撞一下,他都会小声嘶吼,头朝后仰,血管从挺直的脖子上鼓出;每撞一下,她都会自紧咬的牙缝间挤出呼喊,全身肌肉绷紧,直到完事才慢慢放松。她在他身上多留了一会儿,像打湿的落叶般伏下身,任粗重的呼吸从喉咙深处喷出。随后她紧咬牙关,臀部再次朝他推去,他忍不住打了个寒战。待到这第二回完事,她才滑下他的身体,抓了把被单裹住自己。

他仰天躺倒,胳膊摊开,汗津津的胸膛起起伏伏,双眼盯着镀金天花板。"胜利者的滋味。早知如此,我从前就放手一搏了。"

"不,你不会。你可是'迟到的公爵',是吧?"

他看着自己湿润的宝贝,将它甩向一边,又甩向另一边。"哎呀,这就叫好事多磨……"

摆子松开指头,他的手指由于握了一整天斧子而僵硬麻木、布满擦伤,如今又在她手腕上留下好几道白印,那些印子正迅速变红。他仰天躺倒,酸痛的肌肉放松下来,汗津津的胸膛起起伏伏。他的欲望已发泄干净,连带怒火也消散了。不过只是暂时。

她翻身面对他,脖子上的红宝石项链叮当作响。她的小尖尖有些没精打采地垂下,髋骨骨节突了出来,肩上的锁骨也很明显。她皱起脸,转动胳膊,揉捏手腕。

"不是故意的。"他心不在焉地低声扯谎。

"噢,我没那么脆弱。你可以叫我卡萝特。"她伸出手,指尖轻轻扫过他的嘴唇,"不过即便不知道名字,我们之间也了解得够多了……"

蒙扎爬下床,走到桌旁,她双腿酸疼无力,赤脚踩在冰冷的大理石上有些打滑。大烟就摆在桌上,旁边是灯笼,此外还有莹莹闪烁的匕首,精心打磨的烟管也闪着光。她坐在桌前,心知昨日若非抽过大烟,根本没法阻止双手颤抖,而今天即便满身都是战斗留下的淤伤、擦伤和割伤,但加起来也没有对它的渴望强烈。她举起左手,指节处已开始结痂。她皱眉看着那些坚硬的血痂。

"我没想过真能做到。"她轻声道。

"呃?"

"打败奥索。我以前就想赶在被杀前干掉三个或四个仇人。我没想过能活这么久,也没想过真能打败奥索。"

"而今你完全占据了上风。不到一年,希望便照进了现实。"洛根特站到镜子前。镜子很高,围着威斯尼亚玻璃烧制的彩色花朵。眼看他摆出各种造型,她难以置信自己也曾像他那般自负,也曾在镜子前顾盼几个小时,也曾和本纳一起斥重金采买衣服。滚落高山的噩运、满是伤疤的身体、残废的右手加上东躲西藏如狗一样度过的六个月,治好了她所有毛病。或许她该把这方法介绍给洛根特。

公爵抬起下巴,挺起胸膛,摆出高贵的姿势。随后他皱眉低头,按了按锁骨下一道长长的刮伤。"该死。"

"指甲刀割的?"

"野蛮的长剑砍的,你要知道,换个庸人早没命了!但我迎难而上,毫无怨言,像老虎一样冲上去,浴血拼杀。你瞧,鲜血顺着铠甲往下流,我却岿然不动!我现在担心的是它会不会留疤。"

"显然你会以它为荣,最好给所有衬衫都开个口子,好让人人都看到它。"

"若非咱俩走得近,我会真以为你在挖苦我。你有没想过,如果事态按我的计划继续发展——我必须指出,截至目前一直如此——要不多久,你挖苦嘲讽的就是斯提亚国王了。说实话,我已向科提兹的佐本·科斯姆,那位世界闻名的珠宝大师预订了王冠——"

"无疑用的是古尔库的金子。"

洛根特顿了一顿,皱起眉头。"世界并不像你想的那样简单,蒙洛卡托将军,一场伟大的战争正在进行。"

她嗤笑道:"你以为我忘了?这可是血之年代。"

他也嗤笑回应:"所谓血之年代不过是小打小闹。这场战争早已开始,早在你我出生之前。这是古尔库和联合王国之间的角力,或者说,是操纵这两者的势力——古尔库的教会和联合王国的银行之间的斗争。他们的战场遍布世界各地,人人都要选择立场,中间地带只有尸体。奥索选择与联合王国结盟,由此获得银行撑腰,而我选了……我的靠山。每个人都有不得不下跪的时候。"

"你是不是忘了？我可是个女人，没道理按你们男人的规则行事。"

洛根特忍不住笑了："噢，我当然没忘，这是你吸引我的第二个理由。"

"第一个是什么？"

"你能帮我统一斯提亚。"

"我干吗要帮你？"

"统一的斯提亚……会像联合王国那样辉煌，像古尔库帝国那样强盛，甚至更伟大！她可从这两者的斗争中脱身出来，置身事外，成为自由之国。如今统一唾手可得！那康蒂和普兰提打算重新投入我麾下，阿非奥一直忠心耿耿。索多里斯是我的人，只要我对斯皮奈做出一些无关紧要的让步，无非是几个小岛加上博洛里塔——"

"博洛里塔的人民会怎么说呢？"

"我让他们说什么，他们就会说什么。他们是群反复无常的懦夫，想必你从他们忙不迭地献出可敬的孔泰公爵的人头这件事上深有体会。穆里斯长期依附于斯皮奈，而今斯皮奈又将依附于我，至少名义上如此。威斯尼亚元气大伤，墨西利亚、恩提那和卡普亚也十分虚弱，我觉得，你和奥索已将他们独立的骨气全粉碎了。"

"西港呢？"

"小问题，小问题。那里究竟属于联合王国、坎忒人还是斯提亚，每个人看法不同，我们先别在意，塔林才是重点。塔林是锁芯和轮轴，是我远大愿景中缺失的那块拼图。"

"你很喜欢自说自话，是吧？"

"我的话通常很有道理。奥索大败亏输，就此将一蹶不振，犹如过眼云烟。一直以来，他与众不同之处是凡事都能动刀子……"他意味深长地朝她一挑眉毛，她挥手示意他继续，"然而他的刀子业已折断,他也没有能帮上忙的盟友。但光毁灭奥索还不够,我需要有人能取代他,有人能带领棘手的塔林市民投奔我仁慈的怀抱。"

"你选好牧羊人时记得告诉我。"

"噢,我有人选。此人文武双全、足智多谋,不仅能从低谷东山再起,其赫赫威名更让人闻风丧胆,塔林人对之的爱戴胜于奥索。实际上,奥索对此人动了杀心……就因为此人曾觊觎他的权柄……"

她眯眼看他。"我并未觊觎他的权柄。我如今也不想要。"

"但它近在眼前……你报仇之后有何打算?说真的,你应该被人纪念,你应该开创新时代。"本纳曾这么说,蒙扎也多少愿意听听这种奉承,愿意再次接近权力。她曾拥有这两者,也好久没体会到它们带来的快感。"况且,让奥索最大的恐惧成真,难道不是最好的报仇方式吗?"这话彻底打动了她,洛根特露出心照不宣的狡黠笑容。"实话实说,我需要你。"

"实话实说,我需要你。"这话满足了摆子的自尊,她露出心照不宣的狡黠笑容。"偌大的环世界,我连个朋友都没有。"

"但你很擅长寻找新朋友。"

"比你想的难多了。我总被当作外人。"有了过去数月的经历,不用说他也清楚这是什么感受。他并不认为她在撒谎,只是把真相用自己的方式讲述出来,"而且有时很难分清敌友。"

"说得对。"这点他也完全清楚。

"我敢说,你的故乡是个视忠诚为荣誉的地方,但在斯提亚,人人都要顺势而为。"很难想象笑容如此甜美的人会包藏祸心,但在如今的他眼里,一切都是阴暗的,一切都暗藏杀机。"说来……你的朋友蒙洛卡托将军和我的朋友洛根特大公爵。"卡萝特的双眼径直盯进他完好的那只眼睛,"不知他们现在在干吗?"

"上床!"他没好气地冲她吼。他怒气冲冲的样子吓得她往后一缩,好像以为他会再次用她的头去撞墙——说实话,他差点就动手了,用她的头或是自己的头——但她很快恢复了平静,笑意甚至更浓了一些,仿佛炙热的怒火是她喜欢的男人品质。

"塔林的毒蛇和奥斯皮亚的蠕虫紧紧缠绕,这两个阴险的家伙真是天生一对:一个是斯提亚最凶残的屠夫,一个是斯提亚最无耻的骗子。"她一根手指轻轻磨蹭他胸口的伤疤,"她报仇之后有何打算?等洛根特抬举她、像小孩子展示玩具一样把她展示给塔林人之后?等血之年代终结、战争结束之后,这里还有你的一席之地吗?"

"战争结束之后,哪里都没我的一席之地。事实证明如此。"

"我为你担心。"

摆子不屑道:"有你帮我看着后背还真幸运啊。"

"我希望自己能做得更多。你清楚卡普亚的屠夫解决问题的方式,你也清楚洛根特公爵并不看重实诚人……"

"别的不说,但我非常看重实诚人。可打仗打到撕毁上衣?这也太……"洛根特皱了皱眉,好像喝到变味的牛奶,"俗套。我可不会干那种事。"

"什么事?上阵拼命?"

"女人,你这是挑衅,我可是斯多里克斯再世!你知道我的意思,你那北方伙伴,就是有一只……"洛根特懒懒地在左脸比了一下,"眼睛,准确说是缺了一只眼睛。"

"这就开始嫉妒了?"她轻声道,这是她目前最不想涉及的话题。

"算有一点。但我更担心他嫉妒,那人非常暴力。"

"我正为这个才雇的他。"

"或许到放手的时候了。疯狗给主子造成的伤害比给敌人的还多。"

"说到给谁造成伤害,那也是主子的情人首当其冲。"

洛根特紧张地清了清嗓子。"我们当然都不希望那种事发生。他似乎很黏你，好比藤壶死黏着船壳，因此我们得出其不意、雷厉风行方能……除掉他。"

"不行！"她的声音远比意料中严厉，"不行。他救过我。不止一次，而且是冒着生命危险。就昨天他还救了我，而今天我就要杀他？不行。我欠他的。"她还记得兰格利上尉将烧成明黄色的金属插进摆子的脸，还记得当时散发的味道，不禁打了个寒战。本该是你。"不！我不会动他一根汗毛。"

"好好想想。"洛根特缓步走到她身边，"我理解你的不情愿，但你要明白这是为安全着想。"

"这就是所谓的审慎？"她嘲讽地说，"我警告你，离他远点。"

"蒙扎萝，请理解，我是为你的安全——嗷！"她从椅子上跳起来，狠狠踹向他的脚，并趁他跪倒时将他的手腕扭到肩后。她翻身骑在他背上，将他压在身下，让他的脸贴住冰冷的大理石地面。

"你没听我说'不行'吗？如果我要出其不意、雷厉风行……"她继续扭他的手腕，痛得他尖叫一声，"我会亲自动手。"

"好的！噢！好的！我完全明白了！"

"很好，别提他了。"她松开他的手，他趴在地上没动，大口喘粗气。接着他翻过身，轻轻揉着手，露出受伤的表情，她跨坐在他肚子上。"你犯不着这么粗暴。"

"或许我喜欢这么着呢。说不定你也喜欢。"

"既然你这么说……我必须承认，被一个强壮的女人俯视令我全身放松。"他指尖抚过她的膝盖，双手缓缓爬上她伤疤累累的大腿，又缓缓下降，"我觉得……说服你在我身上撒尿……不太可能，是吧？"

蒙扎皱起眉。"我没这想法。"

"或许……再喝点水？然后——"

"我还是倾向于用尿壶解决。"

"真浪费啊。尿壶可不会心存感激。"

"等我在里面尿完,你可以随便使用,怎样?"

"哦,这可不是一回事。"

蒙扎缓缓摇头,从他身上下来。"未来的女大公在未来的国王身上撒尿?太荒唐了。"

"够了。"摆子浑身遍布淤青、擦伤和划痕,后背多了道几乎挠不到的大口子。空气浓稠闷热,伤口一直刺痛难耐,让他心烦意乱,那话儿都软了下来。她的意图像床上多了具腐尸一样显而易见,他厌倦了再兜圈子。"你想弄死蒙洛卡托,大可直说。"

她停顿片刻,嘴巴半张。"你的鲁莽真是出人意料。"

"不,你认定独眼杀手就该这么鲁莽。为什么?"

"什么为什么?"

"你为什么这么想她死?我是很蠢,但没蠢到家。你这等美人肯定不会为我这张'漂亮脸蛋'而来,也不会为我的幽默感。或许你想为她在斯皮奈对你做的那些事报仇,人人都想报仇,但这只是部分原因。"

"是很大一部分……"她一根手指的指尖缓缓滑上他的大腿,"我对实诚人的兴趣远比对漂亮脸蛋大,此外嘛,我不知道……我能信任你吗?"

"不,如果你能信任我,我就不是完成这个任务的最佳人选了,不是吗?"他抓住她游走的手指,拽到面前,连带她吃痛变形的脸也拉了过来,"你到底有何目的?"

"啊!联合王国有个人!我效命于他,一开始就是他把我派到斯提亚,在奥索身边当间谍!"

"瘸子?"维塔瑞提过那名字,那个在幕后操纵联合王国的人。

"对！啊！啊！"他将她的手指扭得更狠，令她惨叫连连，片刻后才突然放手。她赶紧抽回手，按在胸口，朝他撇嘴。"你犯不着这么粗暴。"

"或许我喜欢这么着呢。继续说。"

"蒙洛卡托害我背叛奥索……也背叛了瘸子。如有必要，我可以与奥索为敌——"

"但瘸子不行？"

她吞口口水。"不行。他不行。"

"他比伟大的奥索公爵更可怕，呢？"

"可怕得多。蒙洛卡托是他的目标，她威胁到他精心编织的将塔林并入联合王国的计划。他要她死。"她美丽的面具悄然滑落，露出另一副表情：双肩下沉，睁大的眼睛盯着床单，脸上混合着迫切与病态，还有很多很多恐惧。摆子喜欢这副表情，这大概是他来斯提亚后见到的第一张真实的脸。"若我有法子杀她，就能活命。"她轻声说。

"我是你的法子。"

她回望着他，眼神变得强硬。"你能做到吗？"

"我今天差点做到了。"他当时真想用斧子劈开她的脑袋，想用靴子将她踩进水底，这样她才会看得起他。但他却救了她。因为她还指望着他，也许依然指望着他……这份指望让他成了傻瓜，而摆子受够了被当成傻瓜。

他杀过多少人？在北方那些战役、冲突和厮杀中杀了多少？在斯提亚这半年又有多少？在卡多迪的春情院的烟火和混乱中呢？在萨利公爵的宫殿摆满雕像的长廊里呢？在数小时前的战场上呢？大概不下二十个，或许更多，其中包括女人。他已和血九指一样深深踏入血海，在账单上再添一个名字也不会怎样。他抿起嘴。"我能做到。"蒙扎毫不在乎他，这跟他脸上的伤疤一样明显，他又为何非得在乎她？"轻而易举。"

"那就去做。"她手脚并用爬向他，嘴巴半张，酥胸晃晃悠悠。她看着他完好的那只眼睛。"为了我。"她在上方晃动身体，双峰前后磨蹭他的胸口，"为了你。"她的红宝石项链坠在他下颚上方，闪着柔和的光。"为了我们。"

"我要选个好时机。"他的手搭在她后背，又滑向她的臀部，"谨慎为先原则，呃？"

"当然。心急吃不了……热豆腐。"

他脑子里全是她的味道，甜美的花香混合着浓烈的交媾气息。"她欠我钱。"他低声做最后的挣扎。

"噢，钱。你知道，我以前也是商人，精通买卖。"她灼热的呼吸喷在他脖子、嘴巴和脸颊。"那段为期不短的生涯告诉我，当人们开始谈论价码时，交易就快成了。"她用鼻尖拱他，双唇蹭过他脸上大片伤疤，"为我杀掉她，我保证，你该得多少一分不少，加上利钱。"她用冰凉的舌头轻舔金属假眼旁的嫩肉，他觉得十分惬意和放松。"我与……凡特和伯克银行……有协议……"

白费功夫
So Much for Nothing

一大箱亮闪闪的银币在阳光下反射着金钱特有的、让人口水直流的光线;一大箱亮闪闪的银币无遮无挡地摆在那里,紧紧抓住了营地内所有人的目光,恐怕一个寸缕不着的伯爵夫人躺在桌上搔首弄姿也比不过。这些银币如此光鲜崭新,堪称全斯提亚最洁净的钱,却将落进全斯提亚最肮脏的那些手里,多么讽刺。这些银币一面刻着天秤——斯提亚商人自新帝国时代以来沿用的符号——另一面则是塔林的奥索大公爵严厉的侧像。科斯卡觉得这更讽刺,收钱的人刚刚背叛钱上的人。

千剑团第一联队第一大队的官兵们排着扭扭歪歪、左顾右盼、懒懒散散的长队,正从临时搭建的桌前领取这份不义之财,总公证人和十二名最可靠的老兵负责监视。如此防范也是无可奈何的事,光早晨这点时间,科斯卡已见识过五花八门的无赖手段。

团员们变着法子在桌前偷奸耍滑,他们变装易容,报上假名乃至死去同伴的名字。信口开河地瞎报军阶或服役时长已是例行公事,他们还会编造身患绝症的母亲、孩子和其他亲属，极尽所能地抱怨食物、酒水、装备、排泄、上级的虐待、他人的气味、恶劣的天气、被偷的东西、陈年旧病和刚留下的伤口、对压根不存在的荣誉的侮辱等等。若他们能把这股想方设法从长官手中多抠一点利益的狠劲、这份厚颜无耻和坚持不懈用在战场上，势必可以天下无敌。

幸好有首席军士友好坐镇。他在安全屋的厨房工作多年，那里关押了数十个世界上最声名狼藉的恶棍，每日为足够维生的面包大打出手，跟那个地狱相比，这边的各种下流手段和花招不过是小把戏。什么都逃不过他那双犀利的眼睛，这位前罪犯不容忍一枚刻着奥索头像的闪亮银币不按规矩分发。

待最后一个人快步走远——他说自己腿疼得要命，要求多加补偿，拿完钱便神奇痊愈了——科斯卡不由得深感沮丧地摇头，"命运女神在上，我竟以为这些人额外分到赏金会开心！他们可连仗都没打！偷都没动手！所以说，斗米恩、升米仇，没人会为白得的东西心存感激。慈善的苦果！"他拍了拍公证人的肩膀，拍得书写整齐的页面留下一道潦草的痕迹。

"咱们这行越混越没出息了。"公证人不开心地擦掉那道痕迹。

"越混越没出息？我倒觉得他们一直是这么坏脾气、小心眼。'以前不是这样的'那是傻瓜自欺欺人的说法，谁说以前更好，肯定是在可怜自己，因为自己以前还年轻、还满怀希望。随着人一步步走向墓穴，看到的世界肯定会越来越阴暗。"

"所以事情一直是这样？"公证人沮丧地抬头问。

"有时变好，有时变糟，"科斯卡重重叹了口气，"但在总量的天秤上，我没看到任何明显改变。我们结了多少位好汉的账了？"

"结清了安迪齐联队中斯夸尔大队的账——哦，前安迪齐联队。"

科斯卡用手遮眼。"拜托，别提起这位勇士，他的过世仍让我痛心。我们总共结了多少人？"

公证人舔舔手指，翻过厚重账本的前几页，数起条目。"一，二，三——"

"四百零四人。"友好说。

"千剑团总共有多少人？"

公证人皱眉。"算上所有辅助人员、仆从和商人？"

"当然。"

"妓女也算？"

"必须算上，该死，她们可是全团的劳动模范！"

公证人朝天翻白眼。"呃……"

"一万两千八百一十九人。"友好道。

科斯卡盯着他。"我听说一个好副官赛过三位将军，但你的价值高过三十位将军！那就是一万三千咯？我们在这儿发钱要发到明晚！"

"很可能。"公证人嘀咕着合上账本，"下面是安迪齐联队的克拉普坦大队——哦……前安迪齐联队。"

"呵呵。"科斯卡拧开马维尔在斯皮奈扔给他的酒壶，举到嘴边晃了晃，发觉里面空了。他盯着坑坑洼洼的金属酒壶，扫兴地想起毒师说"有些事永远不会改变"时那副嘲讽的样子。如此扫兴，令他来一杯的欲望突然剧增。"稍事休息，我去把它灌满。让克拉普坦大队排好队。"他起身时双膝酸痛，不禁咧了咧嘴，但紧接着露出一丝笑容：一个大块头正踏着坚实的步子，穿过泥泞不堪、烟雾缭绕、帆布帐篷乱七八糟的营地朝他走来。

"看啊，来自冰封北方的、冷血的摆子大师！"北方人显然已不再关心外貌，他随意套了件皮夹克，粗纺衬衫的袖子卷到手肘，与科斯卡初遇时利落得像个墨西利亚花花公子的头发，现已乱作一团，厚重的下巴也生出半长不短的胡子。但这些全加在一起，也掩饰不了占去他半张脸的大片伤疤，那恐怕得要更多的头发才盖得住。"我从前的冒险伙伴！"一起杀人的伙伴。"眼里放光！"北方人的瞎眼里安放的金属眼球反射着正午阳光,让人难以直视。"你脸色真好,朋友,真好!"真是个不折不扣的残废蛮子。

"脸色好,心情好。"北方人牵起一边嘴角微笑,但烧伤的那侧脸几乎没动。

"的确如此,早餐笑一笑,中午拉屎都开心。你参战了?"

"是的。"

"我就猜到是这样。关键时刻,你怎会不挽袖子上阵?战事很血腥吧?"

"确实。"

"但有的人渴望鲜血,呃?你肯定认识这样的人。"

"没错。"

"你的雇主,我的得意门生、替身兼继承人蒙洛卡托将军在哪里?"

"在你身后。"冷冷的声音响起。

他猛转过身。"我的天,女人,你偷偷接近男人的本领还是没丢!"他装作吓一跳的样子,以掩饰每次看到她都难以抑制的悸动,生怕嗓音中带上感情。她一边脸添了道长伤疤,还有些淤青,另一边脸倒没什么。还好。"你还活着,我的喜悦无以言喻。"他摘下帽子行礼,羽毛谦恭地垂下,人也单膝跪在她面前的泥地上,"请原谅我的激动,你知道我脑子里现在只有你。我对你的喜爱从未稍减。"

她嗤之以鼻。"喜爱,呃?"她可没看出来,他也没表现出来过。"所以你从头到尾演这出戏是为我吗?我该感动得晕过去了。"

"你最让人喜爱的特质之一就是随时都充满感动,"他站直身,"我想这大概源于你那颗敏感的女人心吧。跟我来,给你看些东西。"他领她穿过树林,走向农舍,农舍刷成白色的墙在正午的太阳下闪光,友好和摆子像阴云一般跟在后面。"说实话,我这么做除了为你,还有长久以来想踢奥索屁股一脚的阴暗渴望,当然,外加一些微不足道的个人利益方面的考虑。"

"有些事永远不会改变。"

"任何事情都不会改变。为什么要变？我收到一大笔古尔库黄金，这个你很清楚，毕竟是你最先出价的。还有嘛，噢，洛根特大方承诺，若他成为斯提亚国王——看来可能性很大——会让我统治威斯尼亚大公国。"

他甚为满意地欣赏她目瞪口呆的表情。"你？当他妈的威斯尼亚大公爵？"

"我的头衔不包括'他妈的'三个字，但其他部分基本正确。尼科莫大公爵听起来很舒服，不是吗？毕竟萨利已经死了。"

"他的确死了。"

"并且没留下继承人，连亲属都没有。城市遭到洗劫和焚烧，政府崩溃，民众逃的逃、死的死，也有人趁火打劫。威斯尼亚急需一位强大无私的领袖，帮她重建荣光。"

"他们迎来的却是你。"

他露出一丝窃笑。"还能是谁？难道我不是土生土长的威斯尼亚人吗？"

"威斯尼亚人那么多，几个人配得上当公爵？"

"哎，公爵只有一个，那就是我。"

"你怎么会有这种想法？奉献？责任？这些可不是你喜欢的品质。"

"我以前也这么觉得，但指引我的星辰只会把我带进阴沟。我从没留下些东西，蒙扎萝。"

"别说了。"

"我一直在随意挥霍天赋，自怜自艾让我走上自我忽视、自我伤害，乃至近乎自我毁灭的不归路。如今我想改变自己也是合情合理，对吧？"

"你在说你？"

"完全正确。我的虚荣与自恋，蒙扎，都是不成熟的表现。为了我自己和追随我的人,我需要成长,需要展现自己的聪明才智,正如你一直试图告诉我的那样:人总得有点底线。试问,有什么比全心全意为生养我的城市奉献服务更好呢?"

"你的全心全意。可怜的威斯尼亚真造孽啊。"

"我总比那个满全世界偷窃艺术品的吃货要强。"

"是吗?他们即将迎来一个予取予求的老酒鬼。"

"你错了,蒙扎萝,人是能改变的。"

"你刚才不是说任何事情都不会改变吗?"

"我改变想法了。为什么不呢?你瞧,短短一天之内,我不仅发了大财,还得到斯提亚最富裕的公国之一。"

她摇摇头,既厌恶也惊愕。"而得到这一切只因你在这儿干坐了一天。"

"人世间最大的谎言无疑是这个:只要努力就有收获。"科斯卡仰起头,朝黑色的树枝和湛蓝的天空露出笑容。"你知道吗,我觉得历史上再没哪个人像我这样,什么也不做便能兴旺发达。无论如何,昨天的胜利不止我一人获利,洛根特大公爵当然对结果非常满意,你也离伟大的报仇目标近了一大步,对吧?"他靠到她身边,"说到这个,我有件礼物送给你。"

她皱眉狐疑地看着他。"什么礼物?"

"噢,我可不会破坏惊喜。友好军士,请带你的前雇主和她的北方同伴进屋,给她看看昨天的收获,随后她尽可自便。"他得意洋洋地笑着走开,"我们现在是朋友!"

"这儿。"友好"吱吱嘎嘎"推开低矮的门。蒙扎看看摆子,摆子耸耸肩,于是她矮身钻过门梁,进到昏暗的屋里。跟外面的艳阳高照相比,里面十分凉爽,头上是砖砌的拱形天花板,几缕阳光洒在尘土飞扬的地板。她尽力适应这里的光线,只见一个人影缩在远处角落。那人蹒跚往前,双脚间的锁链哗哗作响,阳光自肮脏的窗格照进来,在他半边脸上投下纵横交错的影子。

弗斯卡世子,奥索公爵的小儿子。蒙扎整个人僵住了。

当初在丰特萨莫宫,他明确拒绝参与,还转身跑出父亲的书房。和那时相比,他看起来总算像个大人了:上唇稀稀拉拉的绒毛不见了,一只眼睛周围的大片淤青让他变得有些可怕。他先盯着跟在她身后进屋的摆子和友好——两个让囚犯一看就心凉的人——最后才不情愿地迎上蒙扎的目光,挂着认命的表情。

"看来是真的,"他轻声说,"你还活着。"

"我不像你哥哥。我先刺穿他的喉咙,才把他扔下楼。"弗斯卡吞口口水,喉结猛跳了一下。"我毒死了马修斯。加恩马克被青铜巨剑插死。忠臣被捅得满身窟窿,淹死在水里,还跟水车一起打滚。戈巴很幸运,我只用锤子敲碎了他的双手、双膝和脑袋。"说出这些名字并未让她满足,反而觉得有些恶心。她强迫自己继续,"谋杀本纳时在场的七人中,只剩你父亲了。"她抽出重型细剑,剑刃和剑鞘摩擦的轻吟仿佛婴儿刺耳的尖叫,"你父亲……还有你。"

这里十分逼仄,散发着腐败气息。友好像死人一样面无表情。摆子在她旁边,背靠墙壁,双手抱胸,面露微笑。

"我明白。"弗斯卡走近了一些。他迈着不情愿的细碎步子朝她走过来,停在离她不到一跨远的地方,跪倒在地。他的手被绑在身后,所以动作笨拙,但他一直看着她。"我很抱歉。"

"你很抱歉?"她咬牙切齿地说出这几个字。

"我不知道会发生那种事!我喜欢本纳!"他双唇颤抖,一颗泪珠滑下脸庞。恐惧还是内疚,抑或两者皆有。"你弟弟跟我……亲如兄弟。我从没想过让你俩……受任何伤害。我很抱歉……为我当时的表现。"他当时没参与,她心里清楚。"我只是……我不想死。"

"本纳也不想死。"

"求你。"泪水不断涌出,顺着他的脸颊汇成两条闪亮的小溪。"我不想死。"

她的胃拧成一团,胆汁灼烧喉咙、涌进嘴里。动手。她费尽千辛万苦,只为这一刻;她承受无数苦难、施加无数苦难,只为这一刻。她弟弟一定不会犹豫,她甚至能听见他的声音:做你该做的事。良心是逃避的借口。仁慈等于懦弱。

动手。他必须死。

动手。

但剑在她僵硬的手上仿有千吨之重。她盯着弗斯卡惨白的脸,只见他睁大的双眼充满绝望与无助。他让她想起本纳。小时候的本纳,那是在卡普亚以前,苍松之战以前,背叛科斯卡以前,甚至加入千剑团以前的他。时间过得太快,那时的她只想好好种地,而那个男孩会在麦田里大笑。

重型细剑的剑尖颤抖着垂下,触及地面。

弗斯卡颤抖着长吸一口气,闭上眼睛,接着又睁开,眼角闪着湿润的光。"谢谢你。我知道你并不冷血,我向来知道……不管其他人怎么说。谢——"

摆子的大拳头狠狠砸中他的脸,将他打翻在地。鲜血从打破的鼻子里汩汩流出,他只来得及惊呼一声,北方人已逼近过来,双手紧紧掐住他的脖子。

"你他妈不想死,呃?"摆子低吼。他龇牙露出扭曲的笑容,双手越掐越紧,前臂的肌肉都鼓了起来。弗斯卡绝望地踢踏双脚,无声地扭肩挣扎,脸色从惨白变成粉红,又变成鲜红,最后成了紫色。摆子双手提起弗斯卡的脑袋,拽到身前,近得两个人几乎能吻上,接着他将弗斯卡的脑袋猛掼向石板地,发出一声脆响。弗斯卡的脚抽了几下,铐在上面的铁链哗哗作响。摆子不紧不慢地往左抻了抻脖子,又往右抻了抻脖子,伤疤遍布的后背青筋突起,双手做着调整，以便把弗斯卡抓得更牢。他把弗斯卡的脑袋又提了起来，接着再次狠狠掼地，这回屋里回荡的撞击声较为沉闷。弗斯卡的舌头从嘴里软软垂下，一边眼睑不停跳动，深红的血自发际线流出。

摆子用北方话吼了句她听不懂的话，提起弗斯卡的脑袋继续往下砸，就像石匠修改作品，一下又一下。蒙扎目瞪口呆、不知所措地看着他，手里细剑低垂，不知能做什么或该做什么，不知是要阻止还是上去帮忙。热血星星点点地溅在粉刷过的墙面和石地板上，而在血肉和骨骼破碎的声音之下，她还听到另一个声音。她一开始以为那是本纳在她耳边低语，后来才意识到是友好冷静的数数声，罪犯冷静地计算着弗斯卡的脑袋撞击石头的次数。他数到了十一。

摆子举起世子血肉模糊的脑袋，世子的头发被反光的黑血凝成一缕一缕。摆子眨眨眼，松开手。"差不多了。"他缓缓起身，双脚踏在尸体两侧。"嘿。"他看了看手掌，朝周围寻觅能擦手的东西，最后只能干搓两下，深红血迹一直抹到手肘。"死了六人。"他偏头用独眼看她，嘴角上翘，露出病态的笑容，"还剩一人，呃，蒙扎？"

"六和一。"友好低声嘀咕。

"如你所愿。"

她盯着地上的弗斯卡，他破碎的头颅扭向一边，鼓出的双眼盯着墙壁，一团糨糊状混合物中流出的血在石地上聚成漆黑的池塘。她的声音仿佛从很远的地方传来，细若游丝，"你为什么——"

"我为什么不？"摆子轻声反问，来到她身前，那只毫无生气的金属眼球反射出她扭曲变形的倒影：苍白，丑陋，震惊。"我们为此而来，不是吗？我们在泥巴里厮杀一整天，不就是为了这一刻？你不是跟马维尔说，只有死亡才能让你停止吗？仁慈等于懦弱，这可是你教我的。死者在上，头儿。"他笑的时候脸上成片的伤疤起皱蠕动，完好的那侧脸则布满血点，"我发誓，有那么一瞬，你还真不像个蛇蝎恶妇。"

流沙
Shifting Sands

马维尔尽量谦卑地进入奥索公爵宏伟的王座厅。这里极尽恢弘壮丽，人员却寥寥无几，或许其功能之一便是给身陷绝境的伟人提供独自思索的空间。说来公爵刚输掉斯提亚历史上最重要的战役，倒也没人会来拜访——马维尔除外，他总被身陷绝境的雇主吸引，因为他们出手最为大方。

仍旧位高权重的塔林大公爵坐在金椅子上，脚下是镶金边的黑天鹅绒地毯包裹的高台。他皱起眉头，带着矜贵的怒火俯视下方，台前六名戴锃亮头盔的卫士同样虎视眈眈。奥索左右各站着一人，他们从头到脚都截然不同：左边是个身材丰满、面色通红的老家伙，他努力挺直腰杆，姿态值得尊敬，但能看出维持这动作十分费力。长排金扣紧扣在他圆滚滚的脖子下方，看上去很不舒适，而为遮挡秃头，他还刻意留长几根稀稀落落、铁丝般的灰发，在头上盘了几圈。这应是奥索的宫务大臣；右边是一位卷发青年，衣衫风尘仆仆，姿态却出乎意料地放松，拄着一根长杖。马维尔不安地感到以前见过此人，但想不起在哪里，此人与公爵的关系也让他有些隐忧。

除开马维尔，厅内只有一位外人。这人衣着华丽，背对马维尔，单膝跪在细长的红地毯上，帽子握在手中，光秃的脑门泛起的那层汗水，一进门就能看见。

"我的女婿、联合王国的至高王陛下，"奥索洪亮地质问，"能为我提供什么帮助？"

大使仿佛一条饱经抽打的狗，正呜咽着等待下一鞭落下。"您的女婿向您表达最诚挚的歉意——"

"没有一兵一卒？他要我怎么做？把他的歉意射给敌人？"

"陛下的王军已尽数投入北方的惨烈战事，罗斯托德的叛乱更让我们无兵可调。各地贵族首鼠两端，农民怨声载道，商人——"

"商人不满收入。我明白了，若能把借口兑换成士兵，他还真给了我一支大军。"

"陛下深陷困境——"

"他深陷困境？真的？他的儿子遇害了吗？他的军队被一网打尽了吗？他的希望全化为灰烬了吗？"

大使双手绞在一起，"殿下，国王陛下实在无能为力！他深感遗憾，但——"

"但他不肯动一根手指！联合王国的至高王陛下！艳阳高照时侃侃而谈、笑容满面，但等乌云蔽日，就躲在阿杜瓦不出来了，呃？当初古尔库大军兵临城下，我难道没有及时赴援吗？现在我需要他……'原谅我，岳父，我实在无能为力'。滚，蠢货！在你主子的歉意让你丢掉舌头以前！滚回去告诉瘸子，我知道这是他的主意！告诉那个背都伸不直的瘪三，我迟早会找他算账！"大公爵愤怒的咆哮混合着大使急促的脚步，回荡在大厅里。大使壮着胆子，尽可能快地面朝奥索向后退，保持恭敬地弯腰，头顶的汗珠更密了。"我迟早会找他算账！"

大使从马维尔身边经过，接着双开门沉重地关闭。

"躲在那里的是谁？"奥索的声音突然恢复冷静——这非但不让人安心，反教人更提心吊胆了。

马维尔吞口口水，走上红地毯。奥索的眼神带着绝对威严，令马维尔窘迫地想起孤儿院院长召唤自己为杀鸟负责的情景。想起那次会面，他又羞又怕，耳根变得通红，而想起那时所受的责罚，双腿也不禁滚烫得如同火烧。他摆出最殷勤的姿态，鞠了也许是毕生最深的一躬，然而慌乱中指节擦到地毯，破坏了想营造的效果。

"这位是卡斯托·马维尔，殿下。"宫务大臣不紧不慢地介绍，一边顺着大鼻子居高临下地俯视他。

奥索身体前倾。"卡斯托·马维尔是什么人？"

"一位毒师。"

"施毒……大师。"马维尔强调。如有必要，他可以极尽谄媚，但无论何时他都很在意自己的头衔。毕竟，那不是他应得的吗？为这头衔，他难道不是数十年如一日地挥洒汗水，甘冒奇险，精神和肉体都饱受创伤？为这头衔，他难道不是刻苦钻研，忍受痛苦，还经历了无数痛彻心扉的背叛？

"大师，是吗？"奥索轻蔑地问，"你有过何等丰功伟绩，配得上这头衔呢？"

马维尔允许自己露出一丝微笑。"殿下，奥斯皮亚的斯芬妮女公爵雇过我。恩提那的比兰迪伯爵和他的两个儿子死在我手上，不过船沉了，所以没人见到尸体。我还杀过卡迪尔总督加桑尼·马兹，但麻烦没解决，我只得又杀了接替他的萨凡恩—印—索尔。米德兰的伊斯尔老大人过世出自我的手笔。阿姆里特世子，他本会继承穆里斯——"

"据我所知他是自然死亡。"

"有什么死法比用垂下的细线将豹皮花溶液滴进耳朵里更自然

呢？后来送命的还有穆里斯的前任海军上将布兰特及其妻子，哎，外加他船上的贴身男仆，那孩子真倒霉，年纪轻轻就英年早逝……呃，好吧，我着实不想浪费殿下的宝贵时间，我这份清单长得很，上面的人物个个煊赫一时，却无一能……留得性命。若您允许，我就只说几个新添的名字好了。"奥索微微点头，马维尔开心地注意到公爵脸上的轻蔑已然消失，"首先是一位叫马修斯的银行家，他是凡特和伯克银行西港分行的负责人。"

公爵的脸变得像石板一样僵硬。"你上一位雇主是谁？"

"不提及雇主的名字是职业素养的重要组成部分……但我相信如今情况特殊。我的上一位雇主乃是外号'卡普亚的屠夫'的蒙扎萝·蒙洛卡托。"他气血上涌，完全无法抑制内心的激动，"相信您对她很熟悉。"

"熟悉……熟悉吗？"奥索轻声说，卫士们骚动起来，仿佛受到主人的情绪操纵。马维尔突然意识到自己可能秀得太过了，此刻只觉尿意难忍，不禁夹紧双腿。"你潜入了凡特和伯克银行西港分行？"

"是的。"马维尔结结巴巴地回答。

奥索瞥了眼身边的卷发青年。"那还真是了不起的成就，也是我和我同伴不幸的开端。你倒说说，我凭什么不直接宰了你？"

马维尔强迫自己轻笑了几声，笑声很快被广阔冰冷的大厅吞没了。"我……呃……当时并不清楚杀他会给您造成不幸。完全不清楚。真的，这些都源于一次遗憾的失策、一回偶然的疏忽和一场刻意的欺骗，全怪我那该死的助手精心隐瞒真相，方才导致我接受这份工作。从头到尾，我都被那个贪心的小婊子蒙在鼓……"他突然意识到责备死者没什么好处。大人物更愿意让活人承担责任，因为活人可以随意处置，拷问、吊死、砍头等等，尸体则无回应。他赶紧改变话题。"我不过是件工具，殿下，不过是把武器。而这把武器业已交到您手中，任您驱使——如果您乐意的话。"他又深鞠一躬，这次幅度更大。他的屁股早已为爬上该死的丰特萨莫宫而酸疼不已，现在更使出十二分力气，以防一头扎在地上。

"你想换个雇主？"

"伟大的殿下啊，蒙洛卡托对我跟对您一样，极尽阴险狡诈之能事。那女人是条不折不扣的毒蛇，扭曲、狠毒……连皮肤都坑坑洼洼。"他一瘸一拐地起身，"我侥幸从她的毒牙下逃脱，迫切希望改正错误。我已为这个机会作了精心准备，相信机会不会拒绝我。"

"改正错误对大家都有好处。"卷发青年轻声说，"蒙洛卡托生还的消息宛如野火烧遍塔林，到处都张贴着印有她肖像的告示。"没错，马维尔在城里看到了。"他们说您刺穿她的心脏，她仍旧活了下来，殿下。"

公爵冷哼一声："我就算刺她也不会瞄准心脏，那显然是她身上最坚硬的地方。"

"他们还说你放火烧她，拿水淹她，还把她大卸八块，扔下阳台，但她被人重新缝合，活了过来。流言声称她在苏尔瓦河的浅滩上杀了两百人，独自冲进您的大军，将他们打得七零八落，好比随风扬起的谷糠。"

"洛根特风格的剧本。"公爵咬牙切齿，"那畜牲生来不该做公爵，应该去写廉价的幻想小说。我们很快就能听到蒙洛卡托背生双翅，还生下一如转世了！"

"毫无疑问。大街小巷的告示里宣称她是命运女神的使者，被送来拯救深陷您暴政之下的斯提亚。"

"我？暴政？"公爵忍不住发出一串冷笑，"这年头，风向变得真快！"

"他们说她是不死之身。"

"他们……这么说？"奥索布满红丝的眼睛看向马维尔，"你怎么说，毒师？"

"殿下,"他再次深鞠一躬,"我成功的职业生涯建立于一个信条之上:有生命的东西,便能夺走生命。真正让我惊讶的往往不是刺杀的艰难,而是生命的脆弱。"

"你愿意去证明这个信条?"

"殿下,我谦卑地恳请您赐予我这个机会。"马维尔又鞠了一躬。他这样做是因他认为奥索这种人永远不会嫌鞠躬鞠得太多,但他马上又想起极其自我的人对绕弯子没什么耐心。

"那好,我给你证明的机会。你的目标是蒙扎萝·蒙洛卡托、尼科莫·科斯卡、阿非奥女伯爵科塔妲、普兰提公爵拉杰奥、那康蒂第一公民巴提恩、斯皮奈首相索多里斯以及洛根特大公爵——在他戴上王冠以前。我也许得不到斯提亚,但我可以报仇。你放手去干。"

听到公爵开口同意,马维尔洋溢着笑意,但听完这一长串名单,他也笑不出了,颤抖的面部肌肉努力维持着滑稽的神态。显然,胆大包天的提议换来了超乎想象的成果,他不禁想起自己在孤儿院的饮水里下了莱卡姆盐,想教训教训四个欺负他的人,结果毒死了所有职员和大部分孩子。"殿下,"他结结巴巴地说,"要杀的人相当可观啊。"

"他们很适合加入你之前对我背诵的丰功伟绩,是吧?你放心,报酬同样十分可观,苏法大师?"

"没错。"苏法的目光离开指甲,看向马维尔的脸。马维尔这才发现他两只眼睛颜色不同:一只蓝,一只绿。"我是凡特和伯克银行的代表。"

"啊。"马维尔突然涌起一阵惊慌。他想起这人了,这人曾在西港的银行大厅和马修斯说话,而短短数日后,马维尔就在那里大开杀戒。"我完全没想到,您得明白……"他真希望自己没杀了辰,好把过错都推到她身上,找个给公爵关进地牢的替罪羊。幸运的是,苏法大师似乎不想算旧账。暂时不想。

"哦,诚如你所言,你不过是把武器。只要你为我们效劳也同样得力,便无须担心。马修斯本来也挺烦人的。这样吧,如果你成功,总佣金一百万天秤币,如何?"

"一……百万?"马维尔喃喃道。

"有生命的东西,便能夺走生命。"奥索身体前倾,双眼紧盯马维尔的脸,"去证明这个吧!"

他们到达目的地时,夜色已临,灯火在阴暗的窗扇后亮起,星星犹如钻石,点缀在如珠宝匠的衬布一样柔和的夜空中。申卡特一直不喜欢阿非奥,他年轻时曾在此学习,早在拜入师门之前,更早在发誓不再下跪之前。他在此陷入爱河,当了一回傻瓜,对象是一个无论财富、年龄还是容貌都与他极不相称的女人。这里的街道不仅有一排排古老的柱子和干枯的棕榈树,还饱含着他少年时代的羞耻、嫉妒和对不公的控诉。奇特的是,随着年岁渐长,纵然皮肤越来越结实,年轻时受的伤仍旧无法愈合。

申卡特不喜欢阿非奥,但线索将他带到这里。比不堪回首的记忆更让他难以忍受的,是半吊子工作。

"就是这所房子?"它隐没在旧城区七弯八拐的背街小巷,远离寻求公职的阿非奥人会关注的那些主干道,他们会把自己的大名配上浮夸的事迹及图画,醒目地绘制在大道两旁。这所房子很小,房顶和梁柱摇摇欲坠,夹在仓库和一栋倾斜的房屋之间。

"就是这儿。"乞丐的声音很轻,身上带着股腐烂水果的味道。

"好的。"申卡特将五枚天秤币塞进他脏兮兮的掌心。"给你。"他合拢乞丐的手,帮乞丐握紧这几枚钱币,"别来这儿了。"他倾身靠近,手攥得更用力,"永远别来了。"

他步履轻盈地穿过鹅卵石街,翻过房子前方的墙,心跳快得异乎寻常，头顶全是汗水。他蹑手蹑脚地走过杂草丛生的前院，老旧的工靴在杂草间找到安静的落脚点，一直来到透出亮光的窗前。这时，他有些勉强甚至有些惴惴不安地往里瞟了一眼，只见三个孩子坐在破旧的红毯上，围着小小的火堆。两个女孩，一个男孩，都有橙红色头发，他们玩着一架色彩鲜亮的带轮木马，不时爬到马上把别人推下去，或是在旁边推人。微弱的嬉戏声传到他耳中，他蹲在原地，着迷地看着他们。

纯真无邪，未经雕琢，充满可塑性。他们尚未做出选择——或者还没人费心替他们做出选择——他们面前有很多门扇，无须一条路走到黑。他们尚未下跪。在这极为短暂的人生阶段，他们有着无数可能。

"哎呀，哎呀，看看谁来了？"

她蹲在小屋低矮的房檐上，侧着头，窗里照来的光勾勒出她棱角分明的雀斑脸、根根竖立的橙红色短发、橙红色的眉毛、眯缝的眼睛和撇起的嘴角。一条闪亮的铁链从她手中垂下，铁链尽头锋利的金属十字镖轻轻晃动。

申卡特叹口气。"被你逮住了。"

她从墙上滑下，轻盈地落在泥地上，铁链哗哗作响。她起身朝他走了一步，举起一只手，身材还是那么又高又瘦。

他缓缓、缓缓地吸了一口气。

他看清了她脸上每一处细节：皱纹、雀斑、上唇淡淡的绒毛、眼睛周围的沙色睫毛。

他听清了她的心跳，像撞锤撞击城门一样有力：怦……怦……怦……

她用手钩住他的头，两人吻在一起。他双臂抱住她，将她纤瘦的身体贴紧自己，她的手指伸进他的头发，铁链从他肩膀滑下，垂落的金属镖轻轻撞着他大腿后侧。这一吻回味悠长、柔软温存，让他从双唇到脚趾都战栗不已。

她终于停下。"好久了,小卡。"

"我知道。"

"太久了。"

"我知道。"

她冲窗口点头。"他们想你。"

"我可以……"

"你知道你可以。"

她领他进门,穿过狭窄的门廊,顺便解开手腕上的铁链,挂在钩子上,锋利的十字镖垂落下来。年纪最长的女孩从屋里冲出,看到他呆住了。

"是我。"他一点点走向她,声音都变了。

"是我。"另外两个孩子也出来了,躲在姐姐身后往外看。申卡特不怕任何人,在这三个孩子面前却成了胆小鬼。"我给你们带了礼物。"他颤抖的手指伸进外套。"这个给小卡。"他掏出一只狗雕像,随了他名字的小男孩开心地从他手中接过。"这个给小坎。"他将一只鸟雕像放进最小的女孩捧起的双手中,女孩一声不吭地盯着它。"这个给你,小缇。"他把一只猫雕像递给年纪最大的女孩。

她接过雕像。"已经没人这么叫我了。"

"抱歉我离开了这么久。"他想摸女孩的头发,她却躲开了,他只好尴尬地抽回手。外套里屠夫曲刃的重量让他想起了什么,他突然起身退开一步。三个孩子都盯着他,手里紧抓着动物雕像。

"去睡吧,"夏萝说,"他明天还在。"她看向他,布满雀斑的鼻梁显出几条冷硬的纹路,"是吧,小卡?"

"是的。"

她安抚住孩子们,指向台阶。"去睡吧。"孩子们排着队,一个个上了楼,男孩打着哈欠,小女孩耷拉着脑袋,年纪稍大的女孩抱怨自己还不困。"我一会儿就来给你们唱歌，如果你们快点安静，爸爸说不定也来哼哼曲儿。"小女孩站在台阶顶上，隔着护栏冲他笑了，但随即他被夏萝推进客厅，关上了门。

"他们都长这么大了。"他轻声说。

"他们正是长身体的时候。你来这里干吗？"

"我就不可以——"

"你知道你可以，但你并非为此而来。你为什么……"她发现他食指上的红宝石，皱了皱眉，"那是蒙洛卡托的戒指。"

"她丢在普兰提了。我差点在那里抓住她。"

"抓住她？为什么？"

他顿了顿。"她已成为……报仇的一环。"

"你还在报仇。你有没有想过，抛开那些东西会开心一点？"

"石头如果变成鸟，会开心很多，它可以飞起来自由翱翔。但石头终究不是鸟。你替蒙洛卡托工作？"

"是啊。所以？"

"她人呢？"

"你来这里是为这个？"

"是的。"他看向天花板。"还有他们。"他又看向她的眼睛。"还有你。"

她咧嘴笑了，眼角的皮肤爬满细小的皱纹。他惊讶地发现，自己竟如此喜欢这些纹路。"小卡啊小卡，你这混账如此聪明又如此迟钝，总去错误的地方寻找错误的东西。蒙洛卡托和洛根特一起在奥斯皮亚参战，每个人都听说了。"

"我就没听说。"

"你从来不听。她把自己绑在了迟到的公爵的马车上，我猜他会让她顶替奥索，等他登上王位时带领塔林人归顺于他。"

"那她会随他去塔林。"

"没错。"

"我也得赶紧去塔林。"申卡特皱眉,"早知我就留在那里等她。"

"一心追寻什么,便容易发生这种事。想要什么,最好是等它自己送上门。"

"我相信你靠这方法找到过别的男人。"

"找到过两个,但不长久。"她朝他伸出手,"你准备好哼曲儿了吗?"

"当然。"他握住她的手,她牵他穿过屋子,走出客厅门,登上楼梯。

第七部　塔林

Part 7

TALINS

报仇是最上等的冷盘。

——皮埃尔·肖戴洛·德拉克洛

奥斯皮亚的洛根特没赶上苍松之战，但威斯尼亚的萨利仍占据着数量优势，且骄傲地不肯撤退——尤其考虑到敌军统帅是个女人。他率军迎战，输了个灰头土脸，最终不得不撤退，扔下毫无防备的卡普亚。与其等待必然降临的洗劫，市民们只好打开城门，寄望塔林的毒蛇大发慈悲。

蒙扎骑马进城，但把大部分人马留在城外。奥索与保利人结盟，这些野蛮人打着破烂旗帜和千剑团一起战斗，他们是可怕的战士，但声名狼藉。蒙扎自己也声名狼藉，所以她完全不信任这些人。

"我爱你。"

"当然喽。"

"我爱你，本纳，别让保利人进城。"

"相信我。"

"我当然相信你。别让保利人进城。"

她骑了三小时，赶在太阳落山时回到苍松之战的战场，与奥索公爵共进晚餐，听取他的善后打算。

"若卡普亚市民同意无条件投降，给予恰当赔款，并承认我是他们的合法统治者，便向他们展现仁慈。"

"仁慈，殿下？"

"你知道如何展现，是吧？"她当然知道，只是没想到他会这么做，"杀人不是目的，我要的是地盘，死人没法服从。你在这里取得了辉煌战果，你值得一场伟大的凯旋，你应当骑马沿塔林的街道游行。"

至少本纳会喜欢。"殿下真是太大方了。"

"哈，除了你没人会这么觉得。"

回去的路上，她在凌晨清冷的空气中大笑，忠臣也在她身旁大笑。他们在卡普河边谈论这片土地有多么肥沃，看着长势喜人的麦秆在风中摇摆。

接着，她看到城市升起浓烟。她知道坏了。

街上堆满尸体，男女老少都没能幸免。乌鸦空中盘旋，苍蝇蜂拥而至，一只恓惶的狗一瘸一拐地跟着她的马，此外没有活物。无数窗户和门廊洞开，仍在燃烧的大火将一排排屋子化为灰烬，留下一片片冒烟废墟。

昨晚卡普亚还是欣欣向荣的都市，今早成了人间地狱。

看来本纳把她的叮嘱全当耳旁风。保利人起的头，但余下是千剑团的杰作，他们喝得烂醉又上火，生怕错过到手的便宜。夜色遮掩与同流合污让还有些许良心的家伙也犯下兽行，何况蒙扎手下这帮人渣原本就没几个有良心的。哎，文明人的道德标准如此脆弱，如同空中的烟雾，转眼就能被风吹散。

蒙扎翻下马来，将奥索公爵最精致的早餐吐在满是污秽的鹅卵石街道上。

"不是你的错。"忠臣安慰道，一只大手拍了拍她的肩。

她甩掉他的手。"我知道。"但她不听话的肠胃可不这么认为。

"这是血之年代，蒙扎，我们就是干这个的。"

他们走进之前占据的房子，上楼时她嘴里还满是铁锈般的苦味。本纳躺在床上，睡得很熟，烟管放在手边。她一把拽起他，弄得他大叫大嚷，接着她狠狠甩了他几耳光。

"我说过，别让他们进城！"她将他拽到窗前，强迫他看下面血迹斑斑的街道。

"我不知道！我吩咐维克图……我以为……"他跌坐在地，哭了起来，她的怒火一下子消散了，只感到空虚。她的错，不该让他负责。她不能苛责敏感柔弱的弟弟，他实在承受不住这些。于是她跪在他身边，抱住他，轻柔的安慰和窗外苍蝇的嗡嗡声混在一起。

"奥索想为我们举办一场凯旋……"

不久后，流言传开，说是塔林的毒蛇安排了那场屠杀，是她督促保利人进城，叫嚣杀的人还不够多。他们叫她卡普亚的屠夫，她没否认，反正比起枯燥无聊的真相，人们更愿意相信精心修饰的谎言；比起随处可见的背运、自私和愚蠢，人们更愿意指控无恶不作的恶棍。此外，流言达到了一个目的：她的形象变得更可怕了，有时这非常管用。

奥斯皮亚人谴责她，威斯尼亚人烧毁她的画像，阿非奥人和那康蒂人重金悬赏她的人头，总之，蔚蓝海周边各大城邦都在大张旗鼓声讨她的罪行。但另一方面，厄崔尼人为她庆祝，塔林人排在街道两旁，高呼她的名字，为她撒下漫天花瓣，色西莱人还为她竖起雕像——非常奢华的雕像，只是装饰的金叶很快便脱落了。雕像上的她和本纳被美化得超凡脱俗，骑着高大战马，英武威严地迈向光辉灿烂的明天。

这就是英雄与恶棍、战士与屠夫、胜利与犯罪的区别，视乎你站在哪边。

荣归故里
Return of the Native

蒙扎别扭极了。

她双腿酸胀，骑了太久的屁股疼得厉害，肩膀更是十分僵硬，只好不时像个精神失常的猫头鹰一样扭动脑袋，徒劳地寻求片刻放松。每当一股令她冷汗直流的不适感消退，总有另一股异样滋味涌上来。她向外支棱的小拇指仿佛打了个冰冷的结，整只右手自手肘往下都绷得紧紧的。太阳高挂于澄净湛蓝的天空，无情地照耀大地，教她不得不眯起双眼，结合头盖骨的硬币带来的刺痛一点点啃噬着她。她头上流了好多汗，汗水顺着脖子流进戈巴金属丝留下的伤疤，又引发阵阵灼痛。她布满伤疤的皮肤汗毛直竖、黏腻湿滑，她就这样裹在盔甲里，活像一团塞进罐头闷煮的碎肉。

洛根特让她这样打扮，说是依照战争女神的形象。这身叮叮当当的闪亮盔甲配上刺绣精美的丝绸衣衫，舒适度堪比全身板甲，而提供的保护不及睡衣。这身盔甲由洛根特的私人盔甲匠细心打造，镀金胸甲夸张地凸出，留下大量不必要的内部空间——根据迟到的公爵的说法，人民乐于见到这个。

他们证明了这一点。

人群排列在塔林狭窄的街道两旁，或是挤在窗子后面，或是爬上屋顶，成山成海，争相一睹她的风采。他们涌进广场和花园，抛掷花朵，挥舞条幅，为她的到来欢呼雀跃。他们欢呼、呐喊、咆哮、尖叫、鼓掌、跳跃，将地面踩得砰砰响，似乎在比赛谁能先用声音炸开她的脑袋。不知有多少乐队分布在各条街道的角落，只等她接近就奏起震耳欲聋的进行曲，而她走出很远也不肯停，每每和下一支即兴乐队的曲子混在一起，变成一段毫无旋律、嘈杂刺耳的爱国颂歌。

这与她在苍松之战后的凯旋何其相似，只是她年纪大了，变得更不耐烦。弟弟不再与她分享荣耀，而是在烂泥里腐烂；她身后跟着的也不再是老朋友奥索，而是老对手洛根特。或许这就是历史进程，你身边只可能由一个混蛋换成另一个混蛋。

他们依次穿过泪之桥、钱币之桥和海鸥之桥，海鸟雕像怒视着从脚边经过的游行队伍，厄崔河浑浊的棕色河水自桥下缓缓流过。每过一道拐角，都有新一轮掌声响起，令她更加恶心。她心如擂鼓，时刻担心有人来杀她，总觉得飞向她的不该是鲜花和赞美，应是刀剑和飞矢才对，后两者也更适合她。制裁可以来自奥索公爵，可以来自公爵的联合王国盟友，再或来自其他上百个跟她有恩怨的人。见鬼，若她在人群里看到一个女人穿成这样穿街过巷，出于本能都想扔石头。但洛根特散播流言的功力果然不俗，塔林人是如此爱戴她，又或是爱戴那个流言塑造的她，再或是不得不摆出爱戴她的样子。

他们歌颂她和她弟弟的名字，还有她取得的那些伟大胜利：艾弗利之战、卡普亚开城、墨西利亚奇袭、苍松之战、高岸之战，加上最近的苏尔瓦河浅滩之战。她怀疑这些人真的知道自己在庆祝什么吗。她所经之处尸横遍野：孔泰的头在博洛里塔城门上腐烂；赫尔蒙的眼睛插着她的匕首；剁碎了的戈巴在他们脚底的下水道里被老鼠啃噬；马修斯及一干银行职员死于账本上的剧毒；阿里欧和他邀请的无数贵宾在卡多迪的春情院惨遭屠戮；加恩马克及其军官团被伏击致死；忠臣挂在水车上；脑袋开花的弗斯卡倒在灰尘扑扑的谷仓里……她留下的尸体满坑满谷，其中有些她毫不内疚，但大部分并非如此，而且无论如何都不值得欢呼。窗户内一张张欢欣的脸庞令她冷战连连，或许这便是她和他们的不同之处：他们喜欢尸体，只要不是自己。

她回头瞥了一眼所谓的盟友们，丝毫不觉得宽慰。即将称王的洛根特大公爵在一群警觉的卫士保护下朝人群微笑，这个男人对她的爱情会一直延续到榨干她的利用价值为止，不早也不迟；摆子的金属眼球闪着寒光，这个男人在她温柔的怂恿下，从一个准乐天派变成了凶狠的残废杀手；科斯卡冲她眨眼，这个男人是世上最不可靠的盟友和最难以预测的敌人；至于友好……谁知道那双木讷的眼睛后面在想什么呢？

再往后，八城联盟——或者该叫九城联盟——尚在世的领袖们骑马跟随。普兰提的拉杰奥精心修剪的八字胡精神抖擞，他投靠奥索没多久，又狡猾地回归洛根特一方；科塔妲女伯爵身边永远跟着她警惕的舅舅；那康蒂第一公民巴提恩戴着皇帝的冠冕，身穿破烂的农民装束，他不愿参加浅滩之战，但乐于庆祝胜利。在这些人之后，甚至有她替奥索洗劫过的城市派出的代表——墨西利亚和恩提那的市民代表，博洛里塔新晋的女公爵，她是孔泰公爵年轻的侄女，双眼透出精明，似乎十分享受游行的喜悦。

她与这帮人长久为敌，一时很难适应现状，而与他们目光相交时，她发现他们也是如此。对他们而言，她就像储藏室里的蜘蛛，容忍她只因她能消灭苍蝇。一旦苍蝇没了，谁想在沙拉里看到蜘蛛？

她转回头，不顾被汗水刺痛的肩膀，努力平视前方。他们沿着似乎没有尽头的海滨道路前进，海鸥在头上盘旋嘶鸣，她鼻孔里一直弥漫着塔林特有的刺鼻的腐盐味。他们经过造船厂，两艘船壳尚未完工的大战船搁在枕木上，活像两只被冲上沙滩、烂得只剩骨架的鲸鱼。他们经过制绳匠和织帆匠的工坊，经过储木场和木匠工房，经过铜器工和锁链工的营地，经过臭气熏天的庞大鱼市。鱼市里斑斑驳驳的柜台全都空了，过道一片寂静，上次出现这番景象还是苍松之战后，人们同样都跑出来，堵在城市大街上狂欢庆祝。

　　五彩斑斓的人群背后的建筑贴满告示——自告示被发明以来，塔林的建筑多少都逃不过这种命运——那是五花八门的胜利宣告、警示通知、宣言声明和爱国誓词，贴了一层又一层，而最新一层画着张女人的脸，坚毅、正直而冷艳的脸。蒙扎有些反胃地意识到那幅画就是自己，画像下方更用粗体字印着：力量，勇气，荣耀。奥索曾反复告诉她，精心修饰的谎言总会掩盖无聊的真相，于是乎她这张充满正义感的脸就被贴了出来，一张接一张地出现在布满盐渍的墙上，其中有些已被海风侵蚀变色，纸边翻卷。她看见另一堵墙皮脱落、摇摇欲坠的墙上贴着风格相同、内容有别的告示，画面很粗糙，印刷也不清楚，依稀可见告示上的她笨拙地高举长剑，头顶标语：绝不屈服，绝不停息，绝不宽恕。海报上方的砖墙上，还有人用刺眼的红色颜料写了两个一人高的大字：报仇。

　　蒙扎吞口口水，只觉更加不适。她从数不清的码头前经过，看着大大小小的渔船、游艇和商船，它们来自世界各地，样式各异，如今停泊在阳光下，随广阔港湾涌来的海浪摇晃。好多水手挂在纵横交错的缆绳上，注视着塔林的毒蛇将这座举世闻名的港都据为己有。

　　正如奥索担心的那样。

科斯卡舒坦极了。

天气固然很热,但怡人微风从波光粼粼的海面上吹来,而数量不断增多的新帽子正尽心尽力地为他的眼睛挡阳光;游行固然危险,人群中很可能混入心怀叵测的刺客,但他前面可有好几个更招人恨的目标呢。一杯,一杯,来一杯,酒鬼的声音无疑从未远离脑海,好在它现在没什么声势,只是含糊的呢喃,周围排山倒海的欢呼有助于盖过它。

除了模糊的海藻味,这场景跟他在著名的群岛之战获胜后、返回奥斯皮亚时一模一样。当时他走在队伍最前头,踩着马镫起身,回应周围的掌声,举起双手大喊:"谢谢,够了!"其实他的意思是:"继续,继续!"洛根特的姑妈斯芬妮女公爵让他享有这份荣耀,回头却想毒死他,结果数月后遭他反扑,只能服毒自尽。这就是斯提亚的政治,有时他会兴起一闪而过的念头,怀疑自己干吗要掺和。

"时局变了,年纪大了,舞台上也换了一批新面孔,但欢呼声依旧——热烈喧哗却又短暂易逝的欢呼声。"

"嗯。"摆子嘀咕。北方人最近只说这一句话,科斯卡对此相当满意,在大多数时候,他都是喜欢说多过于听。

"我一直很恨奥索,而今见他失势我却说不上高兴。"他们顺着侧面某条街望向一尊高耸的塔林公爵雕像,公爵的形象相当可怕。奥索热衷于赞助雕刻家,好让他们为他塑像。此刻,那尊塑像前搭起了脚手架,一群人正兴高采烈地用锤子凿去雕像横眉怒目的脸部轮廓。"转眼之间,昨日的英雄跌落神坛。我当年也是如此。"

"现在你又回来了。"

"这话说到我心坎!你瞧,我们都是被浪潮裹挟的人。听听这些欢呼,这些为洛根特及其盟友响起的欢呼,不久之前,他们还被称为全世界最可耻的垃圾。"他指向最近一面墙上哗哗作响的告示,上面画着脸被按进茅坑的奥索公爵,"掀开这层纸,我敢打赌,你能看到咱们这支队伍里的半数人是如何被骂得不堪入目。我记得见过一幅洛根特在盘子里拉屎，萨利公爵举着刀叉等待享用的画。还有一幅是拉杰奥公爵骑马，我指的是那种'骑'……"

"呵。"摆子回应。

"这还不算，再往下翻几层——啊，我真是羞于承认——绝对能找到画像把我描绘成环世界最黑心的强盗，不过现在嘛……"科斯卡朝阳台上几位女士献上夸张的飞吻，她们回以微笑，冲他指指点点，全身上下的动作透露出她们认定他是个功成名就的英雄。

北方人耸肩。"这里的人轻飘飘的，只知随风摇摆。"

"我游历甚广，"如果说从一个饱经战火摧残的地方跑到下一个饱经战火摧残的地方算是游历，"就我看来，天南海北人都一个样，"他拧开酒壶盖，"尽管彼此信仰差异悬殊，可一旦关系自身，总会采纳最便利的方式。很少有人用道德约束私利，大部分人只图方便。为信仰不惜代价的人少之又少，并且十分危险。"

"傻瓜中的傻瓜才会逆流而行，只为坚守正确的道路。"

科斯卡举起酒壶长饮一口，喝完后脸皱成一团，舌头抵着门牙，"傻瓜中的傻瓜才会区分正确的道路和错误的道路。我从不区分。"他踩着马镫起身，摘下帽子用力在空中挥舞，像个十五岁男孩一样欢呼。人群疯狂地回应，好像他是个值得称颂的人物，好像他不是声名狼藉的雇佣军人尼科莫·科斯卡。

申卡特轻声哼曲儿，声音小得没人听得见，轻柔得仿佛只在意念中响起。

"她来了！"

蠢蠢欲动的沉默被暴风雨般的掌声打破，人们跳着舞，挥舞双臂，歇斯底里般欢呼。他们又哭又笑，好像蒙扎萝·蒙洛卡托坐上偷来的宝座后，他们的生活便能发生有价值的改变。

申卡特早看透了政治。每一位新领袖都会经历这个短暂时期，无论通过何种方式得到权柄，在这段时期里，他们做什么都不会错。这是一段黄金时期，人民被对美好生活的期望蒙蔽了双眼。当然，任何东西都不可能永恒，用不了多久，领袖完美无瑕的形象就会由于一些微不足道的失望、错误和挫折而染上污点，再过不久，他做什么都是错的。人民会转而为新领袖欢呼，以为会在新人的带领下重获新生。如此周而复始。

无论如何，眼下他们在为蒙洛卡托欢呼，声音震耳欲聋，让申卡特都忍不住心怀希望，纵然这番场面他屡见不鲜。这或许可成为伟大的一天，开创一个伟大的纪元，未来的无穷岁月里，他将为能参与其中而深感自豪。即便……他的所作所为见不得光，他这样的人毕竟属于黑暗。

"命运女神在上，"在他身边，夏萝嘲讽地翘起嘴角，"她这叫什么打扮？像个他妈的镀金烛台。这就是所谓的'金玉其外，败絮其中'么？"

"我觉得挺好。"申卡特很高兴看到她还活着，驱策黑马走在耀眼的游行队伍前方。奥索多半无法翻盘，他的人民正在欢迎新领袖，而他在丰特萨莫宫陷入重围。不过这些都无关紧要，申卡特还有工作，无论多么苦涩，他也要亲手将它完成，一如既往。有的故事合该有个苦涩的结局。

蒙洛卡托骑马过来了，她始终目视前方，表情坚毅果决。申卡特很想推开人群，上前几步，微笑着向她伸出手……但围观者实在太多、守卫也太多了，他必须等待，当面迎接她的那一刻迟早会来。

他满足于站在原地哼曲儿，看她骑马从前方经过。

太多人，根本数不清，但友好还是努力尝试。他突然在人群中看到维塔瑞，她旁边站着个消瘦的男人，一头浅色短发，脸上挂着病态的微笑。友好踩着马镫站起来,但一条飘动的横幅遮住视线,他们不见了。上千副面孔混在一起,令人头晕目眩,他只好看回游行队伍。

如果这是安全屋,蒙洛卡托和摆子都是罪犯,那从北方人的表情判断,友好认定他想杀她。可惜这不是安全屋,这里的规矩和友好的认知并不一致,尤其这事还扯上女人。女人对他来说完全陌生。也许摆子露出那副虎视眈眈的表情是因为他爱她,友好知道他们在威斯尼亚上过床,他全听见了,但他也知道她最近和奥斯皮亚大公爵上过床。问题在于,他不明白这能产生什么影响。

友好从未真正明白上床的意义,更别说爱情了。回到塔林后,萨加姆有时会带他去妓院,说是给他的奖赏。虽然他不怎么想要,但拒绝奖赏显得很没礼貌。

为缓解烦躁心情,他转而数起胯下坐骑迈出的步数。那些尴尬的破事不想也罢,他还是该将注意力放在自己身上,其他事顺其自然。毕竟,就算摆子杀了她,对友好也没什么影响。树大招风,好多人都想杀她。

摆子不是怪物。他只是受够了。

他受够了被当成傻瓜,受够了好心不得好报,受够了良心的煎熬,受够了为别人担忧,最要命的是他受够了脸上的刺痒。他皱起脸,用指甲抠弄伤疤。

蒙扎说得对:仁慈等于懦弱,善行没有奖赏。在这儿没有,在北方没有,在哪里都没有。人生险恶,想要什么就得动手去抢,正义永远属于最残忍、最奸诈、最嗜血的混账,证据就是这群白痴正为他们欢呼。他盯着她骑马缓缓走在前面,黑色的马鬃和黑色的头发随风飞舞。

无论如何,她说得对。而他杀她的理由,其实只是她跟别人上床。

他考虑过很多方案，戳死她，砍死她，用十种不同的方式将她分尸。他想起她肋上的伤疤，想象用刀轻轻切入其中；他想起她脖子的伤疤，想象用双手贴着那条疤痕猛掐，并觉得这作为最后一次亲密接触的方式很不赖。颇为诡异的是，他救了她那么多次，屡屡冒着生命危险，如今却反复思量如何把她弄死。正如血九指跟他说的，爱恨往往只有一线之隔。

摆子知道一百种把女人变成尸体的办法，问题在于何时动手，何处动手？如今她总是很警觉，总是严阵以待——并非针对他，而是针对未知的敌人，很显然，除他以外还有许多人想要她的命。洛根特也知道这点，所以像守财奴对待财宝一样小心翼翼派人守着她，他需要她为他驯服塔林人，必须这么做。摆子只能等待，静候良机。如有需要，他可以很有耐心。正如卡萝特跟他说的，心急吃不了……热豆腐。

"离她近点。"

"呃？"说话者正是伟大的洛根特大公爵。他从摆子的瞎眼那侧靠过来，摆子竭力忍耐才没一拳打烂这人带着轻蔑的帅气面孔。

"这里有奥索的支持者，"洛根特紧张地扫视人群，"或是间谍、刺客，危险无处不在。"

"危险？大家看上去都很开心。"

"你是开玩笑吗？"

"我可没那闲心。"摆子板起脸，让洛根特没法分辨他是不是在说反话。

"离她近点！她花钱雇你当保镖！"

"我知道自己是什么。"摆子朝洛根特露出最狂野的笑容，"你不用担心。"他一夹马腹，驱马向前，正如洛根特跟他说的，离她近点。近到能看清她咬紧了下巴，近到可以抽出斧子，劈开她的头颅。

"我知道自己是什么。"他轻声说。他不是怪物。他只是受够了。

游行队伍终于抵达市中心,在古老的元老院前的广场停下。这栋宏伟建筑的穹顶早在数世纪前便已坍塌,大理石台阶龟裂破碎,野草在上面扎了根。三角楣墙上雕刻着诸多已被遗忘的神祇,面目模糊的它们成了大群喳喳乱叫的海鸟的栖息地。十根支撑建筑的巨柱歪斜得让人心忧,上面布满道道水痕,还粘着许多旧告示,掀起的部分扑簌翻飞。然而即便如此破败,这份伟大遗产仍让广场周围的所有建筑都相形见绌,向众人展现着新帝国已然逝去的光辉。

广场上人山人海,一座坑坑洼洼的平台通过台阶延伸出来,平台角落里伫立着饱经风霜的西皮罗雕像,约四人来高,仍在向人间播撒希望——可惜它伸出的那只手几百年前就齐腕断掉了,虽然他大抵是斯提亚古往今来最杰出的人物,却没人想着修复。守卫严肃地站在雕塑前、台阶上和巨柱边,外套缝有塔林的十字,但蒙扎心知肚明他们都是洛根特的人。也许斯提亚即将统一,但奥斯皮亚的蓝制服在这里还是不受欢迎。

她跳下马,大步走过人群中辟出的狭窄通道。人们涌向守卫组成的封锁线,朝她大喊,恳求她的祝福,仿佛被她触碰会带来好处一样。她可从没给任何人带来好处。她目视前方,一直向前,紧绷的下颚咬得生痛,时刻期待长剑、箭矢或飞镖袭来,结果自己的性命。她倒是乐意死在大烟带来的美好幻觉中,但她已经努力戒烟了,还反复告诫自己不可嗜杀。

她登上台阶,西皮罗青苔斑驳的双眼高高在上地睥睨她,那神情仿佛在说:他们就选了这婊子出来?雕像后是巍峨的三角楣墙,蒙扎心里暗想,那几百吨重的石块会不会偏偏选中此刻从柱子上垮塌下来,将她连同斯提亚的其他领袖一起掩埋?她竟有些期盼这种事发生,好给这场酷刑赶快画上句号。

一群市民代表——一群最尖刻最贪婪的市民——紧张地站在平台中央，身穿被汗水浸湿的昂贵衣服，盯着她的饥渴神情活像鹅见了面包屑。他们朝她和洛根特鞠躬致敬，整齐划一的动作暗示一切都经过精心排演，而这让她的无名火更为升腾。

"够了。"她大声说。

洛根特伸出手。"宝冠呢？"他打个响指，"宝冠，宝冠！"

站在最前面的市民代表活脱脱是讽刺画中走出的经典智者形象：鹰钩鼻，白胡子，声音低沉沙哑，戴着一顶像倒扣的夜壶般的绿毡帽。

"尊贵的女士，在下卢比恩，被选来代表市民发言。"

"在下萨维丝。"一个穿天蓝色胸衣的女人朝她露出伟岸的乳沟。

"在下格鲁罗。"一个高挑消瘦、脑袋秃得跟屁股一样的男人说，他有意无意想挤到萨维丝前面。

"他们是本城的两位首要商人。"卢比恩解释。

洛根特并不在意。"所以呢？"

"是这样，殿下，如您准许，我们还想就您的承诺再讨论一下实施细节——"

"再讨论一下？快说吧！"

"头衔方面，我们希望能与贵族制度有所区别。女大公听起来过于接近奥索的暴政。"

"我们希望……"格鲁罗大胆开口，挥着一根戴满艳俗戒指的手指，"头衔能反映民众的权利。"

洛根特瞥了眼蒙扎，仿佛"民众"这个词听起来就像"大粪"。"权利？"

"比如受选总统？"萨维丝提议，"第一公民？"

"毕竟，"卢比恩补充，"理论上讲，前任大公爵……还健在。"

洛根特咬紧牙关。"他被围在二十多里外的丰特萨莫宫，就像麻袋中的老鼠！他就范不过是时间问题。"

"但您也要理解，就合法性说，麻烦在于——"

"合法性？"洛根特强压怒气，"我即将成为斯提亚的国王，我当然可以任命拥护我的人为塔林女大公！你们到底明不明白国王意味着什么？我根本无需操心什么合法性！"

"可是，殿下，这样做不太合适——"

洛根特素有极富耐心的名声，最近几周却越来越不耐烦。"我下令把你们全吊死会不会更合适？就在这里。就现在。你们几个，加上城中所有不乐意的混蛋，可以吊在半空中讨论合法性的问题。"

赤裸裸的威胁让周围陷入长久的尴尬沉默。蒙扎靠向洛根特，敏锐地察觉到无数眼睛正盯着他们。"现在需要一点团结，不是吗？绞刑会传达错误讯息，让我们赶紧把这事儿了结，行吗？然后找间黑屋子躲躲太阳。"

格鲁罗谨慎地清了清嗓子。"您说得对。"

"所以绕了一大圈又回到原点了！"洛根特没好气地说，"把宝冠给我！"

萨维丝递上纤细的金冠。蒙扎缓缓转身，面朝群众。

"斯提亚的人民！"洛根特在她身后高喊，"我为你们带来塔林的蒙扎萝女大公！"他把金冠戴在她头上，她觉得有点紧，而这样一个简单动作，就让她登上了令人炫目的权力巅峰。

所有人都窸窸窣窣地跪下，顷刻后广场寂静无声。她听见鸟儿扑打翅膀，在三角楣墙上鸣叫，她甚至听见鸟屎落在右手边不远处，给古老的石头留下白、黑和灰色的斑点。

"他们在等什么？"她轻声问洛根特，尽量不让嘴唇动作。

"致辞。"

"我吗？"

"不然呢？"

恐怖感席卷而来，下面的群众看上去超过五千。五千比一。但她知道，若她身为一邦之主的第一个举动是从平台上落荒而逃，那就太糟糕了。于是她缓缓上前——堪称她这辈子最艰难的一步——在短短数秒之间，努力平复纷乱的思绪，搜索从没用过的字句。她经过西皮罗的巨大阴影，来到阳光下，人脸汇成的海洋在她面前呈现，向她迎面扑来，一双双大张的眼睛满怀希望。零星的交谈变成谨慎的低语，最后化为诡异的宁静。她张开嘴，仍不知道要说些什么。

"我从不……"她的声音尖细得像从苇秆里发出的。她只好用咳嗽来清嗓子，并朝身后吐了口痰——但她立刻意识到，这动作不符合她现在的身份。"我从不夸夸其谈！"这点很显然。"比起滔滔不绝，我更乐于放手去干！也许这是因为我来自农场吧。我们首先对付奥索！摆脱暴君的魔爪，然后……嗯……结束战争。"跪倒的人群响起一片奇特的嗡嗡声，人们脸上挂着的并非笑容，而是某种飘渺、迷蒙的眼神，有些人还在点头。她惊讶地发觉心中油然生起一种向往，没想到自己真的在期待战争结束，比别的任何事更热切。

"和平。"奇特的嗡嗡声如涟漪在广场扩散，"我们会拥有国王，全斯提亚团结一致，血之年代就此告终。"她脑海中浮现出风吹麦浪的景象。"然后，让我们好好种点东西。我没法做出更好的承诺，因为事实如此。"她局促地看着自己的双脚变换重心。"我保证会为了和平全力以赴、尽心竭智。让我们把目标先定在这里，看看能做到什么程度。"她发现一个老人紧盯着他，眼泪不住涌出，嘴唇不住颤抖，帽子紧紧抓在胸前。

"我说完了！"她厉声道。

天气潮湿闷热，正常人都会轻装简行，蒙洛卡托却偏像演戏一般穿着华丽到近乎恶俗的全套盔甲，因此马维尔只能选择她暴露的脸部下手。好在对他这种手法纯熟的神射手来说,目标越小代表越让人满足的挑战。他深深吸了口气——

她竟在关键时刻动弹,朝双脚看去,于是毒针和她的脸差之毫厘,擦过了她身后一根古老的元老院巨柱。

"可恶!"他叼着吹针筒情不自禁咒骂了一句,手伸进口袋摸索新的毒针,拔掉上面的盖子,轻轻放进筒里。

然而,马维尔似乎打出生起就和各种走背运相伴,他刚把嘴凑到吹针筒旁,蒙洛卡托便以一句敷衍的"我说完了!"结束了苍白的演讲。人群爆发出震天动地的热烈掌声,一个农民在他藏身的幽深门廊里兴奋地鼓掌,幅度大得不断撞到他的手肘。

致命的毒针这次偏离更远,落进了平台旁涌动的人潮。那个造成大偏差的农民看了过来,油腻的阔脸狐疑地皱成一团。他具有典型的农夫外貌,一双手好像石头,两只猪眼睛几乎没有人类智慧的火花。

"嘿,你干——"

该死的下等人,这下马维尔的计划彻底泡汤了。"非常抱歉,能否请你帮我拿一下?"

"呃?"那人盯着突然塞进自己结满老茧的手中的吹针筒。"啊!"马维尔用毒针扎他手腕时他又发出一声惊叫,"干啥?"

"非常感谢。"马维尔取走吹针筒,连带那根针一起塞回无数的暗袋中。绝大部分人真正动怒需要点时间,通常得经历一系列可预期的、仪式般不断升级的威胁、侮辱、恐吓、冲撞等等行为,无法随机应变,所以农民直到此刻才认起真来。"这人!"他抓住马维尔的衣领,"这人……"他的目光变得飘忽,身体摇晃,眼皮猛跳,舌头伸出。马维尔钩住腋下扶他,不由倒吸一口冷气——突然死去、双膝无力的人竟这么沉,几乎把马维尔拽倒,扯得背上火辣辣地痛。

"他没事吧?"有人嘀咕。马维尔抬头发现好几个农民皱眉看着他。

"就是喝多啦！"马维尔大喊着盖过周围的喧嚣，还假笑了一下，"我这伙计喝得酩酊大醉！"

"啥大醉？"有人问。

"喝多了！"马维尔凑近了一些，"他非常、非常骄傲，因为塔林伟大的毒蛇终于成了大伙儿命运的主宰！你们难道不骄傲吗？"

"当然骄傲。"那人嘀咕，虽然仍搞不清状况，但多少被安抚住了。"当然骄傲。蒙洛卡托！"他猩猩一样的同伴们低声赞同。

"她来自我们！"有人挥着拳头叫嚷。

"噢，完全没错。蒙洛卡托！她代表自由与希望！她来自粗笨的愚人！走吧，朋友！"马维尔边嚷边把已变成大号尸体的大个农民拖进门廊暗处，直起酸痛的腰时，他不禁打了个激灵。另外几个人不再关注他了，他赶忙钻进人群，一路上愤愤不平。他完全无法忍受这帮愚人被那个臭女人迷得神魂颠倒。她哪里来自他们呢？她出生在塔林版图边缘某个犄角旮旯，那里的边界出了名的变化无常，一会儿属于这个城邦，一会儿属于那个城邦。此外，她无疑是个残忍、阴狠的骗子，诱拐学徒，杀人越货，和别人乱搞还会弄出吓人的噪声。她是个没有一丝一毫良心的贼，之所以能出人头地全凭那副阴沉的言行举止、面对无能对手的几次胜利、粗莽冲动的行为方式、从山上摔下来还不死的运气以及碰巧生了张好脸蛋。

想到这里，他不由得再次感慨，好脸蛋真是给人生提供了莫大便利。

狮皮
The Lion's Skin

跟蒙扎上次与弟弟开怀大笑着骑上丰特萨莫宫相比，如今物是人非，很难相信仅过了短短一年。这是她生命中最黑暗、最疯狂、最血腥的一年，她从一个死女人变成了女大公，但也很可能再变回去。

那时是清晨，现在是傍晚，朝西方下沉的太阳从后照耀着他们的身影。道路蜿蜒，士兵们就着两侧崎岖不平的地貌搭建了若干帐篷，现下纷纷慵懒地围坐在跃动的营火旁，吃吃喝喝，修理靴子，擦亮武器，漫不经心地看着蒙扎经过。

一年前，她身边没有一名荣誉护卫，如今十二名由洛根特亲自挑选的卫士像小狗一样，无论她去哪里都紧紧跟随——就差没跟她一起如厕。显然，这位预备国王最不想看到的就是她从山上再摔下去，至少她在助他赢得王位前不想看到。去年此时，她还在鞠躬尽瘁为奥索的王冠奋斗，洛根特则是她的死敌，作为一个执着于事业的女人，这一年真算得上天翻地覆。

一年前，她身边有本纳，如今换成了摆子。她不想与他交谈，更别提欢声笑语。从她这侧看去，只能看见他脸庞硬朗的黑色轮廓和最后一缕阳光照亮的假眼。她深知那只假眼无法视物，却仍觉得它一直盯着她，正如他很少开口，她仍觉得他不断重复着那句话：本该是你。

黄色火光自峰顶黑色的高墙和塔楼内流泻出来，朝斜坡洒下光斑，缕缕烟雾飘向深邃的夜空。道路再拐了个弯，然后被三辆翻倒的马车组成的路障堵住，维克图坐在一旁的行军椅上，就着营火烤手，他那些偷来的项链挂在脖子上闪闪发光。看到蒙扎勒住缰绳，他咧嘴笑了，刻意敬了个滑稽的军礼。

"塔林女大公，前来视察本团杂乱的军营！殿下，我们深感惭愧！若能有更多时间准备接驾，我们定会打扫得纤尘不染。"他朝两旁的山坡示意，周围到处是翻起的泥巴、裸露的岩石、板条箱碎片和马车的残骸。

"维克图，佣兵精神的化身。"她翻身下马，努力不让别人看出自己正忍受疼痛，"比鸭子更贪婪，比鸽子更勇敢，比布谷鸟更忠诚。"

"我一直用高贵的鸟儿作榜样。对了，你们恐怕要跟战马分别，从这里开始必须走战壕。奥索公爵是个极不友好的主人，客人一冒头就用弩炮招呼。"他起身扫掉在帆布椅上沾染的灰尘，又伸出一只戴满戒指的手指了指椅子。"或许我该叫人抬您上去？"

"我能走。"

他嘲弄地瞥了她一眼。"毫无疑问，您会走得风采照人，不过您现在发达了，怎不搞套丝绸衣服穿穿？"

"人不靠衣装，维克图。"她朝他那些珠宝回以嘲弄，"不管用多少黄金装饰，一坨屎总归是一坨屎。"

"噢，这可真是我们怀念的蒙洛卡托。跟我来吧。"

"等在这里。"她命令洛根特的那群卫士。一直让他们跟着会使她被人小看,使人觉得她没他们不行。

卫士们的头目为难地说:"可殿下一再强调——"

"去他妈的殿下。等在这里。"

她踩着吱嘎作响的旧箱子搭成的阶梯向下,深入山腰中的战壕,摆子跟在旁边。这战壕和他们多年前在穆里斯挖的没两样,夯实的泥土做墙,零星放几根木材固定,里面弥漫着同一股味道:霉菌、疾病、湿土和无所事事的混合。他们曾经的战壕生活持续了近六个月,过得就像下水道里的老鼠,她的脚开始溃烂,而本纳拉肚子掉了四分之一的体重,再没心思说笑话。穿过这片壕沟、甬道和坑洞时,她看见几张熟悉的面孔,都是千剑团里的老兵。她像以前统领佣兵团那样冲他们点头,他们也冲她点头。

"奥索真在里面?"她问维克图。

"噢,当然,科斯卡第一天就找他谈了。"

这可不太妙,每次科斯卡和敌人谈,往往是收到更多钱从而叛变。"两个混球有什么好谈的?"

"那要问科斯卡。"

"我会问的。"

"不用怕,他跑不了,我们把这地方围住了,三面都有壕沟。"维克图拍了拍身边的土墙。"雇佣兵嘛,最擅长的就是挖掘能钻进去藏起来的坑。此外,我们在悬崖下的树林也设了埋伏。"蒙扎正是在那片树林里滚进了垃圾堆,摔成一摊烂泥,发出死者在地狱深处的绝望哀号。"往外还有斯提亚各邦的精兵强将,包括奥斯皮亚人、斯皮奈人、阿非奥人,好一支大军,全都迫不及待要置我们曾经的雇主于死地。总而言之,这里连一只老鼠也跑不出去。不过奥索真想跑的话,几周前就跑了。可他没跑。您是最了解他的人,对吧?您觉得他现在还会跑吗?"

"他不会。"他宁可去死,这点她必须承认。并且这正合她意。"我们为何不打进去?"

"设计这鬼地方的家伙真够绝的。内庭周围极为陡峭,根本上不去。"

"我早跟你说过,外庭北面是最好的攻击点,进去之后再打内庭。"

"我们也这么想,但理想和现实总有点距离,尤其考虑到墙的高度。"维克图爬到箱子上,示意她来看。

透过两块柳条板间的缝隙,她发现凹凸不平的斜坡上插着一排削尖木桩,再往后是城堡离此最近的一角。一座塔楼在燃烧,翻卷的火舌中,高耸的塔顶只剩裸露的圆锥形框架,城墙上的箭口也冒出红黄相间的火苗,黑烟喷向深蓝色天空。"我们用弩炮轰击,"他自豪地指点,"点着了那座塔。"

"漂亮。看来所有人都能早日回家了。"

"说不定呢,是吧?"他领他们继续穿过一条极为潮湿、处处散发出酸涩汗味的甬道,甬道两旁的隔板被打昏的人占满。"'决定战争胜负的并非一次恢宏壮举,'"他像拙劣的演员般吟诵,"'而是许多细小行为的累积。'您不总这么告诫我们吗?谁说的?斯塔里克斯?"

"斯多里克斯,蠢瓜。"

"总之是个死货。您瞧,科斯卡有主意,不过还是等他亲自说吧。您也知道,老头子喜欢显摆。"维克图停在四条战壕交汇处岩石中的浅坑,坑顶铺的帆布随风轻摆,一支噼啪作响的火把照亮四周。"团长说他很快就到,这里的东西您请便。"这里的东西只有泥土。"还有吩咐吗,殿下?"

"就一件事。"她一口痰吐在他脸上,吓得他往后一跳。"本纳向你致意,卑鄙小人。"

维克图边擦脸边飞快地扫视摆子，再看向她。"你跟我一样卑鄙，至少你弟弟是。你们两个对科斯卡做得更过分，况且你亏欠他比我亏欠你——"

"就因为这点，你现在只用擦脸，不必捧着肠子。"

"你就没想过，发生这一切全是你咎由自取？野心越大风险越大，我不过是随波逐流——"

摆子突然逼近一步，"那就快滚，在我割你喉咙之前。"蒙扎看到北方人的大手握着初见面时她送的长刀。

"别冲动，大个子。"维克图举起双手，手上的戒指五光十色，"我这就走，急什么。"他夸张地转身，昂首阔步走进夜色。"你俩最好收收这副坏脾气，"他伸出一根手指朝身后摇摆，"没必要为每件小事大动肝火，这样到最后免不了流血喽！这可是我的肺腑之言！"

蒙扎当然清楚，她参与的每件事都会以流血为句点。此刻，她终于和摆子独处了，而这是过去几周她拼命回避的状况。她清楚自己该说些什么，让两人的关系回归从前。她和他之间有问题，但至少他还是她的人，不属于洛根特。未来总要有人能救他的命，何况他并不是怪物，尽管看起来很像。

"摆子。"他听见她的呼唤，转头时手里仍紧握着长刀，钢铁的利刃和钢铁的眼球在火把映照下闪着火红的光。

"听我说——"

"不，你先听我说。"他龇着牙，朝她走近一步。

"蒙扎！你来了！"科斯卡钻出战壕，张开双臂，"还带来我最爱的北方人！"他忽略摆子的长刀，亲切地握了摆子的另一只手，接着扶住蒙扎的肩膀，吻她的双颊。"我还没来得及称赞你的演讲。出自农场，这是个很好的切入点，还很谦逊。而且你嘴里竟谈到和平？这就跟农民期待饥荒一样，连我这种叛逆青年都忍不住被感动了。"

"去你的，老头子。"她嘴上这么讲，心里却庆幸对方及时出现，省了那些难于启齿的话。

科斯卡扬起眉毛。"你试图表达干点好事的愿望——"

"有的人天生干不了好事。"摆子低沉沙哑地说着,收起长刀,"你还没发现吗?"

"哎,真是每天都有新收获啊。这边,伙计们!往前点就能看清攻势。"

"你们在进攻?这个时候?"

"白天试过了。没戏。"晚上也不见得更好。下一条战壕满是伤员,个个愁眉苦脸、不住呻吟,裹着血淋淋的绷带。"我高贵的雇主洛根特公爵殿下怎么没来?"

"他在塔林。"蒙扎朝泥地吐了口唾沫,她有的想吐呢。"准备加冕式。"

"这么快?他知道奥索还活着吧,而且再怎么看都还能蹦跶一阵?你见过狮子没死就开始卖狮皮的吗?"

"我跟他说了。不止一次。"

"真难以想象。塔林的毒蛇规劝审慎的殿下以谨慎之道,太有意思了!"

"一点用也没有。他把城里所有木匠、裁缝和珠宝匠召集起来修缮元老院,迎接庆典。"

"确保那烂房子不塌到他身上?"

"塌就好了。"摆子嘀咕。

"显然是为重现过去斯提亚帝国的荣光。"蒙扎说。

科斯卡冷笑:"就不知是重现荣光还是重新陷入可耻的分裂。"

"这我也提醒他了。不止一次。"

"还是不听?"

"我习惯了。"

"哈,自大!身为这种情绪的长期受害者,我深表同情。"

"那你肯定喜欢接下来的内容。"蒙扎忍不住继续倒苦水,"他从遥远的索森德进口了一千只白莺。"

"才一千只?"

"作为和平象征,他打算在以斯提亚国王的身份首次向大众致意时放飞它们,然后环世界各地的仰慕者——无论王公贵胄,还是该死的古尔库真神的使者——会为心比天高的国王陛下热烈鼓掌,接着跪下舔他的肥屁股。"

科斯卡一挑眉毛。"怎么,听起来塔林和奥斯皮亚的关系不佳啊?"

"王冠有种能把正常人变成傻瓜的魔力。"

"这个你也跟他提了?"

"我说得嗓子都疼了,结果真是出乎意料啊,他根本不听。"

"哎,可惜这场盛会我没法见证。"

蒙扎皱眉。"你不来?"

"我?不啦,不啦,我只会降低庆典的格调。你相信吗?居然有人在说什么私相授受威斯尼亚公国的闲话。"

"难以置信。"

"谁知这些风言风语哪来的呢?况且,总要有人陪着奥索公爵。"她在酸涩的嘴里搅了搅舌头,又吐了口口水,"我听说你们谈过。"

"闲聊而已,说说天气、美酒和女人,还有他近在眼前的灭亡,都是些你能想到的话题。他想要我的脑袋,我说我很理解,因为我也觉得我的脑袋大有用处。整场谈话我都坚定而不失幽默感,他嘛,说实话,有些气急败坏。"科斯卡伸出一根手指画圈,"很可能被困在笼中让他乱了方寸。"

"他没提出收买你?"

"可能他正准备说吧,但谈话被一阵火矢和一次失败的强攻打断,或许我们下次喝茶时会提起这个。"

壕沟突然拓宽,这里的顶上大部分用木板遮蔽,但高度太低,几乎站不直。梯子靠在右边墙上,方便随时爬上去投入进攻——整整六十名全副武装的佣兵跪在旁边,正等着这样做。科斯卡弯腰走到他们中间,拍打他们的背。"为了荣誉,孩子们,为了荣耀,还有那份理所当然的犒赏!"

他们紧锁的眉头舒展成了笑意,他们用武器轻敲盾牌、头盔和胸甲,激起一阵附和的喧哗。

"团长!"

"团长大人!"

"科斯卡!"

"孩子们,孩子们!"他笑着捶他们的胳膊,握他们的手,慵懒地敬礼致意。这跟她的指挥风格截然不同。她总表现得冷硬坚强、难以接近,否则没法赢得尊重。女人和男人的友谊是种难以负担的奢侈品,所以她让本纳负责说笑。大概正因如此,奥索害死他以后,她身边的笑声少了这么多。

"上面是我临时的家。"科斯卡领他们爬上一架梯子,进入一间粗重原木搭建的小屋,两盏忽明忽暗的灯照亮室内。小屋的一面墙开了个大洞,从中可见几欲沉没的太阳将最后一缕阳光洒在西方平坦黑暗的田野上,另有几道狭长的窗孔对着要塞。板条箱堆在一个角落,团长交椅放在另一个角落,椅子旁摆了张撒满卡牌的桌子,上面还有没吃完的蜜饯和几瓶颜色各异、多少不一的酒水。"战斗进展如何?"

友好盘腿坐着,骰子放在双膝中间。"还在进行。"

蒙扎走到一道狭长的窗孔前。天快黑了,她几乎看不到进攻的迹象,偶尔才能就着怪石嶙峋的斜坡上分散的营火,发现小小的城垛间一闪而过的动作或是金属武器的闪光。但她能听到进攻的声音:

模糊的呐喊、隐约的惨叫和武器的碰撞,全都朦胧地随风飘来。

科斯卡坐进年代久远的团长交椅,沾满泥巴的靴子搭在桌上,震得酒瓶叮当响。"咱们四个又团聚了!就像在卡多迪的春情院!萨利的画廊!都是好时光啊,呃?"

有架弩炮正好发射,伴随弓弦的凌厉声响,燃烧的飞矢呼啸着飞越他们头顶,击中要塞正前方的高大塔楼,激起大团火焰,粉碎的木头在夜空中画出一条条闪耀的弧线。暗淡的火光照亮了石墙旁的若干梯子,只见小小的人影正向上挪动,不时有刀光闪烁,旋即又没入黑暗。

"你觉得现在适合说笑吗?"蒙扎嘀咕。

"事情不顺的时候最适合说笑。没人会在正午点蜡烛,是吧?"

摆子板起脸,顺着斜坡看向丰特萨莫宫。"你真认为能拿下这堵高墙?"

"拿下?你疯了?这可是斯提亚最坚固的城墙。"

"那为什么——"

"不能坐在城外无所事事嘛。对方有充足的食物、饮水、武器以及最要命的忠诚,足够坚守几个月,而几个月或许又足够奥索之女、即当今联合王国王后劝动她那不情愿的丈夫出手帮忙。"蒙扎好奇,如果联合王国国王知道妻子喜欢女人,会不会对最终决定产生影响……

"那看着你的人从墙上掉下来又能改变什么呢?"摆子问。

科斯卡耸肩。"这能吸引火力,剥夺守军的休息时间,让他们疑惑重重,疲于应付,无暇他顾。"

"为吸引火力,你付出的尸体也太多了。"

"不付出尸体,又怎能达到我的目的呢?"

"你是怎样让那些人去爬梯子的?"

"萨齐林的老法子呗。"

"呃？"

蒙扎忆起萨齐林把钱堆在新人面前，亮闪闪几堆。"夺得城墙后，第一个登城的人赏一千块，接下来十人每人一百块。"

"假使他们能活到领钱的话。"科斯卡补充，"如果城墙攻不下，他们便永远领不到钱，如果成功，你只花两千块就把不可能变成了可能。这法子不但能保证炮灰源源不断，还有个额外好处：肃清团里的勇士。"

摆子更糊涂了。"为什么要让他们死？"

"'勇气是死人的美德，'"蒙扎轻声背诵，"'明智的指挥官从不信任。'"

"文图里奥！"科斯卡一拍大腿，"我就爱这个把死亡也写得有趣的作家！勇士当然有用，但太他妈难以预料，他们是团队的隐患，有可能做出危险的榜样。"

"更别提他们还可能威胁到指挥官。"

"总而言之，撤除他们是最安全的做法，"科斯卡漫不经心地用两根手指一比画，"听话的懦夫是最好的士兵。"

摆子不以为然地摇头。"你们这些人打仗的方式简直是胡闹。"

"打仗就没有不胡闹的，朋友。"

"说说怎么个'无暇他顾'。"蒙扎插话。

"哈，这个嘛……"

"你不想让他们顾什么？"

周围突然响起嗞嗞声，蒙扎眼角瞥见一团火光，转瞬间热浪便席卷脸颊。她猛然旋身，重型细剑已抽出一半，只见伊丝黎躺在他们身后的板条箱上，像只晒太阳的老猫般慵懒地伸展着身体，头向后仰，一条颀长纤细、绷带包裹的腿从箱子边缘垂下，轻轻地前后摇晃。

"你就不能提前打个招呼？"蒙扎叫道。

"那还有什么意思?"

"你怎么总喜欢用问题回答问题?"

伊丝黎单手按住胸前的绷带,黑色的双眼陡然睁大,"谁?我吗?"她用拇指和食指把玩着小小的黑色颗粒,然后将它精准无比地弹入摆子身旁的灯笼。伴着强光和嗞嗞声,玻璃灯罩当即碎裂,火星四处飞溅。北方人咒骂着跟跄退开,一边扫掉肩上的灰烬。

"有些人管它叫古尔库糖。"科斯卡咂咂嘴,"我觉得,听起来比古尔库火美妙得多。"

"二十四桶。"伊丝黎低声说,"卡布尔先知的礼物。"

蒙扎皱眉。"就一个素未谋面的人,他对我们过于厚爱了。"

"不如说⋯⋯"黑肤女人像蛇一样从箱子上滑下,从肩膀到臀部的整个身体扭曲起伏,仿若无骨,双臂拖在身后,"他憎恨你们的敌人。"

"没有哪种联合比拥有共同的敌人更牢固。"科斯卡看着她柔软的身躯,脸上表情介乎难以置信和深感兴趣之间,"朋友们,这是个大胆创新的时代。从前挖个好坑要几个月,几百跨长的甬道用数不清的木头支撑,再往里面塞满稻草和油,点着火之后拔腿狂奔,而这一通忙活还有一半可能弄不塌城墙。现在只需挖出够深的井,把糖块放进去,打出一颗火星,然后——"

"轰。"伊丝黎用歌唱般的声音接道,脚趾和手指都舒展开来。

"砰。"科斯卡回应,"这显然是最先进的攻城方式,并且我怎能忽视⋯⋯"他掸掉天鹅绒夹克上的灰尘,"塞萨利挖隧道的天分。你知道,他在甘塞塔搞掉过那座钟塔,当然,比计划提前了一些,砸中了几个人。我有没有跟你说过——"

"炸塌城墙之后怎么办?"蒙扎追问。

"嗯,我们的人会涌进缺口,碾压那些目瞪口呆的守卫,拿下外院。里面的花园就没有地势差异了,人数优势足以奏效,攻打内墙不过是梯子、鲜血和奖赏的例行公事。最后我们杀进宫里，这也是传统，东西归我抢，你嘛——"

"报仇雪恨。"蒙扎眯起眼睛，盯着参差不齐的要塞轮廓。奥索就在那里，离此不过几百跨。也许是夜色、火光、黑暗和危险混合而成的暧昧影响，她心中确实涌起了曾经的兴奋。那种当她从偷骨贼摇摇欲坠的房子里跑出来，在大雨中挣扎时，感受到的无尽恨意。"隧道还要多久能挖好？"

友好从骰子上抬头。"还要二十一天零六个小时，按现在速度。"

"可惜。"伊丝黎卷起下唇，"我好想欣赏这场焰火，但我必须回南方了。"

"这就厌倦了我们？"蒙扎问。

"我师兄被杀了，"她黑色的双眼不带一丝感情，"被一个寻仇的女人。"

蒙扎皱起眉头，不知对方是否在嘲讽自己。"兴风作浪的臭婊子，呃？"

"她们总是找错对象。我师兄很幸运，他现在与真神为伴——至少人家是这么告诉我的——倒霉的是剩下的师兄妹们，必须加倍辛劳工作。"她流畅地滑下梯子，脑袋向一侧歪着，搭在梯子最上一级。"保护好自己别被杀，我可不想我的辛劳成果付之一炬。"

"我被割喉之前，肯定先想到你的辛劳。"没人回答。伊丝黎已经走了。

"你的勇士似乎用完了。"摆子低哑的声音响起。

科斯卡叹口气，"本就没多少啊。"就着摇曳火光，蒙扎发现进攻的余势已被遏止，冲上去的人正连滚带爬地退回巨石嶙峋的山腰，她隐约看到最后一架梯子倒下，一两个跌落的人四肢乱挥。"别担心，塞萨利还在挖呢，斯提亚的统一只是时间问题。"他从内袋掏出个金属酒壶，拧开盖子，"也许奥索会看清形势，给够甜头，让我改弦更张。"

她没笑,也不觉得好笑。"也许你该有点底线。"

"为什么?"科斯卡举起酒壶,抿了一口,满足地吧唧着嘴,"这是战争。战争没有底线。"

准备
Preparation

无论事大事小，成功的关键在于精心准备。这二十天来，整个塔林都在精心准备洛根特大公爵的加冕仪式，马维尔则在精心准备谋杀这位公爵及其盟友。两项并行的准备工作均灌注了大量心血，如今终于到了开花结果时，想到其一的成功必然导致另一者的失败，马维尔几乎感到遗憾。

公正地说，迄今为止，他在达成奥索公爵雄心勃勃的委托方面——谋杀六国元首和一位赫赫有名的佣兵团长——一无所获。在蒙洛卡托凯旋回到塔林之日进行的暗杀流产了，不仅累得他腰酸背痛，还害死了至少一个农民，而这不过是若干次失败的尝试之一。

他从后窗爬进塔林最优秀的裁缝铺，在为阿非奥的科塔妲女伯爵定制的祖母绿裙服的胸衣里，悄悄缝进一根致命的亚美利得荆刺。可惜马维尔对女装的眼光实在不甚高明，辰若在场，铁定会指出就目标的体型而言，这件衣服足足大了一倍。女伯爵高高兴兴出席了当天的晚宴，祖母绿裙服是场上瞩目的焦点，马维尔事后才懊恼地发觉，另有一位极其肥胖的塔林富商之妻在同一家裁缝铺定做了绿裙服，却因忽染恶疾未能到场。事实上，这位不幸的女人数小时后就与世长辞了。

五天后的夜里，他凭借一根吸气管，极不舒适地在煤堆中潜伏了一下午，终于成功地将蜘蛛毒注入拉杰奥公爵的牡蛎大餐。可惜马维尔好高骛远地针对了最昂贵的食物，辰若在场，铁定会建议把毒药混进较普通的食材。公爵当天中午吃得过饱，深感油腻的他晚上只用了一点面包，所有贝壳都送给了厨房里那只现已死翘翘的猫。

接下来那个星期，他重拾普兰提酒商斯托卡·维尔马的伪装，参与斯皮奈首相索多里斯主持的贸易税会议。会后的宴席中，他就葡萄问题与老首相的助手展开了激烈讨论，终于逮到机会，用熟练的手法将一滴豹皮花溶液滴到索多里斯萎缩的耳尖上。随后他心满意足地坐回原位，静观其变，但首相一直顽强地抗拒死亡，甚至变本加厉地表现出旺盛活力。马维尔只能假定索多里斯每天早上会履行跟自己类似的早餐程序，以此获得了多种毒素的免疫能力。

虽然屡屡失手，但卡斯托·马维尔不会被挫折击倒。人生不如意十之八九，他绝不会因任务的困难程度就改变坚韧不拔的人生观。随着加冕仪式越来越近，他决定专注于主要目标：洛根特大公爵及其情人，也就是马维尔恨之入骨的前雇主、现塔林女大公蒙扎萝·蒙洛卡托。

毫不夸张地说，为了让这场加冕仪式给斯提亚人留下长久而深远的印象，大公爵不惜血本。广场周围所有建筑都经过重新粉刷，那座蒙洛卡托曾发表结结巴巴的演讲、洛根特计划以斯提亚之王的身份接受众人拥戴的石台，表面已铺上亮闪闪的崭新大理石，还装上镀金栏杆。无数工人攀在绳索和脚手架上，于元老院巨大的阴影中操劳，在古老的石雕上刻出白色的花朵，将这座阴森森的大厦改建为献给奥斯皮亚大公爵的辉煌神庙。

马维尔找来衣服、工具和文件，经过令人气馁的反复尝试，终于成功伪装成一位前来城市打工的熟练木匠。昨天，他运用这套天才的伪装潜入元老院，经过实地考察有了打算。考察过程中，他被迫以相当笨拙的姿势参与了栏杆的装修工程。没错，他的木工活的确不佳，但他的首要技能乃是谋杀，而今天他将执行这个大胆的计谋，一举干掉洛根特大公爵及其情人。

"下午开工喽。"他混在大批午餐归来的工人中，穿过高大的门廊，在一名守卫身边咕哝道。随后他摆出劳工的扑克脸，漫不经心地蹲在路边啃苹果。谨慎为先当然是首要原则，但想骗过他人，还得有自信、会装傻。他兴奋地发现，无论门口还是厅内的守卫，都没对他产生丝毫疑心。于是他把苹果核吐进工具箱，准备开始行动，并微带伤感地想到辰在场会有多开心。

元老院没有天花板，巨大的穹顶数世纪前便已坍塌，其内部广阔的环形空间里，有四分之三是呈同心圆分布的坐席，足够容纳两千余名最尊贵的来宾。大理石台阶一级比一级低，令这里看起来像个剧院，前方的空地留给旧时的元老发表演说——那里已用镶嵌木搭建起一个圆形平台，平台装饰着精细入微的镀金橡叶，以烘托台上一把奢华的镀金座椅。

大厅周围的墙上垂满鲜活多彩的苏极克丝绸旗帜，这些旗帜硕大无朋，每面高达三十跨，各代表一个城邦，马维尔不敢想象总共花了多少钱。奥斯皮亚的天蓝底白塔旗挂在平台后方，占据最荣耀的位置，两边是塔林的黑十字旗和斯皮奈的海贝旗，再往外依次有普兰提的桥梁旗、阿非奥的鲜红旗、威斯尼亚的三蜂旗、那康蒂的六戒旗以及穆里斯、厄崔尼、恩提那、博洛里塔和卡普亚等城邦的旗帜。看来没有哪座城邦被排除在新王国之外——无论是否出于自愿。

元老院内到处是繁忙的男男女女。裁缝忙于裁整旗帜，整备为贵客们准备的、堆了一圈又一圈的洁白坐垫；木匠用锯子和锤子修缮平台和台阶；卖花人在空旷的地板上洒满白色花瓣；蜡烛商小心翼翼地安放好一排排望不到尽头的蜡烛，还凭借晃晃悠悠的梯架将它们插进上百个壁龛烛台。所有工作都由一个奥斯皮亚步兵团监督，士兵们的长戟和盔甲打磨得光亮如镜。

洛根特为何笃定要在这里、在新帝国的古老心脏为自己加冕呢？这只能归结于极度傲慢，而马维尔痛恨这种傲慢，毕竟谦逊是如此廉价。他按捺住不断加深的厌恶，摆出普通劳工傻乎乎的步态，装作若无其事地走下台阶，穿过在坐席边操劳的临时同伴们。

大厅背后，离地约十跨高度有两个小阳台，马维尔认为那曾是书记员作记录的位置。那里如今挂上了两幅洛根特公爵的巨幅画像，其一的他坚定而富有男子气概，手执长剑、全身盔甲，摆出英勇的战斗姿态；另一幅画中的他一脸沉思状，身着法袍，手拿书本和罗盘。看着这位战争与和平之主，马维尔不由得面露嘲笑。这两个阳台是绝佳位置，由此吹出的毒针可轻易戳破呆瓜公爵膨胀的脑瓜，粉碎其自不量力的野心。狭窄的阶梯从一个无人使用的小房间连通两个阳台，那应是古时存放记录的小房间——

他突然眉头紧皱，发现房间入口新装了一扇厚重坚固的镶钉橡木门。虽然门现在开着，虽然按道理讲，计划进行到这地步管不了这种细节变化了，但他的第一反应仍是遵循谨慎为先原则、悄然抽身离开，就像他通常发现情况有变时所做的那样。但光谨慎不足以青史留名，这个盛大的舞台、这场宏伟的挑战和这份水到渠成的奖赏不能仅因为一扇新安装的门便全部泡汤。此时此刻，历史的气息吹拂着他的后颈，今晚必须成为他扬名立万的剧场。

于是他大摇大摆穿过平台——十来个匠人正给平台镀金——走向那扇门，故作专注地抿紧嘴唇，仿佛是要检查门扇合叶是否安装妥当。最后，在迅速而隐蔽地扫了几眼、确认没人关注后，他溜了进去。

门内的拱顶房间既没窗户也没有灯,唯一的光源来自门缝及两段蜿蜒向上的阶梯,墙边无序地堆满了空箱和空桶。他正犹豫该选哪个阳台作为射击位置,忽有声音接近门口。他迅速侧身缩进一堆板条箱后的狭长缝隙,不慎被长木片扎穿手肘,发出了几声痛苦的呻吟——他忽然想起工具箱还在外头,赶紧伸出一条腿,将将赶在橡木门打开前将之钩了回来。

几个似乎托着重物、气喘吁吁的男人,步伐沉重地走进来。

"命运女神在上,它好沉!"

"放下来!"金属与石头相撞的嘎啦声,"这鬼东西。"

"钥匙呢?"

"我这里。"

"把它插在锁上。"

"拜托,插上钥匙的锁还顶用?"

"用处在于避免麻烦,白痴。到时候我们要在三千人面前抬出这该死的鬼东西,当陛下要打开它时,我可不想瞪着你这张丑脸,听你哭诉不知把那活见鬼的小铁片丢哪儿去了,懂吗?"

"你说的有理。"

"钥匙当然是放在门口有十几名卫兵把守的房间,比放在你那靠不住的口袋里更保险了,白痴。"

"得得,我知道了。"金属的轻微碰撞声。"给,满意了?"

接着又是脚步声,然后是沉重的关门声,清脆的门锁声,吱嘎的门闩声,最后复归沉寂。马维尔就这样被锁在门口有十几名卫兵把守的房间,但对耐力超凡的他而言,这样倒不至于引起恐慌。决定性的时刻到来时,他可从阳台上垂下绳子,趁众人惊骇于洛根特戏剧性的暴毙,逃之夭夭。于是他以极度小心不被木片扎到的姿势,钻出板条箱后的缝隙。

房间中央多出一个大箱子。一个堪称艺术品的大箱子，典雅地镶嵌木饰以精妙的银纹，在黑暗中隐隐闪烁。这箱子明显对即将召开的仪式极为重要，既然机运使然，钥匙就插在锁上……

他跪下来熟练地拧开锁，轻轻推开箱盖——想打动马维尔这种老江湖可不容易，但见了箱内之物，他也睁大双眼，下巴合不拢来，额头全是冷汗。箱内射出的璀璨金光几乎可以温暖皮肤，但除开欣赏这份壮美、领略箱内之物的仪式化意义及其毋庸置疑的价值，他更涌现出一个灵感……

灵光乍现，宛如闪电，让他全身每根汗毛都竖了起来。多么天才的想法，多么深刻的洞察力，他不禁激动得有些害怕；多么大胆的一击，多么实用的手笔，多么无情的讽刺，他真希望辰能在场赞赏他。

马维尔触动工具箱的暗簧，移开承载木匠用具的隔板，露出细心叠好的丝绸衬衫和绣花马甲——这些是逃跑时的化装——再往下藏着真正的器具。他小心翼翼戴上贵妇的小牛皮手套，以最大程度确保手指灵活，再取出一个棕色玻璃罐。他的手指微微发抖，因为罐子里的接触性毒液乃是他亲自研发，代号"第十二号准备"。他不能重蹈在索多里斯首相那里犯下的错误，这毒药连马维尔自己也完全无法免疫。

他小心翼翼拧开瓶盖——始终遵循谨慎为先原则——取出画家的笔刷，开始工作。

底线
Rules of War

科斯卡爬下甬道,由于勾腰驼背,膝盖和腰都酸疼得不行,急促的呼吸在陈腐的空气中回荡。过去几周,他大部分时间只是坐着说话、打牌和吃喝,没做其他任何运动。说来为了今日之事,每天早上他都暗暗发誓要去锻炼,却心知自己只会不断往后推。不过嘛,许下誓言不去实现总比根本不发誓来得好,是吧?

每走一步,拖在身后的剑都会从土墙上刮下点泥巴,令他有点后悔带上这破玩意。他不安地看着一条微微闪烁的黑色粉末线蜿蜒消失在漆黑的前方,努力将忽明忽暗的灯笼提得离它远些。纵然灯笼整个用厚厚的玻璃和坚实的铁皮包裹起来,但在狭窄空间里,还是要尽量避免明火接触古尔库糖。

他看到前方光芒忽闪,听到某人用力时的喘息,紧接着便走出了狭窄的甬道,来到一个由两盏幽暗的灯笼照亮的房间。房间只有寻常卧室大小,墙壁和天花板是凿开的岩石和夯实的泥土,用不太牢靠的木材支撑。这房间——抑或洞穴——大半被桶子占据,桶子侧面印着同一个古尔库词。科斯卡的坎忒语只够叫酒保上酒，但他还是认出那个词指的是"火"。一片昏暗之中，塞萨利像个巨大的黑影，长绳般的灰发垂在脸颊旁，黝黑皮肤上密布的汗珠随搬桶的动作闪着光。

"是时候了。"科斯卡说，山腹内凝固的空气让他的声音变得平板。他如释重负地伸了个懒腰，不料突然涌向大脑的血液令人眩晕，他差点朝旁摔倒。

"小心！"塞萨利叫道，"你提着那盏灯干吗？科斯卡！一点火星就足够把咱俩炸上天堂。"

"怎么可能？"他重新站好，"我又不信教，并且我很怀疑咱俩能接近天堂。"

"那就是炸进地狱。"

"那还差不多。"

塞萨利嘀咕着，万分小心地把最后一个桶子堆到其他桶子上，"其他人都出去了？"

"应该都回战壕了。"

大个子在脏兮兮的衬衫上抹抹手。"齐活儿了，团长。"

"很好。最后这几天真是度日如年，罪过罪过。当你想到生命短暂，自己却无所事事，临终之时，你会觉得浪费的这些时间比一生中犯下的最大的错误还让人难受。"

"你会这么想是因为没人催你干活，你来挖挖土试试。"

"我这把年纪？除非是屎憋不住了挖坑。而且说实话，老子上茅都比年轻时费劲多了。接下来怎么办？"

"我听说会更费劲。"

"很好。但我指的是炸药井。"

塞萨利指指那条黑色粉末线，小小的颗粒反射着灯光，终止于离最近的桶子不远处。"这条线一直连到炸药井入口，"他拍拍腰带上的小袋子,"我们现在把它撒到桶子旁,多撒些,确保能点燃桶子。然后我们返回入口,点燃这条线——"

"火会沿它一路烧来……产生多大的爆炸?"

塞萨利摇摇头。"我连这次剂量四分之一的爆炸场景都没见过,何况他们一直在改进爆破药。这种新产品……我有点担心它威力太强。"

"搞个大动作总好过失望嘛。"

"它要把整座山崩到我们头上你就不这么想了。"

"至于吗?"

"谁知道?"

科斯卡心不在焉地想了想几千吨石头砸头上的场面。"现在后悔也晚了。维克图已挑选好进攻人手,而洛根特准备今晚登基,明日天明来视察战果——他当然希望能进入要塞,亲自指挥最后的总攻。听那个白痴跟我抱怨一上午还不如让我去死,我尤其受不了顶着王冠的白痴。"

"你觉得他会天天戴吗?"

科斯卡若有所思地挠脖子。"我不知道。但这不是重点。"

"确实。"塞萨利皱眉看着桶子,"这法子总觉得不对劲,挖个坑,用火把触碰粉末,然后脚底抹油——"

"砰。"科斯卡接道。

"不需要思考,也不需要勇气。照实说,仗不该这么打。"

"打仗只有一种好法子,就是干掉敌人,自己笑到最后。如果科学可以简化过程,那再好不过,其他都不重要。赶紧开始吧。"

"全听团长的。"塞萨利取下腰带上的袋子,弯腰小心倒出粉末,将黑线和桶子连接。"但我还是忍不住想知道敌人是什么感受,你说呢?"

"是吗?"

"上一刻还在干自己的事,下一刻就被炸成碎片,连凶手的脸都没见着。"

"这和下令杀人没什么区别。用火药杀人比派人拿长矛捅人更糟?你上次当着一个人的面杀他又是什么时候呢?"他在艾弗利之战中高高兴兴地在科斯卡背后捅刀时绝对没有做到。

塞萨利叹口气,继续洒粉末。"就算这样吧,但有时我真怀念过去的日子,你知道,萨齐林当家的时代。那时似乎完全不同,比现在诚实。"

科斯卡冷笑。"你我都清楚,人世间的肮脏手段,萨齐林来者不拒。只要能搞到两块银子,那个老财迷百无禁忌。"

"你说的也没错。算了,我只觉得这法子有点不公平。"

"我从没觉得你是个热爱公平的家伙。"

"谈不上热爱,但比起不公平的战斗,我更喜欢在公平对决中获胜。"他掀开袋子底,倒出最后一点粉末,在最近的桶子旁积成个闪闪发光的小丘。"那种有底线约束的胜利更值得回味。"

"哈。"科斯卡甩起灯笼砸向他的后脑勺,伴着几点火星,塞萨利被砸得趴倒在地。"这是战争。战争没有底线。"大个子呻吟着,虚弱地扭身想起来。科斯卡弯腰举高灯笼,照脑袋又一下,玻璃"砰"一声出现了裂缝,大个子也不动了,火星在头发里啐啐作响。这离爆破药比安全距离近了点,不过科斯卡喜欢冒险。

他还喜欢欢庆胜利,可惜时间紧迫,只能转向黑黢黢的甬道,连忙向外赶。在逼仄的甬道里走了十多步,他已气喘吁吁,再走个十多步,他觉得自己看到了顶上照来的微弱天光。他跪下来,咬紧嘴唇,完全不清楚这条线从点着到烧完要多久。

"好在我喜欢冒险……"他小心拧动灯笼周围破裂的罩子。

罩子卡住了。

"见鬼。"他用力去拧,手指捏得煞白,罩子却纹丝不动,肯定是砸塞萨利时变形了。"破玩意儿！"他换个姿势抓握，大吼着用尽力气，结果灯笼盖突然脱手飞出，灯笼本身却趁势滑脱。他想接没接住，它摔在地上跳了跳便熄了，随即骨碌碌滚进伸手不见五指的黑暗中。

"操……操！"他唯一的选择是回去再拿一个灯笼。他谨慎地走了几步，一只手在身前乱挥，结果还是冷不防撞上一根木梁，撞得脑袋后仰，嘴里一片腥咸。"啊！"

前面有光，他不由得晃了晃眩晕的脑袋，拼命向黑暗中查看。灯光。灯光照亮了地上的爆破药、周围的石头还有墙上的树根，那条黑线隐约可辨。灯光。若他不是完全昏了头，那光是来自他打昏塞萨利的地方。此时此刻，预先带上剑变成了无比明智的决定，他轻轻抽出武器，听到令人安心的金属摩擦声。在这逼仄空间里，他得扭转胳膊肘才能让剑尖朝前，尝试中还划到了洞顶，搞得一大股泥土落在他的秃顶上。

灯光越来越近。塞萨利终于在拐角处出现，他一只大手提着灯笼，前额有道血迹。两人对峙了一会儿，科斯卡蹲下身，塞萨利弯着腰。

"为什么？"大个子低声问。

"因为我不能被同一个人背叛两次。"

"我一直以为你不是感情用事的人。"

"人是能改变的。"

"你杀了安迪齐。"

"那是过去十年我最开心的时刻。"

塞萨利摇摇头，既迷茫又愤怒，显然还很疼。"抢你交椅的是蒙洛卡托，不是我们！"

"两码事。女人背叛我多少次都行。"

"只要沾上那个疯婆娘，你就跟瞎了一样。"

"我是个无药可救的情种……也可能只因我从不喜欢你。"

塞萨利没提灯的手抽出把沉甸甸的匕首。"你刚才该从背后捅我。"

"幸好没那么做。我现在能用上更精妙的点子。"

"指望你扔掉长剑、跟我拼匕首是不大可能的,是吧?"

科斯卡哈哈一笑。"你还真是个热爱公平的家伙。我刚才可是想从背后把你敲晕,然后将你炸上天啊,忘了吗?现在就算用剑,我也不会失眠。"话音刚落,他挺剑便刺。

在这逼仄空间里,体型壮硕十分不利。塞萨利几乎能堵住整个甬道,这使得科斯卡几乎不会失手。塞萨利用匕首勉强挡开这笨拙的一剑,但剑尖还是扎在他肩膀上。科斯卡抽剑准备第二击,结果指节撞到土墙,不禁大叫起来。塞萨利挥起沉重的灯笼砸他,他向后躲闪,结果脚下一滑,单腿跪地。大块头踉跄地逼近,举起匕首……手却刮到洞顶,带下一大股泥土,匕首深深扎进了上方的横梁。他用坎忒语骂了句什么,费力地拔出匕首,然而科斯卡已重新站好,歪歪斜斜又刺出一剑。这一剑刺破塞萨利的衬衫,毫无阻碍地洞穿胸膛,大个子瞪大了眼睛。

"这下!"科斯卡冲他吼道,"你觉得……怎样?"

塞萨利呻吟着向前倒去,嘴里不断冒血,绝望的神情凝固在脸上。剑刃无情地继续穿过身体,直到剑柄贴住黏腻的衬衫。他抓住科斯卡,把科斯卡也带倒在地,剑柄狠狠撞中老佣兵的肚子,撞出了所有空气,"哇啊啊啊啊啊啊。"

塞萨利咧开嘴,露出血红的牙齿。"这下……你觉得……怎……样?"他将手里的灯笼摔在科斯卡身旁的黑线上,玻璃顿时碎裂,火苗迫不及待跃了出来,将黑色的粉末点燃,迸发出咝咝的爆裂声,热浪几乎灼伤了科斯卡的脸。科斯卡被塞萨利业已瘫软的硕大身躯压在下面,费尽九牛二虎之力才把手指从镀金织物包裹的剑柄上解放，用力去推大个子的尸体。现在他鼻孔里全是古尔库糖的气息，噼啪作响的火星正沿甬道稳步向下。

他终于挣脱，立刻连滚带爬跑向入口，胸口剧烈起伏，一手扶着土墙，不时撞中支撑的木梁。椭圆形光点出现了，摇摇晃晃地越来越近，想到他跑过的这些石头随时可能被炸上天，他忍不住咯咯傻笑。片刻后，他冲出洞口。

"快跑！"他疯狂地挥舞双手大叫大嚷，尽管周围并无人影，"快跑啊！"他踩着重重的步子跑下山腰，途中脚下拌蒜，滚了几圈，直至撞中一块石头才停下。他忙不迭地挣扎起身，在一团灰尘和沙砾中继续狂奔。标志最近战壕的柳条盾墙越来越近，他铆足劲扑了过去，一边用最大音量放声大叫，接近时他腾空而起，脸在前着地滑行，冲破两扇盾牌，带着雨点般的泥土跌进战壕。

维克图目瞪口呆地看着他。"到底——"

"注意掩护！"科斯卡大喊。众人赶忙伏进壕沟，铠甲碰撞声响成一片，他们把盾牌高举过顶，用铁甲手套捂住耳朵，眼睛紧闭，准备迎接一场毁天灭地的大爆炸。科斯卡也靠住夯实的土墙，牙关紧咬，双手抱头。

时间一点点过去。

科斯卡睁开一只眼睛。一只浅蓝色蝴蝶漫不经心地飞下来，在缩成一团的佣兵们头顶逆时针飞了一圈，施施然停在长矛的矛尖上。维克图之前拉下面甲遮住了脸，现在他缓缓推开面甲，露出迷惑的表情。

"到底怎么回事？导火线点燃了吗？塞萨利呢？"

科斯卡脑海中闪过一幅画面：火药线熄了，维克图爬进黑暗中搜索，灯笼照亮了塞萨利尸体上插着的长剑，剑柄带有任何人都不会认错的镀金织物。"呃……"

科斯卡背后的泥土传来一丝微弱颤动，随即响起雷鸣般的爆炸，宛如长枪贯耳，刺破耳膜，全世界仿佛都发出微弱而尖细的呻吟。大地摇晃，风暴在壕沟中肆虐，撕扯头发，差点将他掀翻。呛人的灰尘涌进肺里，令他忍不住咳嗽。沙砾如雨点般从天而降，砸在胳膊和头上，疼得他直吸气。他蜷缩成团，活像个飓风中的倒霉蛋，绷紧了每一根肌腱。

他保持这样的姿势，不知过了多久。

终于，他睁开双眼，笨拙地舒展酸痛的四肢，无力地起身。周围犹如被尘雾笼罩的鬼域，人和武器都成了死亡之地的暗影。尘雾渐渐散开，科斯卡揉着耳朵，却始终驱不走那徘徊不散的尖细呻吟。其他人也纷纷起身，满脸灰土，茫然四顾。不远处有个人倒在战壕底下的泥潭中，由于命运女神的捉弄，一块石头直接砸在他头上，打烂了头盔。科斯卡扒着战壕边沿往外看，透过仍在不断下落的大片灰尘，尽力观察山顶。

"噢。"丰特萨莫宫的高墙完好无损，高塔和城垛的轮廓在铅灰色天空映衬下清晰如旧。巨石山体被炸出一个大坑，但上方的巍峨圆塔屹立不倒，依然攀附在岩壁上，尽管小部分地基业已悬空。这大概是科斯卡一生经历的诸多虎头蛇尾的事件中，最让人扫兴的一个。

但在如梦似幻般的寂静中，那座塔楼开始缓缓倾斜，从中间折断，接着整个坍塌跌进了脚下的大坑。塔楼的倾覆带动了两侧的城墙，墙面像纸张一样出现褶皱，在自重压迫下四分五裂，形成人为的山崩，数百吨石头翻滚跳跃着冲向下方的战壕。

"啊。"科斯卡无声地张大了嘴。

人们再度趴倒在地，捂紧脑袋，向命运女神和其他任何信与不信的神鬼乞求保佑，只有科斯卡依然站着，出神地注视一块大概十吨重的巨石滚下斜坡，直冲他而来。它在途中不断翻滚、蹦跳，将无数碎石甩入空中，而除了含混的、仿佛脚踩沙砾般的挤压声，再没发出其他声音。

它最终在离他不到十跨远的地方停住，左右晃晃，不动了，只带起又一大股灰尘落入壕沟，形成呛人的雾气。

待尘雾稍稍散去，科斯卡发现丰特萨莫宫外墙形成的巨大缺口足有两百跨宽，下方的大坑被碎石填满。大坑边缘的另一座塔楼也摇摇欲坠，仿若醉汉向悬崖下张望，随时准备跃入虚空。

他身边的维克图站了起来，举起长剑大喊，但听来不如平常说话的音量。"冲啊。"

佣兵们爬出战壕，都有些迷糊。有个人摇摇晃晃走了两步，然后一头栽倒在地，其他人站在原地眨巴眼睛，过了好一会儿才有人犹犹豫豫地往山上走。大家很快有样学样，几百人爬过布满碎石的斜坡，朝缺口进发，武器和盔甲在氤氲的阳光中闪亮。

战壕里只剩浑身蒙着灰土的科斯卡和维克图。

"塞萨利呢？"尽管科斯卡还在耳鸣，这几个字还是重重地砸在他的耳膜上。

他的声音听起来含混而古怪。"他没在我身后？"

"没有。发生了什么？"

"意外。我们出来时发生了……意外。"挤两滴眼泪并非难事，毕竟科斯卡弄得遍体鳞伤，浑身都痛，"我掉了灯笼！灯笼！半路就引燃了导火线！"他一把抓住维克图的胸甲，"我让他跟我一起跑，可他偏要留下！留下……灭火。"

"他留下了？"

"他以为能救下咱俩！"科斯卡单手捂脸哽咽道，"怪我！全怪我！他是我们几个当中最优秀的。"他仰天哭号，"为什么？为什么？为什么幸运女神总是带走最优秀的那个？"

维克图的双眼扫过科斯卡空空如也的剑鞘，又看向山腰的大坑，最后落在城墙缺口处。"他死了，呃？"

"炸进地狱了,"科斯卡轻声说,"摆弄古尔库糖是危险的活计。"太阳出来了,维克图的人绕着上方的巨坑爬行,犹如波光粼粼的潮水涌进缺口,显然没遇到丝毫阻碍。就算有少数守卫自爆炸中幸存,恐怕也无心抵抗。丰特萨莫宫的外院陷落了。"我们赢了。至少塞萨利的牺牲没有白费。"

"噢,没有,"维克图眯起眼睛,眼角余光瞟着科斯卡,"他会为此骄傲的。"

一个国家
One Nation

大门彼端人声鼎沸,蒙扎的肠胃越收越紧。她蹭了蹭绷到刺痛的下巴,但没什么效果。

她只能继续等候,反正今晚整场盛典,她的角色便是板起脸站得笔直,摆足王公贵胄的姿态。塔林最好的裁缝已竭尽所能让她这个滑稽的冒牌货模样光鲜,他们用长袖遮住她胳膊的伤处,用高领掩盖她脖子的疤痕,用手套遮住她残废的右手,幸好她胸口没疤,可以尽情展露胸脯,不会吓到洛根特那些大惊小怪的客人。她很惊讶他们竟没在她裙子后面开个大洞露屁股——和胸脯一起,那是浑身上下她仅有的两处完好肌肤。

任何可能破坏洛根特公爵享受这完美的历史性时刻的物品都不准出现,剑当然不例外,而失去它,她就像失去了身体的一部分。她记不得上次不佩剑出门是什么时候了,哪怕在成为女大公的次日、接见塔林议员时她都佩带着。老卢比恩建议她无需在室内佩剑,她回复说二十年来她天天如此。他继续委婉地指出自己和同僚们都不会携带武器，哪怕作为男人比她更有资格，她则反问说如果她不佩剑，发起火来又拿什么格杀他呢？没人知道她是否在开玩笑，也没人敢再提这个话题。

"殿下。"一名侍从上前一步，流畅地鞠躬。"殿下。"他又冲科塔妲女伯爵鞠躬，"我们快开始了。"

"很好。"蒙扎厉声道。她面朝双开门，挺直肩膀，扬起下巴，"赶紧演完这出闹剧吧。"

她没时间浪费。过去二十天，她醒着的每一刻——自洛根特把那顶宝冠扣在她头上，她几乎没睡——都在尽心尽力尝试把塔林救出火坑，那个她之前尽心尽力将之推下的火坑。

她谨记巴拉维尔德的格言——国家的支柱是钢铁与黄金——找来所有能找到的、没和她的旧主一起逃进丰特萨莫宫的官僚，一同探讨如何重建塔林土崩瓦解的常备军和空空如也的国库，此外，税务系统、公共设施、安全保障和司法审判等领域也亟待收拾。全靠洛根特，或者说他的军队，塔林才没陷入无政府状态。

蒙扎不会随风摇摆，她总有认清他人价值、找到合适人选做合适工作的本领。老卢比恩像个爱炫耀的先知，她便让他当大法官。格鲁罗和萨维丝是城里最无情的两位商人，她不信任他俩，于是令他们同时出任首席参政，各自创立新的税收政策，并互相竞争，而他们从闷闷不乐的同行手里榨出的钱被她全花在重建军队上。她在岌岌可危的宝座上度过漫长的三天后，一位名为沃弗尔的老军士回到城市，这个久经沙场的老兵身上的伤疤几乎和她一样多。他不愿投降，带着所在步兵团中幸存的二十三名战士从奥斯皮亚长途撤回，横穿整个斯提亚，武器和荣誉皆完好如初。这样铁石心肠的人她当然喜欢，便派他去召集城内老兵，没花多少钱就募到两个连的志愿者，这些人的首要任务是保护税收官，从而保障塔林政府的收入。

她将奥索的教导谨记于心：黄金换来钢铁，钢铁换来更多黄金——这是永恒的政治定律，而来自各方的反抗、冷漠和嘲讽只会坚定她的意志。治理塔林这个看似不可能的任务让她有一种任性的满足感，让她忘记了疼痛、忘记了大烟，干劲十足。长久以来，她终于有机会种点东西。

"你……很美。"

"什么？"科塔妲悄无声息地来到她身旁，局促地冲她微笑。"噢，你也很美。"蒙扎咕哝，几乎没对上对方的视线。

"白色很衬你。他们说我太苍白，穿不了白色。"蒙扎听得皱眉，她今晚可没心情周旋这些废话。"我能像你一样就好了。"

"这都是太阳的功劳。"

"不，不，是勇气。"科塔妲低头盯着自己绞在一起的苍白手指。"我能勇敢些就好了。大家都说我手握权柄。一个手握权柄的人不该无所畏惧吗？但我总是担惊受怕，尤其碰上大场合。"她的喋喋不休让蒙扎越来越心烦，"有时，我怕得一步也迈不开。什么都怕，我真是不争气。我该怎么办？你会怎么办？"

蒙扎不想讨论自己的恐惧，那只会变本加厉地影响心情。但科塔妲自顾自说着。"我没什么性格。性格是怎么来的？为什么有的人有有的人没有？你很有性格，大家都这么说，你是从哪里得来的呢？为什么我没有呢？有时我真想撕去伪装，像个普通人那般活着。他们说我是个十足的弱女子，我该怎么办？做个十足的弱女子？"

她们对视片刻，接着蒙扎耸耸肩。"那就表现得不像个弱女子。"

门被推开了。

伴着视线之外的乐手们演奏的庄严曲调，她和科塔妲踏入元老院的圆形大厅。厅内虽无穹顶，头上的蓝黑天空很快便会群星闪烁，但还是很热，且像坟墓一样黏湿。鲜花的香气刺激着蒙扎发紧的喉咙，让她阵阵恶心。数千根蜡烛在黑暗中亮起，照得厅内到处是扭曲的影子，黄金闪闪发光，宝石熠熠生辉，四面八方无数张微笑的脸孔都像心怀不轨的面具。一切都是宏大规模——无论是到场来宾，微微飘动的旗帜，还是场地本身——一切都用力过猛，像是幻想小说中的庸俗场景。

一切辛苦花费，只为见证一个男人换顶帽子。

来宾五花八门，主要是有钱有权的斯提亚人，譬如商人，各地小贵族，外加少数著名艺术家、外交官、诗人、工匠和士兵——洛根特不放过任何能为自己增光添彩的饰品。异国客人占据大多数前排坐席，他们肯来向新登基的斯提亚国王道喜，国王至少要让他们有面子。这其中包括来自千岛群岛、双耳穿金环的商人头领，大胡子的北方人，浅色眼眸的保利人，穿鲜艳丝绸衣服的苏极克原住民，甚至有两位拜日的索森德女祭司——她们剃光的头顶只剩黄色短楂——和三个神情紧张的西港参议。当然，联合王国没派人来，但古尔库代表团人数不少，其中十二位是奥斯曼—乌—多沙皇帝的大使，全身戴满华丽金饰，另有十二位是卡布尔先知的祭司，全身裹着庄重的白袍。

蒙扎当这些人不存在一般，泰然自若地走过，挺起胸膛，目视前方，嘴角挂着自己非常害怕时才会露出的冷笑。拉杰奥和巴提恩以同样的端庄姿态从对面的通道走来。大厅正中央有一把镀金座椅，索多里斯等在椅子旁，重重地倚着拐杖。这老头坚称走下斜坡会要他的老命。

他们来到圆形平台，在几千道期待的视线注视下会合。五位斯提亚的伟大领袖有幸为洛根特加冕，每人都穿着自己城邦的标志色，谁都不会认错。这也让他们看起来活像是廉价道德剧中代表斯提亚诸邦的庸俗演员，唯有浑身行头价值奇高：蒙扎一身纯白，胸口戴着黑水晶碎片制作的闪亮十字架；科塔妲穿阿非奥的鲜红裙服；索多里斯的黑袍边缘装饰着金色海贝；拉杰奥的镀金披肩绘有普兰提的桥梁；巴提恩也抛下一贯谦卑的虚饰，将那身农夫的粗布衣换成绿色的丝绸、皮毛和闪亮珠宝。六枚戒指是那康蒂的象征,但他戴了至少九枚,其中一枚上嵌着友好的骰子那么大的绿宝石。

会合之后,蒙扎发现他们每个人显然都对自己的角色很不满意。这就像一群人喝昏了头,同意在早上跳进冰冷的大海,但等第二天黎明酒醒,便油然察觉到昨日的荒谬。

"好吧。"乐手们演奏完毕,最后一个音符也消散了,蒙扎开口,"我们到齐了。"

"没错。"索多里斯阴湿的眼睛扫过窃窃私语的人群,"但愿王冠够大,一会儿要迎接的可是全斯提亚最大的脑袋。"

震耳欲聋的号声从身后响起,吓得科塔妲一激灵,差点摔倒,还好蒙扎本能地伸手抓住她的胳膊肘。大厅最末端的门被推开,号声立刻停止,随之传来的是奇妙的双人合唱,高亢纯粹的歌声在厅内回荡。洛根特伴随歌声微笑着走进元老院,客人们立刻报以整齐的掌声。

即将登基的国王身穿奥斯皮亚标志性的蓝色,走下台阶时脸上带着一丝自谦的惊愕。一切是为我准备的吗?不该如此破费!——尽管每个细节都出自他的手笔。蒙扎脑海中又浮现出那个不止一次浮现的想法,那就是洛根特最终会成为远不如奥索的国王。他跟奥索一样残忍、一样狡诈,但更加自负,幽默感也一天比一天少。他与周围热情伸来的手掌击掌,偶尔慷慨地拍拍别人的肩,那不似人间的歌声一直陪伴他走出人群。

"我听到了精灵的歌声?"巴提恩带着若有似无的嘲讽说。

"你听到的是没卵蛋的小太监唱歌。"拉杰奥回应。

四名穿奥斯皮亚制服的士兵打开高台后的门,没多久便抬出一只沉重的镶嵌木箱。洛根特快速在第一排观众前穿梭,选中几个大使握手,尤其照顾了古尔库代表团,并引领掌声达到最高峰。完事之后他面带微笑地走上平台,仿佛即将赢得大满贯的牌手,冲被他通吃的五个倒霉蛋张开双臂。"朋友们！朋友们！这一天终于到来了！"

"好日子。"索多里斯简短回应。

"欢庆的日子！"拉杰奥唱诵。

"期待已久的日子！"巴提恩附和。

"很棒的日子？"科塔妲犹疑地跟进。

"感谢大家。"洛根特转向来宾，双手优雅地示意大家停下掌声，接着把披风向后一甩，坐进那把镀金座椅，示意蒙扎靠近。"殿下，您的祝贺？"

"祝贺您。"她没好气地说。

"依旧如此优雅。"他倾身靠近，小声道，"你昨晚没来我的房间。"

"我在忙别的事。"

"真的？"洛根特挑起双眉，震惊于别的事比跟他上床还重要。"一城之首真是辛苦。算了。"他意带嘲讽地挥手赶开她。

蒙扎咬紧牙关。此时此刻，她倒很乐意尿他一身。

四名士兵将箱子放在座椅后，其中一人转动锁里的钥匙，动作浮夸地掀起盖子。人群响起一片惊叹，只见王冠放在紫天鹅绒垫上，粗厚的黄金头环饰以一排闪烁的深蓝色宝石，更向上延伸出六片黄金橡叶，最前方那片较大，裹着一颗闪闪发光的巨钻，足有鸡蛋大小。它实在大得荒谬，蒙扎每每忍不住想嘲笑它。

拉杰奥把手伸进箱子，抓住一片金叶子，脸上表情活像是徒手清理堵塞的茅房。巴提恩认命地耸耸肩，同样握住一片叶子。索多里斯和科塔妲也照做了。蒙扎用戴手套的右手握住剩下的一片，支棱开的小指并没因白丝手套包裹而显得迷人一些。她看着这帮所谓的同僚，发现其中两人强颜欢笑，有一人略带嘲讽，还有一人愁眉苦脸。她好奇这些习惯独霸一方的骄傲王公，几时会厌倦这令他们不快的安排。

国家此时尚未统一,裂痕已然触目惊心。

他们五人一起举起王冠,踉跄了几步——动作迟缓的索多里斯得绕过箱子,其他人被这象征王权的无价之宝牵引,只能笨拙地随他一起行动。他们来到王座旁,将王冠高高举过洛根特的头顶,然后心照不宣般顿了片刻,可能都在思索还有没法子退出。大厅陷入奇特的宁静,来宾们满心期待,男男女女都屏住呼吸。最终,索多里斯认命地点点头,五个人一起放低王冠,将它小心安放在洛根特头上,然后各自退开。

斯提亚宣告统一。

国王从椅子上徐徐起身,张开双臂,掌心朝外,注视前方,目光仿佛穿透了元老院古老的墙壁,看到光明的未来。

"斯提亚的同胞们!"他嘹亮的嗓音在石墙间激荡,"我谦逊的臣民们!还有来自异国他乡、不远万里的朋友们!欢迎大家!"他的朋友大都来自古尔库,谁让先知送了这么大一块钻石装点他的王冠呢……"血之年代结束了!"或者说即将结束,只等蒙扎给奥索放血。"在这片伟大的土地上,再不会有城邦互相敌对!"这还有待观察。"它们将永远亲如兄弟,被友谊、文化和传统构成的、牢不可破的纽带联系在一起,携手并进!"显然是朝洛根特规定的方向前进。"如今的斯提亚……刚从噩梦中醒来。一场持续十九年的噩梦。必须承认,我们当中的许多人,记忆中就没有不打仗的日子。"蒙扎皱紧眉头,忆起父亲的犁耙翻动黑土。"但现在……战争结束了!我们都是赢家!我们每个人!"不用说,有的人赢的更多。"迎接我们的将是和平的时代!自由的时代!休养生息的时代!"拉杰奥大声清了清喉咙,拉扯刺绣领子。"迎接我们的将是希望的时代!宽恕的时代!联合协作的时代!"其本质是可悲的服从。科塔妲看着自己的手,只见苍白的手掌布满红斑,颜色深得快赶上她鲜红的裙子。"让我们建设一个全世界都为之嫉妒的伟大国度!让我们将斯提亚——"拉杰奥咳嗽起来，通红的脸大汗淋漓。"将斯提亚团结为——"巴提恩弯腰发出痛苦的呻吟，嘴唇向后咧开，露出紧咬的牙齿。

"一个国家……"出事了，人人都看得出。科塔妲猛地后仰，她抓住镀金扶手，胸膛剧烈起伏，最后在鲜红丝裙的沙沙声中瘫软在地。观众们惊得一起倒抽冷气。

"一个国家……"洛根特轻声说。索多里斯首相哆嗦着跪下，用布满红斑的手抓向越来越喘不上气的喉咙。巴提恩四肢着地，脸涨成猪肝色，脖子青筋暴突。拉杰奥侧身翻倒，背对蒙扎，呼吸微弱，右臂拖在身后，抽搐的手掌遍布红斑。科塔妲的腿轻踢了几下，彻底不动了。人群陷入死一般的宁静，所有来宾都吓呆了，不知这疯狂的场面是仪式的一部分，还是某种吓人的玩笑。巴提恩的脸慢慢松弛下去，索多里斯朝后倒下，脊柱弯曲到吓人的幅度，鞋跟刮蹭过光滑的木板，接着也瘫软不动了。

洛根特盯着蒙扎，蒙扎也盯着洛根特。她浑身僵硬，茫然无措，跟当初眼睁睁看着本纳丧命时一模一样。洛根特张开嘴，朝她伸出一只手，但在空中就伸不过来了。他前额和王冠接触的部分红得触目惊心。

王冠。他们都碰了王冠。她看向自己戴手套的右手。除了她。

洛根特面容扭曲地迈出一步，接着脚踝一扭，摔了个狗吃屎，鼓起的眼珠茫然地看向旁边。王冠从他头上滚落，在地上弹了一下，滚过镶叶平台的边缘，"哗啦啦"滚下去。有人发出一声突兀而刺耳的尖叫。

这时开关落下，随着木头撞击声，一千只白莺飞出大厅角落的笼子，犹如一团优雅悦耳的旋风升入澄净的夜空。

正如洛根特的计划。

只是注定统一斯提亚、结束血之年代的六位男女中，只有蒙扎还活着。

尘归尘，土归土
ALL Dust

洛根特大公爵的死讯让摆子备感欣慰——或者该说是洛根特国王之死？不过现在称呼他什么都无所谓了，想到此处，摆子笑得更灿烂。

活着的时候，你尽可风光无限，但等入了土，你跟其他人不会有丝毫差别。而让人入土只需一点小动作，只需一个没人注意的瞬间。摆子有个老朋友，在高山上的战斗中连着七天没受伤，却在第八天早上离开山谷时被荆棘刺伤了手，溃烂发炎，没几个晚上就呻吟着死去。这事没什么意义，算不上教训，或许除了告诉你小心荆棘。

那么三树鲁德为自己挣得的高贵死亡呢？率领决死冲锋，死时手里握剑——也并未好过几分，人们喝醉后会扯着破嗓子传唱几句，但对死者来说，死了就是死了，人人平等。山民们管死神叫大平衡者，王公乞丐一视同仁。

洛根特的雄图霸业化作尘土，赫赫权势如迷雾被晨风吹散，身为一个独眼杀手，摆子昨天连给未来的国王舔靴都不配，今晨却是远比他强的活人,至少能投下影子。若说这事有什么教训,那便是人得趁有气时了却心愿,毕竟泥土里只有黑暗。

他们骑马穿过甬道,进入丰特萨莫宫的外院,摆子轻轻吹了声长口哨。"好家伙。"

蒙扎点头。"至少弄倒了一部分。先知的礼物奏效了。"

古尔库糖真是可怕的武器,他们左侧有一大段城墙不翼而飞,远处一座塔楼摇摇欲坠,其侧面碎裂坍塌,看上去随时可能跌落山下。曾经高墙伫立之地如今变作参差的峭壁,几丛没了叶子的灌木顽强地附着其上,朝空中张牙舞爪。摆子觉得这里本是花园,但在过去几周弩炮不断的火攻下化为焦土,再经昨晚的雨一冲,满地黑乎乎的,随处可见树桩和水坑。

一条鹅卵石小路穿过废墟中心,经过六座腐臭的喷泉,通往一扇仍然紧闭的黑色大门。大门下倒着几具插满箭矢的扭曲尸体,尸体旁还有一根烧焦的攻城锤。摆子富有经验的视线扫过上方墙垛,看到了长矛、弓箭和盔甲的闪光。看来内墙还很坚强,奥索公爵仍在死守顽抗。

他们骑马绕过一大堆用石头压住的潮湿帆布,帆布褶皱处积满雨水。摆子看到穿靴子的脚支出来,还有几双脏兮兮的赤脚,上面挂着水珠。

沃弗尔手下某个新兵看到这些死人脸都白了。眼见此人情绪失控,摆子不禁好奇自己是几时适应了身边总有尸体,对他来说,它们不过是风景画的组成部分,不比焦黑的树桩多出什么意味。一两具尸体坏不了他早上的好心情。

蒙扎勒住马缰,从马鞍上跳下。

"下马。"沃弗尔低吼一声,其他人便随她一起下马。

"为什么有些人是赤脚?"新兵仍盯着那堆死人。

"因为他们之前穿了双好靴子。"摆子说。新兵低头看了看自己的皮靴,又看回那些赤脚,不由得捂住了嘴。

沃弗尔拍拍新兵的背,吓了他一跳,同时朝摆子眨眨眼。看来无论天南海北,大家都喜欢捉弄新人。"穿不穿靴子,死了都没区别。别担心,小子,你会习惯的。"

"会吗?"

"如果你够幸运,"摆子道,"能活那么久的话。"

"如果你够幸运。"蒙扎说,"在这里等着。"

沃弗尔朝她点头。"遵命。"摆子看她在废墟中绕行,消失在视线之外。

"塔林的事搞定了?"他低声问。

"但愿吧,"满身伤疤的军官嘀咕,"总算把火灭了。我们和老城区的罪犯达成交易,这几天他们帮我们看着那边……事实上,恐怕接下来一个月我们也只能听其自便。"

"靠窃贼来维持秩序,说明乱子大了。"

"这世界全乱套了。"沃弗尔眯眼看向内墙,"我的旧主在墙的另一边,我为他打了十几年仗,他当家时可从没出过乱子。"

"你希望重新投效他?"

沃弗尔皱眉看向一边。"我还希望我们在奥斯皮亚打胜仗呢,那就舒坦了。我还希望三年前去支援联合王国时,我老婆没跟那个可恶的面包师上床。希望什么也改变不了。"

摆子咧嘴笑了,按了按金属眼球。"正是如此。"

科斯卡坐在折叠椅上,那是整个花园唯一还算完好的地方。他盯着啃食湿草的山羊,眼看那只羊在幸存的一丁点草坪上漫步,竟带来一丝奇特的平静。它双唇翕动,牙齿微妙地开阖,耐心重复同样的动作,尽管每一口都很细小,最终却会将草坪吃光。他用手指掏了掏耳朵,想清理一直徘徊在耳边、若有若无的轰鸣,但不管用。

他叹口气，举起酒壶，听到鹅卵石路上的脚步声又停住了。蒙扎走了过来，看起来疲惫不堪，肩膀下垂，嘴唇扭曲，双眼深陷。

"我上次就想问，你怎么搞了只山羊？"

科斯卡缓缓地举起酒壶喝了一大口，撇撇嘴，又喝了一口。"山羊是高贵的动物，当你不在时她可以提醒我，今后要在参与的事务中保持清醒、勤勉和忠诚。人总得有点底线，蒙扎。"山羊抬起头，赞同地咩咩叫了一声。"冒昧说一句，你似乎快累垮了。"

"漫长的一夜。"她轻声说。科斯卡觉得这描述过于克制。

"肯定如此。"

"奥斯皮亚人撤出了塔林城区，城内立刻发生恐慌与暴乱。"

"不可避免。"

"有人散播谣言，说联合王国舰队就要到了。"

"谣言可能比真的舰队还有威胁。"

"王冠被下了毒。"她轻声说。

"斯提亚最伟大的领袖们最终倒在对权力的贪欲上，这暗含着一些讯息，是吧？这种谋杀和隐喻相结合的方式？某位尽职尽责的毒师兼诗人成功谋害了一位首相、一位公爵、一位女伯爵、一位第一公民和一位国王，给世人上了一堂关于生命无价的课程。你敢说这不是我们共同的朋友马维尔的手笔？"

她吐了口口水。"很可能。"

"没想到那个迂腐的混蛋竟有这等幽默感。"

"抱歉，我可笑不出。"

"他为何放过你？"

"他没有。"蒙扎举起戴手套的右手。"我的手套救了我。"

科斯卡忍不住大笑。"也可以说是你残废的右手救了你，更可以说是奥索公爵和他的手下救了你！讽刺至极！"

"等一切尘埃落定，我大概有心情取笑这点。"

"哦,能笑得多笑,为了等什么尘埃落定,我就浪费了好多年。以我的经验,那个时刻永远不会来。看看你周围的军营吧。阿非奥人破晓以前全跑了。斯皮奈人分成几个派系,也朝南退去,我估计边退边在闹内讧。普兰提人对内战无比向往,干脆在堑壕里打了起来,还是维克图去劝架!维克图劝架!你能想象?有些奥斯皮亚人还留在这里,只因茫然无措,而他们的大部分同胞像被砍了头的鸡仔一样到处乱窜。你知道无头鸡仔是什么样,对吧?真是叫人大开眼界啊,局势急转直下,斯提亚的统一大约维持了一分钟,然后便迅速跌入更深的深渊。没人知道谁会以什么方式在何地夺得权柄,看来血之年代即将终结的说法……"科斯塔扬起下巴,挠了挠脖子,"为时尚早。"

蒙扎的双肩似乎垂得更低了。"这不正是雇佣兵的理想环境?"

"我就知道你会这么说,但局势过于混乱,我也受不了。我敢断言,千剑团是目前最团结、最有秩序的部队,你该知道你们这个九城联盟陷入怎样的大骚动了吧?"他朝前伸直双脚,搭起二郎腿,"我想率军前往威斯尼亚,伸张自己的权利,兑现洛根特的承诺——"

"留下。"她盯着他的双眼说。

"留下?"

"留下。"

两人久久没再开口,只是看着对方的眼睛。

"你无权要我做任何事。"

"算我求你。帮帮我。"

"帮帮……你?听起来我成了你最大的希望。你那些忠诚、善良的塔林市民呢?他们不肯帮你?"

"他们对战斗的热情远不如对游行来得高。就算奥索重新上台会把他们挨个吊死,他们此刻也不愿多动一根指头。"

"政治的变幻莫测,呃?你执掌权柄时竟没招兵买马?真不像你的作风。"

"我尽可能招募了,但用他们来对付奥索,我信不过。难保没有变故。"

"啊,被分割的忠诚,我最了解。难以预料的变量。"科斯卡又用手指掏另一边耳朵,还是不管用。"你有没考虑过……嗯……就此收手?"

她看着他,仿佛他说的不是这个世界的语言。"什么?"

"我本人留下了上千个尚未完成,或者尚未开始,甚至完全失败的任务,但最终,它们对我的影响比我成功完成的那些小得多。"

"我不是你。"

"这对你我都是遗憾。无论如何,你可以忘掉报仇,适可而止。你可以……展现仁慈。"

"仁慈等于懦弱。"她厉声喝道,眯眼盯着烧焦的花园尽头紧闭的黑色大门。

科斯卡伤感地一笑。"真的?"

"良心是逃避的借口。"

"我明白了。"

"不必为此长吁短叹,这是世界的本来面目。"

"原来如此。"

"做个好人也不会有额外所得,死后同样什么也不是。你必须朝前看,一直朝前看,一次只打一仗。你不能犹豫,无论付出什么代价,无论——"

"你明白我为什么一直爱着你吗,蒙扎?"

"呃?"她意外地盯着他。

"哪怕你背叛我?应该说,你背叛我之后我更爱你了。你明白为什么吗?"科斯卡缓缓倾身靠近,"因为我知道你并不真的相信这些鬼话,这些你用来欺骗自己的谎言,好让自己能背负着不得不做的事活下去。"

他们沉默良久。最后她打了个嗝，就要吐了。"你总说我心中有个魔鬼。"

"我说过？好吧，我们心中都有魔鬼。"他挥挥手，"你不是圣人，这点我们都清楚，你不过是个血之年代造就的孩子。但你也没你以为的那么阴暗。"

"没有？"

"我总是假装在意别人，实际上根本不关心他们死活；你是真的在意，但装成漠不关心。我从没见你浪掷任何人的性命，他们却更喜欢我。哈，然而世间自有天理在，你一直在纠正我，蒙扎，即便那次背叛，也比我应得的好。我永远忘不了穆里斯之围后，你坚决不让奴隶贩子带走那群孩子。人人都想赚那笔钱，我想，忠臣想，连本纳都想。应该说本纳尤其想。但你不想。"

"我给你留了点小伤。"她低声说。

"别谦虚了，你当时可是想杀我。我们活在残忍的时代，而在残忍的时代，仁慈与懦弱绝非一码事。蒙扎，我们死后的确什么也不是，但大多数人生前同样如此。只有极少数人例外。"他看向天空，"真神知道，我生前就是如此，你则永远不会。"

她眨眨眼，盯着他看了一会儿。"你会帮我吗？"

科斯卡又举起酒壶，发现里面空了，只好拧上盖子。这东西每天要灌太多次。"我当然会帮你，没有丝毫疑问。事实上，我正准备进攻。"

"那——"

"我只想听你求我。不过我必须承认，你主动开口我挺吃惊的。你觉得千剑团会白费功夫围攻这座全斯提亚最富有的宫殿，然后大发慈悲，一点战利品不拿就离开？你失去理智了吗？我现在拽都拽不走这帮贪婪的秃鹫，你来不来，我们明天清晨都会进攻，将这里搜干刮净。等到午餐时间，我的孩子们可能连房子的铅顶都拆掉了，四分之一规则嘛。"

"奥索呢？"

"奥索是过时人物。"科斯卡往后一靠，爱怜地抚摸山羊的身侧，"随你处置。"

在所难免
The Inevitable

骰子掷出二和一。

三年前的今日,萨加姆从安全屋买得友好。三年来他无家可归,先后跟随两男一女,踏遍斯提亚。三年里他痛恨程度最低的是待在千剑团内,而这不单是因为对方名字里有数字——这点当然是个好开始。

千剑团内至少存在某种秩序,团员被安排在特定的时间去完成特定的任务,人人都是大机器的一分子。整个佣兵团的状况清晰记录在公证人的三本账目上,包括每位队长的部下人数、他们效力的时间、报酬的多少、盘点的次数、装备的花销等等,一切都用数字记录下来。佣兵团内还存在形形色色的规则,有的明文写就,有的约定俗成。这里有饮酒、赌博和打斗的规则,有嫖娼的规则,有谁该坐哪儿的规则,有谁可以在何时去何地的规则,有谁上战场谁不上战场的规则。当然,最重要的是四分之一规则,这条规则限定了战利品的分配方式,并受到严厉的纪律监督。

团员们清楚，破坏规则必将招致惩罚，通常是特定数量的鞭打。友好昨天刚见人因在不该撒尿的地方撒尿而挨了鞭子。这似乎算不上罪行，但维克图宣称，如果谁想在哪里撒尿就在哪里撒尿，想在哪里拉屎就在哪里拉屎，那么瘟疫很快会在营地里爆发，所以那人挨了三鞭。二加一。

而在千剑团内的所有地方，友好最喜欢食堂，那一整套周而复始的吃饭流程与安全屋如此相似：无论是穿着脏兮兮的围裙、凶神恶煞的厨子，蒸汽腾腾的大锅，小刀和勺子的磕碰，嘴唇、牙齿和舌头的啧啧声，还是排成拥挤长队的人群——每个人都争着索要更多食物，但从未如愿。

今天早上加入爬城队的人可额外分到两颗肉球和一勺汤。二加一。科斯卡说被人从云梯上捅下来是一回事，饿晕了摔下来是另一回事。

"一小时内进攻。"科斯塔宣称。

友好点点头。

科斯卡用鼻孔长舒一口气，皱眉打量周围。"靠云梯决胜负。"过去几天，友好亲眼看着云梯被制作出来，一共二十一架。二加一。几乎每架云梯都有三十一个梯级，唯有一架有三十二个。一，二，三。

"蒙扎会跟爬城队一起行动，决心成为第一个抓到奥索的人。她一心一意要报仇。"

友好耸耸肩。她一直都这样。

"说句老实话，我担心她。"

友好耸耸肩，对此漠不关心。

"战场上很危险。"

友好耸耸肩，这点不言而喻。

"我的朋友，我要你在战斗中看着她。别让她受伤。"

"那你呢?"

"我吗?"科斯卡拍了拍友好的肩膀。"我最好的盾牌就是大伙儿对我的崇敬喽。"

"你确定?"

"当然不。但我会一如既往待在后方,远离前线,逍遥自在。我有种感觉,她更需要你。那个地方依然会有棘手的敌人。友好……"

"嗯?"

"睁大眼睛,千万当心。被堵在巢穴里的狐狸往往最危险——奥索一定还有什么歹毒后手,这简直可以说是……"他鼓了鼓双颊,"在所难免。睁大眼睛,尤其当心……马维尔。"

"好的。"蒙洛卡托有他和摆子照看,三人行,就像杀戈巴那时。二加一。他收起骰子,放进口袋,一边看着热腾腾的食物被分发出去,一边侧耳倾听士兵们的抱怨,心中默数抱怨的次数。

黎明的灰白让位于朝霞的金光,太阳爬到他们不得不攀爬的墙垛上头,参差不齐的阴影在残败的花园里缓缓退却。

要上了。摆子闭上双眼,冲太阳咧嘴发笑,扬了扬脑袋,吐了吐舌头。年关已近,天越来越冷,但感觉还像是北方爽朗的夏日清晨,像是他参加过的、许多伟大战役之前的清晨。他曾在那些个清晨留下不少值得歌颂的事迹,也干过那么几件见不得光的勾当。

"你好像心情不错啊。"蒙扎说,"就一个马上要赴汤蹈火的人而言。"

摆子睁开双眼,把笑脸冲着她。"我终于找到了内心的平静。"

"那敢情好,真了不起。"

"了不起什么的我不知道,我只是不再挣扎。"

"我开始觉得这是唯一有价值的目标了。"她低声道,几乎在自言自语。

前方的第一波佣兵已准备出动，他们一手握云梯，一手举大盾，显得十分焦急——这当然不足为奇，摆子也毫不羡慕他们的工作。内庭里外每个人都知道今天会发生什么，佣兵们也丝毫没有隐瞒进攻的准备。

摆子身边是第二波佣兵，他们有的用磨石最后一次打磨刀剑，有的勒紧盔甲皮带，有的开着最后几个玩笑——并希望这不是人生中最后几个玩笑。摆子咧嘴笑着旁观这些士兵，同样的仪式他从前进行过无数次，不禁有回家的感觉。

"你有没有觉得生不逢时？"他问，"你有没有觉得只要坚持再翻过一座山、渡过一条河，望向下一道山谷，一切就会……好转。"

蒙扎眯眼盯着内墙，"一直以来……或多或少吧。"

"我这辈子都在寻找，翻过无数座山，渡过无数条河，甚至横跨大海，抛弃一切，来到斯提亚重新开始。但看看现在的我，和当初下船上码头时完全一样，过着同样的生活。下一道山谷也不会有变化，至少不会变得更好。我猜我学到了一条真理……那就是人应该接受自己，是什么样的人就做什么样的人。"

"你是什么样的人呢？"

他低头看着膝上的斧头。"算是个杀手吧。"

"就这样？"

"要我说实话？就这样。"他耸耸肩，"你不就是为这个才雇我的吗？"

她也皱眉看着地面，"那乐天派又怎么说？"

"我就不能是个乐天知命的杀手吗？有人曾告诉我——就那个杀我哥的人——善恶之别仅在于立场。每个人都有自己的动机，至于动机好与坏，完全取决于问谁，你说对不？"

"是这样吗？"

"在我认识的所有人当中，我原以为你最赞同这句话。"

"或许曾经的我会赞同吧,现在我不那么肯定了。或许这只是我们给自己找的借口,只有这样,我们才能忍受自己的行为。"

这话让摆子不由得笑出了声。

"有什么好笑的?"

"我无须给自己找借口,头儿,这才是我想表达的意思。你瞧,该如何形容一桩注定要发生的事?该有个成语吧,就是无论如何都无法抗拒、无法回避?"

"在所难免。"蒙扎说。

"对,在所难免。"摆子心满意足地咀嚼这个词,犹如咀嚼满满一口鲜美的烤肉。"我不介意过去的遗憾。我不介意未来的发展。"

尖锐的哨声刺破黎明的空气,伴随"哗哗"的盔甲碰撞声,第一拨佣兵齐齐蹲下,结成十几个小队,提起长长的云梯,缓缓推进。说实话,摆子觉得他们队形散乱,在泥泞的花园里歪七扭八。负责支援的佣兵不紧不慢地跟上,十字弓对准墙头,以防弓箭的反击。除了几声闷哼,几声"稳住!"的大喊,现场寂静无声。边冲边吼似乎不是什么好方法,到了墙边又该怎么办呢?总不能一直吼下去。

"前进。"摆子站了起来,高举战斧为他们助威,"前进!前进,杂种们!"

等佣兵们冲过半个花园,墙上传来一声浮夸的尖叫:"放箭!"须臾后,墙头"嗖嗖"声响,箭矢轻巧地扑向冲锋的佣兵。接下来是几声尖叫和啜泣,几个小子倒地,但大部分人继续前进,且脚程快了几倍。负责支援的佣兵跪下来朝墙头齐射,但射出的弩矢要么打中墙垛,要么越了过去。

哨声再度响起,第二拨佣兵开始移动。他们抽到的是爬墙任务,大都穿着轻便甲胄,只为不干扰行动。第一波中有一支小队已冲到墙根,立刻开始竖立云梯,期间有一人脖子中箭倒下,但其他人奋力把梯子搭了上去。摆子看着云梯"咔哒"一声搭在墙垛间,周围其他云梯也纷纷竖起来。墙头亦有动静,有人探身出来,举起石头往下砸。六架云梯。十架云梯。第十一架云梯搭到墙头时散了架,木片劈头盖脸地砸向在下面用力的小子们,摆子见状哈哈大笑。

更多石头砸下。有人爬到一半摔了下去,双腿摔得不成形状,发出凄厉的惨叫。到处都是惨叫。塔楼守卫将一大桶滚烫沸水倒在一支忙着竖云梯的小队头上,烫得佣兵们如待宰的猪般疯狂嚎啕,扔下梯子,抱头鼠窜。

弓箭和十字弓来回互射,石头接连不断。佣兵们或倒在墙根下,或倒在冲锋的半途。泥泞中的伤员缓缓向后爬开,有的被人拖走,更有的幸运儿能把胳膊搭在战友肩上后撤——其实他们的战友只是想找借口逃离战场。爬上墙头的人皆是疯狂地左挥右砍,但大多被早已埋伏多时的枪兵刺中,迅速坠落。

摆子眼见墙垛边有人朝梯子倒下一罐东西,又有人拿来火炬,整个上半截云梯霎时被点燃。油。几个佣兵连同梯子一起燃烧,纷纷摔了下来,砸到下面的人,引发更多惨剧。摆子若有所思地把斧头插回肩上的套环,爬墙时只能这样,不然若是掉下来它可能会把脑袋削掉。想到这里,他又笑了。他一直在笑,引发了身旁几个佣兵的疑惑,但他毫不在意,热血正在体内激荡。

他一直在笑。

他右手边有几个佣兵似乎在墙头站稳了脚跟,从下面看去只见刀光剑影,敌人的增援源源不断。一架爬满士兵的云梯被几根杆子撑开,在空中晃了晃,活像是全世界最有趣的高跷戏。梯顶的可怜虫蠕动身子,抓向一无所有的虚空,然后梯子不可挽回地颠覆了,把所有人都砸到鹅卵石地上。他左手边的佣兵也取得进展,在城门楼旁获得一个立足点,摆子看见有人奋力杀到楼上。纵观全局,共有五六架云梯被推倒,两架靠在墙上燃烧、飘出如云的黑烟,剩下的梯子大都运转正常，爬满了蚂蚁般的佣兵。内庭守军不可能太多，数量优势开始发挥作用。

哨子第三次吹响，示意第三拨佣兵出发。他们身负重甲，任务是利用战友打下的立足点，一举突破。

"走吧。"蒙扎说。

"跟着你咧，头儿。"摆子吸了口气，开始慢跑。

箭矢互射的势头业已减弱，塔楼上箭孔的反击火力变得稀稀拉拉，所以第三拨的行程比前两拨舒服得多，不过是在饱经践踏、铺满尸体的花园里散步，再爬上云梯。云梯底部有两个士兵踩住第一梯级，并用手扶稳，一个军士站在旁边，每个人往上爬时都会挨他耳光。

"上，小子，快上！动作快！手抓稳！别磨蹭！上去宰光那帮狗杂种！你这混蛋——噢，请恕罪，殿……呃……殿下？"

"扶稳云梯。"蒙扎开始向上攀登。

摆子紧随其后，双手抓住粗糙的支架，靴子踏住木梯级，奋力往上爬。他一边喘气一边继续笑着，始终盯住面前的墙面，不管其他。如果箭射来？反正你什么也做不了。如果哪个混球朝你扔石头或泼沸水？你还是什么也做不了。如果敌人把梯子掀掉？好吧，那可真他妈倒了八辈子霉，但提心吊胆只会拖慢速度，让走背运的可能性增加。所以他只管咬紧牙关，闷头攀登。

他很快爬到墙头，翻了上去。蒙扎站在走道上，长剑在手，俯瞰内庭。他听见打斗声，但不在左近。走道上有数具尸体，双方的都有。有个佣兵靠在墙垛边，一条胳膊已被齐肘砍断，他不住呻吟，肩上扎了根绳子止血，嘴里念念有词"我的手掉下去了，我的手掉下去了"。摆子认为此人撑不到午饭时间，而这意味着其他人的午饭会更丰盛——凡事要看到阳光面，对吧？这样才叫乐天派。

他从背上取下盾牌，左手穿进绑带，又抽出战斧，右手牢牢握住。感觉很踏实，好比铁匠拿好锤子，开始一天的工作。墙下又是花园，花草种植在山顶辟出的若干梯级上，并未像外面的同类那样饱经踩躏。建筑物从三面环住花园，其表面有无数反光的窗户和漂亮的石雕，顶部探出若干拱顶或阁楼，饰以雕像及闪耀的飞檐。奥索的宫殿一目了然，不用费心寻找，很好，因为摆子现下没什么思考能力。

除了想见血。

"走吧。"蒙扎说。

"跟着你咧，头儿。"摆子笑道。

灰尘扑扑的山腰间挖的堑壕已经空了，曾驻扎于此的军队作鸟兽散，有的径直返回家乡，有的在洛根特国王及其盟友暴毙后激烈的权力斗争中继续扮演自己的角色。只有千剑团留下，他们饥渴地扑向奥索公爵的宫殿，宛如享用尸体的蛆虫。这场面申卡特见得多了，所谓的忠诚、责任、荣誉……统统靠不住，顺境时冠冕堂皇，但一旦风暴来袭，立马卷旗收伞。最可靠的是什么？大概要算贪婪吧。

他沿蜿蜒的小路朝宫殿走去，经过饱经踩躏的土地，过了桥就是丰特萨莫宫巍峨的城门楼。敞开的大门前，一个佣兵没精打采地坐在折叠椅上，长矛靠在墙边。

"你干什么的？"佣兵懒洋洋地问。

"奥索公爵雇我来刺杀蒙扎萝·蒙洛卡托、当今塔林女大公。"

"瞎扯淡。"佣兵把衣领拉到耳边，靠墙继续打盹。

人类通常最排斥真相。申卡特就这样大摇大摆穿过狭长的甬道，进入外院。公爵的花园原有的一丝不苟如今荡然无存，半堵北墙也不翼而飞，佣兵团把这里搅得天翻地覆。但这就是战争，必然带来混乱。

最后的攻击显然进展顺利，若干云梯搭在内墙上，梯子周围的花园横七竖八躺着人,有的死了,有的还没死。看护人在其中行走,喂战友喝水,帮战友绑夹板或绷带,或将战友抬上担架。申卡特知道那些连爬都爬不动的人鲜有生还可能,但人类就是这样,不肯放弃微弱的希望——这算是他们最值得羡慕的品质吧。

他站在破碎的喷泉前,默默旁观伤员们为抗拒在所难免的结局所做的徒劳挣扎。突然有人钻出碎石堆,几乎撞在他身上。一个毫无特征的秃头,穿着老旧的镶钉夹克。

"啊!真对不住!"

申卡特什么也没说。

"你……你是……怎么说……你要参与最后一击?"

"算是吧。"

"彼此彼此。算是吧。"佣兵逃命再自然不过,但有些事不对劲。此人穿得像个恶棍,口吻却像个三流作家,一只手挥来挥去,意在掩饰另一只手的动作——那只手无疑正摸向隐藏的武器。申卡特皱起眉头。他不想引起多余的关注,于是照例给了对方一次机会。只要可能,他都会给对方机会。

"看来我们都有事要办,就别互相耽误了。"

陌生人听了眼睛一亮。"当然,当然。先办事,先办事。"

马维尔假笑一声,旋即意识到自己无意中换回了正常嗓音。"先办事。"他赶紧干巴巴地用平板的男中音补充。

"先办事。"对方附和,但那双明亮的眼睛一眨不眨。

"好的。好的。"马维尔侧身离开陌生人,继续前进,边走边让手松开解剖针,悄悄垂到一旁。对方无疑很是诡异,但若马维尔的任务需要毒死每个怪人,他刚才会下手的。幸好,他只需毒死这个国家最重要的七个人,而且迄今为止顺风顺水。

想到自己谋划之成熟,实行之大胆,还有那份天才的灵感,他依然会激动得满面红光。他的成就无疑已让他成为史上最伟大的毒师,无可争议地跻身伟人的行列。他唯一沮丧的是不能与全世界分享这份喜悦,不能享受世人的追捧与仰慕。噢,如果对他充满怀疑的孤儿院院长能见证那个快乐的日子,将不得不承认卡斯托·马维尔是真正的天才!如果他老婆能目睹这一切,一定会终于理解他,不再抱怨他与众不同的习惯!如果他声名狼藉的老师莫阿瓦·因·宾克身在此地,肯定会承认学生永远超越了自己!如果辰还活着,铁定会用银铃般的轻笑赞赏他的天才,她会露出清纯的笑容,温柔地触碰他,甚至……但眼下不是做白日梦的时候,以上四位马维尔都有充分理由将其毒死,所以他只好自己祝贺自己。

看来他对洛根特及其盟友天衣无缝的刺杀让丰特萨莫宫之战陷入了无序状态,毫不夸张地说,外院几乎无人看守。他知道尼科莫·科斯卡是天字第一号吹牛大王、无可救药的酒鬼和彻头彻尾的无能之辈,但没曾想对方竟疏忽大意到这等程度。这几乎让他有些失望。

墙头的战斗即将结束,佣兵们夺取了内庭大门,此时此刻,喊杀声隐约从敞开的大门内的花园传来——令人厌恶的场面,他很高兴能从中脱身。千剑团显已占据上风,奥索公爵的失败在所难免,马维尔对此倒不会特别不安。毕竟,当权者总是来了又去,而他的报酬由凡特和伯克银行担保,不受国家与君主的限制。那是一份无价的承诺。

烧焦的草坪上躺着好多伤兵,边上的大树拴了头山羊。马维尔苦着脸,踮起脚在伤兵们中间穿行,抿嘴打量脏兮兮的绷带、血淋淋的破烂衣服及撕裂的肢体——

"水……"一个伤兵呻吟着,抓住他的脚踝。

"就知道要水!"他把脚挣脱出来,"自己找去!"他快步穿过敞开的门廊,进入外院最大的一座塔——据可靠情报,这里原是宫殿治安官的驻地，如今成了尼科莫·科斯卡的司令部。

他在狭窄、昏暗的走廊中前进，身边只有箭孔透出的些许微光，然后他登上螺旋梯，背贴粗糙的石墙，舌头紧张地抵住牙床。千剑团的团员固然跟他们的团长一个德行，又懒又蠢，但他心知任何偶然事件都可能让他的喜悦化为乌有。谨慎为先原则。

二楼是库房，阴影中堆满了箱子。马维尔继续前进。三楼有许多空铺位，无疑是宫殿守卫们的住处。他沿螺旋梯一直向上，在五楼，他用一根手指轻轻拨开塔楼中央圆形房间的门，就着门缝瞧看。

屋里有一张遮罩大床、若干堆满厚书的书架、一张书写桌、许多装衣服的箱子、一个挂着闪亮的全身板甲的盔甲架、一个放有各式武器的武器架，四把椅子围拢的牌桌及一个装有许多玻璃杯的镶嵌木大碗柜。床边钉了一排铁钉，铁钉上挂了许多大得出奇的帽子，这些帽子要么带有闪耀的水晶针，要么带有发光的金饰带，敞开的窗户吹进的微风卷动了一簇簇彩虹般的羽毛。这无疑便是科斯卡的卧室，其他人绝没有如此奇葩的审美，可惜那个大酒鬼眼下不知所终。马维尔溜进屋去，轻轻关上门，蹑手蹑脚走到碗柜前，并机敏地避开了柜子边上一只盖好的挤奶桶，再轻轻打开柜门。

他容许自己微微一笑。尼科莫·科斯卡无疑自诩为兼具冒险精神和浪漫风度的侠客，每每摆出一副逍遥自在、无拘无束的做派，但实际上，他的行为习惯跟天上恒定不动的星星一样容易预测、跟大海周而复始的潮汐一般沉闷无聊。有些事永远不会改变，酒鬼就是酒鬼。现在的主要困难在于科斯卡的藏酒实在太多，没法确定他接下来会喝哪一瓶——马维尔别无选择，只能统统下毒。

他戴上手套，自内袋小心取出绿色溶液。这种剧毒只有吞咽下去才致命，且作用时间因人而异，好处在于只散发出极轻微的果香，兑入红酒或烈酒里完全无法察觉。他仔细记下每瓶酒的位置及每个酒塞塞入的角度，之后才把它们打开，用吸管往里头各滴一滴，再原封不动地放好。他微笑着往不同大小、形状和颜色的酒瓶里下毒，整个过程跟在王冠上涂毒一样按部就班，但带来的满足感不遑多让。他带来了死神的祝福，带来了那个变态酒鬼的末日。尼科莫·科斯卡已死的传闻将再次流出，而这会是最后一次。说实话，世上少有比这次刺杀更正义、更值得歌颂的——

他忽然停住。楼梯上有脚步声。他迅速而敏捷地塞好最后一瓶酒，精准地放回原位，然后马不停蹄闪身钻进一扇窄门，门内是狭小的黑暗空间，这是——

强烈的尿臭让他皱起鼻孔。看来，严苛的命运女神终究不肯放过他，他早该想到不能把茅房当成藏身地。若是科斯卡突然内急……

墙头的战斗基本告终，总体麻烦不大。小子们应已挺进内庭，进入奥索的宫殿中那些应有尽有的仓库和回音阵阵的大理石厅堂了，从科斯卡所在的塔顶什么也看不见。就算能看见，又有什么好看呢？他又不是没见过要塞沦陷的场面……

"维克图，我的朋友！"

"啊？"千剑团剩下的那位资深队长放低望远镜，一如既往眯眼狐疑地打量着他。

"看来尘埃落定了。"

"看来您说得很对。"

"咱俩在这里什么也干不了，什么也瞧不见。"

"您说得对，您总是对的。"科斯卡把这句话当作嘲讽。"要塞沦陷在所难免，剩下就是瓜分战利品。"维克图不经意间碰了碰满脖子的项链。"这当然是围城战里我最喜欢的部分。"

"玩儿把，呢？"

"为什么不呢？"

科斯卡收起望远镜，沿螺旋梯走回自己占用的房间。他来到碗柜前,打开镶嵌木门,色彩缤纷、大大小小的酒瓶顿时像老友一样欢迎他的归来。噢,一杯,一杯,来一杯。他取出一只玻璃杯,轻轻打开最近的一瓶酒。

"来一杯,呃?"他扭头问。

"为什么不呢?"

周围还有战斗,但有组织的抵抗业已告终。佣兵们横扫内墙之后,又将守军逐出花园,此时业已突入塔楼、宫殿和其他建筑。每时每刻都有更多士兵涌入,他们绝不会放过这个千载难逢的掠夺机会——只要嗅到战利品的气息,没有哪支部队比千剑团的意志更坚定、行动更迅速。

"这边。"她冲向宫殿正门,重新踏上弟弟遇害那天走过的台阶,绕过圆形池塘,两具尸体漂浮在西皮罗的柱子洒下的阴影中。摆子紧跟在后,那张毁容的脸一整天都挂着古怪笑容。他们看到某扇门旁聚了大群迫不及待的佣兵,个个眼睛放光,其中两人正提斧砸锁,每砸一下大门都会跟着摇晃。待锁头终于崩坏,猴急的佣兵们一哄而上,互相推挤、喝骂、尖叫,有两人甚至为尚未发现的财物就地扭打起来。

再往前,两个佣兵把一个穿金边夹克的仆人按坐在喷泉边,仆人惊恐的脸上满是血迹,俘虏他的人一边猛扇他耳光,一边大声逼问:"狗日的钱呢?"扇累了就换人接着扇。"狗日的钱呢?狗日的钱呢?狗日的钱呢……"

一扇窗户突然爆开,洒下碎窗框和烂玻璃,随后一个古旧的柜子砸在鹅卵石地上四分五裂。一个佣兵大呼小叫地跑过,怀中满是闪光的织物。也许是窗帘。蒙扎随即听见凄厉的惨叫,连忙抬头时有人从窗口头上脚下地摔进花园,软绵绵不动弹了。附近又有惨叫,由于太过绝望,连男女都分辨不出。

惨叫、呼喊和嬉笑从四面八方滚滚而来,她只能强压下喉头的恶寒,不去想自己才是这一切的始作俑者。报仇的决心带她走到这最后一步,她只需紧盯前方,找到奥索就好。

让他为这一切付出代价。

镶钉宫门依然紧锁,但佣兵们找到别的入口——他们打碎门边一扇巨型拱窗。为一夜暴富,有人简直奋不顾身,这从窗台沾上的点点血迹便可见一斑。蒙扎小心翼翼地钻进去,靴子踩住碎玻璃,跳进昏暗的宴会大厅。她想起自己曾在此用餐,本纳坐在她身边微笑,在场的还有忠臣、奥索、阿里欧、弗斯卡、加恩马克及其他所有军官。那天晚上在此欢宴的人几乎都死了,宴会大厅的状况也没好到哪里去。

这里仿如蝗虫过境,一半的油画已被偷走,剩下的被砍得七零八落。壁炉旁的两个大花瓶没法挪动,所以佣兵们打碎它来夺取镀金把手。他们把挂毯全撕掉了,把盘子统统抢走——还有好多摔碎在擦亮的地板上。人就是如此,在洗劫的狂欢时刻,摔东西是一大保留节目。有的佣兵还在实施第二轮洗劫:抽出碗柜抽屉,翻倒墙边烛台,有一丁点价值的都不肯放过。有个蠢货甚至把椅子放在光滑的桌面上,摇摇欲坠地站在上头去够枝形吊灯;另一个蠢货则忙着用小刀抠挖门把手上的水晶。

一个满脸麻子的佣兵冲她咧嘴大笑,双手抓满镀金餐具。"勺子都是我的!"他嚷着。蒙扎一把推开他,他身子摇晃,结果宝藏洒了一地,其他人立刻像鸭子抢食般行动起来。她穿过敞开的门廊,来到里面的大理石厅,浑身都不舒坦。远处回荡着不绝于耳的打斗声、喊叫声、哭号声、金属刮擦声和木头碎裂声,来自四面八方。她眯眼朝黑暗中瞧看,试图摸清方位,额上冷汗阵阵。

"这边。"她选了个方向,进入一间巨大的起居室,这里的佣兵忙着劈砍许多古董座椅的衬垫,多半以为奥索会把金子藏在垫子下头。通向下一房间的门被急切的人潮踢开，第一个冲进去的佣兵脖子当即中箭，其他人却不管不顾地踩着他涌入，大呼小叫地挥舞着兵器。蒙扎不多关注他们，目视前方，决定把心思都放在跟奥索算账上。她登上台阶，紧咬牙关，几乎感觉不到双腿的疼痛。

她穿过一个高大的拱顶房间，来到昏暗的楼台，这里的桶形天花板有镀金叶片装饰，整面墙是巨大的管风琴，雕刻的木墙面上伸出无数抛光风琴管，键盘前放了把凳子。楼台边缘有道纤细的木栏杆，佣兵们在下面的音乐室喧闹，嘻嘻哈哈地一边摆弄乐器一边砸烂它们。

"快到了。"她回头低声说。

"很好。是时候做个了断了。"

她也这么想，于是继续走向远处高大的门扇。"奥索的房间在这上面。"

"不，不，"她皱眉回头，发现摆子原地没动，依然保持着笑容，那只金属眼在微光中闪烁。"我不是指那个。"

一股恶寒窜上后背。"那你是指？"

"你明白的。"他笑得更开了，脸上所有伤疤都扭曲起来。他往左抻了抻脖子，又往右抻了抻脖子。

她刚蹲下摆出战斗姿势，他已咆哮着扑来，战斧犹如闪电。她跳向旁边，碰翻了凳子，几乎摔倒在地，脑海依然一片混乱。他的斧头劈在风琴管间，引发疯狂的颤音，接着他利落地抽出斧头，留下大片狼藉。

他再度扑来时她已回过了神，冰冷的怒火占满了心头的空洞。

"你这独眼流氓！"这话有点赌气，却是发自肺腑。她反扑过去，他用盾格住她的重型细剑，挥斧便砍——这回她只是将将跳开，沉重的斧刃劈在墙面，木屑翻飞。她小心翼翼地后退，与他保持距离。毕竟，她在近距离格挡重兵器的机会不比成功演奏管风琴的机会高。

"为什么?"她冲他咆哮,剑尖一直挽着剑花。说实话,她根本不在乎他的理由,只想争取时间,寻找破绽。

"也许我厌倦了你的蔑视,"他以盾为掩护,缓缓将她逼退,"也许埃泽给我的条件更好。"

"埃泽?"她笑着喷出一串唾沫,"你没毛病吧?他妈的白痴!"话音未落,她再次扑击,希望打他个措手不及。但他毕竟不是白痴,用盾冷静挥开她的戳刺。

"我是白痴?我救过你多少回?我甚至为你失去了一只眼睛!我为你付出那么多,你却拿那个目空一切的蠢货洛根特来埋汰我?你耍了老子,还他妈期待老子当然选择原谅你?还他妈期待老子至死不渝?还他妈管老子叫白痴?"这话虽然恶毒,却无从辩驳。她早该听从洛根特的建议,早该让洛根特做掉摆子,可惜罪恶感阻止了她。科斯卡说,仁慈与懦弱绝不是一回事,但即便仁慈需要勇气,它往往并不明智。摆子继续上前,她则继续后退,剩下的回旋空间已然不多。

"你早该料到这一天。"他低声道。她认为他说得有理,她早该料到这一天——从她跟洛根特上床开始,从她疏远摆子开始,从他在萨利的宫殿下失去眼睛开始,甚至从他俩相遇开始。不,远在那之前就注定了结局。永远如此。

有的事在所难免。

打旋的十字弓
Thus the Whirligig

摆子的战斧再度砍进风琴管。他不清楚这他妈是啥玩意儿,但吵得惊人。蒙扎第三次跳开,继续挽着剑花,双眼目不转睛地盯着他。刚才从后面劈她后脑、直接撂倒她更方便,但他想让她好好瞧瞧是谁下的手,还有下手的理由。他需要让她知道。

"你没必要这么做,"她冲他嘶吼,"走吧,我会放你一马。"

"死人奈何不了我。"他左右进逼,压缩她的回旋空间。

"我给你最后一次机会,摆子。回北方去,没人会追杀你。"

"欢迎他们来试试。不过谢了,老子没打算收手。人总得有点底线,是吧?我有我的骄傲。"

"去你妈的骄傲!要不是我,你还在塔林的小巷里卖屁股!"这是真的,多半会演变至此。"你明知道风险。你选择拿我的钱。"这也是真的。"我没对你承诺什么,所以我也没打破什么!"全是真的。"埃泽那婊子没给你一分钱!"

他无从辩驳,也许事实的确如此,但已然覆水难收,况且斧头可以终结所有争议。"来吧，"他举起盾牌，继续欺身逼近，"这跟钱无关，只关乎……报仇。我原以为你会理解。"

"去他妈的报仇！"她眼疾手快，抄起凳子朝他扔来，他连忙抬盾格挡。凳子飞旋着落下阳台，但她的攻击接踵而至，他只是将将用斧柄拦住她的剑，利刃刮过木头，被斧柄上的铁钉勉强阻挡。她几乎得手，差点发出胜利的欢呼，颤抖的剑尖离他完好的那只眼睛不过一寸之遥。

此时此刻，两人几乎贴在一起，她冲他脸上吐口水，他一偏头，便被她的手肘击中下巴，打歪了头。她抽剑再刺，但他抢先挥斧砍来。她闪身躲避，斧头砍进栏杆，带飞了一大段木头，而他也立刻扭身闪避，心知她必下杀手——她的剑果然划破了衬衫，在他肚子印下一条火热的长线。她跌跌撞撞朝他扑来，他赶紧调整重心，怒吼着聚起全身的力量和怒气，抡圆盾牌砸了出去。这一击结结实实砸中她的脸，伴着一声闷响，晕头转向的她倒向风琴管，盾上被砸出一片巨大凹痕。她彻底失去了平衡，斜身倒在木地板上，摔个仰面朝天，剑也"哗啦啦"脱手落地。

他盯着她看了半晌，脑子阵阵充血，伤疤脸上全是冷汗。他看见她脖子上有根青筋跳动——她的脖子一点也不粗，他能像劈柴一样轻易劈开，意识到这点后，他握斧头的手指不由得紧张地动来动去。她呻吟着咳出一口鲜血，摇晃脑袋，开始翻身，尽管目光呆滞，却挣扎着用双手和膝盖撑起自己，绵软无力地摸向剑柄。

"不，不。"他上前把她的剑踢进角落。

她畏缩了一下，脑袋从他脚边移开，又奋力朝那柄剑爬去。她喘着粗气，鼻孔流出的血在木地板上积成一摊又一摊。他跟在后面，庞大的身影笼罩住她，嘴里说个不停。奇怪啊奇怪，血九指曾告诉他，杀人要干脆，不能多废话，这建议他一直铭记于心。可如今他能像碾死蜜蜂一样轻松弄死她，却下不了手。他搞不懂自己喋喋不休是为延长这最后的时光,还是没法与她彻底了断。

"不要永远装出一副受害者的样子!你杀了多少斯提亚人才爬到今天的地位!你这个阴险狡诈、满嘴谎话、两面三刀、下毒害人、杀人不眨眼的蛇蝎恶妇!你说对不?我这是为大家好。没错,善恶之别仅在于立场,我也不是怪物。也许我的出发点不那么高尚,但每个人都有自己的动机。无论如何,没有你,世界会更美好。"他希望自己的嗓音没这么嘶哑,因为这番话的确是事实。"我是替天行道!"这是千真万确的,他希望她能承认这点。她至少欠他这个。"没有你,世界会更美好!"他倾身靠近她,卷起嘴唇咆哮,忽听见身侧响起急促的脚步声,赶紧转——

友好全力猛撞,掀飞了他。摆子咆哮着,用持盾手抓住对方的背,却只能将罪犯一起拖下阳台。

漫天木片横飞,两人纠缠着翻滚下落。

尼科莫·科斯卡出现在视野中,只见他流畅地摘下帽子,以演戏般的夸张姿势扔过房间——结果错失了作为目标的钉子,帽子最终掉在马维尔藏身的茅房门外不远处。潜伏在恶臭黑暗中的马维尔露出胜利的微笑,因为他发现老佣兵握着毒师本人在斯皮奈作为即席侮辱扔过去的金属酒壶。看来那个无可救药的酒鬼事后把它捡了回来,无疑是舍不得残留的几滴烈酒。戒酒的誓言该怎么说?到头来,一个人改变自己的可能性不过如此。这当然不出马维尔所料,从世上最优秀的专家到最卑鄙的流氓,概莫能外,只是科斯卡的堕落程度之深,不禁让人有些扼腕。

他听见打开碗柜的声音。"先等我把它灌满。"科斯卡在说话,虽然看不见,但能听见声响。马维尔始终只能看见科斯卡那个黄鼠狼模样的同伴。

"你怎么喝得下这号骚尿?"

"我必须喝点儿什么,是吧?这是一位老朋友推荐的,那家伙现在……啊,不幸的是,他已经死了。"

"你有哪位老朋友没死呢?"

"还剩下你呀,维克图,还剩下你呀。"

玻璃杯轻响,科斯卡大摇大摆地走回来,马维尔就着门缝努力瞧看。老佣兵依然一手握着酒壶,另一只手拿了一个酒瓶和一只玻璃杯。那瓶酒呈现与众不同的紫色,马维尔清楚地记得自己刚刚对它下毒——看来他种下了另一个致命的讽刺:科斯卡将一如既往带来自己的毁灭,不同之处在于,这次铁定是终极毁灭。

窸窸窣窣的发牌声。

"五块一把?"科斯卡的声音,"还是就赌个荣誉?"

两人一齐哈哈大笑。"十块。"

"十块。"继续发牌。"呵呵,这才是文明人的生活,没什么比趁别人打仗时玩牌更享受了,呃?跟从前一样。"

"只是牌桌边没了安迪齐、塞萨利和萨齐林。"

"只是没了他们。"科斯卡赞同。"你跟不跟?"

友好咆哮着爬出废料堆,摆子落在几跨开外,两人中间是大堆木头、象牙、扭曲铜片和纠缠钢丝,那是两人落地时砸碎的奥索公爵的大键琴。北方人单膝跪地,仍是一手盾牌一手战斧,但闪光的金属眼球下面被割了一道,鲜血不住往下流。

"狗日的混球!老子本与你无冤无仇,现在跟你没完!"

两人同时缓缓起身,警惕地注视着对方。友好一手摸出匕首,一手从夹克里取出砍刀,两柄武器磨旧的把手熟悉而舒适。他不用再在意花园里的混乱,不用再在意宫殿中的疯狂,现在是单挑时间,跟安全屋一样。一对一。这是他渴求的最简单的算式。

"来吧。"友好咧嘴笑道。

"来吧。"摆子透过咬紧的牙关嘶叫。

原本在音乐室大闹的佣兵们看呆了,其中一个冲他们走了半步:"你们这是——"

摆子纵身跃过废料堆,斧头划出闪亮的圆弧。友好朝右闪躲,矮身躲过攻击,斧子凌厉的来势带动了头发。他的砍刀刚好被摆子用盾缘接住,但刀尖挤了过去,插进北方人的肩头——只是皮肉伤——摆子迅速扭身,斧头宛如电光向下劈来。友好滑身闪避,废料堆再度轰然粉碎,而与此同时,他以匕首捅刺反击,却被北方人的盾牌接个正着。摆子奋力一甩,友好的匕首脱手飞出,"叮叮当当"掉在磨亮的地板上。友好用砍刀再砍,摆子迎面撞来,用肩膀抵住友好的手肘,砍刀轻轻拍在北方人瞎了眼睛的半边脸上,只在耳朵下面留了个血淋淋的豁口。

友好退开半步,给砍刀留出横砍的空间,又不让摆子有机会使用战斧。但摆子缩在盾牌后向前冲,刚好格住砍刀,还趁势把友好抬了起来。北方人一击得手,顿时像疯狗一样大吼大叫着继续前进,友好拼命拿拳头砸他,无奈摆子有体重与惯性的优势,他们之间还隔了一面大木盾——友好就这样一路溃退,身不由己地被抵到了某扇门上,木屑刺进双肩,盾牌压迫胸膛,双腿一阵乱踢,随后地板凭空消失了。他摔了下去,后脑勺砸到石头,身体来回颠簸,滚了一圈又一圈,嘴里咕噜噜气喘不停,眼前明暗不断变换。台阶。他摔下了台阶。最糟的是,他没法计算摔了多少级。

他咆哮着,在台阶底部缓缓撑起自己。这是间长长的地窖厨房,拱顶上方开了些小窗,光线便来自那里。他的左腿、右肩和后脑阵阵抽痛,脖子上有血,一边袖子撕破,前臂有道长长的擦伤,裤腿也有血,那一定是摔下来时被自己的砍刀割的。

好在周身都能动。

摆子站在台阶顶部。十四级台阶。二乘七。北方人是个高大黑影，一只眼睛微微闪烁。友好冲他招手。

"下来。"

她只顾往前爬，这是唯一能做的事。拖着自己前进，一次一跨，双眼目视前方，死盯着角落里重型细剑的剑柄。她边爬边呕血，只盼房间不再天旋地转。她的速度是那样缓慢，背脊是那样疼痛，身躯是那样冰凉——摆子的斧头随时可能挥下，带给她罪有应得的丑陋结局。

至少那个独眼流氓不再喋喋不休地说胡话了。

蒙扎终于握住剑柄，勉力翻身，叫嚷着在身前胡乱挥剑，犹如胆小鬼在漆黑的夜里挥舞火把。但她身后空无一人，只是楼台边有个参差不齐的大缺口。

她用戴手套的手擦了擦不住冒血的鼻孔，用膝盖缓缓撑起自己。眩晕感减退了，耳边尖厉的嚎啕变为稳定的轰鸣，但整个脸依然抽搐不已，仿佛比平时膨胀了一倍。她蹒跚着走到缺口旁朝下观察，先前那三个忙着打砸抢的佣兵还在楼台下，目瞪口呆地看着一部粉碎的大键琴。没有摆子的踪影，蒙扎也不明白发生了什么，她心中所想只有一件事：

奥索。

她咬紧牙关，挪到楼台远端的门边，用力推开门。门内是条昏暗走廊，战斗声持续增强。她穿过走廊，进入更为宽阔的楼台，头上的巨型穹顶绘有旭日刺破风暴乌云的场景，七位长翅膀的女人在画面中挥舞宝剑——这是阿佩拉绘制的命运女神将命运带往人间的宏伟杰作。楼台下有两条由三种不同颜色的大理石砌成的宽敞台阶，它们向前绕了个大弯，连通大厅尽头的对开大门，门上珍贵的镶嵌木料拼成狮面雕。就在这里，在这两扇高大门板前，她最后一次与本纳说话，最后一次告诉他"我爱你"。

一切恍若隔世。

在大厅的圆形马赛克地板上，在宽敞的大理石台阶上，甚至在楼台上，血战正酣。千剑团发力猛攻奥索的卫士，双方加一起约有六七十人，但早已形成沸腾的战团，分不清阵营。长剑砍在盾牌上，钉头锤砸中盔甲，战斧起起落落，长矛戳来捅去。人们因愤怒而大吼，因痛苦而号叫，每时每刻都有人战死，甚至眨眼间就被大卸八块。佣兵们发了疯地想要满足贪欲，卫士们则是背水一战、无路可退，双方都无慈悲可言。两个身穿塔林制服的士兵就跪在不远处，专心装填十字弓。其中一人起身射击时胸膛中箭，咳嗽着仰天倒下，睁大的瞳孔里满是惊讶，飞溅的血洒在身后的精致雕像上。

战场上切莫逞英雄，文图里奥在书中写道，借力打力方为上策。于是蒙扎小心翼翼退回阴影中。

科斯卡耳中最动听的无过于拔出软木塞的声音。他拿起酒瓶，倾身向前，将美酒倒进维克图的杯子。

"谢谢，"对方咕哝，"谢谢……"

公平地说，古尔库烈性葡萄酒并不符合所有人口味。受雇保卫达戈斯卡期间，科斯卡也只培养出对它的耐受力，谈不上有多喜爱——事实上这些年来，他培养出了对所有酒精饮料强大的耐受力，而古尔库葡萄酒的烈度之高，价格之低廉，便当仁不让成为他的首选。想到那如火如荼、辛辣酸臭、恶心反胃的酒液滚滚入喉，他不由得流出许多口水。一杯，一杯，来一杯。

他起开壶盖，在团长交椅上挪了挪身，轻轻拍打老旧的扶手。"你跟不跟？"

维克图的瘦脸写满怀疑，科斯卡不由得想起自己再没见过目光如此飘忽的人。维克图瞥了瞥自己的牌，瞥了瞥科斯卡的牌，瞥了瞥两人间的钱币，又悄悄瞥回科斯卡身上。"好吧，加倍。"他扔下一把钱,发出只有硬币才会发出的愉悦叮当声。"亮牌吧,老头子?"

"地牌!"科斯卡摊开手牌。

维克图狠狠扣住自己的牌。"见鬼的地牌!你总有魔鬼的手气。"

"而你有魔鬼的诚实。"科斯卡咧牙笑着,揽走所有钱币,"别担心,这回小子们肯定会给咱俩多多上供,四分之一规则嘛。"

"照此速度,只怕没等他们上供,我那份收入都赔光喽。"

"凡事要看到阳光面。"科斯卡就着酒壶呷了一口,不禁扮个鬼脸——味道比平时更酸了。他咂咂嘴,吸吸牙龈,强迫自己吞下又一口酸败的液体,再漫不经心地盖上壶盖。"不行!得上茅房!"他拍桌起身。"我走了你可别偷偷换牌啊,听到没?"

"换牌?"维克图露出无辜的受伤神情,"您完全可以信任我,团长。"

"我当然信任你。"科斯卡离开牌桌,双眼注视着茅房漆黑的门缝,背部肌肉绷紧,心中勾勒维克图的坐姿,快速盘算距离。他翻动手腕,飞刀滑进等候已久的掌心。"正如在艾弗利之战那样——"他向后旋身,忽然愣住了。"噢。"

维克图凭空变出一把装填好的袖珍十字弓,稳健而精确地瞄准了科斯卡的心口。"安迪齐替你挡剑?"他嗤之以鼻,"塞萨利为你献身?两个老混球我知根知底!你他妈把我当成三岁小孩吗?"

申卡特跳过破碎的窗户,静静地落在里面的大厅。一小时前这里还是盛大的宴会场所,现今已被千剑团搞得一点值钱家什都没有了,只剩玻璃杯和盘子的碎片、被砍得不成样子的画布及无法挪动的巨型家具的残骸。洗劫一空的餐桌上方,三只小苍蝇画着几何图形飞来绕去,旁边有两个佣兵在大声争吵,一个十来岁的男孩紧张地看着他们。

"我他妈抢到了所有勺子,"麻脸佣兵冲穿生锈胸甲的佣兵吼,

"那臭婊子把我撞翻才弄丢的！你啥也没搞到？"

"你负责抢我负责看门，你这该死的——"

男孩静静地伸出一根手指，指向申卡特，两个佣兵回头瞪着他。"你他妈是哪根葱？"勺子窃贼问。

"那个让你丢失餐具的女人，"申卡特询问，"蒙洛卡托？"

"老子问话呢！你他妈是谁？"

"路人。"

"路人？"他咧嘴笑着看了看同伙，一边抽出长剑。"好吧，这里现在是我们的地盘，得交过路费。"

"过路费。"穿胸甲的佣兵嘶吼，无疑意在恫吓。

两人左右散开，步步进逼，男孩犹豫地跟上。"你有什么？"麻脸佣兵问。

申卡特看着他的眼睛，决定给他一次机会。"没有你感兴趣的东西。"

"这得由老子自己判断。"他的视线停在申卡特食指的红宝石戒指上。"那是什么？"

"那不是我的东西。"

"把它交出来。"两人继续逼近，麻脸佣兵用剑示意申卡特，"双手抱头，混球，给老子跪好喽。"

申卡特皱起眉头，"我不下跪。"

三只嗡嗡作响的苍蝇忽然慢了下来，显得那样懒散，甚至可以说静止不动。

缓缓、缓缓地，勺子窃贼饥渴的神态变成了愤慨的怒骂。

缓缓、缓缓地，他的胳膊作势欲刺。

申卡特绕开窃贼的剑，手刀深深拍进对方的胸膛，再朝外一扯，扯出大块肋骨和胸骨，漫天飞舞的骨渣射入了天花板。

申卡特扫开长剑，逮住胸甲佣兵的胸甲，将其甩向大厅远端。

那人的脑袋砸在墙上爆裂，鲜血喷洒在从地板到天花板的金色墙纸上，糊成一颗硕大的星星。这一掷带起的劲风吹跑了苍蝇，令它们在空中狂乱打旋。直等时间概念恢复正常，令耳朵发出悲鸣的头骨爆裂声和胸膛鲜血狂喷的嗞嗞声才一起传来，那个目瞪口呆的男孩活像洗了个血澡。

"那个让你朋友丢失餐具的女人，"申卡特甩开手上沾的几滴血，"蒙洛卡托？"

男孩麻木地点头。

"她走哪边？"

男孩瞪大的眼睛看向远处的门。

"很好。"申卡特也想温和一点，但这个孩子很可能会跑去叫人，引发更多无谓的纠缠。有时取一条命是为拯救更多生命，无需多愁善感，这是申卡特从前的师父的教诲，他一直铭记于心。"我很抱歉。"

随着一声爆响，他的食指插进男孩的额头，直没到指节。

他们在厨房里以命相搏，为杀死对方倾尽全力。摆子没打算跟友好动手，但眼下早已热血上脑，无法控制。友好挡了他的道，罪该万死，他奶奶的就这么简单。这关乎自尊。摆子的武器更好，攻击范围更大，还有盾牌防护；但友好跟鳗鱼一样滑溜，又有严冬的耐心，进退自若，不慌不忙，不露丝毫破绽。纵然友好只有一把砍刀，但摆子心知这把砍刀下冤魂无数，他不想加入那个行列。

他们再度纠缠在一起。友好绕开战斧的劈砍，闪到近前，砍刀出击。摆子跨前一步，用盾接住砍刀，顺势推去，迫使友好步履蹒跚地撞到身后的桌子，传来金属的脆响。摆子咧嘴微笑，旋即发现那桌上全是小刀，友好顺手抄起一把，正待投掷。摆子赶紧矮身藏到盾后，小刀几乎同时深深插进了木盾里，他从盾沿往外一瞥，第二把刀已飞旋而来——它砸在盾牌的金属箍边上，划过摆子的脸庞，留下一条灼热的轨迹。

友好抄起第三把小刀。

摆子不能永远蹲着当靶子，他大吼一声，以盾牌为掩护猛扑过去。友好朝后一跃，跳过桌面，正好躲开摆子的战斧——那一斧把木桌劈开一个大缺口，将所有小刀震到空中。趁罪犯不及恢复平衡，摆子用盾牌和斧头继续猛攻，直杀得浑身冒火、大汗淋漓，眼睛狂躁地鼓出，咬紧的牙关咆哮阵阵。碟盘瓶锅接连粉碎，木片四下横飞，一罐面粉也遭了殃，空中全是让人睁不开眼的粉末。

摆子在厨房里留下一大片足以令血九指骄傲的狼藉，但罪犯始终躲躲闪闪，不时抽空用小刀和砍刀反击，几乎毫发未伤。当摆子踏遍长长的厨房，完成这场丑陋的舞蹈时，唯一的收获只是盾牌在友好的脸颊拍出了一道红印，他自己的胳膊反倒被划了一刀。

罪犯沉着应战，他站到几级台阶上，背朝厨房门口，小刀和砍刀垂于身侧，扁平的脸挂了密密一层汗珠。仔细看去，他浑身上下有十几处小擦伤和淤伤，无疑是从楼台摔下、滚落台阶以及打斗和躲闪时留下的——但事实摆在眼前，摆子并未真正伤到他，离分出胜负还早得很。

"下来打啊，混账王八蛋！"摆子嘶吼，从肩膀到手指都因用力挥斧而酸痛不已，"看老子怎么收拾你！"

"上来打啊，"友好低吼，"看老子怎么收拾你。"

摆子耸耸肩，摇摇胳膊，用衣袖擦掉额头的血。他往左抻了抻脖子，又往右抻了抻脖子。"老子……来了……王八蛋！"他猛扑上去。

他不需要第二次邀请。

科斯卡皱眉低头，看着自己的飞刀。"指望你相信我拿这玩意儿出来剥橙子是不大可能的,是吧?"

维克图咧嘴笑笑,科斯卡再次意识到自己再没见过笑容如此飘忽的人。"我不信你说的每一个字。但别担心,你没几句话可说了。"

"为什么十字弓在手、万事俱备的人总不肯扣下扳机,偏要来夸夸其谈呢?"

"因为这很有趣。"维克图抓起酒杯,一饮而尽,但得意的视线不曾离开科斯卡,闪亮的矢尖也始终对准了科斯卡,犹如坚定的磐石。"呵呀……"他伸了伸舌头,"妈的,这玩意儿可真酸。"

"别抱怨,"科斯卡嘀咕,"团长交椅是你的喽。"真可惜,他才刚坐热屁股。

维克图嗤之以鼻。"你以为我想要这劳什子?拿它捂屁股有哪点好?萨齐林,你,蒙洛卡托姐弟,忠臣卡皮,然后又是你,你们要不死于非命,要不生不如死。而我只需待在台下、坐享其成,这才是我这种阴险小人应有的归宿,"他缩了缩身,手按肚皮。"不,我会拥戴另一个白痴上台,继续坐享其成。"他皱起脸。"噢,该死的酸酒,噢!"他摇摇晃晃地从椅子里撑起自己,手掌抠紧桌沿,前额青筋暴突。"你对我做了什么,老混蛋?"他眯起眼睛,十字弓突然发起抖来。

说时迟那时快,科斯卡就地滚了过去。扳机扣响,弓弦颤动,但弩矢将将擦过老佣兵,射到了左边的石灰墙上。伴着胜利的欢呼,科斯卡在桌边翻身起立,举起刀子。"哈哈哈——"

维克图的袖珍十字弓砸在他脸上,正中眉心。"哇啊!"科斯卡顿时眼冒金星,双膝发软,他抓住桌子,胡乱挥刀。"操。"一双手扼住了咽喉,一双戴满戒指的手。维克图的粉脸出现在他眼前,狰狞的嘴里唾沫横飞。

科斯卡的双脚被抬离地面,然后房间掉了个个儿,他的头砸在桌上,一切归于黑暗。

※

穹顶下的血战结束了，奥索珍爱的中央大厅面目全非，闪亮的马赛克地板和宽敞的台阶上覆满尸体，其间是掉落的武器，当然，还有无处不在、乃至聚成池塘的暗红的血。

佣兵们最终获胜——但也只剩下十几个还能动的人。"救救我！"一个伤员不断尖叫，"救救我！"但他的战友们有更要紧的事待办。

"把这操蛋的门给我弄开。"这伙人现在的头目是赛科，就是她骑进千剑团营地、却发现科斯卡捷足先登时当班的军士。他拖开一具倒在狮面木雕门边的塔林士兵尸体，丢到台阶下面。"你！去找把斧头！"

蒙扎皱起眉头，"奥索肯定在里面埋伏了更多卫士。我们最好等候增援。"

"等？等更多人来分赃？"赛科冷笑一声，"见鬼去吧，蒙洛卡托，我们不再是你的手下了！给我弄开！"两个佣兵提起斧头开始劈门，木雕碎屑顿时漫天横飞，然而这难不倒幸存的佣兵，他们不顾危险地一股脑挤近，因即将得到满足的贪欲而气喘吁吁。两扇高大门板意在威慑宾客，并不能真正阻挡外敌，几斧下来便摇摇欲坠，合叶松动。又几斧下去，门被劈穿一个大洞，一大片木头飞进洞内。赛科发出胜利的欢呼，将长矛伸进洞口，挑开另一侧的门闩。他在参差不齐的门洞边忙活了片刻，门就开了。

佣兵们像节日里的小孩那般尖叫着、推搡着一哄而入，为了鲜血与财富，一头扎进本纳丧命的明亮书房。蒙扎明知跟上去是个坏主意，奥索甚至很可能不在里面——如果他在的话，那必是准备充分，坐等敌人自投罗网。

但有时只能迎难而上。

她矮身随佣兵们冲进门——十字弓当即连连发动，正前方的佣兵应声倒下，她不得不绕开他，旁边又有一人抓着胸膛上的弩矢、仰天栽倒。她顾不得了，只管迈步狂奔，任这个有高耸的落地窗和无数巨幅英雄油画的房间在眼前飞速流转，靴子的踢踏和兵士的大叫响成一片。她眼角瞥见全身板甲的人影和金属利刃的反光，那是奥索最精锐的贴身卫士。

她看到赛科挺矛刺向卫士，但扎在严丝合缝的板甲上毫无作用。她听见佣兵用硕大的钉头锤砸向卫士的头盔，发出一声巨响，但那佣兵随即被双手剑从后几乎劈成两半，短暂而凄厉的惨叫应和着飞溅的热血。一个玩命冲锋的佣兵被射得腾空而起，四仰八叉地摔倒。蒙扎赶紧伏低身子，肩膀抵住一张大理石桌的边沿，用力将它掀翻，桌上的花瓶在地上摔个粉碎，她则迅速钻进桌后。弩矢接踵而至，打在大理石上弹开，令她不由得畏缩。

"不！"她听见有人叫嚷，"不！"一个佣兵飞奔过她身边，逃向片刻前迫不及待涌入的大门，但只听十字弓弦一声响，他的动作慢了下来，背上多出一支弩矢，踉跄了一两步便软绵绵倒下了。他侧脸冲着蒙扎，不住咳血，还想撑起自己，须臾后终于动弹不得，丧命时眼睛死瞪着她。

贪欲的下场。她缩在桌后，成了孤家寡人，只怕也命不久矣。

"操他妈的迎难而上。"她诅咒自己。

友好退上最后几级台阶，靴子突然在广阔空间里泛起了回音。他身后是一个巨大的圆厅，连通七道高耸的拱门，头上的穹顶画了七个长翅膀的女人，墙边的雕像和浮雕俯瞰着他，共有数百双眼睛。宫殿的卫士在此抵抗到了最后一息，地板和两道迂回的台阶上覆满尸体，其中既有守卫，也有科斯卡的佣兵，反正人死了都一样。友好隐隐听到上方传来打斗声，但他亟需解决的是面前棘手的决斗。

摆子缓步踏出拱门，一侧被血染黑的头发贴紧头皮，疤痕累累的脸上有道道鲜红的血迹。他浑身上下布满擦伤和淤伤，右边袖子撕开，鲜血流下小臂。尽管如此，友好一直没能找到施以最后一击的破绽，北方人始终一手握住战斧，一手挂着破烂的盾牌，严阵以待。摆子用剩下的那只眼睛缓缓打量大厅，点了点头。

"很多尸体。"他低声道。

"四十九具，"友好说，"七乘以七。"

"很好，加你正巧凑个整。"

话音未落，摆子便扑了过来，斧头在头顶虚晃一招，再划出巨大的圆弧劈向对手的脚踝。友好向上跳开，砍刀剁向摆子的脑袋。摆子在千钧一发之际用盾接住，刀刃被凹凸不平的盾面硬生生挡了回去，令友好整条胳膊一阵酥麻。但友好没有迟疑，他立刻侧移，顺势刺向摆子的侧面，虽然北方人用斧柄阻挠，肋下仍留了一道长口子。得手之后，友好立即旋身，举起砍刀准备最后一击——不料喉头挨了摆子一肘，只能踉跄着退开，差点绊倒在尸体上。

两人再度当面对峙。摆子弯下腰，咧开嘴，一手按住身侧的伤口；友好不住咳嗽，拼命平缓呼吸，恢复平衡。

"再来？"摆子低声道。

"再来。"友好嘶哑地说。

两人同时扑了上去，他们急促的喘息、"吱嘎吱嘎"的蹬地声、闷哼和低吼、钢铁的刮擦、武器与石头的撞击……都被大理石墙及彩绘穹顶反射。他们跟之前在此死斗的两拨人马一样毫不留情，劈砍、戳刺、蹬踢甚至吐口水。他们跳过尸体，绊到武器，靴子踩中磨亮的大理石上无处不在的黑血更不时打滑。

友好躲过一记粗心的劈砍——这一记砍在墙上，大理石碎片飞溅——发觉自己又在台阶上向上退却。他们两人无疑都累了，动作也慢下来了，交手这么多回合，流出这么多血汗，体力已达极限。但摆子不顾气喘如牛，举盾继续追杀过来。

即便没有尸体，在台阶上倒退也不是个好主意，而此时友好的注意力都放在摆子身上,不幸踩中死人的胳膊,扭到了脚踝。摆子发现机会,战斧顺势向前一捅,友好来不及把腿挪开,结果小腿肚上被切出一道深深的伤口,差点坐倒在地。摆子咆哮着高举战斧,友好不顾一切地猛扎上去,小刀削向摆子的前臂,留下一道暗红伤口,鲜血四溅。北方人闷哼两声,再也握不住沉重的武器,只能松手任其"哐当"落地。友好又用砍刀来削摆子的脑袋,这回被盾牌挡住,两人就这样纠缠在一起,刀刃刚好抵住摆子的头皮,鲜血从刃口一点点涌出,洒在两人身上。北方人用血淋淋的手抓住友好的肩膀,将之拉近,那只完好的眼睛充满疯狂的怒火,那只金属眼球则早已被鲜血染红。他脑袋后仰,嘴唇扭曲成狰狞的咆哮。

友好将小刀插进摆子的右大腿,直没至柄。摆子发出一声混合痛苦与愤慨的尖叫,猛地将额头顶向友好,随着令人心悸的碎裂声,友好的下巴破了。大厅天旋地转,他的背砸到台阶,后脑勺也狠狠撞在大理石上。他看见摆子笼罩在前,心知不妙,但还不及举刀格挡,摆子的盾牌已然砸下。金属盾沿清脆地磕到了大理石,友好小臂的两根骨头应声而断,砍刀从麻木的手指间滑出,"叮叮当当"滑下台阶。

摆子弯下腰,伴随每次粗浊喘息,咬紧的牙关间都会喷出点点粉色唾沫。他再次握起战斧,友好只能带着轻微的好奇冷眼旁观。一切是那样明亮而模糊,他看见北方人粗壮手腕上的伤疤,从特定角度看就像数字七。七是个好数字,跟他们相遇那天一样。七一直是个好数字。

"对不住。"摆子顿了半晌,完好的那只眼睛缓缓移开目光,然后他挺直身体,抡圆斧头——友好突然发觉摆子身后还有个人,浅色头发的瘦子。很难说清接下来发生了什么,反正摆子的斧头挥空了,盾牌碎成无数飞旋的木片,整个人也被提到空中,翻滚着甩向对面。随着一声闷响,北方人砸在远端墙壁,掉下来之后慢慢滚下对面的台阶，一圈、两圈、三圈，最终在台阶底部不动了。

"三圈。"友好透过破裂的嘴唇说。

"你别乱动。"瘦子说着绕过他，登上台阶。友好没法抗拒，他没法做任何事。他从几乎毫无知觉的嘴里吐出一颗牙，放弃了挣扎。他像个死人一样躺着，偶尔眨动眼睛，看看天花板上长翅膀的女人。

七个女人，七把宝剑。

短时间内骤变连连，令马维尔心中七上八下，五味杂陈：首先是胜利的喜悦，他亲眼看见科斯卡就着酒壶长饮，浑然不觉地完成了自我毁灭；然后是恐惧，老佣兵宣布要上茅房时，他慌乱而徒劳地在狭小空间里寻找藏身之地；接着是好奇，他发现维克图从桌下摸出一把装填好的十字弓，瞄准团长的后背；再然后又是喜悦，维克图也将毒酒一饮而尽；最终，中毒的科斯卡笨拙地扑向同样中毒的难兄难弟，两人扭打成团，搂抱着不动弹了，他不得不用手捂紧嘴，以免笑出声来。个中反讽真是层出不穷，回味无穷。他俩也许真心以为彼此是同归于尽，不承想开打之前马维尔已然写好了两人的结局。

他脸上笑意未减，从佣兵夹克内衬的隐藏口袋里抽出解剖针。谨慎为先原则，以防两个歹毒的老佣兵剩下一丝半毫力气继续捣乱。只需用闪亮的针尖轻轻一戳，上面涂抹的"第十二号准备"就能让人彻底死透，造福全世界。马维尔小心地推开茅房门，只发出极轻微的吱嘎声，然后蹑手蹑脚潜进房间。

桌子翻倒，钱币和卡牌满地都是。科斯卡仰面朝天躺在桌旁，左手软绵无力地垂着，酒壶就在旁边。维克图压在科斯卡身上，一只手仍抓着十字弓，弓的前端沾满鲜红的血点。马维尔蹲在两个死人身边，费劲地用空出的那只手推开维克图的尸体。

科斯卡双眼紧闭，嘴巴大张，额头的伤口流出的血覆满脸颊。

他的皮肤像蜡一样惨白，无疑是死亡的征兆。

"人是能改变的，呃？"马维尔嘲笑，"你的话值几个钱？"

令他惊恐万状的是，科斯卡忽然睁开了双眼。

令他更加惊恐的是，下腹突然传来一阵难以形容的剧痛。他颤抖着深吸一口气，忍不住发出凄惨的号叫。他朝下看去，发现老佣兵的刀子插进了他的腹股沟，于是再度号叫起来。

马维尔绝望地抬起手。

科斯卡闪电般抓住他的手腕，猛地往旁一拧，解剖针深深扎进马维尔的脖子，发出极轻微的声响。在随后满含恶意的沉默中，两人静止不动，宛如人体活雕，刀子依然插在马维尔胯下，钢针也依然钉在他的脖子上。他的手握着针，科斯卡握着他的手。科斯卡皱紧眉头往上瞧，马维尔双眼鼓出往下看。他的身体开始发抖，但什么话也说不出。有什么好说的呢？结局已不言自明。那是他认知范围内最强劲的毒药，现下正顺着脖子迅速流进他的大脑，迅速麻痹了全身知觉。

"酒里下毒，呃？"科斯卡嘶声问。

"插。"马维尔已不能吐清字句。

"我不是当着你的面发誓今后要在参与的事务中戒酒吗？"老佣兵松开刀子，用沾满鲜血的手抓来酒壶，熟练地起开壶盖，往外倒出白色液体。"羊奶，听说有助于消化。这是我们离开斯皮奈以来我喝过最冲的东西，但没必要让所有人知道。我得维护名声嘛，所以才带着这么多瓶子。"

科斯卡将马维尔推到维克图的尸体上。毒师四肢的力气正迅速流失，完全无法抵抗，甚至感觉不到脖子的存在，下腹的剧痛也消减为微弱的抽痛。科斯卡俯瞰着他。

"我不是跟你保证我能做到吗？你把我当成什么人，随随便便打破誓言？"

马维尔无力回答，更别说发出尖叫。好歹疼痛全消失了。一如往常，他不由自主地想，如果不是毒死母亲、沦为孤儿的堕落之路，人生会不会有不同的风景？他的视野变得越来越黯淡、模糊、黑暗。

"我必须感谢你。瞧，马维尔，人的确是能改变的，只要给予恰当鼓励。你的嘲弄是我最好的良药。"

死于自己的独门毒药，这是他同行最常见的死法。至于死在退休前夕，他相信这肯定算某种讽刺……

"你知道最妙的是什么吗？"科斯卡的嗓音在他耳边隆隆作响，科斯卡的笑脸凑到他眼前，"以后我想怎么喝就怎么喝。"

佣兵哭着求饶，蒙扎坐在冰冷的大理石桌后侧耳倾听，只觉呼吸困难，浑身冷汗，手中的重型细剑越来越沉——即便她有三头六臂，这剑也奈何不了卫士们的板甲。她听见利刃刺穿肉体的潮湿声音，哀求化为绵长的惨叫和短暂的咕噜声。

形势越发不妙。

她就着桌沿朝外瞥看，厅内尚有七名卫士：一名卫士正从死佣兵的胸口抽出长矛，另有两名手握重剑的卫士转身朝她走来，第四名卫士费力地从赛科被劈开的头颅中收回斧头，还有三人蹲在地上，忙着装填十字弓。卫士们身后是那张硕大的大理石圆桌，桌上仍旧铺着大尺寸斯提亚地图，一顶王冠镇在地图上——那是亮堂堂的黄金头环，饰以宝石和橡叶，与毒死洛根特、带走其一统斯提亚的幻梦的那顶儿无二致。浑身黑衣的奥索公爵就站在王冠旁，根根挺立的黑发和胡须一如既往地打理得干净整洁。

他看见了她，她也看见了他，两人的怒火同时酝酿，如此炽烈又如此熟络。一名卫士装填好十字弓，瞄准了她，她正待闪回石桌背后，奥索却伸手阻止手下。

"等等！停手。"那是她南征北战八年从未违逆过的声音。"是你，蒙洛卡托？"

"还他妈能是谁？"她吼回去。"准备受死吧，混账东西！"虽然先死的多半是她。

"我大概在劫难逃。"他柔声道，"还不都沾了你的光？干得好哇！多亏有你，我多年来的苦心经营算是前功尽弃了。"

"你无须感谢我！"她大叫。"这都是我为本纳做的！"

"阿里欧死了。"

"哈！"她再度嘶吼回去。"那个没用的废物儿子被我一刀扎穿脖子，扔出窗外！"奥索的脸颊一阵抽搐。"你干吗单说他呀？我还宰了戈巴、马修斯、加恩马克、忠臣——一个不留！你谋害我弟弟时在这间屋里的人！"

"弗斯卡呢？自渡口战败，我便没听到他的消息。"

"你可以自欺欺人！"她换上欢欣的语调，却毫无欢欣的滋味，"他在一家农舍里被我砸爆了脑袋！对，砸成肉酱！"

听罢儿子的下场，奥索脸上的愤怒全消失了，那张面孔了无生气地耷拉下来。"你一定很开心吗。"

"我他妈肯定不伤心，我向你保证！"

"塔林的蒙洛卡托女大公。"奥索用两根手指缓缓击掌，高耸的天花板回荡着清脆的掌声。"恭喜你大功告成。你总算如愿以偿了！"

"如愿以偿？"一时间，她简直不敢相信自己的耳朵。"你以为我想要这个？我为你出生入死多年以后？我为你赢得无数胜利以后？"她几乎在尖叫，语无伦次、唾沫横飞地尖叫。这太让人气愤了，于是她狠狠咬下手套，冲他挥舞残废的手掌。"我他妈想要这个？你凭什么背叛我们？凭什么下此毒手？我们对你忠心耿耿！忠心耿耿！"

"忠心耿耿？"奥索也难以置信地喘了口气，"你尽可以吹嘘你的胜利与荣耀，但别来标榜你的无辜和正义！这点你我都心知肚明！"

公爵的语气令那三把装填好的十字弓齐刷刷对准了她。

"我们如此忠诚！"她又冲他尖叫了一次，嗓子都喊破了。

"你还不承认吗？本纳有没有去我不知感恩的人民中间，挑出那些夸夸其谈的革命家和贪得无厌的叛徒？他有没有答应给他们武器？有没有许诺你会带领人民走向光荣？说啊？夺取我的宝座？推翻我的罪犯家族？你以为我半点风声都没听到？或者你以为我会装聋作哑直到最后、永远无条件原谅你吗？"

"你他妈……编什么鬼话！"

"你还有脸否认？说来接到报告，我也不敢相信！我的蒙扎？比亲儿子还亲的蒙扎？我的蒙扎居然背叛我？可我亲眼看到了他！我亲眼看到了！"公爵控制不住的咆哮引发巨大的回声，许久才缓缓褪去，留下一片死寂。笼罩大厅的沉默中，只听见四个板甲卫士慢慢靠近她的轻微脚步。她浑身上下连指尖都动弹不得，脑海里渐渐浮现出过往的情景。

我们应该拥有自己的城邦，本纳说，你应该成为高贵的蒙洛卡托女大公，掌管……随便哪座城……原来他想说塔林。我们应该被人纪念。他独自谋划，不给她选择机会，跟背叛科斯卡时一样。这是最好的法子。跟抢走赫尔蒙的金子时一样。这是为了我们。

本纳总是眼光长远。

"本纳，"她嚎啕道，"你这傻瓜。"

"你不知道。"奥索静静地说，"原来你不知道。所以我们才落到这步田地。你弟弟不但毁了自己，还毁了你和我，以及半个斯提亚。"他悲伤地低笑。"我自认看透了人情世故，但生活每每带来意外的转折。你来晚了，申卡特。"他瞥向一旁。"杀了她。"

蒙扎感到一道阴影笼罩住自己，不禁往旁躲闪。在她与公爵对话期间，有个男人悄悄踏进书房，柔软的工靴没发出半点声音。他就这样站在她身边，几乎触手可及，然后他伸出手，掌中有一枚戒指。本纳送她的红宝石戒指。

"你的东西。"男人说。

他的脸苍白、消瘦,并不显老,皱纹却很深。这张脸颧骨高耸,深陷的眼窝里嵌着一双饥渴的眼球。蒙扎不由看得呆了,冰冷的认知冲刷过全身,犹如一桶冰水把她浇了个透心凉。

"杀了她!"奥索催促。

男人笑笑,骷髅般的笑容,并未触及双眼。"杀了她?在我煞费苦心保住她的小命之后?"

她面无人色,跟他在丰特萨莫宫悬崖下的垃圾堆、找到的那个破碎不堪的她一样惨白,跟被他缝补之后、首次目睹千疮百孔的肉身时的那个她一样恐惧。

"杀了她?"他再度质问,"在我从山下救走她之后?在我不辞辛劳为她接骨、点点滴滴令她复原之后?在我扫灭你派往普兰提的爪牙、保她平安之后?"

申卡特翻转手掌,抛开戒指,它弹了一下,滚到她扭曲的右手旁。她没有谢他,他也不需要她的感谢。他做这些当然不是为这个。

"杀了他们两个!"奥索尖叫。

申卡特一直很讶异人类会为微不足道的利益互相背叛,但在没有出路时又格外忠诚。这最后几名卫士显然清楚奥索到了穷途末路,却宁愿战斗到底。也许他们无法接受塔林大公爵此等伟人会中道崩殂,所有权势化为乌有;也许服从成了习惯,他们不问多余的问题;也许他们决定尽忠守节,以死来证明自己,拒绝漫长而虚无的人生。

无论如何,申卡特都会尊重他们的意愿。他缓缓、缓缓地吸了一口气。

弓弦颤抖在他耳边引起深沉的共鸣。他踏步让开第一支弩矢的线路,抬起胳膊任其从腋下飞过。第二支弩矢准头颇佳,直指蒙洛卡托的咽喉,他用拇指与食指捏住缓缓飞过的它,边走边将其目标偏向闪亮的大理石桌面。他抓起墙边奥索的祖先极具理想化的半身像——奥索的祖父？曾祖父？就是当过佣兵的那位——掷向最近的十字弓手，那人正呆呆地放低了武器，迷惑不解地看着这一切。雕像击中十字弓手的腹部，深深陷进盔甲，尘云散逸，石片飞溅，那人几乎对折过来腾空而起，四肢摊开飞向远处的墙壁，脱手扔出的十字弓在大厅上方胡乱打旋。

申卡特挥拳打向离得最近的板甲卫士，卫士的头盔被捶入双肩之间，压扁的眼缝中鲜血喷溅，扭曲的手掌慢慢松开了战斧。下一名卫士并未放下头盔面罩，他脸上刚露出惊讶神情，已被申卡特的拳头打中胸甲，金属的呜咽呻吟中，卫士后背的甲板像小山一样凸了出来。申卡特跳上桌子，落地时踩碎了大理石地板。剩下的两名十字弓手迟疑地举起武器，仿佛那是两面盾牌，申卡特一记手刀不仅将两把十字弓同时切开、令弓弦飞射，还将一名十字弓手的头颅连着头盔生生斩断，刚猛的力道将之掼上了天花板，如喷泉般朝外咕咕冒血的残躯则倒向一旁，砸在墙上带起大片石灰。申卡特抓住剩下那名十字弓手，径直抛向落地窗，闪亮的玻璃碎裂、翻滚、碰撞、弹跳，又产生了更多碎片，十字弓手消失无踪，而玻璃粉碎的巨大轰鸣令整个书房都嗡嗡作响。

最后的两名卫士中的一人高举重剑，发出战吼，狰狞的唇边吐出大串唾沫。申卡特抓住他的手腕，往书房对面一拽，甩向另一名卫士。伴随惊天动地的碰撞，两人的板甲化作不成形状的一团，旁边的书架纷纷倾覆，镀金典籍撕裂开来，脱开的书页飘散在空中，轻轻落在申卡特脚边。

这时他才呼出那口气，让时间概念恢复正常。

胡乱打旋的十字弓掉下来，在地砖上弹跳了几下，"哗啦啦"滑进角落。奥索大公爵仍旧待立原地，旁边是铺着大尺寸斯提亚地图的圆桌，地图用闪亮的王冠镇住。公爵始终合不拢嘴。

"我从不做半吊子工作，"申卡特解释，"只是从没为你工作罢了。"

蒙扎站了起来，瞪着大厅彼端纠缠结合在一起、血肉模糊的两具身躯，撞烂的书架上飞散的纸页依然如秋叶飘落，而书架背后的大理石墙起了蛛网般既深且密的裂痕。

她绕开翻倒的桌子，经过佣兵和卫士的尸身，又跨过赛科的遗体——一束从高窗射进的阳光照在他糊成一团的脑浆上。

奥索沉默地看着她逼近，他身后便是足有十跨高的恩提那之战的巨幅油画，夸耀着公爵的伟大胜利。这个颇为矮小的人物和他夸张传奇的名声。

申卡特矗立旁观，手肘以下都是星星点点的血。蒙扎不明白他做了什么，或者怎么做到的，或者为什么要做。这些都不重要。

她的靴子踩过碎玻璃、破木片、撕裂的纸张和砸烂的陶瓷，到处是暗红的血，很快靴底已被浸透，印下一长串猩红足迹。是的，正如她横穿整个斯提亚一路前来留下的足迹。这里，就是他们杀害她弟弟的地方。

她在离奥索仅一剑之遥处毫无必要地停步等待。报仇雪恨的时刻终于到来，这是她付出无数辛劳、忍受无数苦痛、花费无数金钱、带走无数性命方才换来的时刻，但她几乎没法动弹。这之后，她又该何去何从呢？

奥索见状扬了扬眉毛，极为小心地举起王冠，就像母亲呵护新生婴儿。"它本该属于我。它几乎属于我。它是你多年浴血征战的终极目标。但到头来，只有它，你不曾献给我。"他在手中缓缓旋转王冠，宝石明亮地闪烁。"如果一个人把人生仅仅维系在一样东西上，只爱一个人，只做一个梦，就得承担一无所有的风险。你的人生围绕着你的弟弟，我的人生围绕着这顶王冠。"他深深叹口气，抿起嘴唇,丢开那顶金冠,看它在斯提亚地图上转了两圈。"我们同病相怜。"

"不,我们不同。"她举起那柄磨损不堪、豁口累累、历经考验的重型细剑。那柄她为本纳打造的剑。"我逮到了你。"

"杀了我之后,你又靠什么去支撑人生呢?"他从她的剑看向她的脸,"蒙扎啊蒙扎……没有我你该怎么办?"

"我会想办法。"

剑尖轻轻刺穿夹克,毫无阻碍地刺进胸膛,直至后背。他低哼一声,睁大了双眼,她把剑抽出。两人站在原地,盯着彼此看了一会儿。

"噢。"他用一根手指摸了摸染红的布料,指尖沾满暗红的血。"就这样?"他迷惑地看着她。"我还以为……会更激烈。"

他倒下了,双膝撞到敞亮的地板,整个人往前一扑,侧脸砸在她脚边的大理石上,发出潮湿响声。他冲着她的那只眼睛缓缓朝上翻转,盯着她看,嘴角折出淡淡的微笑。

他不动了。

七人全灭,大仇得报。

种子
Seeds

冬日寒冷而清澈的清晨，蒙扎的吐息在空气里结霜。

她站在他们杀死她弟弟的书房外，站在他们把她丢下悬崖的阳台，手握他们将她掀过的栏杆，底下就是她几乎摔得粉身碎骨的悬崖。双腿关节、手套遮住的手背以及头颅侧面依然隐隐作痛，她也知道自己依然渴望大烟，也许一生都无法根除。站在这里，遥望下方极远处那些曾经拉扯、抽打她的小树，这滋味并不舒坦。所以她才每天早晨都来。

斯多里克斯在书中写道：优秀的领袖从不让自己过得舒坦。

太阳正在升起，带给明亮的世界以缤纷色彩，血色褪去，碧空如洗，唯有头顶上方还有朵朵白云。东边的森林外是阡陌交错的田野——绿色的休耕田、黑色的沃土还有金色的稻田被整齐地分割开。她的田野。再远处，河流汇入灰色的海洋，冲刷而成的辽阔三角洲中坐落有无数小岛。蒙扎只能勉强辨认出微小的塔楼、房屋、桥梁和城墙。伟大的塔林，在这里看来却不过指甲盖大小。她的城邦。

这依然像是狂人的宣言。

"殿下。"蒙扎的宫务大臣站在高大的落地窗外，头低得几乎碰到大理石地板。他就是为奥索服务十五年的那位大臣，不知为何在丰特萨莫宫的劫难中毫发未伤，并顺利改换门庭。无所谓，蒙扎窃取了奥索的城邦、奥索的宫殿甚至奥索的衣服——只做了些许调整——为何不能接收他的随员？谁能比他们更了解宫廷运转？

"何事？"

"您的顾问们到齐了。卢比恩法官、格鲁罗参政、萨维丝参政、沃弗尔上校以及……维塔瑞女士。"他清清喉咙，似乎有点语塞，"臣斗胆请问，殿下会授予维塔瑞女士何种官衔？"

"她负责的事，无需特定官衔。"

"是，殿下。"

"传他们进来。"

沉重的双开大门随即打开。门上的铜板雕着纠缠的毒蛇，虽不比奥索的狮面雕精致，但更有压迫感，这是蒙扎对工匠的刻意要求。五名来访者有的大摇大摆、有的快步流星、有的吵吵闹闹、有的拖着步子，他们的脚步声被奥索书房冰冷的大理石反射——没错，尽管她已做了足足两月这里的主人，但还是很难把这里当成自己的地盘。

当先进门的是维塔瑞，她穿着与蒙扎在斯皮奈初遇时那身黑衣，脸上挂着同样的笑容；然后是沃弗尔，他一身带穗的礼服，踏步姿势相当僵硬；格鲁罗与萨维丝边走边争论；老迈的卢比恩拖在最后，他被职位项链压弯了腰，一如既往地慢条斯理。

"你还没扔掉这玩意儿？"维塔瑞看着远端墙上奥索的巨幅油画说。

"干吗扔掉？它可以提醒我过去的成功与失败。它可以让我认准自己，坚定不重蹈覆辙的决心。"

"而且它的确是杰作。"卢比恩忧伤地看着那幅画,"难得逃过了那场浩劫。"

"千剑团的搜刮本领向来登峰造极。"书房里只要不是被钉死或雕刻进山壁的物品,几乎尽数消失。奥索的大书桌死气沉沉地搁在墙边,它被人用斧头狠狠劈过,以寻觅藏宝的暗匣。巨大的壁炉——它由尤文斯和坎迪斯的大理石巨雕托起,佣兵们实在奈何不了——烧着几块原木,但完全无法温暖广阔的空间。大理石圆桌还在原地,那幅大尺寸地图也依然铺在上面,这倒是跟本纳离世前相似,不过地图一角多了些棕色血点。奥索的血。

蒙扎走到圆桌边,臀部突然的疼痛让她不禁缩了缩身。他的顾问团随她围拢地图,跟奥索议事时别无二致。俗话说得好,历史总在不断转圈。"外面形势如何?"

"对我们而言相当不错。"维塔瑞说道,"当然对斯提亚人来说都是坏消息。听说足有一万保利人渡河入侵奥斯皮亚的领土。穆里斯人趁索多里斯的儿子们还在大街上混战,再度宣告独立,并与斯皮奈开战。"她手指地图,漫不经心地描绘整片大陆的乱局。"威斯尼亚依旧群龙无首,离过去的荣光渐行渐远。阿非奥发生瘟疫,那康蒂有场大火,普兰提正在暴动,墨西利亚内乱不休。"

卢比恩悲天悯人地拽了拽胡子。"斯提亚真造孽啊!人们都说洛根特要在世就好了。如今血之年代刚刚过去,火之年代却接踵而至。在西港,祭司们预言世界末日将临。"

蒙扎嗤之以鼻:"只要鸟儿拉屎,那帮蠢货便能说成是世界末日。斯提亚全境有平静的地方吗?"

"塔林算一个吧?"维塔瑞瞥了眼书房,"虽说丰特萨莫宫受了点剥削。此外还有博洛里塔。"

"博洛里塔?"一年多前,蒙扎正是在这间书房禀告奥索,她刚把那座城邦搜干刮净,还将其统治者的人头高悬城门。

"孔泰公爵的小侄女挫败了当地贵族的颠覆阴谋。她发表了一场显然非常成功的演讲,让叛乱者当场弃械投降,宣誓永远效忠她。不管怎样,这是他们对外的说法。"

"不管她怎样做到的,能让那帮趾高气扬的贵族俯首称臣都是桩不小的成就。"蒙扎记起洛根特赢得那场伟大胜利的方法。上兵伐谋,浪战为下,是故多助者为善,非此不能全身。"那边有我们的大使吗?"

卢比恩环视桌边众人。"我们可以马上安排。"

"安排一名大使前往博洛里塔,带好礼物呈给这位魅力四射的女公爵,并献上……姐妹城邦的恭维。"

"姐妹城邦的……恭维。"维塔瑞的表情像在床上见到了乌龟。"这可不是你的风格。"

"实用主义就是我的风格。我听说好的邻居是风暴中最可靠的避难所。"

"除了邻居的帮助,你还需要自己的力量。"

"那不用说。"

卢比恩带着深深的歉意道:"殿下,恐怕您的名声……不那么光鲜。"

"我的名声向来不好。"

"世人广泛认定您要为洛根特国王、索多里斯首相及其他八城联盟领袖的暴毙负责。毕竟,您作为唯一幸存者……"

维塔瑞冲她偷笑:"还真是可疑啊。"

"当然,塔林人对此表示欢迎。但其他地方嘛……如果斯提亚不是这么四分五裂,大家无疑会联手推翻您。"

格鲁罗皱眉看向萨维丝,"我们得找个替罪羊。"

"揪出罪魁祸首,"蒙扎声称,"这回无需替罪羊。卡斯托·马维尔受奥索唆使在王冠上下毒,这是千真万确的事,让大家知道真相,将之昭告天下。"

"可是，殿下……"卢比恩的语气从抱歉转为凄凉，"没人知道这名字。如此重大的罪行，世人总想找个同样大的靶子。"

蒙扎翻个白眼，奥索公爵在他从未参加的大战的油画上冲她得意地微笑。她也不由得微笑起来。精心修饰的谎言总会掩盖无聊的真相。

"那就拼命宣传，塑造他的传说。卡斯托·马维尔，无面死神，古往今来最厉害的毒师，天下第一杀手。他把施毒升华到诗人的境界，他能偷偷摸进全斯提亚把守最严密的要地，犹如一阵晚风，神不知鬼不觉带走众人爱戴的合法君王及其身边的四位伟人。谁能逃过毒药之王的娴熟技艺？噢，只有最最幸运的我呀。"

"您真是太无辜了。"维塔瑞缓缓摇头，"要我来美化那条鼻涕虫，还真有点恶心。"

"你肯定做过更恶心的事。"

"死人并非最生动的靶子。"

"噢，所以我们才需要你妙笔生辉。你在城内每个角落贴上布告，声明他的滔天大罪，并且——我想想，为他的人头悬赏十万天秤币。"

沃弗尔有些糊涂，"他……他真死了，是吧？"

"填埋堑壕时，他的尸体和其他尸体一起埋了，根本不用付账。见鬼，开出二十万赏格好了，显得更阔绰。"

"显得阔绰几乎跟实际阔绰一样好。"萨维丝同样皱眉看向格鲁罗。

"好吧，诸位，等我把这个故事编造妥善并散播出去，马维尔的大名想必在大家作古之后依然有人谈论——而且不敢大声谈论。"维塔瑞笑道，"母亲会用他来吓唬小孩。"

"有你这句话，他在坟墓里也会笑醒。"蒙扎评论，"听说你镇压了一场小叛乱？"

"把那帮菜鸟的举动称为'叛乱'，简直是个侮辱。那帮人居然蠢到四处张贴聚会告示！虽然我们对他们的举动一清二楚，但自行暴露地点？肆无忌惮贴在街头？要我说，单就这份愚不可及就该用死刑来惩罚。"

"或者流放。"卢比恩提议，"一点点仁慈有助于树立您公正、高尚和威武的形象。"

"这些对我有帮助，呃？"蒙扎思索片刻，"抽取高额罚金，公布姓名，并让他们在元老院前裸身游行，之后……加以释放。"

"释放？"卢比恩抬起厚厚的白眉毛。

"释放？"维塔瑞抬起细细的橙眉毛。

"有什么比这更公正、高尚和威武呢？过于严厉的惩罚会激发他们的亲朋好友前来报仇，宽大为怀则有助于化解尚处于萌芽状态的抵抗运动。但要盯紧。你说他们很蠢，那倘若死灰复燃，想必也不难发现。届时再名正言顺地吊死他们。"

卢比恩清清嗓子："遵命，殿下。我会让人写好告示，详细说明您的仁慈与宽大。塔林的毒蛇并不会滥用她锋利的牙。"

"仅限此事。市场情况呢？"

萨维丝柔软的脸颊挤出笑容。"繁忙，非常繁忙，每天从早忙到晚。商人们为躲避斯皮奈、奥斯皮亚和阿非奥等地的乱局赶来塔林，只为确保货物安全，情愿支付关税。"

"谷仓情况呢？"

"我预计去年的丰收足以确保我们平安过冬，不致引起暴动。"格鲁罗舔舔舌头，"但面朝墨西利亚方向的土地仍基本处于抛荒状态。当初洛根特进军时四下搜刮粮草，农民们纷纷逃散，后来千剑团又沿厄崔河两岸大肆烧杀。艰难时局，庄稼汉总是最先受苦。"

这点蒙扎不用别人说教。"这么说，城里有许多乞丐？"

"许多乞丐和难民。"卢比恩扯了扯胡子。他要是始终这么悲天悯人下去,只怕胡子都要扯没了。"真造孽——"

"那就把土地分给他们,只要他们肯种粮纳税。没有农夫的农场毫无价值。"

格鲁罗低头,"我去办。"

"你很沉默,沃弗尔。"老兵站在原地盯着地图,反复磨牙。

"下贱的厄崔尼人!"沃弗尔脱口而出,一边用硕大的拳头敲打剑柄。"我是说,请原谅,殿下,但……这些贱人!"

蒙扎露齿而笑,"边界上又有麻烦?"

"三座农场被焚,"她的笑容褪去,"当地农民全部失踪。派去找寻的巡逻队遭到树林里的冷箭袭击,一死两伤,剩下的人拼命追击,但谨记您的命令没有越过边界。"

"厄崔尼人在试探我们。"维塔瑞说,"作为奥索的首要盟友,他们很生气。"

格鲁罗点头,"他们为奥索倾尽所有,以为他称王后会得到最丰厚的奖赏。"

沃弗尔愤慨地敲了一下桌沿,"这些贱人以为我们实力虚弱,奈何不了他们。"

"我们实力虚弱吗?"蒙扎问。

"我们现有三千步兵和一千骑兵,全都经过训练,装备齐全,且有战斗经验。"

"做好了战斗准备?"

"只要您一声令下,他们定能证明自己!"

"厄崔尼人的实力呢?"

"不过是纸老虎。"维塔瑞不屑地说,"他们顶多算个二流势力,并且现在远非他们最强大的时候。"

"我们的军队无论在数量还是质量上都胜过他们。"沃弗尔低吼。

"而且毫无疑问,我们拥有正当的出兵理由。"卢比恩总结,"越过边界发动一次迅捷而严厉的扫荡,让他们知道——"

"我们可以支撑更长期的战役,"萨维丝说,"为讨伐战争的需求,我想到了几个税收上的新点子,足以提供充沛资金——"

"人民会支持您,"格鲁罗插话,"届时向对方索取的赔偿能弥补投入。"

蒙扎皱眉看着地图,尤其是角落的几个血点。本纳要是在场,一定会建议先深入打探情报。若她有时间仔细谋划……但本纳早就死了,蒙扎又是个急性子,她宁愿重拳出击,之后再作打算。"让你的人做好准备,沃弗尔上校,我打算通过围城夺取厄崔尼。"

"围城?"卢比恩喃喃道。

维塔瑞冲他咧嘴一笑。"就是围困城市,迫使对手投降。"

"我知道是什么意思!"老人叫道,"还望三思啊,殿下,塔林刚刚经历深刻的剧变——"

"我对您的法律知识怀有最诚挚的敬意,卢比恩,"蒙扎说,"但带兵打仗是我的领域,相信我,战场上最忌讳半吊子做派。"

"但您刚才不是说要争取朋友——"

"不能保护子民,就没人会做我的朋友;不能展示决心,狼群便会蜂拥而至,争夺我们的尸体。我们必须教训这帮厄崔尼狗,让他们俯首帖耳。"

"让他们付出代价。"萨维丝嘶叫。

"把他们彻底打垮。"格鲁罗咆哮。

沃弗尔敬礼时笑开了花。"我会把部队调遣妥当,三天后就能开拔。"

"而我会擦亮自己的盔甲。"蒙扎道。无论打不打仗,这都是家常便饭。"还有什么?"五位顾问保持沉默。"那好,谢谢你们。"

"殿下。"他们以自己的方式鞠躬致敬,卢比恩眉头深锁,维塔瑞挂着轻浅笑意。蒙扎看着他们离开，心里又有将长剑束之高阁、回去好好种田的冲动，那是父亲死后、血之年代揭幕之前她的生活方式。但经历了这么多，她心知无论人们怀着何等美好的愿望，战争都永远不会结束。每一场战争都会为下一场战争播种，她只能顺天应时、期待收割。

你可以长伴犁耙，法郎斯在书中写道，但千万别忘记带上匕首，以防不测。

她皱眉看向地图，左手按住肚腹。她的肚子已开始隆起，足足三个月没来月经——这意味着她怀了洛根特的种，要不就是摆子的。死人的种或杀手的种，国王的孩子或乞丐的孩子。唯一清楚的是，这孩子属于她。

她缓缓走到书桌边，栽进座椅，再从衬衫里掏出项链上的钥匙，打开抽屉，双手捧出奥索的王冠。王冠颇为沉重，把它放到劈得凌乱的皮革桌面上、用杂乱的文件纸垫住后，右手有些疼痛。冬日阳光下，王冠闪着耀眼金光——上面的宝石早已被她挑掉，用来换取武器。黄金换来钢铁，钢铁换来更多黄金，奥索经常这么教诲她。

但不知为何，她没法放弃这顶王冠。

洛根特生前既无婚配亦无继承人，因此他的孩子——即便私生子——也有权继承他的头衔：奥斯皮亚大公爵，乃至斯提亚之王。洛根特毕竟赢得了王冠，哪怕是有毒的王冠，哪怕只在转瞬即逝的片刻。她的嘴角不禁微微牵起苦笑。一无所有时，你可以专注于报仇，但报仇以后呢？奥索的反问犹在耳际。是啊，生活仍会继续，而你需要一个新的梦想。

她打个激灵，抓起王冠，放回抽屉。盯着这东西就像盯着烟管，犹豫要不要来一口。她刚拧上锁，门忽然又开了，宫务大臣再次深深鞠躬，看着地板。

"这回有什么事？"

"凡特和伯克银行的代表求见,殿下。"

蒙扎知道他们早晚会来,却不会因此增添半分好感,"让他进来。"

就一个买卖国家的组织派出的代表而论,此人相当平凡。他比她想象中年轻,一头卷发,态度随和,笑容常在——最后这点最令她担心。

笑容最甜蜜的往往是最恶毒的敌人。除了文图里奥,谁还写得出这等精辟的格言?

"殿下。"他鞠躬致意,腰弯得几乎跟她的宫务大臣一样低。

"该称你……?"

"苏法。尤鲁·苏法。乐意为您效劳。"等他靠近书桌,她发现他两只眼睛颜色不同:一只蓝,一只绿。

"你是凡特和伯克银行的人?"

"我有幸代表那个伟大组织。"

"嗯,你很幸运。"她扫了硕大的书房一眼,"兵荒马乱,多有折损,恐怕招待不周……不如奥索时代那么光鲜。"

听了这话,他笑得更开朗了,"我进门前也注意到墙上有些折损,但对此并无不满,殿下。我是来谈生意的。事实上,我的雇主打算全力支持您。"

"我注意到你与我的前任——奥索大公爵——来往密切,并曾提供同样的支持。"

"正是。"

"现在我杀了他,窃取了他的爵位,你却跑来支持我。"

苏法连眼睛都没眨。"正是。"

"你们还真有点墙头草。"

"银行的宗旨当然是抓住每次机遇。"

"你打算怎么支持我?"

"首先是资金。"他欢快地说。"我们会为您提供整备军队、大兴土木的资金，足以让塔林恢复荣耀、重立于斯提亚之首。我们甚至乐意弥补您宫中的……折损。"

蒙扎在自己出生的农场附近埋了一大笔金子，现在也不打算动用，以防万一。"如果我喜欢宫殿现在的模样呢？"

"在政治方面，我们也有十足的把握助您渡过难关。您想必知道'多助者为善，非此不能全身'的道理。"她厌恶对方也能背出她牢记的格言。苏法继续滔滔不绝。"凡特和伯克银行在联合王国根基深厚——极为深厚——无疑可达成您与他们的至高王之间的联盟。"

"联盟？"对方不可能知道在卡多迪的春情院的皇家套间里，她差点与联合王国国王达成更私密意义上的"联盟"。"即便他娶了奥索的女儿？即便他的儿子们有权得到我的公国？许多人会认为他们的要求更为正当。"

"采取任何行动之前，我们总会尝试正视现状，给正确的人选以恰当的支持。如今斯提亚战争各方都已精疲力尽，凡特和伯克银行自然希望站在胜利者一边。"

"哪怕我曾闯入你们的西港分行，杀了那个马修斯？"

"您的成功正好证明了您高超的手腕，"苏法耸肩，"人很容易替换，全世界到处都有。"

她若有所思地敲着桌面，"你提议的时机在我看来有点古怪。"

"为何？"

"因为我昨天刚刚接待古尔库先知的使者，先知同样提出……支持我。"

对方愣了愣。"他派来谁？"

"一个叫伊丝黎的女人。"

苏法微微眯眼。"您不能信任她。"

"但我可以信任你，因为你笑得更甜，是吧？我弟弟笑得也很甜,他撒谎也撒得面不改色。"

苏法笑意不减。"这么说,您是想听听实话。或许您已经注意到,先知及其爪牙在一场伟大斗争中是我们的死对头。"

"我有所耳闻。"

"相信我,您不想站到错误的一边。"

"我不想站到任何一边。"她缓缓靠上椅背,尽力装得气定神闲,"不必担心,我已告知伊丝黎,她要价太高。告诉我,苏法师傅,凡特和伯克银行为它的支持标价几何?"

"我们的条件非常公平。首先是贷款利息,然后是针对本行及相关合作伙伴的商业优待。当然,您必须拒绝古尔库及其盟友可能提出的任何协议。最后,您将来得按我的雇主的要求,与联合王国军协同——"

"只要你的雇主要求,我就得出兵与他们联手?"

"在您的一生中,这样的事或许会发生一两次。"

"或许会更多,只要你们觉得有必要。总而言之,你要我卖掉塔林,并为此感谢你们的善意;你还要我跪在你们的金库门前,恳求你们的资助。"

"您的表达过于夸张——"

"我不下跪,苏法师傅。"

这回轮到他踌躇了,虽然只有半晌。"我可以直言吗,殿下?"

"请便。"

"您在权力之路上还是个新手,每个人都有不得不下跪的时候。如果您骄傲到拒绝我们的友谊,其他人将会迫不及待地接受。"

蒙扎冷哼一声,心脏却像打鼓般猛跳着。"那么,祝你们和'其他人'好运,但愿你们的友谊带给他们比奥索更美好的结局。我相信伊丝黎此刻正在普兰提寻找朋友,你准备去哪儿?奥斯皮亚?斯皮奈?阿非奥?总有哪个斯提亚城邦会乐意收下你们的钱,这毕竟是个以婊子闻名的国度。"

苏法的笑脸扭曲了。"塔林欠我的雇主一笔巨债。"

"奥索欠你的雇主一笔巨债,你可以去找他要钱——他被丢到了厨房的垃圾堆里,你有心的话,多半还能从悬崖底下把他给挖出来。我很乐意提供铲子。"

苏法还在笑,但这回语气里的威胁明白无误。"如果您让我们别无选择,只能放纵特维丝王后的怒火,让她为父报仇,那就太可悲了。"

"啊,报仇,报仇。"蒙扎也冲对方微笑,"我不会杯弓蛇影,苏法师傅。特维丝当然想大打出手,但联合王国此刻无暇他顾,它不仅在南、北两面都与死敌纠缠,国内也不稳定。如果至高王的老婆想夺回我这把椅子,就请放马过来,只怕至高王本人不会如此鲁莽。"

"我想您并不明白在世界的阴暗角落蕴藏的恶意。"苏法大咧开的笑脸没有了半点幽默,"瞧,您坐在这里跟我对话……孤身一人。"他的笑容潜藏着饥渴,嘴里露出洁白的尖利牙齿。"如此……脆弱。"

她眨眨眼,似乎难以置信,"孤身一人?"

"当然不是。"申卡特以绝对静默的姿态走出,直至贴着苏法的右肩,与对方的影子融为一体,这才开口说话。凡特和伯克银行的代表震惊地旋身,退开一步后陡然僵住了,仿佛听见死神在耳边说话。

"是你。"他低声道。

"是我。"

"我以为——"

"你想多了。"

"原来……这些都是你所为?"

"我只不过搭了把手。"申卡特耸肩,"混乱是世间运转的法则,人类总会被利益驱使。那些老想让全世界按他们的意志精确运行的人是自找苦吃。"

那对颜色不一的眼睛转过去看了看蒙扎,又转回来看着申卡特。"师父不会允许——"

"他是你师父,"申卡特强调,"但不是我师父,不再是了,记得吗?我早已跟他一刀两断。是了,只要可能,我总会先给对方一次警告,以下是给你的:赶紧滚,别再回来,我可没心情警告你第二次。回去原原本本报告他,正如我以前所做的那样。我们不下跪。"

苏法缓缓点头,双唇恢复到进门前那种笑容。"也就是说,你们宁愿站着死。"他面朝蒙扎,再度深深鞠躬致意。"你们等着瞧。"说完他大摇大摆走了出去。

申卡特扬起眉毛,看着走出门外的苏法。"他还真是个好徒儿。"

蒙扎笑不出来。"你有很多事瞒着我。"

"没错。"

"你究竟是谁?"

"我有过许多身份。我当过门徒,做过使者。我是麻烦的解决者,也是麻烦的制造者。至于今天,我算是个替人挡箭的善人。"

"省省这堆愤世嫉俗的废话。我想猜谜语,不如去找人算命。"

"你是如假包换的女大公,算命的会不请自来。"

她冲大门点头。"你认识他。"

"我认识他。"

"你们出自同门。"

"曾经。很久以前。"

"你曾为银行效命。"

他露出那种空虚的笑容。"某种意义上说是吧,不过他们干的远不止数钱。"

"这点我最近也发现了。后来呢?"

"后来我不再下跪。"

"你为什么帮我?"

"因为他们造就了奥索,而我跟他们对着干。"

"报仇。"她嘀咕。

"这不算是最好的动机,但邪念也能带来好结果。"

"或者相反。"

"没错。你为塔林公爵赢得了所有胜利,我一直关注着你,当时正准备通过杀你来削弱他。不料奥索居然亲自动手,为我省却了麻烦。我转而治疗你,希望能说服你找奥索报仇,并取而代之。但我低估了你的决心,任你从掌心溜走。凑巧的是,你实际上一心一意想找奥索报仇……"

她不安地在前雇主的椅子里挪了挪身。"并取而代之。"

"如果洪水流向正合我意,干吗要阻挡?不妨说,我们是互相帮助,"他再次露出骷髅般的笑容,"各取所需。"

"在这个过程中,你给我制造出许多强大的敌人。"

"在这个过程中,你令整个斯提亚陷入了大动乱。"

这话无从辩驳。"我没想过要这样。"

"打开魔匣之后,你想过什么就不重要了。事已至此,谁知会怎么发展?在这片空前的乱局中,能否诞生公正严明的领袖,带给大家光明美好的未来,让斯提亚再度成为照亮世界的灯塔?抑或我们将活在旧日暴君的阴影下,沿着他们血淋淋的足迹,继续绝望的循环?"申卡特灼热的目光不曾离开她,"你会作何选择?"

"我们走着瞧。"

"那就走着瞧。"他转身离去,没发出半点声音,两扇高大的门板在他身后悄然关闭,偌大的书房只剩她一人。

改变
All Change

"你应该清楚,你不需要这么做。"

"我清楚。"但友好渴望这么做。

科斯卡失望地在马鞍里扭了扭身。"要是我能让你看到外面的世界……充满无限可能!"离开被千剑团征用的倒霉村庄后这一路上,他都想改变友好对世界的看法,却没意识到友好早已完美地体验过了,并且十分抗拒。在友好的认知里,可能性越少越好,无限可能是完完全全不让他安心的。

"世界在不断改变,每日如获新生,呈现不同的风景!人们永远不知道下一刻会发生什么!"

友好讨厌改变,而唯一比改变更让他讨厌的,就是不知道下一刻会发生什么。

"人们可以体验各种各样的快乐。"

不同的人对快乐的定义不同。

"固步自封等于……承认失败!"

友好耸耸肩。他不怕失败，因他本无骄傲可言。

"我需要你，非常需要。一个好副官赛过三位将军。"

两人陷入长久的沉默，只听到马蹄踩在干燥小径上的声音。

"好吧，妈的！"科斯卡举起酒壶喝了一大口，"我的招用完了。"

"我很感激。"

"但你还是决定了？"

"是的。"

友好最怕的就是他们不让他回去，所以蒙扎给了他一份盖有硕大印章的文件，让他转交墨西利亚的当权者，上面详数了他合谋杀害戈巴、马修斯、阿里欧世子、加恩马克将军、忠臣卡皮、弗斯卡世子和塔林的奥索大公爵的罪行，并判他终身监禁——准确地说是监禁到他想被释放的时候，尽管友好相信永远不会有这种时候。这是他要求的唯一报酬，也是他收到的最好礼物。现在这张纸折叠整齐，和他的骰子一起躺在内袋里。

"我会想念你的，朋友，我会的。"

"我也会想念你。"

"即便这样你也不肯留下？"

"不。"

对友好来说，这是久别后的归乡。他知道通往大门的小路上有多少棵行道树，于是一边倒数，一边品味胸中涌起的暖流。他急切地踩着马镫站起来，激动中瞥见了门房的一角。那栋黑色砖砌建筑隐在绿丛后，对绝大多数罪犯来说阴森可怖，绝无好感可言，友好看到它却心跳加速。他知道拱廊顶上有多少块砖，他期待它们太久了，不知梦见过多少回。他知道大门有多少枚铆钉。他知道——

小路转了个弯，正对大门后，友好皱起眉头。大门开着，不祥的预感将他的快乐一扫而空。监狱门户敞开，没有上锁，有什么能比这更不对劲?这不该是严谨重复的组成部分。

他翻身下马,扯痛了僵硬的右臂,不禁打个激灵——虽然夹板取掉了,但尚未完全愈合。他缓缓走向大门,简直不敢往里看。一个面容枯槁的男人孤零零地坐在守卫的棚屋前的台阶上。

"我啥也没干!"那人举起双手,"我发誓!"

"我有一封塔林女大公签发的文件。"友好展开那张宝贵的纸,抱着期待递了过去。"我应当被立刻收监。"

那人盯着他看了一会儿。"我不是守卫,朋友,只是借这屋子睡觉。"

"守卫呢?"

"跑了。"

"跑了?"

"我估计是墨西利亚的内乱中没人付工钱,所以……他们卷铺盖走人了。"

友好惧怕得后颈起了层鸡皮疙瘩。"犯人呢?"

"自由了呗。大部分人当即开溜,少数人躲在这里,晚上把自己锁进监房。真难想象!"

"真难想象。"友好的语气充满渴望。

"大概是不知该往哪儿跑吧。但最后他们饿了,所以也离开了。这就没人了。"

"没人了?"

"只有我。"

友好眯眼看向岩石山壁上通往拱廊的小路。空空如也。厅堂也都一派寂静。古老的采石场或许仍顶着圆形的天空,但并未传来每晚为确保安全而锁上的铁栅栏的碰撞声。这里没有了那些如同母亲管束孩子一样令人心安的规矩,再不会将年、月、日都精心分配整理。连大钟都停摆了。

"全变了。"友好轻声说。

科斯卡的手搭在他肩上。"世界改变了，朋友。我们都想回到过去，但过去已成过去，人必须向前看。我们必须改变自己，无论多么痛苦，否则就会被抛弃。"

看来的确如此。友好转身背对安全屋，木然上马。"向前看。"可是看什么？无限可能？他陷入惶恐。"哪边向前取决于怎么走。我该怎么走？"

科斯卡笑着拨转坐骑。"生命的意义就在于做这种选择。需要我的建议吗？"

"请说。"

"我会带领千剑团——应该说是那些洗劫完丰特萨莫宫还不打算退休的，外加不乐意转投蒙扎萝女大公的团员——前往威斯尼亚，助我继承萨利的宝座。"他拧开酒壶盖，"这是我完全正当的权利。"他喝下一大口，打了个嗝，友好只觉臭烘烘的酒气扑面而来。"斯提亚国王承诺过我公爵之位，城里现在乱成一团，需要有人指引那群王八蛋。"

"你？"

"还有你，我的朋友，还有你！对一座大城市的当权者来说，没什么比一个信得过的实诚人更可贵了。"

友好恋恋不舍地回头看了最后一眼，门房已消失在树丛后。"也许有朝一日他们会重开这里。"

"也许吧。但与此同时，我会在威斯尼亚替你找到更能施展天赋的平台。我的继承权完全正当，要知道，我是在那座城市出生的。那里会有工作，很多很多……工作。"

友好皱起眉头，撇开脸。"你喝酒了？"

"荒唐，朋友，荒唐的问题。我喝的可是好东西，葡萄沉淀的精华。"科斯卡又喝了一口，吧唧着嘴，"改变，友好……改变是最有趣的。有时人会变得更好,有时人会变得更糟,但通常……只要得到时间和机会……"他挥舞酒壶,顿了片刻,然后耸耸肩,"人们都会变回原样。"

皆大欢喜
Happy Endings

他被扔进来几天后，外面竖起绞刑架，他只需爬到隔板上，把脸贴紧牢房小窗的铁栅就能看到。囚犯干吗要看这些来自寻烦恼？但他非看不可，也许别人是故意让他看的。那是个很大的木制平台，上面有根横梁，垂下四根干练的套索。平台上有翻板，踢动杠杆，一次能绞四根脖子，跟折断树枝一样轻而易举。好家伙。他们用机器来种庄稼，用机器来印文件，现在还用机器来杀人。这或许就是几个月前马维尔信口开河说起的科学吧。

宫殿陷落不久他们就吊死了一批人，其中不乏为奥索工作的人，多半是惹恼新贵遭到报复，还有两个千剑团士兵，铁定是干了恶劣至极的勾当——哪怕大洗劫中已没什么可打破的规矩了。而今那上面好久没挂过人了。七周或八周。他该数着日子，可数不数又有什么区别？该来的迟早会来，这点他确信无疑。

每天早上，每当第一缕晨光潜入牢房将他唤醒，他都会猜测今天是否死期已至。

他偶尔会觉得不该背叛蒙扎，但那只因背叛带来的后果，并非出于后悔。父亲多半不会赞同他的作为，哥哥会嗤之以鼻，认定他是自作自受，三树鲁德则会大摇其头，断定他的下场体现了正义。但三树带着他的正义一起走了，哥哥是个长着英雄面孔的混蛋，其嘲讽不值半文钱，而父亲早已入土，抛下摆子按自己的方式生活。也就是所谓做个好人、干点好事。

他偶尔会好奇卡萝特·唐·埃泽能否从他的失败引起的一系列麻烦中脱身，瘸子是否抓住了她。他也好奇蒙扎杀没杀奥索、有没有得偿所愿，还有那个不知从哪里冒出来、把他扔过整座大厅的混蛋到底是谁。这些他不得而知，但生活就是如此，不会一切问题都得到解答。

走廊里响起钥匙"哗啦"声时，他正趴在窗上往外看。这一刻他备感解脱，几乎笑了起来，于是拖着被友好的小刀伤到还不太听使唤的右腿从隔板上跳下，站直了面对金属大门。

他没想到她会亲自前来，但她来了他很高兴，为着能看她最后一眼，尽管她身边跟了狱卒和六名护卫。她精神不错，这是自然，她再不像从前那样相貌憔悴、面容冷硬了，而今她整个人打扮得干干净净、漂漂亮亮、富丽堂皇，像个真正的贵族。很难相信这样的她曾是他的伙伴。

"哎哟，瞧啊。"他说，"蒙扎萝女大公，你他妈是怎么浑水摸鱼、出人头地的呢？"

"运气。"

"还真是。我却总走背运。"狱卒吱嘎作响地拉开大门，两名护卫进来给摆子戴上手铐。他没觉得有反抗的必要，那只会带来更多耻辱。他们带他来到走廊，面对她。

"蒙扎，你我同行了好长一段，是吧？"

"好长一段。"她说，"然后你迷路了，摆子。"

"不，我找到了自己的路。你要吊死我喽?"他不怎么开心,但也不怎么伤心,怎么也比在牢房里烂掉强。

她看着他,很久很久。她的蓝眼睛平静而清冷,和他们初遇时一样。好像不管他做什么,她都不会惊讶。"不。"

"呃?"这出乎他意料,几乎令他泛起失望,"怎么回事?"

"你走吧。"

他眨眨眼。"我啥?"

"走吧。你自由了。"

"没想到你还在乎我。"

"谁说我在乎过你?这不是为你,是为我自己。我受够报仇了。"

摆子嗤笑道:"呵呵,谁他妈能想到?卡普亚的屠夫,塔林的毒蛇,竟是个软心肠的娘们。我以为你本不在乎干点好事,我以为仁慈等于懦弱。"

"就让我当个懦夫吧,这点我可以忍受。但别回来了,我的懦弱也有限度。"她摘下戒指,扔进他脚边肮脏的稻草堆,戒指上镶着那颗血红的大宝石。"给你。"

"好吧。"他弯腰从稻草堆里捡起戒指,用衣襟擦干净,"我不会感激你。"蒙扎转身离开,台阶上照下来的灯光映出她的身影。

"所以就这么结束了?"他叫住她,"这就是结局?"

"这结局还不够好吗?"说完她就走了。

他把戒指套进小指,看着宝石反射的光。"比我应得的好多了。"

"快滚吧,混蛋。"一名护卫挥动长剑。

摆子冲他咧嘴笑道:"噢,我这就离开,别担心。我受够了斯提亚。"

他走出黑暗的甬道,来到丰特萨莫宫外的桥梁,一路笑容不减。他挠了挠刺痒的脸,长吸一口冰冷新鲜的空气。过去的种种加上不时走背运,这些都算不上好,但计较起来,结局并不太差。他的确在斯提亚失去了一只眼睛，也没比下船上码头时更有钱，但无疑脱胎换骨，变得更睿智了。从前他最大的敌人是自己，现在他是所有人最大的敌人。

他打算返回北方，找份适合自己的工作，途中或许在乌发斯停留几天，拜访一下老朋友奥苏那。他迈步下山，离开宫殿，双脚吱嘎作响地踩在灰尘扑扑的山坡。

污血般的朝阳躲在他身后。